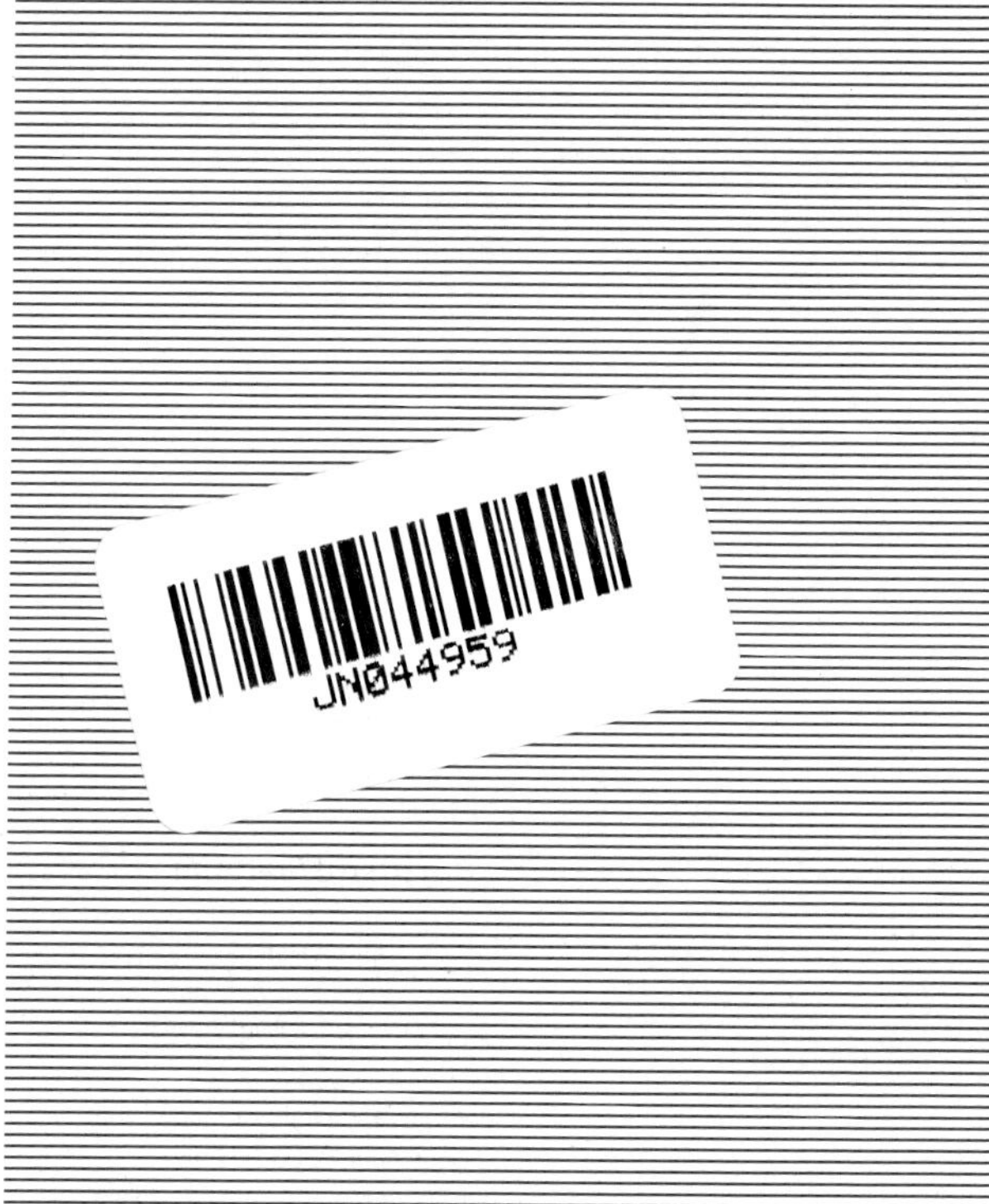

二見文庫

ボーイフレンド演じます

アレクシス・ホール／金井真弓＝訳

Boyfriend Material
by
Alexis Hall

Japanese translation rights arranged with
Sourcebooks, LLC, Illinois
through Tuttle-Mori Agency, Inc., Tokyo

ボーイフレンド演じます

登　場　人　物　紹　介

ルシアン（ルーク）・オドネル	慈善団体職員
オリヴァー・ブラックウッド	法廷弁護士
ブリジット・ウェルズ	ルークの友人
アレクサンダー（アレックス）・トゥワドゥル	ルークの同僚
ジョン・フレミング	ルークの父親。ロックスター
オディール・オドネル	ルークの母親。元ロックスター
トム	ルークの元恋人。ブリジットの恋人
プリヤ	ルークの友人
マイルズ	ルークの元恋人
デイヴィッド・ブラックウッド	オリヴァーの父親
ミリアム・ブラックウッド	オリヴァーの母親

1

ぶっとんだ仮装パーティなんかに行っても、無意味だとはわかっていた。選択肢は二つだ。さんざん努力したあげく、ばかみたいに見える結果になること。または、なんにも努力しなかったあげく、ばかみたいに見える結果になること。いつもそうだが、ぼくの問題は、自分がどんなばかになりたいかをわかっていなかったことだ。

なんにも努力などしない戦略のほうにかなり気持ちが傾いていた。だけど、ぎりぎりになってパニックに駆られ、悲惨な結末になりそうな悪あがきをしてしまった。衣装を売っている店を探しに出かけ、気がつくと、大衆向けのアダルトショップに入っていた。本当はそんなものに興味がない人たちに、真っ赤なランジェリーだのピンク色の性具だのを売る店だ。

というわけで、早くも大いに盛り上がってひどくやかましく、めちゃ混み状態のパーティ会場に着いたとき、ぼくはヤバいほどセクシーな黒いレースのウサギの耳をつけていた。そういうたぐいのことが得意なのは嘘（うそ）じゃない。けど、練習不足だったし、ごく限られたフェチ向けにサービスする安っぽい男娼（だんしょう）みたいに見えるのは、こういう場に戻って大勝利を宣言するやり方として好ましくなかった。さらに悪いことに、かなり遅刻してしまったから、同じように独りぼっちのかわいそうな奴（やつ）らはみんなとっくに帰っていた。

派手な照明や騒がしい音楽、汗の充満するクラブのどこかに本当の友人たちが来ているはずだ。それはわかっていた。ぼくたちのワッツアップのグループ――今のところ、「クィア・カムズ・ザ・サン」（『ヒア・カムズ・ザ・サン』というビートルズの曲のもじり）と呼ばれている――には、「ルークはどこ?」に関する投稿が百件もあったからだ。でも目に入ったのは、なんとなくぼくを知っている人を、なんとなく知っていると、なんとなく思われる人たちだけだった。人ごみをかき分けてどうにかバーカウンターへ行き、今晩の特製カクテルの名が並んだ黒板に目を凝らし、「ナンパしながら代名詞についてスローな心地よい会話をするスロージン（スロー・コンフォータブル・カンバセーション・アバウト・プロナウンズ・アップ・アゲインスト・ザ・ウォール）」（「スロー・コンフォータブル・スクリュー・アップ・アゲインスト・ザ・ウォール」という、カクテルのもじり。「代名詞」は多様な性の問題と関連して話題になる）を注文した。おいしそうだし、その晩のナンパに成功する見込みはあまりなさそうだということを正確に暗示していたからだ。実際のところ、今後も成功の見込みはないかもしれない。

たぶん、ちゃんと説明すべきだろう。今いちばんホットなエリアであるショーディッチの地下で実に中流階級の人間らしいフェチ向けの耳なんかつけて、男女どちらにも当てはまらない（ノンバイナリー）人向けの飲み物を飲んでいるわけを。だけど正直言って、自分でも理由がわからなくなり始めていた。そもそもの原因は、誰からもマルコムとして知られているので、ぼくもマルコムと呼ぶ男だった。マルコムは株のブローカーとか銀行家とかいった種類の人物に違いないが、夜になると――つまり、そういう夜もあるということで、週に一度くらいの夜ってところだ――この〈サーフ・アンド・ターフ・アット・ザ・セラー〉というトランスジェンダー兼ジェンダー不定者向けのクラブでDJをやっている。今夜はマルコムの「Tパーティ」の日だった。「マッドハッター（ルイス・キャロルの『不思議の国のアリス』中の登場人物）のTパーティ」だ。いかにもマルコムらしいものだった。

今のところ、マルコムはパープルのトップスにストライプ柄のテールコート、革のパンツという格好で部屋の奥にいた。たぶん「イケてる音楽（シック）」とかいうものを流しているのだろう。もしかしたら、そんな言い方はしないのかもしれない。もしかしたら、誰もそんなことは言わないのかも。クラブで誰かを引っかけるとき、ぼくはヤル相手の名前すら聞こうとしなかったのだから、クラブの専門用語など知るはずもなかった。ため息をつき、「コンフォータブル・ラック・オブ・ア・スクリュー」（セックス相手がいない、という意味がある）とかいうカクテルに注意を戻した。ほんと、こんな感情を表現する言葉があってもいいのに。特にやりたくもないことを人のためにやっているのに、そいつらには別に自分が必要とされていないとわかって、パジャマ姿で容器から直接ヌテラ（ヘーゼルナッツ入りのチョコレートスプレッド）を食べながら家にいたところで誰にも気づかれないと知ったときの感情を。とにかく、そういうことだ。そんな気持ちになっていた。たぶん、おとなしく家に帰るべきだったのだろう。ただ、そうなると、ぼくはたいして衣装に工夫も凝らさないでマルコムのＴパーティにのこのこと現れ、酒を八杯飲んで、誰とも話さずにずらかった愚か者ということになってしまう。

スマートフォンを取り出し、わびしい気分でグループのみんなに〈**ぼくはここだけど、みんなはどこ？**〉とメッセージを送ったが、圏外を示す不吉なマークがその横に現れただけだった。文字どおりの地下でコンクリートに囲まれ、スマートフォンの受信状態が悪いところでイベントを開こうなんて、普通は考えるだろうか？

「知っているよな？」温かな息がぼくの頬にかかった。「そいつの耳が白ですらないことを？」

振り返ると、横には見たこともない男が立っていた。ぼくがいつも妙に魅力的だと思っている、キツネみたいな鋭い顔つきのなかなかキュートな見知らぬ男だ。「そうなんだけど、遅くなったからこれしかなかったんだ。そもそも、きみは何の仮装もしてないじゃないか」

彼はにやりと笑って、いっそう鋭い顔つきになり、ますますキツネみたいに見え、余計に魅力的になった。そして、ジャケットの襟をちょっとめくってみせた。「誰もいない（ノーバディ）」と書かれたネームタグが貼ってある。

「腹が立つほどわかりにくいところからネタを引っ張ってきたものだな」

「『このわたしも、それくらい目がよければなあ』と王様は言いました。『〝ノーバディ〟さんが見えるくらいに！』」（ルイス・キャロルの『鏡の国のアリス』中の白の王様の台詞）

「きみはドヤ顔の間抜けだ」

それを聞いて彼は声をあげて笑った。「ぶっとんだ仮装パーティは、おれに最低の性質を発揮させるんだ」

すべてを台なしにすることなくで男と話した中で最長の時間でもなかったが、たしかにランクは上がりつつある会話だった。ここで大事なのはパニックになったり、耐えがたいクソッタレ野郎やとんでもない娼夫に変身して自分の身を守ろうとしたりしないことだ。「最高の性質を発揮する人間を想像すると、ぞっとするよ」

「ああ、そうだな」またしても彼がにやりと笑うと、歯がふたたびきらりと輝いた。

「マルコムのことだろう」

「どんなものもマルコムの最高の部分を引き出すんだ。奴だったら、人々に喜んでレジ袋に十ペンス払わせることができる」

「頼むから、マルコムにアイデアを与えないでくれよ。ところで……」彼は少し身を乗り出した。「おれはキャムだ。だが、聞き違えられてるかもしれないから、真ん中に母音が一つある一音節の名前なら、何にでも返事するよ」

「はじめまして、ボブ」

「きみはドヤ顔の間抜けだ」

まぶしいフラッシュの中でも、彼の目にきらめく輝きは見て取れた。ぼくはいつの間にか考えていた。暗いところとか、ダンスフロアの七色の人工照明から離れた場所なら、彼の目は何色をしているのだろうかと。これは悪いサインだ。誰かを好きになるという危険に近づいている。好意を抱いたせいでどんなことになったか、考えてみろ。

「きみはルーク・フレミングだろう?」彼は尋ねた。

〝うわっ、またお馴染(なじ)みの奴か。いつ、そうなるかと思ってたんだ〟最悪。「本当は」いつものようにぼくは言った。「ルーク・オドネルだ」

「だが、ジョン・フレミングの息子だろう？」

「それがきみに何の関係がある？」

彼は目をしばたたいた。「いや、何も。ただ、アンジーに聞いたとき」アンジーはマルコムの彼女で、今はアリスみたいな格好だったが、まあ当然だろう。「あのホットで不機嫌な男は誰だと尋ねたら、彼女は言ったんだ。『ああ、あれはルークよ。ジョン・フレミングの息子なの』って」

自分についてそんなふうに噂されるのは好きじゃなかった。けど、ほかにどんな噂をされるというんだ？　あれはろくでもない経歴を持つルークだよ、とか？　あれはこの五年間、まともな交際相手もいないルークだ、とでも？　あれは何もかもうまくいかないルークだ、とでも言われるのだろうか？

「まあな。ぼくのことだ」

キャムはバーカウンターに載せた両手を組んだ。「すごいな。有名人に会ったことは一度もないんだ。きみのお父さんを大好きだというふりをしたらいいかい？　それとも、大嫌いだというふりをすべきかな？」

「父には会ったこともないんだ」いいかげんなグーグル検索でもわかることだろうから、キャムが一大スクープをものにするわけではない。「だから、特に気にしない」

「たぶん、それがいい。彼の歌の一つしか思い出せないから。たしか、帽子のまわりに緑のリボンを巻いている男についての歌だったと思うが」

「いや、それは〈スティーライ・スパン〉の歌だ」

「ああ、ちょっと待ってくれ。ジョン・フレミングのバンドは〈ライツ・オブ・マン〉だ」

「そうだ。だけど、普通はその二つをなかなか混同しない」

彼は鋭い視線をぼくに向けた。「互いに似ても似つかないバンドってことかな?」

「まあ、ちょっとした違いはいくつかある。〈スティーライ〉のほうはフォーク・ロックっぽいのに対して、〈RoM〉はプログレッシブ・ロック寄りだ。〈スティーライ〉はヴァイオリニストをよく用いたのに対して、父はフルート奏者を使った。それに、〈スティーライ・スパン〉のリードボーカルは女だ」

「オーケイ」キャムはまたもやにやりと笑った。ぼくが彼の立場だったら無理だと思われるほど、ちっともきまり悪そうじゃない笑顔だ。「じゃ、おれは話題にしているものをよくわかってないんだな。だが、おやじはジョン・フレミングの大ファンだったよ。レコードは全部持っていた。屋根裏にレコードをしまっていたんだ。一九七九年以来、足を入れたこともないベルボトムのズボンと一緒にね」

だんだんわかってきたけど、キャムがぼくをホットで不機嫌だと描写したのはおよそ八百万年も前だ。今はどう見ても八十対二十で、不機嫌なほうが勝っている。「どいつもこいつも、父親がぼくの父のファンだったようだな」

「そのせいできみは悩んだに違いない」

「少しはね」

「それに今、お父さんがテレビに出ていることはもっと妙な気分のはずだ」

「まあな」物憂い気分で飲み物のグラスをつついた。「ぼくは前よりも注目されるようになってる。だけど、『おい、おまえの父ちゃんはあのばかげたタレントショーに出てる奴だろう』と言われるほうがまだましだよ。『おい、おまえの父ちゃんは先週のニュースに出ていた奴だろう。警官に頭突きして、ヘロインやトイレの洗剤でベロンベロンにラリっていたとき、判事に向かってゲロを吐いた奴だよな』と言われるよりし

「たしかに興味深いだろうな。おれのおやじがやったことでいちばんスキャンダラスなのは、蓋がないと気づかずにケチャップの瓶を振ったことだ」

おかしくもなかったけど、ぼくは声をあげて笑った。

「おれの子ども時代のトラウマを笑うなんてひどいな。キッチンは映画の『ハンニバ

ル』から抜け出てきたみたいに見えたよ。おふくろは今でもいらいらしたときはその話題を持ち出すんだ。いらだちの原因がおやじじゃないときでも」

「そうだろうな。うちの母もぼくにムカついたときは父のことを持ち出す。もっとも、『あなたの父親がトマトケチャップをキッチンじゅうにまき散らしたときみたい』というんじゃなくて、『あなたの父親がわたしの誕生日に帰ってくると言いながら、LAで娼婦の胸からコカインを吸っていたときみたい』って話になるけど」

キャムは目をぱちくりさせた。「うわー」

しまった。カクテル半杯とすてきな微笑のせいで、ぼくはフランスのバリケードで歌っていた愛すべき浮浪児（ユーゴーの小説『レ・ミゼラブル』中の登場人物）みたいにべらべらしゃべっていたんだ。こういう行動が新聞に載ることになってしまう。「ジョン・フレミングのマル秘コカイン問題に関するスキャンダル」とか「この父にしてこの息子あり：ジョン・フレミングの息子の子ども時代を、父親のドラッグまみれの暴力事件と比較する」とか。最悪なのはこんなもの。「何年経ってても相変わらずクレージー：オディール・オドネルは八〇年代のフレミングと娼婦のどんちゃん騒ぎの話を聞き、息子に激怒」こんなことになるから、家を離れてはいけなかったんだ。というか、誰とも話すべきじゃなかった。とりわけ、好意を持ってほしいと思った相手とは。

「いいか」ぼくは言った。これがどれほど悪い結果になるかはわかっていたけれど、平静を装いながら。「母は本当にいい人だし、女手一つでぼくを育ててくれて、いろいろ苦労してきたんだ……だから……今言ったことは忘れてくれないか？」

彼は心の中で「感じがいい奴」という評価から「変な奴」という評価へと、相手を見る目を変えた人らしい目つきでぼくを見た。「おれはきみのお母さんに話すつもりなんかないよ。そもそもきみのお母さんを知らないし。それに、そうだな、おれがきみを口説くようなことになるとしても、お互いの両親とおれたちが会うまでには長い道のりがあるだろう」

「悪い。悪かった。ただ……母を守りたいだけなんだ」

「じゃ、バーで会う男すべてから母親を守らなければならないと思ってるのか？」

まあ、これでこの関係はぶち壊しだ。つまりこんな答えになるから。「ああ、きみがタブロイド紙に情報を売るといけないからな。そんなことが実際に起こるんだよ」でも、そういう話をすれば、アイデアを与えることになってしまう。つまり、すでにキャムが思いついていなければだけど。それに、ぼくが七〇年代のどのバンドに入れ込んでいたと思われたかによるが、フルートやヴァイオリンを演奏するみたいにやすやすと操られているわけではなかった。となると、残るのは選択肢Bだけだ。少なくとも一夜限りの相手として試したかった、このおもしろくてセクシーな男に信じさせなければならない。ぼくが母親のことばかり考えている偏執症のイカれた奴だと。

「あー」唾をのんだ。車にひかれてぺちゃんこになったサンドイッチを食べること並みに気が進まなかった。「きみがぼくを口説こうと思ったあたりまで、ちょっと戻らないか?」

望ましくないほど長い沈黙があった。それからキャムは笑った——やや警戒するように。「いいよ」

また沈黙。

「じゃ」言ってみた。「きみがぼくを口説こうと思ってることだけど。あまり努力していないと言わなきゃならないかな」

「そうだな、最初の計画はこんなものだった。つまり軽く話して、どうなるか見て、キスするとかってことにならないかと。だが、きみはそんな戦略をぶち壊してしまった。だから、もうどうしたらいいかわからない」

ぼくはがっくりきた。「すまない。きみは何もまずいことはしてない。ぼくが悪かっただけだ……」最近のデートの歴史を要約するのにふさわしい言葉を見つけようとした。「……何もかも」

たぶん想像にすぎなかっただろうが、キャムはぼくに関わるかどうかを考えているように見えた。ちょっと驚いたけど、関わるほうを選んだようだ。「何もかも？」彼は繰り返し、ウサギの耳の先端を引っ張った。そのしぐさを、ぼくはよいほうに解釈した。

これはいいサインだろう？　いいサインに違いない。それとも、悪いサインだろうか？　彼が悲鳴をあげて逃げ出さないのはどうしてだ？　オーケイ。いや、ぼくは想像しているだけだし、それは誰にとってもよくないけど、とりわけ自分にはマイナスだ。何か適切で相手の気持ちをそそることを言わなくては。今すぐに。「キスするっていうのはかまわないよ」

「ふーん」キャムはさっきよりも前に身を乗り出した。〝うわっ、本当にやるつもりか？〟「きみの判断が正しいかどうか、確信が持てない。たぶん、おれが自分で試したほうがいいかも」

「ああ、いいのか？」

というわけで、彼が自分で試してみた。キスは大丈夫だった。つまり、ぼくはキスが大丈夫だと思った。ああ、大丈夫ならいいと願ったのだ。

「で？」ややあって尋ねた。リラックスしてからかうような調子で、必死さとか不安がにじまないようにして。

キャムの顔はすぐそばにあったから、興味を引かれる細かい点がよく見えた。濃いまつげ、顎に伸び始めた無精髭、唇の両端のしわまで。「たった一つのデータポイントからじゃ、正確な結果は引き出せないに違いない」

「うーん。科学的だな」

ぼくたちはもっとデータを取ることにした。それが終わったころ、バーカウンターの端に押しつけられたぼくの両手はキャムのジーンズの尻ポケットに突っ込まれていた。あからさまに体を愛撫してはいないよという、いいかげんなしぐさで。そのとき思い出した。キャムはぼくの名も父の名も知っていて、たぶん母さんの名も知っているだろうし、ぼくについて書かれたありとあらゆることも知っていそうなのに、こっちが知っているのは彼が「キャム」と呼ばれて、おいしい味がすることだけだと。

「きみって、そうなのか？」息を切らしながら言った。困惑した表情を目にして続けた。「つまり、科学的な人ってことさ。科学者には見えないけど」

「ああ、いや」キャムはにやりと笑った。いかにもキツネっぽく、そそられる感じで。

「キスを続けるための言い訳にすぎないよ」

「じゃ、何をやってるんだ？」

「フリーランスの仕事だ。おもに〈バズフィード〉みたいにメジャーになるのを目指しているあちこちのサイトで」

そうだったのか。そんなことならよくわかっていた。道理でこいつはぼくの多すぎる欠点に喜んで目をつぶってくれたわけだ。「ジャーナリストなんだな」

「それはごく一般的な表現だよ。おれが書くのは、zだなんて信じられない、yに関するxの物事のリストだ。誰もが読みたがらないが、どっちみち読むことになるようなものだよ」

〝あなたが知らなかったルーク・オドネルに関する十二の事実。八番目はショッキングな内容だろう〟

「それからときどき、子猫の写真を八枚並べて選ばせて、あなたはジョン・ヒューズの映画のどのキャラクターに当てはまるか、なんてクイズを出すようなこともやってる」

分別のあるルーク、父親が有名な最低野郎じゃなくて、元カレによってあらゆる秘密をピアーズ・モーガン（英国の大衆紙『デイリー・ミラー』の元編集長でテレビパーソナリティ）に売り飛ばされてはいない異世界から来たルークはぼくに言おうとしていた。過剰反応しているぞ、と。あいにく、ぼくはその言葉に耳を傾けなかった。

キャムは首を傾げた。「どうしたんだ？　まあ、そんなに魅力的な仕事じゃないことはわかってるし、『誰かがやらなきゃならない仕事なんだ』なんて慰めももらえない。まったくそんなんじゃないからな。だが、きみはまた妙な感じになってるよ」

「悪い。なんだか……複雑なんだ」

「複雑というのは興味深いってことだな」キャムは爪先立ちをし、髪をぼくの耳の後ろにかけてくれた。「それに、おれたちはキスを楽しんだ。で、おしゃべりに取りかかったところだ」

不気味なにやにや笑いになっていないことを願って笑った。「ぼくが得意な話題から離れないほうがいい」

「言ってみてくれ。質問するよ。おれが答えを気に入ったら、きみはまたキスできる」

「いや、それはどうかな――」

「小さなことから始めよう。おれの職業はわかっただろう。きみの仕事は？」

心臓が激しく打っていた。しかも、楽しくはない感じで。でも、質問については問題ないんじゃないか？　少なくとも二百のスパムボット（迷惑メール送信用にメールアドレスを自動収集するプログラム）がすでに知っている情報だ。「ある慈善団体で働いてる」

「ワオ。高潔だな。そんなことをやってみたいといつも思ってたんだが、おれは薄っぺらな人間でさ」キャムが顔をこちらに上げたので、ぼくは落ち着かない気分でキスした。「好きなアイスクリームのフレーバーは？」

「ミント・チョコチップ」

またキス。「みんなが読んでるはずなのに、きみが全然読んでいない本は」

「全部」

キャムは体を引いた。「その答えじゃ、キスはなしだ。答えになっていない」

「いや、まじめな話なんだ。全部だよ。『アラバマ物語』も『ライ麦畑でつかまえて』も読んでないし、ディケンズの本のどれも読んでないし、『西部戦線異状なし』も、タイムトラベラーの妻についての話も、ハリー・ポッターも……」

「読み書きができないってことか？」

「ああ、アメリカに移住して公職に立候補しようかと考えてる」

キャムは笑い声をあげてキスし、今度は体をぴたりとくっつけた。ぼくの体に体を押しつけ、肌に息をかける。「オーケイ。これまでセックスした中でもっともおかしな場所は」

「それが八番目なのか？」ぼくは訊いた。めちゃくちゃクールで、気にもしていないことを示すように、ヤギみたいな笑い声をあげながら。

「八番目って、何が？」

「ほら、おかしな場所でセックスしたがる十二人のセレブの子どもたちの話だ。八番目の答えはショッキング、って奴」

「ちょっと待て」彼は固まった。「おれがリスティクル（複数の項目を箇条書きにしてまとめた記事）のためにキスしていると、本気で思ってるのか？」

「いや、つまり……違う。違うよ」

キャムはぞっとするほど長い時間、ぼくを見つめていた。「そう思っているんだろう。そうだな？」

「複雑だって言ったじゃないか」

「複雑じゃなくて、侮辱だ」

「ぼくは……それは……」さっきもこんな状況で言葉を取り消した。また撤回できるだろう。「そういう意味じゃなかったんだ。きみとは関係ないんだよ」

今度はウサギの耳を引っ張られなかった。「おれがとりそうだときみが心配している行動が、おれに関係ないはずないだろう？」

「ぼくは慎重じゃなきゃいけないだけだ」言っておくが、こう述べたときのぼくの口調はうんと威厳があったはずだ。ちっとも哀れっぽいはずはなかった。

「いったいおれが何について書くというんだ？〝パーティで元有名人の子どもに会った〟とでも？〝あるセレブのゲイの息子がゲイだった真相〟とか？」

「そうだな、そういうのはきみがいつも書くものよりもグレードアップしているように聞こえるかもしれない」

キャムはあ然とした様子で口を開けた。少々やりすぎたかもしれない。「ワオ。おれたちのどっちがろくでなしかわからないと言おうとしてたんだが、おかげではっきりしたよ」

「いや、いや」慌てて言った。「ろくでなしはいつもぼくのほうなんだ。本当だよ、嘘じゃない」

「そう聞いても役に立たない。つまり、最悪だ。きみはおれが名を上げるために、マイナーな有名人を食い物にすると思っている。それか、そんな下品なキャリアを選んだ人間だから、きみも仲間にしてやろうと目をつけたと思ってるんだろう」

ぼくは唾をのみ込んだ。「どれもいいところを突いてるよ。上出来だ」

「最低だな。アンジーの話を聞けばよかった。きみは時間を割く価値もない奴だ」

キャムは大股で歩いて人ごみに消えた。もっとましな誰かを探しに行ったんだろう。

ぼくは傾いたウサギの耳をつけたまま一人で取り残され、ひどい敗北感を味わっていた。だけど今夜、二つのことはやり遂げたと思う。少しもそんなものを必要としていない男への支援をうまく示したこと。そして、まともな頭のある人間なら誰もぼくとつき合いたがらないことを、あらゆる妥当な反論を超えてとうとう証明したことだ。ぼくはもっとも基本的な人間関係すらぶち壊す方法を見つける、用心深くて不機嫌で被害妄想でいっぱいの厄介な奴なんだ。

バーカウンターに寄りかかり、ぼくよりもはるかに楽しいときを過ごしている地下いっぱいの見知らぬ人々を眺めた。少なくともそのうちの二人は今ごろ、なんてひどい奴だとぼくのことを話しているだろう。見たところ、選択肢は二つらしい。愚痴などこぼさずに大人らしく振る舞って、友人たちを探して今夜を精いっぱい楽しもうとすること。または家にすっ飛んで帰り、一人で酒を飲んで、何も起こらなかったふりをしようとしても成功しなかったことのリストにこの出来事をつけ加えること。

二秒後、ぼくは階段にいた。

八秒後、通りに出ていた。

そして十九秒後、自分の足につまずいて転び、側溝にうつぶせの格好で倒れ込んでいた。

まあ、近親婚を繰り返していたハプスブルク家の王子の王冠並みに、ぼくにはふさわしくない夜だったんじゃないか？　それに、こんな出来事がぼくを悩ませに戻ってくるはずはない。

2

その出来事はぼくを悩ませに戻ってきた。

グーグル・アラートという形を取って。通知が来たせいで振動したスマートフォンが、ベッドサイド・テーブルから落ちそうになった。そう、たしかによくわかっている。ネット上で自分がどう言われているかを追跡するなんて、普通は間抜けかナルシストか、またはナルシスト的な間抜けがとる行動だと。だが、世間の噂を知るほうがいいことを、つらい経験から学んだのだ。振動の原因となる別の記事──「もっと洗練された種類の喜びを探りたい紳士のために」──が流れてきたせいで、スマートフォンは床に落ちてくるくる回った。ぼくはようやくスマートフォンをつかんだ。ペッティングしようとするティーンエイジャー並みの優美な態度で。

画面を見たくなかった。でも、見なければ、恐怖や希望や不確実さがぼくの体内でごちゃ混ぜになり、ベビーフードみたいにべとべとのものを吐いてしまうだろう。たぶん、恐れているほど悪い事態ではないかもしれない。たいていは思ったほどひどくはないものだ。もっとも、ときどきは……予想より悪いけど。ソファのクッションの後ろから『ドクター・フー』のエピソードを思い切って見る幼い子どものように、まつげの間から自分についての通知を調べてみた。

またちゃんと呼吸ができるようになった。これならオーケイだ。まあ、理想の世界なら、〈ザ・セラー〉の外の側溝にウサちゃん耳をつけて倒れているぼくの写真が、「セレビッチー」から「イエーイ」まで、あらゆる三流のゴシップサイトに書きたてられることはないだろう。本当に理想の世界なら、ぼくの〝オーケイ〟の定義がそこまで低いレベルのものに沈むはずはない。でも、最悪のことがいつまでも終わらないぼくの人生では、絶望のレベルを測る基準が長年のうちに大きく修正されてきた。つまり、ネットに出ていた写真はどれもちゃんと服を着たものだったし、誰かの下腹部を口に含んだところなんか撮られていなかったんだから、さほど悪くはないってわけだ。

今日のネット上のぼくの評判にとどめを刺したのは、〝父が父なら、子も子〟という強烈なテーマだ。ジョン・フレミングがばかなことをしでかしたというネット上の記事は、魔法のポリッジポット（ストップと言うまでは、ポリッジ（おかゆ）をどんどん作る魔法の鍋）さながらに果てしなくあるからだ。たぶん、「悪童ジョニーの反抗的な息子がドラッグとセックスと酒で倒れるスキャンダル」のほうが、「通りでつまずいて転んだ男」というタイトルよりはましだろう。ため息をついてスマートフォンを床に放り投げた。一つわかったこと。シャンパンのボトルが爆発したみたいにキャリアをだめにした有名な父親を持つよりも悪いのは、とんでもないカムバックを果たした有名な父親を持つことだ。

無鉄砲で自滅的な不在の父親と自分が比較される人生になんとか耐えるすべを、ぼくは学んだばかりだった。なのに、父が行いを改めて、毎週日曜にＩＴＶ（英国最大の民間放送局）で老いたる賢明な指導者（メンター）を演じるようになった今、無鉄砲で自滅的な不在の父親とぼくは好ましくない比較をされている。それは心構えをしていなかったたわごとだった。いろんなコメントなんか読むべきじゃなかったのに、いつの間にか目が動き、〝ウェルアクチュアリー69〟とかいう奴が書いたものを見ていた。そいつはジョン・フレミングが薬物依存症の息子をまっとうな生き方に戻そうとするリアリティ番組をやったらどうかと、やたらに提案していた――〝ペッカム出身の別のジル〟とかいう女性が「めちゃくちゃ見たい」と言い切っていた番組だ。

大きな世の中から見れば、こんなことはどれも問題じゃないのはわかっていた。インターネットは永遠に存在するし、そこから逃れる方法はないが、明日までには、あるいは明後日(あさって)までには、ぼくの話題など記事の目立たないところへ移ってしまうだろう。ネット上の目につかないところへ。この次に誰かがジョン・フレミングの話に関する意外な展開を読みたがるまで、忘れられるはずだ。もっとも、気分はひどく悪いままだった。読む時間が長ければ長いほど、余計にひどい気分になる。

少なくともキャムが、「ナイトクラブであなたをビビらせる十二人の変人」リストにぼくを載せて投稿しなかったことにいくらか慰めを得ようとした。でも、慰めの気持ちは「冷たさ」と「不充分さ」という気持ちのどこかに着地した。正直言って、自分の心をうまく癒やせたためしがない。自己批判なら会得した。自己嫌悪なら眠っていてもできるし、しょっちゅうやっていた。そんなわけで今、二十八歳の男であるぼくは突然、母親に電話をかけたくてたまらなくなった。悲しかったからだ。

父があんな奴だということには、母があいう人だという一つのプラス面がある。ウィキペディアで調べればわかるだろうが、要約するとこうなる。八〇年代、母は事実上、今よりも大きなヘアスタイルをしたフランス系アイルランド人のアデルだった。いつ有名になるのかと〈ブロス〉（一九八六年に結成された英国のバンド）が考えていて、クリフ・リチャード（英国の歌手）が百万もの無防備なクリスマスの日にヤドリギとワインをばらまいていた（クリフ・リチャードには『ヤドリギとワイン』というクリスマスソングがある）とき、父と母は互いに〝あなたを愛してるし、憎んでるし、あなたなしでは生きられない〟という思いに取りつかれて、二枚の共同制作アルバムと一枚のソロアルバム、そしてぼくを生み出した。

まあ、正確に言えば、ぼくのほうがそのソロアルバムよりも先に生まれた。それはたまたま父が有名になりたいし、家族と暮らすよりもラリっていたいと気づいたときだった。『ウェルカム・ゴースト』は母が作った最後のアルバムだけど、正直な話、そんなことをやるべきじゃなかった。ほぼ毎年、BBCとかITV、またはどこかの映画会社がそのアルバムから取った一曲を、悲しい場面や怒りの場面、あるいはまったくその曲が合わない場面で流すのだ。とにかく、おかげでぼくたちは小切手を現金化できるわけだけど。

ベッドからよろめき出て、身長が百七十センチ以上ある者がドア枠に頭をぶつけずにこのフラットを歩き回るためには必要な長年の習慣で、カジモド（『ノートルダムの鐘』の主人公。背骨に障害がある）風に身をかがめた。身長が百九十三センチのぼくには、ミニクーパーの運転に慣れるのと似たようなものだ。このフラットはマイルズ——元カレだ——と借りた。当時は、シェパーズ・ブッシュ（ロンドン西部にある地区）にある、屋根裏部屋の二十一世紀バージョンみたいなフラットに住むのがロマンチックだと思えた。今では急速にみじめに感じられつつある。一人暮らしで、この先の見込みもない仕事を強いられ、ほとんどが屋根の裏側みたいじゃない家を買う余裕もまだないのだ。もちろん、ここをきれいに片づけたらましかもしれないが、それは絶対にない。

山になった靴下をソファから押しやると、腰を下ろして丸くなり、ビデオチャットを始めた。「もしもし（アロー）、ルーク、わたしのアヒルちゃん（モン・カヌトン）」母さんが言った。「ゆうべ、お父さんの完全な股間（ホール・パッケージ）のふくらみを見た？」

ぎょっとして息をのんだが、「完璧な人（ホール・パッケージ）」とは父のばかげたテレビショーの名前だと思い出した。「いや、友達と出かけてたんだ」

「見るべきだったわ。見逃し配信でも見られるわよ」

「見たくないよ」

母さんはいかにもフランスっぽいしぐさで肩をすくめた。フランス風のものを重視しているに違いないのだが、それを責める気にはなれない。母が祖父から受け継いだものは名前だけだったから。まあ、名前と、スージー・スー（英国のロックバンド、〈スージー・アンド・ザ・バンシーズ〉のボーカル）ならうらやみそうな青白い肌をもらったってことだ。とにかく、子どもから逃げ出す父親を持つことは遺伝的なものじゃないけど、我が家では間違いなくそいつが遺伝している。「あなたのお父さんはね」母さんは言い切った。「いい年のとり方をしていないわ」

「それはよかった」

「今では頭が卵みたいにツルツルでおかしな形なの。癌(がん)にかかっている、あの科学の先生そっくり」

　初耳だ。でも、ぼくは昔の学校の先生たちとわざわざ連絡を取り続けているわけではない。正直なところ、ロンドンの反対側に住んでいる人たちとわざわざ連絡を取り続けてもいなかった。「ベゼル先生が癌なのか？」

「彼じゃないわ。もう一人のほう」

　ぼくの母親についてもう一言。現実世界との関係は、ほぼ疑わしいということ。

「ウォルター・ホワイト(ウィ・ウィ)先生（後述の『ブレイキング・バッド』の主役）のこと？」

「そうそう。それにね、このごろの彼はフルートを持って跳ね回るには年をとりすぎていると思うの」

「父さんの話をしているんだよね？　さもないと、『ブレイキング・バッド』（アメリカのドラマ）はあとのほうのシーズンになると、ひどく変な話になるから」

「もちろん、お父さんの話よ。たぶん、あの人は腰を痛めるでしょうね」

「そうか」ぼくはにやりと笑った。「だといいな」

「あの人はハーモニカを吹いていた若い女性に入札したのよ——あれはいい選択だっ

たでしょうね。いちばん才能がある一人だったから。でも、彼女は彼のところじゃなくて、R&Bグループの〈ブルー〉の男性の一人のところへ行ったの。とてもおもしろかったわ」

止めなければ、母さんはリアリティ番組の話を延々と続けるだろう。あいにく――〝ヴェルアクチュアリー69〟と、ネット上のスズメバチみたいにぼくの頭のまわりをブンブン飛び回っている友人たちのせいで――母さんを止めようとする言葉はこんなものとして出てきてしまった。「昨日、パパラッチに撮られたんだ」

「あら、ベイビー、またなの？　残念だったわね」

ぼくが肩をすくめるしぐさはちっともフランス風じゃなかっただろう。

「そういうものがどんなだか、わかっているわよね」母さんの口調は安心させるように柔らかくなった。「いつだって、一時的な騒動にすぎないわ……なんていうか、ショットグラスの一杯みたいに」

それを聞いてぼくは笑った。母さんはいつもそんなふうだ。「わかってる。ただ、そういうことが起こるたび、些細（ささい）なことであっても、思い出してしまうんだ」

「前に起こったことはあなたのせいじゃないって、わかっているでしょう。マイルズがしたことは実際、あなたとは関係すらなかったのよ」

ぼくは鼻を鳴らした。「あれは間違いなく、何もかもぼくと関係があった」

「誰かの行動のせいであなたが影響を受けることはあるかもしれない。でも、ほかの人が選ぶ行動は、本人に関係があるのよ」

しばらく二人とも口をつぐんだ。「あのことに……あのことに心が痛まなくなるときは来るのかな?」

「いいえ」母さんは首を横に振った。「でも、気にならなくなるわ」

母さんの言葉を信じたかったのは嘘じゃない。なんといっても、その言葉の生きた証拠が母さんだから。

「遊びに来たい、モン・カヌトン?」

エプソム駅(グーグルでは一・六しか星を獲得していない)まで車で迎えに来てほしいとねだれば、たった一時間しかかからない距離だ。でも、何か問題が起こるたびに母親に電話することは多少なりとも正当化できるとしても、文字どおり母親の家に駆け込むことは、いくら自尊心が低いぼくの基準に照らしてもやりすぎだろう。

「ジュディとわたしは新しい番組を発見して、今見ているのよ」たぶん元気づけるつもりらしい調子で母さんは言った。

「うん?」

「そうなの、とっても興味を引かれるわ。『ル・ポールのドラァグ・レース』っていうの——聞いたことある？　最初は好きになれるかどうかわからなかったの。巨大なトラックについての話だと、わたしたちは思ってしまったから。でも、それがね、女性のように装うことが好きな男性たちの話だとわかったとき、わたしたちがどんなに喜んだか、想像がつく？——どうして笑っているのよ？」

「母さんを愛してるからだよ。とてもね」

「笑っちゃだめなのよ、ルーク。きっととても感銘を受けると思うわ。わたしたちはしょっちゅう、彼らの優雅さ（エレガンツァ）についてジョークを飛ばしているの。つまり——」

「『ドラァグ・レース』ならよく知ってるよ。たぶん、母さんより詳しいだろう」この番組がエミー賞を受賞したとき、こんなふうに一般的になったのだ。視聴者は、視聴者の母世代に移った。

「じゃ、いらっしゃいな、わたしの大切な人（モン・シエール）」

　母さんはパックルトルループ・イン・ザ・ウォルドに住んでいて——ぼくが育った、チョコレートの箱みたいな小さな村だ——親友のジュディス・チャムリー＝プファッフルと小競り合いしながら日々を送っている。「ぼくは……」もし実家で暮らしていたら、皿を洗うとか服を洗濯するといった、一人前の大人がするようなことをしてみただろうし、うまくやれただろう。もっとも、実際には、血が出るまでグーグル・アラートをいじくっていたかもしれないが。

「特製カレーを作るわ」

オーケイ、それで話は決まった。「絶対に行かないよ」

「ルーク、わたしの特製カレーに対してずいぶん失礼じゃないの」

「ああ、ぼくは尻の穴に火がつかないほうが好きだからな」

母さんは口を尖らせた。「ゲイの割に、あなたはお尻の穴に敏感すぎるわね」

「ぼくの尻の穴を話題にするのはもうやめない？」

「あなたが持ち出したことでしょう。とにかく、ジュディはわたしのカレーが大好きなの」

ときどき、ぼくはジュディが母を愛しているに違いないと考えることがある。さもなきゃ、母の料理を物ともせずにいられるはずがない。「たぶん、この二十五年間、母さんはジュディの味蕾を徐々に殺してきたんだろう」

「まあ、気が変わったら、わたしたちの居場所はわかっているわね」

「ありがとう、母さん。近いうちに話そう」

「じゃあね、ダーリン。キスを」

絶え間なくリアリティ番組の話をする母親の姿が消えると、家は急にひどく静かになった。一日がとても……長く思える。仕事と友人と知人と、ときどきセックスを試みることに費やす時間を除けば、ぼくは値が張りすぎてうんと維持状態の悪いホテルとしてフラットをどうにか使っていた。到着して眠り込むだけで、翌朝はまた出ていくところだ。

だが、日曜は例外だった。日曜日は厄介だ。というか、年月が経つごとに厄介になっていった。大学生のころの日曜日はブランチをとって、土曜日にしでかしたことを後悔し、眠い午後を過ごすものだった。それから、ディナーをともにする友人たちを一人ずつ失っていった。義理の両親がどうとか、子ども部屋の装飾をしなくてはとか、家庭で過ごす楽しみとかが理由で。

彼らの生活が変化したことをぼくは責めなかった。それに彼らが手にしていたものを欲しくもなかった。そういうことのせいで、関係を絶ったわけではない。思い出せるかぎり、マイルズとの日曜はセックスマラソンから、くすぶる怒りが続くものへとたちまち変わってしまった。今はそんなくすぶっている時期だ。ぼくの世界はスマートフォンに来る通知だけみたいに感じていた。

通知を無視しようと必死になった。母さんが正しいとわかっていたからだ。今日を切り抜けられれば、明日のことなど気にしなくてもいいと。

でも、あとでわかったけれど、母さんもぼくも間違っていた。

ひどく、ひどく間違っていたんだ。

3

月曜日はいつものように始まった――遅刻したが、誰も気にしていなかった。そういうオフィスだから。というか、形だけの〝オフィス〟って感じ。実際のところ、それはサザーク区にある一軒の家で、ぼくが働いている慈善団体の本部用に中途半端な改装をされていた。たまたまそこはぼくを雇おうとしてくれた唯一の慈善団体、というより、実は唯一の組織だった。

この慈善団体は農業や、未来から送り込まれた厄介なＡＩかもしれない、ケンブリッジ大学で教育を受けた昆虫学者のために、ある年老いた伯爵の赤毛の頭から生まれたものだ。使命は何かって？　フンコロガシを救うこと。そして資金担当者としてのぼくの仕事は、糞（ふん）を食べる虫のために金を出したほうがいいと人々を説得することだ。パンダだの孤児だの、それから――まったく、何を言ってんだか――コミック・リリーフ（英国の芸能人による、世界の恵まれない人々を救済するためのチャリティ企画）なんかに寄付するよりもいいと。その仕事が得意だと言いたいが、実際、そういうものを測るための基準などない。まあ、うちの団体はまだ破産を免れているといった程度だろう。それに、合格するはずのないほかの仕事の面接でぼくが言いそうなのは、うちの団体以上に金を集められる、糞便を基本にした環境保護団体はないということだ。

　さらに、この団体の呼び名は「甲虫調査と保護プロジェクト」だ。その頭文字（CRAPP）を並べて、「シー・アール・エイ・ピー・ピー」と発音されることになっている。間違ってもCRAPP（クラップ）ではない（「クラップ」には「糞」の意味がある）。

　CRAPPでの仕事にはたくさんの欠点がある。セントラル・ヒーティングは夏じゅう、かっかと燃え盛り、冬じゅう電源を切られる。事務長はどんな理由があっても、何についてでもスタッフに金を使わせてくれないし、パソコンは古すぎて、発売年に因（ちな）んで名づけられたウィンドウズのバージョンをまだ使っている。そしてもちろん、これがぼくの人生だと日々認識できるようなものは何もない。だが、ちょっとした特典はある。コーヒーはかなりまともなのだ。理事長のドクター・フェアクローが気にかける二つのものがカフェインと無脊椎動物だから。毎朝、ルネサンス時代のものじゃないかというパソコンが起動するのを待つ間、ぼくはアレックス・トゥワドゥルとジョークを言い始める（トゥワドゥルには「たわごと」や「無駄口」の意味がある）。というか、アレックス・トゥワドゥルに対してジョークを言い始めるのだ。その間、アレックスは目をぱちくりさせてぼくを見ている。

アレックスのことはよく知らないし、彼がどうやって今の仕事、すなわち建前としてはドクター・フェアクローの秘書という職を得たのかもわからない。彼が第一級優等学位を得たと誰かから聞いたことがあるけれど、何の学位か、どこの大学かは聞かなかった。

「それじゃ」ぼくは言った。「あるバーにアスファルトの道路のかけらが二つあるとしよう……」

アレックスはまばたきした。「アスファルトの道路のかけら？」

「ああ」

「ほんとに？　どうも筋が通らないけど」

「いいから黙って聞けよ。とにかくアスファルトのかけらが二つあるんだ。で、片方のかけらがもう一方に言う。『ああ、ほんとにさ、おれはものすごく固いんだ。大型トラックがバンバンおれの上を走っても、そのことを感じさえしない』彼がそう言い終わったとき、赤いアスファルトのかけらがバーに入ってくる。すると、最初に話していたほうのアスファルトのかけらは立ち上がって逃げ出し、部屋の隅に隠れる。話を聞いていたほうのかけらは彼のところへ行って言う。『どうしたんだ？　きみは固いはずじゃなかったのか』すると、最初のアスファルトのかけらは言う。『ああ、おれは固いよ。だが、さっき入ってきた奴は自転車道(サイクル・パス)なんだ』」

　長い沈黙があった。

　アレックスはふたたびまばたきした。「どうしてサイクル・パスを怖がっているんだい？　事故にでも遭ったのかな？」

「いや、彼は本当に固いんだが、相手は……サイクル・パスなんだよ」

「そうか。しかし、なんでサイクル・パスが怖いのかな？」

　ときどき自分でもわからなくなるときがあった。こんなふうにジョークを言うのは趣味なのか、それとも自分で自分に与えた罰なのかが。「いや、これは駄洒落(だじゃれ)なんだよ、アレックス。〝サイクル・パス〟を早口で、しかもコックニーみたいなアクセントで言えば、〝精神病質者(サイコパス)〟のように聞こえるからだ」

「ああ」アレックスはしばらく考えていた。「本当の話、よくわからないな」

「そうだな、アレックス。次はもっといいジョークを言うよ」

「ところで」アレックスは言った。「きみは十時半にドクター・フェアクローと面談があるよ」

よくないサインだ。「なんだろう」ぼくは言い始めたが、絶望的だということはすでにわかっていた。「なぜ彼女がぼくに会いたいのか、何か思い当たるか?」

アレックスはにっこりした。「全然思い当たらないな」

「まあ、仕事を頑張ってくれ」

ぼくは重い足取りで階下の自分のオフィスへと戻っていった。ドクター・フェアクローとやり取りするかと思うと、漫画みたいに雨雲が頭上に垂れ込めている気分だ。誤解しないでほしい。ドクター・フェアクローのことは大いに尊敬している――もし、甲虫に関する危機に悩まされていたら、まず彼女に連絡するだろう――ただ、どんなふうに彼女と話したらいいのかわからないのだ。公平に言えば、ドクター・フェアクローのほうもどんなふうにぼくと話したらいいかわからないに違いない。というか、もしかしたらほかのみんなもそう思っているかもしれない。彼らと違うのは、ドクター・フェアクローならそれを気にもかけないということだ。

廊下を歩いていくと一歩ごとに床板が陽気にきしみ、呼びかける声がした。「ルーク?」

悲しいことに、答えないわけにはいかなかった。「ああ、ぼくだけど」

「ちょっと寄ってもらえませんか?　ツイッターが少し厄介な状況で」

仲間の和を大事にする人間だから、ぼくは立ち寄った。リース・ジョーンズ・ボウエン――「CRAPP」のボランティアのコーディネーターであり、ソーシャルメディア活動の責任者でもある――がパソコンにかがみこみ、人差し指でつついている。

「問題は」リースは言った。「ビートル・ドライブについて、あなたがどんなふうに宣伝してもらいたいと思っているかですがね？」

ビートル・ドライブとは、毎年恒例のディナーとダンスつきの資金集めイベントにつけられた愛称だった。この三年間、ぼくが企画してきた。現在のぼくの任務でこれがもっとも金のかかったものだという事実だけ、わかってもらえればいい。ついでに言えば、ぼくの仕事についてもこれしか知らなくてかまわない。

穏やかな口調を保とうと必死になった。「そうだな、先月のいつだったかに言ったのを覚えてるよ」

「ああ、実はこういうわけなんです。わたしはパスワードを間違えて覚えていて、アカウントを設定するために使っていたメールアドレスに別のパスワードを送ってもらおうとした。でも、わかったんですが、そのアドレス用のパスワードも間違って覚えていたというわけで」

「そういうことでいろいろ問題は起こるものだよ」

「それから、付箋にパスワードを書いたに違いないと思った。安全にしまっておこうと思って、付箋を本に挟んだだと。その本は青い表紙だったはずです。でも、タイトルも、誰が書いた本だったかも、何についての本だったかも思い出せなくて」

「もしかして」ぼくは慎重に尋ねた。「メールでそのパスワードをリセットしなかったか？」

「したかも。でも、そのころにはどこまで複雑なことになるのかと、見るのがちょっと怖くて」

正直な話、こんなことはさんざん起こっている。つまり、これとそっくり同じではないにせよ、似たような問題が。それに、うちのツイッター・アカウントのフォロワーが百三十七人よりも多かったら、ぼくももっと心配しただろう。「心配しなくていいよ」

リースは安心させるように片手を突き出した。「いや、大丈夫なんです。ほら、トイレに行くとき、わたしはいつも本を持っていくし、忘れた場合を考えて二、三冊トイレに置いたままにすることもある。で、見たら青い表紙の本が窓枠にあったので、下ろして開いてみたら、付箋が入っていました。すでに便器に座っていてよかった。興奮のあまり、ちびりそうだったから」

「どっちも運がよかったな」なんとなくトイレの前は通過したい気になりながら、ぼくは続けた。「で、パスワードを思い出せたんなら、何が問題なんだ?」

「ああ、えーとですね、どうやら文字が足りないみたいで」

「何を書いたらいいいか、きみにメールで送ったよね。あれで文字数は足りるはずだけど」

「しかし、それからハッシュタグと呼ばれるもののことを聞いたんです。ツイッターで人々にツイートを見つけてもらうために、ハッシュタグはとても重要なものらしくて」

公平に言えば、その点について彼は間違っていない。一方で、ソーシャルメディアを最適なものにする才能について、ぼくはリース・ジョーンズ・ボウエンにこれまであまり高い評価をつけていなかった。「それで?」

「わたしはたくさんのさまざまなアイデアを出してきましたが、我々がビートル・ドライブでやり遂げようとしていることを表現するハッシュタグはこれだと思うんですよ」

ちっとも根拠のない、勝ち誇ったような雰囲気を漂わせながら、彼は紙切れを取り出した。そこには手書きで入念にこう書いてあった。

#甲虫調査と保護プロジェクト毎年恒例の資金集めディナーとダンス昆虫標本の入札式オークションあり別名ビートル・ドライブメリルボーンのロイヤル・アンバサダー・ホテルにてエディンバラの同名ホテルにはあらずチケットは現在ウェブサイトから入手可能

「そしてすでに」リースは続けた。「あと四十二文字しか入らない」

言っとくけど、かつてぼくは実に将来を嘱望されたキャリアを持っていた。まったくの話、経営学修士（MBA）を取得した。ロンドンで最大の広告会社のいくつかで働いたこともある。それが今や、ケルト人の間抜けにハッシュタグについて説明する日々を送っている。

そういうことなんだ。

「画像を作成するよ」ぼくは言った。

リースの顔がぱっと明るくなった。「わあ、ツイッターに写真を投稿できるんですね？　写真への人々の反応がとてもいいというのを読んだんです。視覚的に学べますからね」

「昼食の時間までには送る」

そう言って自分のオフィスへ戻った。パソコンはようやく立ち上がって動き出しており、ぜんそくにかかったティラノサウルスみたいにゼーゼー言っている。メールを調べて、少数の支援者――とても重要な支援者たちだ――がビートル・ドライブから手を引いたことを発見して動揺した。もちろん、おかしな人たちだったし、他人に金を寄付したいなんて余計に変わり者だし、それがフンコロガシへの寄付だったらなおさらだ。でも、なぜかこの事態のせいで、うなじの毛が逆立った。こんなことはおそらく偶然にすぎないだろう。ただ、偶然だとは感じられなかったけど。

団体のウェブサイトに侵入の形跡がないか、急いで調べた。またもやアマチュアのポルノ製作者に乗っ取られていないかと。これっぽっちも心配することが（または興味を引かれるものが）ないのを確認すると、最後は映画の『ビューティフル・マインド』に出てくる男みたいに、資金集めパーティから手を引いた人々をネットで詳しく調べてみた。彼らに何かつながりがないか、突き止めようとしたのだ。わかったかぎりでは皆無だった。まあ、全員が裕福な白人で、政治的にも社会的にも保守派だったけれど。うちの寄付者の大半と同じだ。

ぼくはフンコロガシが重要じゃないと言っているわけではない――ドクター・フェ

アクローは何度となく時間をかけて、フンコロガシが重要な理由を説明してくれた。土壌通気や有機物含有量と何らかの関係があるという――けれども、たとえば地雷や、ホームレスのためのシェルターといったものよりも虫の最高の管理のほうが大事だと思うには、ある程度の特権というものがなければならない。当然、大半の人は、ホームレスは人間だから大切にするに値すると言うだろうが、ドクター・フェアクローはこう主張するだろう。ホームレスは人間だから大勢いるし、生態学的には、重要でないものと真に有害なものとの中間あたりに位置する。替えが利かないフンコロガシとは違う、と。だから彼女はデータを調べるし、ぼくはマスコミ相手に話をすることになるのだ。

4

十時半、ぼくが神妙にドクター・フェアクローのオフィスに参上すると、アレックスが大げさに招き入れてくれた。もっとも、ドアはすでに開いていたが。部屋はいつものように、本や書類や昆虫標本が不気味な大虐殺に遭ったみたいな混乱状態だった。学問をしている特別なスズメバチたちというものがいたら、巣はこんなふうだろう。

「座って、オドネル」

そう、これがぼくのボスだ。ドクター・アメリア・フェアクローはモデルのケイト・モスに似ていて、美術史家のサイモン・シャーマみたいな服装をして、一語ごとに課金されるかのような話し方をする。いろいろな意味で彼女は理想の上司だろう。ドクター・フェアクローの経営スタイルは、部下にいっさい注意を払わないというものだからだ。部下に激怒させられるまでは。公平に言えば、アレックスはそんな行動を二度とったことがあった。

ぼくは座った。

「トゥワドゥル」ドクター・フェアクローは鋭い視線をアレックスに向けた。「議事録を」

彼は飛び上がった。「ああ、えー、はい、間違いなく。誰かペンを持っていますか？」

「あっち。ツマアカルリタマムシの下」

「すばらしい」アレックスは小鹿のバンビの母親みたいな目をしていた。しかも撃たれたあとの。「何の下ですか？」

ドクター・フェアクローの顎の筋肉が引きつった。「緑の箱」

十分後、アレックスはようやくペンを一本と数枚の紙を用意した。最初の紙にペンを突き刺してしまったので、二枚目の紙を出して『フンコロガシの生態と進化』（シモンズ、リズディル・スミス著、ワイリーブラックウェル社、二〇一一年）の本の上に載せた。

「大丈夫です」アレックスは言った。「準備できました」

ドクター・フェアクローはデスクに載せた両手を組み合わせた。「全然おもしろくないわね、オドネル……」

ドクター・フェアクローがぼくに答えを期待しているのかも、何を言おうとしているのかもわからなかった。どちらにしてもいい前兆ではない。「うわっ、ぼくはクビですか？」

「まだだけど、今日、わたしは三通のメールに返信しなければならなかった。普段、返事を書きたいメールより三通多い」

「ぼくについてのメール？」この話の行きつく先はわかっていた。たぶん、ずっとわかっていたのだろう。「写真のせいですか？」

彼女はそっけなくうなずいた。「そう。雇ったとき、あんなのは過去のことだとあなたは言ったはず」

「はい、そうです。つまり、そうなんです。ただ、父がＩＴＶに出演したのと同じ晩にパーティへ出かけるという失敗をしてしまっただけで」

「マスコミの一致した意見によれば、あなたは薬物を乱用して意識不明の状態で側溝に寝ていたとか。性倒錯的な衣装で」

「転んだんです」ぼくは力なく言った。「ジョークっぽいウサギの耳をつけて」

「ある種の人にとってその手のことは、人とは違う逸脱行為の要素をつけ足す」

いろいろな意味で、ぼくは自分が腹を立てていることにほっとしていた。職を失うかもしれないと恐怖に駆られているよりは、そのほうがいい。「弁護士を呼んだほうがいいですか？　薬物を使用していたかどうかということより、ぼくの性的指向に関係がある話になり始めているようですから」

「もちろん、そのとおり」ドクター・フェアクローはいらだたしげな身振りをした。「あなたは間違った種類のホモセクシュアルに見える」

アレックスはウィンブルドンのテニスの試合観戦みたいに右、左と首を振って、ぼくたちのやり取りを眺めていた。今や彼がつぶやいている声が聞こえた。「間違った種類のホモセクシュアル」小声で言いながら殴り書きしていた。

ぼくはできるかぎり分別のありそうな口調で答えようと必死になった。「あの、このことに対してはあなたを本気で訴えられますが」

「たしかに」ドクター・フェアクローは認めた。「しかし、あなたは別の仕事に就けないだろうし、厳密に言えば、うちは解雇するわけではない。それに、資金調達担当としてあなたも心得ているだろうけど、うちにはお金がないから、訴訟を起こしても無意味」

「じゃ、なんですか。ぼくを呼び出したのは、さりげなく同性愛嫌悪を口にして、明るい一日にしてやろうってことだったとでも？」

「さあさあ、オドネル」彼女はため息をついた。「あなたがどんな種類のホモセクシュアルでも、わたしにはまったく興味がないとわかっているはず——ちなみに、アブラムシが単為生殖なのは知っていた？——しかし、あいにく、うちの支持者にはそういうことに関心がある人もいる。当然、全員が同性愛嫌悪者ではないし、彼らをもてなす若くて魅力的なゲイがいることはむしろ好ましい。しかし、それは要するに、ごく普通のホモセクシュアルであることが前提」

ぼくの怒りはこれまでつき合った男たち同様に長続きしなさそうだった。疲労感と無意味さだけが残った。「実は、そういう言い方も同性愛嫌悪ですが」

「そんな支持者にあなたが電話をかけて、今みたいに説明してもいいが、うちにもっと資金を出す気にさせられるとは思えない。寄付を説得できないなら、あなたはこの団体にとってかなりの役立たず」

またしても恐怖に駆られた。「クビにはしないとおっしゃったかと思いましたが」

「ビートル・ドライブが成功するかぎり、どこのバーへ行こうと、どんな哺乳類の付属品を身に着けようと、あなたの勝手」

「よかった」

「でも、今は」ドクター・フェアクローは冷たい一瞥をくれた。「コンドームなしでセックスして、コカインを吸い、穴開きズボンを穿く性的倒錯者という、あなたの公的イメージのせいで、最大の寄付者三人が怯えて逃げてしまった。思い出させるまでもないだろうけど、うちの寄付者リストはもう少しで一桁という崖っぷち状態」

今朝受け取ったメールの話を持ち出すには最高のタイミングではなさそうだ。「それじゃ、ぼくは何をしたらいいんですか？」

「さっさと更生して。行きつけの店が〈ウェイトローズ〉（英国王室御用達の高級スーパーマーケット）の人たちも左派の友人に堂々と紹介できて、右派の友人に紹介する場合は得意になれるような無害な男色者に戻るべき」

「はっきり言って、その言葉にはひどく、非常にひどく腹が立っていますが」

ドクター・フェアクローは肩をすくめた。

「ダーウィンはヒメバチ科に腹を立てた（ダーウィンはイモムシの体内に卵を産みつけるヒメバチを非難した）。残念だっただろうけれど、ヒメバチは存在し続けた」

もしもぼくにブヨの睾丸並みのプライドがあれば、ただちに立ち去ったに違いない。だが、そんなものは持ち合わせていなかったから、出ていかなかった。「タブロイド紙がぼくについて書く内容はコントロールできません」

「もちろん、できますよ」アレックスが甲高い声で言った。「簡単です」

ぼくとドクター・フェアクローはまじまじと彼を見つめた。

「イートン校のときの友人でマルホランド・ターキン・ジジョンズというのがいるんですが、二年前にとんでもない苦境に陥ったんです。車を盗んだとか、売春婦三人と関わったとか、ヘロインを一キロ所持していたとかいった誤解をされて。新聞はマルホランドについてひどいことを書きたてましたが、彼がデヴォンシャー出身のきれいな女相続人と婚約すると、その後はガーデン・パーティの話とかだけに登場して、『ハロー！』（英国のエンターテインメント誌）にしか載りません」

「アレックス」ぼくはゆっくりと言った。「ぼくがゲイだということは知っているだろう。今の話題は、ぼくがゲイであることについてだとわかっているのか？」

「えーと、ぼくは女の相続人のことではなく、男の相続人のことを意味しているんだけど」

「男にしろ女にしろ、相続人なんか一人も知らない」

「そうなのかい？」アレックスは心から困惑しているようだ。「じゃ、誰とアスコット競馬へ行くんだ？」

ぼくは頭を抱えた。今にも泣いてしまいそうだ。

そのとき、ドクター・フェアクローがふたたび会話の主導権を握った。「トゥワドゥルの言うことには一理ある。適切な恋人（ボーイフレンド）がいれば、あなたもまたすぐに好ましく思われるはず」

ぼくは〈ザ・セラー〉でのキャムとの最悪の失敗を思い出すまいと必死になった。彼に拒絶された記憶がよみがえって新たな屈辱を感じた。「ぼくは不適切なボーイフレンドすら作れませんが」

「それはわたしの問題ではないわね、オドネル。さあ、出ていって。何通ものメールとこの会話で、多すぎるほど朝の時間をあなたに費やしてしまった」

彼女はさっさとパソコンに注意を向けた。何をやっているのかはさておき、実に熱心に取り組み出したので、ぼくは自分の存在が消えたように思った。今のところ、消えてもぼくは気にしないだろう。

オフィスを出ていきながらめまいがしていた。顔に片手を当てると、目が濡（ぬ）れている。

「ええっ」アレックスが言った。「泣いているのかい？」

「いや」

「ハグしてほしい？」

「いや」

だが、どういうわけかとにかくぼくはアレックスの腕の中にいて、ぎこちない手つきで頭をポンポンと叩かれていた。アレックスは高校か大学かどこかでクリケットを真剣にやっていたのだろう——五日間にわたってイチゴを食い、のろのろと歩くのが基本のスポーツを真剣にやることがどんな意味だとしても——彼がいまだにクリケット向きの体つきだと気づかずにはいられなかった。引き締まって手足が長く、がっしりしている。そのうえ、あり得ないほど健康的な香りがした。夏の刈りたての芝生みたいなにおい。ぼくはデザイナーブランドのカシミヤのカーディガンに顔を押しつけ、すすり泣きとは違う音を鼻から出した。

あっぱれなことに、アレックスはそうされてもまるで動じなかった。「よしよし。ドクター・フェアクローがちょっとひどい人間なのはわかっているよ。でも、航海に出るともっとひどいことがあるというからね」

「アレックス」ぼくは洟をすすり、こっそり拭おうとした。「『航海に出るともっとひどいことがある』なんて、一八七二年から誰も言ってないよ」

「いや、言っているって。たった今、ぼくが言ったじゃないか。聞いてなかったのかい？」

「きみの言うとおりだ。ぼくがばかだった」

「気にしなくていいよ。動揺してるのはわかっているから」

どん底から五センチほど這い上がったぼくは、うちのオフィスの間抜けの肩で泣いていることを痛いほど意識した。「大丈夫だ。うんざりする五年もの間、だいたいシングルだったし、一晩でボーイフレンドを作らなければ、ぼくが就ける唯一の仕事を失うという事実をまだのみ込もうとしているところだ——従業員への期待値がひどく低いから、きみやリースを雇っている慈善団体で働いている事実をね」

アレックスはしばらく考えていた。「きみの言うとおりだよ。ひどい話だね。つまり、ぼくたちがまったくの愚か者だってことだけど」

「ああ、もう」ぼくはうなった。「せめて怒るくらいしてくれよ。自分がとんでもなく嫌な奴みたいな気分になるじゃないか」

「本当にすまない。そういうつもりはなかったんだが」

ときどき考えることがある。もしかしたら、アレックスは隠れた天才で、ぼくたちは彼の壮大な計画の駒にすぎないのではないかと。「わざと言ったんだろ?」

アレックスはにっこりしたが、謎めいた微笑とも、単なるぼんやりした微笑とも受け取れた。「とにかく、きみなら簡単にボーイフレンドを手に入れられるに違いないよ。ルックスはいい。いい職にも就いている。最近、新聞にさえ載ったじゃないか」

「もし手に入れられるなら、とっくにそうしてるよ」

アレックスはデスクの端に尻を載せた。「元気出せよ。解決できるって。さて、ご両親は誰かきみにふさわしい相手を知っているかな？」

「覚えているだろ？　ぼくの父親はリアリティ番組でドラッグ依存症から回復しているところで、母親は一人しか友達がいない、八〇年代の世捨て人だって」

「ああ。しかし、たぶんご両親の所属するクラブがあると思うんだが？」

「そんなのには入ってない」

「心配いらないよ。ほかにも選択肢はたくさんある」間が空いた。「少し考える時間が欲しいな」

〝やあ、こんにちは、どん底くん。また会えてうれしいよ。きみ、ぼくのボーイフレンドになりたいかい？〟

長い間経ってから、アレックスはウサギのにおいを嗅ぎつけたビーグル犬みたいに明るい顔になった。「一緒に学校へ行った友達はどうかな？　電話をかけて、すてきな姉さんか妹がいないかどうか訊いてみるんだ。いや、その、兄さんか弟ってことだよ。ゲイのきょうだいがいないか尋ねるといい」

「ぼくは小さな村の学校へ通っていたんだ。同学年には三人しかいなかった。その誰とも連絡なんか取ってない」

「ずいぶん妙な話だね」アレックスは首を傾げた。「ハロウ校の出身に違いないと思っていたよ」

「イートン校にもハロウ校にも行かなかった人たちがいることは知ってるだろ？」

「ああ、もちろん。女性だね」

現代の英国の社会経済について説明してやる気にはなれなかった。あまりにも育ちがよすぎて、シャンパンのモエ（Ｍｏëｔ）・エ・シャンドンのｔは発音するくせに、メルロー（ｍｅｒｌｏｔ）のｔは発音しないことを奇妙だとも思わないような男には。

「こんなことを言うなんて信じられないが、ぼくの恋愛関係をきみが修正しようとしていた話に戻らないか？」

「ちょっと戸惑っていることは認めるよ」アレックスは黙り込み、眉をひそめてカフスボタンをもてあそんでいた。それから出し抜けに笑顔を向けた。「思いついた」

普通の状況なら、彼の思いつきなど話半分に聞いただろう。でも、ぼくは絶望していた。「何だ？」

「ぼくとつき合っているというのはどうかな？」

「きみはゲイじゃないだろう。そのことはみんなが知ってる」

アレックスは肩をすくめた。「考えを変えたとみんなに話すよ」

「うまくいくとは思えない」

「近ごろはそういった事柄は流動的であるべきだと思うよ。二十世紀だとか何とかいうことを考えると」

今が何世紀かをアレックスに思い出させるにはふさわしくないタイミングだ。「きみには彼女がいるだろ？」

「ああ、そうだ、ミフィが。すっかり忘れていた。でも、彼女は最高の女性なんだ。そんなこと、少しも気にしないよ」

「ぼくが彼女の立場なら、気にする。大いに気にする」

「うーん。もしかしたら、そのせいできみにはボーイフレンドがいないのかもしれないね」アレックスはやや傷ついたような顔でぼくを見た。「ずいぶん要求が厳しいから」

「いいかな。きみの申し出には感謝する。だが、本物（リアル）の彼女（ガールフレンド）がいることを覚えていられないなら、偽物（フェイク）のボーイフレンドがいることなんか覚えていられないんじゃないか？」

「いや、そこが優れた点なんだよ。ボーイフレンドがきみだというふりをしても、前にそのことをぼくが持ち出さなかったのを誰も妙だと思わないだろう。ひどい愚か者だから、そんなことを忘れてしまうのも当然だと思われるだろうからね」

　恐ろしいほど、アレックスの言うことは筋が通り始めた。「あのさ」ぼくは言った。「まじめにその話を考えてしまうな」

「考えるって、何を？」

「ありがとう、アレックス。うんと助けになってくれたよ」

　ぼくはゆっくりと自分のオフィスへ戻った。いなかった間にほかの寄付者から追い払われなかったことがわかって、ほっとした。デスクの前で頭を抱えて願った――。なんてことだ。混乱しすぎていて、何を願っているのかさえわからない。父親がテレビに出なくて、ぼくが新聞に載らなくて、仕事が危機にさらされていなかったらよかったのは間違いない。でも、そのどれ一つとして、全部まとめたとしても一つ一つでも、本当の問題ではなかった。そんなのは石油が流出した海みたいなぼくの人生の周辺で、死んだ海鳥がさらに数羽増えて浮いているようなものにすぎない。

　結局のところ、父親がジョン・フレミングだという事実はどうにもならなかった。父がぼくを求めなかったことも。マイルズと恋に落ちたこともどうにもならなかった。彼もぼくを求めなかったことについても打つ手はなかったのだ。

物思いにふけっている間に、アレックスの言ったことがまったく役に立たないわけでもないと気づき始めた。つまり、実際に彼が役立ったとまでは言わないが――少しずつのみ込めてきたのだ。大まかに言って、知らない人々と出会うためには知人が効果的だというアレックスの言葉が正しいのではないかと。

　スマートフォンをつかんでワッツアップのグループを呼び出した。最近、このグループに誰かが「ドント・ワナ・ビー・オール・バイ・マイセルフ」（バラードの『オール・バイ・マイセルフ』中のバイ（by）を、「バイセクシュアル」を意味する「bi」とかけている）と名をつけていた。ちょっと考えてから、〈**助けて。緊急事態。クィア・アベンジャーズは集合。今夜六時。《ローズ・アンド・クラウン》**で〉のあとにたくさんのサイレンの絵文字をつけて送信した。行くよ、というコメントがすぐさま画面にいくつも現れて、なんだか感動してしまった。

5

会合の場所として〈ローズ・アンド・クラウン〉を選んだのは、ちょっと身勝手だっただろう。ほかの誰のところよりも、ぼくの勤務先に近かったからだ。でも、危機に瀕（ひん）しているのはぼくだから、選ぶ権利はあると感じた。それに、お気に入りのパブの一つだった――田舎の村から宙を飛んで運んできて、ブラックフライアーズの真ん中にドスンと置いたみたいな不格好な十七世紀の建物。当惑するほど広々としたビアガーデンがあり、ハンギング・バスケットがいくつもぶら下がっているパブは実際、小さな村みたいだった。まわりを囲むオフィスビルは気恥ずかしいとばかりに、ここから距離を置いているように見える。

ぼくはビールとハンバーガーを注文し、外のピクニックテーブルにつかせてほしいと主張した。イングランドの春向けのテーブルだったから、空気はやや冷たかったものの、ロンドンっ子は寒さや雨や少し気になるレベルの大気汚染、悩まされる鳩（はと）たちの糞攻撃といった些細なことを無視しないと戸外になんか出られない。座って二分も経たないうちにトムが現れた。

いつものように少しきまりが悪かった。

厳密には、トムはぼくの友達ではない。義理の友人といったところで、このグループの「数少ないストレートの女性」ブリジットの長年のパートナーだ。俳優のイドリス・エルバをもっとイケメンにした弟って感じの外見と、実際にスパイをしているという理由から、トムはぼくが知る中でもっともホットで、もっともクールでもある人物だ。まあ、本当にスパイかどうかはわからない。存在はしているけれど新聞には載らない政府機関、関税消費税庁の調査部で働いている。

さらに複雑なのは、正確に言うと、最初にトムとつき合ったのはぼくだからだ。二度ほどデートして、とてもうまくいきそうだと思ったから、トムをブリジットに紹介した。すると、いまいましいことにトムを彼女に盗まれたのだ。まあ、盗まれたわけではないか。トムがぼくよりもブリジットのほうを好きになっただけだ。ぼくはそのことに少しも腹を立てていない。つまり、腹を立てているってことだ。いや、違う。腹を立てているとき以外は怒っていない。

二年前、トムとブリジットが試練を経験したとき、ぼくはまた彼に言いよるべきじゃなかったのだろう。彼らは交際を一時的に中断していただけだったから、そうなるはずだったほど、ぼくは打ちのめされなかった。とにかく、結局はトムに自分がどれほどブリジットを愛しているかを悟らせて、よりを戻したいと思わせただけだった。だから、それでよかったってこと。

要するにトムといると、ぼくは自分の価値がドラッグの密売人や銃の密輸業者くらいだと感じる。もっとも、ぼくの自己評価はあまりたいしたものではないが。

「ハイ」ぼくは言った。芝生に穴を掘り、危険にさらされたフンコロガシよろしく身をくねらせてその中に入り込むまいとしながら。

トムはいかにもヨーロッパ大陸式の少し退屈なキスをぼくの頬にした。ぼくのビールの隣に自分のビールをドンと置く。「元気そうじゃないか。久しぶりだな」

「ああ、そうだね」

ぼくは傷ついた表情をたまたま見せてしまったに違いない。トムがこう続けたからだ。「ブリッジは遅いな。つまり、当然ながらってことだが」

ぼくはぎこちない笑い声をあげた。遅刻は彼女の欠点だ。「そうだな。うん。近ごろはどんな調子？」

「ああ、いろいろだ。大がかりな不正商品の事件とか。もうすぐ決着がつくはずだ。

きみはどうしているんだ？」

トムと三年間過ごしたから、〝不正商品〟はもっと深刻な事態を示す業界の隠語だとぼくにもわかっていた。とはいえ、それがどんなものなのかきちんと理解したことはなかった。そんなわけで、フンコロガシのための資金集めパーティを自分が企画していると話すなんて、かなり恥ずかしいことだった。

でも、もちろんトムは大いに興味を示し、実に洞察力に富んだ質問を山ほどした。そのうちの半分はぼくが自分で思いつくべき質問だった。とにかく、そうやって会話をもたせているうち、ジェームズ・ロイス・ロイス夫妻がやってきた。

ジェームズ・ロイスとジェームズ・ロイスには（今ではジェームズ・ロイス・ロイスとジェームズ・ロイス・ロイスだ）大学のＬＧＢＴＱ＋のイベントで出会った。いろいろな意味で、この二人がこんなにうまくいっているのは不思議だった。彼らに共通するものはこれまで名前だけだったからだ。ジェームズ・ロイス・ロイスは眼鏡をかけたシェフで、自分を表現する方法として……うーん、これを言い表す気の利いた方法をぼくは見つけようとしているのだが、とにかく要するに、並外れてなよなよしたしぐさをする。一方、もう一人のジェームズ・ロイス・ロイスはロシア人の殺し屋みたいな外見で、言語に絶するほど複雑な数学も含めて、ぼくにはさっぱり理解できない仕事をしていて、ものすごく内気だ。

現在、二人は養子をもらおうとしている。だから、会話はたちまち「口あんぐりってほどの」（ジェームズ・ロイス・ロイスの言葉によると）量の書類の話に移った。ぼくは無邪気にも、そんな書類は赤ん坊を望まない人々から望む人々へ渡る際の簡単なプロセスだと推測していたのだ。正直なところ、実際の子どもの話よりもそういう話題のほうが、多かれ少なかれ疎外感を覚えるのかどうか、わからなかった。

次にやってきたのはプリヤだった。小柄なレズビアンで、色とりどりのヘアーエクステをしている。金属のかけらをほかの金属のかけらに溶接し、それをギャラリーで売ることによって、どうにか請求書の支払いをやり繰りしていた。彼女は本物の才能に恵まれているに違いないが、ぼくにはそれを判断する資格が全然ない。たちまち友情を築くようになったこのグループで、ぼく以外のシングルはプリヤだけだったから、安ワインのプロセッコを飲んだり、愛されないことを互いに嘆いたりして多くの夜を一緒に過ごしたものだ。五十歳になってもどちらも独り者だったら、ライフスタイルを考え直して結婚しようと約束もした。だが、それから彼女は二十歳以上も年上の既婚の中世研究家と恋に落ちて、ぼくを裏切った。そしてさらに許しがたいことに、その関係はうまくいっている。

「土曜日はいったいどこにいたの？」プリヤはテーブルにぴょんと飛び乗ってぼくをにらんだ。「あたしたちは人々を品定めしながらクラブの片隅に座ってるはずだったのに」

ちっとも恥ずかしいなんて思ってないよ、というふりで肩をすくめてやった。「クラブへ行ってカクテルを注文して、イケてる男にふられてぶざまに退場した」

「ふーん」プリヤは口元をゆがめてにやりと笑った。「あんたにとって、めっちゃ普通の夜じゃないの」

「反論したいが、実際は間違いなく妥当な言い方だ」

「だからそう言ったのよ。とにかく、今回の大きな災難は何なの？」

「ブリジットが」ジェームズ・ロイス・ロイスが言った。「まだ姿を見せていないことでしょ」

プリヤは天を仰いだ。「そんなの災難じゃない。いつものことよ」

ブリジットを待てば二十分、場合によってはいつまでも待つことになるから、ぼくは洗いざらい話した。写真のこと、寄付者たちのこと、そして尊敬されているボーイフレンドを作らなければ仕事が完全にヤバいことを。

最初に反応したのはジェームズ・ロイス・ロイスだった。「それは」彼はきっぱり言った。「あらゆる良識の形に反する、最高に非常識な逸脱だわ。あなたは環境保護の慈善団体の資金集め担当者で、リアリティ番組の『ラブ・アイランド』の出演者じゃないのよ」

「そのとおり」〝ぼくとつき合っていないゴージャスな〟トムはビールを口にし、飲み込むと喉が動いた。「これはどの面から見ても妥当じゃない。ぼくの担当分野ではないが、きみの件は労働裁判所向けのものだ」

ぼくは悲しい気持ちで小さく肩をすくめた。「かもしれない。だけど、ゲイすぎるせいで資金集めにぼくが失敗したら、裁判にかけるべき雇い主もいないことになる」

「どうやら」プリヤは口をつぐみ、ドクターマーチンのブーツの虹色の紐（ひも）を結び直した。「あんたには二つの選択肢があるようね。クビになるか、誰かとくっつくか」

これを聞いたジェームズ・ロイス・ロイスは眼鏡越しに彼女をまじまじと見た。「プリヤ、マイ・ダーリン、わたしたちは彼の気持ちを支えてあげようとしてるんじゃないの」

「あんたは気持ちを支えてあげようとすればいいわよ」プリヤは言った。「あたしは役に立とうとするから」

「気持ちを支えることは役に立つのよ、このド派手な恥知らず」

彼らの口論にいい思い出がなかったトムはため息をついた。「ぼくたちにはその両方の役割ができるはずだ。しかし、この方法をルークに勧めるべきかどうか、確信が持てない」

「いいかな」ぼくはトムに言った。「まさにきみの言うとおりだし、とても親切だとは思うよ。でも、選択肢はないだろう。だから、みんなにはぼくに男を見つけてもらいたいんだ」

不安になるほど長い沈黙が続いた。

とうとうトムが口を開いた。「オーケイ、それがきみの望みなら。しかし、少しばかり分野を絞ってもらわなければならない。どんな人を探しているんだ？」

「話を聞いてなかったのか？　男だよ。どんな男でもいい。スーツを着られて雑談ができて、資金集めパーティでぼくに恥をかかせない男なら」

「ルーク、ぼくは……」トムは髪を手で梳いた。「本当に力になろうとしているんだよ。しかし、それはかなりひどいんじゃないかな。つまり、ぼくにどうしてほしいというんだ？　元カレに連絡して、こう言えとでも？　『やあ、ニッシュ、いい話だよ。信じられないほど理想が低い友人がいるんだが、そいつがきみとつき合いたいんだって』とか？」

めされたけど」

「まあ、この前に理想が高かったときは、ぼくの親友を選んだその男のせいで打ちのめされたけど」

ジェームズ・ロイス・ロイスが息を吸い込む音が聞こえた。ふいにみんながわざと明後日の方向に目を向け始めた。

「悪かった」ぼくは小声で言った。「ぼくは……悪かったよ。今、ちょっと動揺してるんだ。自分を守るため、嫌な奴になってしまった」

「気にしていないよ」トムはふたたびビールを飲んだ。

トムが言ったことの意味が「気にしていないよ。ぼくは腹を立てていないし、きみを嫌な奴だとは思っていないから」なのか「きみが嫌な奴でも気にしていないよ。ぼくたちは本当の友達じゃないから」なのかわかるまで、やや時間がかかった。いまいましいスパイめ。トムが悪いわけではない。今、多くを要求しているのはぼくなのだ。

「問題は」――ぼくは手近なビールのボトルからラベルを剝がし始めた――「ぼくがちゃんとした恋愛関係を結べないことなんだ……しばらくは続くものを。たぶん、これからの三十年間、きみたちはクリスマスに誰がぼくの相手をしなければならないかと、パートナーと口論することになるだろうな。でも、ぼくには無理なんだ――」

「ああ、ルーク」ジェームズ・ロイス・ロイスが大声をあげた。「ヘカーサ・デ・ロイス・ロイス〉ではいつでもあなたを歓迎するわよ」

「それが話の要点じゃないけど、そう聞いてうれしいよ」

「ちょっと待って」プリヤはブーツから目を上げ、指をパチンと鳴らした。「わかった。誰かを雇いなさいよ。その仕事に飛びつきそうな人なら、最低でも三十人は知ってる」

「娼夫を雇えときみが勧めてることと、きみがすでに娼夫を三十人知ってるらしいことのどっちに、自分がより動揺しているのか、わからない」

プリヤは困惑したまなざしでぼくを見た。「あたしは職を失った俳優とか、パフォーミング・アーティストとかを考えてたんだけど、何だっていいわ。あんたが娼夫なんて言うから、二〇〇〇年代の終わりに、ケヴィンがエスコートサービスみたいなことをやってたのを思い出した。それに、スヴェンはまだ副業にセックスワーカーをしてるの」

「ワオ」ぼくは最高に皮肉な調子で両方の親指を立ててみせた。「スヴェンなら完璧みたいだな。『タブロイド紙を避け続けようとする』という話のどの部分が、きみには理解できないいんだ？」

「やだ、やめて。彼はすてきよ。詩人なの。タブロイド紙に正体はバレないわよ」

「奴らはいつでも正体を探り出すんだ」

「オーケイ。それなら」プリヤは少しぼくにいらだっているらしかった。「男ならどんな男でもいいとあんたが言ったとき、本気で言ってたのよね。とても度量が狭い中流階級の、受容というものの定義は異性愛を基準とする人たちにぴったりくる男ならね」

「ああ。ぼくは無名の環境保護の慈善団体のために働いている。度量が狭い中流階級の、異性愛を基準とする人たちは、ターゲット層だよ」

またしても長い沈黙。

「頼むからさ」ぼくはまともに懇願した。「きみたちにはセックスワーカーでもないし、ぼくには上等すぎるわけでもない友達が誰かしらいるはずだ」

すると、ジェームズ・ロイス・ロイスが身を乗り出して何かをジェームズ・ロイス・ロイスにささやいた。

ジェームズ・ロイス・ロイスの顔がぱあっと明るくなった。「それはすばらしい考えよ、キャンディーちゃん。彼なら完璧。ただ、去年の七月にニースデン出身の公認会計士と結婚したと思ったけど」

ジェームズ・ロイス・ロイスは落胆した顔つきになった。

ぼくはラベルをグイッと引っ張ってビールのボトルからすっかり剝がし、くしゃくしゃに丸めた。「わかった。これまでのところ、ぼくの選択肢はこうなる。すでに結婚している男か、三十人の娼夫か、ニッシュと呼ばれる、かつてトムとつき合っていたからぼくを少々レベルが落ちた奴と見なすに違いない野郎だ」

「そんなつもりじゃなかった」トムがゆっくりと言った。「ニッシュが自分はきみには上等すぎると思うだろうなんて考えは、ぼくにはなかった。喜んできみを紹介したところだ。ただ、インスタグラムから判断すると、ニッシュは誰かとつき合っているらしい」

「ああ、ぼくはクビだ」テーブルにドンと突っ伏したが、思ったよりも頭を強く打ちつけてしまった。

「ごめーーん、遅くなっちゃってーーー」ブリジットの声が戦闘ラッパさながらにビアガーデンに響き渡った。横を見ると、いつものように実用的でないハイヒールを履いた彼女がよろめきながら急いで芝生を横切ってこちらへ来るところだった。「とても信じられないことが起こったの。どう話したらいいかわからない。とにかく、うちの作家の一人が今日の真夜中にものすごい評判の著書を売り出す予定になっていて、書店の〈フォイルズ〉に向かっていた本を積んだトラックが橋を渡っていたときに川へ落ちちゃって、本の半分がだめになっただけじゃなくて、もう半分は組織立ったファンたちに持っていかれて、ネットにネタバレ投稿があふれてるの。きっとわたしはクビになっちゃう」そう言うと、ブリジットは息切れしてトムの膝の上に載ってぐったりとなった。

トムはブリジットの体に両腕を回して引き寄せた。「きみのせいじゃないよ、ブリッジ。そんなことではクビにならない」

ブリジット・ウェルズ。ぼくの〝数少ないストレートの友達〟。いつも遅刻してきて、いつも災難の真っただ中にいて、いつもダイエット中。なぜか、彼女とトムは本当にうまくいっている。自分の失敗によってトムを失ったことでぼくは落ち込んでいたが、すばらしくて愛らしい人だと思ってくれる相手をブリジットが見つけたことはよかった。リボンをふんだんにつけたみたいなゲイじゃない相手を。

「一方、ルークはね」ブリヤが言った。「間違いなくクビになってしまうの。ボーイフレンドを手に入れないかぎり」

ブリジットはレーザー誘導でデート相手を探す装置みたいにぼくに焦点を合わせた。

「まあ、ルーク。本当によかった。わたしは何年もの間、ボーイフレンドを作りなさいってあなたに文句を言ってきたものね」

ぼくはテーブルから顔を上げた。「最優先事項だったな、ブリッジ」

「これは最高のことよ」ブリジットは興奮して両手をねじり合わせた。「わたしは完璧な男性を知っているわ」

心が沈んだ。話の行きつく先はわかっていた。ぼくはブリジットを愛しているが、この社交サークル以外で彼女が知っているゲイは一人しかいない。「オリヴァーだなんて言わないでくれよ」

「オリヴァーよ！」

「オリヴァーとはつき合わない」

ブリジットは目を見開き、傷ついた表情を浮かべた。「オリヴァーのどこが悪いの？」

正確には二度、オリヴァー・ブラックウッドに会ったことがある。最初はブリジットの職場のパーティで、ゲイはぼくたち二人しかいなかった。ぼくたちに近づいてきて、二人はカップルかと尋ねた人がいた。オリヴァーはひどい嫌悪の表情で答えた。「いや、こちらはぼくの隣に立っている、別のホモセクシュアルの方というだけです」二度目に会ったとき、ぼくはへべれけに酔っていてどうしようもなく絶望的な気分だったから、家に来ないかとオリヴァーを招いた。次に起こったことについては記憶がぼんやりしている。でも、翌朝、目が覚めたときは一人だった。完全に服を着たままで、横には水の入った大きなグラスがあった。どちらの場合も、独特の屈辱的なやり方でオリヴァーは実にはっきりさせてくれた。ぼくたちにはそれぞれ属している仲間がいて、彼の世界はぼくのものとかけ離れていることを。

「オリヴァーは……ぼくのタイプじゃない」そう言ってみた。

プリヤは娼夫を雇うアイデアを却下されたことに、どう見てもまだいらだっていた。

「オリヴァーはあんたが探していると言ったとおりの男じゃないの。つまり、嘘みたいに退屈な人ってこと」

「彼は退屈じゃないわ」ブリジットは異議を唱えた。「法廷弁護士なのよ……それに……それにとてもすてきな人。いろんな人とつき合ったことがあるわ」

ぼくは身震いした。「それが危険信号じゃないと言うのか」

「あるいは」トムが提案した。「こう考えたらどうかな。オリヴァーとなら、きみは完全に普通で健全なつき合いができると」

「どうしてオリヴァーの交際がうまくいかないのか、わからない」ブリジットは恐るべき友人がシングルである理由を心底から不思議がっているらしい。「彼はとてもすてきなのよ。服の趣味もいいし。家はとても清潔で、しゃれたインテリアなの」

ジェームズ・ロイス・ロイスは皮肉っぽく顔をしかめた。「ダーリン、こんなことは言いたくないけど、彼はあなたが探している人にどんぴしゃみたいよ。会うことさえ拒否するなんて、とっても無作法」

「だけど、オリヴァーがそんなに完璧なら」ぼくは指摘した。「すばらしい仕事を持っていて、すばらしい家があって、すばらしい服装をしていたら、ぼくとつき合いたがるわけがあるか？」

「あなただってすばらしいわよ」ブリジットの片手が励ますようにぼくの手に載せられた。「すばらしくないっていうふりを必死にしているだけ。とにかく、すべてわたしに任せて。わたしはこの手のことにかけちゃ、超優秀なんだから」

ぼくの交際は橋を乗り越えて川に落ちかけているに違いなかった。そしてネットにネタバレ投稿があふれて交際が終わりになることはほぼ間違いない。でも、たしかに、オリヴァー・ブラックウッドが最後の頼みの綱のように思えた。

6

三日後、もっといい判断をしたいという思いと自らの抗議の声にもかかわらず、ぼくはオリヴァー・ブラックウッドとのデートの準備をしていた。ワッツアップ・グループ――「ワン・ゲイ・モア」（ミュージカル『レ・ミゼラブル』中の曲、『ワン・デイ・モア』のもじり）――には助言の言葉があふれていた。おもにぼくが何を着るべきじゃないかに関するものだ。結局、ぼくの服すべてに当てはまりそうだった。とうとう、もっとも細身のジーンズを穿き、先がいちばん尖った靴を履いて、見つけることができた、アイロンがいらない唯一のシャツとオーダーメイドのジャケットを着た。別にファッションの賞とかを獲得するつもりなんてないが、「何の努力もしていない」と「うんざりするほど絶望的」とのバランスをうまく取った服装という印象を与えられると思ったのだ。あいにく、さんざんメッセージを打って、うろたえて、くだらない批評をする奴らの称賛を狙って自撮りしていたせいで遅刻してしまった。だけど、オリヴァーはブリジットの友達だから、長年の間に遅刻に対してはかなり寛容になっているだろう。〈クオ・ヴァディス〉──オリヴァーが選んだ店だ。こんな上品な店にぼくが行くはずはない──のドアから駆け込んだとたん、はっきりとわかった。実際の話、オリヴァーはいかなる遅刻に対しても寛容さを育んでなどいなかったことが。彼は隅のテーブルにいた。ステンドグラスの窓から差し込む光のせいで、しかめた顔にはサファイア色と金色の斑になった影が落ちている。クロスで覆われたテーブルを、片手の指先でいらだたしげにトントンと叩いていた。もう一方の手は鎖につけた懐中時計を握っている。すでに何度も時間を調べたという気配を漂わせて、また時計を見ようとしているところだった。

それにしても、冗談抜きで懐中時計の鎖とは。いったい、どういう奴だよ？

「本当にすまなかった」ぼくはあえいだ。「ぼ……ぼくは……」いや、何の言い訳もできなかった。明らかな事実を話すしかない。「遅れてしまって」

「よくあることだよ」

ぼくが到着したとき、オリヴァーはまるで五〇年代のティーダンス（午後のお茶とダンスを兼ねたパーティー）の場であるかのように立ち上がった。お返しに何をしたらいいのか、ぼくはすっかり途方に暮れた。握手するのか？　頬にキスする？　お目付役に相談するとばだが」

「もし」オリヴァーは尋ねるように片方の眉を上げた。「きみにほかの約束がなければだが」

か？「座ってもいいかな？」

オリヴァーがどうぞというしぐさをしたので、ぼくはぶざまに体をくねらせて長椅子に座った。沈黙が漂った。モッツァレラチーズが糸を引くような長い沈黙は社交上、気まずかった。

これはジョークなのか？「いや。いや、ぼくは、えーと、きみとの約束だけだよ」

ンストライプを非難する人」というタイトルの現代芸術の作品みたいな男。いらだたしくなるほどの美形。ぼくの顔ときたら、不運な日にピカソが製作したみたいなものだ――何の理由もなく母と父のそれぞれの部分を寄せ集めて作ったようなもの。でも、オリヴァーの顔は、十八世紀の哲学者なら神の存在の証拠だと見なしたような、完璧に均整の取れたものだ。

「アイライナーを引いているのか？」オリヴァーが訊いた。

「何だって？　まさか」

「本当か？」

「まあ、それはぼくが覚えておくべきことだろうな。自分の目がアイライナーを引いたみたいに見えることはよくわかっているよ」

オリヴァーはやや腹を立てたようだ。「ばかげている」

ありがたいことに、そのときメニューを抱えたウエイターが現れ、しばらく互いを無視する口実が与えられた。

「まず食べるべきなのは」オリヴァーは言った。「スモークしたウナギ入りのサンドイッチだな。ここの自慢の一品だ」

メニューは一枚の大きな紙の形で手書きの絵が入り、いちばん上には天気予報なんかが載っていたから、彼が何を言っているのかすぐにはわからなかった。「きっと十ポンドをはるかに上回る値段だろう」

「支払うのはぼくだから、そんなことは気にしなくていい」

ぼくが身をよじったせいで、ジーンズが長椅子の革とこすれて甲高い音がした。

「割り勘にしたほうがもっと気楽なんだけど」

「そのつもりはない。店を選んだのはぼくだし、ブリジットの話によれば、きみはフンコロガシと仕事をしているそうだね」

「ぼくはフンコロガシのために仕事をしているんだ」オーケイ、そう言い換えたところで、ましには聞こえない。「つまり、フンコロガシの保護の仕事をしている」

さっきとは別の眉が上がった。「彼らに保護が必要だとは気づかなかった」

「ああ、ほとんどの人は気づいていない。それが問題なんだ。科学はぼくの得意とするところじゃないが、簡単に言うと、フンコロガシは土のために役立つし、絶滅してしまうと、人間はみんな餓死するんだ」

「だったら、いい仕事をしているじゃないか。だが、有名な慈善団体でさえ民間企業よりもかなり給料が少ないという事実は知っている」オリヴァーの目――鋭い暗灰色だ――に自分の目を長い間、しかもしっかりととらえられたので、ぼくは本当に汗をかき始めた。「ここはぼくがおごる。譲らないよ」

奇妙なほど家父長的な態度だったが、彼もぼくも男だという理由で異議を唱えることが許されるとは思えなかった。「うーん……」

「そのほうが気分がよくなるなら、メニューの選択はぼくに任せてくれ。ここは気に入っているレストランの一つだし」オリヴァーは姿勢を変え、偶然にもテーブルの下で脚がぼくの脚に当たった。「失礼……ここを人に紹介するのは楽しい」

「あとできみのために葉巻を切ってほしいと思っているのか？」

「それは婉曲（えんきょく）表現か？」

「『恋の手ほどき』（アメリカ映画。行儀作法をしつけられて淑女へ成長する少女の恋模様を描く）に出てくるだけだよ」ぼくはため息をついた。「だけど、わかった。きみが選んでかまわない。本当にそうしたいなら」○・二秒ほどの間、彼は幸せと言ってもよさそうに見えた。「いいのか？」

「ああ。それから」まったく、なぜぼくはいつもこんなに無作法なんだろう？「すまない。感謝するよ」

「食事制限されているものはあるか？」

「いや、何でも食べる。そう。食べ物なら。そういうことだ」

「それと……」オリヴァーはためらっていた。それから躊躇などしなかったふりをした。「酒は飲むか？」

死にかけの魚みたいに心臓が跳ね上がった。長年、ぼくについて言われてきたことにわずかでも関係がありそうなほうへ会話が向かうと、いつもそうなるように。「信じるべき理由がきみには何もないとわかってるけど、ぼくはアルコール依存症じゃないんだ。セックス依存症でもない。ドラッグの常用者でもないよ」

長い間があった。ぼくは死にたい気分で、パリッとしたテーブルクロスをにらんでいた。

「そうだな」ようやくオリヴァーは言った。「ぼくには信じるべき理由が一つある」

理想の世界なら、ぼくは相当の威厳がある態度を取っただろう。だが、こうして生きている現実の世界では不機嫌な視線をオリヴァーに向けただけだった。「それは？」

「依存症なら、きみは話してくれただろうということだ。じゃ、飲むか？」

ぼくは胃が荒々しく急降下していくように感じていた。なぜかはわからなかったが。

「よければ、やめておかないか？　アルコールについて健康上の問題があるわけじゃないけど、泥酔したとき、ぼくはちょっとばかりばかなことをしがちなんだ」

「承知している」

オリヴァーにもう少しで好意を持つところだったとは情けない。もっとも、厳密に言えば、オリヴァーを好きになる必要はなかったし、彼に好意を持っていると思わせるだけでいい。オリヴァーがクビにならないために充分な間、彼がぼくとつき合ってくれる期間だけ。それでいい。ぼくにはできる。魅力的になれるはずだ。もともと、ぼくは魅力的なんだ。アイルランド人の血が四分の一と、フランス人の血が四分の一、混じっているのだから。これ以上、魅力的になれる組み合わせはないだろう。

ウエイターが戻ってきて、ぼくがむっつりと押し黙っている間、オリヴァーが料理を注文した。こういう経験すべてがなんだか妙だった。この状態をどれくらい屈辱的だと思うべきか、まだわからなかったからだ。こんなことが定期的に起こるのを望まないには違いない。でも、こういうふうに人前で支配されることを楽しんでいる哀れで寂しい自分もどこかにいた。オリヴァー・ブラックウッドのような男に我が物顔に振る舞われるならなおさらだ。大切にされているという感情に危険なほど近かった。

「嫌でも気がついてしまうんだが」ウエイターがテーブルから離れると、ぼくは切り出した。「この魚のサンドイッチが最高だとしても、きみは食べないんだな」

「ああ。実は」驚いたことに、オリヴァーの耳のまわりがうっすらとピンクに染まった。「ぼくはベジタリアンなんだ」

「だったら、うまいウナギだなんてどうしてわかるんだ？」

「以前は肉を食べていたし、好んでいた。今は肉食を倫理的に正当化できなくなっただけだ」

「だけど、ぼくが不快な肉食動物みたいに死んだ獣を食らうのを、喜んでここに座って眺めるつもりなのか？」

オリヴァーは目をしばたたいた。「そんなふうには考えなかった。ただ、きみに食事を楽しんでほしかっただけだ。それに主義を分かち合う必要もない人に、自分の主義を押しつけるつもりはない」

ぼくのことを指しているのか？　それとも、オリヴァーは要するにこう言ったのか？　〝きみは非倫理的に行動するだろうが、よい行動を期待しても無理だな？〟と。

〝これを成功させて仕事をクビにならない〟ための分別ある反応は、そんな言葉を気にしないことだろう。「ありがとう。聖人ぶった言葉を聞きながらディナーをとるのはいつでも気に入っている」

「それはずいぶんフェアじゃない言い方だ」オリヴァーがふたたび姿勢を変えると、また蹴飛ばされた。「きみに尋ねないでベジタリアン料理を注文したら、今以上ではないにしても、同じくらい腹を立てるだろうからな。それに、脚が当たってばかりですまない。きみの脚はいつも思いがけない場所にあるからだが」

最高に悪意を込めた目でオリヴァーを見てやった。「よくあることだよ」

二人とも銃で頭を撃たれたんじゃないかというほど、会話はすっかり途絶えてしまった。ぼくが救急隊員の役割を演じて会話を生き返らせるべきだとわかっていたけれど、そんな気になれなかったし、うまい方法も思いつかない。

その代わり、届いたばかりの焼いたサルシフィのパルメザンチーズがけ（サルシフィとは何か、さっぱりわからなかったし、質問してオリヴァーに満足感を与えたくもなかったが、おいしかった）を嚙んで考えていた。本当に夢中になれる人とここにいたら、どんなふうだろうかと。居心地のいい、すばらしいところだった。鮮やかな色の窓や、キャラメル色の革が張られた椅子。料理は驚くべきものになるに違いない。

記念日や特別なときにまた来たくなるレストランだった。そこでの完璧な初デートを相手と一緒に思い出したい場合にも。

運ばれてきた魚のサンドイッチはこれまで食べた中で最高のものだとわかった。スモークしたウナギの厚切りを、バター入りのサワードウで作ったパンで巻き、うんと辛いセイヨウワサビとディジョン・マスタードをたっぷりと塗って、魚の強い味を取り除ける程度の辛さの赤タマネギの酢漬けを添えて出された。もしかしたら、ぼくは心からのうめき声をあげてしまったかもしれない。

「オーケイ」サンドイッチをガツガツ食べてしまうと、ぼくは言った。「ぼくが軽率だった。これがあまりにもおいしかったから、今すぐきみと結婚してもいいくらいだ」

たぶん、ぼくはウナギ色のレンズが入った眼鏡をかけて世の中を見ていたんだろう。でも、そのとき、オリヴァーの目に銀色のきらめきが宿った。前に思ったよりも柔らかなまなざしだった。「気に入ってくれてうれしいよ」

「残りの生涯、これを毎日食べたっていい。こんな食べ物があることを知りながら、きみはよくあきらめられるな？」

「ぼくは……それが正しい行いだと思ったんだ」

「そういう行動が本当に立派なのか、本当に悲劇的なのか、ぼくにはわからない」

オリヴァーは照れくさそうに片方の肩をすくめた。二人の間の沈黙はまだ心地よいものとはいかなかったが、さっきよりもいらだたしさが少し減っていた。もしかしたら、うまくいくかもしれない。もしかしたら、ぼくたちは死んだ魚に救われたのかも。

「それで……ああ……」まだサンドイッチにうっとりしていたぼくはもっと努力できそうに感じた。「たしか、きみは弁護士か何かだったよね？」

「そうだ、法廷弁護士(バリスター)だ」

「で、きみは何を……バリストするんだ？」

「ぼくは――」彼の靴の先がぼくの膝に強く当たった。「いけない。失礼した。またやってしまった」

「ぼくが言いたいのは、きみがかなりハードコアな足でのいちゃつきをやってるってことだ」

「断言するが、どれも偶然だ」

オリヴァーがあまりにも恥ずかしそうなので、気の毒になった。「ぼくのせいだな。脚が長いから」

二人してテーブルクロスの下を覗(のぞ)いてみた。

「こうしたらどうかな。ぼくがこうする……」ぼくは言い、足を右側にさっとどけた。オリヴァーはイタリア製らしい革のオックスフォードシューズをゆっくりと左側に寄せた。「じゃ、ぼくはこちらへ……」

二人の足の位置を変えたとき、彼の足首がぼくの足首をかすめた。この前セックスしてから時間が経ちすぎていたせいだろうが、いまいましいことにぼくは気絶しそうになった。テーブル下の交渉から注意を引き離すと、オリヴァーがゆがんだ微笑めいたものを浮かべてぼくを見ていることに気づいた——まるで、ぼくたちが片手（シングル・ハンデッドリー）で（独力でという意味がある）（それとも、片足（シングル・フッテッドリー）でってことか？）——中東に平和をもたらしたかのように。

突然、オリヴァーはうんと耐えられる相手に変わった。耐えられる以上だったから、そんなふうにほほ笑んですばらしいウナギのサンドイッチをごちそうしてくれる男に自分が我慢できそうだと思った。たとえ、その必要がなくても。

それは彼を嫌うよりもはるかに、めちゃくちゃヤバいことだったのだ。

7

「きみの……きみの仕事のことだけどさ？」ボウルに入ったグラノーラを食べながら、できるだけよどみなく尋ねてみた。

「ああ。そうだな。そう、ぼくの」今度、テーブルの下のオリヴァーの足は軽く揺れるたび、ぼくの足の横にわずかに触れていた。「専門は刑事事件だ。それと、その質問はさっさと済ませたほうがいい」

「さっさと済ませるって、何を？」

「刑事事件を扱っていると聞くと、誰もがする質問だ」

なんだか試験に落ちたような感じで落ち着かなかった。パニックに駆られて、最初に思い浮かんだことを口に出した。「きみはかつらをかぶったままでセックスするのか？」

オリヴァーはまじまじとぼくを見た。「いや、かつらはとても高価だし、つけ心地は悪いし、職場でかぶらなければならないものだからな」

「ああ」ほかの質問を思いつこうとした。でも、今度はこんなことしか出てこなかった。「きみは法服を着たままセックスするのか？」どう見ても、助けにならない質問だ。

「よく人々がする質問は」オリヴァーは続けた。劇を演じている役者が彼一人で、台詞を思い出したかのように。「レイプ犯や殺人犯をまた街中へ戻すことに人生のすべてを費やしておきながら、よくも良心に恥じないように生きられるな、というものだ」

「実際、それはいい質問だな」

「答えようか？」

「なんか、答えたいみたいだね」

「ぼくが答えたいかどうかはどうでもいい」オリヴァーの顎が引き締まった。「たとえ答えたくなくても、道徳心もない、不当な利益を得る人間だときみに思われるかどうかは問題なんだ」

想像もしなかった。彼が――というか、誰にしても――そこまでぼくの意見を気にするとは。いいと思うか、悪いと思うか、あるいはどっちでもないかということを。

ぼくは両腕を広げ、続けろよというしぐさをした。「だったら、自分の意見を話したほうがいい」

「要約すると、こういうことだ。当事者対抗主義（対立する両当事者がそれぞれ有利な法律上の主張や証拠を出し、中立の第三者が決定するやり方）は完全ではないが、我々が獲得している最高の方法だ。数の上から見ればたしかに、法廷でぼくが弁護する人の大半は有罪だよ。警察はおおむね任務をきちんと果たしているからな。しかし、罪を犯した人間でさえ、きちんと法的弁護をしてもらう権利はある。それが原則だ……イデオロギーとしてぼくが全力を傾けているものなんだ」

ありがたいことに、オリヴァーがこの独り語りを続けていた間――必要なのは劇的なムードを盛り上げるための感動的なBGMだけだった――ぼくには実にすばらしいパイが出てきた。食べてみると、牛肉はとろけそうなほど柔らかくて、グレイビーソースの中で肉が泳いでいるみたいで、パリッとしたペストリー生地を嚙んだとたんにソースがあふれ出てきた。

「ワオ」――パイから目を上げると、最高に険しくて冷たいオリヴァーの凝視とまともにぶつかった――「ずいぶん弁解がましいんだな」

「最初から正直になるほうが役に立つとわかっているだけだ。これがぼくで、こういうことをしているし、自分のしていることには信念を持っている」

　ふいに気づいたが、オリヴァーはほとんど手をつけていなかった。自分の料理に……ビートルート？　ビートルートやほかのいかにも倫理にかないそうな野菜は手つかずだ。テーブルに置いた両手はきつく組み合わされ、指の節が白くなっている。

「オリヴァー」ぼくは静かに言い、彼の名をはじめて呼んだことに気づいた。ひどく親しげに感じられてなんだか戸惑う。「きみが悪い人間だとは思わないよ。ぼくが話すことにはほとんど意味がないと知っているに違いないけど。新聞を取り上げるか、名前をグーグル検索するだけで、ぼくがどんな人間かはわかるだろうから」

「ぼくは」さっきとは違う理由で彼は落ち着かない様子だった。「きみの評判なら承知している。だがルシアン、きみを知るためには直接、話を聞くほうがいい」

　クソッ。いきなりこんなふうになるとは。数カ月ほどつき合ってもいい程度には、ぼくに好意を持ってくれる相手。だけど、そいつのためにぼくが頭を悩ませたり、眠りを邪魔されたり、別れたことで午前三時にバスルームの床で泣いたりする羽目になるほどは深入りしなくて済む男を獲得するのはなんて難しいのだろう？「そうだな、まずは名前だが、ルーク（Luc）だ」

「ルーク（Luke）？」どういうわけか、kとeを伴った綴（つづ）りだと考えて発音されると、ぼくには違いがわかった。「残念じゃないかな。ルシアンはとてもきれいな名前なのに」

「実際、英語ではそう発音するものだろう」

「たしかだろうな」オリヴァーはたじろいだ。「アメリカ人が発音するように〝ルーシャン〟じゃないのは？」

「違う。絶対に。母はフランス人なんだ」

「ああ。だったら、ルシアンだな」オリヴァーは完璧に発音した。ほほ笑みかけながら、最後の音節を半ば柔らかくのみ込むようにして――はじめて目にする、彼の満面の笑顔だ。衝撃的なくらい優しい。「本当か(ヴレモン)？　きみはフランス語を話すのかい(ヴ・パーレ・フランセ)？」


次に起こったことについては何の言い訳もできない。たぶん、ぼくはオリヴァーに笑顔を向け続けてもらいたかったのだろう。なぜか、こう言ってしまったからだ。

「はい(ウィ)、そうです(ウィ)。少し(アン・プ)」


すると、ぎょっとしたことに、オリヴァーはなんだかわからないことをべらべらと話し出したのだ。


D評価だった、一般中等教育修了試験(GCSE)のフランス語をどうにか使うしかなかった。

「ええと(アン)……アン……きみはぼくの友達と映画へ行きたいですか(ジュ・ヴドレ・アレ・オ・シネマ・アベック・メ・ザミ)？　トイレは(ウ・エ・ラ・)どこですか(サル・ドゥ・バン)？」

すっかり当惑した顔でオリヴァーはそっちを指差した。そんなわけで、ぼくはトイレへ行く羽目になった。こそこそ戻るなり、オリヴァーにこんな言葉を突きつけられた。「きみはまるっきりフランス語を話せないんだろう?」

「ああ」目を伏せた。「なんていうか、ぼくを育てていたころ、母は英語とフランス語を使っていた。でも、ぼくは頑固なほど、一つの言語しか話せないとわかったんだ」

「だったらなぜ、そう言わなかったんだ?」

「さあ……なぜかな。たぶん、きみもフランス語を話せないと思ったんじゃないかな?」

「話せないなら、なぜ、ぼくはフランス語を話せるとほのめかすはずがあるんだ?」

ぼくはフォークの上でぐらぐら揺れそうなほど盛ったパイを口に詰め込んだ。「そのとおりだね。イカれた行動だった」

またしても二人とも黙り込んでしまった。落ち着かない気分から最悪の気分までを段階評価で表すとしたら、不快というレベルで、どうしたらいいかわからなかった。「危険なほど親密」の状態から脱出できたことは間違いない。あいにく、今は「チャンスは皆無」のレベルになっている。

　オリヴァーを蹴飛ばしてやろうかと半ば真剣に考えた。どう反応するかを見るためだけに。でも、思いつきでフランス語を話せるふりをしたことよりも怪しい行動だろう。まったく。こんなふうになるから、ちゃんとしたボーイフレンドを持ったり、まああ受け入れられる一時的な仮のボーイフレンドを持ったりしなかったんだ。誰かとロマンチックなつながりを作ろうとすると、なけなしの能力を失ってしまう。

「どうしてそんなに流暢(りゅうちょう)に話せるんだ？」今夜を乗り切るため、どうにかまともな質問をした。

「ぼくの、あー」オリヴァーは恥ずかしそうに残りの野菜の皿に目を落とした。「家族がプロヴァンス地方に別荘を持っているんだ」

　当然、そんなところだろう。「やっぱり」

「どういう意味だ？」

　ぼくは肩をすくめた。「そうだろうと想像がついただけだよ。すべてがすばらしくて、ちゃんとしていて、完璧な状況できみが育ったとしても、驚きじゃない」そしてオリヴァーはぼくには上等すぎる。

「ぼくは決して完璧だなんて主張しないよ、ルシアン」

「ああ、ルシアンはやめてくれないか？」

「すまない。その呼び方をきみが気に入らないとは気づかなかった」ただ、ぼくは気に入っている。それが問題だ。何かを好きになるためにここにいるわけではない。好きになると、面倒なことになる。「さっきも言ったはずだ」怒鳴るように言った。「ルークだよ。とにかくルークだ」

「わかった」

何分か経ち、ぼくが窓の外を眺め、オリヴァーは自分の手を見つめていると、ウエイターが皿を下げに来た。さらに数分後、ルバーブをトッピングしたレモン・ポセットが出た。この上なくシンプルなデザートだった——ラムカンという小ぶりの白い器には日光のような黄色のクリームがたっぷり入っていて、ピンクがかった螺旋(らせん)形のルバーブがふんだんに載っていた。これはたまらない。

「きみは食べないのか?」オリヴァーの前のがらんとしたスペースを指差した。

「デザートはあまり好まないんだ。だが、きみが気に入ってくれるといい。とてもおいしいよ」

「あまり好まないなら、なぜ知っているんだ? これが」指を曲げて宙にかぎかっこを作ってみせた。「とてもおいしいことを?」

「ぼくは……つまりだな……ぼくは……」

「デザートを分け合いたい？」そのときに言えるもっとも謝罪に近い言葉だった。こんなことは言えなかったからだ。〝悪かった。ぼくは今度のことがうまくいくようにと必死だったし、大丈夫だろうかと怖すぎて、きみが上等すぎるとかって、つっかかってしまったんだ。きみは魅力的じゃないわけじゃないし、普通の子ども時代を過ごしたんだな〟

オリヴァーがレモン・ポセットを見つめるまなざしは、そんな目で見てもらいたいとぼくがいつも願っていたようなものだった。「少しもらってもいいかな？　スプーンをもう一本もらおう」

「いらないよ」

オーケイ。十一日間と三十分経って、ぼくのセクシーさを発揮するときが来た。滑らかなクリームの表面にスプーンを入れ、申し分ない形にすくって、ルバーブのかけらもいくつか載せた。スプーンをオリヴァーに差し出しながら、期待を込めた最高の笑顔を向けた。彼はすぐさま手からスプーンを取ったので、ぼくはすっかり打ちのめされた。レモン・ポセットの味にうっとりとなった彼の顔を見て楽しむどころではなかった。

「ありがとう」いまいましいスプーンをこちらに返しながらオリヴァーは言った。

ぼくは勢いよくスプーンをレモン・ポセットに突っ込み、天敵みたいに中身を全部口に放り込んだ。

オリヴァーはまたしても当惑した様子でぼくを眺めていた。「もう一つ頼もうか？」

「いや、大丈夫だ。ここを出よう」

「ぼくは……会計をしてくるよ」

なんてことだ。ぼくはデート相手として失格だった。どうにも最低のデート相手だ。ブリジットのパーティであの見知らぬ男がぼくたちを恋人同士だと思ったとき、オリヴァーが今にも吐きそうだったのは無理もない。口説こうとしたとき、オリヴァーがベッドにぼくを放り投げて悲鳴をあげながら逃げたのは無理もない。デザートを載せたスプーンをぼくの手で自分の口に入れさせてもいいと思うほど、ぼくを信頼していなかったのは無理もなかった。

8

二人してディーン・ストリートに出たとき、ぼくはまだ自己嫌悪でぼう然とした状態だった。どちらもどうしていいかわからずに、そこに立ち尽くしていた。口にしたおいしい料理は何もかも、胃の中で塊と化してしまった。ぼくはしくじったのだ。とんでもなくひどい失敗をした。にっこりして愛想よく振る舞い、人として多少は価値がある奴だとほんの数時間、オリヴァーに納得してもらえるだけでよかったのに。だが、だめだった。つき合ってもいいと思ってくれそうなロンドンで唯一の男の前で、高速道路にいるハリネズミさながらに無力な思いだった。そしてクビになってしまうだろう。

オリヴァーは咳払(せきばら)いした。「さて、感謝するよ……今日のことを」

オリヴァーはロンドンに住む上流階級の人なら誰でも着ている、長いオーバーコートを身に着けていた。ただ、ほかの人と違って、彼には似合っていた。苦もなく品のよさを漂わせるのに役立っている。一方、ぼくときたら、品のないジーンズ姿で立っていた。

「とにかく」オリヴァーは言葉を続けた。「ぼくとしては――」

〝だめだ。助けてくれ。やめてくれ〟もし、彼が今立ち去ったら、それでおしまいだ。二度と会うことはないだろう。そしてぼくは二度と職に就けない。人生が終わってしまう。

何か計画が必要だ。何の計画もなかった。

だから、ぼくは正気を失ってしまい、オリヴァーに抱きついて口を彼の口にしっかり押しつけた。クジラのヒレにくっついているフジツボ並みの優美さと魅力を発揮して。数秒もしないうちに押しのけられた。レモン・ポッシュの味がする最高に甘い瞬間、熱さと柔らかさにぼうっとなって膝がくずおれそうな瞬間だったのに。

「いったい、これは――うわっ」逃げようと必死になるあまり、オリヴァーはレストランの外の鉢植えにぶつかったが、倒れて壊れる寸前になんとかつかまえた。つまり彼がぼくに触れていた時間よりも、イチジクの鉢植えに自分の意志で触れていた時間のほうが長かったってわけだ。

「ただのキスだ」ぼくは言った。感じているのとはほど遠い、無頓着な態度で。「どうしてだ？　前にもキスぐらいしたことはあるだろ？　デートでキスする人もいる」

オリヴァーがあまりにも厳しい表情を向けたので、ぼくは本当に一歩あとずさってしまった。「これはきみにとってゲームなのか？　ブリジットはきみに何を話したんだ？」

「何を、って？　別に」

「どういうことなのか話してもらおうか」

「何でもない」

ぼくたちは通りで一種のダンスをしているみたいだった。オリヴァーがこちらに近づくと、ぼくはあとずさって舗道を飛び越え、靴が鳴る音がして、彼のコートが翻る。ぼくにはとてもとてもおかしいところがあるに違いなかった。こうしているとなんだか興奮してしまったから。

オリヴァーの目がきらりと光る。「言うんだ」

横道の縁石が思いがけず平らになっていたせいで、つまずいてしまった。でも、倒れる前にオリヴァーが手首をつかんでグイッと引き寄せ、ぼくは彼に抱かれる格好になった。オリヴァーにとって、ぼくはあの鉢植えと同じなのだろう。うわ、なんて触り心地のいいコートなんだ。

「からかわないでくれ、ルーク」疲れたような口調だった。少し悲しそうですらある。

「いったいこれはどういう真似なんだ？」

ちくしょう。この計画は手に負えなくなっている。「ぼ……ぼくは最近、またあちこちの新聞に載っている。だから、人に尊敬されるようなボーイフレンドが必要なんだ。さもないと職を失ってしまう。ブリッジがきみを推薦してくれた」

やっぱり、トムの言ったことははじめからずっと正しかった。こんなことを話していると最悪に聞こえる。ぼくはオリヴァーの表情を見るのに耐えられず、顔をそむけた。

「すまない」ぼくは話を続けたが、不適切なものだった。「ディナーの金はあとで払うよ」

オリヴァーはその言葉を無視した。「ブリジットはぼくが〝きみにふさわしい〟と思ったんだろう？」

「まあな」彼に向かって片手を振ってやった。「自分を見てみろよ。きみは……完璧だ」

「何だって？」

「気にしないでくれ」こんなすばらしいものに手を触れる権利などなかったけれど、

彼のコートに顔をうずめた。オリヴァーは拒まなかった。「きみはいつだって、自分のほうがぼくよりも優秀だと思っているみたいに振る舞っていた」

あまりにも近くにいるせいで、彼が唾をのむ音が聞こえた。「それが……それがきみの信じていることなのか？」

「とにかく、本当のことだよ。きみは完璧だ。これで気が済んだ？」

「いや、全然」

そのあとに続いた静寂は、まるでぼくが落下でもしているみたいに耳の中で笛のように響いた。

「もう一度、説明してくれ」とうとうオリヴァーは言った。「なぜボーイフレンドが必要なんだ？」

せめてそれぐらいは話すのが筋だろう。「おもな理由は、うちの大がかりな資金集めパーティが四月の末にあるからだ。寄付者たちはみんな、ぼくを不道徳なゲイだと思ってる」

オリヴァーは眉根を寄せた。「道徳的なゲイとは？」

「きみみたいな人間だ」

「なるほど」

「そのことは気にしなくていい」ようやくぼくは彼のコートから身を引き剝がした。「これはきみの問題じゃ――」

「やるよ」

ぼくはポカンという音がしそうなほど大きく口を開けた。「何だって？」

「偶然だが、ぼくにもあるイベントの日が近づいているんだ。誰かを腕に抱いていたほうが、いっそう円滑に運びそうなイベントだ。きみがぼくのボーイフレンドになってくれるのなら、ぼくは人前できみのボーイフレンドになる」

こいつはイカれている。正気じゃないに違いない。「状況は同じじゃない」

「つまり」またしてもあの冷ややかな灰色の目が向けられた。「ぼくはきみの重要な場で助けになるつもりなのに、きみのほうはぼくを助けるつもりがないということか？」

「いや、そうじゃない。ただ、きみは立派な弁護士なのに――」

「ぼくは犯罪専門の法廷弁護士だ。たいていの人はぼくたちを最低のクズだと思っている」

「――だったら、ぼくは不祥事を起こしたロックスターの、不祥事を起こした息子だ。ぼくは……ぼくは酒が強くない。必要もないほど意地悪だ。とんでもない判断をしてしまう。どんなところへでも、きみはぼくを連れていきたいと思わないはずだ」

オリヴァーは顎を上げた。「だとしても、さっき言ったことがぼくの条件だ」

「ぼくに長く関わると、きみもタブロイド紙に載る羽目になる」

「自分のことを人にどう言われようと、気にしない」

ぼくは声をあげて笑った。それがどれほど苦々しく聞こえるかに気づいて、自分でもショックだった。「そう思ってるのか。じゃ、みんなにあれこれ言われるようになるよ」

「リスクは覚悟している」

「本当か?」なんてことだ。ぼくはめまいがして、いつの間にか彼のコートにまた手を伸ばしていた。

「ああ。だが、こういうことをするつもりなら、きちんとやる必要がある」

ぼくは目をしばたたいた。きちんと、という言葉は不吉だ。きちんとしたことは得意じゃない。「標準テストでぼくの点数がひどく悪いことを知っておいたほうがいいな」

「まわりを納得させるために努力すべきだというだけだ。きみの過去など気にしないし、ネット上のゴシップもどうでもいい。しかし」ここで例の厳しい口元がさらにきりっと引き締まった。「ぼくのボーイフレンドが単なる偽装だと、ぼくの家族に説明するのは好ましくない」

「ちょっと待ってくれ。きみの家族だって？」

「そうだ。六月に両親のルビー婚（結婚四十周年を祝うもの）の記念パーティがある。一人で行きたくないんだ」

「それって」尋ねずにはいられなかった。「プロヴァンスでやるのか？」

「ミルトン・キーンズだ」

「まじめに、ぼくを連れていきたいと思ってるのか？　家族に会わせるため？」

「いけないか？」

ぼくはまたしても声をあげて笑った。「どれくらい先の話だと思ってるんだ？」

「ルーク、やりたくないなら、そう言ってくれ」

オリヴァーは二度とぼくをルシアンと呼ぼうとしないじゃないか？　ばかみたいに、ぼくの希望を尊重してくれるつもりだ。「いや、そうじゃない」慌てて両手を振り上げた。「やるよ。ただ、きみがとんでもない間違いをしていると思うけど」

「判断するのはぼくだ」オリヴァーは口ごもった。高い頬骨のあたりが赤く染まり始めている。「芝居を続けるためには、ある程度の体の触れ合いが必要なことは間違いない。だが、頼むから、二度とキスはしないでくれ。とにかく、唇には」

「なぜだ？　『プリティ・ウーマン』に出てくるジュリア・ロバーツみたいに、唇へのキスが嫌なのか？」

彼の顔はいっそう赤くなった。「いや、そういう親密な行為は心から好きな相手のためにとっておきたいだけだ」

「ああ」あまりにもひどく傷つく経験をすれば、つまりは予防接種をしたようなものだという考えを信じる人もいるかもしれない。免疫ができるのだと。そこへ、今のオリヴァーのような話を聞かされる羽目になるってわけだ。ぼくはからかうような笑みを無理に浮かべた。「まあ、見てわかると思うけど、ぼくにとってそんなことは問題じゃない」

オリヴァーもあまり楽しそうじゃなかったことだけがぼくの慰めだった。「どうやらそうらしいな」

「だが、心配はいらない。さっきのことはともかく、きみの唇には唇を近づけないから」

「よかった。ありがとう」

二人の間に沈黙が重く垂れ込めた。

「それで」ぼくは訊いた。「今後はどうする？」

「ぼくの家でブランチはどうかな？　今度の日曜日に」

週に二回も会うのか？　ビートル・ドライブに出る前に、オリヴァーはぼくにうんざりしてしまうだろう。ぼくも彼にうんざりするかもしれない。しない可能性もあるが。〝しない可能性〟は今のところ、怖すぎて手に負えなかった。

「この関係を進めるつもりなら」オリヴァーはまじめなまなざしでぼくを見た。「互いを知る必要がある、ルーク」

「ルシアンと呼んでもいいよ」思わず口走った。

「たしか、きみはだめだと――」

「きみがぼくを呼ぶ特別の名前ってことになる。つまり」ふいに、息ができなくなりそうに感じた。「ぼくに対する偽物（フェイク）の特別な名前だってこと。そういうことはよくあるだろ？　カップルがやることだよ」

「しかし、きみが心底嫌っているフェイクの特別な名前は使いたくない」またしても例のきらめきが現れた。冷たい鋼のような目にひそやかに浮かぶ銀色の光。「そんなことをしたら、ぼくはひどいフェイクのボーイフレンドになってしまう」

「大丈夫、ぼくが大げさな反応をしただけだ。それでいいよ」

「あまり認めてもらったように思えないが」

「それがいいって意味だよ」ぼくに懇願させるつもりか？　冗談だろう？　たぶん、懇願してしまいそうだけど。

これだから、誰かとつき合うのは厄介なんだ。交際なんてしなくても申し分なく幸せなときに、そんなたわごとが必要だと思わせられる。それから、さっさとつき合いは終わってしまうのだ。

オリヴァーは鋭すぎて誠実すぎるまなざしをぼくに向けていた。「そうか、それがきみの望みなら」

ひそかに自分が嫌になりながらうなずいた。「それがぼくの望みだよ」

「じゃ、日曜に会おう……」彼はほほ笑んだ。オリヴァー・ブラックウッドが微笑している。ぼくに。ぼくに対して。ぼくのために。「……ルシアン」

9

「それじゃ」ぼくはアレックス・トゥワドゥルに言った。「ある男がバーに入っていった。彼が腰を下ろすと、ピーナッツ入りのボウルがあった。ボウルから声が聞こえてくる。『ヘイ、きみの髪形はカッコいいね』すると、バーの向こう側のタバコの販売機から別の声が聞こえる。『いや、違う。きみはひどい格好だし、きみのママもひどい奴だ』と」

アレックスは目を見開いた。「ああ、本当かい。それはあんまりだな」

「そうだな。それを覚えておいてくれ。ジョークにはひどい話が欠かせないからな。とにかく、その男はバーテンダーにどうなっているんだと尋ねる。バーテンダーはこう言う。『気にしないでください。ナッツは無料（コンプリメンタリィ）（お世辞を言っている、の意味もある）ですが、タバコの販売機は故障している（アウト・オブ・オーダー）（不適切な発言をする、の意味もある）んです』と」

「そうだね、店では販売機を直す手間をかけなかったんだろう。もうパブで喫煙が許されていないからね」

こんな答えを予期すべきだった。「そのとおりだよ、アレックス。ジョークをよりおもしろくするものは正確さだ」

「そのことも覚えておくよ」アレックスは励ますように笑った。「ジョークの続きはどんなかな？」

「今のがジョークだよ。ナッツはコンプリメンタリィだが、タバコの販売機はアウト・オブ・オーダーなんだ」

「それがジョークなのは間違いないかい？　あるバーに関する単なる事実にしか思えないけど」

「またしても」これが運命だとあきらめてアレックスに言った。「きみは的を射ている。明日はもっとましなジョークを言うよ」

ぼくは手を振って自分のオフィスへ戻ったが、今度ばかりはまぎれもなく、かなり気分がよかった。予想したとおり、オリヴァーとのデートは大失敗だった。だけど、どういうわけか、悪い方向へは進んでいないんじゃないか？　偽りのボーイフレンドを持つことに不思議なほどの解放感を覚えた。普通の恋愛絡みのことを何も心配しなくていいからだ。ほら、恋愛がうまくいかないとかいったことを。今朝のタブロイド紙のニュースの通知さえ、ほぼ肯定的なものだった。レストランでのぼくたちを隠し撮りされていたけれど、重要なのは、オリヴァーが不快そうにぼくからあとずさる前の写真だったことだ。だから、なんとなくロマンチックな感じになっていた。オリヴァーのコートが風をはらんで二人を包み、見上げた彼の顔にぼくの唇が近づいている場面。記事の見出しはほとんどこんなものばかりだった。「スキャンダル！　タレントショー審査員のクラブ好きの息子に新たな男性の恋人」こういうのは悪くなかった。品のいい相手をぼくが新しいボーイフレンドにしたことをほのめかしていたから。新たなフェイクのボーイフレンドだ。

　腰を下ろして、また誰かに見放されていないかと寄付者のリストを調べていると、電話が鳴った。

「ねえ、大変なの」ブリジットが大声をあげた。「何が起こったか話しても、きっと信じてもらえないでしょうね」

「そのとおり。たぶん――」

「ちゃんと話すわけにはいかないんだけど、たった今、うちの社は超有名なスウェーデンの作家の英語版の版権を獲得したところなの。誰もが彼女のデビュー作を読みたがって大騒ぎしてるわ。『百年の孤独』と『ゴーン・ガール』を合わせたような作品として宣伝されているの。とにかく、それに英語版としてのタイトルをつけるか、それともスウェーデン版のオリジナルのタイトルにこだわるかを巡って、うちのチームはさんざん議論したんだけど、最後の最後ですべて解決して、その本はもうマスコミで公開されるわ。『ただいま、オフィスを留守にしています。翻訳作品はわたしの個人メールアドレスへ転送してください』というタイトルで」

「なんだかよくわからないな。そのタイトルなら、メタフィクションとしてかなり評判を呼ぶとは思うけど」

「クビになっちゃう」

「まだクビになってないだろう、ブリッジ。こんなことではクビにならないよ」

「ああ」ブリジットは明るい声になった。「それで思い出したわ。デートはどうだった？」

「ひどかったよ。ぼくたちには何も共通点がないんだ。もしかしたら、ぼくはオリヴァーにわいせつな行為をしたかもしれない。だけど、とにかく試しにつき合ってるふりをすることになった。彼もぼくも絶望的な状態だからな」

「あなたたちがうまくいくってわかってたわ」

ぼくは目をくるりと回した。彼女には見えやしない。「別にうまくいくわけじゃないよ。つき合ってるふりをするだけだ」

「そうね。でも、最初に思ったとおりではないと、だんだんわかってくるわ。そのうち、オリヴァーがどんなに思いやりがある人かと驚くようになって、予想外の緊急事態にあなたが彼を救いに駆けつけて、二人はとうとう激しい恋に落ちて、いつまでも幸せに暮らすのよ」

「そんなことは絶対に起こらない。オリヴァーはぼくに好意すら持っていないよ」

「嘘でしょ？」ブリジットの表情が目に浮かぶような口調だ。「好きじゃないなら、どうして彼はつき合いを続けることに同意したのよ？」

「二人とも絶望的な状態だって部分を覚えてないのか？」

「ルーク、オリヴァーはあなたに好意を持ってるに違いないわ。あなたを好きにならない人なんている？　すてきな人だもの」

「彼はそうは言わなかったよ。ぼくがキスしようとしたときに」

悲鳴のような声が小さく聞こえた。「キスしたの？」

「ああ、唇を押しつけたら、必死に反撃して植木鉢に飛び込んだんだ」

「もしかしたら、驚いたのかも」

「きみたちがサプライズで誕生パーティを開いてくれたとき、ぼくは驚いたけどね。

オーケイ。実は驚かなかった。たまたまジェームズ・ロイスがばらしてしまったから。けど、ぎょっとして逃げたりはしなかった。『ぼくは心から好きな相手としかパーティに行かない』なんて言ってさ」

「ちょっと待って。オリヴァーは本当にそんなことを言ったの?」

「ほぼそういうことだな。〝パーティに行かない〟を〝キスしない〟に変えればね」

「まあ」ちょっと間が空いた。「あなたは病的なほどネガティブになっているだけだと思うけど。つまり、いつものようにね」

「いや、そんなことはない。正確にそう言ったんだ」

ブリジットはため息をついた。「オリヴァーったら、まったく。何してるんだか。あの人、どうしようもないほどだめになるときがあるのよ」

「だめじゃないよ。堅苦しい間抜けなんだ。あー、一般的な意味でさ。合意なしにキスしたことでぼくに嫌な顔をしたからってわけじゃない。オーケイ、言い直そう。彼は堅苦しさとか間抜けぶりとかと関係なく、ぼくに関心を持たない、堅苦しい間抜けだ」

「ルーク」ブリジットは大声をあげた。「それは本当のことじゃないわ」妙なしゃっくりを一つした。「つまりね、オリヴァーは堅苦しい人じゃないの。彼はとても……

つねに正しい行動をとりたいと思ってる人よ。正直言って、とても孤独な人だと思う」

「孤独なことを運命づけられた人がいると思うようになってきたよ。ぼくはだめ人間で誰からも求められないから孤独だ。オリヴァーはすばらしい人で誰からも求められるから孤独なんだ」

「ほらね。あなたたちにはちゃんと共通点があるじゃない」

「おもしろがるようなことじゃないよ、ブリッジ」

「デートにはうまくいった部分が何もなかったと、本気で言ってるの？　気に入ったこととか、気持ちが通じたことはなかったの？」

まあ、オリヴァーが魚のサンドイッチについてすばらしく趣味がいいことは否定できない。レモン・ポセットについても。それに彼の目にはときどき柔らかい輝きがひそやかに現れる。ごく稀なあの微笑。そして〝ルシアン〟という彼の呼び方。ぼくのためだけに呼んでくれるような。「ない」きっぱりと言った。「絶対にない」

「信じられない。あなたがそんなふうに誰かを大嫌いだと大げさに言うのは、ひそかに関心を持っている場合だけなのよね」

「あのさ。お似合いってことにはならないゲイを二人知ってるって考えを受け入れられないのか？」

「受け入れるわよ。でも」声の調子は悲しげに高まった。「あなたたちはほんとーーーにお似合いなの」

「オーケイ。きみには見えないだろうが、ぼくはフェチ向けのカードを掲げているところだ」

「それって、どんなふうに見えるカード？」

「セーター姿の魅力的な二人の男が、虹の下で手をつないでいる絵が描いてある」

「あなたは虹の下で魅力的な男性と手をつなぎたがっていたと思ったけど」

「そうしたいよ。でも、ぼくが願ってるのと同じくらい、きみがそう願ってるのはなんだか気味が悪い」

ブリジットは憂鬱そうにため息をついた。「あなたに幸せになってもらいたいだけよ。わたしがトムを盗んじゃったから、なおさらなの」

「トムを盗んでなんかいない。彼がきみのほうをぼくより好きになっただけだ」言葉を尽くして言えれば、もしかしたらブリジットかぼくのどちらかが、それは真実だと信じられるようになるかもしれない。

「とにかく」ブリジットはきびきびした口ぶりで言った。「もう行かなくちゃ。うちの作家の一人からメールがあったんだけど、原稿をすべて入れておいたＵＳＢフラッシュドライブをアヒルがのみ込んじゃったんだって」

「まだＵＳＢフラッシュドライブなんて使ってる奴がいるのか？」

「ほんとにこれに対処しなきゃならないの。愛してるわ。じゃあね」

「じゃ」と言いかけたときには電話は切れていた。率直なところ、ぼくも仕事を始める頃合いだろう。〝尊敬されるフェイクのボーイフレンド作戦〟が始まった今、ビートル・ドライブを救い出せそうだった。つまり、実際には許してもらうべきこともないし、許しを乞い願うこともなかった人、そしてぼくを許すべきだと認めようとしなかった人たちに、許してもらうということだ。最初のステップは彼らに連絡してこう言うことだろう。「ハイ、みなさんがぼくをけがらわしいドラッグ常用者で性的倒錯者だと思っていることは知っていますよ。でも、ぼくは行いを改めて、あなたがたがぼくのために考え出した理想に従って人生を生きることをふたたび誓います。だからどうかお願いですから、お金をください。クソを食らう虫たちをぼくたちが救えるように」とはいえ、こんな言葉を用いるわけにはいかない。こんな考えも明かせないし、決まり文句も使えない。

ドクター・フェアクローの好みに合ったコーヒー六杯と、二十三回の下書きと、三回の休憩——休憩のたび、リース・ジョーンズ・ボウエンに両面コピーを取る方法について同じ説明をしなければならなかった——で長い午後を過ごしたあと、まずまず外交的なメールを書いて送信した。はっきり言って、おそらく返事はいっさい来ないだろう。だけど、金持ちたちは無料で食事するために、驚くほどのことをやるものだ。だから運がよければ、そのうちの少なくとも二、三人を、ビートル・ドライブの夜にはこれまでスケジュール帳が示していたほど忙しくないように説得できるかもしれない。

めったにない達成感で舞い上がり、楽観主義ともマゾヒズムともつかない衝動に押し流されて、ぼくはスマートフォンのロックを解除し、オリヴァーにメッセージを送った。〈フェイクな恋人同士のフェイクなメッセージをやり取りしよう〉

どんな返事を期待していたのか自分でもわからなかったが、〈一方の人間が、法廷にいる間は無理だ〉というメッセージを受け取った。句読点も打ってあった。返事がないよりは少しはましだったが、単なるノーよりは少し悪かった。オリヴァーは要するにこう言ったようなものだったからだ。「いや、断る。ぼくがきみよりも優れた仕事に就いていることも忘れないでくれ」

その晩の九時近く、ぼくが靴下だけの格好でクン・パオ・チキンを食べていたとき、オリヴァーが前のメッセージの続きをよこした。〈待たせてすまない。考えてみたが、迫真性を持たせるため、ぼくたちはメッセージを送り合うべきかもしれない〉

こっちにだって、進めている重要な人生の物事があると示すため、しばらくオリヴァーに返事をしなかった。実際、ネットフリックスでアニメの『ボージャック・ホースマン』の四話分を見て、意地悪くマスターベーションを一回やるまで返信しなかったが、かまわないだろう。〈待たせて悪い。二つ目のメッセージに「迫真性」なんて言葉が使われているのを見ると、きみがシングルなのもうなずける〉

返事は来なかった。それでも一時半までぼうっと座っていたが、決して返信を気にしていたわけではない。思いがけず、午前五時にスマートフォンの通知音が聞こえて起こされた。〈申し訳ない。この次は、ぼくの下腹部の写真を送るよ〉それからさらに数回の通知音。

〈さっきのはジョークだ〉

〈どんな写真も送る意図がないことを、ぼくははっきりさせるべきだろう〉

〈あんなメッセージを誰にも送ったことはない〉

〈法律家として、潜在的重要性に気づかずにはいられない〉

今ではぼくも目が覚めていて、普段ならこんな状況をひどく不快に思うところだ。

でも、ぼくよりもはるかにできた人間でなければ、楽しまずにはいられなかっただろう。完全に仮定の男性器の写真のことで、オリヴァーが自分を見失っているのがわかったのだから。

〈もう一つ気づいたのは、この時間ならきみが眠っているだろうということだ。だから、目が覚めたとき、この前の五つのメッセージをただ削除してくれるといいんだが〉

〈もちろん、互いに親密な写真を送り合う人々に対して、ぼくがなんら意見を示すつもりがないことを強調すべきだろう〉

〈これはただ、ぼくが居心地悪く感じているということだ〉

〈言うまでもなく、きみが居心地悪くないというなら、理解できる〉

〈だが、きみが下腹部の写真を送ってくれなければならないと、ぼくがほのめかしているのではない〉

〈ああ、なんてことだ。送ったメッセージをすべて削除してくれないか〉

怒濤のようなメッセージが一瞬途絶えた隙に急いで返信した。〈悪いけど、ディックの写真を受け取ったかどうか混乱してしまった〉

〈嘘だろう！〉

またしても間があった。それから〈ぼくはひどく恥じ入っているよ、ルシアン。さらに事態を悪化させないでくれ〉とメッセージ。

正直な話、どうしてこんな気持ちになったのかわからない。もしかしたら、オリヴァーを気の毒に感じたのかもしれない。だけど偶然にせよ、彼のおかげで朝からちょっといい気分になったんじゃないかな？ 〈明日、会うのを楽しみにしている〉

〈ありがとう〉

オーケイ。これでもう悩まされないといいけど。だが、一、二秒後、また返事が来た。〈ぼくも会うのを楽しみにしている〉

その言葉のおかげでさらに気分はよくなったが、どちらかと言えば、余計に混乱することになってしまった。

10

　ぼくの人生にはほとんど典型的なことだが、魅力的で少しばかり面倒な男とついにブランチ・デートをすることになったというタイミングで、母さんから電話が来た。「今はちょっと忙しいんだ」この場合、〝忙しい〟というのは下着姿で立って服を見つけようとしていた状況を指す。「ぼくはセクシーだがまともだし、二度と勝手にキスしようとしないことを約束するけど、きみの気が変わったら、こっちも賛成するよ」と主張するような服を。セーターとかがいいだろうか？　柔らかいけれど、官能的なところもちょっとある。

「ルーク」──母さんの声には不安そうな響きがあり、ぼくは本気で無視したくなった──「すぐに来てほしいのよ」

「すぐって、どれくらいすぐ？」たとえば、ホットな法廷弁護士と、フレンチトーストとエッグ・ベネディクトを食べる二時間くらいの余裕はある？

「お願いよ、モン・カヌトン。大事なことなの」

オーケイ、母さんのことが気になった。問題は、母さんが三十分ごとに災難に遭っていることだけど、いつもなら「ジュディの腕時計を牛が食べちゃったの」という災難と「天井から水漏れしているの」という災難の違いをうまく伝えてくれる。ぼくはベッドの端にどさっと座った。「いったい、どうしたんだ？」

「電話では話したくないわ」

「母さん」尋ねてみた。「誘拐されたのか？」

「いいえ。それならこう言うはずよ。『助けて、誘拐されてしまったの』って」

「でも、誘拐犯が話させてくれないから、そうは言えないかもしれない」

母さんは腹を立てたような声になった。「ばかなことを言わないの。犯人は誘拐されたとわたしに言わせないわけにはいかないでしょう。さもないと、そもそもわたしを誘拐する意味がないじゃないの？」短い間が空いた。「あなたはこう尋ねるべきよ。『母さんは、ぼくを殺したいと未来からやってきたロボット警官に乗っ取られたのか？』と」

ぼくは目をぱちくりさせた。「そうなのか？」

「いいえ。でも、あなたを殺したいと未来からやってきたロボット警官に乗っ取られたら、わたしはそんなふうに言うでしょうね」

「いいかな、ぼくは本物のデートがあるんだ。本物の男と」

「それはとってもよかったわ。でも、こっちは待てないの」

「母さん」きっぱりと言ってやった。「なんだかわけがわからない感じになってきたな。何が起こってるんだ？」

間があった。ぼくの被害妄想的な部分が、言葉を使わずに誘拐犯に指示を仰がなければならなくてその場を離れた場合にはこれくらいになると感じたほどの間が。「聞いて、ルーク。これは人生が危機に瀕しているから、急いで来なければだめよとあなたに言ったときと同じではないの。わたしが火災報知機の電池を交換してほしかっただけだとわかったときとはね。もっとも、わたしは死ぬところだったと言い続けるけれど。年寄りだし、フランス人だから。年がら年じゅう、タバコを吸ったまま眠り込んでいるもの。それに火災報知器はとても耳障りな音をたてるのよ。収容所があるグアンタナモ湾みたいね」

「どうして火災報知器がグアンタナ……いいよ、気にしないでくれ」

「お願いだから来てちょうだい。こんなことをして悪いとは思うけど、〝わたしを信じて〟という切り札を使っているところよ。だって、わたしを信じてもらわなきゃならないから」

いいだろう。それで決まりだ。こうなると、まずはぼくと母さんが優先され、それからほかのみんなということになる。「できるだけ早くそっちへ行くよ」

まっとうな行動はオリヴァーに電話をかけて説明することだとわかっていた。でも、なぜかわからないけど——こんなことを言ってしまいそうだった。「ハイ、ぼくは母親と大の仲良しだから、傍からはキモいとか共依存だとか思われかねないので、基本的にはこっちが懇願したみたいなデートを取りやめるよ」それにぼくは臆病だった。だから電話ではなく、メッセージにした。〈行けなくなった。**理由は説明できない。悪いな。ブランチを楽しんでくれ！**〉

それから急いで服の選択を「デートに出かけて自分の評判を保とうとする」用から「身内の死から、あふれ出したトイレに至るまで、何にでも対処しなければならないかも」用に変えて、駅へ急いだ。列車に乗っていたとき、オリヴァーから電話がかかってきてたじろいだが、堂々と留守番電話に応対させた。彼は伝言を一件残した。どうしてそんなことをするんだろう？

エプソム駅でジュディがおんぼろの緑色のスポーツカー、ロータス・セブンに乗って待っていた。ぼくは足を置くスペースに二匹のスパニエルを無理やり追いやって、座席に座っている三匹目の下に滑り込んだ。

　ジュディは音をたててゴーグルをつけた。「全員、乗った？」

　いずれにしても、ジュディに気を遣ってもらうことを期待するのはとっくにあきらめている。ジュディは熱を込めてアクセルを強く踏んだので、ちゃんと乗っていなかったら、血まみれになったぼくのバラバラ死体が道路に散乱するところだった。

「母さんはどう？」大声を張り上げた。風がビュンビュン吹きすぎていき、エンジン音がやかましく、スパニエルたちが興奮して鳴きわめくのを圧して。

「ひどく取り乱しているわね」

　心臓を吐き出してしまいそうだ。「クソッ。何があったんだ？」

「ヤラ・ソフィア（『ル・ポールのドラァグ・レース』に出演しているドラァグクイーン）が口パク対決で完全にだめになったの。彼女はこれまでのところ、気分が悪くなるほど手ごわかったのに」

「現実の世界では？」

「ああ、オディールなら大丈夫。とても健康。目はキラキラで髪はふさふさ、鼻は湿っていて毛並みはつやつやってところよ」

「だったらなぜ、母さんは電話で動揺した声を出していたんだろう？」

「まあ、ちょっとしたショックね。とにかく行けばわかるわ」

スパニエルの一匹をぼくの股ぐらから解放してやった。「あのさ、なんだかビビってしまってるんだ。何が起こっているか話してもらえると、とても助かるんだけど」

「ビビるのはおやめなさい、あなた。でも、今度のことで、わたくしは父親みたいにならなければいけないかもね」

「誰の父親？」

「誰の父親でも。ほら、『父さんのように黙っていよう（キープ・マム）』（「キープ・マム」には「母さんを守り続けよう」の意味もある。第二次世界大戦中の英国の標語）だから」

「何なんだ？」ジュディに対して公平な見方をすれば、目前に迫った謎の災難から気をそらしてくれる。

「悪いわね。たぶん、もう差別的でない表現ではないのかも。たぶん、今はこう言うべきね。『父さんのように自分の感情とつき合おう（キープ・イン・タッチ）』って」ジュディはしばらく考えていた。「あるいは、あなたみたいなホモセクシュアルなら『父さんのように黙っていよう（キープ・ダッド）』かも。誰もがひどく混乱させられるわね」

「ああ。そういった言葉をみんなTシャツにプリントするんだ。『誰もがひどく混乱させられる。乗り越えよう』とか」

「とにかく、ちょっと震えが起きるだろうけど、唇を引き結んでいて。あっという間に家に連れていくから」

「ほんとに、このスピードでいいよ。急がなくても――」

いきなり強烈に加速したせいで、抗議しかけた残りの言葉は吹っ飛んでしまった。それから十分間というもの、ぼくは死なないようにしながらスパニエルたちをどうにかさばき、丘を猛スピードで駆け上がって谷を駆け下りる車の横側にしがみついていた。車はくねくねと曲がった田舎道を走り、ぼくたちが通過する前は眠っているように静かだった村を駆け抜けた。

車はキーッとブレーキ音を鳴らして母さんの家の前に停(と)まった。この家はかつて村の郵便局だったもので、「旧郵便局通り」と呼ばれる道の突き当たりにあり、今は「旧郵便局」として知られる、こぎれいな一戸建て住宅となっている。そのことから、このあたりでは名前というものが重視されているとわかるだろう。旧郵便局通りは、粉ひき場(ミル)通りや牧師館(レクトリィ)通り、三つの畑(スリー・フィールズ)通りといったさまざまな通りに分かれていく、大通りから外れたものだ。

「もう行かないと」ジュディはきっぱりと言った。「雄牛のことで、ある男性に会わなきゃならないの。正直言って、牛のほうがおもしろい」

そう言うなり、ジュディの車はスパニエルたちの吠(ほ)え声とともに轟音(ごうおん)をあげて走り去った。

ぼくは門の掛け金を外して、雑草がちょっと伸びすぎの庭を通り、家に入った。自分が何を予期しているのかさっぱりわからなかった。

でも、それがジョン・フレミングに関することではないのは間違いなかった。最初は何らかの幻覚を見ているのかと思った。ぼくがとても幼いころに彼はそばにいたはずだが、いっさい記憶はない。だから、これは実質的にはじめての機会だ。つまり、ぼくが生身の父親に会ったのは。そして状況が理解できたはずもなかった――ただ、室内なのにマフラーを巻いた男がぬけぬけとそこにいるという、漠然とした感覚があった。彼と母さんがリビングルームの向こう端に座っている。とっくの昔に話すことがなくなった二人みたいに。

「嘘だろ」ぼくは言った。

「ルーク……」母さんは文字どおり両手を揉み合わせながら立ち上がった。「あまりよく覚えていないと思うけど、こちらはあなたのお父さんなのよ」

「こいつが誰なのかはわかってる。わからないのは、なぜ、ここにいるかだ」

「そうね、だからあなたを呼んだのよ。お父さんはあなたに話したいことがあるの」

ぼくは腕組みした。「もし、『すまなかった』とか『いつもおまえを愛していたよ』

なんてたわごとなら、二十五年遅すぎたな」

これを聞いてジョン・フレミングも立ち上がった。いかにも家族らしくみんなで立って輪になり、ぼくたちは互いをぎこちなく見つめた。「ルシアン」ジョン・フレミングは言った。「というか、ルークと呼ばれるほうがよかったかな？」

父親の顔を直接見なくたって、ぼくは人生を幸せに過ごしていけただろう。残念ながら——ほかの多くのことと同様に——彼は選択肢を与えてくれなかった。言わせてもらうと、めちゃくちゃ変な気持ちだった。誰かの顔を写真で見るのと、本物を見るのとでは途方もなく大きな隔たりがあるし、どうしようもなく妙な感じだからだ。さらに悪いのは、相手の顔に自分に似たところを発見することだった。ぼく自身の目がぼくを見返していた。青でもなく緑でもないという不思議な色合いの目が。

まともな行動をとる機会は与えられていた。ぼくはそれを選ばなかった。「ぼくにはいっさい話しかけないでくれ」

彼はため息をついた。こいつにはそんなふうに振る舞う資格もない、悲しそうで高潔な態度で。年をとって、しかも顔立ちが整っている人間が問題なのはそこだ。何の苦もなく威厳をしこたま手に入れてしまう。「ルーク」奴はまた言い始めた。「おれは癌なんだ」

もちろんそうだろう。「だから？」

「だから、いくつかのことを悟ったよ。大切なものは何かと考えた」

「へえ、あんたが捨てた人たちのことか？」

母さんがぼくの腕に手を置いた。「モン・シェール、お父さんがいかがわしいクソ野郎だってことを真っ先に認めるのはわたしだけど、死にかけているのよ」

「繰り返して悪いけど、だから？」ある程度だが、ぼくにはわかっていた。〝まともな行動をとらないこと〟と、〝地獄へまっしぐらというほど下劣な行動をとること〟との違いは。でも、そのときはこれが現実だとは二パーセントも感じられなかった。

「おれはおまえの父親だ」ジョン・フレミングが言った。伝説的なロックスターのしゃがれ声はなぜか、無意味で陳腐なものから、互いの結びつきを宣言する深遠なものへと変わっていた。「これはおまえを知るための最後のチャンスなんだ」

何匹も蜂を吸い込んだかのように、頭の中がブンブンいっていた。これまで見た映画に出てきた巧妙なたわごとから、こういう場面で自分がどう行動すべきかは正確に知っている。ぼくは納得がいかないという怒りにつかの間駆られ、それから声をあげて泣き、父親も泣いて、二人は抱き合い、そしてカメラがズームアウトしていき、何もかも許されるという結果になる。ジョン・フレミングの思慮深くて悲しげな、あまりにも馴染み深い目をまっすぐ見た。「ああ、さっさと出ていって消えてくれ。とっととうせて死ねばいいってことだ。この二十年間、あんたはいつでもこんな行動がとれたはずだ。今までやらなかったけどな」

「おまえを失望させたことはわかっている」彼は心からそう思っているようにうなずいた。ぼく自身よりもぼくの言葉を理解していると伝えようとするみたいに。「だが、ずっとやるべきだったことをやるまで長くかかってしまった」

「だったら、それについてのくだらない歌を作れよ、この傲慢でナルシストで小手先だけのハゲ野郎」

そしてぼくはさっさと出ていった。背後でドアがバタンと閉まったとき、母さんの声が聞こえた。「まあ、もっとひどいことになると思ったけど」いかにも母さんらしかった。

厳密に言えば、パッククルトループ・イン・ザ・ウォルドにタクシーがないわけではない——というか、とにかくギャヴィンという名の奴がいて、そいつに電話すれば、車で迎えに来てくれて、約五ポンドで彼が行きたい三箇所のどこかに連れていってくれる。だが、駅までは野原を突っ切って四十分も歩けば着く。ぼくは激怒して泣きそうな気持ちだったから、他人を避けることが最優先だった。

ロンドンへ戻る急行列車に乗ったときになっても、気持ちはほとんどなだめられていなかった。どういうわけか、オリヴァーの留守番電話を聞くのに今が最適だと思った。

〝ルシアン、自分が何を期待していたかはわからないが、この関係は明らかにうまくいかないだろう。「将来」などというものは存在しないが、もしも、いくらかでも将来のようなものがあるとして、ふたたびぼくとの約束をすっぽかすことをきみが考えているなら、せめて妥当な口実を作るくらいの礼儀は示してくれ。どれも滑稽なことだときみは思っているに違いないが、今のぼくは人生にこういうことを望んでいない〟

そうだな。そうなら……しかたない。

もう一度、録音を聞いてみた。すぐさま、どうしてそんなことをしたのかと不思議に思った。二度目に聞くときは、最初よりもましだろうと期待したのかもしれない。ましじゃなかった。

車両はほぼ無人だった——ロンドンへ向かうには半端な時間だったのだ——だから、曲げた片腕に顔を伏せ、ひそかに涙を流した。なぜ泣いているのかさえわからなかった。記憶にもない父親と口論し、つき合ってもいない男にふられた。どっちも傷つくような出来事ではない。

傷ついてなどいない。

そんなものに傷つけられてたまるか。

たぶん、職を失うだろうし、永遠に孤独だろうし、父親は癌で死ぬだろうが、そんなもの、何だというんだ。家に帰ってガウンを引っかけて、酔いつぶれてやる。何も気にならなくなるまで。

ぼくにできることはそれしかなかった。でも、やり遂げられる。

11

二時間後、ぼくはクラーケンウェルにいた。鋳鉄製の手すりだの植木箱だのを備えた、ジョージ王朝時代のこぢんまりしたテラスハウスの外に立ち、壁から外れて落ちそうなほど強くオリヴァー家のドアベルを押していた。

「いったい、これは」ようやく現れたオリヴァーは言った。「どうしたというんだ?」

「めちゃくちゃいろんなことがあって。とにかく、本当にすまない。フェイクのつき合いをやめたくない」

彼はいぶかるように目を細めた。「泣いていたのか?」

「違う」

見え見えの無意味な嘘を聞き流し、オリヴァーは戸口から出てきた。「ああ、とにかく入ってくれ」

中に入ってみると、〝ブラックウッドの住まい(カーサ・デ・ブラックウッド)〟はある意味、ぼくが想像していたとおりで、別の意味では想像と大きく違うものだった。広くはなかったけれど整然としていた。壁はどこもかしこも真っ白で、床はむき出しの木。あちこちに置かれた宝石のように鮮やかな色のラグマットや装飾用クッションが彩りを添えている。家庭的で成熟した雰囲気を苦もなく醸し出していて、いまいましいことにぼくは嫉妬とともに恐れを感じ、ひどく心を引かれてしまった。

　オリヴァーはノートパソコンを閉じ、元からきちんと積まれていた書類を手早く片づけると、二人用のソファのこちらから遠い端に座った。カジュアルな服装だと自分で思っているらしい格好だった。体にぴったりしたジーンズとライトブルーのカシミヤのセーター。裸足（はだし）が妙に親密な感じだ。別に性的な感じってわけじゃない。〝一人のときのぼくはこんなふうだ〟と示していたってこと。

「理解できないんだが、ルシアン」オリヴァーはあきらめ顔でこめかみをさすった。「きみは何の説明もなく約束をすっぽかした――メッセージを送るだけで。電話をかけるほどのことはないと思ったからに違いない。それから、やっぱり何の説明もなく、うちの玄関先に現れた。電話をかけただけじゃ足りないと思ったからだろう」

　きみを避けてはいないけど迫ってもいない、といった場所をどうにかソファに見つけて、腰を下ろした。どっちみち、膝がオリヴァーの膝に当たったけれど。「電話すべきだったよ。つまり、どっちの場合も。ただ、最初のときに電話していれば、今回は電話をかける必要もなかっただろう」

「何があったんだ？　正直なところ、きみは気にもしていないと思ったよ」

「そこまでばかじゃないよ。状況はぼくに不利だとわかっている。だけど、本当にこれが必要なんだ……これが」漠然と手を振ってみせた。「つまり、ぼくたちのやっていることが。もう一度チャンスをもらえたら、もっとうまくやるようにする」

オリヴァーの瞳の色はかつてないほど濃い銀色になっていた――柔らかさと厳しさを同時にたたえている。「次はもっとうまくやると、どうして信じられると思うんだ？　今回の件についてきみがまだ話そうともしないのに」

「ちょっとした家族の揉めごとがあったんだ。重要なことだと思ったが、そうじゃなかった。こんなことは二度と起こらない。それに、きみはフェイクのボーイフレンドを演じると約束したじゃないか。本当にろくでもない状況になるわけじゃない」

「自分が何に巻き込まれているかはわかっている」

今のぼくがオリヴァーの評価に耐えられるほど強いとは思えなかった。「いいかな、ぼくはきみが求めているような人間じゃないのはわかるけど、面と向かってなじらないでくれないか？」

「ぼくは……つまり……」オリヴァーは見るからに動揺した様子だ。「そういうつもりじゃなかった。きみが別の人間になることを期待してはいなかったと、言おうとしたんだ」

「へえ、少しは信頼できる人間とか、正気の人間ってことか？」

「わかりやすい人とか、平凡な人ということだ」

まじまじとオリヴァーを見つめた。たぶん、ぼくの口はポカンと開いていたと思う。

「ルシアン」オリヴァーは続けた。「ぼくたちが友達でないことは知っているし、本来は気が合わないだろう。だから機会があるなら、ぼくよりは別の人を選んだほうがいい。しかし」彼は落ち着かなげに身じろぎした。「互いの生活の一部になることにぼくたちは同意した。それには、きみが心を開いてくれなければならない」

「父が癌になったんだ」ぼくは出し抜けに言った。

父親が癌になったと話したばかりの誰かにぼくが向けそうなまなざしを、オリヴァーが向けてくれた気がしたが、明らかに違うだろう。「本当に気の毒だ。もちろん、きみはお父さんといなければならなかったんだな。そもそもなぜ、そのことを話してくれなかったんだ？」

「知らなかったからだ。母は何か重要なことが起こったとしか言わなかったし、嘘じゃないだろうとは思った……いつも母を信じているからだよ。きみに話さなかったのは、そういうことを変だと思われそうだったからだ」

「きみが母親を愛していることを、どうして変だと思うんだ？」

「さあね。『サイコ』に出てくるノーマン・ベイツみたいなマザコンと思われそうだと、いつも心配してるんだ」

　膝にオリヴァーの手が温かく置かれ、振り払うべきだと思ったけれど、そうする理由が見つからなかった。「とても立派なことだよ。きみの正直さを称賛する」

「ありがとう。ぼくは……礼を言うよ」ワオ、すごく優しくしてくれるオリヴァーは、ぼくに腹を立てている彼よりも扱いにくい。

「お父さんについて尋ねてもかまわないか？　ぼくにできることは何かあるかな？」

「ああ。父について何も尋ねないことだ」

　同情的な優しい態度でオリヴァーは膝を軽く叩いてくれた。誘惑だと感じずにはいられないようなしぐさで。「わかった。家族の問題だし、ぼくが口を挟むべきではない」

　ぼくに罪悪感を抱かせようとしたわけじゃないのはたしかだろう。それでも、罪の意識を感じずにはいられなかった。「そういうことじゃない。あのろくでなしを嫌悪しているだけだ」

「なるほど。つまり」彼は目をしばたたいた。「ぼくにはわからない。きみの父親なんだし、癌を患っているんだろう」

「それでも、父は母とぼくを見捨てたんだ。勘弁してくれよ、きみだって、このことは知っているはずだ」

「知っているって、何を？」

「オディール・オドネルとジョン・フレミングのこと。激しい情熱、激しい別れ、幼い子ども。きみは新聞を読まないのか？　ブリッジから話を聞いてないのか？」

「きみがなんとなく有名だということは知っていた。理由は考えなかった」

二人ともしばらく無言だった。オリヴァーが何を考えているかはわからなかった。ぼくはただ困惑していた。何か読んだり見たりしたこと、またはポッドキャストで耳にしたことからぼくを知っていると人々に思われてしまうことがいつも腹立たしかった。でも、それに慣れてしまったに違いない。慣れすぎたので、自分の人生について実際に話すのはなんだか怖かった。

「どっちとも決められないな」ようやく言った。「きみがぼくの話を知らないことが本当にすばらしいのか、きみが本当に無関心な人なのかを」

「ぼくはきみとつき合っているふりをしているんだ。ご両親とではない」

肩をすくめた。「ぼくについてもっとも興味深いのは、うちの親のことだと思う人がほとんどだよ」

「きみが自分のことを知ってもらわないからだろう」

「この前、ぼくをよく知っていた人は……まあ、どうでもいい」そこまで話すわけにはいかない。今日はだめだ。これからもだめだ。震える息を漏らした。「肝心なのは、父が母をクソみたいに扱ったクソ野郎だということだ。それが今、奴はごたいそうなカムバックをしている。誰もがそれでいいというふうに振る舞っているが、いいはずない。まったくムカつくよ」

オリヴァーは額にしわを寄せた。「それはつらいだろう。しかし、お父さんが本当に死ぬかもしれないなら、元に戻せない選択を自分がするはずはないときみもわかっているはずだ」

「どういう意味だ?」

「最悪の事態になって、お父さんにチャンスをあげなかったことを後悔しそうな場合、きみはチャンスを与えるしかないということだ」

「そうしないリスクをぼくが取りたがっているとしたら?」

「自分で決めることだ」

「ぼくのことを見下しているのか？」咳払いした。「まあ、当然だろうな」

「きみを悪く思ってはいないよ、ルシアン」

「おもしろ半分にデートをすっぽかす身勝手なろくでなしってことを別にすれば、ってわけか」

それを聞いてオリヴァーはわずかに顔を赤らめた。「すまない。動揺してフェアじゃないことを言ってしまった。もっとも、弁解させてもらえば、きみの行動はロックのアイコンとして引退した母親から奇妙なメッセージをもらって、最近、ふたたび脚光を浴びるようになってきみが大いに腹を立てている、疎遠だった父親が命に関わる病に冒されていることを知ったせいだという可能性を、ぼくに期待しろというほうが無理だろう」

「プロによるアドバイスをしよう。謝るか、言い訳するかのどちらかだ。両方いっぺんにやるな」

「そのとおり」オリヴァーが少し身を乗り出したので、息が軽くぼくの頬にかかった。「きみを傷つけてすまなかった」

ほんの少し身動きするだけで彼にキスできただろう。あとちょっとでそうするところだった。こんな会話をしたせいでウサギの穴に落っこちたような感覚や思い出に襲われたし、そして、うわっ——本当の友達とも分かち合えなかった何かを感じたからだ。でも、キスはお断りだとオリヴァーにはっきり言われていたから、代わりに言った。

「ぼくもきみを傷つけてすまなかった」

長い沈黙があった。二人ともソファの端っこで、それぞれぎこちなく座ったまま。

「本当にこんなことが苦手なのか？」ぼくは尋ねた。「フェイクのつき合いをしてまだ三日だけど、早くも一度、フェイクの別れを経験したじゃないか」

「ああ。だが、ぼくたちは困難なことについてフェイクの解決をして、フェイクによりを戻した。おかげで二人の絆（きずな）はもっとフェイクに強くなることを願っているよ」

ぼくは声をあげて笑った。クレージーな話だけど、これこそオリヴァー・ブラックウッドだからだ。この世でいちばん堅苦しい男。「あのさ、本当にブランチを楽しみにしてたんだよ」

「そうだな……」オリヴァーは何を考えているかわからない笑みをこちらに向けた。「こうしてきみがいる。そしていっさいの物はまだ冷蔵庫に入っているわけだ」

「もう六時近いよ。ブランチじゃないだろう。じゃ……ブリナー（朝食のような夕食）かな？」

「かまわないか？」

「ワオ。反逆者め」

「そう、ぼくは反逆者だ。社会や標準的な食事の時間という概念に対して、人差し指と中指を突き立ててやる（裏ピースは英国では侮辱のサイン）」

「それじゃ」ぼくはさりげない口調で言おうとしたが、とても重大なことに触れようとしていた。「この……ブランチ……ブリナー……卵を基本とする現状のパンクロック的な反抗だけど……フレンチトーストはあるか？」

オリヴァーの眉が跳ね上がった。「あるかもしれない。きみがとてもいい子にしていれば」

「いい子にするよ。いい子って、どんなことをするんだ？」

「ぼくはそんな……つまり、あー……つまり、それは……テーブルのセッティングかな？」

オリヴァーをからかっていると思われたくなかったから、ぼくは笑みを手で隠した。多少はからかっていたとしても。だけど、こういうことのためにフェイクのつき合いの契約をしたんじゃないかな。いかにもナプキンリングを持っていそうな男と。結局、『デイリー・メール』がこんな見出しの記事を掲載することはなさそうだ。「スキャンダル、ロックスターの私生児が交際相手選びに失敗」

でも、ぼくが予想していなかったのは、こういう状態がどれほどすてきで安心感があって、どれほどまともな感じかということだった。

12

本当にぼくはテーブルのセッティングをした――ありがたいことに、ナプキンリングはなかったが。オリヴァー家のキッチンで食事をした。コンロから一メートルほど離れたところにある小さな丸テーブルの下で膝を触れ合わせながら。どうやらぼくたちは足がもつれ合う運命から永遠に逃れられないらしいからだ。ひそかに楽しみながら、オリヴァーがぼくのために料理してくれる様子を眺めた――油を熱し、付け合わせの野菜を刻み、あらゆることに対するのと同じ慎重さと正確さで卵を割る。ぼくを批判していないときの彼が魅力的なのは否定できなかった。想像していたよりもはるかに、批判するときが少ないのではと思われてきた。

「で、何人来ると思ってたんだ？」ぼくは訊いた。これでもかというほどの卵にワッフルにブルーベリー、フレンチトーストも含めて何種類もあるトーストを見回しながら。

オリヴァーは顔を赤らめた。「少し興奮しすぎてしまった。誰かのために料理するのは久しぶりなんだ」

「つき合うなら、お互いにこういうことを知っておくべきだろうな。久しぶりって、どれくらい？」

「半年ぐらいだ」

「それは久しぶりとは言わない。事実上、今みたいなものだ」

「パートナーがいなかった期間は、望んだよりも長かった」

エッグ・ベネディクト越しにオリヴァーをまじまじと見つめた。「何だって？　きみは交際依存症なのか？」

「とにかく、最後にきみが誰かとつき合ったのはいつだ？」

「つき合う、という意味を明確にしてほしいな」

「そんなふうに言うところから多くのことが読み取れる」

「わかったよ」ぼくは顔をしかめた。「五年近く前だ」

オリヴァーはうっすらと微笑を浮かべた。「互いの選択について意見を控えることにするのがベストだと思う」

「これはすばらしいブリナーだね」先手を取って平和を申し出るつもりでぼくは言っ

た。それからズバッと訊いた。「で、どうして別れてしまったんだ？」

「ぼくは……はっきりとはわからない。もう幸せではないだけだと、彼は言った」

「うわー」

オリヴァーは肩をすくめた。「『きみが悪いんじゃなくて、ぼくのせいなんだ』と言われてばかりだと、実際、悪いのは自分じゃないかという気持ちになることがある」

「なぜだ？　きみのどこが悪かったんだ？　羽毛の上掛けを独り占めしちゃったのか？　実は人種差別主義者なのか？　ボンド役にはコネリーよりもロジャー・ムーアがよかったと思っているとか？」

「違う、断じてそんなことはない。もっとも、ロジャー・ムーアはいくらか過小評価されているとたしかに思うが」オリヴァーは癪に障るほど器用な手つきで取り分け用のスプーンを扱い、ポピーシードのワッフルにクリームで完全な螺旋を描いた。「正直に言うと、関係はうまくいっていると信じていたんだ。まあ、いつもそんなふうに思うんだが」

ぼくはパチンと指を鳴らした。「そうか。きみはベッドで最悪に違いない」

「そのとおりだ」彼は皮肉な視線を向けた。「これでまた謎が解けたな」

「なんだよ。言い訳すると期待したのに。そうすれば、少なくともフェアじゃないところがきみにもあるとわかったのにな」

「ルシアン、ぼくには興味がないときっぱりと言い切る割に、ぼくのセックスライフにはかなり興味をそそられているようだな」

顔がカッと熱くなるのを感じた。「そんなことは……ない」

「そう言い張るのならそうなんだろう」

「本当に興味ないよ。ただ……」うわあ、めんどくさいことになったぞ。認めたい以上に、もしかしたらそのことに好奇心を持っているせいもあるかもしれない。オリヴァーはあまりにも冷静だから、自らを解放したときはどんなだろうかと思わずにはいられない。もし、自分を解き放ったらということだ。そういう無謀さを呼び起こしたら、どんな感じだろう。「ただ、気づいたんだ。ぼくについてきみが知りたいことがあれば、何でもグーグル検索できるって」

「しかし、そこにあるのは本当のことなのか?」

ぼくはたじろいだ。「いくつかはね。しかも、いいことばかりってわけじゃない」

「ぼくの職業から学んだことを一つあげるとすれば、耳にした〝一部の真実〟というものはもっとも誤解を招く恐れがあるということだ。きみについて知りたいことがあれば、直接訊くよ」

「それじゃ」小声で言った。「きみがぼくに腹を立てるのはどんなときだ？　ぼくが最悪だと考える根拠を探すのはいつだろう」

「そんなことを知るために、ぼくが新聞なんかを必要とすると思っているのか？」

怒りの目でにらんだが、なぜか笑う羽目になってしまった。こちらを見るオリヴァーのまなざしの何かのせいで、言葉はやわらげられていた。「きみの世界では、そんな言い方が安心感を与えるものなのか？」

「さあ、どうだろう。役に立っているかな？」

「おかしな話だけど、少しは役立ってってところかな」ぼくはフレンチトーストで気をまぎらわせた――濃厚で甘くてメープルシロップがこぼれそうだ。「だけど、結局は新聞を見るだろう。誰もが必ず見るんだ」

「本気で思っているのか？　三流芸能人リストに載ったセレブの、無名芸能人リストに載った子どもをネット上でストーキングするよりもましな余暇の過ごし方が、ぼくにはないと？」

「それはまた……すばらしく慰めとなる言葉だな。いったい、どういうことなんだ？」

「ぼくは、つまり、きみがほかの考えを受け入れてくれるという確信が持てないいんだ」オリヴァーはなんだかばつが悪そうで、皿に載ったブルーベリーをフォークで追いかけ回していた。

率直なところ、オリヴァーが正しいかもしれない。でも、そう認めて彼に満足感を与えるつもりはなかった。「試してみろよ」

「きみに何の約束もするつもりはない。なぜなら、きみに関するナンセンスにさらに力を与えるだけかもしれないからだ。しかし――」

「ナンセンスだと言うのは簡単だよな。こんな状況で暮らしてるのはきみじゃないんだから」

オリヴァーはいらだったように小さく息を吐いた。「ほら、きみはぼくの元気づけなど求めていない」

「元気づけることなんて何も言ってないじゃないか。何の約束もするつもりはないと言って、ぼくをいびっただけだ」

「いびるつもりはなかった」

朝食向けの料理という戦場で、互いを警戒のまなざしで見つめた。多くの意味で、二度目のデートは最初のもの並みに悪くなっていた。いや、多くの意味で、さらに悪くなっていただろう。ぼくは六時間遅刻したし、ここへ着く前にふられていたのだから。でも、前とは違った感じだ。オリヴァーに腹を立てていても、得体の知れない温かな気持ちをなぜか覚えた。

「とにかく」オリヴァーは言葉を続けた。「ぼくに話を終えさせてくれないじゃないか」

「ぼくはその手のことに関して、たいていは思いやりがあるんだが」

彼の片方の眉がまた上がった。「それはよかった」

どういうわけか、ぼくは顔が熱くなってしまった。

オリヴァーは軽く咳払いした。「さっき言ったように、世間でなんとなく言われているあれこれがきみにとっては重要で、人生に影響を与えていることはわかる。しかし、ぼくに言わせればナンセンスだ。きみ自身に比べたら、これからもナンセンスだろう」

「オーケイ……」なんだかおかしなしゃがれ声が出てしまった。「きみの言うとおりだよ。嫌みったらしい人間に戻ったらどうだ」

「本当にぼくはタブロイド紙など読む気はないよ、ルシアン。きみを傷つけたくはない」

「自分に人を見る目がないことはわかっている。でも、積極的にぼくをだまそうとする男とつき合うのはどうにか避けてきた。ぼくを傷つけたいと思うか思わないかの問題じゃないんだよ。とにかく——」ひどく危険なほど無防備な口調ではなく、うんざりしてあきらめた感じの言い方を心がけた。「どんなふうかはわかるだろう。人々は好奇心をそそられる。またはいらいらする。あるいは、新聞で何かを読んでもまったく気にしないという印象を与えておきながら、ショックを受けてしまう。で、ぼくは最低の気分になるだけだ」

「ぼくの善意を信用できないなら、少なくともきみがそう思っていて、これからもそう考えそうな、偉ぶったろくでなしだと思い込んでくれ。そんな奴だから、低俗なタブロイド紙になど手も触れるはずがないと」

「偉ぶったろくでなしだなんて思ってないよ」

「ブリジットによると、ぼくについてのきみの第一声はそんな意見だったそうだが」

実を言えば、二度目の意見だった。最初の意見はこうだ。「ぼく以外にきみが知っている唯一のゲイの友人があんなにホットな男だったら、会ってもいいと何カ月も前に言ったのに」もちろん、それは〝ぼくの隣に立っているホモセクシュアル〟事件の前のことだ。椅子の上でそわそわと身じろぎした。「ああ、そうだな。考えてみると、ちょっとばかりきみに手厳しかったかもしれない」

「本当か？」疑惑の念がこもる、期待を込めた問いだった。

「うーん、きみがとことん偉ぶったろくでなし（アース）（尻の穴の意味もある）だと言うつもりはないよ。もしかしたら、むしろ傲慢なケツ、ってほうかもしれない」

　驚いたことに、オリヴァーは声をあげて笑った――深みのある大きな笑い声を聞き、意外な喜びでぼくの腕の毛は逆立った。「それでかまわないよ。さて」彼は両肘をテーブルにつき、やや身を乗り出した。「フェイクの恋人同士が知っておくべきことはほかに何だろう？」

「これまでの交際についての話を持ち出したのはそっちだろう。きみが話せよ」

「交際で問題なのはそこなんだ。これまでのつき合いが少なかったら、比較対象が限られる。つき合いが多かったら、明らかに問題のある行動をとっていることになる」

「互いを知る必要があると言い張ったのはきみじゃないか」にやにや笑ってやった。

「ほら、〝迫真性〟って奴だ」

「そのことでずっとぼくを責めるつもりか？」

　ちょっと考えてみた。「いや」

「結構」オリヴァーはため息をついた。「誕生日はいつ？」

「気にしなくていい。忘れてしまった。自分のものも含めて、ぼくは誕生日に関わらないことにしてるんだ」

「そうか、覚えておくよ」

「まったく」ぼくはうめいた。「あきれるほどの思いやりでぼくを悩ませるつもりだろう。で、ひどい気分にさせようと」

オリヴァーの唇がひくひくした。「そうしようと努力している」

「とにかく、誕生日は七月だ。だから、誕生日が問題になるはるか前に、ぼくたちはうまくいかないと決心する芝居をして、別れたという芝居をすることになる」

「ああ」ほんの一瞬、オリヴァーはがっかりしたかに見えた。「きみが質問する番だ」

「代わりばんこに質問することに同意した覚えはないけど」

「たいがいの状況は交互にやり取りすることで進歩するものだと気づいた」

「きみって、多才なんだな」無邪気さを装って目を見開いた。

「行儀よくするんだ、ルシアン」

いや、別にセクシーな言い方だったわけじゃない。絶対に。これっぽっちも。全然違う。なのに、甘い震えがぼくの背筋を伝い下りた。

「あー」頭は空っぽだった。「趣味とか、そういったことは？　働いていないときは何をしてるんだ？」

「たいていは働いている。法律業務は過酷なんだ」

「はっきり言って、『法律業務は過酷なんだ』といった言い方のせいで、きみが偉ぶっていると思ってしまうんだけど」

「ああ、すまない」ちっともすまないって感じじゃない口ぶりだ。「だが、多くの時間を取られてしまう、充実しているが、苦労する仕事に就いていることをほかにどう伝えたらいいかわからないんだ」

「仕事は自分で選べたはずだよ」

「まったく、つき合ってから三日も経っていないのに、早くもぼくを変えようとしているのか」

「なぜ、ぼくが変えたがるんだ？　きみをからかうのはとても楽しいのに」

「ぼくは……」オリヴァーは眉間にしわを寄せた。「ありがとう、ってことかな。それがお世辞かどうかはわからないが」

たぶん、ぼくがろくでもない人間だからだろう。今ではオリヴァーがちょっと親しみやすく思えてきた。「ああ。一種のゲームみたいなものだな。だけどさ、きみだって、かつらだの木槌（きづち）だのとは関わりのないことを何かしているはずだ」

「料理をする。読書をする。友達と時間を過ごす。健康を維持しようとする」

うわあ、ヤバい。あの保守的なスーツの下の体は想像していなかった。というか、まったく想像しなかったわけじゃない。それほどは想像しなかったってことだ。

オリヴァーの視線がぼくの目をとらえた。「きみはどうなんだ？」

「ぼく？　まあ、普通だよ。夜更かしして、さんざん飲んで、自分を気にかけてくれる人たちに無用な心配をさせる」

「本当にやっていることは何なんだ？」

目をそらしたくてたまらなかった。でも、なぜかそらせなかった。オリヴァーのまなざしはまぎれもなく、ぼくが求めてもいないものを約束し続けている。「ぼくはちょっと落ち込んでいたんだ。しばらくだけど。まだいろんなことをやっている――先週の土曜日は出かけたし――だけど、その成果はまだ現れていないようだな」

またしてもウサギの穴に落っこちた気分だ。何よりも望まないのは、それを追及するような思慮深い質問をオリヴァーにされることだった。そうなったら、ぼくはさらに深みにはまってしまうだろう。

「きみの番だ」思い切りにやっと笑って、甲高い声をあげた。本質的に破綻したぼくの生活がとても愉快な逸話だと言わんばかりに。

オリヴァーはその件についてじっくりと考えているように、しばらくテーブルを指でコツコツと打っていた。「ご両親が有名人だということとは無関係にぼくが関心を持っていると思ってほしいんだが、きみの背景を少し話してくれないか？」

「仕事の面接みたいに聞こえるな。ボーイフレンドから聞きたいことじゃなくて」

「好奇心を持たずにはいられない。きみのことは何年も知っている。だが、これまで互いにまともに話したことはないだろう」

「ああ、ぼくとはいっさい関わりたくないと、きみが露骨に態度で示していたからね」

「その性格描写には異議を唱えるが、とにかく、今は知りたいんだ」

不機嫌な、恥ずかしいくらい子どもっぽい声を出してやった。「はいはい。特に何もない子ども時代と有望なキャリア、道を踏み外して今に至る」

「すまない」オリヴァーは言った。予想外の反応だった。「個人的な会話をするための、あまりにも見え透いたやり方だった」

肩をすくめた。どうやらぼくはまだ十代の気分のままらしい。「こんな会話はいらないだろう」

「それがきみの希望なら」

「きみについてはどうなんだ？」

「何を知りたいんだ？」

ぼくのことを話すよりも、オリヴァーのことを話すほうが自分をさらけ出さずに済むだろうと思っていた。そうではなかったけれど。ごにょごにょとなんだかわかりにくい言葉を発してやった。

「そうだな」オリヴァーは果敢に話し出した。「きみと同じように、ぼくの子ども時代も特に何もなかった。父は会計士で、母はロンドン・スクール・オブ・エコノミクスで特別研究員を務めたことがあって、どちらも優しくて支えになってくれる。医師をしているクリストファーという兄がいて、その妻はミアだ」

「ふうん、成功者ばかりなんだな」

「ぼくたちはとても幸運だったんだ。自分が信じるものを追求すべきだという信念のもとに育てられた」

「だから法律の道へ？」

オリヴァーはうなずいた。「まさしく。両親が思い描いていたとおりかどうかは確信がないが、ぼくは正しい道だと思っている」

「もし、ぼくが誰かを殺したら」そう言いながら、自分が本気だと気づいて驚いた。

「ぜひ、きみに弁護を頼みたいよ」

「だったら、助言しておこう。一番目の助言は、誰かを殺したなら、その事実をぼくに話さないことだ」

「まさか、みんな話さないわけじゃないよな？」

「きっと驚くだろうな。被告人自身は法的訓練などいっさい受けていない。自分が何に巻き込まれていて、何に巻き込まれていないかもわかっているとは限らないんだ。ちなみに、ぼくの経験から話しているわけではないよ」オリヴァーは小さく笑った。「二番目の助言は、殺人罪で告訴されたら、ぼくよりもはるかに経験のある弁護士を雇うべきだということだ」

「きみは経験のある弁護士に当てはまらないと？」

「きみが想像しそうなことに反して、実際のところ、殺人事件はそんなに多くないんだ。キャリアのあとのほうになって殺人事件を扱うことはよくある」

「だったら、どんな事件に取り組んでいるんだ？」

「来るものは何でもだ。選ぶことはできない。かなり陳腐な事件もしょっちゅうだ」

からかうような視線を向けてやった。「法廷弁護士の仕事はきみの大きな情熱だと思っていたけど」

「そのとおりだ」

「なのに〝かなり陳腐〟と表現するんだな」

「ぼくが言いたかったのは、ほかの人には陳腐に思えそうだということだ。法律についての経験がテレビの法廷ものドラマしかないなら、マニキュア液を万引きしたとか、背伸びしてやってしまったケチな犯罪とかで捕まった十代の子たちを弁護して日々を過ごしているというぼくの現実は、なんだかがっかりさせられるものだろう」オリヴァーは立ち上がって、空になった皿やボウルを集め始めた。「社会的に見れば、どっちに転んでもあまり得はないな。金のために殺人犯やレイプ犯を街中へ戻して毎日を送っていると人々に思われるのも、ひどく退屈な仕事をしていると思われるのも」

ぼくは考える間もなく、手を貸そうと席を立ち、二人の手はブリナーに使った食器を巡ってもつれ合った。「もしかしたら、その二つを足して二で割れるかもしれない。きみが金のために、万引き犯を街中へ戻して毎日を送っていると言えるかもな」

「もしかしたら、その二つを足して二で割れるかもしれない。たった一回の判断ミスのせいで若者が人生を台なしにしないようにするため、ぼくが毎日を送っていると」

皿に残されたブルーベリーを指で弾くと、彼の鼻に当たって跳ねた。

「要するに、どう思っているんだ?」オリヴァーは訊いた。

片づけなくちゃ。ぼくは片づけるのに大忙しだった。「きみは……仕事を本当に大事に思っているんだな？」

「そう思ったから、柔らかいフルーツでぼくを攻撃したのか？」

「異議あり。弁護人の質問は証人への攻撃です」

「この国ではそんなふうに言わないと知っているか？」

ぼくは息をのんだ。「じゃ、検察側の弁護士が立証しているときはどうするんだ？」

（英国の検察官は日本のように専任でなく、事件ごとに選ばれた弁護士が担当する）

「裁判官が自分の仕事を心得ていると信じる——激怒している人間でも、たいていはまともにやってくれるものだ。あるいは、とても丁重にこういうことを述べるかだ。『裁判長、高潔なる検察側の弁護士の立証は若干行きすぎだと思われます』」

「考えてみてくれよ」ぼくは大きなため息をついた。「想像していたんだ。検事当局の気取ったスーツ姿の奴らを、きみが椅子から弾かれたように立ち上がって法律用語で打ち負かす姿をね」

「つまり、検察局の立派な役人たちを、ってことかな？」

「何なんだよ、オリヴァー」口に出した彼の名が、明確でぴりっとした味わいを舌先に残した。砂糖とシナモンの味。「きみは刑事司法制度の楽しみを台なしにしてるじゃないか」

オリヴァーはなんともわざとらしい態度で別のブルーベリーを取って投げつけた。

それはぼくの眉に当たって跳んだ。

「なんだよ？」不機嫌なふりをしていると思われることを狙って尋ねた。

オリヴァーの口がゆっくりと笑みを作る。メープルシロップみたいに温かな微笑だ。

「きみには当然の仕打ちだ」

13

オリヴァーが皿を洗い、ぼくはほとんど邪魔をしていたようなものだった。家事をすると、たいていはこんなことになる。

「あのさ」さりげない態度に見せようとする無駄な試みでポケットに両手の親指を引っかけながら言った。「料理をごちそうさま。それと、ふらないでくれたこととかに礼を言うよ。たぶん、ぼくがやるべきなのは……」

オリヴァーもポケットに両手の親指を引っかけていた。と思う間に、指を出してしまった。なぜ、そんなことをしていたのかわからないとばかりに。「その必要はない。つまり、無理なら……たぶん、いくつかのことについて話し合うべきだろう。事業計画(ロジスティックス)について」

これは思っていた以上にオリヴァーらしい行動だった。たぶん、父が癌にかかっているせいで、ぼくのランクは一時的に上がったのだろう。「ロジスティックスだって？　そんな話し方をして、きみは少年を混乱させるんだろうな」

「きみを混乱させようとしているわけではないよ、ルシアン。この計画にぼくたちのどちらも失敗しないよう確かめているんだ」

どうでもいいというしぐさをしてみせたら、オリヴァーがテーブルに置き直したばかりの、花を活けてある小さな花瓶を倒してしまった。「うわ、すまない。だけど、この計画はそんなに複雑かな？　自分たちの生活を続けて、誰かに質問されたら、ぼくたちがつき合っていると話すだけだろう」

「だが、むしろそこが問題なんだ。尋ねてくる人なら誰にでも話すべきだろうか？　たとえば、ブリジットは？」

「ああ」花を活け直そうとしたが、ちっともうまくいかなかった。「彼女なら本当のことをもう知ってるよ」

「どこかの時点でそのことを話してくれるつもりだったのか？　それとも、ブリジットの前でぼくがばかを見るのを放っておくつもりだったのか？　つき合い続けるつもりだと、ぼくが無邪気にも約束するのを？」

「ブリッジは例外だ。ブリッジには隠しておけない。彼女はストレートの親友なんだ。話す義務がある」

　オリヴァーはぼくの上にかがんで、ほんの二箇所、花を手直しした。みすぼらしくて、こちらをなじっているみたいだった花が輝くようにすてきな姿に変わった。「しかし、そのほかの人たちには、本当につき合っていることにするんだな？」

「そのとおり。というか、うちの職場にこのことを知ってるって感じの男はいるんだけど」

「職場の男性がこんな偽装を知って何の得になるというんだ？」

「なんていうか、これは彼の思いつきだったんだよ。だから、避けられないことだった。それに——」ぼくはまたしても、どうでもいいというしぐさをしそうになったが、考え直した。「そいつはラズベリーパブロバ（メレンゲを使ったお菓子の一種）並みの頭しかないんだ。たぶん、もう忘れてしまったよ」

　オリヴァーはため息をついた。「わかった。じゃ、ブリジットときみの同僚の男性以外のみんなには、ぼくたちが本当につき合っていることにするんだな？」

「どう考えても、母には嘘をつけないよ」

　またしてもため息。「となると、ブリジットときみの同僚の男性と、きみのお母さん以外のみんなには、ぼくたちが本当につき合っていることにするんだな？」

「うーん、ほかの友人たちは信じないかもしれないな。つまり、彼らには話したことがあるからね。ぼくがきみを大嫌いだと。車がゴミ箱にぶつかって炎上するみたいな恋愛ばかり何年もしてきたあとでは、いかにも都合がいいと思われかねない。クビにならないために必要になったちょうどそのとき、長続きする安定した交際に行きついたなんてさ」

「それじゃ」オリヴァーの眉はヤバいほど吊り上がっていた。「彼らはぼくへの気持ちをきみが変えたと思うよりは、ぼくたちが複雑な架空の交際をでっち上げたと結論づけるほうがあり得るということか？」

「別に複雑にする必要はないだろう。複雑にしているのはきみじゃないか」

「きみがこのことについて何も考えていない間にな」

「そうだな、それがぼくのやり方だよ」

オリヴァーは険悪な顔で腕組みした。「忘れているかもしれないが、このフェイクな交際にはぼくたち二人が関わっているんだ。本当にうまくやらなければ、とても成功は望めない」

「ああ、もう、オリヴァー」いまいましいことに、花はまた倒れてしまった。「きみと本物の交際をすることにしてもいいよ」

このときには、オリヴァーはぼくをキッチンから徐々に追い出していた。そして率直に言えば、受動攻撃的な方法でもっとも重要な点を修復し始めた。「互いに同意したように、それはどちらも望まない結果だ」

「そのとおりだ。最悪なことになる」まあ、フレンチトーストは例外だけど。それと、オリヴァーの日曜の午後用の柔らかいセーターも。それから、ぼくをろくでなしだと思うことを彼が忘れている、めったにない瞬間も。

「とはいえ、今や関わり合っているんだから、この関係を適切にやってのけるべきだ」彼はチューリップの茎を折りながら、やや荒々しい手つきで花瓶に突っ込んだ。「つまり、そもそもこのつき合いが、二人の孤独な男によって考え出された哀れなでっち上げだなどとみんなに話して回るわけにはいかない。それに、一緒にいる時間に慣れるべきだ。本当につき合っていたら、そうするように」

残りの花の運命が恐ろしくなり始めたから、ぼくはテーブルにそっと戻って彼の指から力ずくで花を抜き取った。「ちょっと秘密を漏らしてしまって悪かった。二度としないよ」

オリヴァーはしばらく押し黙ったので、ぼくは花をまた花瓶に挿し始めた。見栄えはよくなかったが、少なくとも折れてはいない。

「それと」しぶしぶつけ加えた。「きみが必要だと思うロジスティックスやら何やらを全部やればいい。ただ、そうしたいときは教えてくれ……ぼくをロジ何とかしたいというときはそうするから」

「問題が生じたときは二人でうまく切り抜けられるに違いない。それに、まだいてくれてかまわないよ。きみがそうしたいなら。ほかに約束（エンゲージメント）がなければだが」

　エンゲージメント？　ほんと、オリヴァーときたら。「一九五三年に行くことになっていたティーダンスがあったけど、サボってもかまわないよ」

「警告しておいたほうがいいな」オリヴァーは冷静なまなざしでぼくを見た。まばゆいほどのウイットに感心した様子がないのは明らかだ。「ぼくはかなり仕事が忙しいんだ」

「手伝おうか？」正直言って、普通の場合、ぼくはあまり人助けが好きではない。でも、手伝いを申し出るのが礼儀だと思っただけだ。それに、かろうじて住めるだけの誰もいないフラットに戻って、嫌悪していて興味もなかった父親が間もなく死ぬことについて考えるよりは、どんなものでもましだった。

「まったく必要ない。機密事項だし、きみは法的訓練を受けていない。おまけに、皿を洗うときの乱雑ぶりを見たからな」

「わかった。じゃ、ちょっと……座っていようかな？　お互いを耐えることを学ぶという名目で」

「ぼくはそんな表現は使わないが」オリヴァーは花を直すのをあきらめたらしかった。「どうかくつろいでくれ。本を読んでもいいし、テレビを見てもいいし、それから……すまないが、実際、お粗末なもてなしだな」

ぼくは肩をすくめた。「どっちみち、ぼくがやるようなことだ。ここだと、もっと服を着た状態で、もっとすばらしい家でやることになるだけで」

「服を着たままなのがいちばんだな」

「心配いらない。正しいやり方なら心得ている。キスは禁止、アレ(ディック)の写真は禁止、ヌードは禁止」

「そうだな。とにかく」オリヴァーはうわの空で両手を動かした。「そういったことのどれも、フェイクのボーイフレンドの状況を不必要に複雑にはしないと思う」

「そしてぼくは不必要でもないし、複雑でもないわけだ」

落ち着かない間が空いた。

「それじゃ」オリヴァーはようやく尋ねた。「まだいるかい？」

なぜかはわからなかったけれど、ぼくはうなずいた。

二人してリビングルームに落ち着き、ぼくはソファに仰向けに寝そべり、オリヴァーは書類に囲まれて、膝の上でノートパソコンのバランスを取りながら床に座ってあぐらをかいていた。完全にきまり悪かったわけじゃないが、きまり悪さが完全になかったわけでもない。口論せずに話すにはどうしたらいいかとまだ暗中模索していたから、ぼくたちが沈黙の快適さを楽しむ方法を見つけるのはまだ少し先の段階だった。あるいは、そう思っていたのはぼくだけだったかもしれない。オリヴァーは法律の中に消えてしまった——うつむいて、指がときどきキーボードの上ですばやく動いていた——ぼくがここにいることをすでに忘れてしまったようだ。

ぼくはリモコンをさっとつかんでテレビをつけた。気恥ずかしく思いながら、ITVのオンデマンド配信をインストールし、最新の番組を次々と探して『完璧な人(ホール・パッケージ)』を見つけた。今は二話分あった。よかった。

再生ボタンを押した。

とたんに、ぼくの父親がどれほど偉大かを紹介する三十秒間の映像が流れた。有名なのだろうが、ぼくには年寄りすぎるか若すぎて誰だかわからないミュージシャンたちのサウンドバイトが組み入れられた、父の演奏中のさまざまな場面が入っていた。どのミュージシャンも、「ジョン・フレミングはこの業界の伝説だ」とか「ジョン・フレミングはロック・ミュージックの長老的存在の指導者だ——プログレッシブ・

ロックでもフォークでもクラシックでも、彼は何でもこなす」とか「ジョン・フレミングは三十年間、おれのヒーローだよ」といったことを言っている。もう少しでテレビを消すところだったが、別の映像が現れると、さっきのミュージシャンたちは〈ブルー〉（英国出身の男性四人組R&Bグループ）のサイモン（サイモン・ウェブ）について基本的に同じことを言っていたとわかった。

審査員たちの恥ずかしいほどの宣伝がいったん終わると、映像はスタジオに切り替わり、そこでは審査員のうちの四人が〈イレイジャー〉（英国のエレクトロ・ポップ・バンド）の『オールウェイズ』を、「ライブ・エイド」（一九八五年に行われた二十世紀最大のチャリティコンサート）とキリストの「山上の説教」を足して二で割ったものに対するような反応をする生放送の観客の前で、率直に言って一風変わったセッションで演奏していた。正直なところ、怪しげなフルートのソロはどうにか許せるとしても、プロフェッサー・グリーン（英国のラッパー）によるラップのブレイク（ソリストの一人演奏タイムにするアレンジ）は絶対に必要ないといった曲だった。

その後、番組はショーに移っていった。初回だったので、形式についてものすごい速さで説明があり、ぼくには半分もわからなかったし、プレゼンター――人気司会者のホリー・ウィロビーのはずは絶対にないが、もしかしたら、そうだったかも――もさっぱり理解していなかった。得点や入札といったものがあり、審査員には出場者を奪い取れるワイルドカードがあって、出場者がどの審査員のところへ行くかを選ぶ場合もあるが、たいていはそんなことをしなかった。そして最後に、誰かが登場して攻撃的なほど感情を込めた『ハレルヤ』を物悲しく歌い、ガールズグループの〈プッシーキャット・ドールズ〉の一人に飛びつかれた。

番組は一時間で、何度かコマーシャルが入る。この手の番組によく出る六人が繰り返し映った。誰からも欲しがられず、自分で思っているほどカッコよくもない自信過剰の男。選ばれはするが、最初の接戦で切り捨てられてしまう運命の、記憶に残らない人。悲劇的なバックグラウンドがある人。準々決勝までしか進まないが、結局は本当の勝者よりも優れている奇抜な人。過小評価されそうだが、スーザン・ボイル（英国の素人オーディション番組から有名になった歌手）の件があったから、あからさまには見くびられない人。それに、ルックスがよすぎて才能がありすぎるせいで大衆が一様に嫌悪する、美形で才能に恵まれた人。演奏と、出場者の母親や故郷についての感傷的すぎるビデオの合間に、審査員たちは冗談を言い合う。互いに会ったこともなく、共通点は、自分のキャリアでの最高の選択がリアリティ番組だと判断した点だけという人々がいかにも言いそうな冗談を。

要するに、それは腹立たしいほど楽しめる番組だった。オリヴァーさえ、ときどき目を上げては意見を述べた。明らかにオリヴァーは、リアリティ番組を見るための社会的に受け入れられる唯一の方法が、皮肉な目で見ることだと知らなかったらしい。こんなことを言い続けていたからだ。「国民健康保険(NHS)でもらえる眼鏡をかけて歯列矯正装置をつけていた内気な少女がとても心配だったが、彼女が歌った『フィールズ・オブ・ゴールド』にひどく感動したよ」そのとき、投げつけてやれるブルーベリーがあればよかったのだけど。

ハーモニカを演奏した少女（奇抜な出場者だ。準々決勝まで進むだろう）にジョン・フレミングが勢い込んで入札したが、〈ブルー〉のサイモンが先にワイルドカードを使って彼女を奪った部分に差しかかった。ここまでで最高の瞬間だった。父はそのことに平然としている様子を見せようと必死だったけど、ムカついているのは見え見え。だから三十秒ほどの間、ぼくは〈ブルー〉のサイモンの大ファンになった。サイモンの歌なんて一曲も知らなかったが。

なぜなのかはさっぱりわからないけれど――マゾなのか、ストックホルム症候群（誘拐や監禁事件の被害者が、長時間接しているうちに犯人に同情や好意を抱くようになること）とやらのせいかもしれない――第二話も見てしまった。最初のものととてもよく似た形式だった。審査員たちはまだ互いにどう話したらいいかわかっていなかったし、プレゼンターはルールを相変わらず理解していなかったし、出場者たちは亡き祖母だの、スーパーの〈テスコ〉でのアルバイトだのといった心温まる話をしていた。最初は三人の子持ちの母親で、二分バージョンの『アット・ラスト』に持っているすべてを注ぎ込んでいたが、誰も彼女を選ばなかった。その後、自分は選ばれるべきだと言い張っていたものの、間もなく彼女は忘れられてしまった。それから登場したのは十七歳の少年で、ひどく柔らかそうな前髪越しに恥ずかしそうにこちらを見つめ、黒のマニキュアを塗った指でマイクをきつく握り締めながら、『ランニング・アップ・ザット・ヒル』を奇妙なほど儚くて感動的に歌った。

「おや」ノートパソコンから、ちょっと目を上げたオリヴァーが言った。「あの子はなかなかいいな」

どうやら審査員たちもそう思ったらしく、〈プッシーキャット・ドールズ〉のメンバーだったアシュリー・ロバーツとプロフェッサー・グリーンが少年を獲得するためにやや過激な入札競争をすることになり、アシュリー・ロバーツが手を引いた。そのとき、ジョン・フレミングが――イントロで繰り返し言われていたように、五十年にわたるキャリアで磨かれてきたドラマチックな感じで――椅子から飛び下りると、ワイルドカードを使った。これによって、ビラリキーから来たレオという少年は、プロフェッサー・グリーンか父のどちらかを自由に選べることになった。

言うまでもなく、番組はコマーシャル休憩に入った。相変わらず緊迫感がある音楽が流れる自動車保険の宣伝のあと、また番組に切り替わり、ジョン・フレミングは〝わたしを選んで〟のスピーチに取りかかった。

ジョン・フレミングは自分の席に戻っていて、肘掛けに片肘をつき、頬を手に預けて座っている。青みがかった緑の目はビラリキー出身のレオにぴたりと据えられていた。「きみは何を考えていたのかな？」ジョン・フレミングは尋ねた。これまでつねに彼を世知にたけて、誠実な人のように思わせてきた、どこの地方のものとも言えないアクセントのある口調で。「その曲を歌っていた間だが？」

前髪で顔が隠れたレオはもじもじして何かささやいたが、マイクは音を少しも拾えなかった。

「焦らなくていいよ、きみ」ジョン・フレミングは言った。

カメラはつかの間、ほかの審査員たちを映した。誰もが「今がその瞬間だ」という表情を最高にうまく浮かべている。

「父が……」レオはどうにか言った。「……亡くなったんです、去年。ぼくたちはいろんなことについて意見が合わなかった。でも、音楽は、なんていうか、ぼくたちを本当に一つにしてくれるものでした」

テレビ向きの完璧な間が空いた。ジョン・フレミングは身を乗り出した。「美しい歌だったよ。きみにとってあの歌がどれほど大事だったかがわかる。きみがどれほど心を込めて歌ったかも。お父さんはきみを誇りに思うに違いない」

まったく。

なんという。

たわごとだ。

オーケイ、ビラリキー出身のレオのことはとても気の毒だと思った。家族を亡くしたのだし、亡き父親との関係がうまくいかなかったことは最悪だっただろうから。だとしても、ぼくの死にかけている父親が国営テレビで、エセックス州から来たどこかの間抜けと、償いのために絆を結ぼうとしていて、ぼくがフェイクな恋人の家のソファからそれを眺めている事実は変わらなかった。

オリヴァーはこちらをちらっと見た。「大丈夫か？」

「ああぼくは大丈夫だよ。大丈夫じゃないはずあるか？」

「何もない。しかし、もしも仮に、大丈夫ではなくなって、なんだか話したいことがあるのなら、ぼくはここにいるから」

画面ではビラリキー出身のレオが〝泣くもんか〟とばかりに唇を嚙んでいて、おかげで彼は勇敢で気高くて、いかにもファンができそうに見えた。ジョン・フレミングは自分のチームにどれほどレオを求めているかを説明している。

「この事実については知らない人が多いんだが、おれは父親の顔を知らないんだ。おれが生まれる前に西部戦線で亡くなってしまったからね。父とのつながりがなかったことを人生でいつも残念に思ってきたよ」

そうだ。そのことを知らなかった人はたしかに多い。ぼくだって知らなかった。つまるところ、その事実を聞いたおかげでビラリキー出身のレオは――それを言うなら、〈ブルー〉のサイモンも、この番組を見ている何百万もの人々も――父に前よりも親しみを覚えただろう。ぼくが感じるよりもずっと。あのろくでなしが癌にかかったことを積極的に喜ばないでいるのが、ひどく難しくなり始めた。

とにかく、当然ながら、ビラリキー出身のレオは指導者としてジョン・フレミングを選んだ。これ以上の痛手を受けまいとして、ぼくはテレビの電源を切るところだったが、そうすれば父を勝たせたままにするような奇妙な感じがした。なぜ、父を勝たせてしまうと感じるのかはわからないが、彼の勝利を阻止したいことはわかっていた。だから、テレビを消さずに、有望な候補者たちが次々に現れる画面をぼんやりと見ていた。

きっと頭痛がし始めていたのだろう。オリヴァーとジョン・フレミング、ビラリキー出身のレオ、そしてぼくの仕事が糸でぶら下がっていて、頭の中はいろんなものでいっぱいだった。そのどれかに対処しようとすればするほど、それはくるくると回ってしまう。陶芸の初心者の手の中で粘土が回ってしまうように。だから、つかの間目を閉じて自分に言い聞かせた。目を開けたとき、物事はもっとましになっているだろうと。

14

「ルシアン?」

目を開けると、顔のすぐ前にオリヴァーがいた。「んー?」

「眠ってしまったかと思った」

「寝てない」さっと起き上がって座った姿勢になったけど、危うくオリヴァーに頭突きを食らわすところだった。テレビの前で寝込んでしまう夜を過ごしている人間だなんて、オリヴァーに思われるわけにはいかない。「今、何時だ?」

「十時過ぎだ」

「本当か? しまった。もっと早く起こしてくれればよかったのに。つまり、起こすんじゃなくて、思い出させてくれればよかったのに」

「すまなかった」額に張りついていた一筋の髪を、彼はためらいがちにかき上げてくれた。「しかし、きみは長い一日を過ごしただろう。邪魔したくなかったんだ」

リビングルームを見回したところ、しばらく前にオリヴァーは仕事を終えたらしいとわかった。ぼくのまわりはきれいに片づいている。クソッ。「ほんと、信じられない話だよ。ぼくは忽然と玄関先に現れて、つき合っているふりを続けろと言い張って、父親が癌だと泣き言を言って、ロジスティックスについて激しい口論をして、リアリティ番組をきみに見させたあげく、眠り込んでしまったんだからな」

「それにブルーベリーを投げつけた」

「ぼくを放り出すべきだった」

「すでにやってみたじゃないか。うまくいかなかったが」

「まじめな話、もし、出ていってほしいなら、今度は言うことを聞く」

オリヴァーはしばらくぼくの目に視線を据えていた。「出ていってほしくない」

ほっとした思いが、消化不良のときみたいにぼくの中で音をたてていた。「いったいきみには欠点なんてあるのか？」

「そのことなら、きわめてはっきりさせたと思ったが。ぼくは堅苦しくて、尊大で、退屈で、どうしようもない人間だ。誰からも求められないだろう」

「でも、すごくおいしいフレンチトーストを作るじゃないか」

「ああ」彼の表情は魅力的な憂いを帯びたものに変わった。「これまで交際が続いた理由は、フレンチトーストだけが理由じゃないかと思い始めているよ」

どういうわけか、彼にキスするのを許されなかったことをふいに意識した。

「まだ地下鉄の最終電車に乗れる時間だ」オリヴァーは続けた。「そうしてほしければ、タクシーを呼ぶよ」

「かまわない。必要なら、ウーバーで呼ぶから」

「それはやめてほしい。彼らのビジネスモデルはかなり非倫理的だ」

ぼくは天を仰いだ。「なぜ、誰もきみとつき合おうとしないかという答えは今解けたんじゃないかな」

「ぼくがウーバーを使わないからか？　それはかなり限定されたことじゃないか」

「きみがどんなものにでも意見を持っているからだよ」

「たいていの人間は意見を持っているんじゃないかな？」

少なくとも、ぼくはもう彼にキスすることについて考えていなかった。「『チーズが好きだ』とか『ジョン・レノンは過大評価されている』といった意見のことを言ってるんじゃないよ。『労働者のことを考えたら、ウーバーを利用すべきではない』とか『環境のため、肉を食べるべきではない』といった意見のことを言ってるんだ。つまり、相手を自己嫌悪に陥らせる意見のことだ」

オリヴァーは目をぱちくりさせた。「ぼくは誰も自己嫌悪になど陥らせたくないし、自分と同じ選択を強いるつもりも――」

「オリヴァー、ただこう言えばよかったんだ。ウーバーは使うな、と」

「実際、ウーバーを使うのはやめてほしいと言ったんだが。それでも、そうしたければ、ウーバーを使えばいい」

「そうだな」なぜか、ぼくたちはまたしても互いの距離を詰めていた。オリヴァーの体の熱さが感じられ、口論しているときの口の形に気づかずにはいられない。「ただ、ウーバーを使ったら、きみに軽蔑されるだろうな」

「いや、そんなことはしない。ぼくと同じ優先順位をきみが持っていないことを受け入れるよ」

「けど、きみの優先順位は間違いなく正しいんだろう」

オリヴァーは眉根を寄せた。「なんだか混乱してきた。もし、きみがぼくの意見に賛成なら、問題は何なんだ？」

「オーケイ」落ち着こうとして息を吸った。「説明させてくれ。ほとんどの人は資本主義が搾取的で、気候の変動は問題で、自分の選択が悪いものや不当なものを後押しすることになると理解している。ただ、そんなことを考えないという、あやふやな戦略を取って生き延びているんだ。それを思い出させられると悲しくなるし、悲しむことはみんな嫌いだから、腹を立てるというわけだ」

「ああ」オリヴァーは意気消沈した様子だ。「そういう態度はひどく魅力がないものだとはわかる」

「称賛に値する態度でもあるよ」ぼくはしぶしぶ認めた。「ひどく頭にくるやり方だけどね」

「都合のいいことだけを取り上げるわけじゃないが、ぼくが称賛に値すると言ったのか？」

「きっときみの想像に違いない。それから、皮肉なことだけど、ぼくはウーバーを利用しなければならないんだ。電車には間に合わないし、タクシーに乗る金はないからな」

　オリヴァーは咳払いした。「そうしたければ、今夜泊まっていってもかまわない」

「ワオ、ウーバーのビジネスモデルを支援させまいとして全力をあげているんだな」

「違う。ただ思ったんだ……つまり」彼は照れくさいと言わんばかりに軽く肩をすくめてみせる。「迫真性のために」

「ぼくがどこで眠るかなんてことに誰が気づくと思ってるんだ？　ぼくたちが

連邦捜査局(FBI)に監視されているとでも?」

「合衆国外の監視は中央情報局(CIA)が行うほうがあり得ると思うが。とにかく、ぼくがいちばん考えているのはパパラッチのことだ」

もっともな指摘だった。長年、彼らはぼくがいろんな朝にいろんな人の家から出てくる現場を押さえてきたのだ。

「それに、不便というわけでもないだろう」オリヴァーはぎこちなくつけ加えた。「予備の歯ブラシはあるし、ぼくはソファで寝ればいい」

「きみの家で、きみをソファに寝させるわけにはいかないよ」

「きみは客なのに、きみをソファに寝させるわけにはいかないんだ」

長い沈黙があった。

「そうだな」ぼくは指摘した。「どちらもソファで寝られないなら、ぼくが帰るか、または……」

オリヴァーはセーターに包まれた片腕を振った。「ぼくたちは充分に成熟した大人だ。ベッドを共有しても問題は起こらないだろう」

「あのさ、レストランの外で起こったことはちょっとやりすぎだった。だけど、普通なら、ぼくは誘われるまで誰にも飛びついたりしない。問題なんか起こさないと約束するよ」

「じゃ、もう遅い時間だ。上へ行こう」

そんなふうに、どうやらぼくはオリヴァーとともに夜を過ごすことに同意したわけだ。いや、オリヴァーとともにではない。オリヴァーのごく近くに、と言ったほうがいい。

でも、そのときはどんなに違うと自分を納得させようとしても、あまり違いがあるとは感じられなかった。

オリヴァーが本物のパジャマを持っているとわかっても、さほど驚きじゃなかった。紺のタータンチェックだ。それにベッドはいかにも大人らしく整えてあった。マットレスのどこか近くの、なんとなくカバーがあるあたりに羽毛の上掛けを放り投げておく、なんてものではない。

「何をじろじろ見ているんだ？」オリヴァーが訊いた。

「一九五七年からパジャマは買われなくなったと思っていたよ。きみって、ルパートベアそっくりだな」

「ルパートベアがわずかでもこれに似たものを着ていた記憶はないが」

「着てない。だけど手に入れば、こんなパジャマを着ていたはずだ」

「もっともらしい話だな」

ぼくは弁護士っぽいと思われるポーズを取った。「裁判長、高潔なる検察側の弁護士はもっともらしいのであります」

「思うに」オリヴァーは必要以上にこのことにこだわっているらしかった。「きみがこの分野で専門知識を持つまで、機会が与えられたらルパートベアはこんなパジャマを着たはずだという推論は法廷で認められないだろう」

「裁判長。高潔なるこちらの紳士はわたしに意地悪をしております」

オリヴァーは不機嫌そうに唇を引き結んだ。「ぼくがルパートベアに似ていると言ったのはきみじゃないか」

「意地悪をしたわけじゃないよ。ルパートベアはキュートだからね」

「しかもルパートベアが漫画に出てくるクマだということを考えると、お世辞だとはとても思えない。それから、きみが借りたいなら、予備のパジャマもあるが」

「まさか、いらないよ。ディズニー映画に出てくる子どもじゃあるまいし」

「だったら、きちんと服を着たまま眠るのか？　それとも、素っ裸で？」

「ぼくは……よく考えていなかったな」一瞬、心の中でじたばたした。「えー、予備のTシャツか何かはあるかな？」

オリヴァーは引き出しをかき回すと、無地のグレーのTシャツを放ってよこした。明らかにアイロンがかけてある。さらに意見を言うのは控えることにして――ちょっと大変だったけれど――バスルームへ行って着替えた。男の家をはじめて訪ねる場合、普通ならどんな下着を身に着けるか、もう少し考える。新聞に載る羽目になることもあるからなおさらだ。誰とでも寝る男という自滅的なぼくの数少ない長所の一つは、セクシーなパンツをしこたま集めていることだ――セクシーというのは、あそこを大きく見せて、お尻をぷりぷりに見せてくれるものを意味する。股下が開いたものとか、おいしそうに見せるもののことではない。当然、今日は下着を絶対に見られないと安心していたから、いちばん楽で間抜けみたいなパンツを穿いていた。

やや色あせた青色で、ちっぽけなハリネズミが何匹か白で描いてある。柔軟剤と美徳のにおいがするオリヴァーのTシャツはかなり長かったので、パンツの絵はほとんど隠れたが、彼とセックスする気になれなくて本当によかった。ティギーおばさん――ハリネズミのキャラクターのことだ。自分のアレを呼ぶ名ではない――はぼくのチャンスを完全につぶしただろうから。

バスルームから出たときには、オリヴァーはすでにベッドに入っていた。ヘッドボードにもたれて『千の輝く太陽』（カーレド・ホッセイニの小説）に鼻を突っ込んでいる。ぼくは入り口から突進して、ベッドカバーの下に飛び込み、体をくねらせて座る姿勢になった。変だと思われない程度に彼のそばへ寄ろうとしたが、変だと思われる程度にはそばへ寄らないようにもした。

「コメディアンのモーカム・アンド・ワイズになった気分だな」ぼくは言った。

オリヴァーはページをめくった。

「きみは間違ったパジャマの着方をしているんじゃないか？」

彼は顔も上げなかった。「うん？」

「そうだよ、パジャマのズボンだけを穿けばよかったんだ。腰の低いところまでずり下げて、完璧にくっきりとV字になった腹筋を見せるべきだった」

「もしかしたら、次の機会に」

ぼくはオリヴァーの言葉をちょっと考えた。「きみは本当に完璧なVカット腹筋をしているのか？」

「それがきみに何の関係があるのかわからない」

「もし、誰かに尋ねられたとしたら？　迫真性を持たせるため、ぼくは知っておくべきだ」

オリヴァーの口の端がかすかにピクピクした。「こう言えばいいじゃないか。ぼくが紳士だから、そこまでは行っていないと」

「きみって」うまくいかなかったなと思ってため息をついた。「ひどいフェイクのボーイフレンドだよ」

「ぼくはフェイクの期待を与えているところだ」

「それだけのフェイクの価値がきみにあるといいな」

「あるよ」

そんな返事が来るとは予想外だったから、どう反応していいかわからなかった。だから黙って座っていた。オリヴァーが言う〝それだけの価値〟ってどんなものだろうかと、あまり考えないようにしながら。

「おもしろい本なのか？」気持ちをそらせようとして尋ねてみた。

「まあまあだ」オリヴァーは一瞬だけぼくを見た。「ずいぶんおしゃべりなんだな」

「きみはとても……無口だね」

「就寝の時間なんだ。読書してから眠ることにしている」

「みんながきみといたがらないのはなぜか、また考え始めてしまったよ」

「頼むよ、ルシアン」彼はきつい口調で言った。「互いにとって有益な関係にすることことに同意したじゃないか。明日の朝は仕事があるのに、きみがぼくのベッドにいる。ずいぶんダサいハリネズミ柄のボクサーパンツなんか穿いて。ぼくは多少なりともいつもと同じ雰囲気を維持しようとしているんだ」

「そんなに動揺しているなら、ダサいボクサーパンツと帰るよ」

彼は本をベッドサイド・テーブルに置き、何度も目にしたしぐさでこめかみをさすった。「悪かった。帰らないでほしい。もう眠ることにしないか?」

「ああ、いいよ」

オリヴァーはいきなり明かりを消し、ぼくは彼の私的なスペースや礼儀を守っているという感覚を冒さずに、なんとか身を落ち着けようとした。ぼくのベッドよりも固かったが、寝心地ははるかにいいし、たぶん清潔さはずっと上だろう。シーツからほのかにオリヴァーの香りがした――パンが人間だったらこうかなというみたいに、新鮮であったかいにおい――隣にいる彼の体の形がなんとなく感じられる。落ち着くような気持ちと、いらだちの気持ちを同時に覚えた。ちくしょう、オリヴァーめ。

何分か、何時間かわからない時間が過ぎた。一緒に眠るのに悪くない相手でいようと決意していたが、ぼくは全身がかゆみに襲われ、いろんな悩みが浮かんできて、おならをするんじゃないかとビビっていた。オリヴァーの息遣いはとても安定していたので、自分の呼吸が余計に気になった。ダース・ベイダーみたいな呼吸音を響かせてしまいそうだ。そのとき、あることを考え始めてどうにも止められなくなった。

「オリヴァー」ぼくは言った。「父さんは癌なんだ」

静かに寝ろよという言葉が返ってくるか、ベッドの外に蹴り出されるものと身構えた。でも、彼はこちらに寝返りを打った。「そのことに慣れるまで、時間が少しかかると思うよ」

「慣れたくなんかない。父のことなど何も知りたくないんだ。あいつのことをどうしても知らなければならないとしても、ものすごく不公平だよ。癌を患っている奴として知ることになるんだから」暗闇の中で鼻が詰まった。「あいつは父親をやめることを選んだ。なぜ、最悪のときにぼくが関わることを期待するんだよ？」

「おそらくお父さんは怯えているんだろう」

「ぼくが怯えていたとき、父は一度もそばにいなかった」

「そうだな、たしかに悪い父親だ。そうしたければ、きみはお父さんを罰することができる。しかし、それが助けになると心から思っているのか？」

「助けになるって、誰の？」

「誰の助けにもなるが、おもにきみの助けになるかどうかだ」絶対に寝具ではあり得ない、オリヴァーの指先がぼくの指をかすめた。「父親に見捨てられたあとに人生を乗り切るのは大変だったに違いない。しかし、きみがお父さんを見捨てたあと、人生をもっと楽に乗り切れるとは思えないが」

ぼくはしばらく黙っていた。「父に会いに行くべきだと、本当に思うか？」

「きみが選ぶことだし、どっちに転んでも応援するよ。だが、答えはイエスだ。きみは父親に会いに行くべきだ」

ぼくは哀れな声をあげた。

「結局のところ」オリヴァーは続けた。「状況が悪くなったら、いつでも逃げ出せるじゃないか」

「ただ……すごく大変だし、厄介だろう」

「そういうものは多い。それでも、その多くはやる価値がある」

ぼくがひどく混乱している証拠だった。〝大変〟とか〝厄介〟とか、〝やる価値がある〟という言葉すらジョークにしようとしなかったのは。

「できたら、一緒に来てくれないか？　ぼくが行くときは」

「もちろんだ」

「それって……」

「迫真性のためだ」オリヴァーは締めくくった。

彼の手はまださっきの場所から動いていなかった。そのことをぼくは尋ねなかったけど。

15

「オーケイ、アレックス」ぼくは言った。「ミニクーパーに四頭の象を入れるにはどうしたらいいかな？」

アレックスは必要以上に時間をかけて考えていた。「そうだな、つまり、象はとても大きいから、普通の場合、一頭でもミニには入らないだろう。でも、とても小さかったら——たとえば、赤ちゃん象だったら——二頭を前部座席に乗せて、もう二頭を後部座席に乗せられるんじゃないかな？」

「あー……そ、そうだよ。そのとおりだ」

「ああ、よかった。もう、ジョークまでは行きついたのかな？」

「もう少しだ。だったら、ミニに四頭のキリンを入れるにはどうしたらいいかな？」

「キリンもとても大きいけれど、この問題のためにはその点を無視しなければいけないようだね。だから、二頭を……ああ、だめだ。ちょっと待ってくれ。もちろん、まずは象たちを降ろさなければならないだろう。さっきと同じミニだろうから」

　ぼくの世界は崩壊していた。「それも正解だよ。オーケイ、最後の質問だ」

「これはすばらしいね。普段、きみが話してくれるジョークよりもはるかに納得がいく」

「そう聞いてうれしいよ。とにかく。最後の質問だ。ミニに二頭のクジラを入れる（ゲット・トゥ・ホエールズ）（ウェールズへ（ゲット・トゥ・ウェールズ）行くの駄洒落）にはどうしたらいいかな？」

　またしても間があった。「まいったな。これはまったくぼくの専門外だけれど、高速道のM四号線をまっすぐに行って、セヴァーン橋（イングランドとウェールズをつなぐ橋）を越えることになると思うよ。でも、リースに確かめたほうがいい。そこの出身だから」

　ぼくは「まあ、おもしろかったよ」と言いかけた。もちろん、「さっぱりわけがわからない」という意味なんだが、そのときアレックスが芝居がかった態度で片手を丸めて口に当て、大声で言った。「リース、ちょっと手を貸してくれないか？」

　リース・ジョーンズ・ボウエンは、〝奉仕活動オフィス〟と呼ばれている、戸棚みたいに狭い部屋のドアから顔を出した。「何か用ですか？」

「ルークがミニでウェールズに行く方法を知りたがっているんだよ」アレックスが説明した。

「ミニを使うか使わないかが、どうして重要なのかわかりませんが」リース・ジョーンズ・ボウエンはいつにもまして助けにならなそうな表情だ。「とにかく、普通はM四号線を走ってセヴァーン橋を越えます。つまり、カーディフとかスウォンジーといった、ウェールズ南部へ行く場合だけど。でも、リルとかコルウィン・ベイのようにウェールズ北部のどこかへ行くつもりなら、バーミンガム経由でM四十号線のほうがいいでしょう」

「それはどうも」ぼくは言った。

「じゃ、ウェールズへ行くつもりなんですか、ルーク？　世界一の土地ですよ」

「いや、違う。ぼくはアレックスにジョークを言おうとしていたんだ」

リース・ジョーンズ・ボウエンは落胆した顔になった。「ウェールズへ行きたいことがどうして冗談になるのかわからないな。ルーク、あなたのことは長い間知っていますが、人種差別主義者だとは思いませんでした」

「そうじゃなくて、駄洒落なんだ。めちゃくちゃでかい動物を小さな車に入れようとするという一連のジョークだよ。最後はミニに二頭のクジラをどうやって入れるのかというところで終わる」

「だけど、さっき話したばかりじゃないか」アレックスが文句を言った。「M四号線をまっすぐに行ってセヴァーン橋を越えるって」

「北部へ向かうんじゃなければですがね」リース・ジョーンズ・ボウエンはつけ足した。「その場合はバーミンガム経由でM四十号線を行くんです」

ぼくはまいったというしるしに両手を上げた。「オーケイ、これで情報が手に入った。二人とも本当にありがとう。リース、きみの故郷を悪く言うつもりなんてなかったんだ」

「かまいませんよ、ルーク。よくわかりましたから」リースは安心させるようにうなずいてみせた。「それと、本気で神の恵みの国へ旅をしたいなら、プスヘリの郊外にこぢんまりとしたすてきな家を持っている友人がいます。一週間あたり三百ポンドという友人価格で泊めてくれますよ」

アレックスが小さく息をのんだ。「新しいボーイフレンドを連れていったらいいじゃないか？」

「そう、新しいボーイフレンドを作るという考えだけどさ、そのことをちゃんと覚えておいてほしいな。きみのいまいましい思いつきだからな。で、それは適切な相手とつき合っていることを目撃されるためだ。誰よりも先見の明があるパパラッチだって、辺鄙なウェールズくんだりをうろつき回るとは思えないが。万が一、ぼくがそこへ週末旅行に出かけたところをとらえるためだけにね」

「ああ、そうだね。議員が議会でやるような方法をとれるんじゃないかな」

「経費の請求をごまかすとか？　ティーンエイジャーの女の子のふりをして、記者たちにぼくの下腹部の写真を送りつけるとか？」

「そんな、ルーク。どちらの状況も、フェアじゃない記者の組織によって、いっさい背景を無視して記事にされてしまうよ」

「だったら、きみはどんなことを言っているんだ？」

「情報を漏らせばいい。この次に国際的な報道機関の最高財務責任者（CFO）とディナーをとるとき、さりげなく話してみたらいいよ。ウェールズへ出かけようと思っているって」

　ぼくはため息を抑えた。「またこの話をしなくちゃならないのかな？　〝平均的な人はどんな人たちとディナーをとるのか〟ってことを」

「あのですね、みなさん」リース・ジョーンズ・ボウエンが口を開いた。自分が会話に貢献できることはもうないと、正しく判断したらしい。「一日にしては充分なほど、わたしは役に立ったと思いますよ。用があるなら、うちの『マイ・スペース』ページをアップデートしてますから言ってください」

そう言うと、リースはのんびりした足取りで出ていった。おかげで、それほどばかげていない方向に物事を進めるために考える時間が少しできた。「アレックス、問題は、この計画がうまくいっているって確信が持てないことなんだ。こうして声に出してみると、うまくいくなんて、なぜ思ったのかわからない」

アレックスは例によって戸惑ったようにゆっくりとまばたきした。「確信が持てないって、どんなふうに？」

「そうだな、この一週間ほど、ぼくはマスコミの厳しい批判をどうにか免れてる。でも、失った寄付者の何人かに連絡しようとしているが、誰からも反応はない。となると、今やぼくが尊敬されるべき人物だということに彼らは気づいていないか、気にも留めていないかのどちらかだ」

「寄付者たちは気に留めていると思うけどな。気に留めすぎているから、手癖の悪い従僕をお払い箱にするみたいに、きみを捨てたんだよ。きみは彼らの注意を引くだけでいい」

「注意を引くための方法としてぼくが知っているのは、間違った注意を引くものだけだ」

アレックスが口を開きかけた。

「もしもきみが、ああ、そんなことなら簡単だよ、ケンジントン公爵夫人に電話をかければいいんだなんて言ったら、このボールペンを鼻に突き刺してやるからな」

「ばかなことはやめてくれ。そんなことを言うはずはない。ケンジントン公爵夫人なんて人はいないからね」

「ぼくが言いたいことはわかるだろう」たぶん、わかっていないだろう。「きみには連絡を取れる社交界のすばらしい人たちが山ほどいて、彼らは『ハロー！』や『タトラー』や『ホース・アンド・ハウンド』や何かに載っているきみを見ることになる。でも、ぼくは非常階段で誰かを口でいかせているところが『デイリー・メール』のようなタブロイド紙に載るだけだ」

「実はね、ぼくとクラブに行かないかと提案しようとしていたところだったんだよ。ミフィはいつもカメラに追われている。つまり――」アレックスは鼻にしわを寄せた。「彼らのほとんどはジャーナリストじゃないかな。もっとも、去年の二月には、誘拐なんてものを伴う迷惑な状況もあったんだけど」

「何だって。きみの彼女は誘拐されたのか？」

「ばかげた状況だったね。犯人は彼女の父親をアーガイル公爵だと思ったんだ。本当はクームカムデン伯爵なのにね。ぼくたちは大笑いしたよ」

その話は放っておくことにした。「じゃ、ぼくがきみとうろつけば、より高級な雑誌に写真が載るか、国際的な犯罪者集団に誘拐されるかのどちらかなんだな」

「それに、あちこちの新聞にも載るだろう。だから、それは今どきの子どもが〝双方に利益（ウィンウィン）のある〟と呼んでいることになると思うよ」

ぼくは正気を保つため、スラングとはどんなものかを、もっとはっきり言えば、そんなものはスラングじゃないとアレックスに説明するのを今はやめておこうと判断した。「オリヴァーが暇なら、きみのクラブへ行くよ」そう言ってコーヒーメーカーのところに寄り、自分のオフィスへ戻った。

日曜日以来、オリヴァーとときどき、フェイクのメッセージのやり取りをしていた。それはだんだん本物のメッセージと見分けがつかなくなってきている。スマートフォンをいつも手の届くところに置いていたし、時間の感覚はオリヴァーのスケジュールを中心にした、ゆがんだものになっていた。

彼はいつも朝いちばんに思いついたことを送ってくる。たいていは男性器の写真を送ってこないことへの謝罪だが、それから昼食時まではメッセージが来なくなる。重要な法律のあれこれがあるからだ。昼食の間も仕事をするときがあって、何の音沙汰もなくなる。夜になると、オリヴァーはジムへ行く前とあとにメッセージをチェックし、Vカット腹筋の最新写真を見せてくれというぼくの頼みを懸命に無視している。いったんオリヴァーがベッドに入ると、ぼくは彼が読んでいる本について思いつくかぎりの厄介な質問のメッセージを浴びせて苦しめる。たいていはグーグル検索したばかりの、ウィキペディアに出ているあらすじの要約に基づいたものだ。ここまでくどくどと話してきたけれど、要するにぼくは驚いたってことだ。午前の十一時半にオリヴァーから電話が来たときは。

「間違い電話かな」ぼくは訊いた。「それとも、誰かが死んだとか？」

「どちらでもない。今日は朝から気分がさえなくて、それで考えたんだ。つき合っていることになってる相手に電話をかけていなかったら、なんだか怪しいと思われそうだと」

「じゃ、きみがぼくに電話をかけていないことを誰かに気づかれそうだと思ったわけだ。でも、電話で〝つき合っていることになってる〟と大声で言ってることは、誰にも気づかれないというのか？」

「きみの言うとおりだ」オリヴァーはしばらく無言だった。「たぶん、誰かと話したいと思っただけかもしれない」

「で、ぼくを選んだのか？」

「ぼくをだしにして大笑いする機会をきみに与えれば、こっちの気分もよくなると思った」

「きみっておかしな奴だな、オリヴァー・ブラックウッド。でも、大笑いされたかったのなら、期待にそむくわけにはいかないな。何があったんだ？」

「世の中には自分で自分の首を絞める奴もいる」

「オーケイ、もう少し話してくれたほうがいいな。さもないと、きみをがっかりさせることになる」

オリヴァーは落ち着こうとして息を吸ったようだった。「被告人の中には供述を変える者がいるんだが、これは法廷で行われる傾向がある。今日、ぼくの依頼人は、最新の盗難事件について最初に質問されたとき、仲間と一緒だったと主張した理由を尋ねられた。この話では便宜上、その仲間をバリーと呼ぶことにしよう」

オリヴァーが〝ちっぽけな犯罪者でも、正当な裁きを受ける権利があることをぼくは心から気にかけている〟という感じの最高の声で話してくれるのを聞くと、くすくす笑ってしまった。まだ笑うような場面じゃなかったのに。

「どうして笑っているんだ？」

「きみの期待に応えたんだ。そう約束したと思ったけど」

「しかし」彼は抗議した。「まだ何もおかしいことは話していないぞ」

「きみがそう思っているだけだよ。話を続けて」

「きみのせいで、なんだか意識してしまう」

「すまないな。そんなことをきみから聞くとうれしいよ」

「ああ」長い間が空いた。オリヴァーは咳払いした。「とにかく、依頼人はバリーと一緒だったと最初に言った理由を尋ねられた。今では自分が一人でやったと主張しているんだからな。依頼人は自分が混乱していると言い、検事はなぜ混乱しているのかと尋ねた。それに対して依頼人は混乱した理由を説明した。彼の言葉を引用するとこうだ。『おれとバリーはいつも一緒に捕まってたからだよ』」

「異議あり、ときみは叫ばなかったのか？」

「このことについては前に話しただろう。たとえ、異議を申し立てるのが英国の司法制度の特徴だったとしても、ぼくが何を言えたというんだ？　異議あり、依頼人は愚か者です、とでも？」

「わかったよ。じゃ、こめかみをさすって、とても悲しげで失望したような顔をしたのか？」

「そうしたかどうかは覚えていない。だが、そうしなかったとは断言できない」

「それで、どうしたんだ？」

「ぼくは負けた。もっとも、依頼人の性格を示そうとすることで、最悪の状況で最善の手を尽くしたことはまんざら悪くないが。またそのまま引用すると、こう言ったんだ。『こちらの男性はあまりにも正直なので、立件されていない逮捕歴も自ら進んで紹介しているのです』」

この時点で、ぼくはこらえきれずに吹き出してしまった。「きみはつねに最善を尽くすんだな」

「少なくともきみをおもしろがらせることができて、よかった。誰かの今日を、少しはいいものにしたことになる」

「よせよ、きみが悪かったんじゃない。その男をできるかぎり弁護したじゃないか」

「ああ。しかし、負けなければならないとしたら、人は不名誉な敗北よりも、名誉ある敗北のほうを好む」

「あのさ、同情しかけてたんだよ。きみが自分のことを〝人〟なんて呼ぶまでは」

オリヴァーは小さな笑い声をたてた。「人は申し訳ないと思っている」

「人はちょっと気分がよくなっただろう。人は女王なんかではない」

「仕事が終わったあと、うちに飲みに来ないか？」オリヴァーは言った。うっかり口を滑らせたわけではないだろうが、本当は言うつもりがなかったことに違いない。

「つまり、一緒にいるところをもっとたびたび見られるべきだと思うんだ。プロジェクトのためだ」

「プロジェクト？　これはドラマの『ドクター・フー』の話じゃないんだよ。でも、きみが『たわごと作戦』の高潔さをそんなに守りたいなら、ぼくたちはプライベートな高級会員制クラブへ招待されたんだ。ホームカウンティー（ロンドン周囲の諸州）でいちばんの間抜けからね」

「きみの仕事ではその手のことがしょっちゅうあるのか？」

「しょっちゅうではない」ぼくは認めた。「〝尊敬を受けるボーイフレンドを手に入れる〟というぼくの計画は思ったように運んでないんだ。うちの寄付者の誰一人、気づいてないからね。で、なんともすばらしくて、なんとも上流気取りで、なんともなんともおバカな同僚が自分と彼のパートナーと出かけないかと提案してきた。社交界にちょっとした騒ぎを巻き起こすために。でも、そんなことをする必要は全然ないよ。正直言って、とにかくひどいアイデアだろう」

「行くべきだ」オリヴァーの声には断固たる響きがあった。「この計画の全目的は、きみの公的イメージを向上させることだ。もし、そのための機会を断るようになったら、ぼくはフェイクのボーイフレンドとしての義務を怠っていることになる」

「本気か？　フェイクのボーイフレンドとして点数を稼ぐ機会はほかにもあるだろう」

「本気だ。それに、きみの同僚と会うのはいかにも本物のボーイフレンドがしそうなことじゃないか」

「きっと後悔するよ。だけど、もう遅すぎる。あとでメッセージを送るよ、その……『deets』（「詳細」"details"の短縮形で、メールなどの会話に使われる）なんて言葉を使ったら、ぼくを捨てるふりをする？」

「ためらわずにそうする」

数分後、電話を切ってアレックスにニュースを伝えた。いったん、ぼくを招待したことを思い出すと、アレックスは心からうれしそうだった。

勤務中にするべき個人的な雑用リストの次に載っていたのは――こんなことを自分が考えているのさえ信じられなかったが――父と連絡を取ることだった。日曜から先延ばしにしていたけど、オリヴァーは思慮深い奴だから、父親の件がどうなったかと尋ねるだろうし、自分が腰抜けだと彼に告げたくなかった。

当然、いざそのときが来てみると、ジョン・フレミングにコンタクトを取る方法が何もないことに気づいた。それに、有名人というものにはなかなか連絡がつかないことにも。たぶん、取れそうないちばん早くていちばん効率的な戦略は母に尋ねることだ。でも、手っ取り早いとか効果があるといったものを本当に求めていたわけじゃなかった。要するにぼくが求めていたのは、父に連絡を取ろうとしたけれど、実際にそうできるチャンスはほとんどなかったという状態だ。

そんなわけで、ジョン・フレミングのウェブサイトからマネジャーの名前を知ると、今度はその男のウェブサイトから電話番号を拾った。問題のマネジャーはレジー・マンゴールドという名前だとわかった。掲載文からすると八〇年代のやり手だったらしいが、今ではジョン・フレミングが最大のクライアントのようだ。ぼくはオフィスの電話にひどくゆっくりと時間をかけて番号を打ち込み、留守番電話が応えることを願った。

「マンゴールド・タレント事務所」ぶっきらぼうなコックニー訛り（なま）りの声が留守番電話であるはずはなかった。「マンゴールドだが」

「えーと、どうも、ジョン・フレミングと話さなくちゃならないんです」

「ああ、なるほど。だったら、電話を直接つないでやらなきゃな。そのまま待ってろ」

保留中の音楽も流れないし、彼の声に皮肉な響きがあったことからすると、電話をジョン・フレミングにつないでもらえそうにはなかった。「いや、本当の話です。彼がぼくと話したいと頼んだんです」

「声からわかるよりもグッとくるオッパイをあんたが持っているのでもないかぎり、とても信じられない話だな」

「ぼくは彼の息子です」

「あんた、冗談だろう。信用できない」

「ぼくの名前はルーク・オドネルです。母はオディール・オドネル。ジョン・フレミングは本当に父親だし、ぼくと話したいと本当に言ってるんです」

レジー・マンゴールドは喫煙者に特有のあえぐような笑い声をあげた。「もし、その手の話をおれにした間抜けども一人につき一ポンドもらってたら、今ごろは八ポンド四十七ペンスにはなってただろう」

「オーケイ、信じてくれないんですね。結構です。でも、ぼくから電話があったとだけ彼に伝えてくれたらいいんですが」

「間違いなく伝えるよ。たった今、想像上のノートにあんたの伝言を書いているところだ。オドネルの綴りはLが二つかな？　それとも三つ？」

「Nが二つ。Lも二つです。それから、癌のことについてだと伝えてください」

電話を切った。一瞬、満足感が吐き気をやわらげてくれた。キーワードは〝一瞬〟ということ。正直言って、どっちが余計にひどいかわからなかった。父に連絡を取ろうとしたのに無駄だったことか、それとも、連絡を取ろうとしたのに、父が実際にはぼくがそうできるような努力を全然していなかったことか。たしかに、ぼくはちょっとばかりいいかげんなやり方で取り組んでしまったかもしれない。でも、父はマネジャーに息子から電話があるかもしれないと話すぐらいはできただろう。〝長年音信不通だった家族とつながろうとすること〟という物差しで測れば、「ゼロ」から「最小」の数字のどこかの時点で。

だんだんと自分の気持ちがわかってきた。本当に父がくたばってしまうのなら、彼へのぼくの最後の、そしてたぶん唯一の言葉は「消えうせろ、マジで死んでしまえ」だと。そんな自分がどんなに下劣な人間かと感じることが腹立たしかった。長年、せっせと人を捨ててきたぼくだから、そういう大勢のことを思うと、自分が見下げ果てた奴だと感じるのは当然だが、ジョン・フレミングは会ったこともなかったろくでなしにすぎないのに。

要するに、こういうのが〝世間〟とか〝人間関係〟とか〝一般的な人間性〟といったものに伴う問題だってことだ。でも、本当はぼくに伴う問題なのだろう。人生に誰かを受け入れたとき、次の二つのどちらかになってしまったからだ。耐えてもらう価値などないと自分でもよくわかっているけれど、相手がぼくに耐え続けること。または、相手がぼくを完全に打ちのめして去ってしまうこと。ときどきひょっこり戻ってきては、さらにぼくを傷つけながら。

このころになって、思い出した。ぼくには——今のところ——まだ仕事があったことを。オフィスで腰を下ろして私用電話をいくつかかけて自己憐憫(れんびん)にふけるだけじゃ済まない仕事だから、メールをチェックした。

オドネル様

わたくしは長年、CRAPPを支援してきており、わたくしの些少とは言えない寄付は価値ある大義のために用いられてきたとつねに信じてまいりました。あなたの最近の私的な行いを目にし、率直に言って、あなたの卑しむべき過去をわたくしが独自に調べさせたところ、この信念が誤りであったという結論に達せざるを得ませんでした。わたくしが慈善事業に寄付をしているのは、ホモセクシュアルでドラッグ漬けの人間が遊びに行くための給料を彼らが払えるようにするためではありません。貴組織があなたやあなたのライフスタイルに関わり続けるかぎり、わたくしはすべての寄付から手を引かせていただきます。

J・クレイボーン
大英帝国勲章五等勲爵士

言うまでもないが、彼はドクター・フェアクローやうちの団体の全員にCCでメールのコピーを送っていた。たぶん、アドレス帳に載っている全員に送ったのだろう。家にこそこそ帰って浴びるほど酒を飲み、酔いつぶれて、少なくとも三枚の羽毛の上掛けに埋もれてしまおうかと詳しく計画を立てていたとき、アレックスがドアから顔を出した。

「出かける準備はできているかな？　今の時点で予約を取るのはちょっと難しいんだけれど、ほら、仲間ってものはそれを必要とする仲間のために、いつだって喜んで借金を取り立ててあげるっていうからね」

ああ、そうだろうよ。まったく、最悪だ。

16

アレックスのクラブは〈カドワランダー・クラブ〉という名で、カドワランダーなんて名前から想像されるとおりのところだった。セント・ジェームズ・ストリートのすぐ裏に目立たないようにたたずんだ、オーク材や革がふんだんに使われ、一九二二年からずっと同じ安楽椅子に身を落ち着けているような男たちがいるクラブ。ぼくのために急な予約をしてくれたはずの社交上の約束から逃げるわけにもいかなかったから、アレックスと入っていった。

アレックスは正真正銘の執事らしき男に、あとで客が来る予定と書かれたメモを渡し、ぼくの先に立って『ハリー・ポッター』に出てくるホグワーツ魔法魔術学校のもののみたいな階段を上っていく。ピカピカに磨かれたマホガニー材でできていて、青いベルベットの絨毯(じゅうたん)が敷いてあった。階段のてっぺんから本物の大理石製の円柱の間を抜けて、「ボナー・ロー・ルーム」と小さな飾り板に書いてある部屋に入っていった。中にはほとんど人がおらず、アレックスは大きなソファに座ることができた。真上にはソファよりも大きな女王の肖像画がかけてある。

ぼくはそばの椅子に腰を下ろしたが、落ち着かなかった。ぼくのノートパソコンよりも高そうなのに、椅子が驚くほど固かったせいもあるし、今日は拒絶ばかりされたせいもあるし、この環境のせいもあった。もはや帝国がなくなったことを知ったら、ここにいる人たちは動脈瘤ができるだろうという前提で装飾されたみたいな部屋だった。一箇所にこれほど多くのシャンデリアがあるのははじめて見た。たまたまオペラへ行ってしまったときを勘定に入れても。

「ほら、居心地のいいところだろう」アレックスが笑顔を向けた。「レディたちを待つ間、何か飲むかい？　つまり、ぼくのレディときみのレディボーイを待つ間にってことだけど」

「〝レディボーイ〟という言い方が正しいかどうかわからないな」

「すまなかった。まだちょっと新しい状況だもんね。きみがホモセクシュアルなのが全然すばらしくないという意味じゃないよ。ただ、これまでクラブにホモセクシュアルの人を連れてきたことはなかったから。なにしろ、クラブでは女性の立ち入りを三年前に受け入れたばかりだからね。もちろん、彼女たちは入会を許されない。そんなふうにおかしなことはあるけれど、それは脇へ置こう。考えてみると、実際のところ、女性が紳士になるのはすごく楽しいことに違いない。同じクラブに行けるし、同じ仕立屋に頼めるし、同じポロチームで競技ができる。比喩のつもりで言っているんじゃないよ」

「ところで」ぼくは言った。「何か飲まないか」

アレックスはソファの背にもたれ、落ち着いた服装の執事風の男に上品で曖昧なしぐさをしてみせた。誓って言うけど、十秒前、そいつはいなかった。「いつものを頼む、ジェームズ」

「いつものって何だ?」上流階級のたわごとを聞く経験はたっぷりとあったから、〝いつもの〟という奴が甘口の白ワインから、スープ用スプーンで食べなければならない生きたニシンまで、どんなものでも指すことはわかっていた。

アレックスはいつにもまして戸惑ったような表情をつかの間見せた。「さっぱりわからない。全然思い出せないんだけど、わざわざスタッフに言わないでくれよ」

数分後、蜂蜜色の酒がたっぷり入ったアザミ形のグラスが二つ出てきた。きっとシェリー酒の仲間に違いない。

アレックスは一口すると顔をしかめ、グラスをコーヒーテーブルに置いた。「ああ、そうだ。これだよ。ひどい味だ」

好きでもない〝いつもの〟飲み物に決めるのはなぜかとアレックスに尋ねたくてたまらなかったが、答えてくれそうなことが恐ろしかった。とにかく、オリヴァーの到着に救われた。前に着ていたのとは違う三つ揃いのスーツ——今回はチャコールグレーだ——に身を包んだオリヴァーはどこから見てもおしゃれでプロフェッショナルだった。彼を目にしたぼくが大喜びだったと言っても、不当な話ではないだろう。たぶん、この三十分間、アレックスと二人きりだったせいかもしれない。または、その場にいた中でオリヴァーがぼく以外には唯一の、貴族ではない人だったからかも。トーリー党員でもないし、トーリー党の貴族でもなかったから。それとも……ああ、ぼくは何を言ってるんだ？　オリヴァーがいてくれて、ただもううれしかっただけだ。オリヴァーに話すことができる。父のことで正しい行動をとろうと努力したのに、彼のマネジャーはぼくが息子だとさえ信じなかったこと。大英帝国勲章五等勲爵士を持ったどこかのろくでなしが、同性愛嫌悪でないふりをしてるけれど、明らかに同性愛嫌悪のメールをよこしたせいで、丁重で親切な態度を示すのにうんざりしたこと。コーンウォール州並みにでかい王族の肖像画の下で、二人とも正体がわかっていないワインを飲むのが、どんなにばからしかったかということ。ぼくがどんなにオリヴァーを恋しかったかということを。

そのとき、いきなり気がついた。オリヴァーとぼくはカップルってことになってるのに、人前で接するときのルールを何も決めていなかったと。まあ、「ぼくにキスするな」と「何もかもごまかしだと、誰彼かまわずに話すな」を別にすればだけど。頭の中では、フレンチトーストや、ばかげたメッセージのやり取り、暗闇でぼくの手に触れていた彼の手という状況に戻れたらいいとなぜか思っていたのだろう。でも、そんなことは起こらなかった。

ぼくがぎこちなく立ち上がると、オリヴァーもぎこちなく目の前に立った。

「こんにちは、えーと……」オリヴァーは長すぎるほど口ごもっていた。「ダーリン?」

「彼の名前はルークですよ」アレックスが助け船を出した。「心配しなくていいですよ、ぼくもしょっちゅう忘れてしまうから」

上々の滑り出しじゃないか。恋人の名前がわからない、フェイクのボーイフレンドってわけだ。「オリヴァー、こちらは同僚のアレックス・トゥワドゥル」

アレックスは立ち上がってオリヴァーと握手した——ぼくよりもはるかにリラックスしている。「デヴォンシャー州のトゥワドゥル家の者です」

「アレックス、こちらはぼくの……あー……ボーイフレンドだ。オリヴァー・ブラックウッド」

「本当かい？」アレックスはぼくとオリヴァーをちらちら見た。「きみにはボーイフレンドがいないと思ったけど。ぼくたちはすっかり計画を立てたんじゃなかったっけ？　きみにはボーイフレンドがいないから、ボーイフレンドのふりをしてくれる誰かを探すって」

ぼくはぐったりして椅子に座り込んだ。「そうだよ。そうした。で、彼がその相手というわけだ」

「ああ。きみと、ということだったんだ」アレックスが理解していなかったのは明らかだ。「飲み物はいかがですか、オリヴァー？」

「いいですね」オリヴァーはソファにいるアレックスの隣に身を落ち着け、優雅に脚を組んだ。心からくつろいだ様子だった。

一方、ぼくはと言えば、校長室の外で待っている生徒みたいにひどい椅子の端に腰かけて体を揺すっていた。少なくとも、この校長室はアレックスやオリヴァーが通ったと思われるたぐいの学校のものだ。たぶん、そこらじゅうに女王の肖像画が飾ってあるに違いない。そんな肖像画が黒板代わりに使われるのかも。クソッ。家に帰って、フェイクのボーイフレンドには職場の間抜けと勝手に親密な絆を結ばせておくほうがいいかもしれない。

「デヴォンシャー州のトゥワドゥル家のご出身という話でしたね？」オリヴァーはよどみなく質問した。「リチャード・トゥワドゥルとご関係はありますか？」

「実を言えば、父ですよ。神よ、彼の霊を休ませたまえ」

ぼくはまじまじとアレックスを見つめた。「アレックス、お父さんが亡くなったなんてはじめて聞いたぞ」

「ああ、亡くなってなどいないよ。どうして、そんなことを思うんだい？」

「だってさ……まあいい、気にするな」

「それじゃ」アレックスはオリヴァーに注意を向け直した。「どういうわけで父を知ってるんですか？」

「知り合いではありませんが、お父上は陪審裁判を受ける権利の制限を大いに提唱していらっしゃるので、ぼくは専門家として関心を持っているんです」

「いかにも父らしいな。その件について食事どきにしじゅうしゃべりまくっているんですよ。おかげで政府に多額の金がかかるとか、くだらない感傷のせいで人々は賛成しているだけだとか、結核が広まってしまうとか」

「たしかなことは言えませんが」オリヴァーは言った。「しかし、あなたは陪審裁判をアナグマと混同しているんじゃないかと」

アレックスはパチンと指を鳴らした。「それですよ。父はああいうものに我慢できないんだ。ちっぽけな白黒の毛皮をつけた奴らは、ただでさえ無理が生じている刑事司法制度に、不要な遅れを引き起こしている」

オリヴァーは口を開けたが、また閉じた。そのとき、ありがたいことに、アレックスの〝いつもの〟という得体の知れない液体を入れたグラスの追加を持ってジェームズが戻ってきた。

「ありがとう」オリヴァーは気品のあるしぐさで飲み物をちょっと試してみた。「ああ。実にすばらしいアモンティリャード（スペイン産の辛口シェリー酒）だ。ぼくはだめになってしまいそうだよ」

オリヴァー・ブラックウッドが味でシェリー酒を見分けられることは間違いない。早くも明白になってきたのは、上流階級の間抜けVSぼくとオリヴァーという構図を思い描いていたのに、実際にはオリヴァーと上流階級の間抜けVSぼくだということだ。

アレックスは自分のグラスをオリヴァーのほうへ滑らせた。「よかったら、飲んでください。ぼくには飲めなくて」

「どうもご親切に。しかし、今は一度に一杯ということにしておきますよ」

「ここでは堅苦しいのはなし、ってことでいこうよ、きみ」このとき、アレックスはぼくのフェイクなボーイフレンドの膝を軽く叩こうと決めた。「エーンズワース卿(きょう)は玄関から入ってきたとたん、両手にそれぞれグラスを持っているよ。だから彼は〝二つ拳(ダブル・フィスティング)のエーンズワース〟なんて呼ばれている(「フィスティング」には拳を膣や肛門に入れる行為という意味もある)。少なくとも、ぼくはそうだと思っているんだけど。娼婦と関係があるらしいとか」

「なるほど」オリヴァーがうなずいた。「そういうことはいつもなかなか難しいね?」

「それで」思ったよりも大きな声になってしまった。「陪審裁判の何が問題なんだ?」

　オリヴァーとアレックスがぼくのほうをちらっと見た。軽い懸念の色を浮かべた表情は気味が悪いほど似ていた。たぶん、不適切なほどの声の大きさと、気まずい話題の転換のせいだろう。その二つとも、ぼくはなんとも恥ずかしかった。でも、少なくともオリヴァーはぼくがいることを思い出したようだ。

　オリヴァーは冷静な銀灰色の瞳をぼくに据えた。「そうだな、ぼくに関するかぎり、何の問題もない。陪審裁判は民主主義にとって不可欠の部分を形作っていると思う。トゥワドゥル卿は、陪審裁判が遅くて非効率的で、自分がしている行為を理解していない人々の手に複雑な決定を任せているという主張をしているのだろう」

「それに」アレックスは人差し指を振ってみせた。「彼らはそこらじゅうに不快な穴を残していくからね……すまない。またアナグマだと思ってしまった。無視してくれ」

　正直なところ、これまでぼくはそんな問題は考えたこともなかった。だけど、いまいましいことに、オリヴァーはぼくのフェイクのボーイフレンドで、アレックス・クソッタレ・トゥワドゥルのものじゃない。ぼくたちはシェリー酒を飲みながら楽しい会話をするだろう。シェリー酒のせいで二人とも死んでしまったらだけど。「ぼくが思うに」都合のいい話をでっちあげた。「もしも、自分がやってもいないことで告訴されたら、十二人の寄せ集めの人間よりも、法律のプロのほうを信頼したい。だってさ、陪審員をやる人々に会ったことなんかないだろ？」

　オリヴァーはうっすらと笑みを浮かべた。「理解できなくもない見解だが、興味深いことに、弁護士が賛同することはめったにない」

「マジで？　知りもしない十二人の人間、そんなところにいたいとは誰一人思っていない者たちの手に、自分の運命を委ねたいはずがあるのかい？　陪審員の一人がヘンリー・フォンダかもしれないなどという、万が一の可能性に期待するのか？」

（映画『十二人の怒れる男』でヘンリー・フォンダは陪審員の役を演じた）

「現実には、陪審員は偏見を持つ十一人と天使みたいな一人で構成されていることはない。それに、ぼくは多様な大衆の手に自分の運命を委ねるほうがはるかにいい。法律を完全に抽象的な言葉で見ている一人に委ねるよりは」

ぼくは考え深そうに見えることを狙ったポーズを取ったけど、その理由はおもに尻の左側のしびれを止めたかったからだ。「でも、法律を理論的な専門用語で理解している誰かがいてくれたらいいと思わないか？」映画の『キューティ・ブロンド』に出てきた、あの台詞は何だっけ？「ソクラテスは言ったはずだろ？『法は情熱と無縁の理性』ってさ？」

「実を言えば、それはアリストテレスの言葉だ。そして彼は間違っていた。というか、ある意味で正しかったが、法律は正義の一部にすぎない」

オリヴァーはこっちの気が散るくらい情熱的に見えた。そう、認めてもいい。たいていの場合、オリヴァーは人並み以上のイケメンで通るはずだ。だけど何かに夢中になって、まなざしが鋭さを増し、口元が実に興味深い形になったとき、オリヴァーはセクシーと言っていいほど魅力が高まってしまう。そのことを意識したのは、よりによって最悪のタイミングだった。なにしろ、こっちはオリヴァーがどれほど魅力的になれるかに気づいたのに、彼のほうはぼくが人として実につまらない奴だと気づいたときだったからだ。

「ふうん？」オリヴァーと目を合わせないようにして、知的な感じに言ってみた。「陪審裁判のポイントは、道理をわきまえた人たちが——反論される前に言っておくが、たいていの人は道理をわきまえているものだが——被告人が自分の行動に対して本当に罰を受けるべきかどうかを決める機会を得ることだ。法律の条文はその問題についてせいぜい半分しか関わりがない。あとの半分は慈悲心だ」

「こんなに陳腐な話は聞いたことがないよ」

ぼくが意味していたのは、〝こんなに魅力的な話は聞いたことがないよ〟だったと思う。だけど、そうだと認められなかったし、いっそ何も言わなければよかった。腹を立てたドラァグクイーンが手にした扇をピシャッとたたむみたいに、オリヴァーがきつく言い返したからだ。「幸い、ぼくの信念をきみに認めてもらう必要はない」

最高だ。今や父親に、予測不能な寄付者、それにオリヴァーが一斉にさまざまな方向からぼくの自尊心を攻撃している。おまけに、オリヴァーの場合はそんな仕打ちをされてもしかたがない。そう思っても、気分はよくならなかった。

「すごく興味深い話だね」アレックスが甲高い声で言った。この時点でも、話題はアナグマのことだと彼がまだ思い込んでいる可能性は半々だった。「でも、やっぱり裁判官のほうがいいと思わずにはいられないな。つまり、悪くなさそうな可能性が高いからだけど、そうじゃないかな?」

　オリヴァーはアレックスを振り返って苦もなく笑顔になった。「アレックス、きみの場合なら、ぼくは大いに同意するよ」

「うわっ、本当に? ほらね。いや、ぼくはいつもみんなに思われているほど間違いが多くないんだよ。止まった時計みたいなものだな。ああ、ミフィが来た」

　アレックスは跳ねるように立ち上がり、もっと優美な動きでオリヴァーが立った。きちんと礼儀作法を示すことを本能的に身に着けている動きで。ぼくは彼らのあとからよろよろと立ち上がった。尻の問題があったので、やや体を傾けながら。

「こんにちは、みなさん」一点の汚れもないプレゼントの箱さながらの女性——ほとんどが目と頬骨とカシミヤの服でできている——がこちらに滑らかな足取りで進んできた。「遅れてしまって本当にごめんなさい。カメラマンをやり過ごそうとして、ひどい目に遭っていたの」

　それからミフィとアレックスが驚くほど複雑な、音だけのキスを一通り済ませるという、ちょっとした騒ぎがあった。「心配いらないよ。ぼくがみんなを楽しませていたからね。こちらはオリヴァー・ブラックウッド――弁護士だ。恐ろしく頭が切れる男だよ」

またしても音だけのキスが交わされたが、オリヴァーは巧みにやってのけた。というのも、どうやら誰もがぼくのボーイフレンドに――つまり、ぼくのフェイクのボーイフレンドにってことだけど――触れるチャンスを手にしているらしかったからだ――ぼくを除いては。

「で、こちらがルーク・オドネル。きみに何から何まで話してあげただろう」

ミフィがキスしようと近づいてきて、ぼくは間違った方向に頭を動かしたので、二人の鼻がぶつかった。「あら、あなたって、議員にしてはずいぶん若いのね」

「えーと、違います。それはぼくじゃありません」

「本当に？　アリーがそう話してくれたはずだけれど」

「あり得るかな」ぼくは尋ねた。「アレックスが二人以上の人について話したという可能性は？」

ミフィは目をぱちくりさせた。「あり得るけど、そうなるとひどく混乱するでしょうね」

「とにかく」またアレックスだ。彼が話してくれてほっとしたのは、ぼくの人生ではじめてだろう。「ルークとオリヴァーはつき合っているんだ。ただ、本物じゃないけど。二人はビートル・ドライブまでつき合っているふりをしなければならないんだよ。本当にすばらしい思いつきだ」アレックスは控えめな態度を示して顔を赤くした。「実はぼくのアイデアなんだよ」

「まあ、アリー。なんて頭がいいの」

「ただ、誰にも話さないでくれよ。大きな秘密なんだから」

ミフィは頭の横を軽く叩いてみせた。「『わたしは見る、そして語らない』（エリザベス一世のモットー）

「それと」アレックスは続けた。「ぼくは……つまり、ミフィ、ぼくたちは婚約しているんだよね？」

「覚えていないわ。たぶん、婚約したはずなんだけど。今はそうだということにして、細かいことはあとで考えましょう」

「そういうことなら、こちらはぼくの婚約者、クララ・フォーテスキュー・レティスだ」

こんなことを言ったら後悔するのはわかっていた。でも、とにかく言ってみた。

「彼女はミフィと呼ばれていると思ったが？」

「そうだよ」アレックスは〝それがどうしたの？〟という表情をこちらに向けた。「クララを縮めて、ミフィなんだ」

「だけど、どちらも文字数が同じ……気にしないでくれ」

アレックスは〝クララを縮めたミフィ〟の腕をいともさりげなく自分の腕に絡ませた。「ダイニングルームへ行こうか？」

「ええ、そうしましょう」ミフィが賛成した。「馬場馬術のチームを丸ごと食べられそうなくらい、お腹がすいているわ」

オリヴァーとぼくは落ち着かない思いで目を見合わせた。腕を組むタイプの関係にするのかどうかと思い迷ううち、横に並んで歩き出すことになってしまった。葬式に出席している、疎遠になった親戚同士みたいに。そうだ、ぼくは「ぼくにキスするな」から「きみと体が触れることを考えるのも耐えられない」相手にまで降格されたのだ。

「それで」また別の、ばかばかしいほど贅沢な感じの廊下を歩きながらミフィが言った。「あなたたちは何をおしゃべりしていたの？」

アレックスはぼくたちにちらっと視線を向けた。「本当に興味をそそられる話だったんだよ。オリヴァーが陪審裁判の長所と短所を話してくれていたんだ」

「とっ、とっても、興味をそそられる話ね。もちろん、父はそれに反対しているわ。略農家にはひどい話だもの」

オリヴァーは咳を抑えるようにすばやく片手を口に当てた。でも、彼が笑っていたのは九十九パーセント間違いない。残念ながら、オリヴァーはぼくを見ようとしなかったから、笑いを分かち合うことすらできなかった。

17

クラブにはダイニングルームが二つあることがわかったが――「イーデン・ルーム」と「ガスコイン＝セシル・ルーム」だ――アレックスは「イーデン・ルーム」のほうが彼の言葉を使うと、〝より親しげな感じ〟だと思った。もっとも、マスタード色の壁と羽目板を巡らせ、全身黒の服に身を包んだいかめしい顔つきの男たちの巨大な肖像画がいくつも飾ってある部屋のどこが親しげなんだか、ぼくにはわからなかった。メニューにあったのはローストチキン、ローストビーフ、ローストポーク、ビーフ・ウェリントン、キジのロースト、ゲームパイ、それに鹿のローストだ。

「ああ」アレックスは声をあげた。「おいしそうだな。学校にいたころのディナーみたいだ」

ぼくはアレックスを見やった。もしかしたら、アレックスがどんなにうっとうしい奴かという点に集中すれば、もっとこの状況が耐えやすくなるかもしれない。「学校でしょっちゅうキジが出たのか、アレックス？」

「しょっちゅうじゃないよ。ほら、週に一回か二回ってとこかな」

オリヴァーをちらっと見た。動物の死肉じゃない選択肢を見落としていないかと願っているかのように、メニューを隅から隅まで調べている。これって、フェイクのボーイフレンドの出番じゃないか？　たぶん、フェイクのボーイフレンドがするべきことだろう。もしもちゃんとできたら、オリヴァーはもっとぼくに注意を払ってくれるかもしれない。うう一、なんだか情けないな。

「言っておくべきだったよ」ぼくは勇敢に言ってのけた。「オリヴァーはベジタリアンなんだ」

「まあ、本当にお気の毒ね」ミフィは心から案じるようにオリヴァーを見つめた。「何があったの？　何かしてあげられることはある？」

オリヴァーは皮肉な微笑を漏らした。「ないと思いますよ。しかし、心配しないでください。なんとかしますから」

「いや、だめだよ」アレックスが反対した。「問題ないはずだ。ジェームズに訊いてみよう」アレックスが手で合図を送ると、さっきとは完全に違うけど、やはりジェームズと呼ばれれば答えるらしい執事風の男が彼の肘あたりに現れた。「いいかな、ジェームズ。困ったことがある。どうやらぼくはベジタリアンを連れてきたみたいなんだ」

ジェームズはドラマの『ダウントン・アビー』から抜け出したような軽いお辞儀をした。「シェフがレディのために便宜を図るものと思います、サー」

「わたしはベジタリアンじゃないわ」ミフィは憤慨したように目を見開いた。「わたしの父は伯爵なのよ」

「申し訳ございません、マダム」

オリヴァーは魅力を感じさせる、照れたような身振りをした。「困っているのはぼくなんですが、ジェームズ。野菜サラダのようなものを用意してもらえたら、充分すぎるほどですよ」

ジェームズは残りの者の注文を取った。二十分後、ほとんどがローストされたものだが、いくつかはペストリーに包まれた、さまざまな肉にぼくたちは囲まれていた。オリヴァーにはちゃんと、山盛りにしたおいしそうな葉っぱが出されている。つまり、ぼくとしてはそんなものをディナーに食べたくないが、おかげで彼は道徳心を保てるだろう。

アレックスは傷ついた表情でオリヴァーを見た。

「本当にそんなものでかまわないのかい？　少し食べたいなら、ミフィとぼくのウェリントンがたっぷりあるよ」

「大丈夫だ。サラダを楽しんでいるから」

「もし、肉っぽさが問題なら、キャベツに混ぜることもできる」

「それでも、肉が入っていることになるのでは？」

じゃ、オリヴァーの要求に気を遣って選択を尊重することで彼を魅了するというぼくの巧妙な計画はどうなったかって？　完全に失敗した。ぼくはあてつけがましく、フォークにたっぷりとゲームパイを載せて口に入れた。なんといっても、食べ物が口に入っていたら、言葉なんか出てこない。ここまで会話にどんな貢献をしてきたかを思うと、それがみんなにとって最高の状態だろう。

ビーフ・ウェリントンの向こう側からミフィの顔がまた現れた。「そうね、ごめんなさい。ただ、そういうのってばかげていると思うの。だって、わたしたちが食べないとしたら、お肉をどうしたらいいの？　ただ腐らせてしまうの？」

「ああ、それはかなり複雑な質問ですね」オリヴァーは器用な手つきでラディッシュにフォークを刺した。「答えはおもに、屠殺（とさつ）する動物を我々がもっと減らすことです」

「そうなったら、動物が増えすぎるんじゃないかしら？　牛ばっかりになったら、どうしたらいいの？」

「牛を繁殖させることも減らせばいいと思いますよ」

「それって、牛の扱いとしてはちょっと変わっているんじゃないの？」ミフィは声をあげた。「もちろん、農家の人たちに対してもね。この国には楽しくてすてきな農場がいくつもあるわ。おかげで収穫祭では見事な作物が並ぶし、クリスマスにはすばらしいハムが出てくるの。なのに、あなたは農民たちをみんな失業に追い込もうとしているのよ。ずいぶんひどいんじゃないかしら、オリヴァー」

「ほらね」アレックスはいたずらっぽくフォークを振ってみせた「きみは彼女を怒らせてしまったよ。それにミフィが正しい。こういったことをきみはよく考えなかったんだろう」

なおも噛むことに専念しながらも、ぼくはオリヴァーがどう受け取ったのかと思い、ちらっと盗み見た。意外にも、平然とした様子だ。まあ、オリヴァーは法廷弁護士なのだ。上流階級の人たちに対して丁重に振る舞う訓練を充分に積んできたのだろう。

「国の食生活における大規模な転換の経済的影響は、人々がしばしば認める以上にかなり複雑であることは認めます。しかし、今日、我々が食べている肉の大半はあなたが話していたような農民たちによって生産されたものではない。それに、工業化された農業は実際のところ、田園地方にきわめて大きな悪影響を与えています」

沈黙があった。

「ああ」アレックスが言った。「たぶん、きみはこのことをよく考えていたんだろうな。ほら、言っただろう、彼は恐ろしく頭が切れるって?」

ミフィはうなずいた。「ええ、すばらしい方ね。あなたは最高のフェイクのボーイフレンドを選んだと思うわ、アリー」

「ちょっと待ってくれ」ぼくはパンくずを喉に詰まらせるところだった。「オリヴァーはアリーのものでは……つまり、アレックスのフェイクのボーイフレンドじゃない。彼はぼくのフェイクのボーイフレンドだ。それに、大声で〝フェイク〟と言うのはやめるべきだ。策略がばれてしまうじゃないか」

アレックスはいつもの当惑した表情に戻っていた。「絶対にたしかかい? だって、それがぼくの思いつきだってことは間違いなく覚えているよ」

「ああ、それはきみの思いつきだ。ぼくが評判を回復できるようにするためのね」

「もったいないわね」ミフィはビーフ・ウェリントンを食べ終え、アレックスの分を攻撃し始めていた。「アリーとオリーはとってもうまくやっていけそうなのに。もちろん、二人のカップル名は『オリバンダー』ね。その名前って、前にどこかで耳にしたに違いないけど」

「おそらく」オリヴァーが助け船を出した。「それは『ハリー・ポッター』に出てくる、魔法の杖(つえ)を作っていた人物の名前です」

ふいに、アレックスが歓声をあげた。「そうだった。すぐに気づくべきだったよ。ぼくはシリーズ全部を三十八回読んだんだ。最初がどんなふうだったかを忘れてしまったんだ。」そのつもりはなかったんだけどね。ただ、おしまいまでたどり着いたときには、最初がどんなふうだったかを忘れてしまったんだ。『ハリー・ポッター』よりも何度も読んだのは『国家』（哲学者プラトンの著書）だけだよ」

「そうだな」ぼくはオリヴァーの視線をとらえようとしたけれど、失敗した。「その二つのオタク世界がどう重なるのかはわかるよ」

アレックスはハンガーでも入れているみたいに口を大きく開けて、まだ笑っていた。

「うんと幸せだった思い出がよみがえってくるよ。『ハリー・ポッター』の映画が上映されたとき、ぼくは学友みんなを集めて映画館の最前列に陣取って、スクリーンに昔の母校が現れるたびに『ハウス』と叫んだんだ」

これは意味を理解するために『〝英語／上流社会のろくでなし〟辞典』が必要になるたぐいの、人を選ぶ逸話の一つだった。どうしてアレックスの家(ハウス)が『ハリー・ポッター』の映画に出てくるんだ？

「ああ」当然、オリヴァーは四歳のときに『〝英語／上流社会のろくでなし〟辞典』を読んだのだろう。そして今は〝もっと話してほしい〟という表情を浮かべていた。その顔をぼくに向けてくれるほうがよかったのに。「じゃ、きみはクライスト・チャーチ（オックスフォード大学で最大の、裕福なカレッジ）の学生だったのかな？」

さっぱり意味がわからなかった。もっとも、ホグワーツ魔法魔術学校に行った人がいるとしたら、アレックスに違いない。

「何の因果か知らないけどね。父もそうだったんだ。それを言うなら、母も。実際、ちょっとした家族の伝統ってところかな。曽、曽、曽、曽、曽、曽、曽、曽、曽……」アレックスは指を折って数え始めた。「……曽、曽、曽、曽、曽、曽、曽、曽祖父がトマス・ウルジー（十五世紀から十六世紀の聖職者）と一緒に大酒を飲んでいたらしい。つまり、トマス・ウルジーが国外追放されるまでだね。そのあとはおもしろいこともなかったようだけど」

オリヴァーは相変わらず礼儀正しく関心を向けていた。お上品な愚か者め。「いや、まさかそんなことはないだろう」

「で、きみのほうは？　まさかほかのところへ行ったんじゃないだろう？　それだと、つじつまが合うけど」

ミフィがアレックスを肘で突いた。

「つまりだね」アレックスは慌ててつけ足した。「菜食主義についてってことだよ。同性愛についてではなくて」

「オリオルだ」

そして、彼らの話題は自分たちだけにわかる暗号が入ったものに戻ってしまった。ぼくには、「ハウス」がオックスフォード大学に関するものだとわかっただけだった。じゃ、ほかのところとはどこだろう？　地獄とか？　もし、そうだったら〝やあ、こっちの天気はいいよ〟って感じかな。ぼくに関するかぎり、「オリオル」は鳥の名前かビスケットの名前のどちらかだ。いったい今、何が起こってるんだ？

オリヴァーのような人間が、現実にはぼくのような人間とつき合うはずがない理由はこんなところにある。

アレックスは同意するようにうなずいた。「いいね。オリオル出身のすばらしい人を大勢知っているよ。ほとんどはラグビーの奴らだけど。きみもラグビーをしていたのかな？」

「いや」オリヴァーは言った。「ぼくは勉強に全力を傾けていたので。おそらくカレッジではかなり退屈な人間だっただろう」

「今だって、きみはかなり退屈だよ」ぼくはつぶやいた。たぶん、思ってたよりもちょっとばかり声が大きかったに違いない。

だから、ようやくオリヴァーがこっちを見た。ぼくが望んでいたような態度じゃなかったが。

「ルーク」ミフィが大声を出した。「オリヴァーはあなたのボーイフレンドだと思っていたわ。それって、かなりひどい言い方じゃないの」

今ではアレックスもぼくをにらんでいた。「よくも言ったね。そんなふうにレディたちの悪口を言って回ってはいけないよ。つまり紳士たちの。というか、きみの紳士の」

「もしも、わたしがあなたなら」ミフィはオリヴァーの片手を軽く叩いた。「彼を縁石まで蹴り飛ばしてやるわよ、ガールフレンドさん。いえ、ボーイフレンドさん。あ、なんだかうまくいかないわね」

「ぼくもきみと同じ意見だよ、ミフィ」アレックスは断固たる態度でフォークを振った。「仲間をいじめるとわかっていたら、ボーイフレンドを持つことなんて絶対にルークに勧めなかった。たぶん、きみはルークをふって、ぼくとつき合ったほうがいい。オリバンダーのハッシュタグを作ろう」

ミフィはうなずいた。「そうよ、アリーとつき合いなさい。そうしたら、わたしは両手に花って状態になるわ。最高に楽しいでしょうね」

「頼むからさ」またしても、意図したより大きな声を出してしまった。「ぼくのボーイフレンドを盗もうとするのはやめてくれ。きみは男が好きなわけでもないじゃないか」

アレックスは心から傷ついたような表情になった。「もちろん、男性が好きだよ。ぼくの友人は全員が男性だ。父は男性だし。みんなにつらく当たっているのはきみじゃないか。オリヴァーに退屈だなんて言ってさ。彼はオックスフォードの仲間だし、今夜はずっとすばらしく感じのいい連れだったのに。今度は、ぼくがほかの奴らとうまくやれない奴だなんてほのめかすのかい。本当は――」ここでアレックスはあからさまに傲慢な顔つきになった。「ひどくはっきりしているんだ。ほかの奴らとうまくやれない奴はきみだってね。ぼくはオリヴァーに謝らなくちゃと心から感じているよ」

「勘弁してくれ」ぼくは立ち上がった。「ぼ、ぼくの取った態度のことでぼ、ぼくのボーイフレンドに謝るな。このクソッタレの食事の間じゅう、ぼくはクソッタレなオックスフォードのことでなんか、何も話すことがなかった。ちっぽけなプライベートのクラブで腰を下ろしているときに、きみたちのちっぽけなプライベートのクラブから仲間外れにされたと文句を言うなんて、ばかみたいだとわかっている。だけど、悪いけど、今日は長い一日だったし、たしかにきみたちはぼくのために役立とうとしているだろうが、最悪の夜だよ。それに……トイレに行ってくる」

ぼくは勢いよく飛び出したが、トイレがどこなのかまったくわからないことに気づき、ジェームズたちの一人に尋ねたところ、恥ずかしいことに回れ右する羽目になった。いったん無事に男性用の一室に落ち着くと——趣味がいいところだったが、実に簡素で、まるでこう言っているみたいだった。「便器に大理石を使用する必要を感じるのはアメリカ人や中流階級の人間だけです」——ぼくは手洗い器の前に立ち、映画で人々がよくやるようなことをやった。つまり、手洗い器に両手をついて身を支え、鏡に映った自分を意味ありげに見つめるって奴だ。

そんなことをしても役に立たないとわかった。こちらを見返したのはただの愚か者で、愚か者を見つめて、どうしていつもこんなに愚かなんだと尋ねたけれど。

そもそも、ぼくは何をしてるんだ？　オリヴァー・ブラックウッドはぼくがつき合ってるふりをしている退屈でいらだたしい男だし、アレックス・トゥワドゥルはしょっちゅうズボンをデスクにホチキス留めしてしまう、超特権階級の間抜けじゃないか。彼らがぼくとよりも、お互い同士のほうが気が合うからって、なぜ、気にかけなければならないんだ？

〝へーっ、じゃあな。きみはどこのカレッジにいたんだ？　毎年恒例のアヒル追いのセレモニーではどこに座ってたんだ？　消えうせろ、独りよがりの睾丸野郎ども〟

オーケイ、そんなふうにあの二人を罵ったところで、やっぱり役に立たない。それに実際の話、オリヴァーは退屈じゃない。ちょっとばかり退屈なだけ。で、アレックスはひどく退屈だが、ぼくに手を貸そうとしてくれたにすぎない。ここしばらくは違うかもしれないと思っていたけど、たぶん、本来のぼくは助けなんか受け入れられない人間なんだ。ある時点で、先を見越した生き方をするようになってしまったから。

マイルズがタブロイド紙のサメどもに餌としてぼくを投げ込んだときは、心の準備が何もできていなかった。生き延びる唯一の方法は、こちらが食わせたいと思うものだけを食う男たちを、つねにたくさん確保しておくことだった。そうしても問題は半分しか解決しなかったが、そうだとわかったころには、それまでの習慣があまりにも根づいていて、人間関係を変えられなかった。

真実を言うと、そういうやり方のほうが物事に対処しやすかった。どんなことが起きても、自分には関わりがないというわけだ。どんちゃん騒ぎをして、ファックして、何も気にしない影みたいな人間に関わりがあるだけ。だったら、そんな影のような奴が誰かに好意を持たれなくても、何だっていうんだ？　求められないから、どうだっていうんだ？　そんな奴、見捨てられても、売り飛ばされてもいい。

ただ、オリヴァーとつき合っていたのは——つき合っているふりをしていたのは——そんな影のような奴じゃなかった。ぼくがつき合っていたのだ。だから、あらゆるものが急に重要味を帯びてしまい、そういうことに耐えられるかどうか自信がなかった。ふいにドアがさっと開き、ビスケットのくずくらいわずかな、一秒の何十分の一かという間、オリヴァーが助けに来てくれたんじゃないかと思った。頭から追い出したかったのは、まさにそんなたわごとだったのに。とにかく、オリヴァーじゃなかったから、どうでもいい。入ってきたのはツイードの服を着た老人で、サンタクロースそっくりだった。もし、サンタクロースが「悪い子リスト」しか持っていなかったとしたらだけど。

「おまえは誰だ？」老人は怒鳴った。

ぼくは飛び上がった。「ルークですが？　ルーク・オドネルですけど？」

「おまえは以前、わたしの前で排便していたんじゃなかったか？」

「え？　まさか。排便のときは絶対に一人ですよ」

邪悪なサンタクロースは疑うように目を細めた。「お若いの、わたしは人の顔を決して忘れないんだ。おまえの顔は気に食わん。それに、アイルランド人は信用ができないからな」

「へー」たぶん、ぼくは母方の祖父の国民のために立ち上がるべきだったのだろうが、こんな最低の場所からさっさと逃げ出したくなっていた。あいにく、人種差別主義者のサンタに出口をふさがれた。「あの、すみませんでした……顔のことは。ぼくはどうしてもここから――」

「とにかく、ここで何をしているんだ？」

「使っているんですけど……設備を？」

「偵察だな。おまえたちはそういうことをやるんだ。共用のトイレに隠れているんだろう。ジェレミー・ソープ（英国の政治家）を待ち伏せしているみたいにな」

「ぼくは友達のところへ戻りたいだけです」

逮捕されているみたいに両手を宙に突き出して、どうにか老人の横をすり抜けた。彼は悪魔祓いの祈禱師（エクソシスト）みたいに頭をぐるっと回し、冷たくて生気のない目でぼくを追った。「おまえを見張っているからな、オトゥール。おまえの顔を決して忘れないぞ。名前も」

テーブルに戻ると、いわゆる連れたちはぼくの不在を気にもかけていなかった。

「――結局、ティドリー・ウインクス（子ども用ゲームの一種）には四分の一のブルーの称号ってところかな」アレックスが愉快そうに言っている。「ミフィはすばらしいスポーツマンなんだ。つまり、スポーツレディってこと。こういったことについては、政治的に正しい言い方をしたほうがいいだろうね。ラクロスにはブルーを与えるべきじゃないかな（「ブルー」はオックスフォード大学とケンブリッジ大学のラグビー定期戦に出場した選手がもらえる称号）。チームGB（オリンピックの英国選手団の名称）に誘われたけれど、断ったんだったよね、きみ？　専念したいからと言って……ああ、ねえ、何をするつもりなんだっけ、ミフィ？」

　腰を下ろし、みんなから許されたのか、腹を立てられているのかを判断しようとした。ぼくの登場なんてどうってことないかのように、誰もが話し続けているからだ。

　ミフィは完璧な爪をした指で完璧な唇を軽く叩いた。「こうして言われてみると、何も思いつかないわ。どこかにオフィスを開いたはずだと思うし、何かの商売を始めたのかもしれないけど、たいていはパーティに招待されてばかりいるの。アリーのものみたいじゃなくてよ。ほら、アリーは本物の仕事を持っているんだもの。そのことをみんな、とても奇妙だと思っているのよ。でも、アリーは毎日、仕事に行くんだから、とてもすばらしいわよね？」

今がぼくにとって、大人らしいところを見せて謝罪するのに絶好の機会だろう。「どうかな」代わりにそう言った。「〝とてもすばらしい〟じゃ軽い表現だよ。アレックスはもっと〝契約上の義務〟を果たしてるってことじゃないかな？」

「たしかかい？」アレックスは当惑した鸚鵡さながらに小首を傾げた。「それはクリケットには当てはまらないみたいだね。選手は誓いを立て、仲間は最後までそれに従う。法律絡みのことはまったく必要ないんだ――あ、気を悪くしないでくれよ、オリヴァー」

「気を悪くしてなどいないよ」もちろん、オリヴァーが気を悪くしているはずはない。オリヴァーは天使なんだから。一方、ぼくのほうはトンマ星からやってきた低俗な悪魔だ。

「とにかく、わたしはすばらしいと思うわ。それに、もちろん」ここでミフィは目がくらみそうな微笑を授けてくれ、こんな状況だから、ぼくは参加賞のトロフィをもらったような感じがした。「あなたもすばらしいわ、ルーク。アリーと同じ仕事をしているんだもの」

最高じゃないか。これでもうオリヴァーは、ぼくの仕事が彼のものと違って情熱の対象でないことを知っただけでなく、機能する脳細胞が三つもあればできる仕事だと思い始めるだろう。

「いや、違うよ」アレックスが大声で言った。「ルークはぼくよりもはるかに重要な人物なんだ。何をやっているかわからないけど、ものすごく複雑で、あれを必要とするんだよ。ああ、なんて呼ばれていたっけ？　小さな箱がたくさんあるものだよ？」

ミフィは考えるように鼻にしわを寄せた。「クリケットのチーム？」

「そうじゃないよ。そうだ、スプレッドシートだ。ぼくはただコピー機をいじくって、一度に同じ部屋で二つ以上の会議がないようにチェックして、デイジーを生かし続けているだけだけど」

「デイジーとは誰かな？」オリヴァーが尋ねた。相変わらずぼくを無視しているが、正直な話、当然の仕打ちだろう。

「ぼくがファイリング・キャビネットの中で育てているアロエなんだ。うちのソーシャルメディア担当者がコーヒーメーカーでしょっちゅう火傷するし、ぼくたちが子どもだったころ、乳母がいつもアロエを塗ってくれて、すごく効果があったからね。実を言うと、アロエがもう一つ必要じゃないかと思っている。哀れなアロエは葉っぱを取られて、裸同然になってるから」

「話は変わるけど」ぼくは口を開き、〝もう話題を変えませんか〟という人らしい、ありったけの優雅さと繊細さを発揮して話題を変えた。「ぞっとするような老人がぼくのあとからトイレに入ってきたんだ。ていうか、ぼくに怒鳴ったんだよ。殴ろうとはしなかったけど」

「明確に説明してくれて感謝するよ」この上なく冷淡なオリヴァーの声だった。これまでのところ、〝最悪の奴だと思われる作戦〟は予定よりも早く進んでいた。

アレックスは眉根を寄せた。「なんともおかしな話だね。彼を怒らせるようなことを何かしたのかい?」

アロエの話が出る前に、ぼくは謝罪する気持ちがうせていた。だから、本当は意気消沈していたけれど、そうではないふりにこだわることにした。そして状況がさらに悪化することから、過剰な償いをすることまでの間のどこかに妥協点を見いだそうとしていた。

「早くもきみが彼の肩を持っているとわかってうれしいよ。だが、言っとくけど、答えはノーだ。手洗い器のところで考えごとをしていたら、イカれた老いぼれがいきなり入ってきて――」

「アレックス、我が友よ」イカれた老いぼれのうなり声が響いた。ホラー映画の連続殺人犯みたいに、ぼくの後ろにいるのを感じる。「おやじさんはどうしているかね？」

「悪くないですよ、ランディ。まあまあです」

「この間、ローズ（ローズ・クリケット・グラウンド。クリケットの聖地）でおやじさんが披露したスピーチには大いに楽しませてもらったよ。あー、あれはたしか……」

「アナグマ？」

「いや、アナグマについてではない。ほら、ほかの、何と言ったかな……移民だ」

「ああ、なるほど。へえ、いかにも父らしいな」アレックスは軽い驚きを示した。

「ところで、ご紹介すべきですね。もちろん、クララは覚えていらっしゃるでしょう」

「覚えておるとも。顔を忘れないたちでな」

「それから、こちらはぼくの友人たちです。ルークとオリヴァー」

レーザー光線のような視線を全身に向けられ、ぼくは椅子の中で縮こまった。「うれしいね。トゥワドゥルの友人なら誰でもわたしの友人だ。しかし、警告しておくぞ。トイレに入ってはいかん――頭がどうかしたアイルランド人のろくでなしが待ち伏せしているのだ」

「実を言うと、閣下」オリヴァーが最高に〝よろしければ裁判官、異議があるのですが〃調の声で言った。「わたしたちはお会いしたことがあります。先月、わたしが依頼人を弁護していたときに」

「ナンセンスだな。わたしは人の顔を忘れないんだ。きみが誰だかまったくわからん」間があった。「しかし」彼の顔が明るくなった。「我々はそいつを有罪にしたのか?」

「わたしは被告人側の弁護人でした、閣下。そして無罪を獲得しました」

判事はオリヴァーをにらみつけた。オリヴァーの顔は不自然なほど穏やかだ。「まあな。奴らを全部捕まえることはできまい。ディナーを楽しみたまえ。アレックス、遅くとも『白鳥調べ』(王室がテムズ川で白鳥の生息調査をする年中行事)で会おう」

そう言うと、人種差別主義閣下はよたよたと立ち去った。

「どうやら」ぼくのほうを向きながらアレックスが大声で言った。「ランディもきみが会ったのと同じおかしな男に会ったらしいね。侵入者がいるのかな? 誰かに言ったほうがいいかい?」

「ぼくが思うに」オリヴァーが言った。「その必要はないだろう」

「間違いないかな? ほら、なんていうか、用心してもしすぎることはないとかっていうじゃないか」

「メイヒュー判事なら、悪党に適切な対応をしてくれるに違いない」

アレックスは優しいほほ笑みを浮かべた。「元気がいいお年寄りだよね？」

「たしかに、そういう言い方もある」

ちょっと間が空くと、オリヴァーはそろそろデザートにしたらどうかと尋ねて巧みにみんなを導いた。「気がつかずにはいられなかったが、メニューにはジャム・ローリー・ポーリー（伝統的なプディング）があったね。あれがいつも大好きだった」

アレックスはしつけができていないビーグル犬みたいに椅子の上で跳ねた。「ぼくもプディングが大好物なんだ。分厚くてしっかりして熱々のものに、フランス語でクレーム・アングレーズとかっていうジャムをたっぷり塗りたくる」

ぼくはまだオリヴァー絡みの感情に浸りきっていたけど、彼にこっそりと視線を走らせずにはいられなかった。言うまでもなく、死んだトーリー党の男に因んで名づけられたこの部屋で、今にも笑い死にしそうというふうには見えなかった。

「認めるよ」うわ、嘘だろう。オリヴァーの目がマジでキラキラ輝いているじゃないか。「それは実にうまそうだ」

ミフィはなんだか夢見るような表情だ。「ねえ、ちょっと考えていたんだけど、ほんと、タルトにはそそられるわ」

こいつらはわざとこんな態度を取っているんだろうか？　どう考えても、意図的にそうしているようだ。

とにかく、彼らがプディングについて無限にしゃべっていられることがわかった。子ども時代の逸話を交換し合ったり、コブラーとクランブル（どちらもプディングの一種）のそれぞれの長所について言い合いをしたりして。少なくとも、彼らが思いついた話題――というか、オリヴァーが持ち出したのだ――はようやく、ちょっとはぼくにもわかるものになった。もしも人間がもっとできていたら、自分の意見を言っただろう。スコーンにはジャムとクリームのどちらを先につけるかについて（まずはジャム、それからクリームだ）。残念ながら、ぼくはひいき目に見ても平凡な人間だ。だから黙って座って、パイナップル・アップサイドダウン・ケーキにふくれっつらをするまいとしていた。

デザートを食べ終わり、もうすぐお開きだとほっとしかけたとたん、ジェームズの一人がチーズを持って現れた。それからコーヒー、ブランデー、葉巻が続いた。最後にはプディングの話題にも飽きてしまったが、オリヴァーは断固たる態度で手ごろな話題に会話を導き続けていた。オリヴァーはよかれと思ってそうしているに違いなかったし、ぼくが騒ぎ立てたあとだから、仲間外れになった気分を感じさせまいとしたのだろう。

でも、父や仕事やメイヒュー判事や、今夜を完全に台なしにしたあれやこれやで、ぼくには感謝するエネルギーも残っていなかった。

18

六十四億兆と八万七千五百時間も経ったあと、ようやく〈カドワランダー・クラブ〉から出ることが許された。その夜がどれほどひどかったかを考えると、静かなタクシーで家に帰り、羽毛の上掛けの下に頭を突っ込んで気を失うのがたまらなく待ち遠しかった。だが、言うまでもなくその夜の肝心な点は、社会的に認められた人々の横に立っているぼくの姿を写真に撮られることだった。そんなわけで外へ出たとたん、ぼくたちは金持ち相手のパパラッチや低級な記者たちが入り交じった集団にどっと囲まれた。

多すぎるカメラのフラッシュが顔の前で光り、視界が真っ白になった。ぼくは凍りついてしまった。普段なら、ぼくの写真を撮ろうとする奴らはこっそりと撮影するだけの慎みを持ち合わせている。おかげで、ぼくが車輪つきゴミ箱にもたれてファックするところや、パブの駐車場でゲロを吐いている現場を押さえられるってわけだ。でも、これはまるっきり違うレベルの注目を浴びることだった。以前のレベルが特に好きだったわけじゃないが。

「誰の服を着ているんですか？」人だかりから誰かがわめいた。

オーケイ。話しかけられているのがぼくでないことはたしかだ。ぼくの服は〝誰の〟ものかというよりは〝何なのか〟というほうに近かった。

ミフィは髪をさっと後ろに払い、たぶんデザイナーのリストらしい、さっぱり理解できないことをすらすら話し出した。

これで大丈夫。ぼくは大丈夫だ。上等な人たちが上等なものを持っている、この上等な世界にぼくもなんとなく属しているように見せるだけでいい。そんなに難しいことじゃないだろう？

「もう日にちは決めたんですか？」

「十八日です」

リラックスしろ。でも、リラックスしすぎてはだめだ。にっこりしろ。でも、笑顔になりすぎてはだめだ。マスコミがティラノサウルスみたいなものだと、自分に思い出させようとした。彼らの視覚は動きに基づいている。

「いつの十八日ですか？」

「そうねえ」ミフィが言った。

奴らはさっきよりも近づいているのか？　だんだんこちらに来ていることは間違いない。息ができるかどうか、確信がなかった。これまで充分すぎるほど写真を撮られてきたじゃないか？　いい意味で注目されることは、悪い意味での注目よりもひどいものに思われてきた。少なくとも、悪い評判は、というかぼくが慣れてきた世間での悪い評判は、人間を片隅に追い詰めてわめいたりはしなかった。

人垣に隙間がないかと探しながら、押し合いへし合いして馬蹄(ばてい)形にぼくたちを囲んでいる記者たちに視線を走らせた。でも、フラッシュの残像のせいであまりよく見えない。つかまれたり引っ張られたりしながら、見知らぬ記者の一団を無理やりすり抜けることを考えると、胃がよじれた。今にも吐きそうだ。カメラに向かって。またしても。ふたたび銀色のフラッシュが光って、ちかちかした残像が消えると、ある男の目と視線がまともに合ったことに気づいた。顔をそむけようとしたが、遅すぎた。

「あれはジョン・フレミングの息子か？」彼は怒鳴った。「〈ライツ・オブ・マン〉に加わったんですか、ミフィ？」

〝ああ、クソ、クソ、クソ〟

「ぜひお話ししたいところですけれど――」ミフィの声が潮の満ち干のようにぼくの

耳に出たり入ったりする。「でも、ある男性に関する馬を見に行かなければなりませんので」（トイレに行くことを指す）

「どの馬ですか？」

「どの男性ですか？」

またしてもフラッシュの嵐――今度はさっきよりもぼくをまともに狙っていた。ダブポーズを取ろうとする吸血鬼みたいに、片腕を上げて顔を覆った。

「どうしたんですか、ルーク？」

「甘やかされすぎたかな？」

「お父さんに誇りを持ってもらおうとしてるんですか？」

「ノ、ノ、ノーコメントだ」ぼくはささやくように言った。

「〈カドワランダー・クラブ〉の会員なんですか？」

「何を飲んでいたのかな？」

「心を入れ替えたんですか？」

そういう質問のどれにせよ、罠（わな）でないとは言えない。「ノー……ノーコメントだ」

「猫にでも舌を抜かれたのかな、ルーク？」

「今、ドラッグでハイになってるの？」

「あのウサちゃん耳はどこだ？」

「もうたくさんだ」突然、ぼくのウエストに片腕が回された。そしてオリヴァーの隣に引き寄せられた――あの温かくてゴージャスな、あー、コートにぴったりとくっついている。ここまで情けない行動をとったことはなかったし、たぶん、この世でいちばんみじめな行動だっただろうが、ぼくはオリヴァーのほうを向き、首筋に顔をうずめた。髪の香り、とても清潔で、なぜかいかにもオリヴァーらしい香りが、パニックで早鐘を打っていた心臓をなだめてくれた。

「いったい、何から隠れているのかな？」

「さあさあ、きみ。こっちに笑顔を向けてくれよ」

「こちらの恋人は誰なんですか？」

「ぼくの名はオリヴァー・ブラックウッドだ」オリヴァーは叫んだわけじゃなかったけれど、その必要もなかっただろう。彼の話し方には大騒ぎを圧して響くような何かがあった。「ぼくはミドル・テンプル（ロンドン中心部にある法曹院）の法廷弁護士だし、邪魔をしないよう忠告しておく」

「二人の出会いは？」

「この関係はどれくらいもつと思いますか？」

「もう裏通りで彼とヤッたのかな？」

この時点でぼくはほぼ、昨日作ったパスタみたいにぐんにゃりしていたが、オリヴァーが人ごみから連れ出してくれた。想像していたほどひどくはなかった。たいていの記者はあとずさり、そうしなかった記者もオリヴァーの顔を一目見るなり考え直したようだ。その間ずっと、ぼくは彼の腕の中に守られていた。触れていたのはオリヴァーだけだった。

だが、とうとう取材陣から充分に離れ、ぼくも充分に落ち着くと、自分がどれほどばかみたいに見えたかをつくづく感じた。オリヴァーにしがみつき、子猫みたいに震えていたのだ。

「オーケイ」ぼくは言い、身を引き離そうとした。「もう逃げられた。放してもいい」

オリヴァーの腕に力がこもった。「マスコミはまだ追いかけてきている。もう少し我慢してくれ」

これまでどおり、オリヴァーに問題などなかった。問題なのはぼくだったし、この厄介ごとから逃れられれば、ましな気分になるだろう。「ずっとこうしているわけにはいかない。地下鉄のところまで連れていってくれれば、そこからはどうにかするよ」

「どう見ても震えているじゃないか。二人でタクシーに乗ろう」

ちょっと待て。いったい、何を考えているんだ？　「待ってくれ。〝二人で〟ってどういうことだよ？」

「家まで送る。マスコミの前で口論しないでくれ」

「わかったよ」ぼくはぼやいた。「帰る途中で口論しよう」

オリヴァーは通りかかったタクシーに合図し、当然ながら車は停まってくれた。軽蔑するように通り過ぎるなんてことはなかった。彼に後部座席に押し込まれ、ぼくはしぶしぶ住所を告げた。タクシーは走り出した。

そうしなければオリヴァーにとがめられるだろうと思ったから、腹立たしい思いでシートベルトを締めた。「騎士道精神は見上げたものだと少しは思うよ。でも、絶対にぼくのフラットへ来てはだめだ」

「たとえば」オリヴァーの片眉が意地悪そうに上がった。「きみとの約束をすっぽかしたあと、ぼくが前触れなしに玄関先へ現れたとしても？」

「あれはまったく事情が違う」

「だからといって、我が家に歓迎してあげたのに、きみは自宅にぼくを近づけようともしないという事実は変わらない」

「そうかい、悪かったよ。きみが根本的にぼくよりも優れた人間だっていう例に、そのことも記録しておこう」

「そういうことを言っているんじゃない。もっとも――」通り過ぎる街の明かりがよぎるオリヴァーの顔つきは厳しくなっていた。「今夜のきみの振る舞いには、なんというか……驚いたが」

「それはさ、あそこに座ったまま耐えなければならなかったからだよ。きみがアレックス・ろくでなし・トゥワドゥルとおしゃべりするために、ぼくを完全に無視していた間さ」

今やオリヴァーは〝ルシアンは困った奴だ〟というふうにこめかみをさすっている。「無視してなどいなかった。ぼくは好印象を与えようとしていたんだ。それがこの任務の目的だと理解していたからな」

「じゃ、うまくいったわけだ」この状況では無理もないという以上に激しく言い返した。「きみがすてきな奴だと思われたのは明らかだからな」

「混乱してきたよ。ボーイフレンドの趣味がいいという評判になるようにとぼくが頑張りすぎたから怒っているのか？」

「ああ、そうだよ。いや、違う。ムカつく奴だな、オリヴァー」

「どうすれば役に立てたのか、ぼくにはわからない」

「役に立てるとかどうとかいうことじゃないんだ」タクシーの中に声が反響した。

「ぼくは腹を立てている。きみも腹を立てないのはなぜか、わからない。どっちにとっても、間違いなく最悪の夜だったじゃないか」

「実を言えば、きみの友人たちはなかなか魅力的だと思ったよ。彼らがほかの人になることを期待しないかぎりは。今夜を〝最悪の夜〟にしたのは、きみがぼくのことなんて全然考えていないとしきりに示していたことだ」

ぼくには……予想外のことだった。つかの間、どう言ったらいいかわからなかった。

「何だって？」

「ほかに選択肢があれば、きみがぼくといないことは充分に承知している。だが、ぼくへの軽蔑をきみが人前で隠せないなら、この計画はうまくいかないだろう」

なんてことだ。ぼくは最低の人間じゃないか。「しょっちゅう、きみをからかってるじゃないか」

「今夜はそれと違う感じだった」

きみのせいだと言いたかった。でも、そうじゃない。ぼくの気持ちにオリヴァーが気づくとは思わなかった。ましてや気に病むなんて。ちくしょう。「ぼくが悪かったよ、これでいいだろ？」

「謝ってくれてありがとう。しかし、今はそれが助けになるとは思えない」

ああ、ちょっとまずいやり方だったな。「いいかな」床に話しかけた。「ぼくが言ったたわごとはどれも本気じゃないんだ」

「そう信じ切っているように振る舞っていたが」

「だってさ、ぼくは……もっと違ったものになると思ってたんだ」

「どんなふうに違ったものになると？」

「二人きりのときみたいになると思ってた。けど、きみはぼくを見ようとしなかった。ぼくにどう触れたらいいかもわかってなかった。それに、アレックスがどれほど気取り屋の間抜けかということを通じて、きみはぼくと親密になるはずだった。ぼくがオックスフォード大へ行かなかったことを通じて、きみがアレックスと親密になるはずじゃなかったんだ」

長い沈黙があった。

「聞いてくれ」オリヴァーが言った。低く柔らかな声を聞き、ぼくは彼の腕の中で丸くなってしまいたかった。シリアルキラーに怯えて身を縮めるのとは違う。毛布にくるまれて丸くなるって感じ。「ぼくも謝るべきだと思う。居心地が悪いとか、仲間外れにされたとかいう思いを味わわせるつもりはなかったし、きみの友人たちの前でどう振る舞えばいいか、よくわからなかったことも認める。というのも、そう、これまで誰かの恋人のふりをしたことなどなかったからだ」オリヴァーは間を置いた。「とりわけ、ああいう二人の前では……きみは何と呼んだんだっけ？　気取り屋の間抜けだ。国の最低賃金(ナショナル・ミニマム・ウェイジ)とは、マールバラ公爵夫人が所有する見事な競走馬の名前だと思っているような人たちのね」

　自分でも驚いたことに声をあげて笑ってしまった。

「ほら」オリヴァーはちょっと得意げな表情を見せた。「ぼくだって意地悪になれるんだ」

「ああ、だが、ぼくが必要としていたとき、意地悪な言葉はどこへ行ってたんだ？」

「きみに笑ってもらいたいんだ、ルシアン。肩身の狭い思いなどさせたくない」

「たぶん、それでもう大丈夫だと思う」ぼくはシートベルトを外し、オリヴァーのほうへ体を滑らせた。

「シートベルトを締めなければだめだ。法律で決まっている」

　ぼくはごくわずかに頭を傾け、偶然みたいにして彼の肩に預けた。「ああ、黙ってろよ、オリヴァー」

19

どういうわけか、あらゆる道理と自衛本能に反して、ぼくはオリヴァーをフラットに招待してしまった。まあ、公平に言えば、嫌悪感や大腸菌のせいで彼がたちまちぽっくり死ぬことはなかったが。

「自分でもわかっているよ」オリヴァーが言った。「批判的な態度を取ることがよくあると、きみに思われていることはね。しかし、正直言って、どうすればこんな生活になるのかわからない」

「簡単だよ。やるべきことは、何かを手に取ったら、ときめきがあろうとなかろうと、またそのまま置くだけだ」

「この建物で何かに触れることを勧められるかどうか、確信が持てない」

ぼくはジャケットを脱ぐなり、この状況を必要以上に意識しながら、もっとも恥ずかしい下着の山の上に投げた。「逃げる機会なら与えようとしたじゃないか。でも、きみは警告を聞き入れなかった。この点で、きみは好奇心が強い青髭（何人も妻を殺した男）の妻のようなものだな」

「きみがぼくのことを恥じているんだと思った」オリヴァーはまだあ然として、目を見張るほどずらっと並んだテイクアウト用の容器を見つめている。リサイクルできるように洗うための時間をどうあっても見つけようと思って、置いていたものだ。「だが、きみがぜひ自分を恥じるべきだとわかった」

「そこがきみの間違っているところだ。恥じるという気持ちは自尊心がある人のものだよ」

彼は〝実に悲しいし、失望した〟と言わんばかりに手を額に当てたが、これっぽっちも愛らしくならないしぐさだった。「少なくとも、青髭は死んだ妻たちを小部屋にきちんとしまっていた」

「今ごろきみは、ぼくたちのフェイクな関係を激しく後悔しているだろうけど、頼むから、またふらないでくれ」

「いや、大丈夫だ」オリヴァーは戦時のプロパガンダが書かれたポスターの絵みたいに肩をいからせた。「やや時間がかかったが、もう乗り越えた」

「帰りたかったら、帰ってもいいよ」

ほんの一瞬、オリヴァーは心をそそられたような顔になった。でも、それから〝祖国はきみを必要としている〟調の表情に戻った。「体裁を取り繕うため、今夜みたいな失敗をしないようにするべきだ。人前で一緒にいるときにどうするか、きみもぼくもきちんと考えていなかっただろう」

「ワオ」ぼくは力なくソファに身を投げた。ソファには靴下二足と毛布一枚を別にすれば、ほとんど何も載っていなかった。「この計画にこれほどたくさんの仕事が必要になるとは夢にも思わなかったよ」

「そうだな、まあ、子どもは言うじゃないか。『文句を言わないで（サック・イット・アップ）、かわいこちゃん（バターカップ）』と。さて、ぼくたちは手をつなぐべきだと思うか？」

「本当に『文句を言わないで、かわいこちゃん』なんて言い方をするんだな？」

「ぼくにもやるべき仕事が多いが、文句など言っていないことを指摘したつもりだが。しかし、よく考えれば、物知りぶった言い方に聞こえそうだ」

ぼくは半ばいらだち、半ばおもしろがりながらオリヴァーを見た。「いい判断だ」

「それで、手をつなぐのか、それともつながないのか？」

ほかに何もないとしても、ある点にこだわり続ける彼の能力だけは称賛するしかない。「あー……ほんとにどうしていいかわからない」

「手をつなぐ行為は最低限の親密さしか必要としないが、一緒のところをたまたま撮られたら、ぼくたちがつき合っていることをはっきりさせてくれるだろう」

「そうだな、最低限の親密さっていうのは悪くない」

オリヴァーは顔をしかめた。「まじめにやってくれよ、ルシアン。いまいましいぼくの手を取るんだ」

ぼくは立ち上がり、マグカップが並ぶ間をゆっくりした足取りでくねくねと通り抜け、いまいましい彼の手を取った。

「うーむ」オリヴァーはつないだ手を何度か握り直した。「無理やり感がある」

「ああ。ママに連れられてスーパーマーケットを引っ張り回されている感じだ」

「なら、手をつなぐのはやめだ。ぼくの腕を取ってみてくれ」

「つまり、きみの〝いまいましい〟腕ってこと?」

オリヴァーは攻撃的な目でまばたきした。「いいから、やるんだ」

腕を取った。やっぱり妙な気がする。「今度は、ガーデン・パーティに出ている未婚のおばさんって感じ」

「じゃ、ぼくはきみを子どもか年老いたレディという気持ちにさせるわけか? 実にすばらしいお世辞だな」

「きみのせいじゃないよ」彼の腕を放した。「状況のせいだ」

「となると、誰かに見られているときは互いにいっさい触れないカップルにならなければいけないな」

「でも」ぼくは愚痴を言った。「そういうカップルにはなりたくないよ。そういうカップルのふりすらしたくない」

「だったら、ぼくに触れることが耐えられるやり方を何か考えてくれ」

「オーケイ」もっと賢明な方法を何も思いつかなかったから、最初に頭に浮かんだことを言った。「セックスしないか？」

オリヴァーの口がいぶかしげにピクピクした。「資金集めパーティの場には不適切だろう」

そうだ、やりかけたことはやり通さなくちゃな。「違う。今やろうと言ってるんだ」

「ぼくの聞き違いかな？」

「頼むよ、オリヴァー」ぼくは天を仰いだ。「誘惑されて、『聞き違いかな？』なんて答える奴がどこにいるんだ？」

「さっきのは誘惑じゃなかった。さっきのは……あれをなんと呼んだらいいのかもわからない」

「ぼくは思っただけだ」ちっとも照れくさくなんかないぞと、自分に言い聞かせながら肩をすくめた。「もしもセックスしたら、お互いに触れることがもっときまり悪くなくなるかもしれないと」

「ああ、そうだな。なにしろセックスというものは、物事をあまり複雑にしないことで有名だからな」

「わかったよ。いい思いつきじゃなかった。人前でもっと楽に触れ合える方法を訊かれたから、提案してみただけだ。独創的な考え方で悪かった」

オリヴァーはぼくに背を向け、部屋の中をうろつき回りたいというそぶりを見せた。でも最善の状態でも、うちの床は歩き回るのに不向きだ。だから、彼はただしばらくそわそわしていた。「最高に自分を評価しているときのぼくをきみはまだ見ていないだろうが、そんなときでもぼくをベッドに引き入れるのは難しい。『セックスしないか。今やろうと言ってるんだ』という言葉では」

「まずはディナーを一緒にとるべきかも」

「ディナーならとった。ぼくに対しても友人たちに対してもひどい奴だったと、きみが率直に認めたディナーを」

そうだな、たぶん今はジョークを言うときじゃないだろう。でも、また、し、て、も、オリヴァー・ブラックウッドに拒まれた事実をくよくよ悩まないように、ぼくは必死になっていた。「こうしたらどうかな。きみがぼくとどんなにセックスしたくないかを話すのは、もうやめにするっていうのは」

「すまない」オリヴァーの表情は少し柔らかくなったが、ぼくの気分はよくならなかった。「こういうのは時代遅れだとわかっているが、セックスは単なる便宜上の行為ではないと思っている」

「なぜだ？　意味がある深いつながりができて、たき火のそばで優しく愛を交わしながら互いの目を見つめ合えるようになるまで、誰もが待つはずだというのか？」

オリヴァーの表情は見る見るうちに硬くなった。「ぼくが途方もない堅物だと本気で思っているのか？」

「そうだ。違う。もしかしたらそうかも」ああ、なんてことだ。どうしたらこの言葉をあまり……不快でもなく、物欲しげでもないように言えるのだろう。「ただ、ぼくはセックスを大げさに考えることに慣れてないんだ。だから、きみがぼくとセックスするのを拒み続けるのは、個人的な理由があるからだと感じてしまう」

「〝拒み続ける〟とはどういう意味だ？」

「ブリッジの誕生日のときだよ。二年前の。ぼくたちはもう少しで結ばれるところだったけど、そうする代わりにきみは腹を立てて帰ったじゃないか」

信じられないという気持ちがありありと浮かんだ目で、オリヴァーはぼくを見つめた。「悪いが、ぼくにデートレイプされなかったことを侮辱だと受け取っているのか？」

「何だって？」こっちもショックを受けた目で見返した。

「あの夜のことは覚えているし、きみは完全に泥酔状態だった。自分が何をしているかどころか、ぼくが誰かすらわからなかったはずだ」

「何なんだよ、もう」ぼくは言い返した。「へべれけになってのセックスなんて、いくらでも経験している。それでもよかったのに」

「ああ、ルシアン、どう説明したらいいんだろう？」なぜか、オリヴァーの声は悲しげだった。「〝よい〟というものをぼくは求めていないんだ。よいというのでは充分じゃない。たき火のそばだの何だのと、きみが呼び起こす陳腐な言い回しとは何の関係もないが、そう、たしかにぼくはつながりを求めている。できるかぎり、きみを大切にしたい。つながりというものをきみが必要とし、求め、大事にしてくれたらと思う。つながりを重要だと考えたいんだ」

オリヴァーの話を止めなければならない。さもないと、ぼくは……なぜだか……泣き出すとかどうとかなりそうだった。自分が何を要求しているのか、彼は理解していないのだろう。そんなものをどうやったらオリヴァーに与えられるのか、まったくわからなかった。「そういうのはみんな……すばらしいだろう」口がカラカラだったせいで、きつい言い方になってしまった。「だけど、ぼくとの場合、きみが得られるのは〝よい〟という程度のものだ。それがせいぜいだよ」

果てしなく長い沈黙が続いた。

「だったら、この関係が本物でなくて、かえってよかったんだろう」

「ああ、そうだな。これでよかった」

さらに長くて長くて長い、終わりがないような沈黙。すると、オリヴァーはぼくの体に腕を回して自分の横に引き寄せた。どうしてだかさっぱり不明だけど、ぼくはされるままになった。「これはどうかな？」

「ど、どうって、何が？」

「触れ合うことだよ。人前で」オリヴァーは咳払いした。「言うまでもなく、いつもというわけではない。ドアを通って中に入るのが大変だからな」

今のところ、ぼくはドアなんかなくても生きていける。首を回し、ほんの一瞬だけ、オリヴァーの香りを吸い込んだ。たぶん、想像にすぎないだろうが、彼の唇が首筋に触れた気がした。

「いいと思う」そう言った。ほかに言いようがないだろ？　ほかの場合はこれほどいい感じじゃなかったから、今回はまずまずよかったんじゃないかな。

とはいえ、オリヴァーが体を引いたときにすり寄らないようにするためには、ありったけのプライドが必要だった。

「それで」オリヴァーのあとを追わないように、両手をズボンのポケットに突っ込んだ。「今度はどうする？　ぼくの汚いアパートメントにきみは泊まりたくないはずだ」

「寝室の状態が不安なことは認めよう。しかし、ぼくが出ていくところをマスコミに見つかったら、ぼくたちが別れたように思われるかもしれない」

「きみは何かを中途半端にしたことがないのか？」

オリヴァーは考えていた。「『ウルフ・ホール』（ヒラリー・マンテルの小説）は三分の二で読むのをあきらめた」

「なぜだ？」

「さあ、なぜかな。かなり長くて複雑な話だし、注意散漫になってしまったんだろう。そういうのが、正確に言えば、中途半端な行動に伴う結果じゃないか？」

どういうわけか、ぼくは笑い出していた。「ほんと、嘘みたいな話だよ。〝正確に言えば、中途半端な行動に伴う結果〟なんて言い方をする人間と交際しているふりをするなんてさ」

「きみをおもしろがらせるためにわざとそんな言い方をしたと言ったら、信じるかい？」

「いや」二度とオリヴァーに抱き締めてもらいたくない。二度とオリヴァーに抱き締めてもらいたくない。二度とオリヴァーに抱き締めてもらいたくない。「そういうのがきみの話し方だよ」

「かもしれない。しかし、きみはそこからユニークな楽しみを得ているようだ」

「オーケイ、それこそ、わざとやっていることだ」

オリヴァーはゆっくりとほほ笑んだ――人前で惜しみなく見せる気楽な微笑ではなく、なぜか本物に思える笑み。温かくて、ちょっとしぶしぶといった感じの笑いで、瞳は内側から輝いているように見えた。暗い夜に窓辺に置かれたランプみたいに。

「結構。最悪のものへの心構えはできている。寝室を見せてくれ」

「違った」数分後、オリヴァーは言った。「最悪のものへの心構えはできていなかった」

「ああ、やだなあ。それほどひどくはないだろう」

「シーツを換えたのはいつだ？」

「シーツは換えているよ」

オリヴァーは腕組みした。「それは答えにならない。いつなのか覚えていないなら、ずいぶん前ということだ」

「わかったよ。シーツを換えるって。ただ、まずは洗濯をしなくちゃならないな」あちこちに散らばっている服には目を向けまいとした。「たぶん、かなりの洗濯が必要かも」

「タクシーでぼくの家へ行こう。今すぐ」

「ワオ。なんだかリアリティ番組の『クィア・アイ』の話みたいになってきたじゃないか。あれよりはホットな男たちが少ないし、気分をよくさせてくれる心温まる内容なんかないけどね」

「悪かった。批判がましいことを言うつもりはなかったが、率直に言って、この状況では批判もしたくなる。つまり、ここで暮らしていて、よくもみじめな気持ちにならないものだな？」

ぼくは憤慨して両手をさっと上げた。「わけがわからない。いったいどうして、ぼくがみじめじゃないなんて印象を受けたんだ？」

「ルシアン――」

「それに」急いで続けた。オリヴァーが優しいことを言うのと、意地悪なことを言うのと、どちらのほうが怖いのかわからない。「たしかにきみの家はきれいかもしれないが、きみだって幸せそうには見えない。少なくとも、ぼくは自分が幸せじゃないことを認めてる」

頬骨が完璧にくっきりした頬に赤みが差した。「そうだ、ぼくは孤独だよ。達成すべきだったことをやり遂げていないと感じるときがある。かなりの数の証拠から、ぼくはあまり愛されやすい人間じゃないと案じている。しかし、それを隠そうとしているわけではない。対処しようとしているだけだ」

ああ、オリヴァーが強いのに無防備で、正直でまともで、とにかくぼくとは全然違う人間だというときが大嫌いだ。「そうじゃないよ……まったく愛するのが難しい人間だなんてことはない。それに、どこかに清潔なシーツがあったと思う。きれいなシーツがないことにこの前気づいたときに買ったものがさ」

「ありがとう。仕切り屋になるときがあるのは自分でもわかっている」

「そうか？」目を見開いてみせた。「気づかなかったな」

　二人してベッドからシーツを剝がした。正直なところ、オリヴァーが主張するほどぞっとするシーツじゃないと思った。でも、あー、ぼくの個人的なお楽しみのための道具がシーツから転げ落ちて、散歩をねだる犬さながらにオリヴァーの足元に着地するなんてことがないようにと、ひたすら願った。ただ、そいつはぼくの尻に当たった。急いでそれをベッド脇の引き出しに突っ込んだ。あいにく、そのせいで、今考えてみるとうんざりするマスターベーション用のあれこれの道具まで披露することになってしまった。

　恥ずかしかったせいか、礼儀正しさのせいかはわからないが、オリヴァーは何も言わなかった。ガラスのように表面が滑らかで、ホテルの部屋のもの並みの完璧さになるまで、新しいシーツの端を引っ張り続けていただけだった。そのあと、彼は枕カバーと羽毛の上掛けのカバーも取り替え、カバーの裾の部分にある小さなスナップを留めさえした。そんなことをする人はこれまでいなかったに違いない。最後に、オリヴァーは服を脱ぎ始めた。

　ぼくはぼんやりと見つめていた。いや、それほどぼんやりとじゃなかったかも。

「何をしているんだ?」

「三つ揃いのスーツで眠るわけにはいかないし、けなすつもりじゃないが、借りたいとは特に思わないからな」彼は床じゅうにまき散らされていくつもの山になっている脱ぎ捨てた服を、円を描くような身振りで指し示した。「こういうものを」

「妥当だね」頭にひらめいたことがあった。「うわ。となると、とうとうVカット腹筋を拝めるってことかな？」

「それでいいよ」

オリヴァーは奇妙な咳払いを軽くした。「せいぜいちらっと見える程度だろう」

ぼくはオリヴァーがこれでよしとしたベッドに飛び乗り、上掛けをしわくちゃにしながら膝立ちになると、彼がシャツを脱ぐところを臆面もなくじろじろと見ようとした。

「ルシアン」オリヴァーは言った。「今の目つきはいかにもいやらしいぞ」

両手を丸めて口に当てた。「脱げ。脱げ。脱げ」

「ぼくはストリッパーじゃない」

「まさしく脱いでいるところじゃないか。声援を送っているだけだ」

「きみがしているのは、ぼくを恥ずかしがらせることだ」

オリヴァーはシャツを脱ぐと、きちんとたたみ、置くところがどこにもないことに気づいて戸惑ったように立ちすくんだ。

とにかく。

いや、なんてこった。

こういうものを見るためには金を払わなければならないのが普通だ。筋肉の割れ目がくっきりして、多くも少なくもない毛——柔らかそうではないが、うっすらと——が覗いている腹筋。ズボンのウエストあたりよりも下からくねくねと伸びている、細い血管すら二、三本、からかうように見えている。

クソッ。オリヴァーをなめたくなってしまった。

またしても、クソだ。突然、気づいた。この男の目の前ではもう二度と服を脱げないことに。

「今度はどうしたんだ?」オリヴァーが尋ねた。「それに、シャツをどこに置けばいいかな?」

「ぼ……ぼ……ぼくはハンガーを探してくる」それと、よくはわからないけど、養蜂用の服を自分のために探さなくちゃ。体をすっぽりと隠せるものを。

部屋を飛び出すと、見つけられた中でいちばん大きくてだぶだぶのTシャツに着替えた。どれよりも緩くて、これっぽっちも体の線を見せないスウェットパンツも穿いた。誤解しないでほしい。自分の外見には満足していた。体に関しては誰からも文句など言われたことがない。ほかの点についてはたっぷりと文句を言われてきたから、遠慮のせいで指摘されなかった問題ではない。だが、オリヴァーは普段のぼくが手に入れることを悩みさえしない、想像上の人物みたいなものだった。あまりにもすごくて、とても現実のものとは思えない。あんな外見の男がぼくをどう見るのか、予想もできなかった。

ああ、ちょっと待て。

オリヴァーは何も見る必要がないじゃないか。そういうのがぼくたちの契約だ。

ぼくが寝室へ戻るまでに、オリヴァーは分別くさいのになぜかセクシーな黒のボクサーパンツだけになり、片腕にはスーツを、もう一方の腕にはシャツをかけて待っていた。パニックに駆られた一瞬、ハンガーを彼に投げて上掛けの下に飛び込んだ。

満足が行くように服を整え、ほとんど空っぽのクローゼットにかけるオリヴァーなど、絶対にぼくは眺めていなかった。いや、そうじゃない。誰をだまそうとしているんだ？　ぼくは間違いなく眺めていた。オリヴァーはゴージャスだったし、すごく彼とヤリたかったし、Vカット腹筋がジョークじゃないと知る前からたまらなく彼とヤリたかったからだ。

悪い状況だった。めちゃくちゃに、超めちゃくちゃに悪い。

何時間も経った気がしたころ、ぼくは暗闇でオリヴァーの隣に横たわっていた。彼に触れることなく、触れることを考えもしないようにしながら。だから、ほかのことを何でも考える羽目になった。そんな必要もないのに、オリヴァーがどれほどのことをしてくれたかとか、ぼくのほうは彼をひどい目に遭わせてばかりいるとか。もしもこのままだと、どんなに恐ろしいことになるだろうかと考えた。

「オリヴァー」ぼくは言った。

「何だい、ルシアン？」

「本当にすまなかった。今夜のことだけど」

「気にするな。眠るんだ」

さらに時間が経った。

「オリヴァー」ぼくは言った。

「何だ、ルシアン？」さっきほどは忍耐強くない口ぶりだ。

「ただ……なぜ、きみがぼくを気にかけてくれるかがわからないだけなんだ。ぼくの気持ちを」

オリヴァーが寝返りを打った弾みでベッドが揺れ、ふいにぼくたちがどれほど近くにいるかに気づいた。「なぜ、気にかけないはずなんだ？」

「そうだな、だってきみはこんな……弁護士兼水着モデルの、信じがたいほどすばらしい男だろう——」

「何だって？」

「たとえを用いただけだよ。つまり、弁護士のことじゃなくて。それはきみの本当の仕事だからな。ちくしょう。いいかい、ぼくが言っているのはこういうことだ。きみは普通の意味で成功していて、普通の意味で魅力がある。それに善人だ。なのに、ぼくは……そうじゃない」

「きみは悪人ではないよ。なぜなら、世の中には悪人というものがいないからであり、また——」

「ちょっと待てよ。たとえば、殺人犯はどうなんだ？」

「殺人犯の大半は一人しか殺さないし、残りの生涯ずっと後悔して過ごすか、同情せずにはいられないような理由があって人を殺す。犯罪専門の法廷弁護士として最初に学ぶことは、犯罪というものが、悪人だけが行う特殊なものではないことだ」

以前にオリヴァーをつまらない奴と呼んだのは、ぼくが自分を罰するための一種のマゾ的な行為だったのだろう。ともかく、思わず言っていた。「理想主義者になっているときのきみはホットだよ」

「ぼくはいつでもホットだ、ルシアン。きみもさっき気づいたように、水着モデルみたいだからな」

クソッ。なんてことだ。手に負えない。今度はぼくを笑わせようとしている。

「そういう話が出たから言うが」オリヴァーは続けた。「きみも疑ってなどいないはずだ、自分の……」落ち着かない様子で身をよじったオリヴァーの顔が見えたらよかったのにと思った。言葉に窮したオリヴァーはぼくのお気に入りの一つだから。

「魅力を」

「ぼくがどんなものを疑えるか知ったら、驚くよ」人がセックスする理由はまさにそこにある。午前三時に個人的な悩みを誰彼かまわず話すのは、疲れすぎてしまうからだ。「それに、自分のことと言えば、タブロイド紙に書かれたようなことばかりなら、それ以外のものは信じられなくなってしまう」

顔の近くの空気がかすかに動いた気がした。オリヴァーがぼくに手を伸ばしかけて、考え直したみたいに。「きみは美しいよ、ルシアン。ぼくはずっとそう思っている。ロバート・メイプルソープ（アメリカの写真家）の初期の自身の写真みたいだ。あー」オリヴァーの顔が赤くなったのが声から感じられた。「言うまでもなく、肛門に鞭を入れている写真ではないよ」

まさかと思うけど、たった今、オリヴァー・ブラックウッドに美しいと言われたような気がする。ぼくは優雅で平静で大人らしくしていなければならなかった。「プロからの助言をしよう。誰かにお世辞を言うときは、〝肛門〟なんて言葉は避けるべきだ」

オリヴァーは含み笑いをした。「承知した。さて、まじめな話、もう眠るんだ。明日の朝は二人とも仕事じゃないか」

「アレックスに会っただろう。うちの職場では意識があることなど、ほとんど必要じゃないんだ」

「だから、ぼくを眠らせないつもりか？」

「い、いや……さあ、どうかな」オリヴァーの言うとおりだ。ぼくはなんだかおかしい。なぜ、おかしくなっているんだ？「本当にぼくを美しいと思っているのか？」

「今この瞬間は、腹の立つ奴だと思っている。しかし、だいたいのところ、答えはイエスだ」

「記者たちから逃がしてくれた礼もまだ言っていなかったな」

オリヴァーはため息をついた。二人でかけている上掛けの下で、息のぬくもりが感じられた。「黙ってくれたら、それを感謝のしるしだと受け取るよ」

「悪い……ぼくは……あー……すまなかった」

　ぼくは寝返りを打って横向きになった。それから反対側へと寝返りを打った。そして仰向けになる。そのあと、最初に寝たようにまた体の向きをさっと変えた。

「ルシアン」暗闇にオリヴァーの声が響いた。「こっちへ来いよ」

「え？　なんでだ？　どこへだって？」

「心配するな。ぼくはここにいる」するとオリヴァーはぼくを後ろから抱き締めた。力強い両腕や滑らかな肌を感じ、彼の心臓の音が背中に響く。「大丈夫だ」

　ぼくの体がどっちを求めているのかわからず、身じろぎもせずに横たわっていた。悲鳴をあげながらドアを目指して駆け出したいのか、それとも……どこもかしこも溶けてしまいたいのか。「うーん、何が起こってるんだ？」

「きみは眠ろうとしているんだよ」

　こんなことが起こるはずはない。これは行きすぎだ。あまりにも度を越している。

　でも、オリヴァーが正しかったとわかった。そして、度を越しているなんてことはなかったし、ぼくは眠りに落ちていった。

20

「それじゃ」翌朝、ぼくはアレックスに言った。「ゆうべ、本当に嫌な奴だったことを謝るよ」

アレックスは何かを期待する目でぼくを見た。「それから?」

「そうだな、あー、きみにもっと親切にすべきだった」

「それから?」

「それから……」ワオ、アレックスはどうあってもこのことで責める気らしい。

「……ぼくは悪い友人で、ひどい同僚だってところかな?」

「ああ」彼は眉根を寄せた。「悪いけど、さっぱりわけがわからない。つまり、ウェールズへ行く話はおもしろくなかったとはいえ、少なくとも理にかなっていたんだけどね」

「ジョークのつもりじゃないんだ、アレックス。昨夜のことを謝ろうとしていたんだ。

たぶん、〝謝る〟と〝ゆうべ〟という言葉がきみに手がかりを与えてくれると思うけど」

「そのことなら、気にしなくていいよ。正直言って、ぼくが悪かったんだ。あのとき、ぼくが何か言うべきだった。コースで魚料理をなしにしたから、魚用のフォークもなしにすべきだったよ」

ぼくは降参した。「オーケイ、わかった。お互いのわだかまりが解けてうれしいよ。魚用のフォークのことはほんと、すまなかった」

「誰にでもあることだよ。そうそう、一度、ハイ・テーブル（オックスフォードなどの大学の食堂のいちばん奥にある、教授陣の席）でぼくがぼうっとしていたことがあって、温野菜を食べるのにサラダ用のフォークを使おうとしたことがあってね。ぼくをだしにしてみんなが大笑いしたものだったよ」

「そうか。想像しただけで、とても愉快だ」

「そうだろう？　フォークの歯の長さはどれもすごく違うからね」

「フォークの歯（ザ・タインズ）は」これまでアレックスとつき合ってきても、さっぱり持てない自信を込めてぼくは言った。「変わる（ゼイ・アー・アチエンジン）（ボブ・ディランの曲、『ザ・タイムズ・ゼイ・アー・アチエンジン（時代は変わる）』のもじり）」

アレックスはポカンとした。「そうなんだろうね。だから、コース料理の間にフォークを取り替えるんだろう」

自分のデスクに戻ると、ちょっと気が滅入る朝の日課となっていることにざっと取り組んだ。コーヒーを飲み、寄付者がさらに減ることを心配し、スキャンダルが載った新聞をチェックする。タブロイド紙にぼくがほとんど載っていないことがわかった。オリヴァーの体でほぼ隠れていたせいだけではない。大半の記事はミフィに関するものだったからだ――彼女が何を着ていたか、どこへ行くところだったか、アレックスとの結婚はいつになるだろうかといったもの。オリヴァーとぼくはこの上なく幸せに「同行者」という地位に格下げされていた。もっとも、意欲的な見習い記者の中にはどうにかしてオリヴァーのコートのデザイナーを突き止めた者もいた。人々の行動よりも、着ているものについて記述する場合、いかにも正しい報道だった。ぼくのことは『ホース・アンド・ハウンド』にさえ、それとなく書かれていた。馬でも猟犬でもないけれど。

そのあとは毎度ビートル・ドライブの悩みの種の、不要な災難の連続に対処するだけだった。たとえば、ビートル・ドライブの会場がダブルブッキングになっているとリース・ジョーンズ・ボウエンが言ったことのような問題だ。彼がメリルボーンのロイヤル・アンバサダーズ・ホテルと、友人のスタッグ・パーティ（新郎が独身最後の夜を男の友人と過ごすパーティ）のために手配しようとしたレーザークエストのホテルとを混同してしまったからだ。あるいは、印刷した招待状の束が紛失し、郵送中になくなったかと思ったところ、それが入った箱をアレックスが三カ月間、足載せ台として使っていたとわかったこと。それに忘れてはいけないが、ドクター・フェアクローがビートル・ドライブのイベントをすっかりやめてしまおうとつかの間思ったことだ。〝ビートル〟という言葉が厳密に科学的な意味では不充分なものだと彼女が判断し、取りやめようとしたのだった。そのとき、実際にはそれがイベントの正式名称でないことを彼女に思い出させてやった。

　今日の問題はバーバラ・クレンチだった。この団体の独断的でケチな事務長で、資金集めパーティを開催するために資金を使うことの必要性について質問してくる。そこで、ぼくはメールのやり取りに一日の大半を費やす羽目になった。仕事での協力関係を成功させるための能力は、バーバラとぼくが直接会って話さないという互いの理解の上に成り立っていたからだ。

　ルーク

ホテルの費用を調べましたが、本当にそれが必要なのかと思っています。

バーバラ　必要です。そこでイベントを行うのです。

ルーク　ずっと考えていましたが、寄付者には家にいてもらって、事前承認された窓口に電話で寄付をしてもらうほうがもっと実際的だと思うのですが。　　　　　バーバラ

バーバラ　ビートル・ドライブを円滑に行うために手助けしてくださるあなたの献身には感謝しております。残念ながら、招待状はすでに印刷が済んでおり、このイベントは「ディナーとダンス」を伴うものとして宣伝されています。「自宅にとどまって、よかったら我々に電話をかけてください」とは書かれていません。ホテ

ルの費用はチケット代では払いきれません。

ルーク

ルーク

せめてもっと安いホテルを選べませんか？

バーバラ

バーバラ

無理です。

ルーク

ルーク

あなたのこの前のメールは不適切なほど無愛想なものだったと思います。この

問題を人事部に持ち出したいところですが、うちにはありませんね。

バーバラ

追伸——新しいホチキスの購入要望をありがとう。この要望は却下されました。

バーバラ

人事部の人材を雇うために充分な資金を出せるかどうか、理事長に尋ねたらいいかもしれません。ホチキスも人事部から借りられるかも。

ルーク

職場には冗談を言う余地などありません。

紙を綴(と)じることに関する新たな方針を先月のメモでお伝えしました。財政的および環境的理由により、我が団体ではあらゆる書類をリサイクル可能なトレジャリータグ（二本の金属かプラスチックの短い棒を紐でつないだもの）で綴じることになっています。使えるところではどこでも、これを再利用すること。

バーバラ

バーバラ
ホテル代を支払ってください。ホテルの支配人から先ほど電話があり、部屋をキャンセルされる恐れがあります。
ルーク

追伸——トレジャリータグは品切れしています。
ルーク

ルーク
トレジャリータグが品切れなら、購入請求用紙で申請してください。
バーバラ

たった今、辛辣な返事を書いていたところだ。間違いなくぼくも辛辣なメールを受け取ったのだし、間違いなくこれは勤務時間を有効に使う作業だからだ。スマートフォンが鳴った。オリヴァーからのメッセージだと画面に表示されていたが、〝悪いニュース〟という言葉から始まっていた。

〝ああ、そんな。ああ、そんな。ああ、そんな〟

声には出さなくても、頭の中はその文面がどんな言葉で終わるのか、百通りもの可能性でいっぱいになった。たぶん、それはぼくが住んでいる、オリヴァーの観点からするととんでもないゴミ溜めに関するものだろう。「祖父が亡くなった」とか「ぼくは梅毒持ちなんだ」といった遠まわしの別れの言葉ではなく、「別れよう」というストレートなもの。

だけど、当然じゃないか？　昨夜、ぼくは手がつけられない状態だった。オリヴァーは記者たちからぼくを救い出さなければならず、そのあとは抱いていてくれた。神経過敏な子犬みたいにぼくが眠りに落ちるまで。朝になって目が覚めたら、ぼくは手足を広げてオリヴァーの上に寝ていたし、彼が帰るときは大騒ぎした。まだ寝ぼけていてまともにものを考えられなかったからだが、そんな状態でも、かなり激しい言い合いをしたことは覚えている。あんなにいろいろあったあとではぼくだって、ぼくと別れたくなるだろう。そう、こんなぼくとは。

結局、一人前の大人らしい行動をとった。メッセージを読まずにスマートフォンをデスクの引き出しに入れ、コーヒーを飲みに行ったのだ。普通の状況なら、リース・ジョーンズ・ボウエンが何かやっているところに出くわして、絶対にほっとしたりはしないだろう。でも、彼が先にコーヒーメーカーをセットしていたから、作業全体が通常よりも三倍余計に時間がかかるはずで、まさにそれこそぼくが必要としているものだった。

「来てくれてよかったですよ、ルーク」リースは大声をあげた。「どうしても覚えられなくて。前の容器に水を入れて、後ろの容器にコーヒーを入れるんだったかな？それとも、逆？」

「コーヒーは、コーヒーの滓が残っているその小さな容器に入れる。そして水は、すでに半分まで水が入っている、すぐ後ろのところに入れるんだ」

「ああ、ですよね、そうじゃないかと考えていた。でも、こういったことに取りかかるとき、いつもあべこべにやってしまって、ちゃんとわかっているときでも失敗して、どっちみち間違ってしまうんですよね」

辛辣さ全開で「違う」と言ってやりたかったが、本当はそういうものなのだ。ぼくだって「accommodation（適応）」という単語のmの数を間違えたし、それを言うなら、cの数も間違えたことがある。そのうえ、辛辣な答えなど、オリヴァーが賛成しないだろう。悪いニュースがあるというメッセージを送ってきたばかりのオリヴァー。いつかはそのメッセージを見て対処しなければならないし、傷つくに違いない――クソッ、ちっとも気分を変える役に立たないなら、気分転換なんて意味がないじゃないか。

「言いたいことはわかるよ」ぼくは言った。そしてちゃんと順番待ちの位置に立った。リース・ジョーンズ・ボウエンは、公平に言えばちょっと複雑なコーヒーメーカーの込み入った操作方法に取り組んでいた。

「ああ、面倒だな」彼はスチーマーノズルに手の甲をぶつけた。「これがここにあることをいつも忘れてしまって。水ぶくれになるだろうな。利き手なのに」

ぼくはため息をこらえた。「アレックスのところへ行ってアロエをもらったらどうかな。ぼくがこいつを終えて、きみのデスクにコーヒーを置いておくよ」

戸惑ったような沈黙があった。

「それはどうもご親切に、ルーク」ささやかな賛辞を言う人間にしては、気がかりそうな驚きのこもった口調だった。「何も問題ないですか？　過去の職員の亡霊に取りつかれたとか？」

「え？　違うよ。ぼくは……ぼくは親切な人間なんだ」

「いえ、そうじゃありませんよ。あなたはとんでもないおバカさんですからね。でも、とにかくコーヒーはいただきます。ありがとう」

リースは火傷の薬を探しにのんびりした足取りで出ていき、ぼくはコーヒーメーカーをセットし直した。コーヒーが濾過（ろか）されるのを待つ間、きれいなカップはないかとシンクや戸棚や水切りかごを探したが、一つもなかった。よい行いにつきものなのがこういう問題だ。善良な行為はエスカレートするのだ。ウェールズ地方のドラゴンの絵がついたリースのとっておきのマグカップから、輪形に残ったとりわけ頑固な汚れをこすり落としている最中に、ドクター・フェアクローがドアから顔を突き出して言った。「作っているところなら、ブラック、砂糖抜きで」

まったく。いや、まったく、なんてことはない。これで完璧。

コーヒーの抽出を待っている間、自分のオフィスに戻った。バランス感覚を備えた大人らしく、本気でスマートフォンをチェックするつもりだった。だけど、ちくしょう、もしも悪いニュースというのが、昨夜の外出を新聞が取り上げてオリヴァーにもぼくにもひどい記事に仕立てたということだったら？「スキャンダル！ロックスターの酔っ払った息子が弁護士を拉致」といったものなら？あるいは、オリヴァーの元カレの一人がパリから飛んで帰ってきてこんなことを言ったのかも。「ダーリン、これまで会った中できみが最高の人だったことを思い出したんだ。二度ときみのそばを離れないよ。さあ、すぐに駆け落ちしよう」とにかく、ちゃんとメッセージを見るまではわからない。

ぼくは見なかった。非難するように閉まっている引き出しをそのままにして、アウトルックを起動させると、さっきよりもバーバラをなだめるような返事を気が進まないながらも入力した。

バーバラ　先ほどの失礼なメールをお許しください。みんなのために紅茶またはコーヒーを淹れているところです。一杯いかがですか？　　ルーク

ルーク　いりません。　　バーバラ

今度ばかりは、そんな仕打ちをされてもしかたないとぼくも認めた。和解の申し出をはねつけられたので、キッチンへ逃げ戻り、コーヒーを二杯淹れると――ドクター・フェアクローにはブラックで、リース・ジョーンズ・ボウエンにはミルクと多すぎるほどの砂糖を入れて――持っていった。彼らと他愛のない会話でも

して何分か時間稼ぎができないかと思ったけど、少なくともドクター・フェアクローの場合は、歌手のカーリー・サイモンがいかにも謎めいた歌を作れるんじゃないかというほど、無駄な期待だとわかっているべきだった。普通ならこんな場合、リース・ジョーンズ・ボウエンは当てになるのだが、アレックスからアロエで火傷を治療してもらうことに気を取られていた。そんなこんなで、オリヴァーのメッセージを読むしか選択肢がなくなった。そう考えたとき、彼のメッセージにこれほど強く反応した自分がばかみたいだと感じた。

とはいえ、それほどばかげてもいなかっただろう。なぜなら、それから五分間、ぼくは引き出しのスマートフォンをにらんだまま、なかなかデスクに置かなかったからだ。もしもどんな理由にせよ、オリヴァーが偽りの交際をやめようと決めたとしても、ぼくの人生が破滅することにはならないだろう。いい宣伝はすでにいくらかできた。それに、しばらくぼくたちが一緒のところを見ないとタブロイド紙が気づいたころには、ビートル・ドライブの前にお決まりのこんな記事を載せるのは間に合わないだろう。「ゲイのプレイボーイ、フレミングの息子がイケメン弁護士と破局」それに、もしもオリヴァーが関係を終わらせようとしているなら、ぼくがどうこうというよりも、状況が問題なのだろう。正直言って、この奇妙な〝つき合っているふりをする〟関係をなんとか続けるのをやめたほうが、彼もぼくももっと幸せになれる。そもそも、こんな芝居をすることを承知すべきじゃなかった。

これでいいんだ。絶対にこれでいい。

深呼吸してメッセージを見た。

〈悪いニュース〉とあった。〈大きな訴訟がある。今週は非常に忙しくなりそうだ〉

ああ、まったく。こいつはなんてテクノロジーに疎い間抜けなんだ？　たいしたことのないニュースを知らせるために、〈悪いニュース〉なんて出だしでメッセージを送ってくるなんて。ほっとしすぎて、なんだか腹が立ってきた。もちろん、オリヴァーはぼくに深く染み込んだ信念——繰り返し現れるもの——など考えてもいないだろう。人生に起こるどんないいことも、ぼくを捨ててどこかへ行くための完璧な瞬間を待っているにすぎないという信念を。

それに、ぼくがちょっとした悲劇のヒロインになれるかもしれないという可能性などこれっぽっちもないのだ。

両手の震えが止まると、返信した。**〈それって、ぼくのフラットを見た驚きから回復するための時間が欲しいという、丁寧な言い方か？〉**

〈嘘ではない。かなり面倒なことになっている。しかし、埋め合わせとなるいくらか

の楽しみはある〉

〈たとえば?〉ぼくは訊いた。

〈きみだ〉

その言葉を長い間見つめていた。

〝これがフェイクの関係なのを忘れるな。これがフェイクの関係なのを忘れるな。これがフェイクの関係なのを忘れるな〟

21

これまでになく長い一週間だった。ちっとも筋が通らない。なにしろ見せかけのボーイフレンドと一緒にいたのはせいぜい十分間にすぎなかったのだから。それに、ぼくが〝どう行動すべきか知っている人間〟だったためしはなかった——オリヴァーが現れる前はゲイチャットの「グラインダー」でセックス相手を探し続け、それから顔がばれてまたもやタブロイド紙に載らないかとびくびくし、山ほどの毛布に半裸で埋もれてネットフリックスで北欧ノワールのドラマを一気見（ビンジ・ウォッチング）して、自分を嫌悪しながら夜を過ごそうと決意していただけだった。そして今は……どうなんだろう……そんなふうではないのだろうか？

　オリヴァーは相変わらずメッセージをくれた。もちろん、くれるだろう。もっとも、彼のメッセージのほとんどはこんなものだったけど。〈ベーグルを食べている〉〈この訴訟は複雑だ〉〈訴訟については話せない〉〈男性器（ディック）の写真を送れなくてすまない〉そういうメッセージは三秒間ほどは悪くないけど、そのあとはオリヴァーが恋しくなるだけだ。これはどういうことだろう？　ぼくの人生は本当にひどく空虚だったから、オリヴァーがぶらりと入ってきて腰を下ろし、その空間を占めることができたというわけなのか？　もしかしたら、そうかもしれない。でも、なぜか、そんなに時間が経っていない今でも、そういうことができるのはオリヴァー以外に想像できなかった。なにしろ、あれほど厄介な奴はほかにいないだろう？　あれほど思慮深い人間も。守ってくれる人も。それに実のところ、おもしろい人間だったりもする。そして――嫌な奴だ。

火曜の夜の九時、あまり注意も払わずに見ていたドラマの『ボーダータウン　犯罪が眠る街』の半分ほどのところで、いきなりこんな結論に達した。このフラットをきれいに片づければ、ぼくの問題はすべて解決すると。火曜の九時三十六分、これは最悪の思いつきだったという結論にいきなり達した。決まった場所に物を置くことから始めようとしたが、物を置きたいと思った場所は、そんなところにあるべきではない物たちですでにいっぱいだった。だから、場違いのところに物を置くしかなかったのに、ほかのところから来た物を置くスペースはなかったから、元あった場所に戻そうとしたけど、そこにはもう置けなくなっていた。前よりも物があふれているのに、それらを置くところはない。しかも、清潔な物もあるけど、少しも清潔じゃない物もあって、汚い物がきれいな物と交じり始め、何もかもひどいありさまになって、ぼくは死にたくなってしまった。

床に寝そべって自分を哀れんで泣きたかったが、そんなスペースはなかった。だからベッドに横になったら、まだオリヴァーの香りがかすかに残っていたので、床の代わりにそこで自己憐憫の涙にふけった。

〝たいしたもんじゃないか、ルーク。ちっとも負け犬なんかじゃないぞ〟

いったい、どうしたんだろう？　どうして、こんな気持ちになってるんだ？　何もかもオリヴァーのせいだ。〝きみは特別だ〟という目で見たり、〝きみは美しいよ、ルシアン〟なんてたわごとを言ったりしたから、自分にも少しは価値があるんじゃないかと思いそうになってしまった。ぼくの価値なんて、つまらない一ペニー程度しかないって、ちゃんとわかっているのに。

そのとき電話が鳴り、そんな混乱状態だったから、うっかり出てしまった。

「おまえか、ルーク？」いまいましい父のしゃがれ声だった。

「あー」ぱっと身を起こし、鼻水と涙を拭って、大泣きしていたなんて声に聞こえないようにと必死になった。「ぼくだけど」

「レジーのことではすまなかったな。あいつはおれのあれやこれやの問題に対処しなければならないんだ」

それはぼくも同じことだ。「別にいいよ。ぼくは……」

「連絡をくれてうれしいよ。今回のことはおまえにはつらいだろうからな」

当然だろう。「ああ、だけど、とっととうせて死ねばいいなんて言うべきじゃなかった」

「おまえが腹を立てるのは無理もない。それに――」父は〝これまで生きて経験してきたから、自分の喜びがどこにあるかはわかった〟といった感じの笑い声をあげた。

「母さんもおまえぐらいの年のときには腹を立てただろう。おれもだろうが」

「そんな話は今すぐやめてくれ。ぼくの中にあんたと似たものを探しても無駄だ」

沈黙があった。父にこんな話にこだわってほしいと思っているのかどうか、正直言ってわからなかった。父にぼくを求めてほしいのかどうかも。

「そうしてほしいなら、やめるよ」

「そうしてほしい」ぼくは深々と息を吸った。「で、今度は何なんだ?」

「母さんの家で言ったように、おれはおまえを理解したい。どんなやり方でそうするか、そもそもそうするかどうかはおまえ次第だ」

「悪いね。三歳のぼくを見捨てた父親と会うとは思わなかったから、そんなことは前もって計画していなかった」

「そうだな、こういうのはどうだ。二週間ほど、うちの農場で撮影がある。日曜日にこっちへ来ないか？　そのころまでには撮影が終わっているだろうし、話す時間もあるはずだ」

ランカシャー州のどこかの子ども時代を過ごした場所の近くに、父がばかげたロックスター風の農場兼スタジオ兼創造的な隠居所を持っているらしいことは、ぼくもなんとなく知っていた。「わかった。詳しいことはメッセージを送ってくれ。それと」かなり攻撃的な口調でつけ加えた。「ボーイフレンドを連れていく。かまわないか？」

「かまわないよ。おまえにとって大事な人なら、ぜひ会いたい」

その言葉に出鼻をくじかれた思いだった。父が同性愛嫌悪者だとわかればいいと願っていたわけではないが、父についての悪い話を信じることが心地よかったのだ。

「ああ、いいよ」

「話せてよかったよ、ルーク。近いうちに会おう」

ぼくは電話を切った。残っていた力はそれだけだったけど、使うつもりだった。あいにく、電話を切ったあとは疲労困憊(こんぱい)してしまった。自分の存在に意味のある変化をもたらそうとして、完全に失敗したからなおさらだった。だから、頭の上に上掛けを引っ張って、服を着たまま寝てしまった。

次にスマートフォンを見たときはかなり時間が経ってからだった。オリヴァーからのメッセージが十二件来て、アラームが鳴る間、眠っていたのだ。メッセージはこんなものだった。

〈きみに会えなくて寂しい〉

〈すまない。さっきのは言いすぎかな?〉

〈会えないのはほんの数日だとわかっている〉

〈もしかしたら、こんなだから、みんなはぼくとつき合いたがらないのかもしれない〉

〈どっちみち、きみが本当にぼくとつき合っているわけではないが〉

〈ずうずうしい奴だと思われていないことを願う〉

〈今のぼくは本当におかしな奴だと思われているだろう〉

〈きみから返信がないのはまだ寝ているからだな。うんざりするほどしつこい奴だと思われているせいじゃないといいが〉

〈目を覚ましたきみがぼくをうんざりするほどしつこい奴だと思っているなら、せめてそう言ってくれないか？〉

〈わかった、たぶん眠っているんだな〉

〈きみが目を覚まして、こんなメッセージを全部読んだら、ぼくは恥ずかしさのあまり死んでしまうだろう〉

〈すまない〉

アラームが「仕事に遅れるよ、この間抜け」と言っていた。でも、ぼくは時間をかけて考えてからオリヴァーに返信した。

〈ぼくも会えなくて寂しいけど、たくさんメッセージをもらったから、同じ部屋にいるような気がする。ディックの写真はまだかな？　今度の日曜日、二人で父に会いに行くことになった。きみの都合がよければいいが〉

相変わらずフラットは、爆弾が落ちようと思ったのに不発だったみたいな状況だったし、部屋の隅に座ってプリングルズを食べながら泣いていたのに、なぜか不思議なほど気分がよかった。もしかしたら、オリヴァーに目を覚まさせられるのは悪くないかもしれない。

いつものように、仕事に遅刻するのはそれほど重大なことじゃなかったが、小さな罪悪感で心が痛むのを意識した。それに〝アレックスにジョークを言う〟機会を逃してしまったけど、失望と同時にほっとした思いもあった。業務と呼ぶばかばかしいものに取り組み始めると、ぼくは……ビートル・ドライブへの支援を打ち切った寄付者の夫婦からメールが来ていることに気づき、用心しながらもうれしく思った。

ルーク
メールをありがとうございます。霊性の向上のための瞑想(めいそう)が中止になったことを今日、アダムが聞いたところです。ですから結局、ビートル・ドライブに行けるかもしれません。遅ればせながら、あなたのランチのご招待に喜んで応じたいと思います。

さようなら(ナマステ)
タマラ

うわあ、なんてこった。これがぼくの好きな寄付者と言えるのか、それともいちばん嫌いな寄付者なのか、よくわからなかった。母親が八〇年代に出したアルバムの印税でこれまで生活してきた者として、こんなことを言うのはどうかと思うけど、裕福な人々というのはろくでなしだ。アダムとタマラのクラーク夫妻が特にろくでなしぶりを発揮しているのは、どんな人もそこまで裕福になる権利はないという以上に裕福な点だ。しかも、自分たちがどんなに倫理的かを絶えず話し、二〇〇八年ごろにアダムが投資銀行家だったから開業資金が得られたという事実をもっともらしく言い繕っている。彼らは〈大地の女神〉と呼ばれる、ヴィーガンスタイルの自然食品のレストラン・チェーンを経営していた。もちろん、彼らがガイアと呼ばれているからだ。

そして今、こういうことを頭に入れて、彼らを連れていくのにふさわしい店を見つけなければならないのだ。バーバラ・クレンチにランチのための資金を出させることができるだけでなく、動物性食品を提供しない店。しかもクラーク夫妻が所有する店ではなくて、彼らの競争相手をあてつけがましく支援しようとしているとは思われないところを。

ぼくは絶望のため息をついた。「はあ、まったく焼いたナスが何だってんだ」

「何か手伝えることがありますか、ルーク?」コーヒーメーカーだか火傷を治すものだかのところへ行く途中に通りかかったリース・ジョーンズ・ボウエンが、ドアの横から顔を突き出した。「つまり、焼いたナスのことじゃなくて。非難しているわけじゃありませんが」

「ナスはたとえとして用いたんだよ、リース」

「だからといって、感じがよくなるとは思えませんが。さて、何が問題なんですか？」

「単なる」否定するように手を振ってみせた。「寄付者の問題だ」

招いてもいないのに、リースは部屋に入ってくると、予備の椅子にドスンと腰を下ろした。「とにかく、話してください。困ったことは誰かに打ち明けると半分になります」

「このことに関してきみができることはあまりないと思うよ。安いけど、失礼なほどは安くなくて、理想としてはちょっとおしゃれで個性的だけど、怖いほどおしゃれとか個性的というのではなくて、ぼくがアダムとタマラのクラーク夫妻を連れていけそうな、明らかにヴィーガン向けのカフェかレストランを、たまたまきみが知ってるなら、話は別だが」

「ああ、それなら簡単だ。ブロンウィンのところへ連れていけばいいんです」

一瞬、ぼくは口をポカンと開けた。「ブロンウィンって誰だ？」

「昔からのわたしの友人ですよ。彼女はヴィーガンで、期間限定ショップを開いています」

「オーケイ」ぼくはしぶしぶ言った。「よさそうだな。念のために訊くけど、その期間限定ショップはアベリストウィスにあるんじゃないだろうな？」

「ルーク、ウェールズにあるものしかわたしが知らないと推測するのは侮辱ですよ。店はイズリントンにあります。もっとも、彼女はアベリストウィスの出身ですけどね」

「で、間違いなくヴィーガンなんだな？ 火山学者(ヴォルカノロジスト)とか獣医(ヴェトラネアリアン)とかじゃなくて？」

「信頼してもらえないことにはちょっと傷つきますね、ルーク」実際、リースはかなり傷ついたようだった。「ウェールズにも間違いなくヴィーガンはいます。羊のことだけを言っているわけじゃなくて」

「悪かった」

「最後の一言はジョークです。わたしはウェールズ出身だから、そんなジョークを言っても許される。だから、笑ってもかまいませんよ」

　これまでもそうだったように、笑いたいなんていう気持ちは消えていた。でも、リースはぼくのために言っているのだから——たぶん——まあまあおもしろがっているように聞こえそうな、あえぐような笑い声を無理にあげてみせた。

「それにしても、間違いない」リースは身構えるように続けた。「彼女はまぎれもなくヴィーガンです。ちゃんと覚えていますよ。以前はベジタリアンだったんですが、ベジタリアンは倫理的に正当化できないと感じるけれど、工業化された農業における動物の搾取の複雑な相互依存のおかげで、ヴィーガンにはそんなふうに感じないと説明してくれましたからね。たとえばですね、ルーク、こんなことを知っていますか？鶏には二種類あって、一つは卵を産ませるため、もう一つは食用にするためなんです。卵を産ませるには雌鶏（めんどり）しか必要ないので、オスのひよこはすぐさま大きなブレンダーに投げ込まれてキャットフードにされるんですよ」

「へえ、知らなかったな。卵を食べる楽しみを台なしにしてくれて感謝するよ」

「ああ。でも、卵は兵士には申し分のないものですよね？」

リース・ジョーンズ・ボウエンとの会話はほとんどそうだが、どうしてこんな話になっているのかさっぱりわからなかった。「とにかく、ヴィーガン向けのベーコンの代替品のことできみが助けてくれる話に戻ろう。このブロンウィンという、以前はアベリストウィス出身のベジタリアンだったけど、今はイズリントンにいるヴィーガンの彼女は……どう言ったらいいかな……本当に優秀なのか？」

リースはぼんやりした表情で顎鬚（あごひげ）をかいた。「二年前、『南ウェールズ・エコ・フード・アンド・ドリンク』賞を取りましたよ。もっとも、彼女はイングランド人の女性と結婚したので、味覚はどうなのかわかりませんが」

「ちょっと待ってくれ。ブロンウィンはレズビアンなのか？」

「そうじゃないなら、女性と結婚するのはちょっと妙じゃありませんか」

「そうだな。ただ思っただけだよ。きみの友人というのはみんなもっと……」

「言わせてもらえば、そういうのはかなりの同性愛嫌悪ですよ、ルーク」彼は立ち上がって廊下のほうへゆっくりした足取りで歩いていったが、入り口で立ち止まると、厳しい顔つきでぼくを見た。「世の中のゲイはあなただけじゃないんです」

まったく、こんなことをぼくが言われるとは。

その夜、ギリシャ神話の愚かなシーシュポス（地獄で、山頂に大石を持ち上げても、それがすぐに麓に戻るので、また持ち上げなければならないという罰を受けた）みたいに、フラットに散乱したものをいいかげんにいじくりまわしていたとき、オリヴァーからメッセージと添付ファイルが届いた。一瞬、ひどくわくわくしたけれど、映画監督の故サー・リチャード・アッテンボローの優しそうな輝いている目を自分が見つめていることに気づくまでの話だった。

〈これは何だ？〉ぼくは返信した。

〈ディック（リチャードの愛称）の写真だ〉

〈ちっともおもしろくないよ〉笑いながら返信した。〈今はきみが全然恋しくない〉

数分後の返信：〈お父さんに連絡を取ったことがうれしいよ〉

〈ぼくはうれしくない〉

〈きみは事態にうまく対処していると思う〉

〈不安なんだ。ぼくがどんなに成熟しているか言ってくれよ〉

〈ぼくの考えでは〉なぜか、ボイスオーバーみたいにオリヴァーの声が聞こえる気がした。〈本当に成熟した人々は、大人であることに対して称賛など求めない〉

〈ちょっとでいいよ〉ぼくは入力した。〈とにかく褒めてくれ〉

〈きみはとても大人だし、ぼくはとても感心している〉

〈それって、皮肉？　皮肉な声が聞こえるみたいだ〉

〈本当にきみを誇りに思っているよ。そんなことを言うと、上から目線だと思われないかと考えただけだ〉

〈ぼくの自尊心はゼロだと、きみだって気づいたはずだ〉

間があった。〈そうは思えない。どこに自尊心があるのか、きみが忘れているだけだろう〉

〈とにかく、ぼくのフラットを見ただろ〉

いつもなら、ここで終わるはずだった。オリヴァーがちょっとした優しいことを言ってくれて、ぼくはどう返事したらいいかわからない、といった感じで。でも、今夜はなぜか、このまま終わりにする気になれなかった。

〈きみがこんなくだらないおしゃべりをしていられないのはわかってる。でも、いいかな？　仕事は大丈夫か？　何も問題なし？〉

ワオ。実にクールな態度を取ったじゃないか。いまいましいキュウリみたいに冷静そのものだ。

いつものオリヴァーらしくない間があった。

しまった、やりすぎたらしい。それとも、オリヴァーは寝てしまったのかも。

〈いいよ〉ようやく返事が来た。〈ただ、ぼくは慣れていない。つまり〉

書きかけらしいメッセージの続きは長い間来なかった。そのあとはこんなメッセージ。

〈すまない。送信のアイコンをタップするのが早すぎた〉

オーケイ、話から逃げようとしたわけじゃないんだな。**〈さっきのメッセージの後半を読みたい〉**

〈最初の半分は、送るつもりがなかったものだ〉

〈いや、つもりはあるはずだ。「ただ、ぼくは慣れていない」なんて言葉は「ぼくたちは話し合う必要がある」と同じくらい悪い〉

〈悪かった、悪かった〉

〈オリヴァー!!!〉

〈ただ、ぼくは慣れていない。つまり人生で仕事と同じくらい重要なものを持つことには〉

ぼくは入力した。〈このフェイクのボーイフレンド計画を本当に真剣にとらえているんだな?〉だけど、それを送る勇気はなかった。代わりにこう送った。〈きみの無限にある、ほかの交際については?〉

〈そういうのは違うものだった〉ぼくがまだ親指でスワイプしているところへまたメッセージ。〈ところで、明日、ランチを一緒にとりたいんだが〉

またしても、こっちが返事をするよりも早くオリヴァーから。〈つまり、賛成してもらえればの話だ〉

〈この計画の目的はきみにとって肯定的な評判を生むことだとよくわかっている〉

〈それはぼくたちが人前で姿を見られないと不可能だ〉

〈だからランチをとろう〉

〈前に提案したように〉

〈別のメッセージで〉

それじゃ、オリヴァーはパニックを起こしているんだな。

パニックを起こすことなら世界レベルのぼくだから、パニックに駆られたというサインを読み取るのはお手の物だ。できることはいくらでもあった。オリヴァーをからかってもいいし、プレッシャーをかけてもよかったし、怒らせてもかまわなかった。でも、そのときはどれも正しいことに思えなかった。だから……そんなことはやめた。

〈それはすてきだ〉と返信した。**〈でも、訴訟のほうはどうなんだ？〉**

〈きみが親切にも何か買ってきてくれたらいいんだが。ラップ（トルティーヤで巻いたサンドイッチ）か何かを。ベンチで食べられるだろう〉

〈ちゃんと仕事をしたら、ポテトチップスも一袋買っていってやるよ〉

〈ありがたいが、それはいらない〉間があった。〈からかっているんだな？〉

〈明日になればわかるさ〉

〈グラッドストン像のところで一時に会おう。どこか雰囲気がよくて写真に撮られそうな場所へ行こう〉

まったく、オリヴァーときたら……思慮深い奴だ。最後のメッセージのあとは何も送られてこなかったから、ぼくは抱えた両膝に顎をつけてソファに座っていたが、頭の中では休むことなく考えが駆け巡っていた。何を考えているか自分でもわからなかった頭の中の奇妙なスペースに、その考えが生まれてきた。その後、酷暑の日に降る霧雨のように穏やかな気持ちになった。

うわあ、ぼくはランチデートをするんだ。法廷弁護士と。フェイクのランチデートには違いない。でも、本物の法廷弁護士となんだ。

ふいに、仕事がそれほどくだらないものに思えなくなった。

フラットはそれほどひどいものに思えなくなった。

そしてぼくはそれほど空虚に感じなくなった。

ふたたびスマートフォンをつかむと、ワッツアップのグループへ飛んだ。今は「オール・アバウト・ザット・エース（メーガン・トレイナーの曲、『オール・アバウト・ザット・ベース』のもじり）」という名になっていたグループに、助けを求めるメッセージをすばやく送った。〈あまりにも長く、大人らしい行動をとらないできたよ。ぼくのフラットは住める状態じゃない。フェイクのボーイフレンドはビビっていた。〈ルーク、タスケテ！〉

最初に反応したのはプリヤだった。〈ルーク、あんたって何かしてほしいときしか

メッセージをよこさないよね？〉

ブリジットのメッセージが続いた。〈助けに行くわ。いつ、どこに行ったらいいか言って。フェイクのボーイフレンドはどう？？？？？〉

しまった。友達みんなにしゃべり回らないというのは、もはやこれまでだ。もしかしたら、この計画についてはとにかく絶対に決してしゃべらないでくれと頼めるかもしれない。そういうことわざがあったよな？　三人のうちで二人がうんと努力すれば、秘密は守れるとかいう奴だ。（本来は「三人のうち二人が死んでいれば、秘密は守れる」）

〈ぼくのフラットにこの週末に来てくれ。ピザをおごるよ。ぶっちゃけ、ピザのせいで事態は悪化しそうだけど〉

〈ピザなんか絶対に頼んじゃだめ！〉どういうわけか、ジェームズ・ロイス・ロイスはメッセージでも女性っぽい口調だった。〈大規模なチェーン店はナチスが経営しているのよ。それにピザなんか最悪。ピクニック向けの料理を作って持っていくからね〉

〈お片づけパーティー！！！！！〉大文字だけのメッセージの主はもちろん、ブリジットだ。二〇〇二年からキャプスロックをオンにしたままなんだろう。〈すごくわくわくしちゃう！！！！！　フェイクのボーイフレンドとはどうなの？？？？？〉

　プリヤのメッセージ。〈目的はあたしじゃなくて、あたしのトラックでしょ、違う？〉

〈賭けてもいいが〉そう書かずにはいられなかった。〈きみはどの女の子にもそんなことを言ってるだろ〉

〈フェイクのボーイフレンドとはどうなのよ？？？？？〉

〈どの女の子にも言うのは、お目当てはあたしのナイスボディでしょ、ってこと。ファックしたい？〉

〈ルーク、オリヴァーとはどうなのか、尋ね続けるからね。答えてくれるか、わたしの親指が取れちゃうかするまで〉

　ブリジットが気の毒になった。というか、ほかのみんなのことも〈最高だよ。ぼくたちは結婚する。フラットの片づけが必要なのはなぜだと思うんだ？〉

〈皮肉を言ってるから、あなたは彼にひそかに好意を持ってるのね！！！　土曜日に会うのが待ち遠しいわ！！！〉

　そこから会話はほかの話題に移り、ぼくは充分と思われるほど長い時間、ワッツアップのグループに参加した。プリヤがどう言おうと、何かをしてほしいときだけ友人と話すわけじゃないことを証明するために。それから、何かをしてほしいときだけ友人と話すわけじゃないことを証明したいがためだけに、参加しているんじゃないことを証明するため、さらに時間をかけた。そのあと、もっと長く参加した。プリヤが正しくて、ぼくがいい人間じゃなかったことを理解していたからだ。それに、楽しかった。友人たちからどれほど遠ざかっていたかに気づいていなかったのだろう。彼らはどっちみち、いつでもぼくのもとへ来てくれたから。でも、ぼくは距離を置いていたのだ。そんなことはすべきじゃなかった。

22

グラッドストン像近くのベンチでランチをとるぼくとオリヴァーの写真は、大見出しで報道されはしなかった——「サンドイッチを食べる二人の男」は「二流有名人、別の二流有名人に嘔吐（おうと）する」ほど注意を引かないだろう——けれども、新聞に載ることは載った。すてきなボーイフレンドがいることを見せびらかしているぼくの写真はたいして晴れがましいものではなかった。金曜日にも一緒にランチをとり、注目を浴びることはあまり期待しなかったが、とにかく二人の姿を世間に見せ続けるべきだとぼくたちは感じていた。それに、なんていうか、ぼくは、えーと、気に入っていたんだ。えーと、つまり、彼と会うことが。まあ、そういったところだ。たしかに、この関係は長くは続かない。オリヴァーの両親の記念日のあとは慎重に時間を置いて、ぼくたちは別々の道を行くことになるし、その後は二度と口をきく必要もないのだから。でも、たぶん、それは……いいことじゃないかな？　すべて芝居にすぎないつき合いはあまりプレッシャーがかからないものだとわかったからだ。それに今のところ、見せかけの関係が終わったらどうするか、あまり真剣に考えなくてもいい。

土曜日がやってきた。ブリジットはフラットへ来て片づけるのが待ち遠しいと大文字のメッセージで請け合っていたが、朝の九時に彼女から電話が来たとき、ぼくはそれほど驚かなかった。

「ルーク」ブリジットはうめき声をあげた。「本当にごめんなさい。お片づけパーティに行くのを超楽しみにしていたのよ。でも、とても信じられないようなことが起こったの」

「何が起こったか話してみなよ」

「詳しく話すわけにはいかないんだけど、ほら、『ルミネラの妖精の剣』を知ってるでしょ？　ロバート・ケニントンの、七〇年代後半から続いている二十何冊かのファンタジー小説シリーズよ」

「彼は死んだんじゃなかったっけ？」

「ええ。二〇〇九年にね。でも、彼はリチャード・カヴァナーに創作メモを遺(のこ)して、カヴァナーはシリーズの最後の三冊を書くことになっていたの。だけど、それから最初の一作を、三冊の本に分けて出さなきゃならなくなって、残りの二作は四部作(クアッドリロジー)と四部作（テトラロジー）に分けることに――」

「どっちも四冊分にするってことじゃないのか？」

「専門的には違いがあるんだけど、今は詳しく話している時間がないわ。とにかく、要点はね、何もかもとてもうまくいっていたし、ネットフリックスが三巻目と七巻目と九巻目の契約の交渉に関心を示していて、うちの社では彼らに一巻目と二巻目と六巻目の契約を検討してもらうつもりで、たぶん契約してくれそうだったのよ。でも、今度はカヴァナーが亡くなってしまったの。そうしたらレイモンド・カーライルとロジャー・クレイボーンの二人ともが、カヴァナーは自分に著述を引き継いでもらいたがっていたと主張して、どちらも共著は拒んでいるのよ」

「へえ」ぼくは言った。「それは……複雑そうだな」

「そうなの。たぶん一日じゅう、電話会議に出ることになるわ。彼らの争いをなんとか丸く収めないと、間違いなくわたしはクビになっちゃう」

彼女に見えないとわかっていたから、ぼくは目をくるりと回した。「クビになることはないよ、ブリッジ。絶対に解雇されない。きみはこんなたわごとの解決にずっと対処させられているじゃないか。本当にすばらしい仕事をするからだよ」

長い間があった。「あなた、大丈夫？」

「元気だけど。なぜだい？」

「あなたがそんなふうにすてきなことを何か、いえ、とにかくいいことを言ったのがいつだったか、思い出せないもの」

きまり悪くなるくらい、時間をかけて考えてみた。「きみが新しいヘアスタイルにしたときだよ。キュートな前髪にしたときがあったじゃないか。とてもよく似合うと言ったんだ」

「それって三年前よ」

ぼくは息をのんだ。「まさか」

「ルーク、前髪があったのがいつかは覚えているわ」

「なんてこった」ぼくはソファの肘掛けに座り込んだ。「すまない」

「かまわないわよ。こういう話を貯めておけるから。あなたの結婚式でわたしが花婿付添人をするときのためにね」

「長い間、貯め込む羽目になるだろうな」

「だったら、うんと長いスピーチをすることになるわね。さて、もう行かなくちゃ。でも、その前にあなたがオリヴァーをどれくらい好きか教えて」

「別に」ぼくは言い張った。「オリヴァーとは何もない」

ブリジットはうれしそうなキイキイ声をあげた。「へえ、でも、彼がどんなに気取ってるかとか退屈だとかって文句を言わないわね。それって、計画どおりに進んでるってことよ。わ、急がなくちゃ。またね、ダーリン」

またねと返事する前に電話は切れていた。

二十分後、ジェームズ・ロイス・ロイス夫妻が現れ、ジェームズ・ロイス・ロイスは本物のピクニックバスケットを持っていた。

「あらら、ルーク」彼は困惑した顔であたりを見た。「こんなにひどいとは思わなかった。ここで食事しても安全だとは思えないわね」

「人は野原でも食事するだろう」指摘してやった。「牛がクソをするところじゃないか。ぼくのフラットにはクソをする牛なんかいない」

「ねえスイートピーちゃん、『褒め殺し』って言葉を知っている？」

「ぼくを手伝いに来たのか？　それとも、ばかにしに来たのか？」

ジェームズ・ロイス・ロイスは肩をすくめた。「両方とも試したいところね」

外でやかましい音が聞こえてプリヤと彼女の恋人（ガールフレンド）、それにピックアップトラックが到着したことを告げた。つまり、轟音の主はトラックということだ。プリヤのガールフレンドは別の意味でおっかない。まともな大人である点などすべてを含めて。

五人全員がリビングルームにぎゅうぎゅう詰めになり、この五年間の暮らしの残骸に囲まれたころ、ぼくはとてつもなく落ち込んでいた。

「まったく」どうしようもない、というしぐさをしてみせた。「これがぼくの暮らしだ。こんなものを見せるためにきみたちを招くんじゃなかったと思ってる」

「あのね」プリヤが言った。「いつものあたしなら、何か意地悪なことを言うところ。でも、今のあんたはほんとに哀れだから、意地悪を言っても満足できないと思う」

テレサという名だけど、ラング教授としかぼくには考えられない、プリヤの恋人が彼女のあばらを肘でつついた。「その言い方も意地悪なのよ、あなた」

「意地悪なときのあたしが好きなくせに」

ジェームズ・ロイス・ロイスが穏やかにみんなを静かにさせた。「スペースを空けたらいいのよ。でも、見てわかるけど、まるっきりスペースがないわね」

「そんなに悪くはありませんよ」ラング教授はソファのクッションを取り上げたが、たちまち下に置いた。「学生時代、わたしはここよりもひどいところに住んでいたわ」

「ルークは二十八歳よ」ああ、落ち込んでいるときにいつも力づけてくれるのはプリヤだな、まったく。

「そうね」驚いたことに、ラング教授はぼくにいたずらっぽくほほ笑んだ。「二十八歳のときのわたしを考えてみると、夫に嘘をついて自分のセクシュアリティを否定し、あらゆる問題は仕事が解決してくれるというふりをしていたわ。わたしは誰かを批判できる立場にないわね」

ぼくは彼女とプリヤをまじまじと見た。「プリヤが自分よりもろくでなしじゃない相手とどうやってくっついたのか、さっぱりわからない」

「あたしは悩める芸術家なのよ」プリヤは言い返した。「それにベッドではほんとにすごいし。さて、あんたが家と呼んでる、純粋に不潔なものの山にどうやって取り組んだらいいのかな？」

ばつが悪くなるほど長い沈黙が続いた。

すると、意外にもジェームズ・ロイス・ロイスが口を開いた。「捨てるものに優先順位をつけよう。リサイクルするものはあっちだ」彼はそれほどものがない部屋の隅を指差した。「ゴミはあっち」また別の隅を指す。「電化製品はあのテーブルの上に。それから、プリヤとルークとテレサはゴミを捨てに行って、ジェームズとぼくは皿を洗う。きみたちが戻ってくるまでには、汚れた衣類を洗濯するだけのスペースができているだろう。きれいな服は向こう」またしても場所を指し始める。「汚れた白地の服はあっち、汚れた色物はそっち。それからまた集まって、カウンタートップに取りかかろう」

ジェームズ・ロイス・ロイスには恐ろしいほど得意な仕事があることを、つかの間みんなが思い出した。

「ねえ」ジェームズ・ロイス・ロイスが夫の頬に大げさなキスをしながら言った。「彼って最高じゃない？」

ぼくたちは作業に取りかかり、なんとなんと、それははかどった。片づけのシステムを作ったことは大いに役立ったが、比喩的な意味でも実際上でも、ぼくがたくさんのものを捨てたためだった。そういったものをすべて手に取り、捨てるのがどんなにいいかと考えると、驚くほど消耗させられた。去年のクリスマスに食べたスナック菓子のトゥイグレッツの空き袋や、爪先に穴の開いた、ミスター・グランピー（絵本に出てくるキャラクター）の絵がついたソックスの片割れ。そういった、明らかにセンチメンタルな価値しかないものを、本当に捨てていいのかとプリヤが皮肉っぽく念を押し続けることは助けにならなかった。それから、恥ずかしいほどたくさんのがらくたをピックアップトラックに積み上げ、ゴミ捨て場へ持っていった。

自分がどんなに分別ある大人なのかを示そうと、きちんと分類されたリサイクル用の品物の山の写真をオリヴァーにもう少しで送りそうになった。分別のある大人だと示して、彼を驚かせたくてたまらないのだと悟った。セックスは論外だと、オリヴァーはひどくはっきり表明したけれど、少しはまともな暮らしをすれば、キスしてもいいと思うくらいにはぼくに好意を持ってくれるかもしれない。

だからって、そんなことを期待する権利も願う権利もないし、キスがどんなふうかと想像する権利もぼくにはなかった。ただ、こうして考えてしまった今、考えるのをすっかりやめたくはない。とんでもない危険信号だ。手に入らないものは求めない生き方をずっとしてきたし、だから、めちゃくちゃなフラットで孤独で悲惨な暮らしをしていたのだ。でも、違う生き方はもっと悪いものになるんじゃないかと相変わらず怖かった。

ぼくたちがゴミ捨て場から戻ったころ、洗濯機はおよそ二万七千枚はありそうな汚れ物の最初の一回をガンガン洗っており、ジェームズ・ロイス・ロイスはやっと見えるようになったリビングルームの床に赤と白のチェック柄のピクニックシートを広げていた。そこにはさまざまなごちそうが並んでいて、各自が取って食べるように清潔な皿さえあった。そんな皿を目にしたのは久しぶりだった。

みんな床にぐったりと腰を下ろし、ジェームズ・ロイス・ロイスが料理を紹介するのを少しじりじりしながら待った。シェフとはそういうものなのか、それともジェームズ・ロイス・ロイスがそういう性格なのかはよくわからなかったが、料理のすべてを説明しないうちに誰かが何か食べようとすると、腹を立てそうになるのだ。

「でね」彼はきっぱりと言った。「これはホット・ウォーター・クラスト・ペストリーを使った伝統的なポークパイよ。プリヤには合わない料理でごめんなさいね。でも、ピクニックだから。ポークパイのないピクニックなんてあり得ないもの」

プリヤは彼に視線を向けた。「うん、そのとおりよ。毎年夏に、家族と公園へピクニックに行った魔法みたいな子ども時代をよく覚えてる。ママはロティ（クレープのようなパン）やサモサ、ライタ（インド風ヨーグルトサラダ）や、家族の誰も食べられなかったパイを作ったものよ。そして家に帰ると、隣のユダヤ人の家族にパイをあげるの。彼らが次のピクニックに持っていけるようにね」

「ごめんね、ダーリン。あなたの文化に無神経だったと思う。でもね、おいしいキッシュをあなたに作ってきたのよ」

「うわあ」プリヤの顔が明るくなった。「ブロッコリーとヤギのチーズが入った奴？」

「飴色になるまで炒めたレッド・オニオンとクリーム、スティルトンチーズ入りよ」

「オーケイ、それで納得。あんたたちはパイを食べなさいよ、異教徒のみなさん」

「それからね」ジェームズ・ロイス・ロイスは典型的な儀式めいたものを続けた。

「バターミルク・ドレッシングをかけたケールのウォルドルフサラダ、自家製ディップ数種、それにテレサ、この間あなたが大いに気に入ってくれたフムスもあるわよ。自家製のパンが何種類かと、もちろん、さまざまな国産チーズも。そして締めくくりには一人一人に、メイソンジャー入りのラズベリーフール。あ、心配しないでね、ルーク。スプーンは持ってきたから」

プリヤはソファの後ろから保冷ボックスを引っ張り出した。「で、あたしはビールを持ってきた」ロイス・ロイス風に説明してみせる。「これはボトル入りの、贅沢なホップをベースにした飲み物よ」

「あなたが何をしているかはわかるわよ」ジェームズ・ロイス・ロイスは黒縁のヒップスター風の眼鏡越しににらむ真似をした。「わたしはもう文化について不始末をしちゃったけど、いつも不思議に思ってるのよね。あなたはアルコールが大丈夫なのに、なぜ、豚肉はだめなのかって」

「長い答えと短い答えのどっちがいい？」

「短い答えは？」

「クソ食らえ、ジェームズ」プリヤはにやりと笑った。

「で」彼は慎重に尋ねた。「長い答えは？」

「あんたが気づいてないといけないから言うけど、あたしはあんまりいいイスラム教徒じゃないの。女とヤルし、酒は飲むし、神を信じてない。でも、豚肉を食べずに育ったから、今でも変な感じがするのよ。一日じゅう、自分のクソの中で転げ回ってる動物を食べるのはね」

「本当のところ、豚はとても清潔な動物よ」

「ふうん」プリヤは肩をすくめた。「だからって、豚肉は食べない」

ジェームズ・ロイス・ロイスがその性格を発揮した、やりすぎというほどのピクニック料理をみんなが平らげようとする間、短いけれども穏やかな時間が流れた。

やがてテレサ——残りの人たちよりも明らかにいいマナーを身に着けていた——が言った。「プリヤから聞いたんだけれど、新しいボーイフレンドができたそうね、ルーク。その方もいらっしゃるの？」

「彼は仕事があって」ぼくはちょっと恥ずかしく思いながら、ジェームズ・ロイス・ロイスのおいしい自家製パンのくずを払いのけた。「法廷弁護士なんだ」

「ご専門は何かしら？」

しまった、質問に対する準備はしていなかった。「あー……犯罪がどうとか？　犯罪者の弁護とかそういったことだけど」

「とても立派なのね。刑法のほうに進んだ大学時代の友人がいるけれど、彼は最近、コンサルタント業に転職したのよ。弁護士の仕事はとても消耗させられるし、とりたてて儲(もう)かるものでもないことはわかるわ」

「とにかく、オリヴァーは仕事に大変な情熱を持っているんだ。ほかの仕事をしたがるとは想像もつかない」

テレサはしばらく考えているふうだった。「だったら、彼はラッキーね。もっとも、わたしの経験では、自分を幸せにしてくれるものが一つとは限らないけれど」

「それって」プリヤが言った。「3Pをやりたいっていう、あんたなりの言い方?」

テレサは皮肉な微笑をプリヤに向けた。「そのとおり。まだ少しコンスタンティノープル包囲戦みたいに見えるフラットでのピクニックで、あなたの友人たちの前でというのは、まさにそんな会話のためにわたしが選ぶ状況ね」

「言い方からすると、たぶんひどいものなんだろうが」ぼくは異教徒向けというパイをもう一切れ取った。「コンスタンティノープル包囲戦というものがどんなふうに見えたのか、よくわからない」

テレサはまたしても考え深げな顔つきになった。学問の世界では、考え深いという態度が定番なんだろう。「公平に言えば、どの包囲戦をあなたが指しているかによるけれど、わたしが考えているのは一二〇四年のものよ。ほかの包囲戦なら、ぼくはひどく傷つくだろうから」

「ああ、よかった」

そこから会話は、第四回十字軍遠征中のコンスタンティノープルでの略奪に関するかなり洗練された描写（テレサの話）や、十字軍が来たときにぼくがストライプ柄のパンツを穿くか穿かないかに関するかなり子どもっぽい意見（みんなの話）といった話題が交じったものへとレベルが落ちていった。ぼくは実際的なほかの話題にみんなを導こうとしてもよかったが、友人たちの性格を知っていたから、それもパンツの話並みにひどいものになるはずだった。だから、十字軍に対抗するのにいちばん役立つのは洗濯物にあったぼくの下着のどれかを彼らが突き止めようとしていた間、いつの間にかこそこそとスマートフォンをチェックしていた。フラットからトラックへ、トラックからゴミ捨て場へとぼくがゴミ袋やがらくたを引きずっていた間に、オリヴァーからのメッセージを見逃していたことがわかった。

彼は俳優のリチャード・チェンバレンの写真を送ってきていた。

〈すてきなディックだ〉ぼくは返信した。

「あらあら、ルーク」ジェームズ・ロイス・ロイスが叫んだ。「口元、どうしたの？」

ぼくはぎょっとして目を上げた。「顔にフムスがついてるなら、そう言ってくれ」

「それよりももっと悪いわ。あなた、にこにこしているじゃない」

「ぼ、ぼくが？」

「スマートフォンに向かって」

落ち着かなくなるほどの熱さを覚え、みんながこっちを見ている様子からすると、ぼくは赤くなっているに違いない。「ネットでおもしろいものを見てたんだよ」

「ワオ」プリヤがとっておきの皮肉な顔つきをしてみせた。ぼくがとんでもない間抜けになったときだけに見せる顔だ。「Aプラスの評価がもらえる嘘ね。具体的な話をして、相手を納得させようとしてる」

「猫の写真なんだ。猫が何かを……怖がってる写真だよ」

「キュウリでも怖がってるんでしょ。いつもキュウリを怖がるのよ。それに、猫が理由の笑顔じゃないわね。〝好きな人から甘いメッセージをもらったぞ〟って笑顔よ」

降参して両手を上げた。「いいだろう。オリヴァーがディックの写真を送ってきたんだよ、わかった？」

長い沈黙があった。

「えーと」ジェームズ・ロイス・ロイスが深々と息を吸った。「わたしは隣にいる男性と同じくらい、すてきなアレは大好きよ。でも、普段は涙でかすんだ目でアレを見たりしないわね」

どういうわけかばつが悪くなって、ぼくはスマートフォンを振り回し、茶色のベルベットのコートに身を包み、ガラスの靴を持っている、若いころのリチャード・チェンバレン（チェンバレンは『シンデレラ』の映画で王子役を演じた）の写真を見せた。「これは……なんというか……ぼくたちがやり取りしてるジョークなんだ」

突然、やや困惑した様子で見ていたテレサ以外の全員がスマートフォンを取り出した。そしてぼくのスマートフォンにはワッツアップのグループからのメッセージがあることを知らせる通知が来た。グループ名はたった今、「ドント・ルーク・バック・イン・アンガー（ルークを怒らないで）」（英国のバンド、〈オアシス〉の曲、『ドント・ルック・バック・イン・アンガー（過ぎたことに怒らないで）』のもじり）に変わったところだった。

〈ブリジット、あんたに話すとっても重要なことがあるの。ルークとオリヴァーはそりゃもうラブラブなの〉

〈ぼくたちはそんなんじゃない！〉

〈オリヴァーがディックの写真を送ってきて、ルークはそれを見て、にやにやしてた〉

〈オリヴァーはそんなことしそうにないのに、どういうこと！！！！〉

〈リチャード・チェンバレンの写真だよ〉

〈それって、ルークたちだけのジョークがあるってこと。二人は八月に結婚よ〉

〈イエーーーーーイ〉

〈誰も誰とも結婚しない。リチャードと呼ばれる男についての友人同士のちょっとした冗談なんだ。それ以外のものじゃないよ〉

〈リチャードとかいう男の人のことでめちゃくちゃ混乱してるんだけど〉

〈ディックの写真についての駄洒落よ。いかにもルークってレベル〉

〈うわあ、なんてこと。すっごくステーキー。ルーク、彼に今すぐ男性器（ディック）の写真を送って〉

〈友達に言われたからって、ボーイフレンドに自分のアレだのリチャードという名の有名人の写真だのは送らないよ〉

〈キャー！　あなた、彼をボーイフレンドと呼んでるのね！！！〉

〈あ、もう行かなきゃ〉

〈わたしの作家の一人がワイオミング州に告訴されたの〉

〈それにあたしのガールフレンドがここにいて、あたしたちは彼女を無視しちゃって

るんだけど、すごく礼儀正しい人だから、そう言わないの〉

基本的にどんなことについてでも、友人たちにからかわれるのには――それがぼくたちのつき合い方だった――慣れていたが、その日の午後、彼らはサバイバル・バンカー（生き残るための地下壕）に爆弾を落とすほどの攻撃をした。明らかに、ぼくが本当に誰かに興味を示しているという考えがとても目新しかったことが、いつまでも尽きないジョークやからかいや、冷やかしの種になったのだ。なぜか、ぼくは完全に無防備で、口ごもったり顔を赤くしたりという状態になってしまった。かつては無関心という鎧（よろい）が、からかいの言葉なんかすべて跳ね返していたはずなのに。

長い間、傷つかないふりをしてきたから、そんな状態に慣れるまでちょっと時間がかかった。でも、友人たちがぼくのことでうれしそうだったのははっきりとわかったし、うれしいとぼくに認めさせようとしているのは見え見えだったから、そのことでひどい態度など取れなかった。だから、彼らはぼくのことを笑い、ぼくもそれを受け入れた……ちっとも嫌な感じじゃなかった。

23

翌日、きれいに片づいたフラットで目を覚まし、恐ろしく妙な感じがした。なんだか引っ越したような気がした——何があるのかも、何がどこにあるのかもわからず、マイルズが出ていってから意識していなかった空虚感があった。だけど、なんとなくいいことが起こりそうな感じもあって、すごく新しい気分だった。

とても新鮮な感じで興奮していたから、いつものように〝あと五分だけ寝よう。あ、もう昼じゃないか〟ということもなく、ベッドから起き出した。ちゃんと着替えようかとさえ思ったけれど、いっぺんに大人らしい行動をとったらやりすぎになりそうだから、肩をすぼめてガウンを羽織るだけにした。でも、ベッドメイキングはした。オリヴァーならこうするだろうと思われるほどうまくはできなかったが、彼が見ても、困惑してこめかみをさすることはなさそうな程度に。

キッチンで、今やピカピカのカウンタートップに粉をこぼさないように、ごくごく慎重にコーヒーを淹れていたとき、スマートフォンが鳴った。

「もしもし（アロー）、ルーク、モン・カヌトン」母が言った。

「やあ、母さん。どうしたんだ？」

「ただ言いたかっただけよ。あなたがお父さんのことで努力したのを、どんなに誇りに思っているかって」

「ぼくは……」ため息をついた。「そうするのが正しい行動だと思ったんだ」

「もちろん、正しい行動だったわ。お父さんは癌にかかっているのだもの。でも、あなたが間違った行動をとりたいと思ったとしても、わたしは味方になったわ」

「味方にはなってくれるだろう。けど、誇りには思わないよね」

「あら、違うわ。それでも誇りに思ったでしょう。わたしの中のほんの小さな部分は、消えうせろとお父さんに言ってやる勇気があったらよかったと思っているのよ」

「母さんには、父さんに消えうせろと言ってる曲ばかりのアルバムがあるじゃないか」

「そうね。でも、あのころのお父さんは癌じゃなかったわ」

「とにかく――」ぼくは電話を耳と肩の間に挟んだまま、カフェティエール（ピストンがついたコーヒーポットの一種）を倒さないようにしながらピストンを押していたが、中身を入れすぎたらしく、てっぺんから噴き出してしまった。「これからどんなふうになるかはわからないよ。消えうせろと、やっぱり父さんに言うかもしれない」

「かまわないわ。でも、あなたに文句を言いたいこともあるのよ、モン・シェール」

ぼくは必死になって、ジェームズ・ロイス・ロイスが持ってきたキッチンペーパーの残りでカウンタートップを拭いた。「なぜだ？　ぼくが何かしたかな？」

「ボーイフレンドができたことを話してくれなかったじゃないの。さらに悪いのは、それをお父さんに話したことよ。あなたもわたしも知ってるじゃない。お父さんが完全な牡蠣（かき）みたいな愚か者だって」

「完全な何だって？」

「英語にはうまく訳せない表現なのよ。とにかく、問題はそこじゃないの。問題は、あなたがずっと隠していたから、わたしがとても動揺していることよ」

「隠すだなんて――」ちょっとこぼれたコーヒーを拭き取ろうと懸命になっているうち、カフェティエールを倒してしまった。ちくしょう。

「ボーイフレンドができたっていう、わたしに話すべき重要な情報があったのに、話してくれなかったのね。これが隠しごとじゃなくて何なの？」

「デートしてると話しただろう」

「ルーク、それはごまかしよ」

オーケイ、災難は二つだ。ぼくが嘘をついたと母さんが思っていることと、キッチンを早くも汚してしまったこと。とりあえずコーヒーはあきらめてリビングルームへ戻り、これ以上何もだめにしないようにソファに寝転がった。「いいかい、話さなかったことは悪かった。実は、もっと複雑なんだ」

「モン・デュー、彼が既婚者でも、間男でも、あなたが本当はストレートで女性とつき合っているのでも、かまわないわ——どっちみち、あなたを愛してる。たとえ、ストレートでもね」

「違う。違うよ、そんなんじゃないんだ」

「ちょっと待って、わかったわ。本当は誰ともつき合ってないんでしょう。ボーイフレンドのふりをしてくれって、どこかの気の毒な男の人を説得しただけなんじゃないの。孤独で哀れな奴だとみんなに思われるのにうんざりしたから」

「うーん」母さんの問題は、ぼくをあまりにも知りすぎていることだ。「実は、そうなんだ。そういうことだ。ただ、誰もぼくを孤独で哀れだとは思ってないけど。たまたま、誰かを連れていかなくちゃならない、重要な仕事上の催しがあるんだよ」

電話の向こうから大きなため息が聞こえた。「いったい何をしているの、モン・カヌトン？　これは常識的な行動じゃないわよ。たとえあなたの両親が八〇年代の、消えてしまったロックスターでもね」

「わかってるって。でも、どういうわけか予想もしなかったほど関係がうまくいっているんだ。頼むから、縁起の悪いことは言わないでくれよ」

「あらまあ、全部わたしのせいね。あなたを育てていたとき、わたしは恋愛の理想的な形を見せなかった。そうしたら今、あなたはフェイクの男とつき合うようになってしまったのよ」

「彼はフェイクの男じゃないよ」急に身を起こしたので、クッションがずれてソファから落ちかけた。「彼は本物の男だ」

「本物のゲイなの？　たぶんあなたは彼と恋に落ちて、それから彼が公爵と婚約中だとわかるのよ。で、彼を公爵から盗もうとしたら、公爵はあなたを殺そうとするの。そして彼は肺結核にかかって、あなたなんか愛していないと思い込ませようとするんだけれど、本当はあなたを愛していて――」

「母さん、それは『ムーラン・ルージュ』ってミュージカル映画の話だろ？」

「そういうことは起こるものなのよ。歌うことになるとは言ってないわ。でも、そのフェイクなゲイがあなたの心を傷つけないかと心配よ」

　ぼくは頭を抱えた。「〝ゲイ〟って名詞を言わないでくれないかな？」

「第一に、それを軽蔑語として使うつもりはないわ。名詞として使うつもりもない。これはわたしにとって、とてもつらいことなの」

「いいかな、母さん」そろそろ冷静そのものの理性的な口調で話してやる頃合いだった。「もっと前に母さんに説明しなかったことはすまなかったと思う。オリヴァーは本物の人間だし、ニコール・キッドマン（『ムーラン・ルージュ』の主演女優）じゃない。それにぼくたちは二カ月間、つき合っているふりをするという契約を交わしたんだ。どちらの人生ももっと生きやすくするためにね」

　長い間があった。「あなたがまた誰かに傷つけられないかと心配しているだけよ」

「ああ、そうだね。ぼくも長いこと、そんな心配をしていた。心配するほうが余計につらいよ」

　またしても長い沈黙が続いた。それから母は言った。「だったら、彼に会いたいわ」

「母さんはフェイクのボーイフレンドの話のどこを聞き逃したのかな？」

「聞き逃したところなどないわよ。とりわけ、予想もしなかったほど関係がうまくいっているとあなたが言ったときはね」

　ほら見ろ、自分で仕掛けた罠にはまってしまったじゃないか。「だけど、これは本物の関係じゃない」

「わたしは娘のころに作った、ほとんど覚えてもいない歌で請求書を払っている人間よ。本物なんてものにはあまり興味がないの」

生まれて二十八年経っているから、母と口論すれば必ず自分が負けることには気づいていた。「いいよ、あとで彼に訊いてみる。今は仕事中なんだ」

「カナダに住んでいる人なの？」

「いや、クラーケンウェルだよ」

母はフランス風に鼻を鳴らした。「とにかく会いに来てちょうだい。ジュディと『ル・ポールのドラァグ・レース』の新シーズンを見ようとしているところなの。わたしたちにドラァグクイーンのことを熱く語ってほしいわ」

「ぼくは……」ふたたびゆっくりと汚れていきつつあるフラットをちらっと見た。この分だと、オリヴァーがここを見るまでにはゴミ捨て場に逆戻りだろう。「今夜行くよ」

「ワーイ（イッピー）」

「母さん、〝イッピー〟なんて言う人はもういないよ」

「本当？　一九七四年の慣用表現集で読んだ言葉なのよ。とにかくジュディとわたしは今夜あなたたちに会うことになるのね。特製カレーを作るわ」

「作らないで」

遅かった。電話は切れていた。

その日の残りは何をするにも二倍の時間がかかった——今やフラットで何かする場合、そのあと片づけをしなければ、友人たちが苦労してやってくれたことが無駄になるからだ。しかも、ぼくがオリヴァーに対して点を稼ぐ機会もないうちに。母の家があるエプソムへ行く支度を始めたとき、ふたたびスマートフォンが鳴った。

「いきなり電話してすまない」オリヴァーが言った。

一人きりなのを喜んだ。ああだこうだ言われずに、ばかみたいににやついてもかまわなかったから。「へえ、きみは普段、電話の予約をするのか？　前もって電話するとか？　こんなふうに言うのかな。『もしもし、オリヴァーだけど。きみに電話をかけたのは、これからきみに電話すると伝えるためだ』」

わずかな間があった。「それがどんなにばかげて聞こえるか、考えなかったよ。今気づいたんだが、ぼくは今週末、仕事をすると話したから、きみの予定はふさがっているかもしれないな。それを尊重したいと思うよ」

「〝それを尊重したいと思う〟というのは、まさしくきみのセックス動画にぴったりのタイトルだな」

「そうだな」彼は小声で言った。「もっとひどいタイトルも思いつくが」

「思いつけるのか？　本当に？　ぼくには思いつかないけど」

「聖ウィニフレッド小学校合唱団の提供による『おばあちゃんのような人はいない』（一九八〇年代のヒットソング）というのは？」

口をあんぐり開けた。「きみってヤバい奴だよ」

「すまなかった。ただ、ぼくの言い分が正しいことを証明しようとしただけだ」

「あの歌がきみのせいで台なしになったと言いたいけど、歌そのものがすでに損なわれているね」

「ルシアン」ふいにオリヴァーはひどくまじめな口調になり、悪いニュースを伝えると書かれたメッセージの件から教訓をもう学んでいたが、ぼくは少し吐き気を覚えた。「電話をかけたのは、訴訟についてできるかぎりの仕事はすべて終えたからだ。それで、ぼくは……ぼくは今夜きみに会いたい。もしも……きみが賛成してくれるなら」

心臓が止まって死にそうになった。「勘弁してくれよ、オリヴァー。そんな口調で話さないでほしいな。誰かをふる場合か、猫が死んだと飼い主に告げる場合以外はね。それに、こう言っただろう……『きみが賛成してくれるなら』って」

「ぼくは動揺していたんだ」

「きみの次のセックス動画用のタイトルだ」

「『きみが賛成してくれるなら』、または『ぼくは動揺していた』かな？」

「両方だ」

「きみはとても忙しいということか？　金曜に会ったし、少なくともあと一週間は新聞もきみを取り上げるのにうんざりしているだろう……すまなかった。もっときちんと計画を立てるべきだったよ。それと、頼むから今の台詞をぼくのセックス動画第三弾のタイトルにしようなんて言わないでくれ」

　オリヴァーの架空のセックス動画については、いくらでもからかえただろう。だけど、そもそもぼくに会いたいとは。それって……完璧じゃないか？　「ぼ……ぼくは違うよ……そんなんじゃなくて……」おっと。危うく口を滑らせるところだった。母と彼女の親友とスパニエルたちと『ドラァグ・レース』の古いエピソードなんか見るよりも、オリヴァーに会うほうがいいと。考えてみると、彼の言葉はぼくが頭の中で組み立てたものほどすばらしいお世辞でもなかった。でも、そんなことは言えない。

「たまたまなんだけど、今夜会いに行くって母さんに言ってしまったんだ」

「はっきりと知らせておきたいが、ぼくは道徳的な道を行きたいから、こんなことは提案しない。『たまたまなんだけど、今夜会いに行くって母さんに言ってしまった』というのを、きみのセックス動画のタイトルにすべきだとはね」

「ああ、絶対にあり得ない」ぼくは抗議した。「ジョークを言わないふりをしても無駄だぞ。どう考えたって、きみはジョークを言ってるじゃないか」

「もっともらしい否認だよ、ルシアン。もっともらしい否認だ」オリヴァーの声には笑いがこもっているのか？　「それはさておき、お母さんを訪ねるべきだ。きみにとってどんなに大切な人かはわかっている」

「ぼくは……つまり、きみが大丈夫なら……」助けてくれ。言葉が勝手に飛び出してきそうだ。止められそうにない。「来ないか？　きみがそうしたいならだけど。ぞっとするものだけどね。なにしろ母はすでにきみのことをニコール・キッドマンだと考えていて——わけは訊かないでくれ——カレーを作っているところで、そいつの作り方を母は知らないのに、知らないってことを認めようとしないし、母の親友は……その……実は、どう描写したらいいかもわからない女性なんだ。とにかく、一度話してくれたところでは、彼女のネグリジェを着た象を撃ち殺したことがあるらしい。で、ぼくが『あなたのネグリジェを着て、象は何をしていたのか？』と訊いたら、こう答えたんだ。『わたくしのテントに押し入ってきたのよ。ネグリジェが象の鼻にかかったんじゃないかしら』って」

「これからは途中で息をすることをお勧めするよ」

オリヴァーの言うとおりだった。ぼくは呼吸した。「とにかく、来なくても本当に
かまわないんだよ。母親に会うなんて、このフェイクの交際で時期尚早なのはたしかだからな」

「うーん、ぼくは来週、きみのお父さんに会う予定じゃなかったかな？」

「それは話が別だよ。ぼくは母を大切に思っているんだ」

「お母さんに会いたい。そのせいできみが気まずい思いをするのでなければ」

口を開いたが、何を言ったらいいかわからなかったから、結局は心を決めた。「いいよ、それなら」

すでに遅くなっていたので、オリヴァーの提案でウォータールー駅で待ち合わせすることになった。なんだか四〇年代の不出来なラブソングみたいな言い方だとぼくは言った。それから母にメッセージを送って、フェイクのボーイフレンドを連れていくことを知らせると、コートを引っかけてドアまで走り、あまり考えまいとした。ぼくがオリヴァーを母親に会わせたいと思ったわけを。

24

三十分後、ぼくはオリヴァーと列車の座席にいた。おかしな感じだった。問題は、地下鉄の二駅ほどの区間よりも長く誰かと公共の交通機関に乗っていると、必要性と社交の間の大きな溝に落ちるような気分になることだ。つまり、基本的には彼と顔を突き合わせて二人きりでいることになる。レストランでも同じくらい長くそんなことになるが、列車のほうがたちは悪い。まわりはもっと殺風景だし、全神経をそらすのに役立つ料理もないのだから。さらに悪いのは、うっかり「きみがいなくて寂しかったよ」とか「きみのためにフラットをきれいにしたんだ」なんて口走らないか不安だったことだ。

「あのさ」ぼくは言った。「訴訟のほうはどんな具合？」

「悪いが、その件は――」

「話せないってこと？」

「そのとおり」

どちらも黙り込み、相手にだけは視線を向けまいとした。

「それで――」オリヴァーは片脚をもう一方の脚に載せたものの、また下ろした際にぼくの膝にぶつけた。「きみの仕事は？　うまくいっているようだね？」

「実はそうなんだ。あまり基準を高くしなければね。ビートル・ドライブの会場がトゥーティング・ベックにある倉庫に変わったわけじゃない。少なくともこの二週間は火事も起きなかった。それにぼくの行いが悪かったせいで逃げてしまった寄付者の中には、戻ってきてくれそうな人もいる」

「計画がうまくいっているようでよかった。しかし、告白しなくてはならないが、この計画の根底にあるあれこれの前提を考えると、だんだん落ち着かなくなっている」

「ぼくの母親の家に向かう列車に乗っている途中で逃げ腰にならないほうがいいよ」

「そうではない。ただ、条件に合うからという理由で、きみのような人がぼくみたいな男とつき合うべきじゃないと思っているだけだ」

とうとうオリヴァーと目を合わせた。この目が冷たいだなんて、なぜ思ったんだろう？「ちゃんとわかってるよ。認めるけど、特にぼくが欲望をかきたてられるのは、嫌われている実に多くの性格的な欠点のせいですらないんだ。ぼくがときどき、お気軽なセックスに走ると思われているせいだ。皮肉だけど、そんな行動をとるのはもっと感情が落ち着いているときのほうが多い」

「きみがそんな状態でなければいいが」オリヴァーは何度かまばたきした。「つまり、マイナスになるようなセックスをしないといい。ぼくが知るかぎり、この関係がフェイクだとバレることにきみもぼくも反対だからだ」

「だから何だというんだ？　きみとフェイクのつき合いをしている間は、ほかの人とフェイクのセックスをしないでほしいと言うのか？」

「そうだな、その点についてはあまり考えていなかった。しかし、もしもつき合うなら、一夫一婦制がいい。そういうのが、そう、ぼくにとって大事なことだからだ。だから、ぼくとの交際という芝居をするつもりなら、ぼくとしかつき合わないという芝居をしてほしい。だからマスコミがきみを追っても、いつも同じ男といるネタしか手に入らないわけだ。それは——」オリヴァーは座席にもぐり込みたそうな表情だった。

「問題かな？」

「イエスと答えられたらいいと思うよ。なにしろぼくはやりたい放題だからな。だけど実際のところ、ぼくがセックスしていない理由には少し変化が生まれている」

「ずっと誰ともつき合っていなかったときみが言ったとき、それは、あー、何のつき合いもしていないという意味だと思った。つまり、皆無だったと……」

ぼくはまじまじと彼を見つめ、あえてその言葉の続きを言わせた。

「……ヤッていなかったと思っていたんだ。強いて言うなら」

笑わずにはいられなかった。まさに、〝強いて言うなら〟だ。「もうぼくが負け犬だとはきみも思わないだろう」

「きみを負け犬だと思っていないことは知っているだろう。しかし、わからないのは、なぜ、苦労しているのかということだ……つまり……」オリヴァーはまたしても言いにくそうに見えた。

「強いて言うなら？」

「こういったつき合いで」

きっと願ってもないチャンスだっただろう。信頼と誠実さと双方の理解に基づいた、より深くてより長続きする関係を築くには。オリヴァーにマイルズのことを話したかもしれない。明日なんてなかった、パーティ三昧の日々についても。そしてある日、目が覚めると、明日というものが確実に存在していることに気づくのだ。オリヴァーなら理解してくれるだろう。彼も経験してきた苦境だから。

「複雑な話だよ」でも、そんなふうに言った。

それ以上、オリヴァーは追及しなかった。無理に尋ねる人間じゃなかったからだ。ぼくは無理やり答えを言わされたいとすら思った——そうすれば、こんなことを乗り越えられそうだったから。でも、想像もつかないほど最悪の事態にもなるだろう。だから、残りの道中、二人とも押し黙っていた。なんとも楽しい時間だった。

エプソムの駅（グーグルによれば、設備不足のところ）が見えてきて、こんなにうれしかったことはなかった。いまいましいオイスターカード（ロンドン市内の公共交通機関で使われるICカード）さえも使えない、悲惨なほど不適切な駅に注意を向けて、フェイクのボーイフレンドと感情的に結びつくという、悲惨なほど不適切になりそうなことから気持ちをそらせるといい。列車を降り、野原を横切ってパッククルトループ・イン・ザ・ウォルドへ歩き始める。

太陽は沈みかけたところで、何もかも柔らかな金色に輝いていた。ぼくをからかっているようなロマンチックな雰囲気だ。オリヴァーはまたカジュアルな装いだった。前とは違う、しわのないジーンズに、気が散るほどすばらしいお尻が形よく包まれている。クリーム色のケーブル編みセーターのおかげで、SNSの「タンブラー」の〝マジで超ステキなニット姿の男〟と名づけられた見出しに属しているように見えた。

オリヴァーは踏み越し段に片足を置いて立ち止まった。ふざけるように風が彼の髪を乱し、一瞬、ぼくは腹が立った。このいまいましい雰囲気が、自分よりもフェイクのボーイフレンドのほうに大きな影響を与えていたからだ。「ずっと考えていたんだが」オリヴァーは言った。「ビートル・ドライブの前に、恋人同士としての行動にもう少し磨きをかけるべきだ」

「え、何だって?」ぼくは見つめてなどいなかった……そう何も。とりわけジーンズの股部分など、断じて見てはいない。しかし、だ。あの踏み越し段が悪い。オリヴァーは踏み越し段に片足をかけたままだ。この国のどんな陪審も、ぼくに有罪は宣告しないだろう。

「きみを失望させたくないし、それに……ルシアン、ぼくの目を見てくれ」

「だったら、やめてくれよ……ぼくの顔の前にきみの……ジーンズを見せつけるのは」

彼は踏み越し段から足を下ろした。「二人だけでいるときはうまくやれるんだが、ほかの人もいる場合について練習しておくべきだ」

「それって――」いたずらっぽい目で彼を見てやった。「ぼくともっといたいという、きみなりの言い方かな?」

「違う。きみともっといたいというぼくなりの言い方は、今日の早い時間に電話をかけて、一緒に時間を過ごせないかと訊いたときのようなものだ」

「ああ、わかった。そうだな」何か心を打たれるものがあった。「ちょっと待ってくれ。ぼくともっといたいと思ってると、言っているのか？」

「迫真性を持たせるためだと主張したら、信じてくれるかな？」

「かもしれない。ぼくの自己評価はとても低いからね」

これでもかとばかりにじろじろ見られていることを意識したらしく、オリヴァーは照れくさそうに踏み越し段を乗り越え、向こう側で待った。ぼくはあとから踏み越し段を越え、差し出された彼の手を深く考えもせずに取って向こうへ下りた。

「もちろん、きみといたいと思っているよ」まだ手を握ったままオリヴァーは言った。「二週間後のジェニファーの三十歳の誕生日に、ぼくの交際相手として来てほしい」

母の家に向かっていた。引っ込められるといけないから、ぼくは手を握っていることには触れなかった。

「ジェニファーって、誰？」

「大学のころからの古い友人だ。彼女と夫は何人かをディナーに招くつもりでいる」

疑いを込めた視線をオリヴァーに向けた。「それって、ストレートの友人か？」

「友人をセクシュアリティによって分類しないことにしている」

「きみにはストレートの友人しかいないのかな？」

「トムを知っているじゃないか。それに……きみもいる」

「トムは勘定に入らないよ。つまり、バイセクシュアルだからってことではない。はら、ブリジットとつき合っているからだ。つまり、女性とつき合っているから、あまりバイセクシュアルではないと言ってるんじゃないよ。ただ、トムはきみの友人じゃないと言ってるんだ。ブリジットが友人だよ。それに、ぼくはきみがつき合ってるふりをしているだけの、どこの馬の骨とも知れない人間だ。だから、ぼくも勘定に入らないに決まっている」

　オリヴァーはすてきな感じに風で乱れた髪を撫でつけた。「友人たちは、たまたまぼくの友人になった人というだけのことだ。世の中にはストレートの人が大勢いる。そのうちの何人かにぼくは好意を持っている」

「うわあ」ぞっとするという目でオリヴァーを見てやった。「なんていうかさ、きみは村外れで迷子になって、ゴリラに育てられることになった豚に関するドキュメンタリーみたいだな」

「そ……それは侮辱だと思うが」

「豚はキュートじゃないか」

「というより、それはぼくの選択について、きみが異議を唱えているってことじゃないか。誰と寝るのか、あるいは寝ないのかという点だけに基づいて友人を選んでいないことに反対なんだろう」

「だけど、彼らはあまり……きみを理解していないだろ？」

「ルシアン、たいていの場合、きみだってぼくを理解していない」ぼくの手を握る彼の指が落ち着きなく動く。「試したことはあるんだ……コミュニティとやらをね。だが、大学でＬＧＢＴＱ＋――まあ、当時はＬＧＢだったが、その親睦会へ行ったとき、そこにいた人たちとは性的指向以外に何も自分と共通点がないと気づいて、そのあとは二度と行かなかった」

　ぼくは半笑いしていた。話がおもしろかったからではなく、自分の経験とあまりにも無縁のものだったからだ。「自分のコミュニティへ行ったとき、ぼくは故郷へ帰ったように感じたよ」

「きみにとってはよかった。しかし、ぼくは違う選択をしたんだ。ぼくが選んだ友人たちを間違いだったと思わないでほしい」

　正直言って、ピンとこない話だった。でも、オリヴァーを動揺させたくもなかった――それに彼を理解していないと言われたことに、まだ少し傷ついてもいた。まあ、理解していなかっただろう。だけど、理解したかったんだ。

ぼくはオリヴァーの手をぎゅっと握った。「悪かった。ストレートの人々のパーティに喜んで一緒に行くよ」

「ありがとう」オリヴァーの唇がゆがんだ。「ちょっとした助言をさせてくれ。ストレートの人々のパーティに出る場合、それをストレートの人々のパーティと呼ばないほうがいい」

ぼくは舌打ちした。「まったく、ポリティカル・コレクトネスもそこまで行くかね」

さらに二つの野原を通り抜け——さっき通った野原を含めて——合計三つの野原を過ぎると、スリー・フィールズ通りに出る。

「もう少しだ」ぼくは曲がりくねった小道を指差した。「大通りはあの先だ。母の家はそこの角を曲がってすぐだよ」

オリヴァーが出した音はしゃっくりではなかったが、そんな印象を与えるものだった。

「大丈夫か?」ぼくは訊いた。

「ぼくは……ぼくは……少し怯えているらしい」

「当然だ。母のカレーときたら……うわ、しまった。きみがベジタリアンだと伝えなかったよ」

「大丈夫だ。例外を作るから」

「例外なんか作っちゃだめだ。それどころか、できれば、ぼくが肉を食べることもきみが望まないというふりをしてくれないか。ぼくの胃腸に大きな恩恵を与えてくれることになる」

「息子の食生活を規制する男という印象をお母さんに与えたら、好ましく思われそうにないな」

ちょっと考えた。「そう思われるリスクを取りたいところだけど」

「ぼくはあまり取りたくない」

「きみは――」オリヴァーをちらっと見やった。「母に会うことが本当に不安なのか？」

オリヴァーの手は少し汗ばんでいた。「もしも、お母さんに好意を持たれなかったらどうする？　ぼくがきみにふさわしくないと思われるかもしれない」

「そうだな、三歳の子どもと二人きりにしてぼくから去るのじゃなければ、父が母にした仕打ちよりもはるかにましだってことだ。だから、それほど失うものはないよ」

「ルシアン」オリヴァーはまたしても不安そうに、しゃっくりめいた音を出した。

「ぼくはまじめに言ってるんだ」

「ぼくだってまじめだよ」立ち止まってオリヴァーに顔を向けた。

「いいか、きみは……こんなことを言わせるなんて考えられないよ。とにかく、きみはすばらしい。頭がよくて思いやりがあってホットで、サイコーのオックスフォード大なんかに行ったし、サイコーの弁護士だ。きみは肺結核で死にかけてるわけじゃないし、公爵と約束したわけでもないし――意味は尋ねないでくれ――それに……ぼくに優しくしてくれる。そういうすべてが母にとっては重要なことなんだ」

オリヴァーはしばらくぼくを凝視していた。何を考えているのかはわからなかったけれど、ふいにぼくは混乱状態になってしまった。口はカラカラになり、脈は激しく打っていて、その瞬間、この世でのただ一つの願いはオリヴァーに――。

「さあ行こう」オリヴァーは言った。「遅くなってしまう」

25

鍵穴に鍵を差し込もうとしたとき、玄関のドアがいきなり開いた。母がドアの後ろに隠れていて、ステンドグラスのはめこみ窓から道路を見張っていたかのように。なんだかストーカーみたいだ。

「ルーク、モン・カヌトン」母は声をあげた。そしてまるで毒ヘビのように、注意をオリヴァーに向けた。「あなたがフェイクのボーイフレンドに違いないわね」

ぼくはため息をついた。「こちらはオリヴァーだよ、母さん。オリヴァー、こちらが母だ」

「お会いできて大変うれしいです、ミズ・オドネル」ほかの人がこう言ったら堅苦しく聞こえただろう。オリヴァーの場合は、いかにも彼らしい話し方だというだけだ。

「どうかオディールと呼んで。あなたなら大歓迎よ」

オーケイ。うまくいきそうじゃないか。

「でも」母が続けた。「わたしのために、はっきりしてほしいことがあるの」

いや、もしかしたらうまくいかないかも。

「ルークの話によれば、あなたはフェイクのボーイフレンドだそうだけれど、フェイクのゲイではないそうね。もしもそうなら、わたしの息子と本当につき合わないのはなぜかしら？　息子のどこが問題なの？」

「母さん」ぼくは玄関の階段で身もだえした。「何をしてるんだ？　オリヴァーのことを全然知らないくせに、ぼくとつき合えと脅すつもりかい」

「すてきな人じゃないの。清潔だし、背が高いし、すてきなセーターを着ているわ」

「まったくの見知らぬ男に、母さんがぼくを斡旋しようとするなんて信じられない。セーターが気に入ったからってさ。そいつはシリアルキラーかもしれないんだよ」

「ぼくは……ぼくは違います」オリヴァーが急いで言った。「念のために言ったわけですが」

母はぼくをにらんだ。「これは道理の問題よ。たとえシリアルキラーでも、彼はあなたとつき合いたいと思うべきなの」

「繰り返しますが」オリヴァーが言った。「ぼくはシリアルキラーではありません」

「それはわたしの質問への答えじゃないわね。つき合っているふりしかしたくないとあなたが思うのは、息子のどこに問題があるからなのかを知りたいのよ。ほら、この子を見て。かわいらしいでしょう。まあ、ちょっとだらしないし、鼻が少し大きすぎるけれど、鼻の大きな男の人についてどう言われているかはご存知（ぞんじ）よね」

オリヴァーは軽く咳払いした。「優秀なソムリエになれるということでは？」

「そのとおり（エグザクトウマン）。それにペニスが大きいということね」

「母さん」ぼくは感情を爆発させた。「ぼくは二十八歳だよ。男の前で恥ずかしい思いをさせないでくれ」

「わたしは恥ずかしくなんかないわ。いいことを言っているんだもの。あなたのペニスが大きいって言ったのよ。大きなペニスは誰でも大好きでしょう」

「やめてくれ。言うなよ。ペニスって」

「ただの言葉じゃないの、ルーク。そんなにイングランド人らしく振る舞わないで。もっとましな子に育てたはずよ」母はオリヴァーのほうを向いた。「ねえ、ルークの父親は巨大なペニスを持っていたのよ」

ぞっとしたことに、オリヴァーは考えるような顔つきになった。父親の性器の話を乗り越えてもらうなら、ボーイフレンドには望ましくない表情だ。「持っていた？　そのあと、何があったんですか？」

「さあ、知らないわ。でも、ドラッグのせいで縮んだか、グルーピーのヴァギナの中で押しつぶされてなくなったと考えたいところね」

「母さん」大声で文句を言った。学校の友達の前で母にハグされているみたいに。

「あらーっ、モン・シェール。恥ずかしい思いをさせてごめんなさいね」母はぼくの頬を軽く叩いた。気恥ずかしくなるほどに。それから、ぼくの面前で恥ずかしい思いをさせている男性に向き直った。「中に入ったほうがいいわ、オリヴァー」

母とオリヴァーのあとから玄関ホールに入った。そこは母にぴったりの広さで、ぼくと二人だとやや狭かった。母とぼく、オリヴァー、そして四匹のスパニエルが一緒だとあまりにも狭すぎた。犬たちはリビングルームから飛び出してきて、この家でもっとも新しい対象物として、オリヴァーのにおいを熱心に嗅ぎ始めたのだ。オリヴァーは犬の扱いがうまい人がとりそうな行動をとった。そういう人がしゃがむと、犬たちは全身をくねらせ、尻尾を振って耳をパタパタさせる。そんな光景は魅力的で、いかにも家庭的で、おまけにゲーッという感じだ。明らかにオリヴァーは将来、犬を欲しがるに違いない。だろう？　たぶん、保護施設から引き取るはずだ。その犬はきっと脚が三本しかないけど、オリヴァーは訓練して、四本脚の犬と同じくらいうまくフリスビーをキャッチできるようにさせるだろう。で、その犬を公園へ連れていってフリスビーを投げていると、超ホットな男がやってきて「やあ、いい犬だね。ぼくとファックしない？」と言う。するとオリヴァーは「いいよ。きみのお母さんなら、ぼくの前で『ペニス』なんて言葉を決して言わないだろうから」と言って、二人はチェルトナムにあるすてきな二戸建住宅へ行く。オリヴァーは毎朝フレンチトーストを作り、二人は手をつないで一緒に犬を散歩させ、意義深い会話をする。倫理とかについて――。

「ねえ、ちょっと」ジュディが怒鳴った。「そんなところでタラタラしないで。ルークの新しい男に会いたいのよ」

急いでリビングルームに入った。オリヴァーはぼくよりも上手にスパニエルたちを扱っている。というか、ぼくはそんなにうまくやれたためしがなかった。「きっとチャムレー・プファッフル男爵夫人ですね」オリヴァーはいつものように苦もなく礼儀正しさを示して言った。「お噂はかねがねうかがっております」

「そんなのナンセンス。ジュディと呼んで。それに、あなたについては何も聞いていないの。ルークはわたくしたちに話すまでのことはないと思っているみたいだから。そうよね、ルーク？」

ぼくはこれまでずっとやってきたようにソファに沈み込んだ。「フェイクのボーイフレンドのことを早く話さなくて悪かったな」

「あなたの負け。フェイクのボーイフレンドのことなら全部知ってますからね」

「本当に？」ぼくは警戒して尋ねた。「本当に知ってるのか？」

母――今世紀が始まって以来、三人ほどの人としか交流していない――は〝おもてなし〟とは〝つつくこと〟だと判断したらしかった。オリヴァーをぼくのほうへとつつく。「座ってね、オリヴァー。座って、楽にしてちょうだい」

「そうよ」ジュディは続けた。「一九五六年にカミングアウトした直後、わたくしは三カ月間、すてきなロシア人の男性と婚約しているふりをしていたの」

オリヴァーが恐る恐るぼくの隣に腰を下ろしたのと同時に、スパニエルが一斉に彼の膝に飛び乗ろうとした。正直言って、スパニエルたちを責めるわけにはいかない。

「チャールズ、カミラ」ジュディは指をパチンと鳴らした。「マイケル・オブ・ケント。下りて。気の毒な彼にかまわないの」

チャールズとカミラとマイケル・オブ・ケントは恥ずかしそうにこそこそと床に下り、オリヴァーの膝に残ったのはもっとおとなしいスパニエルが一匹だけになった。今はオリヴァーの肩に前脚を載せ、愛情を込めて鼻をぺろぺろなめながら、じっと目を見つめている。もしもぼくがあんな真似をしたら、オリヴァーはそれを意味のある行為にしたかったと言うだろう。

「彼は言ったのよ……」もし、犬たちを大暴れさせ続けたら、ジュディは何の逸話も話せなかったに違いない。「……彼がイングランドにとどまって貴族と交流する合法的な理由があると信じてもらえることがとても重要だろうと。ユージェニーはそばに置いてもかまわなくてよ。彼女はなかなかいい子なの。今考えてみると、彼はソ連国家保安委員会(KGB)にいたのかも」

「スパニエルが?」オリヴァーが訊いた。

「ウラジスラフよ。結局、彼はテムズ川から引っ張り出されることになったの。小口径の銃弾が頭に入った状態で。かわいそうに。ねえ、あなたはそんなところで働いているんじゃないわよね。ほら、たぶん、今はロシア連邦保安庁(FSB)とかになっているところで?」

「いいえ。しかし、FSBで働いていたら、ぼくはそう言いますよ」

「オリヴァーはFSBにいるんじゃないよ」ジュディが何か思いつく前にぼくは口を挟んだ。「KGBでもない。内務人民委員部(NKVD)でもない。スペクター(ジェームズ・ボンドの敵となる秘密組織)でもない。秘密結社のヒドラ(アメリカのコミックに出てくる架空のテロ組織)にいるんでもない。彼は法廷弁護士なんだ。それにすてきな人だ。もう、かまわないでくれ」

せわしなくキッチンとリビングルームを行ったり来たりしていた母が入り口から顔を出した。「わたしたちは興味を持っているだけよ」

「彼がスパイかどうかってことに？」

「全体的によ。彼はお客様でしょう。それに、あなたが男性をうちに連れてきたのは久しぶりだもの」

「そして」ぼくはぼやいた。「その理由を思い出し始めているよ」

オリヴァーはユージェニーの後ろから、ぼくたちをなだめるようなしぐさをした。

「本当に、快適ですよ。歓迎してくださって感謝します」

「あらまあ、彼、すばらしいマナーを身に着けているじゃないの」オリヴァーがそこにいないかのようにジュディが高らかに言った。「この人のほうがマイルズよりもいいわね。あの男は狡猾(こうかつ)な顔つきをしていたもの。わたくしの三番目の夫みたいに」

「マイルズ？」オリヴァーは軽い好奇心を込めた感じに首を傾げた。

まずい。厄介なことになりそうだ。ぼくがオリヴァーにはじめからもっと正直に話していれば、こんな羽目に陥ることは避けられただろう。道徳心がどうこうという話になりそうだ。

ジュディが椅子の肘掛けを拳で殴ったので、マイケル・オブ・ケントがびくっとした。「あの男は最初から悪党だった。もちろん、魅力的だったけれど、わたくしにはいつもわかっていた。彼はきっと――」

「ジュディ」母さんが助け船を出してくれた。いつものように……オーケイ、いつもじゃなくて、母さんが問題になってるわけじゃない、九十パーセントの場合のようにってことだけど。「みんなでここにいるのはわたしの特製カレーを食べて、『ドラァグ・レース』を見るためでしょう。あの男のことを話すためじゃないわ」

「だったら、お皿に盛ってよ、あなた。もう用意ができたはずよ」

「わたしの特製カレーは焦らせちゃいけないの」

「今朝、あなたが起きてからずっと、カレーはスロークッカーに入ってるでしょう。少しは焦らせないと、ガッチガチになるわよ」

母さんは降参とばかりに両手を上げた。「あの電気鍋はスロークッカーと呼ばれているの。遅い（スロー）ものなのよ。遅くなければ、速い（ファスト）クッカーと呼ばれているはず。または単にクッカーと」

オリヴァーはユージェニーを下ろして立ち上がった。

「お手伝いしましょうか？」

母とジュディは称賛するように彼をしげしげと見た。うわあ、オリヴァーは親とのつき合い方を心得ているじゃないか。さらに悪いことだけど、意図的な行動に違いない。

「ところで」ぼくは言った。「もっと早く言うべきだったけど、オリヴァーはベジタリアンなんだ」

オリヴァーは裏切られたと言わんばかりの表情でぼくを見た。母の前で悪く見せるためだけに、彼の道徳的な選択をぼくが尊重したみたいに。「心配しないでくれ。それは問題じゃないよ」

「もちろん、問題じゃないわ」母は〝わかるわ〟というしぐさをどうにかしてみせた。「キッチンで肉を取り除きましょう」

ジュディは首を横に振った。「ばかなことを言わないの、オディール。それはとても失礼よ。あなたがやるべきなのは野菜を取り出して、ほかのものと別に出すことでしょう」

「大丈夫ですから」オリヴァーは断言した。「そのどちらも必要ないですよ」

母はぼくのほうを向いた。「ほらね？　どうして、何でもないことに大騒ぎするのよ、ルーク？　恥ずかしいと思いなさい」

母はふたたび勢いよく部屋から出ていった。オリヴァーはぼくに向かって〝すまない"と口の形だけで言い、母のあとを追った。ぼくはユージェニーに "こっちに注意を向けて〟と誘うように手を差し出したが、労苦に対して得たものは、見下したような一瞥だけだった。ユージェニーはオリヴァーを追って部屋から飛び出していった。

まあ、いい。完璧なフェイクのボーイフレンドとキュートな犬は、キッチンで母と遊んでいればいいいんだ。その間、ぼくはリビングルームから抜け出すこともできず、何度も離婚した八十代半ばのジュディといるから。

「わたくしたちだけになったわね？」ジュディの目は伝えていた。〝これから長い逸話を話そうとしていたのだし、じたばたしても無駄よ〟と。「話していなかったわね。あの若い雄牛たちに何が起こったのかを？」

ぼくはかき集められるだけの寛大さを込めて降伏した。認めるけど、それほど寛大な気分でもなかった。「聞いてないよ。どんなふうだったんだ？」

「たいそう失望させられたわ。あの男の人に会いに行ったの。わたくしが手に入れられるような、すてきで大きくて健康な雄牛が二頭、いるものと期待してね。でも、そこへ着いてみると、すっかりだまされたとわかった」

「ふーん。よくあることだよ」

「そうなの。延々と歩いて放牧場まで行くと、彼は牛を引っ張り出してくれたけれど、率直に言って、標準に満たないものだった。期待していた大きさの半分ほどしかなくて。つまり、正直な話、どこか悪いところがあったと思うの。左側にいた牛には奇妙なこぶがあったし、右側の牛はもっとも不運な牛のリストに載ったわね」

「どうやら」ぼくは恐る恐る意見を言った。「その牛たちは放っておいたほうがよさそうだね」

「わたくしもまさにそう考えたの。もちろん、とにかく念のため、牛をざっと調べたのよ。しっかりと体を叩いてみたりとかしてね。でも、最後にこう告げないわけにはいかなかった。『いいえ、悪いけれど、あなたの奇妙な体つきをした雄牛たちを扱うつもりはありません』とね」

なんともほっとしたことに、母とオリヴァーとユージェニーがカレーとともに戻ってきた。賞を取った雄鶏（おんどり）に関心を向けさせるために男がどんなことをしたかと、ジュディが説明をする前に。オリヴァーはカレーが入った深皿をジュディに渡した。それから彼と母とぼくが三匹の特に賢くもない猿さながらに並んで座ると、ソファは重みでつぶれそうだった。

「これって、バナナが入ってるの？」ぼくは尋ね、夕食と呼ぶことがためらわれるものを不安な思いでつついた。

母は肩をすくめた。「カレーにはいつもバナナが入るものなのよ」

「特別なカレーにはね。残りの材料がバナナによく合うように選んである場合ならいいだろう」

「豆腐や牛肉みたいなものよ。味をまろやかにしてくれるの」

「おいしいわよ、オディール」ジュディが忠実な態度で言い切った。「これまでで最高」

母のカレーと取り組む間、ぼくたちは押し黙っていた。ぼく自身はキッチンの魔術師ってわけじゃないけど、それにしても母はキッチンの邪悪な魔術師だと思う。母のようにいつまで経っても明らかに料理下手でいるためには、技術と何年もの鍛錬が必要だろう。

「ところで」オリヴァーは普段のように場をなごやかにする社交的な手腕を発揮できた。もしかしたら、話していれば、食べずにいられることに気づいたのかもしれない。間違いなく、彼は涙目だった。「あー、あれはあなたのギターですか?」

そのとおりだ。いつもは屋根裏に置いてあるものだった。これほど、そう、いろんなことに気を取られていなかったら、ぼくがあのギターに気づきたいところだったのに。

「ええ、そうよ。ルークの父親が新しいアルバムでわたしとコラボしたがっているの」

ぼくはカレーにむせた。というか、さっきからカレーが喉に詰まっていたのだが、今度の反応は化学作用によるものというより、感情的なものだった。「そんなことは言わなかったじゃないか」

「あら、あなただってフェイクのボーイフレンドがいることを言わなかったじゃないの」

「それは話が別だ。オリヴァーは二十五年前にぼくたちを捨てたわけじゃないし、どうしようもない愚か者でもない」

「本当にそうするつもりか、まだ決めてないのよ、モン・カヌトン」母は薬味にしか見えない、カレーの中のバナナをフォークですくった。「何年も曲を作っていないし。たぶん、言いたいことがなくなってしまったのね」

ジュディはほぼ空になった深皿から目を上げた。女王がいまだに健在なのも無理はない——明らかに貴族はコンクリートから作り出されたのだ。「もちろん、言いたいことがなくなってなどいないわ。必要なのはまた乗馬をやるみたいに、もう一度やってみること。それだけよ」

「馬に乗るのがどんなふうだったか、覚えている自信がないのよね。ほら、馬だって年をとるでしょう。野原に連れ出してリンゴを食べさせておくほうが、馬に優しくすることになるんじゃないかしら」

「母さんがそんなことを考えているのすら、信じられないよ」悲鳴になる手前で声を抑えた。「もちろん、母さんが曲を作りたいなら、いいと思うよ。だけどなぜ、ジョン・クソッタレ・フレミングと一緒にやる必要があるんだ？」

「わたしたちはいつも一緒に曲を作ってきたのよ。それに今度が最後のチャンスになるかもしれないわ」

ぼくはカレーが残った皿をサイドテーブルに音をたてて置いた。これはカレーを食べないための口実として願ってもないものだったが、今は腹が立ちすぎて食べられる状態でもなかった。「つまり、あいつの最後のチャンスってことだろう。あいつが母さんを利用してるのは見え見えじゃないか」

「だから？　わたしだって彼を利用できるわけよ」

「そのとおり」ジュディがつけ加えた。「死んだとき以上に有名になれる機会はないのよ。ダイアナのことを考えてみて」

「ああ、だけど――」身振りで伝えようとしていたとき、たまたまオリヴァーを肘で突いてしまった。「母さんは父さんと一緒に過ごさなければならないわけだろう。母さんが時間を割いてやる価値などあいつにはない」

「ルーク、誰と過ごすかはわたしが決めることよ。あなたじゃないの」

ぼくは口を開いた。そしてまた閉じた。「悪かった。ぼくは……ただ……すまなかった」

「気にしないで、モン・シェール。わたしの面倒は見なくてもいいのよ」母は断固とした態度で立ち上がった。「さて、食事の後片づけをして、クイーンたちの戦いを見てジョークを飛ばさない？」

26

ひどい息子だと思われたくない気持ちから、また、気分を変えたい思いから、後片づけはぼくに任せてくれと母に請け合った。キッチンに入ってはじめて、何かを作るときの母がそこらじゅうをめちゃくちゃにすることを思い出した。特製カレーを作るときはとりわけひどい。

「きみの性質がどこから来たのかわかるよ」あとから入ってきたオリヴァーが言った。後ろにユージェニーを従えている。

積み重ねた深皿をシンクの隣にドンと置いた。シンクはさっき食べたものを作るには少しも必要じゃないあれこれでいっぱいだった。「すまない」ぼくはオリヴァーの顔に目をやるのが怖すぎて、洗い物を見つめていた。ぞっとするといった表情や、失望や困惑や軽蔑の色が現れていないかと恐れた。「ひどい状況だよね？」

「もちろん、ひどくなんてない。彼女たちはきみの親しい人たちだし、互いをとてもとうてい食べられないような、ベジタリアン料理ではないカレーを出したし、きみに見せたくなかった喧嘩を母大事に思っているのはよくわかる」

「まあな。けど、父のペニスのことなんか話題にしたたし、とうてい食べられないような、ベジタリアン料理ではないカレーを出したし、きみに見せたくなかった喧嘩を母としてしまった」

オリヴァーは背後から両腕をぼくの体に回した。背中に彼の体が押しつけられる。彼に包まれている感覚はなんてすばらしいのだろう。「ぼくが慣れている家庭とはたしかにとても違う。だが、思わないよ……ひどいとは思わない。正直な家族だ」

「ジョン・フレミングのことでぼくは取り乱すべきじゃなかった」

「少し感情的になって反対しただけだ。よかれと思ってしたことだろう」

オリヴァーに体を預けた。そこにあるのが当たり前みたいに、オリヴァーの顎がぼくの肩にぴったり載っている。「こんなことをきみは望んでいないはずだ」

「望んでいなかったら、来なかったよ」

「だけど、きみにはひどく妙な状況に違いない」振り返って、あまりにも早く二人の距離が接近したことがわかったけれど、もう遅すぎた。たぶん、体を引くべきだっただろう。でも、シンクと、カレーによる大惨事の残骸に挟まれて身動きできなかった。とにかく、あとずさりしたかったかどうかもわからない。「つまり、きみには完璧にまともな両親がいて、どちらも刑務所に入ったりテレビに出たりしたことはない。人前で口論したり、会ってから二秒しか経たない相手に、KGBにいたかなんて尋ねたりしないに違いない」

オリヴァーは静かに笑い、温かな息遣いがぼくの唇に甘く感じられた――カレーを食べたあとだと考えると、不思議なほど甘かった。きっとバナナのせいだ。「そうだな、そんなことはしない。それはとても喜ばしいことだ。だからといって、きみたちが口論したりするのが悪いわけではない。愛情の示し方は人によって違うんだ」

「口論するのは、ぼくが愚か者だからだ」

「だったら」うわっ、今の彼の口はこれっぽっちも厳しさをたたえていない。「きみはぼくを心から思ってくれているに違いない」

「ぼくは……」本当に死にかけている気がした。顔が熱くなりすぎて死んでしまう。

「あなたたち」母が大声で呼んだ。「待ちくたびれたわ。テレビをつけるところよ。最初を見逃したくないでしょう。とても重要な部分だから」

ぼくたちはなんだか悪いことでもしていたかのように、ぎょっとして離れると、リビングルームへ急いで戻った。

「さあ、早く」母は手を振ってソファへ招いた。「これはわたしのはじめての鑑賞会なのよ。とっても光栄」

それ以上ひどい状況など想像できなかった。母とボーイフレンド――つまり、フェイクのボーイフレンドってことだ。たまたまキッチンで感情をかきたてられたかもしれない相手――に挟まれてソファに座り、母の親友とあまり有名でない王族に因んで名づけられた四匹のスパニエルと一緒に『ル・ポールのドラァグ・レース』を見るなんて。だから、ぼくは床に腰を下ろし、厳密に言えば必要以上にオリヴァーの脚のそばへ寄った。それに、自分とジュディとオリヴァーは鑑賞会に参加しているわけではないと、母に告げるのは気が引けた。テレビを見ているだけの集まりだとは言いにくかった。

母とジュディがすでに第六シーズンまで見ていたのは明らかだったし、別に驚きでもなかった。ぼくの知るかぎり、母とジュディのお決まりの夜の過ごし方はネットフリックスを見てくつろぐことだ。別の行動を遠まわしに言っているわけではない。少なくとも、文字どおりくつろいでいるだけだとぼくは推測している。たぶん、あまり深く考えないのがいちばんだろう。一人目のドラァグクイーンが登場してからは、母とジュディが実況解説を始めた。それから二話にわたって、デスドロップ（ダンスの技の一種）のランキングづけをして、誰が敗退するかについて不正確な予想をし、どの男性がもっともすてきだと思うかとぼくたちにしきりに尋ねた。

母は第三話が自動再生される前にポーズボタンを押した。「『ドラァグ・レース』を楽しんでいるかしら、オリヴァー？　混乱しちゃってない？」

「大丈夫ですよ」オリヴァーは言った。「話についていけていると思います」

「たぶん説明すべきね。最後に審査員を務めていた女性と、最初に仕事部屋にいた男性は実を言えば同一人物なのよ」

　ぼくは頭を抱えた。

「はじめのうち、わたしたちはこれが『プロジェクト・ランウェイ』（アメリカのリアリティ番組）のようなものだと思ったの。最初に出る男性はティム・ガン（アメリカのテレビパーソナリティ。『プロジェクト・ランウェイ』の司会者）みたいな人で、最後に出てくる女性はハイディ・クルム（元スーパーモデル。『プロジェクト・ランウェイ』の司会者）みたいなものじゃないかって。でも、そのうちにジュディが、彼らの名前が同じだって気づいたのよ。で、要するにこれは男性がドレスを着るっていう番組だから、おそらく彼女はドレスを着ているだけで、同じ男性なのよ」

　ぼくはふたたび顔を上げた。「母さんは何も見逃さないんだな？」

「そうですね」オリヴァーは相変わらず礼儀正しく同意した。「名前から有益な情報がわかりましたよ」

「まじめな話だけどさ、オリヴァー」ぼくは恐る恐る尋ねた。「この番組をどう思ってる？　ぼくたちはいつ帰ってもいいんだよ。いつでもかまわない」

オリヴァーは考え込んだ。「すぐ帰る必要はないだろう。ぼくは楽しんでいるよ。この番組は……興味深い」

「そのとおりよ、オリヴァー」母は彼のほうに熱心な顔を向けた。次の母の発言がはなはだしく不適切なものになる確率はおよそ六対四だ。「こんなにいろんな種類のゲイがいるなんて知らなかったわ。わたしが若かったころのゲイと言えば、エルトン・ジョンとボーイ・ジョージ、まあ、そんなところね」

「フレディ・マーキュリーは？」

ジュディは口をあんぐりと開けた。「本当？　でも、彼は口髭を生やしたりとかしていたのに」

「有名な話だと思うよ」

「まったく、毎日学ぶべき新しいことがあって驚くわね」オリヴァーのほうを向いたジュディの目には、怖くなるほどの興味の色がありありと浮かんでいる。うわあ。

「ねえ、あなたはどうなの？　あなたも女らしくしたことはある？」

「つまり」オリヴァーは訊いた。「女装の経験があるかということですか？」

「それって無神経な質問かしらね？　今はテレビで女装している人がいるから、尋ねても大丈夫だと思ったのよ」

オリヴァーはじっくり考えるように眉根を寄せた。「無神経だというものに関して、ぼくが権威者ぶっていいのかどうか。つまり、あくまでもぼくの意見ですが、ほとんどの人は女装しないでしょうし、ぼく自身は一度もしたことがありません。正直なところ、魅力を感じないんです」

やや間が空いた。

「とにかく、愉快なものじゃなくって？」ジュディは言った。「わたくしたちが五〇年代によく開いたパーティみたいね。男の子たちはドレスアップして、女の子たちはスーツ姿ってふうに仮装したものよ。そして、みんなしてシャンパンを浴びるほど飲んで、茂みにしけこんでイケナイことをしたものだった」

ああ、まずい。ぼくは危うく母とジュディには説明が難しすぎるのに、「そういうのは連続体(スペクトラム)上にあるんだよ」と言いそうになった。「そういうのは複雑なんだよ」代わりに言った。「ある人にとっては愉快なものでも、ほかの人間にとってはとても大切なものってことになり得る。そしてまた別の人間にはとても問題だということもある」

「自分のことを考えてみると」オリヴァーは居心地悪そうに少し身じろぎした。「あくまでもぼく個人のことだと強調しますが、自分のアイデンティティを示すためにそういう特別な方法をとったことはありません。そのせいでいつも、仲間をいくらか裏切っているような気持ちになりますが」

母は大丈夫よとばかりにオリヴァーをポンポンと叩いた。「まあ、オリヴァー。そんなふうに考えたら悲しいでしょう。あなたは最高のゲイの一人に違いないわ」

ちらっと見ると、オリヴァーは軽く動揺しているようだ。「母さん、同性愛者のランクづけはやめてくれ。そういうものじゃないんだ」

「誰のこともランクづけなんかしていないわよ。ただ、ドレスを着た男の人が下ネタを話すのを見るのが好きじゃないからって、申し訳ないと思わなくていいと言いたいだけ。つまりね、わたしは楽しんでいるけど、それはフランス人だからよ」

「そうだね」ぼくは言った。「フランスの文化のとても重要な部分だな。エディット・ピアフやセザンヌやエッフェル塔と並んで大事だ」

「ええ、フランスの王様たちがどんな服を着ていたか見たことある？　彼らの顔はすばらしく醜くて、踵（かかと）の高い靴は気分が悪くなるようなものよ」

オリヴァーは声をあげて笑った。「ありがとうございます。たぶん、そうでしょう」

「本当のことよ。あなたという人のことを誰にも悪く言わせてはいけないわ」母はオリヴァーを見つめた。子どもも時代にいつも挫折感を味わっていたから、ぼくにはお馴染みの表情が浮かんでいる。「それは特製カレーみたいなものなのよ。何年もの間、ルークはわたしにスパイスを入れすぎだとか、ソーセージを入れるなとか、言っているわ。お客様には絶対に出すなとかね」

「いったい、この話がどこにつながるんだよ?」ぼくは訊いた。「今言ったことはすべて本当だし、母さんのカレーは最悪じゃないか」

「モン・カヌトン、どこにつながるかと言えばね、わたしがちっとも気にしていないってことよ。わたしのカレーなんだし、自分がすごく作りたい方法で作るの。そんなふうにオリヴァーも自分の人生を生きるべきよ。だって、大事な人はどっちみち自分を愛してくれるのだから」

「ぼくは……」知り合ってからはじめて、オリヴァーは完全に言葉を失ったように見えた。

「さあさあ」母はリモコンに手を伸ばした。「第三話を見ましょうよ。クイーンたちはホラー映画に出るのよ」

どうやら話が深刻になったと見て取ったらしく、ジュディは立ち上がって照明を落とした。おそらく『ドラァグ・レース』マラソンになりそうなものを見るために全員が身を落ち着けると、ぼくは自分がどう感じているのか、どう感じるはずなのか、さっぱりわからなくなった。母とジュディとの生活はぼくが他人に立ち入らせることがなかった、ドームの中の世界のようなものだ。人を遠ざけていた理由の一部は、理解してもらえないだろうと思ったことだ。でも、奇妙な話だが、その世界を自分のものにしておきたかったという理由もあった。母がいつも何かぞっとするものを作っていて——またはぞっとすることを言っていて——母とジュディが今週、注意を引かれた趣味だの本だのテレビ番組だのにいつでも夢中になりすぎている世界。ぼくがいつだって歓迎されて、安全だし、愛されていると感じられる世界を。

もちろん、マイルズを連れてきたことはあったが、彼をぼくの世界の一部にしようとしたことはなかった。ぼくたちはたいていの場合、村のパブに繰り出して、行儀よくエビ料理のスキャンピやフライドポテトを食べた。でも、今はここにオリヴァーといる。ちょっとばかり無防備だし、狼狽（ろうばい）させられるけれど、同時に……何と言ったらいいかな？　すてきだった。そしてオリヴァーはまだ逃げ出していない。母とジュディが、母とジュディらしさを全開にしているのに。

オリヴァーの膝に頭を預けた。番組の「ミニ・チャレンジ」と「ランウェイ」のコーナーの間のどこかで、オリヴァーの手がぼくの髪をそっと撫で始めた。

27

それから数日間、オリヴァーは相変わらず訴訟（彼はその話をしてくれなかったが、ぼくが殺人事件だというふりをすることは拒んだ）で忙しかった。当然、ぼくのほうには父と過ごす週末が迫っていた。とんでもない晩餐会（ばんさんかい）の三品コース料理みたいな出来事の、なんともすばらしい前菜のように、アダムとタマラのクラーク夫妻とも会わなければならなかった。期間限定のヴィーガン専門レストランというのが、リース・ジョーンズ・ボウエンが思い描いていたようなものではなく、わくわくするほど流行の最先端を行く経験になればいいのだが。

充分な余裕を持ってレストランに着いた。店を詳しく調べて、これはだめだという緊急時にはお粗末な言い訳を思いついてキャンセルできるように。ありがたいことに、まともな店らしかった。たしかに、外から見たところでは期間限定ショップとしていかにも典型的で一般的なものだった——白いペンキを塗った建物の正面には「ブロンウィンの店」と読める名前が日よけに書いてあった――けれども、中に入ると、ハンギング・バスケットがそこかしこにぶら下がり、再利用した家具があちこちに並んでいて、クラーク夫妻ならこういうものを道徳的だとか環境に優しいとか思ってくれそうだった。

店の前をうろついていたヒッピー風のティーンエイジャーに名前を告げると、居心地よさそうな隅の席に案内され、ボウルに入った無料のものを出された。何かの種だろうか？　特に欲しくもなかったから、そんなものをもらっても迷惑だったが、とにかく出されたからには食べようとした。ゴマをするつもりの相手が来る前に食べ終えようと。つまみ出したら止まらなくなった――なにしろ、なかなかいい味付けがしてあった。スパイスみたいなものに、さらに何かのスパイスで味付けするという意味でだけど――そのときシェフの白衣を着て、豊かな栗色（くりいろ）の髪をヘアネットに押し込んだ大柄な女性が現れ、ぼくのところへ挨拶に来た。

「あなたがルークね。わたしはブロンウィン。リースからあなたのことはすべて聞いたわ」

「ちょっと、いいかな。リースが何を言ったにせよ、ぼくはウェールズの人々を差別なんかしていないから」

「あら、しているはずよ。あなたたちイングランド人はみんなそうだもの」

「それでいいのか？」ぼくは訊いた。

「それは交差性（インターセクショナリティ）（人種、民族、障害の有無、性的指向など、個人のアイデンティティやそれによる差別の構造は多層的で交差しているという考え）の複雑な問題だと思うの。でも、要するにウェールズ人はイングランドを侵略していないし、あなたがたの言語を絶滅させようともしなかった」

　ぼくは腰を下ろしていた、アップサイクルされたウイスキーの樽（たる）の上でさらに身を縮めた。「オーケイ、いい指摘だ。予約を受けつけてくれて感謝するよ」

「それはかまわないのよ。リースの話によると、あなたは救いようのない間抜けで、今回のことが完璧にうまくいかなければクビになるそうね」

「あなたもリースもぼくの味方だとわかってよかった。それで、お勧めは何？」

「どれも最高よ」彼女はにやりと笑った。「わたしの仕事はすばらしいから」

「言い直すよ。ぼくは大変な肉好きだけど、ヴィーガン専門のレストラン・チェーンを経営している、寄付者候補の二人を感心させたいとする。ぼくが自分の仕事を超心得ているように見せるには、何を注文したらいいかな？」

「そうね、割とありきたりなものを求めるなら、ヒマワリの種とカシューナッツを使ったハンバーガーを選ぶといいけど、それだと本当はステーキを食べたいと思っているように見られるでしょうね」

「悪く取らないでほしいんだが、たぶんぼくは本当のところ、ステーキを食べたいと思うだろうな」

「なるほど、それはちょっと喧嘩を売ってるみたいよ。あなたがこのレストランにいることを考えるとね。本当に野菜のことを知っていると見せかけたいなら、ジャックフルーツのシーザーサラダか、トマト・ラザニアを選ぶといいわね。冒険してもいいという気分なら、ゴマをまぶした豆腐を試してみればいいわ」

「ありがとう。いくらか自己嫌悪に陥るという問題はありそうだが、豆腐を食べる心の準備はできていない」

「よかったら、ちょっとアドバイスさせて、ルーク。あなたのお客様がここにいらしたときは、そんな話し方はしないことね。気に入ってもらえないでしょう」

「ああ、そうだな。ただ、ストレスを発散しようとしていただけだ。クラーク夫妻に丁重な態度で接しなければならなくなる前に」

ブロンウィンの顔が引きつった。「何ですって。あの〈ガイア〉の二人のことを言っているの？」

「好きになれないってことかい？　彼らは完全菜食主義のスターバックス的存在と

か？」

「そういうことじゃないのよ。でも、彼らはとても……あのね、わたしがこの仕事をしているのは、動物性食品を食べるのが不必要に残酷なことだし、環境の激変は避けることができると思っているからなの。世の中を癒やしの女神のエネルギーで照らして、ヨガマットを売りつけたいと思っているからじゃないのよ」

ぼくは少しびっくりしたような顔をしてみせた。「まさか彼らにそんなことを言わないだろう？」

「あなたとわたしのどっちが、ヴィーガン料理のシェフの目の前で豆腐の悪口を言ったほうだったかしらね？」

「ぼくはむしろ自分の悪口を言っていたと思うけど、まあいい」

「とにかく、あなたに任せることに……あら、種を全部食べたのね」

しまった、食べてしまった。「もう少しもらうわけにはいかないかな？　ともかく、これには何が入っているんだ？　クラックコカイン？」

「ほとんどは塩、それとスパイスが数種類よ」

「実にあとを引くおいしさだ」

「そのとおりよ。それに、死んだ牛から作ったものではないし」

ブロンウィンが厨房（ちゅうぼう）に戻っていって、ティーンエイジャーのスタッフが種を補充してくれてから何分か経つと、アダムとタマラがゆっくりと店に入ってきた。しなやかな体つきで日焼けし、うぬぼれた感じの二人だ。彼らは「こんにちは（ナマステ）」と挨拶し、テーブルの向こう側に腰を下ろした。仕事の面談のような感じでなんだか落ち着かない。おそらく、ある意味では面談みたいなものだろう。

「まあ、すてきなところね」タマラが言った。「あなた、すごいじゃないの」

ぼくはとっておきの微笑を浮かべた。「ええ、ここのシェフにしばらく注目していたんですよ。彼女が期間限定ショップを開くと聞いて、すぐさまお二人のことを思い出したんです」

「きみと話すのは久しぶりという感じがするね」アダムは種を口に放り込んだ。ハンサムだけれど、年よりも上に見せたがっている若い男といった奇妙な感じを与える。この前にグーグル検索したときの情報では五十代前半のはずだが、アダムは三十歳から六千九歳のどの年齢でも通りそうだった。

「そうですね」最近、ぼくが彼らの自尊心をくすぐるようなことを言っていないと、アダムはほのめかしているに違いない。だから、お世辞のように聞こえる言い訳をする戦略に頼ることにした。「でも、今やフランチャイズの導入が軌道に乗っているでしょうから、お二人のお邪魔をしてもあまり気にしなくていいかと思ったんです。うまくいっているそうですね？」

アダムよりは若そうに見えるけれど、若すぎて不気味だと批判されるほどでもないタマラは、チャクラかと思われる部分に恥ずかしそうに片手を押し当てた。「わたしたちはとても恵まれているのよ」

「もし、よいエネルギーを宇宙に注げば」アダムがつけ加えた。「よいエネルギーが返ってくる」

まったく。この食事が終わるころには、ぼくが使わなかった皮肉な言葉が致命的なほど積み上がっているだろう。「それはとてもポジティブな哲学だと思いますし、お二人がいつも人生の指針としているものですよね」

「わたしたちはポジティブな見本を作る義務があると強く感じているの」とタマラ。アダムは同意を示してうなずいた。「とりわけ、わたしにとって重要なことだ。かつてのわたしはとてもネガティブな業界で働いていたからね。タマラの助けがあってさえ、それを成し遂げるには長い時間がかかったよ」

このとき、ティーンエイジャーのスタッフが注文を取りに来たので、しばらく救われた。アダムとタマラはこのレストランの材料はどこから仕入れているのかとか、どれが明確にオーガニックなものなのかとスタッフを厳しく問い詰めた。あまり彼らの価値観と合わない店に連れていく戦略のほうがよかっただろうかと、ぼくは思わず考えていた。そうすれば、彼らは店に満足しないことを、満足だと思えただろうから。結局、ぼくはジャックフルーツのシーザーサラダを選んだ——ジャックフルーツが何なのかはわからなかったが——それなら努力することと、やりすぎとのちょうどいい妥協案に思われたからだ。

「とにかく」タマラは熱心な態度で身を乗り出した。「あなたと話せるこの機会をわたしたちはとても喜んでいるのよ、ルーク。知ってのとおり、わたしたちは地球の自然のバランスを取り戻すうえで、『甲虫調査と保護プロジェクト』が果たす役目をとても重要だと思っているの」

ぼくは彼女の熱意にふさわしい熱意を見せようとした。「ありがとうございます。我々はいつもあなたがたの寛大さに大変感謝しています。ですが、それ以上に、我々の任務にお二人が本当に理解をお持ちだとつねに感じているんです」

「そう聞いてとてもうれしいよ」アダムが言った。「しかし、ルーク、我々の価値というものは生き方の中心にあるのだよ」

「それに……」今度はタマラの番だった。「……最近、耳にしているいくつかの噂をわたしたちはとても心配しているの」

「さっき言ったとおりだ。正しい種類のエネルギーを生むことが実に重要だと、わたしたちは思っている」

「それにね、明らかに、自然はわたしたちにとってとても大事なものなの。自然とわたしたち自身との調和を保つことがね」

「それからだな、率直かつ厳密にここだけの話をすると、きみのライフスタイルのあるエレメントは、我々が健全でポジティブな生き方と見なすものとあまり合わないことを少々案じているんだ」

あと少なくとも一時間はこんな調子で話し続けられただろうが、幸いにも彼らは言いたいことを言ったと思ったようだった。今や二人は期待のまなざしでぼくを見つめている。

どうにか種を投げつけてやらずに済んだ。

「お二人が何をお考えか、よくわかりますよ」ぼくは言った。「そして、率直かつ厳密にここだけの話をすると、最近のぼくは最高の状態とは言えませんでした。でも、じっくりと時間を取って内面を見つめたんです。かなり時間がかかる包括的なプロセスになるとは思いますが、人生で自分がいるべきところにふたたび存在するために歩み始めています」

　タマラはテーブル越しに手を伸ばし、祝福するようにぼくの手を取った。「それは本当に自分の中心を見つめる考えね、ルーク。そうする勇気を持てる人はそんなにいないわ」

「一つはっきりさせておくが」アダムはふいに少し落ち着かない様子になった。「それはゲイだということとは関係ない」

　タマラがうなずいた。「わたしたちにはゲイの友人がたくさんいるのよ」

　そんなことは考えもしませんでしたよとばかりに、ぼくは目を見開いた。あまりにも長い間、訓練してきたしぐさだった。「あのですね、そんなことは少しもぼくの頭に浮かびませんでしたよ」

　二時間ほど経って彼らは帰った。ビートル・ドライブから手を引かないことを正式に伝えて——霊性の向上のための瞑想とやらが行われなかったから、大丈夫だろう。ぼくはお祝いと自分への元気づけを兼ねて、恐ろしくおいしいチョコレート・キャラメル・ブラウニーを食べた。冗談抜きでおいしかった。本物——つまり、ヴィーガンでないものってことだ——よりもおいしいチョコレート・キャラメル・ブラウニーだった。ヴィーガンのレストランでデザートを食べることは、自分よりも魅力に乏しい相手とセックスするようなものだというのが、ぼくにとってつじつまが合う理論だった――自分があまりモテないと知っている人間なら、その分、努力するってわけだ。

「ジャックフルーツはどうだった？」ブロンウィンがぼくの横にふいに現れて尋ねた。

「驚くほどおいしかったよ。これが肉だったらと願うのをやめた時間が三十秒はあった」

ブロンウィンは腕組みした。「そんな皮肉な言い方をずっと抑えていたんでしょう？」

「そう、そのとおり。あの二人は最悪の人間だからね、ブロンウィン」

「わたしはヨガのせいだと思うの。ずっとうつぶせの姿勢でいるのはよくないでしょう」

「彼らはこんなことを言ったんだ。『それはゲイだということとは関係ない』って」

「まあ、じゃ、ゲイだということと関係あるわけね？」

「そのとおり」ぼくはブラウニーの最後のかけらをのみ込んだ。「彼らは同性愛嫌悪がよくないことには気づくに至ったけど、自分たちがゲイの人々を疑わしく思っている事実とうまく折り合えなかったということだ」

ブロンウィンはうめき声をあげた。「もう一つブラウニーを食べたほうがいい？」

「実を言うと、そのほうがいいな。これは会社の経費だし。それだけの働きをぼくはしたと感じているから」

本当に彼女はブラウニーをもう一つ持ってきた。そして本当にぼくはそれを食べた。

「ああ、ところで」ブロンウィンは言い、再利用したワインの木箱にさっと腰を下ろした。「リースからメッセージをもらったのよ。あなたがクビになりそうかどうかを知りたがっているの。本当にあなたのことを心配しているのよ、ルーク。ひどいおバカさんだからって」

「大丈夫だと思う。おバカさんかどうかはともかく、ぼくは必要となれば、ストレートの人たちの歓心を買うのが悲しくなるほど上手だから」

「まあ、それが生きるということなんじゃないの？　窮地に陥るよりはいいでしょう」

ぼくは身をよじった。「きみは思わないのか？　そんなのは……不愉快だとは？」

「わたしに尋ねても無駄よ。ゲイの権威じゃないんだから。あなたが考えないと。どう思っているの？」

ぼくは身をよじり続けた。「そういうことはぼくの仕事で大きな部分を占めていない。ただ、今は不愉快な感じがしているだけだ」

「つまり」ブロンウィンは手助けするように言った。「あなたは薬物依存症のひどい尻軽男だと新聞に載っていたからってこと？」

「ちょっといいかな。最近は、ぼくにとてもすばらしいボーイフレンドがいるという記事が新聞に出てるんだけど」

「そうね。でも、あれはボーイフレンドのふりをしているだけなんでしょう？」

ぼくは手で顔を覆った。「リースはウェールズじゅうの人たちにこのことを話したのか？」

「まあ、そうじゃないと思うけど。スランバスリンには知人がいないと思うし。とにかく――」彼女はふたたび立ち上がった。「フェイクのデートのときに、フェイクのボーイフレンドをここへ連れていらっしゃい。彼にフェイクのハンバーガーを出してあげるから」

「彼は本物のベジタリアンなんだけど」

「それはよかったわ。あなたのデートでわたしはいくらか宣伝効果を得られるかもしれないし、あなたはわたしの料理を楽しめるわけよ。さりげなく同性愛嫌悪をする人抜きでね」

そう言われてみると、オリヴァーはここが大いに気に入りそうだ。それに、ランチデートでぼくが持っていったものはカフェ・チェーン〈プレット〉の普通サイズのアボカド・ラップを二つだけだから、どこかで彼においしい食事をおごらなければならない。さらに、ぼくのために料理を注文させてあげよう。それから、オリヴァーがすごく熱心に美食を堪能するところを見るのだ。そして——。

宣伝。それがいちばん肝心だ。つまり、二股をかけずにつき合っている弁護士とヴィーガンのレストランへ行くことは、寄付者にとって効果的な行動だろう。

「ありがとう」ぼくは言った。「それはきっと……ああ……すばらしいと思う」

ブロンウィンはうなずいた。「伝票を持ってくるわね」

ぼくは体をひねって尻ポケットからスマートフォンを取り出し、俳優のリチャード・アーミティッジの写真が届いていることに気づいた。間違いなく、ディックの写真だ。

〈期間限定のヴィーガンのレストランにぼくと行きたい?〉とメッセージを送った。

数分後、返信があった。〈もちろんだ。仕事のためか? それとも、評判を広めるためかい?〉

〈両方だ〉そのとおりだからだ。だけど、そうではないとも言えた。〈でも、気に入

ると思うよ〉

〈とても思いやりがあるんだな、ルシアン〉

そうではなかった。うんと思いやりがあるのはウェールズ人のレズビアンだったのだ。それでも、とても長い間、ぼくが試してみようと思っていた気持ちに近かった。そのことがいまいましいほど怖い。

ただ、怖いからといって、やめようとは思わなかった。

28

どうやって父のところへ行くかについてはあまり考えていなかった。たいしたものじゃなかったけれど、ぼくの計画は、父の家に行くことを土曜の夜まで完全に頭から締め出しておき、それからパニック状態になり、結局、たどり着けないことを発見するというものだった。でも、オリヴァーはあらかじめグーグル検索して道順を調べたばかりか、週末のために車まで借りた。とても気が利く行動だ。同時に、ひどく腹立たしいものでもあった。

目を半分つぶって見れば――それに、ぼくたちの関係がまったくの作りごとでもないとすれば――ロマンチックと思われないこともないロジスティックスとやらを用いて、オリヴァーは提案した。出かける前の晩にぼくが彼の家に泊まれば、いちばん効率がいいと。その思いつきはとても魅力的なはずだったが、一緒にいるけれど一緒ではないという二人の取り決めが、ぼくには次第にコントロールしにくいものになっていた。優しくて思いやりがあって支えになってくれる男をどう扱ったらいいのか、わからなかった。もっとも、手を引け、自分が差し出すものを利用されて傷つけられる前に逃げろ、と脳は告げているのだが。とにかく、どう考えても逃げるわけにはいかなかった。オリヴァーもぼくもこの関係を必要としているし、取り引きしたのだから。

ファックするだけの関係なら、話ははるかに簡単だっただろう。そうしたら、オリヴァーはぼくがセックスする男にすぎず、それならどういうことだかわかるからだ——たしかに、別れたあと、彼はタブロイド紙にセックス絡みの悪意ある秘話を山ほどぶちまけることもできるだろう。だけどその時点で、それは単なるニュースにすぎなくなる。そして、ぼくはどんなに母親を愛しているかとか、どんなに父親からひどい目に遭わされたかといった話にいつでもすり替えられる。フレンチトーストに悲劇的なほど執着しているという事実でもかまわない。ぼ**く**についてのことを話せばいい。

とにかく、土曜の夜、オリヴァーをブロンウィンの店へ連れていった。そしてヴィーガンの料理に関する知識を臆面もなく披露したが、十二秒もすると、オリヴァーは〝でたらめを言うな〟という表情になり、ジャックフルーツとは何かと訊いてきた。だから、わからないと認めて、ぼくのために注文してくれと言ったら、彼は思いもかけないほど幸せそうな顔になった。オリヴァーはゴマをまぶした豆腐を頼み、ぼくの好みについて鋭すぎる見識を示して、自分が薄っぺらな気がして頼みづらかったハンバーガーを注文してくれた。本当に楽しい夜だった――もう終了したから、オリヴァーの訴訟の件について話し、ぼくはアダムとタマラの物真似をしてみせた。ヴィーガン向けのワイン（大半のワインには何らかのいまいましい理由で、魚の浮き袋が入っているからだ）のボトルを半分ほど開けたとき、なぜか、『ドラァグ・レース』の細々とした点が話題に上った。そこから話はあらゆることに広がり、会話はあちこちに飛んだり、脱線したり、元の話題に戻ったりした。普通なら、ぼくが旧友や親友としかしないような感じで。

もちろん、オリヴァーはデザートが欲しくないと言い張ったけれど、どっちみち、ぼくのブラウニーを半分食べた。どちらがスプーンを持つかという、ちょっとした小競り合いのあとで。

「いったい、どうしてだめなんだ？」ぼくは訊いた。オリヴァーがぼくの手からスプーンを取ろうとしたときに。またしても、っていことだけど。

「自分で食べられるよ、ルシアン」

「きみもデザートを頼めばいいじゃないか」

「言っただろう。あまりデザートが好きじゃないと」

にらんでやった。「ぼくのブラウニーを物欲しそうな子犬みたいな目で見ているくせに」

「ぼ……ぼくは……」オリヴァーは赤くなっている。「きみが食べている間、何も食べないことが気まずいんだ」

「オリヴァー。それは嘘だろ？」

顔の朱色が濃くなった。「嘘というのは強すぎる言葉だ。それは少しばかり……誤解を招く恐れがある」

「両方は無理だよ。お菓子を食べないことを美徳にするか、お菓子を食べるかのどっちかだ。ぼくがどちら側に位置しているかはわかるだろう」

「たぶん、ぼくは食べるべきじゃないと感じているんだ」

倫理的なジレンマからブラウニーをあきらめるのはオリヴァーだけだろう。まあ、オリヴァーとジュリア・ロバーツだけだな。「デザートを食べても、きみはいい人間だよ」

「ああ、そうだな」オリヴァーは照れくさそうに身をよじった。「現実問題として考えなければならないこともあるんだ」

「何だって？　楽しむことに対してアレルギーがあるとかじゃないだろうな？」

「ある意味ではそんなことだ。あの、あー、きみが大いに褒めているVカット腹筋は黙っていても維持できるものじゃないんだよ」

まじまじと彼を見た。ふいに罪悪感を覚える。つまり、自分を痛めつけずにあれほどの体を得られるはずはないと頭ではわかっていたが、相変わらずぼくはそういう状態を当たり前のように思っていたのだ。「助けになるなら言うけど、もう少し普通の人みたいな体形になり始めても、ぼくとのセックスはまだ拒めるよ」

「よく言うよ。とにかく、ぼくがシャツを脱ぐまで、きみは何の関心も示さなかったじゃないか」

「そんなことはない。ブリッジの誕生日のときのことはどうなんだ？」

「あれは勘定に入らない。きみはベロンベロンに酔っていたから、ポテトチップスの空き袋が相手でもセックスしただろう」

「それも違う。それに……はっきり言っておくけど」ぼくはヴィーガン用のワインを少し飲んだ。「実は長い間、きみに関心を持っていたんだ。Vカット腹筋は単なる都合のいい口実だった。さて、自分の体のことを考えてブラウニーを食べたくないなら、それでもかまわない。けど、このいまいましいブラウニーを欲しいなら、二人で分けよう」

長い沈黙があった。

「ぼ……ぼくは」オリヴァーが言った。「ブラウニーが欲しい」

「よし。だけど、自分の分を頼む度胸がないことのお仕置きに、セクシーなやり方でこいつを食べさせてやる」

うわあー、また彼の顔が真っ赤になった。「その必要はあるのか？」

「いや、ないな」テーブル越しにほほ笑みかけた。「だけど、どっちにしろ、そうするよ」

「ブラウニーはセクシーな食べ物じゃないと思うが」

「レモン・ポッシュを食べるきみを見たことがあるからな。きみが気に入ろうと気に入るまいと、セクシーにやってみせる」

「わかった」オリヴァーは冷ややかにぼくを見た。「ぼくにブラウニーをくれ、ベイビー。うんとすてきにやってくれ」

「あのさ、思いとどまらせようとしてるんだろう。でも、うまくいかないよ」

ぼくはテーブルに身を乗り出し、やや怯えた感じで開けている彼の口の中へブラウニーを一口、滑り込ませた。たちまち、あのゴージャスで恍惚(こうこつ)とした、〝デザートを堪能しているオリヴァー〟の表情が現れた。そのあと、家に着いてベッドに礼儀正しく並んで寝たときになってはじめて、ぼくは気がついた。決してセックスの相手にならない、官能的でチョコレートの風味がある男と一緒にいるのは、とんでもない戦略上の間違いだったと。急にぼくは、喜びで柔らかくなったオリヴァーの唇とまなざし、指先に感じた息遣いのことしか考えられなくなったからだ。頭がどうにかなりそうだった。でも、彼の家にいるのだし、彼はまさにここにいるのだから、マスターベーションにふけることすらできなかった。

ぼくはよく眠れなかったはずだ。しかも、オリヴァーに七時に起こされた。あらゆる人の身に起こることの中でも最悪だと言っておかしくない。ぼくはそれにふさわしい態度を取った。ベッドカバーの下にもぐり、泣き言を言い、オリヴァーを罵ったのだ。

「しかし――」オリヴァーはまさしく腰に両手を当てていた。「フレンチトーストを作ったんだが」

顔の上に置いた枕の下からオリヴァーを覗き見た。「本当に？　ほんとに、ほんと？」

「ああ。だが、ぼくのことを無礼で生意気な、朝食の暴君と呼んだばかりだから、きみが食べるに値するかどうかはわからない」

「本当にすまなかった」ぼくは起き上がった。「朝食をちゃんと作ってくれたとは思わなかったんだ」

「まあ、作った」

「で、ほんとにフレンチトーストがあるのか？」

「そうだ。ほんとにフレンチトーストがある」

「ぼくのために？」

「ルシアン、見栄えのする卵漬けのパンなんかに、なぜ、きみがそんなに執着するのか理解できない」

たぶん、ぼくの顔は紅潮していただろう。「さあ。なんか家庭的な至福の雰囲気があるからかな。それにおいしいだろ？」

「なるほど」

「それから、正直な話」ぼくは認めた。「ぼくのためにフレンチトーストを作ってくれる人がいるなんて、想像したことがなかったんだ」

オリヴァーはなんだかうわの空で目から髪を払ってくれた。「きみはときどき、とてもかわいくなるんだな」

「ぼくが……」なんてことだ。どうしたらいいかわからない。「わかった、わかったよ。起きるって」

四十分後、しぶしぶシャワーを浴びたくせにフレンチトーストはたっぷり食べたぼくとオリヴァーは、ランカシャーへ向けて出発した。オリヴァーと車で四時間の道中を過ごす契約をしたのだという事実を、ぼくはゆっくり受け入れ始めた。というよりはむしろ、ぼくの父親に会いに行くため、車を借りて四時間の運転をする契約にオリヴァーがサインしたのだ。またしてもオリヴァーは、このフェイクのボーイフレンドという役割を真剣に果たしている。本当につき合ったどの恋人よりも労力を費やしてくれることを、ぼくは認めないわけにいかなかった。

「あのさ」ぼくは身をよじった。「こういったことに感謝するよ。思ってもみなかったんだ。ランカシャーがこんなに……遠いとは」

「とにかく、お父さんに連絡を取れとけしかけたのはぼくだ。だから、こうなったのはぼくが自分で蒔いた種だろう」

「父にはほとんど会ったことがないけど、こういうのはいかにもあいつらしいと思う」

「どういう意味だ？」

「ああ、なんていうか、また関係を結びたいとかってさんざん大騒ぎして、そのためにはるばるランカシャーまでぼくを引っ張り出すことがさ。つまり、運転できるフェイクのボーイフレンドがいなかったら、どうなっていたと思う？　ひどいことになってただろう」

「幸い、きみには運転できるフェイクのボーイフレンドがいたわけだ」

横目でオリヴァーを見た。「そうだな。で、その埋め合わせをしたいと申し出ているのに、きみはぼくを拒み続けている」

「単なる一つの考え方だ、ルシアン。埋め合わせにはセックス以外の方法もある」

「さあ、どうかな。ぼくは疑わしいと思ってるけど」

オリヴァーは軽く咳払いした。「お父さんに会うことをどんなふうに感じているんだ？」

「迷惑ってところだな」

絵に描いたような気配りを見せて、オリヴァーはそれ以上尋ねなかった。「ポッドキャストを聞いてもいいかな？」

オリヴァーはいかにもポッドキャストを聞きそうだ。「オーケイ。でも、ＴＥＤトークとか『ニューヨーカー』の小説だったら、ぼくはランカシャーまで歩いていくよ」

「『ニューヨーカー』の小説のポッドキャストのどこが悪いんだ？」

「『ニューヨーカー』の小説のポッドキャストだからだよ」

オリヴァーがスマートフォンを端子につなぐと、車内にはトワイライト・ゾーン調の音楽と、アメリカ人の男らしい妙に朗々とした声が満ちた。

「オーケイ」オリヴァーに言った。「〝絶対にあり得ないリスト〟に『ディス・アメリカン・ライフ』をつけ足してもいいかな？」

「ナイトヴェールへようこそ（ウェルカム・トゥ・ナイトヴェール）」妙に朗々としたアメリカ人の男が言った。

ぼくはオリヴァーの穏やかな横顔を見つめた。「これは何なんだ？」

「『ウェルカム・トゥ・ナイトヴェール』（架空の町ナイトヴェールのラジオ番組の形を取ったポッドキャスト。そこで起こる奇妙で超自然的な出来事を報告する）だよ」

「ああ、そのことはわかったよ。『ウェルカム・トゥ・ナイトヴェール』って男が言っているからな。なぜ、これを聞いているんだ？」

オリヴァーは軽く肩をすくめた。「気に入っているからかな？」

「四時間はかかる道中に車で聞くために選んだんだから、そうだろうとは思うよ。ただ、こういうのをきみが聞くとは思わなかった」

「ぼくにも隠れた深い部分があるということかな。それにセシルとカルロス（『ウェルカム・

トゥ・ナイトヴェール』の登場人物）にかなりハマっているんだ」

「本当か？　彼らをシップして（キャラ同士のカップリングの妄想をすること）いるのか？　『タンブラー』もやってるのか？」

「そういう言葉の意味はわからない」

「そう言われたら信じるところだったよ。もっとも、きみが『ウェルカム・トゥ・ナイトヴェール』に夢中だとわかるまでの話だったけど」

「どう言ったらいいんだろう？　ぼくだって、たまには息抜きが必要だ。最新の事件に関するドキュメンタリーを聞いたり、人を上から目線で見たりしてね」

　言い返しそうになったが、なぜか抑えてしまった。「また、からかって嫌な思いをさせてしまったかな？」

「かもしれない。ただ、ぼくが法律とニュース以外のものにも関心があると知って、きみがそんなにショックを受けるとは思わなかった」

「悪かった。ぼ……ぼくはきみの別の面を見るのが好きだよ」

「そんなに好ましくないと思う面を？」

「いや」ぶつぶつ言った。「そういう面も好きだ。きみがお手軽なセックスをしない理由はこれか？」

オリヴァーは目をぱちくりさせた。「『ウェルカム・トゥ・ナイトヴェール』が理由だって？」

「完璧な髪をした誰か（カルロスのこと）を待っているから、ってことだ」

「そうだな。それが理由だ」彼は間を置いた。「それと、グロウ・クラウド（『ウェルカム・トゥ・ナイトヴェール』の雲のようなキャラクター）からの命令のせいかな」

29

耳に快いセシルの声を聞いているうち、朝の七時に起きたせいもあって、ぼくは眠ってしまったらしかった。オリヴァーにそっと揺すられて目を覚まし、車から急いで降りたところは、ばかにしてるんじゃないかと思われるほど牧歌的で、いかにもロックスターが建てそうな父の農場の裏手だった。全然驚かなかったが、レンタカーを停めた駐車スペースは仕事中の撮影スタッフのおぞましい撮影所みたいに人でいっぱいだった。ムカつくキッチンカーまで一台停まっていて、革ジャン姿の禿(は)げた男がベイクドポテトを受け取っていた。

「ふーん」ぼくは言った。「心が離れまくっている父親と充実した時間を過ごすのを、本当に楽しみにしていたんだけどな」

オリヴァーは片腕をぼくのウエストに回した。そんなことをされるのがなんとも自然になり始めて心配だった。「もうすぐ撮影は終わるに違いない」

「昨日、終わらせるべきだったのに」

「きっと撮影時間が延びたんだよ。お父さんの責任ではない」

「そうしたければ、父のせいにするよ」

ぼくたちは砂利の上を歩いて、いくつかの離れ屋の間を進んでいった——どれも藁(わら)ぶき屋根で魅力的だったが、そのうちの少なくとも一つには、防音加工が施されているらしい窓がはまっていた——もう少しで正面玄関に着くというとき、警備員に声をかけられた。

「おい、何をやってるんだ?」

ぼくはため息をついた。「ロンドンを離れてからずっと、自分にそう問いかけているよ」

「悪いな、にいちゃん」警備員は片手を上げた。「ここは立ち入り禁止だ」

「ぼくたちは招待されたんです」オリヴァーが言った。「こちらはルーク・オドネルですよ」

「番組に出ないなら、ここにいてはだめだ」

ぼくは向きを変えようとしたが、オリヴァーに腕を取られていてできなかった。

「ああ、残念だな。じゃ、帰ろうか。急げば、夕食の時間までにあのすてきなサービスエリアに着くだろう」

「ルーク」オリヴァーにくるりと向きを変えさせられた。「はるばる遠くから来たんじゃないか。ここであきらめてはだめだ」

「だけど、あきらめることが好きなんだ。ぼくの最大の才能だよ」

残念ながら、オリヴァーにはあきらめの才能などなかった。最高に弁護士らしい目つきで警備員を見つめている。「ミスター……すみませんが、あなたの名前がわからなくて」

「ブリッグズだ」警備員が言った。

「ミスター・ブリッグズ、こちらはミスター・ジョン・フレミングのご子息です。彼は招待されたので、ここにいる権利があります。ぼくたちに出ていくようにと告げるのがあなたの仕事だとわかっていますが、出ていきません。ミスター・フレミングに会うのをあなたが力ずくで阻止しようとすれば、暴行を働いたことになるでしょう。さて、ぼくはあなたの前を通って家に入りますが、上司のところに行って報告するようにお勧めしますよ」

どれほどそこにいたくないかという気持ちはさておき、個人的には〝暴行を受ける〟結果になるような行動をぼくは選ばないだろう。オリヴァーは明らかにそんなことを問題にしていなかった。ぼくたちは警備員の前を通って家の中に入った。

たちまち、五十代のはじめと思(おぼ)しき赤毛の女性に怒鳴られた。「カット、カット。いったい、どこのばかがドアを開けたの？」

立っていたのは、ブーム・マイクや腹を立てた人々でいっぱいでなければ、素朴な感じを狙った豪華な玄関ホールといったところだった。むき出しの木の床、少し色あせたラグマット。石壁には巨大な暖炉がしつらえてある。

「邪魔をして申し訳ありません」オリヴァーが落ち着き払って言った。「ミスター・ジョン・フレミングに会いに来たんです。ですが、スケジュールがぶつかったようですね」

「いまいましいダライ・ラマに会いに来たのでも何でも、どうでもいいのよ。とにかくわたしのセットに入らないで」

このとき、ジョン・フレミングが奥の部屋から進み出てきた——玄関ホールと同様のスタイルで装飾されたリビングルームから。そこも広々としているにもかかわらず、どうにか居心地よさそうな雰囲気を作り出していた。

「すまない、すまない」彼はジェームズ・ロイス・ロイスなら〝我が過ち(メア・クルパ)によりて〟と呼びそうな、謝るしぐさをした。「その人たちはおれの客だ。ジェラルディン、彼らがここにいてもいいかな？」

「いいわよ」ジェラルディンはこっちをにらんだ。「ただ、静かにして、何にも触らないこと」

「そうか」ぼくは悲しげなため息をついてやった。「悲鳴をあげて家具をなめまわす計画だったんだけどな」

ジョン・フレミングは誠実そうな悔恨の念を込めた目でぼくを見たが、父が誠実でもなければ、悔恨の念など抱いてもいないことはわかっていた。「すぐにそっちへ行くよ、ルーク。こんなことは予想外だっただろう」

「実を言えば、まさに予想どおりだよ。必要なだけ時間をかければいいさ」

必要な時間はなんと五時間にもなった。

その時間のほとんど、父はビラリキー出身のレオの指導をしていた。『ヤング・アンド・ビューティフル』の悲しげなアコースティックギターの演奏を通じて。彼らは座り心地のよさそうな大きなソファの一つに腰を下ろしていた——ビラリキー出身のレオは死にかけている子羊でも抱いてるみたいにギターを膝の上に抱え、父は「おまえを信じているよ、我が息子」と言わんばかりのまなざしで彼を熱心に見守っていた。

ぼくは音楽のことなどさっぱりわからないけど、父はこっちの気が滅入るほど音楽に関しては優れている。洞察力のあるコメントをし続けていたが、押しつけがましくないように技術上の助言を与え、生涯残るような称賛や支援の言葉をかけていた。ちなみに、テレビ番組としてもいいものになっていた。ビラリキー出身のレオの指を取って、もっとコードチェンジに適した位置に置いてやったことさえあった。

それから、ビラリキー出身のレオが暖炉のそばで腰を下ろせるように、玄関ホールを片づけなければならなかった。レオはカメラに向かい、ぼくの父がどんなにすばらしいかとか、二人の関係が自分にとってどれほど大切になっているかを語るのだ。何度か撮り直しがあった。撮影担当者たちがレオにもっと感情を込めてと命じ続けていたからだ。最後にレオは涙を流しそうになったけれど、彼にとってとても意義深い経験だったからなのか、それとも、みんなに怒鳴られながら飲まず食わずで午後じゅう熱いライトに照らされて座っていたせいなのか、ぼくにはわからない。いや、まあ、わかるかな。でも、そんなことはどうでもいい。

何であれ、テレビ業界のスラングで片づけを意味すること——犬をしまう、とか、バナナを片づけるとかいうもの——をやっていた間、ぼくはこっそり出ていってITVからベイクドポテトを一個、失敬してきた。そうしたところで、あまり気分はよくならなかった。けれどもとうとう、オリヴァーとジョン・フレミングと、盗んできたベイクドポテト、そしてぼくは居心地の悪い思いをしながらキッチンテーブルを囲んで座った。

「それじゃ」ぼくは言った。「来てからずっと撮影中だったから、ボーイフレンドを紹介できなかったんだけど」

「オリヴァー・ブラックウッドです」オリヴァーが手を差し出し、父はしっかりと握手した。「お会いできてうれしいです」

ジョン・フレミングは〝きみを見ていたが、見込みがありそうだ〟と言うかのようにゆっくりとうなずいた。「こちらこそうれしいよ、オリヴァー。来てくれてよかった。きみもルークも」

「まあな」ぼくは〝クソッタレ〟の意味にできるだけ近く受け取られそうな態度を示した。実際に指でそのしぐさをしたわけじゃなかったが「それはよかった。でも、すぐに帰るよ」

「よかったら、今夜は泊まっていってくれ。別館を使っていい。きみたちだけでいられる」

ぼくの一部はイエスと言いたがっていた。もし、ぼくがノーと答えることを父が当てにしていると確信できたらの話だったけど。「仕事があるんだ」

「じゃ、またの機会だな」

「またの機会だって？　ここへ来るためにレンタカーを借りなきゃならなかったし、午後じゅう、あんたがくだらないテレビ番組の撮影をするのを見る羽目になったんだ」

父は後悔しているような重々しい表情だった——良心よりもカリスマ性のほうを備えた、七十代の禿げ男だったら、そんな顔つきをすることはすごく簡単だ。「こんなことは望んでいなかった。仕事が邪魔になってしまってすまない」

「いったい何を望んでいたんだよ？」ぼくはベイクドポテトに木製の先割れスプーンを突き刺した。「ここでどうする計画だったんだ？」

「計画なんてない、ルーク。ただ、一緒に過ごせたらいいと思っただけだ。おまえとそんな時間を分かち合いたいと思った」

ぼくは……どう答えたらいいかわからなかった。これまでの人生でジョン・フレミングからもらったものなど何もない。なのに、今になって突然、分かち合いたいものがあるって？　ランカシャーで？

「ここはとても美しいところですね」オリヴァーが口を挟んだ。うわっ、努力しているんだ。ほんと、いつもそうなんだよ。

「そうだろう。だが、ただ美しいところというだけじゃない。ルーツのこともあるんだ。ここはおれの出身地なんでね。ルーク、おまえの出身地でもある」

オーケイ。今度は言うべきことがわかった。「ぼくはエプソムの近くの村の出身だ。そこで親に育ててもらった。ぼくを見捨てなかった親にね」

ジョン・フレミングはたじろぎもしなかった。「おまえが人生におれを必要としていたことも、そこにいてやらなかったのが間違いだったこともわかっている。だが、過去は変えられない。今このときに、正しい行動をとろうとすることしかできないんだ」

「あんたは……」自分がこんなことを言っているなんてとぼくはひどく動揺していた。「そもそも悪かったと思っているのか？」

父は顎を撫でた。「悪かったと思うのは安易すぎるだろう。おれは自分の選択をしたし、それとともに生きている」

「ふうん。それはノーという返事にとてもよく似ているな」

「もし、イエスと言ったら、どう変わるというんだ？」

「さあね」ぼくはじっくりと考えているふりをした。「あんたがとんでもない最低野郎だとは思わなくなるかもな」

「ルシアン……」オリヴァーの指がぼくの手首に触れた。

「おれをどうとでも好きに思えばいい」ジョン・フレミングは言った。「おまえにはその権利がある」

体の中に熱くて苦いものがこみ上げた。今にも泣き出すか、吐いてしまいそうだ。問題は、父がなんとも道理をわきまえていることだった。でも、ぼくには〝おれは少しも気にしてない〟という言葉しか聞こえなかった。「ぼくはあんたの息子ということになっている。ぼくにどう思われてるか、気にならないのか？」

「もちろん、気になる。だが、他人の感情はコントロールできないと、ずっと前に学んだ」

もはやベイクドポテトはぼくを守ってくれはしなかった。それを押しやって頭を抱えた。

「お言葉を返すようですが、ミスター・フレミング」オリヴァーの口調は父と同じくらい、相手をなだめようとするとともに断固としたものになっていた。「雑誌の批評欄のコメントと同じ基準を、ご自分の家族に当てはめるのは間違いだと思いますよ」

「そういう意味じゃないんだ」どうやらジョン・フレミングは挑戦されることがあまり好きじゃなさそうだ。「ルークは大人の男だ。おれは彼に意見を変えさせるつもりなどない。とりわけ、おれに関する意見は」

横にいるオリヴァーの静かな感じが伝わってきた。「ぼくはどうこう言う立場にありません」ささやくような声だった。「しかし、あなたの行動がほかの人々に与える影響を考えると、そういう言い方は責任逃れという印象を与えますね」

うれしくなさそうな沈黙が少し続いた。それからジョン・フレミングは言った。

「きみがそんなふうに感じる理由はわかる」

「いいかげんにしてくれ」ぼくは目を上げた。「同じでたらめで、自分がでたらめだと指摘されたことに答えるなんて、まったくあり得ない」

「おまえは腹を立てているんだな」いまいましいことに、父は相変わらずうなずいてみせる。

「ワオ、人間についてたいした洞察力を持ってるんだな、父さん。道理でＩＴＶはあんたを音楽界のレジェンドだと思っているわけだよ」

父は節くれだった長い指をテーブルの上で組み合わせた。「おまえがおれに何かを求めていたことはわかるよ、ルーク。だが、それは無理だ。家族よりもキャリアを選んだことに対する後悔の言葉を求めているなら、おれがおまえを傷つけたことも、母さんを傷つけたことも認めよう。身勝手だったとさえ、言ってもいい。そのとおりだからな。だが、おれの行動は自分にとっては正しいものだった」

「だったら、いったい何を」ぼくは訴えるような口調になっていた。手に負えないほど子どもっぽい気持ちになっている。「ぼくはここで何をしてるんだ？」

「おまえにとって正しいことだろう。それがここから出ていって二度と話さないということなら、受け入れるよ」

「じゃ、あんたがぼくに往復八時間の旅をするように頼んだのは、伝えるためだったのか？　あんたのところへ来て会うかどうかを決めるぼくの権利を支持するって？こんなのはばかげてる」

「だろうな。ただ、自分にはどれほどわずかなチャンスしか残されていないかが、だんだんわかってきたんだ」

ぼくはため息をついた。「たいしたもんだよ、父さん。あんたは癌という切り札の使い方を実によく心得ている」

「おれは正直であろうとしているだけだ」

父とぼくは見つめ合い、奇妙な膠着(こうちゃく)状態にとらわれた。来るべきじゃなかった。何よりも必要ないものは、ぼくを一度も求めなかったことを告げるための、新しくて創造的なやり方を見つけたジョン・フレミングだった。そして今、ぼくは悪い人間だと感じずには立ち去ることさえできない。絶望的な気持ちでオリヴァーの腕をつかんだ。

「あなたは正直であろうとしているのではない」オリヴァーは言った。「あなたは真実を語ろうとしているのです。ぼくは法廷弁護士です。その違いはわかります」

ジョン・フレミングはやや警戒するようにオリヴァーをちらっと見た。「悪いが、きみにはおれがわかっていないらしい」

「文字どおりに受け取れば、あなたのおっしゃることはすべて異論の余地がないとぼくは言っているんです。だが、あなたはまるで異なったものを同じものだとして、ぼくたちに受け入れさせようとしている。三歳の子どもをあなたが捨てたことと、自由に選べるとあなたが認めた選択への説明をルシアンが求めていることとを。実を言えば、その二つは同じものではありません」

これを聞くと、父は皮肉な笑いを浮かべたが、目は笑っていなかった。「弁護士と議論しないほうがいいことはわかってるよ」

「それはぼくが正しいということでしょうが、あなたは認められないんです。だから、ぼくの職業をジョークにして、それを反論だとルークが誤解することを期待している」

「オーケイ」ジョン・フレミングは〝みんな落ち着けよ〟というしぐさをした。「どうやらこの場は熱くなってるみたいだな」

「少しも熱くなってなどいない」オリヴァーは冷ややかに切り返した。「あなたもぼくも完全に冷静なままだ。問題はこの十分間、あなたが息子さんを大いに動揺させたことでしょう」

「きみは自分の意見を言ったわけだし、それについては偉いと思うよ。だが、これはおれとルシアンとの問題だ」

ぼくが勢いよく立ち上がったので、椅子が倒れ、本物のランカスター州産らしい石の床に驚くほど激しい音をたててぶつかった。「あんたにはぼくをルシアンと呼ぶ権利はない。それに――」あらゆるものを指していることを願って両手を振り回した。「こんなことをこれ以上やる権利もない。ぼくに連絡を取ったのはあんたじゃないか。なのになぜか、あらゆる努力をしたあげく、すべてがうまくいかなくなると、その責任を取るのはぼくということになった」

「おれは――」

「もし、『おまえがどうしてそう考えるか理解できるよ』とか『言いたいことはわかる』とか、そういうことを言ったら、癌にかかってる老人だろうと、神に誓って、殴り倒してやる」

父は半ば神と交信するかのように、また半ば〝かかってこいよ、おまえ〟とでもいうかのように両腕を広げた。「殴りたいんだろう。やればいい」

本気で父を殴りたかったわけじゃないと悟って、ぼくは驚くほど安堵(あんど)した。「わかってるよ」最高にジョン・フレミング風に物憂げな口調で言ってやった。「あんたがぼくにそういうことをさせたい理由が。けど、あんたが求めているものを与えてやるつもりはない」

たぶん、ぼくの想像だったのだろうが、父はなんだかがっかりしたように見えた。「いいか」さらに続けた。「あんたに任せるよ。ぼくがちゃんと行けるところで、まともな時間を一緒に過ごそうとあんたが努力するのでもいい。あるいは、ぼくがここから出ていったあとは、あんたが一人きりで癌で死んでいくだけでもかまわない」

ジョン・フレミングはしばらく無言だった。「孤独に死んでいくのが、おれにはふさわしいだろうな」

「そうしたって、ぼくは気にしない。そうなるだけのことだ。で、どうするんだ？」

「二日後にまた、おれはロンドンへ行く。そのとき、おまえに会いに行くよ」

ぼくはためていた長い息を吐き出した。「わかった。さあ、オリヴァー。家に帰ろう」

30

ぼくたちは無言で出発した。

「今度は『ナイトヴェール』を聞かなくてもいいかな？」ぼくは尋ねた。

「いいよ」

エンジンの柔らかな音が車の中を満たしていた。その音の下にはオリヴァーの規則正しい呼吸音が聞こえる。ぼくは窓に頭を預け、灰色のぼんやりしたものとなって通り過ぎる高速道路を眺めていた。

「きみは――」

「音楽を流してもいい？」ぼくは訊いた。

「もちろん」

スマートフォンを端子につなぎ、音楽ストリーミングサービスの「スポティファイ」を起動させた。どういうわけか、セラピーが必要だったのかもしれない。ジョン・フレミングの昔のアルバムの一つを聴きたい衝動に駆られたのだ。しぶる気持ちと切望する気持ちが半々の状態で、スワイプして検索バーに〈ライツ・オブ・マン〉を呼び出した。なんてこった。長年の間に、父はいろんなことをしていた。いくつかのベスト盤やリミックス、結成十年ごとの記念アルバムは言うまでもなく、三十枚ほどのアルバムがあり、母と作ったものの一つ、『ザ・ヒルズ・ライズ・ワイルド』もあった。それは一度も聴いたことがなかった。

父の最新作である『ザ・ロング・ウォーク・ホーム』にするか、誰もが聴いたことがあり、一九八九年にグラミー賞を獲得した『リヴァイアサン』にするかで迷ったあげく、『リヴァイアサン』を選んだ。タイトル曲が再生されるまで短い間があった。すると、とても耐えられないほど激しい、プログレッシブ・ロックが猛烈な音量でスピーカーから響いてきた。

正直言って、ぼくがそんな大音量に耐えられるようにできている自信がない。

十三歳のころ、取りつかれたようにジョン・フレミングの音楽を聴きまくったことがあった。それから二度と聴くまいと決めたのだが、そんな音楽を今聴くのは恐ろしく奇妙な経験だった。完璧に覚えていたからだ――音楽だけでなく、あのころの自分の感情も。すぐさま身近に感じることができるのに、これほど遠い存在の父親を持つのがどんなものかということを。父は自分の音楽の中に完全に存在していた。そして今でも、父に向かって一時間も怒鳴ったばかりの今でも、彼はぼくの人生の中にまったく存在していない。

オリヴァーの目が一瞬、ぼくの目と合った。「これは……」

「うん」

「なんというか、うるさいな」

「ああ、八〇年代の父の音楽はうるさかった。七〇年代にはマンドリンやタンバリンを使ったものばかりだったけど」

嘲るようなうなり声と激しいギターの間奏がまた流れた。

「何も知らなくてすまないが」オリヴァーは言った。「これは何に関する曲なんだ？」

「母によれば——よかったら、ウィキペディアで再確認したほうがいい。このアルバムを最後に聴いたときにはなかった曲だから——これはサッチャリズム（サッチャー政権によって推し進められた経済政策）の英国に関するものらしい。ほら、我が国の八〇年代は、何もかもサッチャリズムの英国に関するものだったから」

「それはホッブズ（英国の哲学者）の『リヴァイアサン』と関係があるのかな？」

「うーん、あるんじゃないかな？　つまり、それが新聞の漫画に出てくるあの虎のことを言ってるんじゃなければだけど、まあ、その場合でも、やっぱりぼくにはわからない」

オリヴァーは彼特有の小さな含み笑いをした。「そうだな、お父さんは自分のバンドに〈人間の権利(ライツ・オブ・マン)〉という名をつけたじゃないか。だから、十七世紀から十八世紀の哲学にいくらか関心があったんじゃないかと推測したんだ」

「ああ、まったく」ぼくはヘッドレストにぐったりともたれた。「誰も彼もが父のことをぼくよりもよく知っているのかな?」

「きみのお父さんについてはあまりよく知らない。ただ、ぼくは啓蒙(けいもう)主義について詳しいだけだ」

「ああ、そう聞いても慰めとなるかどうか確信が持てないな。それって、きみがぼくよりも父について詳しくて、しかも歴史についても詳しいってことじゃないか」

「いいかな」またしても、オリヴァーはすばやくこっちを見た。「ぼくはそういうつもりじゃなかった」

「わかってる。でも、いかにも中流階級らしい、きみの罪悪感をかきたてるのは楽しいよ」

「だったら、お父さんに連絡を取るように勧めたことで、ぼくが今ははっきりと罪悪感を覚えているると聞いてうれしいはずだ」

「そのとおり。今回のことは災難だったし、何もかもきみが悪い」

オリヴァーはたじろいだ。「ルシアン、ぼくは――」

「冗談だよ、オリヴァー。きみが悪いことなんて何一つない。悪いのはジョン・クソッタレ・フレミングだ。それに――」ああ、どうしてオリヴァーはこんなことばかり言わせるんだろう。「きみがあの場にいてくれてよかった。きみがいなかったら、もっとひどいことになっていただろう」

次の曲はさっきのものよりも穏やかで、フルートのような音楽だった。「『リヴィングストーン・ロード』だ」腹立たしいことにぼくはまだ覚えていた。

「悪いけれど」ちょっと聴いたあとでオリヴァーは言った。「前の曲よりもいいわけじゃないな」

「よくなることはないだろう」

「それで、きみは……ひどく傷ついたんじゃないだろうな？」

もし、ほかの誰かにそう尋ねられたら、またはオリヴァーが二週間前に尋ねたなら、たぶんぼくはこんなことを言っただろう。〝はるか昔に、もうジョン・フレミングには傷つけられなくなったよ〟と。「それほどひどくはないけど……まあ、傷ついたな」

「きみを自分の人生に求めない人がいるなんて、ぼくには信じがたい」

鼻を鳴らした。「ぼくに会ったことはあるだろ？」

「笑ってごまかさないでくれ。本気で言っているんだ」

「わかってる。ただ、相手に去られるのを眺めるよりは、相手を突き放すほうが楽なんだ」その言葉が宙に浮いたようで、口の中に引っ込めたいと思った。「とにかく」急いで続けた。「それでもきみの言うとおりだったよ。もしもやってみなかったら、ぼくは死にかけている父親を見捨てたろくでなしとして、今後生きることになっただろう」

「そんなふうに思わなくていい。それでもそう感じるかもしれないが、きみはろくでなしなどではない」ちょっと間があった。「この次はどうするんだ？」

「知るもんか。父から電話があったときに考えるよ」

「きみがしたことはすべて正しかったよ、ルシアン。今はお父さんに任せよう。もっとも、正直言って、きみは彼にはもったいないと思うが」

ちくしょう。こんなにぼくに優しくしてくれるのをやめさせなくては。うん、やめさせるか、いつまでもやめさせないかだな。

『リヴァイアサン』を最後まで流しておいた。すると、「スポティファイ」はぼくが

〈ユーライア・ヒープ〉（英国出身のロックバンド）を聴きたがっていると判断したので、ぼくたちは……〈ユーライア・ヒープ〉を聴いた。八〇年代のプログレッシブ・ロックを聴きながら、カーナビの案内に従う旅の大半、ぼくは眠っていたわけじゃなかったけど、何も考えなくてもいい状態だった。四時間後、車はぼくの家に着いた。

「あのさ……」精いっぱい、さりげなさを装って尋ねた。「うちに泊まりたい？」

　オリヴァーはぼくのほうを見たが、街灯の明かりで影になり、表情はわからなかった。「泊まってほしいのか？」

　言い争うには疲れすぎていたし、そうじゃないふりをする元気もなかった。「ああ」

「どこか駐車する場所を見つけたら、きみの家に行くよ」

　普通なら、こんなふうに一人になれるチャンスを利用して、とんでもない暮らしぶりの最悪の証拠品を隠すところだ。でも実際の話、近ごろのぼくは十二分に注意して、フラットを友人たちが帰ったあとにほぼ近いきれいな状態になんとか維持していた。だから、今はソファの前にぎこちなく立って、オリヴァーが来るのを待つしかすることがなかった。オリヴァーが見たのはそんな状態のぼくだった。コートをまだ着たまま、部屋がまとまった感じになるようにとプリヤがくれたラグマットにポンと置いたレモンみたいに立っていたのだ。

「えーと」ぼくは言った。「驚いた？」

オリヴァーは視線をぼくから、ゴミ捨て場状態でなくなった部屋に向け、またぼくに戻した。「掃除したのか？」

「ああ。まあ、手伝ってもらったけれどね」

「まさか、ぼくのためにしてくれたわけじゃないだろう？」

「自分のためだ。少しはきみのためだったけど」

オリヴァーは心底から感激したようだ。「ああ、ルシアン」

「こんなこと……こんなの、たいしたことじゃ……」

彼はぼくにキスした。本当にオリヴァーらしいキスだった。ぼくの顔を優しく両手で挟んで引き寄せ、彼らしい情熱を込めた唇が焦らすようにゆっくりと唇を覆う。とても値の張るチョコレートを食べるときみたいに、二つ目はないかもしれないと思ってじっくりと味わっている。オリヴァーの香りは懐かしくて故郷に帰ったような気がした。彼の腕に包まれて眠ったあの夜を思い出させる。とんでもなく貴重な存在だと感じさせてくれるから、どうしていいかわからなかった。

でも、これが終わってほしくない気持ちもあった。探すことをとっくにあきらめてしまったものが見つかったような瞬間。そんなものがあると信じることさえやめていたのに。自分にキスしてくれる――自分のためにキスしてくれる――相手のあり得ないほど情熱的な甘さと、密着している体の重み、さざ波のような吐息と絡め合う舌の感触。それ以外のものは何もかも遠ざかっていく。散りゆく秋の落ち葉のように。

無敵になったような気にさせられるキスだった。ゆっくりとした、熱くて濃厚で完璧なキス。しばらくの間、オリヴァーにこうして触れられていれば、ほかに欲しいものなど思い出せなかった。ぼくはどうすることもできずに、ただ彼のコートの襟をつかんでいた。「な、何が起こったんだろう？　たった今だけど？」

「明白なことだと思ってほしかったな」ぼくの口から離れた口に、この上なく優しいほほ笑みが浮かぶ。

「ああ、そうだけど。ほんと、そうだけど。きみは好きな人にしかキスしないと言っていただろう」

それを聞いたとたん、オリヴァーの頬が朱に染まった。「そのとおりだが、あんなことを言ってすまなかった。ぼくは本当にきみが好きだからだ。実を言えば、ずっときみが好きだった。ただ、どれくらい好きかを知られたら、滑稽に思われそうだと考えていた」

「いや、ちょっと待ってくれよ」頭がぐるぐる回っている。「きみを滑稽に思うはずないだろ？」

「たしかに」

「じゃ、もう一回キスして」

オリヴァーがぼくの命令に従うことに慣れていなかったけど、今は特別な場合だろう。それとも、ここが片づきすぎていたせいで、彼は頭がぼうっとなったのかもしれない。とにかく、オリヴァーはそう長くは慎重になっていなかった。ぼくたちはソファに移った。ぼくの両脚の間に身を置いたオリヴァーの手に両手をつかまれ、クッションに押さえつけられる。荒い息遣いが絡み合い、背中が弓なりに反った。多すぎる服が互いを隔てている。ああ、それにオリヴァーのキスといったら。溺れかけているかのように、絶望的なほど狂おしいキス。世界が終わると告げられ、なぜか最後にぼくを求めようと決めたとでも言わんばかりに。

「あのさ、思ってたんだ」ぼくはあえぎながら言った。「きみはいい子にしていなくてはならないんだって」

オリヴァーの視線がぼくの目に落ちた。髪はもつれて唇は赤くなり、情熱のあまりに目の色が濃さを増した彼はなんとも悪い子の見本だった。「ぼくは思っていた。きみは人目を気にしすぎて、典型的なセックス嫌いの男なんか受け入れてくれないだろうと」

「そのとおり。ぼくはすごく人目を気にする。ただ……きみにこんな面があるとは夢にも思わなかった」

「ああ、そうだろうな」オリヴァーの表情はまたまじめになっている。「ぼくたちは同意した……つまり……どういうことをするかについて。それにはたしか――」

オリヴァーが次に何を言うつもりかはわからなかったが、それを聞きたくないことはわかっていた。明日になったら、こんなことが起こらなかったふりもできるだろう。だけど、今夜は……わからない……たぶん、ぼくは自分のたわごとにうんざりしきっていたに違いない。「オリヴァー、頼む。芝居はやめよう。今日のきみはすばらしかった。ずっとすばらしかったよ」

彼は真っ赤になった。「ぼくたちが同意したとおりに行動しただけだ。それだけだよ」

「わかった。だけど、きみのおかげでぼくは、そう、誰よりも幸せになった。本当に久しぶりのことだよ。それに、さっき起こったことでからかうつもりはないし、きみが望まないことを無理にさせるつもりもない。ただ、ぼくは……きみに……知ってほしいってことかな?」

「ルシアン……」

「ああ」とても長い間があったあと、ぼくは訊いた。

「さっきの言葉の続きをちゃんと言うつもりがあったのか？」

オリヴァーは声をあげて笑った。「すまない。ただ、きみにこんな面があると、ぼくは夢にも思わなかったから」

「だろうね」彼もぼくも思ってもみなかった面だ。「慣れてないんだ……こういうことに。誰かとつき合ってて、相手を頼りにできることにも、自分を頼りにしてほしいと思うことにも」

「慰めになるなら言うが、ぼくもこういうことに全然慣れていない」

「けど、きみには恋人が大勢いただろ？」

「ああ。しかし」オリヴァーはつかの間、ぼくの目から視線を外した。「自分が彼らの誰にとっても充分な人間じゃないと感じていた」

「まったく無意味なことだよ」

「とにかく」オリヴァーはほほ笑みながら言った。「きみは理想が低いと言い続けているじゃないか」

「おい、ぼくは自分で自分を卑下するタイプなんだ。キーワードは〝自分で〟だよ」

オリヴァーは身を乗り出し、またキスしてくれた——彼の唇が一瞬、ぼくの唇をなぞる。普段は甘い感じのキスなどしないけど、相手がオリヴァーなら別だ。

「それじゃ」こんなことを言って失敗しないかと少し心配だったが、尋ねないわけにはいかなかった。「もう、キスの部分については取り決めができたということかな？」

「もしも……もし、きみが……気にしないなら」

ぼくは長々と息を吐いた。「気にしてたのはきみだぞ」

「まじめに言っているんだよ、ルシアン」

「わかってる。かわいいな。うん、フェイクのボーイフレンドの契約に、キスに関する事項を追加すべきだな」

オリヴァーは口をゆがめた。「明日の朝いちばんでその草稿を書くよ」

正直なところ、ティーンエイジャーみたいにもっとソファでオリヴァーと戯れたかったが、ランカスターまで車で往復したし、父はぼくたちに対して最低の態度だったし、明日の朝は二人とも仕事があるし、というわけでベッドに入る時間ってことになった。それに、うちには本がいっさいないから、オリヴァーはぼくに娯楽を求めるしかないだろう。今やキスについての交渉も成立したので、ぼくはオリヴァーを大いに楽しませるつもりだった。

ぼくは紳士だから、先にオリヴァーにバスルームを使ってもらった。そのあとで歯を磨こうとバスルームに入り、我が家に連れてきた魅力的な男性と寄り添う前にシャワーを浴びなくてもいいだろうと判断した。歯ブラシを口に突っ込んだとき、スマートフォンがしつこく光っているのに気づいて、よく考えもせずにアラート通知をチェックした。問題は、最近のグーグルの「セレブの子どものほどほどの失敗」に関するニュースがあまりたいしたものじゃなかったせいで、ぼくの警戒心がかなり薄れていたことだった。だから、「普通の生活：ルーク・オドネルの取るに足りない出来事　執筆者：キャメロン・スペンサー」というタイトルにひどいショックを受けてしまった。

「ルーク・オドネルは有名人ではない」と記事は始まっていた。「彼の両親でさえ有名人とは言えない――セレブたちのライフスタイルに関する当コラムで、いわゆる〝有名人〟と呼ばれる彼らですら、その名を聞けば、『誰だっけ』とか『もう亡くなっていたと思った』という声があがりそうな人たちである。本当に有名な人を見聞きしたとき、あの人だと誰もがすぐにわかるような人々ではない。一カ月ほど前、あるパーティで筆者がルーク・オドネルと会ったとき、共通の友人が話してくれた。彼の父親はあのリアリティ番組に出ている、あの男だと（詳しく述べると、〝あの男〟とはジョン・フレミングのことで、〝あのリアリティ番組〟とは『ホール・パッケージ』である）。当時、〝メディアに取りつかれた文化〟について絶えず聞かされていたにもかかわらず、わたしにはその男の名も番組名もまるでピンとこなかった。しかし、会話のきっかけを作るにはそのことを持ち出すのが適切と思われたので、わたしはルークに近づいた」

オーケイ、この記事は大丈夫。事実を述べただけのものだ。ぼくに最近起こったことに関する事実を述べたもので、こんな記事など書くはずがないとごまかした男も関わっているが、とにかく単なる事実にすぎない。

「『やあ』とわたしは声をかけた。『きみはジョン・フレミングの息子だろう？』と。彼がわたしを見たときの、熱を帯びた青みがかった緑色の目——十五年前なら、〝ベッドに誘っている〟目と呼ばれただろう——は決して忘れられない。期待と恐れと疑いを同時にたたえた目だった。この男は、無名の人間であることがどういうものか知らないのだとわたしは思った。その瞬間まで、そういうことがどれほどの重荷なのか、わたしは気づいていなかった。ありふれた言い方ではあるが、二十一世紀の今、有名であることは宗教に代わるものとなっているのだ。我々の世界ではビヨンセに関わるものや、ブランジェリーナ（アンジェリーナ・ジョリーとブラッド・ピットの元夫妻を指す）に関わるものが、古代の神々や英雄たちが去ったあとの空白を埋めている。しかし、大半の陳腐な言葉と同じように、そこには真実の要素がある。そして古代の神々は容赦なかった。怪物ミノタウロスを退治して勝ち誇って家に帰るどの英雄テーセウスにも、ナクソス島で彼に見捨てられたアリアドネがいる。黒い帆を張った船を見て、息子が死んだものと誤解して海に身を投げたアイゲウス（テーセウスの父）のような人間もいるのだ」

これもまだ大丈夫だ。大丈夫に違いない。単なる意見だ。ただの言葉にすぎない。何でもないことについて、ご都合主義の無駄口を叩いているだけだ。だけど、彼が描写しているのはぼくの目だ。ぼくのいまいましい目。

「生まれ変わったら、ルーク・オドネルとわたしはうまくいくかもしれない。わたしは彼と会っていた短い間に、自分でも言い表せない迷路からいつまでも抜け出せないような男の姿を目にした。そして、わたしはときどき考える。世の中には彼のような人間がどれほどいるのだろうかと——何十億もの人がいるこの世界では取るに足りない数だとしても、全体として考えるとかなりの数だろう。どの人間も親の七光りに目がくらんで、つまずいている。どこへ進んだらいいかも、何を信じたらいいかもわからずに、このデジタル時代の神という、ミダス王（触れる物すべてを黄金に変える能力がある王）に触れられることによって、祝福を受けたり呪われたりしているのである。

先日、わたしはルーク・オドネルが新しい恋人を作り、人生をふたたび軌道に乗せようとしているという記事を読んだ。しかし、そのことを考えれば考えるほど、彼には乗るべき軌道さえあるのだろうかと思わずにはいられない。わたしの間違いであることを願っている。彼が幸せであることを願っている。だが、彼の名を新聞で目にするたび、わたしはあの奇妙で、取りつかれたような目を思い出す。そして疑念を抱くのだ」

ぼくは歯ブラシをそっと洗面台の横に置いた。そして冷たいバスルームの床にくずおれると、ドアにもたれて胸に両膝を抱えた。

31

「ルシアン？　大丈夫か？」オリヴァーがバスルームのドアを礼儀正しく叩いていた。いつから叩いていたのかわからない。

Tシャツの袖で目を拭った。「大丈夫だ」

「本当か？　かなり長くそこにいるじゃないか」

「大丈夫だって言っただろう」

ドアの外でためらう気配があった。「きみのプライバシーは尊重したいが、だんだん心配になってきたんだ。具合が悪いのか？」

「いや、具合が悪いなら、具合が悪いと言うよ。大丈夫だから、大丈夫だと言ったんだ」

「大丈夫だという声には聞こえない」この上なく忍耐強そうなオリヴァーの口調だった。「正直に言わせてもらうと、大丈夫だという行動にも思えない」

「とにかく、こういうのがぼくの行動なんだ」

するとと、軽いドンという音が聞こえた。向こう側でオリヴァーがドアに頭を押し当てたかのように。「それを疑うわけじゃないが、ただ……今日はいろんなことが起こったから、何かに動揺しているなら、話してほしいだけだ」

オリヴァーがたてたよりも大きめの音をたてて、ぼくはドアに後頭部を押し当てた。思ったよりも強く打ちつけてしまった。急に痛みを感じたせいで物事がはっきりしそうだと感じられたが、たぶん違ったのだろう。「きみがそうしたがっていることはわかるよ、オリヴァー。でも、すでに話しすぎるほど話してしまった」

「もし、今夜のことを意味しているなら、ぼくは……どう言ったらいいかわからない。あんなつながりをきみと持ててうれしかった――自分が重要な存在だとわかってうれしかった――そして、あのことを二人とも後悔すべきじゃないと思っている」

「すべきじゃない、というのは、しないのと同じではないよ」

「そのとおりだ。きみもぼくも確信は持てないだろう。五年後に振り返って、これが最悪の思いつきだったと考えないとはね。しかし、そういうリスクにぼくは喜んで耐えるつもりだ」

ぼくは床のタイルの目地からグラウト材を意味もなく削り取っていた。「それは何かを後悔するとき、きみは一杯の紅茶とかジンのボトルとかを手にして、一人で家にいるからだ。ぼくが何かを後悔するときは、『デイリー・ミラー』の八ページ目を読みながらそうしている」

「ルシアン、きみにとって今回のことが不安なのはわかっている。だが――」

「これは単なるくだらない不安じゃないんだ。ぼくの人生なんだよ」爪が引っかかって、みっともなく割れてしまい、指先には半月形に血がにじんだ。「きみにはどんなものかわからないんだ。ぼくがしてきたあらゆるばかげたことがタブロイド紙に載る。ぼくが捨てられるたびに載る。ぼくが利用されるたびに。ほんの少しでも無防備になるたびに。そういうことが永遠に続くんだ。誰にとっても。まともな記事ですらない場合もある。地下鉄の車内で誰かの肩越しに覗き見るような記事だ。店の前を通りながら買いもしない新聞に目をやったとき、半分しか見えない見出しになるものだ。クソをするとき、スマートフォンでスクロールさせるような記事だよ」

長い長い沈黙が続いた。「何があったんだ？」

「きみだよ」ぼくは言い返した。「きみはぼくを混乱させ、物事は変わると信じ込ませた。けど、物事なんて変わらないんだ」

またしても沈黙が続いたが、さっきよりも長かった。「そんなふうに感じるなら、すまないと思う。しかし、今起こっていることが何であろうと、ぼくに関することだけではないだろう」

「かもしれない。でも、今のぼくが対処できるのはきみなんだ」

「だから、バスルームのドア越しに口論することで対処しているのか?」

「こんな関係はうまくいかないと告げることで対処してるんだ。フェイクのつき合いでさえ、ぼくには手に負えないらしい」

「ルシアン、もし、ぼくを捨てるつもりなら——」オリヴァーの口調はとてもとても冷たくなっていた。「せめて面と向かってそうしてくれないか? 厚さ五センチの合板越しにではなく」

ぼくは顔を膝に伏せたまま、頑として泣くまいとした。「悪い。こういう形ってことになる。警告しなかったとは言わせないぞ」

「警告はされたが、ぼくにはもっとましな仕打ちをしてくれることを願っていた」

「いや、ぼくは救いようのないろくでなしなんだ。さあ、うちから出ていってくれ」

ごくかすかな音がした。オリヴァーが取っ手を回しかけたが、考え直したかのように。「ルシアン、ぼくは……こんなことをしないでくれないか」

「クソッ、うせろよ、オリヴァー」

返事はなかった。白いセラミック製の個室にいるぼくには、彼が着替えて立ち去る足音が聞こえた。彼が出ていって玄関のドアが閉まった音が。

しばらくの間、混乱のあまり、何もできなかった。それから、混乱のあまり、ブリジットに電話をかけることしかできないと思った。だから電話をかけた。

彼女はすぐさま電話に出た。「何か問題でもあったの？」

「ぼくにね。問題があるのはぼくだ」

「どうしたんだ？」ブリジットの電話はとても性能がいいらしく、眠そうなトムの声を拾った。

「緊急事態なの」彼女はトムに言った。

彼はうめき声をあげた。「ただの本だろう、ブリッジ。午前一時半に本がどんな問題を起こすというんだ？」

「出版のことに関する緊急事態ではないの。友達の緊急事態よ」

「そんなふうだから、きみを愛してるんだ。きみくらい優しくて誠実な人はいない。だが、ぼくは予備の部屋で眠ることにする」

「そうしなくてもいいわ。すぐに切るから」

「いや、そうはならないだろう。急いで切ってほしくもないよ」

ちょっと通話状態が悪くなり、寝具のこすれる音とおやすみのキスの音が聞こえた。それからブリジットがまた電話口に戻った。「オーケイ、いいわよ。どうしたのか話して」

口を開いたが、何を言ったらいいのかわからないことに気づいた。「オリヴァーと別れた」

少し間があった。「ひどい話だということしか言葉が見つからないわ。でも……今、何をしていたの？」

「ありがとう」笑い声をたてたが、すすり泣きに近い音だった。「いつもぼくを支えてくれて」

「ちゃんと支えてるわよ。だからこそ、あなたがまずい決断をすればわかるの」

「決断なんかじゃなかった」ぼくはうめいた。「ただ、そうなってしまったんだ」

「何がそうなってしまったのよ？」

「きみがいると混乱するから出ていけって、彼に言った」

「うーん」ブリジットの困惑した顔が目に浮かぶような声だった。「どうして？」

考えれば考えるほど、どうしてだかわからなくなった。「『ガーディアン』にぼくのことが載ってるんだよ、ブリッジ。いまいましい『ガーディアン』に」

「オリヴァーとつき合うことにしたいちばん大事な点は、タブロイド紙よりもましな新聞に載ることじゃなかった？　なんてったって、『ガーディアン』は高級紙よ。あそこに載るセレブのセックス絡みの記事は、国会議員とか王族に関するものだけでしょ」

「ただのセックス絡みの記事よりもひどい。有名人をもてはやす文化によって、だめにされた犠牲者がぼくだという、考えさせられる意見の記事なんだ。書いたのはマルコムのTパーティでぼくがナンパしそこなった男」

「読んだほうがいい？」

「当たり前だよ」ぼくはバスルームの隅でさらに縮こまった。「みんな読むだろう」

「つまり、それを読んだほうが、もっとあなたの助けになれるかってことなんだけど」

ぼくは口ごもって、もごもごとつぶやいた。

「わかった。読んでみる」

少し間が空いた。ブリジットはアプリを開いて記事を読んでいる。その間ぼくはぶるぶる震えて汗をかき、吐き気を覚えていた。

「ワオ」ビリジットは言った。「とんでもないバカ野郎ね」

その答えは期待していたほど慰めにはならなかった。「だけど、彼の言うとおりだろう？　ぼくは有名人の半人前の残骸にすぎない。決して普通の生活を送ることも、普通の人間関係を築くこともないし、それに――」

「ルーク、やめて。わたしは出版社で働いてるの。明らかなたわごとなら、一キロ離れたところからでも嗅ぎつけられるわ」

「だけど、ぼくはそんなふうに感じてるんだ。あの記者はそれを見抜いたに違いないし、今や世界じゅうの人にもわかるだろう」壁に頬を押し当て、冷たさがいくらか助けにならないかと願った。「それは、ただぼくがヤッてるところとか吐いてるところの写真が載った記事とは違うんだ……またマイルズのときみたいなことなんだよ」

「マイルズのときとは全然違うわ。これは出会ってから五秒も経たないうちに、あなたの名前を利用してやろうと思った奴の記事よ。特に内容もない、平凡そのものの記事を売り込むためにね。それに、あんなに古典ばかり引用する記事を書く奴なんて、ものすごくちっちゃいアレの持ち主よ」

ぼくは奇妙なしゃっくりみたいな笑い声をたてた。「ありがとう。なんかさ、災難に遭ったと思っていたけど、ぼくが探していたのは、見知らぬ男のアソコを侮辱する機会だけだったとわかったみたいな感じだ」

「慰めはいろんな形でもたらされるものよ」

たぶんそうだろう。でも、慰めはいろんな形でなくなるものでもある。「いいか、ぼくは誰も好きにならないでいたかったんだ。実際、人を好きにならないでおこうとずいぶん努力した。なのに、誰かに好意を持ち始めたとたん、このざまだ」

「どこでそれがわかったの？」ブリジットは静かに訊いた。「午前二時にこうして電話で話していてわかったというなら、わたしが覚えているかぎり、二人ともしょっちゅうあることでしょ」

「ブリッジ、死の床に就いているとき、ぼくたちが最後にすることがお互いに電話をかけることだったらいいと思うよ。とにかく、オリヴァーのことなんだ」

「そうね、何があったの？　この記事はオリヴァーとはまったく関係ないわよ」

「わかってる。だけど――」考えをまとめようとしたが、どうしてもまとまらなかった。「彼は優しくしてくれたし、そのせいで安心感も覚えたけど、ぼくにはそうしてもらう価値がないかもしれない。だから、気持ちが穏やかで幸せになるのと同時に、最悪の気分にもなった。それからこんなことが起こって、どうしていいかわからなかった。今後もこういうことはあるだろうし、普通の人間みたいに生きようとしているかぎり、ぼくはうまく対処できないだろう」

　ブリジットは悲しそうなため息を深々とついた。「愛してるわ、ルーク。そんなことを聞いててつらい。でも、〝自分をみじめにさせる〟ことはあなたが思っているような、万能の解決策ではないと思う」

「今のところは効果があるよ」

「本気で信じてるの？　プリングルズの空の筒でいっぱいのフラットに一人きりでいて、あの記事を読んだほうが、もっと気分がよかっただろうなんて？」

「まあ、少なくともそれだと、バスルームのドア越しに誰かと別れなければならなかったってことはなかっただろう」

「あなたは彼と別れなければならなかったわけじゃないわ。彼と別れることを選んだのよ」

　ぼくはタイルに額をつけた。「ほかにどうすればよかったんだ？」

「そうね、これはかなり過激な意見に聞こえるかもしれないけど」ブリジットがぼくに腹を立てている口調にならないようにと大いに努力しているときは、いつもわかる。今がそのときだ。「でもね、何か動揺することが起こったとオリヴァーに告げて、それについて話し合おうという考えはちらっとでも浮かばなかったの？」

「全然」

「そうするのがよかったかもしれないとは思わない？　それが役に立ったかもしれないとは思わないわけ？」

「そんな単純なことじゃないんだ」ちくしょう。ぼくはふたたび泣いていた。「ぼくにとっては」

「単純なはずよ、ルーク。ただやってみればいいの」

「だろうな。でも、やり方がわからない。記事を新聞で見て、急に感じてしまったんだ。この一カ月、自分が全裸で歩き回っていたのに、それに気づきさえもしなかったみたいに」

「でも、あなたはオリヴァーといることが好きだったのよね」

「そうだよ」鼻声で言った。「本当に好きだった。でも、そんな気持ちはこのことにふさわしくない」

ブリジットは意見を支持したいけれど困惑しているといった声で言った。「わからない。このこと、って何？　どっちみち、あの記事は載ったでしょ。あなたは誰とも別れられないんだから、オリヴァーとも別れる必要はないじゃないの」

「いや、どっちでもない。その両方なんだ。何もかも全部入ってるんだよ。ああもう、ぼくはどうしようもない最低男だ」

「あなたは最低男じゃないわ、ルーク。ときどき、最低なことはするけど。とにかく、最高に愛想よく言うけど、何を言ってるんだか、まだわたしにはわからない」

ぼくは爪のぎざぎざになったところを歯で引っ張った。「言っただろう、何もかもだって。ぼくには無理だ……だめなんだよ……誰かとつき合うことが。誰とも恋愛関係になれない。もうできないんだ」

「魔法の公式なんてものはないのよ」ブリジットは言った。「誰にとっても大変なものなの——わたしが何回しくじったか、あなただって見てきたでしょ——だけど、挑戦し続けなければならないのよ」

壁からずるずると滑り下りていってバスルームの床に縮こまり、スマートフォンを肩と顎で挟んだ。「そういうことじゃないんだ。これは……そういうことよりも大きなことなんだよ。それは……」

「それは何なのよ？」

「それはぼくのことだ」またしても吐き気を催したが、原因は身体的なものじゃないだろう。「誰かと一緒にいるときの自分の感情がたまらなく嫌なんだ」

少し間が空いた。ブリジットは尋ねた。「どういう意味？」

「ガスをつけっぱなしにしてきたような感じなんだよ」

「ふーん。今のわたしの顔があなたに見えなくてうれしいわ。何を言ってるのか、相変わらずさっぱりわからないんだもの」

ぼくは両膝と両肘を体に引き寄せ、小さくなって消えてしまおうとした。「ああ、わかってるはずだ。ある日、ぼくが家に帰ってみると、自分の全世界が焼き尽くされていたってこと」

「ともかく」ブリジットは苦しそうな声を出した。「それにはどう言ったらいいかわからない」

「きみには言えることが何もないからだ。ただそういうものだってこと」

「オーケイ」ブリジットはきっぱりと言った。第一次世界大戦の司令官が部下たちに攻撃を開始させるときの、根拠のない自信がこもった口調で。「言うべきことがわかった」

「ブリッジ……」

「だめ、聞いて。実際には選択肢があるの。その選択とは、あなたが二度と誰のことも信じないで、そうすれば誰にも自分を傷つけられないというふりをすること。そうじゃないのは明らかだけどね。または、そんな行動をとらないことよ。もしかしたら、あなたの家は燃えてしまうかもしれない。でも、少なくとも、温かくはなれるわ。それにたぶん、次に住む場所のほうがもっといいでしょ。その家にはＩＨコンロもついてるかも」

おかしなことを言って、問題から気をそらせようとするブリジットの戦略が意図的なものか、そうじゃないのかはわからなかった。「どうやら〝ぼくに激励の言葉をかける〟ということから〝放火を支持する〟ほうへ話がそれているようだけど」

「わたしが支持しているのは、あなたが明らかに夢中で、あなたをちゃんと扱ってくれるすてきな男性を手に入れるチャンスをつかめってこと。そのチャンスとは放火することなら、そう、放火しなさいよ」

「だけど、ぼくはすでに彼を捨てたんだ」

「だったら、拾いなさい」

「そんな――」

「もしもう一回、『そんな単純なことじゃないんだ』って言ったら、ウーバーを使ってそっちへ行って、あばらをうんと突いてやるから」

またしても涙が出そうな奇妙な笑い声をあげてしまった。「ウーバーは呼ぶなよ。彼らのビジネスのやり方は倫理的じゃないんだ」

「要するに、すべての修復が可能だってこと。あなたがオリヴァーといたければ、一緒にいられるのよ」

「でも、彼のほうはぼくといるべきだと思うか？　つまりさ、オリヴァーは父に会えるようにと車を運転してはるばるランカシャーまでぼくを連れていってくれて、ぼくのために父に立ち向かってくれて、またしても遠い距離を家まで戻ってくれて、あげくの果てにバスルームのドア越しに別れを告げられたんだ」

「そうね」ブリジットは認めた。「理想的とは言えない。それに、彼の気持ちを相当ひどく傷つけたでしょうね。でも、結局、あなたといたいかどうかはオリヴァーが決めることよ」

「で、オリヴァーはトイレで泣いている男とつき合わないと、きみは思ってないんだな？」

「人は意外な行動をとるものだと思ってるわ。それに実際、あなたに失うものなんてある？」

「プライドかな？　威厳とか？」

「ルーク、お互いわかってるでしょ。あなたにはそんなものはないって」

またしても笑わされてしまった――これがブリジットのスーパーパワーに違いない。

「だからって、オリヴァー・ブラックウッドにぼくを思い切り蹴っ飛ばすチャンスを与えたくないな」

「そんなことにはならないわよ。でも、話からすると、彼にはそうする資格がありそう。とにかく、うまくいくかもしれないわ」

「まあね」ぼくは小声で言った。「イラク侵攻のときもそんなことが言われていたな」

「わたしたちが話題にしてるのは、あなたに二度目のチャンスを与えてくれとキュートな男性に頼むことよ。戦争を始めることじゃないでしょ」

「きみにはわかってないんだ。これまで何度、オリヴァーが二度目のチャンスをくれたかってことをさ」

「それって、彼があなたを好きに決まってるってことよ。さあ、オリヴァーのところへ行って悪かったと言いなさい。戻ってきてほしいって。あなたが悪かったのも、彼を好きなのも確実なんだから」

「だけど、失敗するかもしれないし、オリヴァーが会いたがらないかもしれない。あるいは――」

「あるいは、あなたたちは一緒にあり得ないほど幸せになるかもしれない。もし、うまくいかなかったら、いつものように二人で考えましょ」

約五十パーセントは慰められ、あとの五十パーセントはばつの悪い思いにさせられた言葉だった。「ぼくがショックから立ち直るのをいつも助けてくれなくてもいいんだよ」

「友達ってそういうものでしょ。お互いに相手がショックから立ち直るのに手を貸したり、トイレで吐いてるときは髪を持ち上げてあげたりするのよ」

「きみってほんと、感傷的な奴だな、ブリッジ」

「吐いてる誰かの髪を持ち上げてあげるのは、あなたができるいちばん愛情のこもった行為よ」

「あのさ、飲む量を減らせばいいだけじゃないかな？」

「そうできなくはないけど、そうしないことにしてるの」

ぼくは小声で言った。

「なんて言ったの？」

「愛してるよ、ブリジット」

「わたしも愛してる、ルーク。さあ、あなたの男をつかまえに行きなさい」

「午前三時に？　こんな時間にいいのか？」

「ロマンチックでしょ。あなたは雨の中で彼を追うのよ」

「雨は降ってないよ」

「気分を台なしにしないで」

「オリヴァーは丁寧なスマートフォンでのメッセージのほうが気に入ると思わない？　彼もぼくもちゃんと睡眠をとったあとでさ」

ブリジットは激怒してキイキイ声をあげた。「だめ。それに、彼は眠れるはずないわ。窓から外を見つめてるでしょうね。あなたも自分と同じ月を見ているだろうかと考えながら」

「違う月を見られるはずないだろ？　それに、オリヴァーには月が見えないよ。どうやら雨が降ってるみたいだから」

「オーケイ。行くのを先延ばしにしているだけなようだから、もう切るわね」

ブリジットは電話を切った。

彼女との話が終わったあと、ぼくはゆっくりと体を伸ばした。まだ立ち上がる準備もバスルームを離れる心構えもできていなかったが、勝機を見いだせそうなところはないかと探していた。ブリジットが熱心に勧めた計画だけど、ばかげているほど朝早くにオリヴァーの家の玄関先に姿を見せることが、彼女が期待しているほどロマンチックだとか自然な行動と受け取られる自信はなかった。前にも同様の行動をとったことがあったから、なおさらだ——少なくとも、あれはもうちょっとまともな時間だったけど。言い訳かもしれないが、あのときはオリヴァーがぼくに別れを告げたのだ。だから、ある意味、これでおあいこだった。厳密に言うとオリヴァーがぼくを捨てたのは、ぼくの振る舞いのせいで、ぼくが彼を捨てたのは、あー、厳密にはぼくの振る舞いのせいだという事実を無視すれば。

それに、ぼくのたわごとに対処したいかどうかを選ぶのは彼に任せろというブリジットの言い分はわかるが、予感がするのは抑えられなかった。ぼくたちのたわごとは、選択がどうこうと悩む段階じゃないところまで達してしまったのではないかと。なぜって、オリヴァーの手に入るのはこんなものだから。つまり、五年間も皮肉や無関心という状態に隠れてきて、正直なところ、そうなる前もたいしてすばらしくない男ってことだ。オリヴァーのために、ぼくはそんな人間になりたくなかった。自分を傷つけそうなものに出会うたび、人に食ってかかったり逃げたりしたくはない。でも、そんな状態から抜け出すには、一カ月あまりのフェイクなつき合いと二回ほど食べたフレンチトーストだけでは足りないだろう。

ぼくがオリヴァーと二度と口を利かないほうが、誰にとっても話は簡単になる。だけど、ブリジットは正しい。オリヴァーは簡単なんかじゃない、まともな扱いを受ける権利がある。それがまたしてもオリヴァーの家の玄関先にぼくが立つことを意味しているなら、また、し、て、も、ぼくが謝罪することを意味しているなら、そうするべきだ。もしかしたら、今度はオリヴァーに自分のことをさらけ出せるかもしれない。めちゃくちゃになったところも、傷ついて取り乱すところも何もかも。そして彼のおかげで、もっとましな人間になったところも。たぶん、オリヴァーにはそんなところを見る権利もあるだろう。

二十分後——不本意ながらも——ぼくはタクシーでクラーケンウェルへ向かっていた。

32

ぼくはオリヴァーの家の前の舗道に立っていた。これがどんなにまずい思いつきかと考えようとしていたとき、雨が降り出した。少なくとも、雨が降ったことは、なすすべもなく二十分間ためらったのちに、すごすご逃げ帰るという計画の妨げになった。というか、〝すごすご逃げ帰る作戦〟を完全に却下したわけじゃなかったが、なぜか気がつくと、午前四時にオリヴァーの家のドアベルを鳴らしながら、カッコ悪く濡れたままびくびくしていた。

ああ、まずい。なんてことをやってしまったんだ？

オリヴァーの家のきれいなガラスパネルのドアを見つめながら、ベルを鳴らすいたずらをした子どもみたいに、逃げるにはもう遅いだろうかと考えていた。そのとき、ドアが開き、オリヴァーが現れた。ストライプ柄のパジャマを着ている顔は蒼白で、目の縁は赤かった。

「ここで何をしているんだ？」オリヴァーは〝今、もっとも不要なのはこれだ〟という意味のこもった口調で言った。

どう答えていいか何も思いつかなかったので、スマートフォンにキャムの記事を呼び出してオリヴァーの顔に突きつけた。映画でＦＢＩ捜査官がやるみたいに。

「これは何だ？」彼は目を細めて見た。

「ぼくがどんな負け犬かについての記事だよ。一カ月と五分前にぼくが出会った男が書いたものだ」

「きみに起こされたとき」オリヴァーが言った。「真夜中と言えるのは二時間も前のことだから、真夜中とすら呼べない、社交に向かない時間に起こされてぼくは期待したんだ。せめて謝罪するために、きみが戻ってきたんじゃないかと。濡れたスマートフォンで、きみの背景に関する記事を読めと頼まれるとは予想もしなかった」

クソッ、しくじっているじゃないか。「つまり、そうしている。謝ってるんだ。だけど、パニックになった理由を知ってほしかった。ことの背景を」

「ああ、そうだな」オリヴァーは冷淡な表情だ。「どんな謝罪においてもいちばん重要な部分だろう」

髪の先から雨のしずくが伝ってぼくの顔に落ちる。「オリヴァー、すまない。本当に悪かった。きみを追い出して悪かったよ。キレてしまったことも謝る。ひどいパーティに出ている情緒不安定なティーンエイジャーみたいに、バスルームに閉じこもってしまって、悪かった。謝罪が下手くそですまない。最低のフェイクのボーイフレンドですまない。きみの家の玄関先に現れては、やり直すチャンスをくれと懇願してばかりで、すまないと思ってる」

「きみの行動を理解していないわけではない……そう、いくつもの行動を」オリヴァーはこめかみをさするしぐさをしていたが、ぼくをどう扱ったらいいかわからないという意味だろう。「ただ、こんなことが起こってばかりいる理由は理解できない。正直なところ、今夜何が起こったのかすらわかっていないんだ」

「だから、これだよ」大声をあげ、スマートフォンを振り回した。「ことの背景を教えようとしてるんだ」

彼はぼくからスマートフォンに視線を向け、またぼくを見た。「中に入ったほうがいいだろう」

家に入り、ぽたぽたとしずくを垂らしながら玄関ホールに立っていた。彼もぼくもこれからどうなるのか、よくわかっていないようだった。

するとオリヴァーが言った。「ちょっと時間を取って体を拭いたらどうだ。読んできみの気持ちが落ち着くなら、この記事を読んでみるよ」

読んでもらっても気持ちは落ち着かないだろうけど、記事をオリヴァーの鼻先に突きつけたのだから、今さらあとへは引けない。それに、正直で率直になろうと自分に誓っていた。そして、ああ、助けを求めようと。

パニックに駆られまいとしながら、ぼくはオリヴァーに従って二階へ行った。そこで彼は衣類乾燥棚からタオルを一枚取った。当然、オリヴァーのところには衣類乾燥棚があるだろう。そして当然のようにタオルはふわふわで、いいにおいがした。ぼくはタオルをひしと抱き締めた。

オリヴァーはバスルームのほうへとぼくを軽く押しやった。「ドアの裏にバスローブがかかっている。ぼくはキッチンにいるよ」

数分後、さっきよりも体が乾いて軽くなったように感じながら、紺色のフリース地のバスローブに身を包んで下へ行った。オリヴァーはテーブルの前に座り、しかめっつらでぼくのスマートフォンを見ていた。

「ルシアン」期待していたほどは望みが持てそうにない表情で彼は言った。「ぼくはまだ困惑している。きみの反応から、なんというか、少なくともぼくたちのキャリアを危うくしかねない記事を読んだのかと思った。これは意図が見え透いた記者による、ご都合主義で内容のないたわごとじゃないか」

きまり悪さを感じながら彼の向かい側の椅子に滑り込んだ。「わかってる。だけど、さっきは真実を突いているという気がしたんだ」

「同情しないわけではないと言いたいが、きみはバスルームに閉じこもってドア越しにぼくを捨てたから、同情は示しにくい」

「ぼ……ぼくもそれはわかってるよ」

オリヴァーは片脚をもう一方の脚と交差させた。いやに上品ぶってまじめくさった態度だ。「きみに理解してもらわなければならないのは、正式につき合ってはいなくても、頼りにする約束を互いにしたということだ。信じられないような行動をきみがとったとき、ぼくは影響を受けた。ロジスティックスの面でも、そして――」堅苦しい態度で小さく咳払いする。「感情の面でも」

これはぼくが嫌いだと思ったオリヴァー・ブラックウッドの態度そのものだった。手厳しくて容赦なくて、なんだか校長先生みたいで、風変わりなところもなく、自分は失敗やへまをしないという優越感をかすかに漂わせている。けれども、前よりも彼のことが理解できるようになった今、ぼくのせいで傷ついているのだとわかった。

「自分がひどい仕打ちをしたことは知ってるし、いくつもいくつもある問題は、そんなことをした言い訳にならないことも知っている。こんなことは二度としないと言えたらいいけど、言えない。またやるんじゃないかと不安だからだ」

「きみの正直さには感心するが」まだ冷ややかな口調でオリヴァーは言った。「そのことでぼくたちがこれからどうなるのか、よくわからない」

「きみがどうなるかは言えないけど、ぼくがどうかと言えば、もう一回、このつき合いを試したい。そしてもっとうまくやれるようにしたいんだ」

「ルシアン……」オリヴァーは静かにため息をついた。「本当のところ、ぼくは両親の記念パーティに一人で行きたくない。だが、別の人間を探すにはもう手遅れだ」

それはブリジットがぼくに期待させたような、またこの腕の中に戻っておいでといった展開ではなかった。「もし、きみが必要としてるのがそういうつき合いで、それしか求めていないのであれば、ぼくはまだ手を貸せる。たぶん、きみのことをよくわかってると思うから、一回のパーティだけなら、ぼくはボーイフレンドってことで通る。たとえ、それまではお互いに一言も話さなくても」

「きみの仕事関係はどうなんだ?」

「大丈夫だろう」肩をすくめた。「ほとんどの寄付者は戻ってきてくれた。それにほら、考え始めたんだ。もし、彼らがぼくの私生活にまた口を出してきたら、雇用審判所へ訴えると言って立ち向かえるかもしれないと」

オリヴァーはぼくを見つめていた。銀色がかった灰色の瞳が探るような表情を浮かべている。「なぜ、前はそうできなかったんだ？」

「解雇されるのが自分にはふさわしいと感じていたからだ」

「今はそう感じないのか？」

「ときどきは感じる。だけど、そんなにたびたびじゃない」

「なぜ、変わったんだ？」オリヴァーはいぶかしげな顔つきで尋ねた。

ぼくはうめいた。「それを言わせないでくれよ」

「言わせるって、何を？」彼はいらだたしそうに片脚を揺する。「いつもほど慧眼ぶりを発揮できなくて悪いが、たった三時間しか寝ていないからな」

「〝慧眼ぶり〟なんて言えるんだから、充分に寝ているだろう。オリヴァー、きみだよ。きみが理由なんだ。きみが物事を変えた。なのに今、ぼくはそれを台なしにしてしまった。悲しいよ」

一瞬、彼の表情がやわらいだ。と思ったとたん、また険しい顔になった。「もし、そんなに前向きな影響をぼくが与えていたなら、誤植で有名な新聞のあんな何でもない記事を読んだからって、いったいなぜ、バスルームのドア越しに別れを告げたんだ？」

「もっといい人間になれるはずなのに、ぼくが相変わらずどうにもならないだめな男だってことを、きみは軽く見過ぎてる」

「きみはどうにもならないだめな男ではないよ、ルシアン。ぼくは二週間後にまたこんなことを経験したくないだけだ――そうならないと、きみは保証できないわけだし」

ぼくは深く息を吸った。「オーケイ。いいかな、真相はきみもぼくもつき合いが苦手だってことだ。だからそもそも、こんな状況に陥っている。でも、きみは間違ったことを頼んでいる気がする」

「そうかい？」オリヴァーは納得がいかない様子で片方の眉を上げた。「きわめて妥当な頼みごとをしていると自認しているが。フェイクであろうとなかろうと、ぼくたちのつき合いが、自分のひどい行動を謝罪するきみがうちの玄関先に現れることで絶えず中断されないようにと」

「それがよくない理由はわかる。ただ、本当の問題がそれなのかどうかは確信が持てない。過剰反応しないとか、八つ当たりしないとか、あるいは言うべきじゃないことを言わないと、どんなふうに約束したらいいかわからないんだ。ぼくにできる約束は、約束すべきなのはそのことだと心から思うんだけど、きみに対して正直になることだろう……自分に何が起こっているかについて」ひどい苦しみだ。それは間違いない。

「今夜、ぼくはそうすべきだった。だから今、こうしているわけだ」

長い沈黙があった。いい沈黙なのか悪い沈黙なのかは、半々の確率だろう。

「いいだろう」オリヴァーは警戒のまなざしでぼくを見た。「きみが提案したように、ぼくに対して正直になるとしたら、何を話すつもりなんだ？」

ぼくは口を開いた。何も出てこない。

「どうやら」オリヴァーはささやくように言った。「この計画には欠点があるようだ」

「いや、違う。ちょっと時間をくれ。ちゃんとやれる。誰かを信じることができる。

なぜ、こんなに難しいのだろう？　相手はオリヴァーじゃないか。つまり、友達じゃない人間では、この十年に出会った中でいちばんまともな人間なのに。ちくしょう。

ほら、感情とかなんとかでさ」

「えーと」言ってみた。「なんかすごく変なことに聞こえるかもしれないが、バスルームを借りてもいいかな？」

「悪いが、設備を使いたいと頼んでいるようには思えないんだが？」

「いや、ぼくは……ただ、バスルームに入りたいだけだ」

「もし、またしてもドア越しにぼくをふるつもりなら、激怒するぞ」

「そんなことはしないよ。ぼくの最終目標は、同じ部屋でこういった会話をできるようになることだ。でも、ほら、ほんの少しずつ前進するってところかな？」

オリヴァーは降参だという身振りをした。「わかったよ。そうすることが必要なら」

そんなわけで、ぼくはオリヴァーの家のバスルームに入り、ドアの鍵を閉めて背中をもたせかけて床に腰を下ろした。「これでも声が聞こえるか？」

「大きくはっきりとね」

「オーケイ」息をしろ。息だ。息をしなくちゃ。「これは……何であっても……ぼくたちがしてるのは、その……この五年間でぼくに起こったうちで最高のことだ。この関係がフェイクなのはわかるけど、そんなふうに感じられない……よくわからないけど、しばらくの間は。それに、おかげでぼくのめちゃくちゃな暮らしぶりが変わったと思う。そういうのは何もかも、とても、とても……すばらしい。だが、同時に自分が無防備で怯えているようにも感じている。そう、いつも」

ドアが少し揺れ、つかの間、どうしたのかと思った。けれども、たぶん、オリヴァーがこのドアの向こう側でぼくと背中合わせになるように座ったのかもしれないと考えた。「ぼくは……ルシアン、どう言ったらいいか、わからない」

「何も言わなくていいよ。ただ聞いててくれればいい」

「もちろんだ」

「だから、あの記事を見たとき、昔のあれこれを思い出してしまった。ぼくは……そう、つまり、この前につき合っていた男だけど——マイルズというんだが……大学時代にずっとつき合ってて、卒業後も短い間交際した。これは大学時代に二人を結びつけていたものが実社会ではうまくいかなくなる関係の一つだと思う。ぼくたちはギクシャクした時期を経験した。どれくらいこじれてしまっていたか、ぼくにはわからなかったんだろう。なぜって、マイルズはぼくから去って、自分の話を売ったんだ……ぼくの話を……ぼくたちの話を……『デイリー』に——『デイリー・メール』だったか、『デイリー・ミラー』だったかは覚えてない。とにかく五万ポンドとかで売ったんだ」

オリヴァーが息を吸い込む音が聞こえた。「どう言ったらいいのだろう。さぞひどい気分だったに違いない」

「相当ひどかったよ。ぼくが耐えられなかったのは……恋に落ちているとき、人は安心感を覚えるものじゃないかな？　いろんなことができるし、試してみられるし、失敗してもかまわない。それで大丈夫なんだ。お互いのことがよくわかってるからな。ぼくたちもそうなんだと心から信じていた。でも、マイルズはそういう話をマスコミに持っていって売り込んだ。そしてマスコミは五年間のぼくの暮らしを変えてしまった。ぼくは3Pを二回、経験して、一度なんかはソーホーでのパーティでコカインまで使用したんだ」

「話してくれてありがとう」オリヴァーはドア越しにささやいた。「きみにとってどれほどつらいことか、よくわかるよ。ぼくを信じてくれたことに感謝する」

そこで終わりにするべきだった。でも、どういうわけか、最悪のことを話し始めてしまった今、止まらなくなった。「マイルズはぼくの母に会った。彼に家族のことを話したんだ。父についてや、ぼくがどんなふうに感じていたか、何を望んでいたか、何を怖がっていたかを。マイルズはそういったすべてをとても醜くて安っぽい話にしてしまった。そして、今では誰もがぼくをそういう人間だと思ってる。たいてい、ぼく自身もそうじゃないかと思ってるよ」

「そんなふうに思うべきではない。そう言うのは簡単だが、なかなか信じられないのはわかる。しかし、きみは新聞に載った写真だの、哀れでちっぽけな人間が書いた、哀れでちっぽけな記事なんかよりもはるかに優れた人間だ」

「かもしれない。だが、そういう記事が母にも跳ね返ってきたんだ。自分を頭がどうかした元有名人扱いしたタブロイド紙がなくても充分なほどつらいことを、母は経験してきたのに」

「言うまでもなく」オリヴァーは静かに言った。「お母さんのことは、きみのことほどよくは知らない。だが、お母さんは——控えめに言っても、立ち直りが早そうな人だ」

「問題はそこじゃないんだ。ぼくが間違った人間を信用したせいで、母が苦しむべきではないってことだよ」

「一人だけだ、きみを裏切ったのは。悪いのは彼だ」

ぼくは天を仰いで頭をドアにつけた。「問題は、そんなことになると思いもしなかったことだ。マイルズのことをわかっていると思ってた。誰よりもよく。なのに……」

「もう一度言うが、それは彼の問題だ。彼が選んだことだ。きみの問題でないし、きみが選んだことでもない」

「頭ではそうだとわかってる。ただ、いつこういうことがまた起こるかはわからない」

「それ以来、誰ともつき合わなかったのか？」

「基本的にはね」うちのバスルームの床みたいにオリヴァーの家の床もほじろうとしたけど、タイルの目地はきれいすぎた。「最初は解放された気分だった。最悪のことはもう起こってしまったから、望むことを何でもしていいんじゃないかと思った。だけど、やりたいことをやると、人々からぼくについての最低の臆測をされることになった。そしてわけもわからないうちに仕事を失って、友達の大半と疎遠になって、健康を損なって、家はゴミ溜めになった」

ドアの向こうでまた動きが感じられた――奇妙なほど気持ちが落ち着いた。まるでオリヴァーに触れられているかのように。「どんなにつらかったか、ぼくには想像もつかない。本当に残念なことだと思うよ、ルシアン」

「残念に思わないでくれ。だって、それからぼくはきみに出会ったんだから」

バスルームを離れることはまだ怖い気がしたけれど、待っていても恐ろしさは減らないという結論に達していた。それに、オリヴァーの家のトイレはぼくのところのよりもきれいだが、残る生涯をここで暮らしたいほど落ち込んでいたわけでもなかった。ふらつきながら立ち上がり、ドアを開けて、オリヴァーの腕の中へまっすぐに飛び込んだ。

「そうだな」数分後、まだ彼にしがみついたまま言った。「最初にこうするべきだった」

オリヴァーは綿のパジャマを着た腕に力を込めた。「そのことはなんとかできるよ」

「つまり、ぼくが戻ってもいいということ？」

オリヴァーは熱のこもったまなざしを向けてくれた。「戻ってきたいかい？　こういう関係がきみにどれほどのものを要求するのか、ぼくはやっとわかり始めたところだ」

「違うよ、オリヴァー。ぼくは朝のとんでもない時間にきみの家にやってきて、バスルームの床に洗いざらいぶちまけたんだ。なにしろ、とても、とてもここの床が気に入ったからな」

「皮肉を言えるくらい、きみの気分がよくなって、おかしなほどほっとしているよ」

思い切ってオリヴァーにほほ笑みかけた。彼はゆっくりと笑い返してくれた。

33

　数分後、オリヴァーの家の狭いキッチンに戻った。オリヴァーはいかにも彼らしい態度でコンロに向かっていた。今のぼくたちに本当に必要なのはホットチョコレートだと判断したようだ。

　何も手出しできずにテーブルの前に座ってスマートフォンをいじっていると、五時をとっくに過ぎていることに気づいた。「今日はくたくたのまま仕事に行くことになるね」

「今日は出廷しないんだ。だから実を言うと、仕事に行くつもりはない」

「大丈夫なのか？」

「まあ、ぼくは自営業だし——もっとも、事務員たちはそんなふうに考えたがらないだろうが——それにこれまで病欠を取ったことはない……一度もね」

　ぼくは悪態をついた。「申し訳ない。また、ぼくのせいだ」

「謝らないでくれ。あんな騒ぎがないほうがよかったとはたしかに思うが、仕事よりも大事なものがあるという考えに達したんだ」

なんて答えたらいいのかわからなかった。キャリアよりも男を優先すべきではないと、ぼくの一部は指摘したがっていたが、その男とはぼくだったから、そんなことをしたら自滅してしまう。「ああ、ぼくも仮病で病欠を取ろうと思ってるんだ」

「きみは実際に大変な目に遭ったんだから、仮病の病欠とは見なされないと思うよ」

「何だって？」ぼくは小鍋をかき回しているオリヴァーの背中の筋肉を眺めた——彼の筋肉なんかにまた目を留めるのは、落ち着きを取り戻しつつあるからなのか、それとも、そもそも自分には落ち着きなんてなかったのか、なんとも言えない。「職場に電話をかけて言うべきかな？　すみません、『ガーディアン』の記事で神経がまいってしまったんです、って？」

オリヴァーはマグカップを二つ持ってくると、慎重にコースターの上に置いた。ぼくはマグカップを両手で包んだ。てのひらにぬくもりが伝わってくる。チョコレートとシナモンの豊かな香りがテーブルのあたりに漂っていた。

「きみは今日、たくさんのことを経験したんだ」オリヴァーは言った。「それを些細なものに見せる必要はない」

「ああ。だけど、些細なものに見せなければ、普通の大きさのものに立ち向かわなければならないだろう。恐ろしいよ」

「ありのままの世界に立ち向かうほうがいいと、ぼくはいつも思っている。何かを隠そうとすればするほど、そいつに多くの力を与えることになるんだ」

「偉そうに言うなよ、オリヴァー」彼に視線を向けた。「セクシーじゃないぞ」

いろいろと考えているらしく、オリヴァーはホットチョコレートのマグカップを四分の一だけ回して飲み、また元の位置に戻した。「とにかく、そのことについて話すとすると——」

「セクシーじゃないことについて？」

「何かを隠そうとすることについてだ」

「ああ」

「きみはバスルームで言ったな。ぼくたちの取り決めは、もはや従来ほどは作りごとに感じられないと？」

「使ったら、からかわれるとわかっている言葉を使って、ぼくを落ち着かせようとしているのか？」

テーブル越しに視線がぶつかった。「あれは本気で言ったのか、ルシアン？」

「ああ」誠実さを促されるよりもひどいことがあるだろうか？　「本気だよ。重要な話に戻れないか？　きみがまさしく〝従来ほどは〟なんて言った時点までってことだけど」

「たまたまだが」オリヴァーはマグカップの位置を直し続けていた。「ぼくも同じことを考えていた」

その瞬間、ぼくは彼の言葉を聞きたくてたまらないのか、聞くのが怖いのかわからなかった。でも、おかげで自分がどれほど変わったかはわかっていた。オリヴァーがいるからもっとうまくやろうと、どんなに真剣に取り組んでいるかを。だから、悲鳴をあげながら逃げたりはしなかった。「オーケイ。いいね？　いいことじゃないか？」

言わせてもらうと、声はほんの半オクターブしか高くならなかった。

「パニックに駆られなくていい。話をしているだけだ」

「戻ってもいいかな、バスル――」

「だめだ」

ぼくは息を切らして言った。「いいかい、ぼくは……さっきも言ったように、そういう気持ちになっている。こんな気持ちになるのは慣れていないんだ。そしてこんな気持ちになるたび、ほかの感情も覚えてしまう。つまり……なんていうか……いつ彼がマスコミに垂れ込むだろうかとか、いつぼくを裏切るだろうかとか、いつぼくをひどい目に遭わせるのだろうかと」

「ルシアン――」

「それに――」思わず彼の言葉をさえぎった。「そんなことに耐えられるとは思わない。きみにそうされたら耐えられないよ」

オリヴァーは考え込むように眉根を寄せ、しばらく黙っていた。「今は約束したり決まり文句を言ったりしても、助けにはならないだろう。しかし、きみの話をタブロイド紙に売るはずはないと請け合う自信はある」

「マイルズだって同じようなことを言っただろうな」

「だが、状況は違う」客観的と言っていいほど口調は落ち着いていたが、オリヴァーはテーブル越しに手を伸ばし、汗ばんでぐんにゃりしたぼくの手を握ってくれた。

「ぼくという人間を信じてくれとは頼まない。信じてもらえたらうれしいに決まっているが、きみが経験してきたことを考えると難しいだろう」

「でも、きみを信じたい」

「無理に信じなくてもいい。しかし、ぼくたちの関係を公表したところで、ぼくには得るものがないし、逆に何もかも失うのだということは信じてほしい。ぼくは特に金を必要としていないし、慎重だという評判が頼りの仕事に十年以上も努力を費やしてきたんだ」

ぼくはこわばった笑みを向けた。「今やぼくの価値は前よりも上がっているだろう。父がテレビに出ているからな」

「まあまあの額を差し出されても、そんな金よりもキャリアのほうがぼくにははるかに重要だ」

脳の中のルービックキューブが完成して、彼の言葉が意味を成すまでかなり時間がかかった。「オーケイ。うん、わかったよ」

「それと、ついでに言えば」オリヴァーは続けた。「きみのことも重要だ」

そう、大事なのはそこだ。「ありがとう。本当に。ぼくは……うーん、これからどうしたらいい？」

「告白するが」オリヴァーの耳のまわりはうっすらと赤くなっていた。「先のことまでは考えていなかった。きみにもぼくにもこれは新しい展開だろう」

「そうだな。逃げ腰だなんて思われたくないけど、どうかな……これまでどおりにやっていくというのは？」

「つまり」彼はゆっくりと言った。「この関係を偽装のままにしたいということか？

きみもぼくも本物の感情があることを認めたのに？」

うわあ、正しいことをしようとするのは大変だ。何もかもだめにすることと、とてもよく似ている。「一度にすべてを変えようとすれば、なぜかうまくいかなくなって、ぼくがきみを見捨てることになるんじゃないかと心配なんだ。で、きみは一人で両親の記念パーティに行くことになって、それはぼくが悪いってことになるんじゃないかと」

「心配してくれてありがたいが、ぼくたちの関係よりも家族のパーティを重視するつもりはない」

「そんなことを考えなくていいよ」もう一方の手をオリヴァーの手に重ねた。「ぼくはときどき錯乱状態になってしまうけど、かまわないでくれ。対処するすべを身に着けると約束する。このつき合いはうまくいっているし、そうなればいいと思うようになるはずだ。急がなくてもいいだろ？　余計なことをしなくてもいいんじゃないか？」

オリヴァーは〝きみってよくわからない奴だが、気に入ってるよ〟というまなざしで見てくれた。「自分で主張しているよりも、きみが人間関係をうまく築けるとぼくは思い始めているんだが」

「ぼくは」はっきりと言った。「人間として成長している」

「たぶん、ぼくも……ぼくも前よりも向上しているだろう」

オリヴァーにほほ笑みかけた。疲れすぎて、間抜けな顔になっていないかと気にする余裕はなかった。「向上なんかしなくていいよ。きみは元から完璧だ」

そのあと間もなく、ベッドに入った。感情的になって何から何まで話して自分をさらけ出した今、ボクサーパンツのことや割れた腹筋がないことをオリヴァーにどう思われるかと心配する意味はなさそうだ。ぼくの知るかぎり、オリヴァーは失望していなかったし、うんざりしてもいない——それどころか、ぼくを抱き寄せてくれた。穏やかで大事にされているという気持ちで彼の腕に抱かれたまま、たちまち眠りに落ちた。

目を覚ましたのは遅い時間だった——まあ、オリヴァーの基準からすれば遅かった。そう、九時だ——もっとも、それから一時間かそこら、ぼくはオリヴァーをベッドから出そうとしなかった。彼の体に体を絡め、放そうとしなかったけど、とうとうオリヴァーはバスルームに行きたいときっぱり言った。オリヴァーが顔を洗って、たぶん、デンタルフロスを忘れずに使うとかいった、人がすべきことだけど、ぼくはしないあれこれをしている間、スマートフォンを探し出して電話をかけた。

「こちらは甲虫調査、保護……いや、ちょっと待ってください。間違いです」電話に出ているのはアレックスに違いない。「甲虫調査、統一、そして――だめだ。甲虫救出、調査、そして――」

「ぼくだよ」

「ぼくって、どなた？」

「ルークだよ」

「申し訳ありませんが、ルークはまだ出勤しておりません。わたしはアレクサンダー・トゥワドゥルです」

「いや、きみが誰なのかは知ってるよ、アレックス。ぼくはルーク。ルークはぼくだ」

「ああ」アレックスが考えている様子がうかがえた。「だったらなぜ、ルークと話したいなんて言ったんだい？」

「そんなことは言ってな――すまない。言い間違えたに違いないね」

「気にしないでいいよ。よくあることだからね。つい昨日のことだけど、『こんにちは(グッド・アフタヌーン)』と電話に出て、それから気づいたんだよ。まだ午前十一時半だったことにね」

「アレックス」ぼくはゆっくりと言った。「昨日は日曜日じゃなかったかな？」

「うわあっ、そうだった。道理でずいぶん静かだと思ったんだ」

「とにかく」ここで止めなければ、今週じゅう、この調子で話すことになりそうだ。「電話をかけたのは、気分がすぐれないから今日は行けないと言うためだったんだ」

アレックスは心底から同情するような声を出した。「それはつらいだろうね。大丈夫かい？」

「ああ、ちょっと大変な二日間を過ごしただけだよ」

「そういう気持ちはわかるよ。先月、ぼくの従者が病気になってね。ぼくはどうにか耐え忍んだんだ」

「元気になるようにするよ」

「必要なだけ休むといいよ。いい人材はなかなか見つからないからね」

そのとき、オリヴァーがバスルームから出てきた。上半身裸で。

「思うに、その問題については大丈夫だろう」

「そう聞いてうれしいよ。ごきげんよう（トゥードゥル・ピップ）」

ぼくは電話を切り、あまりばかみたいにオリヴァーをじろじろ見るまいとした――

意外に簡単だった。スマートフォンが自分は塞栓症（血液の流れに乗って運ばれてきた異物が血管をふさぐこと）になったと知らせようとしているかのように反応していたからだ。ワッツアップをちらっと見ると――グループは静かだった。今は「ユー・キャン・ルーク（ルークを見ることはできる）（バット・ユー・ベター・ノット・タッチ）（でも、触らないほうがいい）」（ブルース・スプリングスティーンの曲、『ユー・キャン・ルック（バット・ユー・ベター・ノット・タッチ）』のもじり）と名づけられていた――ブリジットのプライベートメッセージがぼくを直撃した。

〈ルーク、大丈夫なの〉
〈オリヴァーとはどうなったの〉
〈ルーク〉
〈ルーク、大丈夫なの〉
〈ルーク〉
〈ルーク〉
〈大丈夫なの〉
〈すべて大丈夫なの〉

オリヴァーの唇がぴくぴく動いた。彼もブリジットを知っているから、彼女のメッセージの犠牲者になったことはあるだろう。「ぼくはキッチンにいるよ。準備できたら下りておいで」

〈イエス〉と入力した。〈返事しなくてすまない。何もかもうまくいった。ぼくたちは感情だのマイルズだのについて話した〉

〈なんてこと！　あなたたち、今はキス中？？？？〉

〈違うよ、ブリッジ。こうしてメッセージを送ってるじゃないか〉

〈送るのをやめてオリヴァーにキスして〉

〈とにかく、もう行かなきゃ。地政学的な激変のせいで、トゥイッケナムでパルプ紙が不足してるの。だから、うちの社の本が何も印刷されてない。ああああああああああああああああああ〉

〈幸運を祈るよ。昨夜はありがとう〉

〈いつでも電話して。もう行くわね〉

オリヴァーのバスローブを着て階下へ行った。何か恐ろしく健康そうなものをメイソンジャーから食べながら、iPadで『フィナンシャル・タイムズ』を読んでいる。うわあー、なんてかわいいんだ。

「トーストがあるよ」オリヴァーは目を上げた。嘘みたいに筋骨たくましい男と奇妙な色の新聞が大好きな人向けの、風変わりでかなり特殊なポルノ映画を思わせる。

「フルーツも。バーチャー・ミューズリーもある。そのほうがよければ、ポリッジを作るよ」

ぼくはまだ胸がいっぱいだったから、食物繊維をたっぷり取れそうもなかった。だから、バナナを一本、房からもぎ取った。バナナの房は、バナナをぶら下げるための特注スタンドみたいなものから下がっていた。不快なほど豊富な種類のフルーツが入ったボウルの中ではなく、その隣に置いてある。

「これはいったい……？」ぼくは指差した。「バナナに何か問題でもあるのか？」

「個人的には何もない。しかし、バナナはエチレンガスを出す。熟成を進めるものだが、ほかのフルーツを傷みやすくさせるんだ」

「へえ、なるほど」

「すまない。こう言ったほうがよかったかな。フルーツ用のボウルの中で反逆が起こることが心配だから、バナナを絞首台から吊(つる)している。後進を育ちやすくするために

（ヴォルテールの小説『カンディード』から）」

「きみを感心させるために、ぼくがフランス語を話せるふりをしたことを覚えているか？　それがさ、まだ話せないんだ」

オリヴァーは声をあげて笑い、ぼくを引き寄せてキスした――彼の膝の上に座る形にはならなかったけど、膝にぶつかった。「ぼくを感心させるためにフランス語なんか話さなくていいよ」

胸がドキドキした。だけど、こういったことにはまだ慣れていなかった……親密な感じや大丈夫だよという感じには。「何を食べてるんだ？」代わりに言った。「フルーツ入りの精液みたいだけど」

「ありがとう、ルシアン。きみはいつでも言うべきことをちゃんと心得ているんだな」

きまり悪くなって、オリヴァーの首筋に鼻をこすりつけ、あるものを見つけてわくわくした。彼の……無精髭（ファイブ・オクロック・シャドー）。今は夕方の五時（ファイブ・オクロック）じゃないけど。唇に当たる髭のちくちくした感触は、ぼくがまだここにいることを思い出させてくれた。二人でいるのだと。そう、一緒に。

「これはバーチャー・ミューズリーだ」オリヴァーは話し続けた。「アーモンドミルクに一晩浸したオーツ麦と、きみがちゃんと見抜いたようにフルーツだよ。だが、ぼくの知っているかぎり、人間のものだろうとほかの動物のものだろうと精液は入っていないな」

「じゃ、冷たいポリッジみたいなものか？」

「それよりはずっと胃にもたれないし、新鮮だ——だが、ぼくが訴訟を乗り切るのに充分な栄養がある。それに週のはじめに作れば、土曜までもつから、便利だ」

やれやれという気持ちを込めてほほ笑みかけた。「ジャーに小さなラベルを貼って、どの日にどのジャーのものを食べるか、わかるようにしているのか？」

「いや」オリヴァーはいかめしい表情でぼくを見たが、どういうわけか、ちっともいかめしく感じられなかった。「バーチャーは代替が可能なものなんだ」

「ふうん、代替が可能なものなら、食べなくてもいいんじゃないかな」

オリヴァーは声をあげて笑った。なんだかぼくを甘やかすような笑いだった。だけど、そう、甘やかされることが癖になりそうだ——とりわけ、相手がオリヴァーなら。

34

月曜日はそのあともずっとオリヴァーと過ごした。不安定だけれど満ち足りた感じだった。雪が降ってあたりがぼうっとして見える日みたいに。昨夜さんざん話をしたから、どちらもあまり話すことはなかったが、なぜかそれが快かった。オリヴァーはほとんどの時間をソファにきちんと座って『アキレウスの歌』（マデリン・ミラーの小説）を読むことに費やし、ぼくはほとんどの時間、彼にもたれて手足を伸ばしたまま、うたた寝して過ごした。あまりにも早く飽きが来るといけないから、彼への気持ちが強すぎなければいいと思った。午後も半ばになったころ、ぼくが抵抗したのに、オリヴァーは散歩に行こうと言い張った。それはクラーケンウェルあたりを歩く場合としては考えられないほど、すばらしい散歩になった。

当然だが、月曜日に休暇を取ったせいで、火曜日はその分の遅れを取り戻さなければならなかった。ビートル・ドライブは、糞虫の後肢に抱えられた糞の塊が丘の上を転がってくるみたいに——ワオ、ぼくもずいぶん長くCRAPPで働いてきたものだ——どんどん近づいていたので、オフィスに着いたときはするべきことがたくさんあった。

数年前に最初の資金集めパーティを企画したとき、我々は（つまり、ぼくのことだが）入札式のオークションもその場でやろうと決めた。聞こえがいいと考えたからだったと思う。だが、入札式オークションにはものすごい量の仕事が伴うことがわかった。というのも、高額な商品を少し用意して裕福な人を多く呼ぶか、ほどほどの金額の商品を多く用意して、まずまずの数の裕福な人を呼ぶかのどちらかが必要で、いつの場合も収支バランスが釣り合うかどうかは際どいからだ。

ドクター・フェアクローが一九六八年から一九七二年の間、つまりデヴォン州のハネカクシにとっては明らかにお祭り騒ぎの時期だったときの、デヴォン州南部におけるハネカクシの分布に関する研究論文の冊子に自分のサインを入れたものを寄付すると言い張っても役に立たなかった。そしてぼくは毎年、だんだんとあり得ないものになっていく架空の名前をいくつも使ってその論文を買う羽目になる。誰もそれに入札しなかったからだ。直近の論文は、ウインターフェル・ロードに住むミズ・A・スタークのお買い上げということになっていた。

役に立つ〈フォートナム・アンド・メイソン〉のピクニックバスケット――特に手に入れにくいものではないが、オークションではいつもよく売れるのだ――を非常識な値引き価格で獲得していたとき、例によって悪いタイミングでリース・ジョーンズ・ボウエンがオフィスの入り口に現れた。

「忙しいですか、ルーク？」

「ああ、目が回るほど」

「いえ、大丈夫です。わたしの用事はすぐに済みますから」彼は予備の椅子に腰を下ろした。すぐに済みそうにない人らしい態度で。「ブロンウィンからのメッセージを伝えに寄っただけです。彼女のレストランの外で写真を撮られたことにお礼を言っていました。あれがとても効果的で、期間限定ショップの終了時まで予約で埋まったとか。あなたにディナーをごちそうするつもりだったのに、できなくなったそうです。繁盛しすぎてしまったからですよ」

キャムのばかげた記事のせいでオリヴァーとの関係がだめになりかけたから、ぼくはグーグル・アラートをしばらく中断していた。「かまわないよ。正直言って、記事に気づかなかった」

「最終的にはいい記事でしたよ。あなたがどうやって健全な再出発をしているかとか、お父さんのように正しい生き方をしようとしているとかいったことが書いてあって。新聞記者がブロンウィンに取材したところ、彼女は言ったんです。あなたは彼女が思ったような能なしなんかじゃないって。だから、いい話でしょう？」

「理想の世界では、ぼくがマスコミ報道される場合に〝能なし〟なんて言葉が使われていないはずだけど、まあ、そうだな。それでいいことにするよ」

リース・ジョーンズ・ボウエンが立ち去ることを期待して待ったが、彼は髭を撫でながら座ったままだった。「あのですね、ルーク、ずっと考えていたんですよ。ソーシャルメディアの導師（グル）なんて呼ばれそうですが、最近見つけたんですよ。インスタグラムとか呼ばれているウェブサイトがあることをね。どうやらあなたは少しばかり有名だし、少しばかりお間抜けだから、何かを好きなふりをして相当なお金を稼げますよ」

「きみがほのめかしているのは」理解するまでにやや時間がかかった。「ぼくがソーシャルメディアのインフルエンサーになるべきだということか？」

「いいえ、いいえ、ただインスタグラムを始めてブロンウィンのような人たちを助けたらいいということですよ。我々のようにビジネスに携わる者は、プラットフォームを活用すると呼んでいますが」

「ありがとう。だけど、ぼくは自分のプラットフォームを活用しないことが好きなんだ」

「まあ、よく言われるように、好きにすれば、ということですね」リースは立ち上がり、芝居がかった感じで伸びをすると、ドアまで行きかけて足を止めて振り返った。「ところで、あなたもすてきなボーイフレンドもブロンウィンの期間限定ショップでの食事をずいぶん楽しんだんですよね？」

この話がいいほうへ向かうのかどうかわからなかった。「そうだけど？」

「あのですね、マーサー・ティドビル出身のギャヴィンという友達がいるんです。彼は一八三一年のマーサー暴動に着想を得て、一連のガラスの彫刻を作成したんですよ」

今やこの話がいいほうへ向かうわけではないとはっきりしたが、なぜか尋ねてしまった。「誰だって？　何のこと？」

「イングランド人には典型的なことですね。第九十三サザーランド高地連隊が我々の同胞を攻撃したのに、学校でそのことを教える良識も持っていない。とにかく」彼は思わせぶりに言葉を切った。「ギャヴィンの展示会へ行ってそこで写真を撮られるとき、このことについて何もかも学べるでしょう」

被害妄想かもしれないが、リース・ジョーンズ・ボウエンがぼくにインスタグラムをさせたがっている裏には隠れた動機があるんじゃないかという気がしてきた。きみの友人のガラスの彫刻展なんかに行くつもりはないと言いかけたが、ヴィーガンの店の件ではすっかり世話になったし、それに……たぶん……人を助けるってことは悪くないんじゃないか？　おまけに、これはオリヴァーがいかにも夢中になりそうなものだ。「オーケイ、おもしろそうだね。詳しいことはメールで教えて。行きたいかどうか、ぼくの彼に訊いてみるよ」

「気にしないでいいですよ、ルーク」リースはうなずきながら言った。「よくわかって――ああ、そうなんだ。正直言って、断られると思ってました」

「ギャヴィンのラッキーデイに違いないな。それはともかく、仕事に戻らないと」

「それじゃ、あとでコーヒーを持っていきます」

ぼくは礼を言い、入札式オークションの仕事を急いでするために戻った。というか、入札式オークションの仕事を急いでするのと、オリヴァーにメッセージを送るために。

〈今夜、一緒に展示会へ行かないか？〉

〈どんな展示会？〉

〈言おうとしてたところ。ガラスの彫刻展。テーマは〉メッセージを打ちながら、リースが何と言っていたか忘れたことに気づいた。思い出せたとしても、たぶん綴れないだろう。〈ウェールズで起こった何か悪いことだよ〉

〈それだと範囲を狭められそうにない〉

〈暴動がどうとか？〉

間があった。ほかの人ならグーグル検索しているところだろうが、オリヴァーはこう打ってきただけだった。〈暴動はいくつもある〉

〈そう。その一つ。リースは友人のためにぼくに宣伝してもらいたがっているから、承諾した。きみのおかげで前よりもいい人間になったからだ。まいるよ〉

〈すまない。そんなつもりじゃなかった〉

〈かまわないよ。埋め合わせはしてもらうから。ぼくが芸術を理解しているように見せてもらうことでね〉

〈喜んでそうするよ、ルシアン。しかし、今夜は仕事がある〉

〈悪い。そう簡単には行けないだろうな。展示会は今週いっぱいやっている〉

〈行きたくてたまらないんだが〉もちろん、オリヴァーならそうだろう。

〈じゃ、週末はどう？〉

〈ジェニファーの誕生日の予定がある〉そのあとすぐにメッセージが続いた。〈つまり、ぼくにはジェニファーの誕生日があるということで、きみは招かれているが、強制されているとは受け止めないでくれ〉また追加のメッセージがすぐさま来た。〈もちろん、きみは大歓迎されるよ。みんながきみに会いたがっている〉

〈落ち着けよ。金曜日はどうかな?〉

〈大丈夫だ〉

オーケイ。オークション用に『ハリー・ポッターと呪いの子』のプレミアムチケット数枚を妥当な価格で手に入れようとした。チケット売り場はぼくに払い戻しをしてくれないのではないかと考えかけていたとき、電話が鳴った。

「もしもし、ルーク・オドネルです」

「もしもし、ルーク」フロントデスクにいるアレックスからだった。つまり、誰かがぼくに電話をかけてきたってことだが、相手がもう電話を切ってしまった確率は五十パーセントだろう。「ちょっとおかしな男からきみに電話だよ。つないでもいいかな?」

「どうぞ」

「オッケー。わかるかな、ぼくが……ほら……どうすればいいか?」

ぼくはため息をつかなかった。ため息をつかなかった自分がとても誇らしい。「ぼくの内線にかける前に〝転送〟ボタンを押したか？」

「ああ。そんなふうにすることは覚えているんだ。賢い記憶術を手に入れたからね。ただ、『かくのごとく世界の栄光は過ぎ去りぬ（シック・トランシット・グロリア・ムンディ）』というフレーズを覚えていればいい。そうすれば、最初に〝転送〟ボタンを押すって思い出せる。なぜって、記憶を助けるこの昔のフレーズでは、〝中継（トランシット）〟という言葉が二番目に来ているからだよ。いまいましいのは、そのあとに何が来るか思い出せないことなんだよね」

「受話器を置く（ハング・アップ）んだよ」

アレックスは傷ついたような声になった。「おいおい、きみ、それはないんじゃないかな。同僚が電話の使い方をちょっと思い出せないからというだけで、出し抜けに首を吊れ（ハング・アップ）なんて言ってもいいことにはならないだろう」

「電話の受話器を置けば」ぼくは説明した。「自動的に転送されるということだよ」

「本当かい？　それはすごく賢いね。大いに感謝するよ」

「どうってことないよ。ありがとう、アレックス」

電話がつながるカチッという音が聞こえ、ジョン・フレミングの伝説的なロック歌手風の声が耳に響いた。「やあ、ルーク。日曜日はおれたちのどちらにとっても望んだように運ばなかったな」

こういうのが誰かに連絡を取ることの問題だった。相手が折り返し連絡してくることがあるのだ。ぼくは前よりも親切で穏やかでいい人間になろうとしていたけれど、相手がジョン・フレミングなら話は別だった。「言うまでもないだろ」

「おれはロンドンに戻ってきたんだ。おまえのところへ行くと言っただろう」

「ああ、そうだったな。約束の一部を守れておめでとう」

「それで、元気か？」

父に話すことなんて、そう、何もない。「ああ、たまたまだけど。つまり、はっきりさせておくけど、あんたに関係があることは何もないってことだ」

少し間があった。「おまえがまだたくさんの怒りを抱えていることはわかる。おれも同じ――」

「あんたがぼくくらいの年ごろには同じだったなんて、言おうとも考えないでくれ」

「年が経つにつれ、思いもよらないほどいろいろなことをさらに受け入れるすべを学ぶようになるんだ」

「話をしたいのか？」ぼくはオフィスの受話器をぎこちなく肩と顎で挟み、オークションに出せそうな商品のリストを読んでいた。「それとも、次にトークショーの『ルース・ウィミン』に出たときのためにキャッチフレーズの練習でもしているのか？」

「ロンドンにいる間に会える時間がないかなと思ってるんだ」

ああ、なんてことだ。ぼくはちゃんと連絡を取ったし、それがうまくいかなかっただけで、ジョン・フレミングとは二度と会わないつもりだという考えを受け入れたばかりなのに。このろくでなしはそれすらも許してくれないのか。「あー、時と場合によるな。どれくらいここにいるつもりなんだ？」

「急がなくていい。来月くらいまで撮影があるから」

オフィスを見回した。ビートル・ドライブ前の準備でしっちゃかめっちゃかになっている。「どうだろう」一応言ってみた。本来なら、有名な父親を持つことには何らかの利点があるべきだからだ。「ぼくが働いている慈善団体の資金集めパーティに来るっていうのは」

「おまえと差し向かいで話す機会が欲しいんだ。状況を改善する機会が欲しい」

「いいかい、ぼくは……」

注意事項：締めくくりをどうするか考えていない言葉は口に出さないこと。レバーをうっかり打ってしまい、回転椅子が十センチほど下がった――うんざりして怒鳴りたくなりそうなぼくの気分によく合っていた。つまり、ジョン・フレミングとの〝状況を改善する〟会話をどのように始めたらいいのかすらもわからなかった。でも、彼の気分がよくなって、ぼくの気分が悪くなる結果に終わるんじゃないかというぞっとする疑念を抱いていた。

考えている時間が明らかに長かったのだろう。父はこう言ったからだ。「すぐに決めなくてもいい」ぼくにたいそうな恩恵を施しているかのような口調だ。

「いや、かまわない。ディナーをとるとかなんとかしよう。いつならオリヴァーの都合がいいか訊いてみる」

またしても間があった。今度は父が黙ってしまった。

「オリヴァーがおまえの人生にいてくれるのはうれしいが、おれと二人だけで会うほうが簡単だと思わないか？」

たぶん、そのほうが父には簡単だろう。

「それに」父は続けた。「法廷弁護士はとても忙しいはずだ。おれたちと都合が合う時間を見つけるのは難しいかもしれない」

いかにもジョン・フレミングらしいやり方だ。ぼくには耐えられなかった。父がぼくを独り占めしたがることを喜ぶべきなのか？　それとも、彼がおとり捜査のリアリティ番組の『性犯罪者を捕まえろ（トゥ・キャッチ・ア・プレデター）』の出演者みたいな振る舞いをすることを不気味に思うべきか？　つまり、「必ず一人で来て」で始まる話はいい結果に終わるはずがないってことだ。

　またしても、〝すごく葛藤してる。この沈黙を埋めてくれ〟みたいな間が空いてしまった。

　ぼくの要求を感じたからか、それとも自分の声の響きを愛しているからかはわからないが、ジョン・フレミングは話し出した。「身勝手なことはわかっている。もちろん、パートナーを連れてきてもかまわない。それが必要だと感じてるなら」

　最高じゃないか。ぼくが弱くて共依存の人間だと感じさせるやり方だ。

「だが、本音を言うと」父は言いよどんだ。本当に何らかの葛藤でもあるかのように。「おれのような人間にとって、自分が悪かったと認めるのは楽じゃないんだ。第三者がいたら、なおさら大変になるだろう」

「ちょ、ちょっと待ってくれ。**何だって**？」

「これは電話で話すようなことじゃないんだ」

　父の言うとおりだ。でも、たとえ半分しか本気でなくても、これは父から聞いた謝罪の言葉にもっとも近いものだった。どうしてぼくはそうしなかったのかわからない……ただ受け入れるだけにしなかったのか。だが、そうはしなかった。ぼくが求めたとたん、父はナルニア国への入り口みたいに消えないともかぎらないだろう？　こんな言葉を聞きたくてたまらなかったときがあった。だから、危険を冒す価値はあるかもしれない。

あるいは、もしかしたら、危険を冒さないほうが本当にいいのかも。

「いいかな……」訊いてみた。「考えてみてもいいかい？」

望まないほど長い沈黙があった。「もちろん、いいとも。おれの携帯電話の番号を伝えるから、おまえの好きなときに連絡が取れる。ただ、覚えておいてくれ。おれはおまえのそばにいる……最後まで」

自分が癌だということをご親切にもちょっと思い出させて、ジョン・フレミングは電話を切った。

35

オリヴァーはギャヴィンの展示会を心から楽しんでいるように見えた。入り口を通り抜けるなりこんなことを言ったのを聞かなくても、それはわかっただろう。「ああ、じゃ、きみは一八三一年のマーサー・ティドビルでの暴動のことを言っていたんだね」それはともかく、夜の外出先としてぼくが一番目に、または二番目に、本音を言えば十二番目にも選ばない場所だっただろうが、かなり楽しんでいた。期間限定のレストランでの食事やインディーズ系の芸術イベントに、社会的に受け入れられている法廷弁護士のボーイフレンドを連れて現れる人物であることを。さらに、文化についてはは得るものがたっぷりあったから、家に帰る途中で〈マクドナルド〉のトゥウィックス・マックフルーリーを自分におごることで、すぐさま知識を生かすことにした。そのデザートの中身にも、売っている企業のビジネス上の倫理にもオリヴァーは異議を唱えていたが、ぼくは寛大な心で分けてやった。

オリヴァーの家に帰って、今が金曜の夜だと気づくとなんだか頭が混乱した。ぼくはみじめな気分で家に一人きりでいるわけじゃなかったし、みじめな気分でパーティに出かけているわけでもなかったから。さらに混乱させられたのは、一時前にベッドに入っていたことだった。とはいえ、オリヴァーのベッドが埋め合わせになってくれた――いちばん埋め合わせになったのはオリヴァーの存在だ――とにかく、シーツは上質なエジプト綿だし、だいたいの場合は洗濯したてに違いなかった。

「あのさ」彼の腕に抱かれながら言った。「ぼくが率直で正直になろうとしてることは知っているだろ？　ほら、自分の気持ちとかいったことについて」

「不必要に不吉な口調で言わないでくれるといいんだが」

ぼくはたじろいだ。「すまない、悪かった。いつもぼくの頭の中では不吉なものなんだ」

「何なんだ、ルシアン？」

「父から電話があった。あいつは一対一で会うという、父と息子の絆なんてものを求めてる」

「きみはどうしたいんだ？」

「わからない。それが問題なんだ」肩をすくめようとしたが、そのせいでいっそう……すり寄ることになってしまったかな？「考える時間が欲しいと答えた」

「賢い答えだな」

「ああ。ぼくの賢さをわかってくれよ」

オリヴァーの指はなだめるようにぼくの背筋を上ったり下りたりしている。「どういう方法をとったらいいか考えているのか？」

「これっぽっちも考えてない。考えたいけど、考えたくもないことなんだ。ただ手を引いてしまおうと決めるたび、頭の中で小さな声がする。『父親は癌なんだぞ、このクソッタレ』と。父を信じるなんて愚かだとわかっているし、たぶん最悪の結果になるだろう。だけど、思うんだ――ちくしょう、こう言うときは本当にちょっと吐きそうになるけど――これは自分がやるべきことだって」

「理解できるよ」

もちろん、オリヴァーなら理解できるだろう。「もちろん、そうだろうな」

「それは褒められているのか、当たり前だと思われているのか、どっちなんだろう」

「どっちも少しずつってところかな？」もぞもぞと身をくねらせ、彼の首筋に鼻をこすりつけた。「つまり、きみがすばらしい人なのは当たり前だという意味だ。だからって、それがすばらしくないことにはならない」

オリヴァーは恥ずかしそうに小さく咳払いした。「ありがとう。もっとも、ぼくがまったく心配していないわけではないとつけ加えるべきだな。お父さんには一回しか会ったことがないが、いい印象を受けたとは言えない」

「父もきみに好意を持ってないと思うよ」

「そのせいで余計に複雑なことになっているなら、すまない」

「ばかなことを言うなよ」鼻をこすりつけるのをやめて、キスした。「きみはいつでも物事をさらによくしているじゃないか。それにジョン・フレミングと本当にうまくやれる人間に、ぼくが夢中になるとは思えない」

「たとえそうでも、燃やすべきじゃなかった橋をぼくが燃やしたんじゃないかと不安だ」

「ろくでもない橋だったんだよ、オリヴァー。それに、ぼくはいまだにはっきりとわかっていない。橋のどちら側に自分がいたいのかを」

「言われなくてもわかっていると思うが」ややあってオリヴァーは言った。「とにかく、またお父さんにきみが傷つけられる可能性はある」

ぼくは首をひねってオリヴァーを見つめた。二人でベッドにいて、ほぼ裸のときにしか許されないような激しさを込めて。「可能性は充分にあるんじゃないかな?」

「またしても、わかりきったことを言うが、きみが傷つくのを見たくないんだ」

「ぼくだって特に傷つきたいわけじゃない。ただ、こんなふうに感じているんだ……たとえ状況が悪くなっても、自分は大丈夫だろうと。ひどく打ちのめされたりはしないよ」

「そう聞くと――」オリヴァーはちょっとゆがんだ微笑を向けた。「不思議なくらい安心する」


翌日、きれいに整えられたオリヴァーのベッドに腰を下ろし、ぼくは考え始めていた。ひどく打ちのめされたりはしないと言ったのは、大げさすぎたかもしれないと。ちょっとフェイクでちょっとリアルなボーイフレンドの腕の中で、自分は大丈夫だと主張したときは割と簡単なことに感じられた。今は大丈夫だなんて感じがしない。でも、とうとうまともな大人らしく、ジョン・フレミングが自分のところの人間から、ぼくのところの人間に伝えさせた番号に電話をかけた。つまり、ぼくにってことだ。ぼくが、ぼくのところの人間だから。

「ジョンだ」低く響く父の声が言った。重要なジョンという人物は自分しかいないと思っている、自信に満ちた人間の声だ。

「ああ。やあ、ぼくだけど」

「ぼくって、誰だ？　今はタイミングが悪いんだ。撮影に入るところでね」

「あんたの息子だよ。ほら、あんたが連絡を取りたがっている相手」

「わかった、わかった、すぐそっちに行く」あれ、父はぼくと話しているわけじゃないのでは？　「何だ、ルーク？」

「電話をかけたのは、伝えようと――」

「ああ。いや、それはいい、ありがとう。感謝するよ」やっぱりぼくと話しているのではない。

「いいかな」ぼくは言った。「会いたいなら、今週は暇がある」

「よかった。水曜はどうだ？　カムデンの〈ザ・ハーフ・ムーン〉は知ってるか？」

「いや、知らないけどグーグルで調べるよ」

「そこで七時に会おう。今そっちに行く、ジェイミー」

電話は切れた。ぼくが迷信深いたちなら、父の最後の言葉が「今そっちに行く、ジェイミー」だったのはまた父に捨てられそうなあまり好ましくない前兆だと言うところだが、ともかくもう約束してしまったのだ。ジョン・フレミングと会う約束をしてしまった。父と。自分の意志で。もしかしたら、父はぼくを捨てたことを悪かったと言うかもしれない。

いや、そんなことが起こるはずはないだろう？

何年もの習慣から、最初に本能的に思ったのは……実を言えば、よくわからなかった。五年前なら、外へ出ていって酔っ払ってセックスしただろう。半年前なら、家に帰って酔っ払って羽毛の上掛けにもぐり込んだだろう。今はただ、オリヴァーといたいだけだ。

そうしたらいいじゃないか？　オリヴァーは下にいるだろう？

この健全なライフスタイルという見せかけにはいくらか慣れが必要だ。

キッチンのテーブルの前に座っているオリヴァーを見つけた。チョコレートの〈キンダー・ハッピー・ヒッポ〉の卸売りされている大箱を念入りに包装しているところだった。

「まったく信じられないよ」ぼくは言った。「きみを退屈な人間だと思ってたなんてさ」

オリヴァーは〝侮辱されたのかどうか、よくわからないが〟という表情だと、ぼくが理解するようになった顔でこちらを見た。「つまり、誰かにプレゼントする場合、ぼくがそれに注目されることが好きだからという意味かな？」

「皮肉を言ってるわけじゃないよ、オリヴァー。変だけどなんだか楽しいし、きみのこんな姿を見るとは思いもよらなかった」

「プレゼントを包んでいるんだ。いったい、それのどこが変なんだ？」

「安いドイツ製のチョコレートの寄せ集めを、映画の『ラブ・アクチュアリー』でやってた、シナモンスティックをラッピングに使うみたいに大げさに包装しているからさ」

オリヴァーは軽く咳払いした。「イタリア製だ」

「え？」

「これはイタリア製なんだ」

「〝キンダー〟はドイツ語で〝子ども〟の意味じゃないのか？」

「そうだ。だが、この会社の本社はイタリアにある」

「重要な点に注意が向いてうれしいよ」ぼくは彼の向かいの椅子に身を落ち着けた。

「いったい、きみは、何を、してるんだ？」

「ジェニファーの誕生日のためだ」

「ああ、そうか」ぼくはもっともらしくうなずいた。「絶対に覚えておかなくちゃいけないことだね」

相手のことを知っていて大事に思っているから失望はしない、という意味がこもったいらだたしげな表情で彼はぼくを見た。はなから期待していないので失望もしない、といった表情とは違う。「お父さんはどうだった？」

「いつもどおりのろくでなしだった」ぼくは新しく活けられた花瓶の花を意味もなくもてあそんだ。「もっとうまく対処しようとしているけど、これについてはあまり話したくない」

「話さなくていいよ。今夜はパーティに行く気分じゃないなら、理解できるし」

「いや、行きたい。きみの友達の顔に浮かぶ表情を見るだけのためでもね。チョコレートもどきの、べたべたの中身を詰めた、なんとなくカバに似せたウエハースを五百個、きみが買ってきたと彼女が知ったときの顔を」

オリヴァーは不機嫌そうにまばたきした。「これはチョコレートではない。ミルクとヘーゼルナッツクリームが入っている。それに、いつも彼女に買っているものだ」

「それなのに、きみたちはまだ友達でいられるのか？」

「彼女はこれが好きなんだ。一種の伝統みたいなものだよ」

ぼくは爪先でオリヴァーの脛をなぞった。「なんていうか、思ってたんだ。きみは……あまりにも大人で、プレゼントなんてくだらない決まりごとには関わらないんだと」

「ぼくもきみくらい突飛になれることがわかると思うよ、ルシアン」オリヴァーは傲慢な態度で、申し分なく仕上がった包みにラベンダーの小枝をくっつけた。「ぼくがそうしようと選んだときには」

「そうだな。だけど、ストレートの人はボトルワインとかってものが好みだと思ってたよ。または、よく知らないけど、トースト立てとか」

　オリヴァーは口を片手で覆った。笑っていたのか、あきれていたのかはわからなかった。「ルシアン、きみは異性愛者（ヘテロセクシュアル）の人たちと働いている。きみのお母さんはヘテロセクシュアルだ。ブリジットも」

「ああ。それに、ぼくはいつも彼らにワインを買っていくよ」

「しかし――」オリヴァーは文字どおり指を振ってみせた。「頼むから、正直にこの質問に答えてくれ。トースト立てを買っていくことはないだろう」

　ぼくは椅子に深く沈み込み、危うく床に落ちそうになった。「ぼ……ぼくは……パニックに駆られていたんだ、いいかい？　そう、ストレートの知り合いは何人かいる。だけど、一度に大勢のストレートの人と交流しようとしたことはなかった。ぼくは怖いんだ」

ら「彼らが何をすると思っているんだ？　きみの顔に蜂でもくっつけるとか？」？」

「さあ、わからない。もし、ぼくを好きになってもらえなかったらどうする？　そしてきみが女性とか、あるいはもっと優れたゲイとつき合うべきだと思ったとしたら？」

「彼らは友達なんだよ、ルシアン。ぼくが幸せなら、彼らだって幸せだ」

まじまじとオリヴァーを見た。「きみが……きみが幸せだって？　ぼくがきみを幸せにしているのか？　このぼくが？」

「そうだとわかっているだろう。ただ、トースト立てのことで友人を質問攻めにだけはしないでくれ。きみが少し変わっていると思われかねない」

それを聞いて、新たな不安の裂け目がぼくの前に広がった。「だったら、何を話したらいいんだ？　ぼくはスポーツ観戦なんかしないし」

「そうだな、友人たちの大半もスポーツを見ない。ジェニファーはヒッポのお菓子が好きな、人権専門の弁護士だ。ピーターはジェニファーのことが好きな、子ども向けのイラストレーターだよ。彼らは普通の人々だ。長いつき合いだよ。それに、ぼくを仲間外れにしようとしたことはなかった。ぼくが彼らに告げられなかったときも……ぼくはスと言えなくても……」オリヴァーは眉根を寄せてしばらく黙り込んでいた。「ぼくはスポーツ関係の曖昧な情報を話の種にしようとしたが、きみもわかっているように、そんなことは何も知らないし、それで問題なかった」

　ぼくはため息をついた。「わかったよ。じゃ、ぼくはばかなことをしているわけだね」

「そうだな。だが、理解できる。それに、なかなか魅力的だよ」

「たぶん」ぼくは認めた。「ストレートってことにこだわっているんだと思う。なぜなら……彼らはきみにとって大切な人たちだから。しくじりたくないんだ」

「ぼくの見るところでは――」オリヴァーのこの上なく重々しい口調に、ぼくは身構えた。率直な意見を容赦なく言われるだろうと。「きみが失敗しなかったら、いいことだろう。失敗したとしても、おもしろいことになるよ」

　ぼくは吹き出した。

　そしてきれいに包まれたヒッポをそっと横へ押しやり、テーブルに身を乗り出してオリヴァーにキスした。

36

　その晩、アクスブリッジにある、いかにも郊外の住居らしい家の玄関の前にぼくは立っていた。オリヴァーと、過剰包装されたヒッポの箱とともに。早くも自分が恐ろしく場違いだという気がしていた。

「大丈夫かな？」ぼくは訊いた。「ぼくは大丈夫？　服装はおかしくない？」

「きみはすてきだよ。楽しくてくつろげる夜になるだろう。みんなとても気さくで、とても普通で、それに——」

　ドアがさっと大きく開き、目が覚めるほどスタイルがいい、赤毛の女性が現れた。床まで届く長さのイブニングドレスを着て、いまいましいくらい魅力的だ。そのとき、ぼくの口もこのドア並みに大きく開いていただろう。

「オリヴァー」ジェニファーは声をあげた。「来てくれて本当にうれしいわ。それにルークを連れてきてくれたのね。とにかく、こちらはルークだと思うんだけど」彼女は目を見開いた。「やだー。あなた、ルークでいいのよね？」

あまり巧妙でもなければ、うまくもいかなかったけれど、ぼくはオリヴァーの後ろに隠れようとした。これはどう見たって、わざと破いてあるジーンズを穿いてくるようなパーティじゃない。「ああ。そう、ぼくだ」

「さあ、さあ、中に入って。ブライアンとアマンダはもう着いているわ。あの二人なら当然ね。それにブリッジは遅刻しているの。当然、彼女らしいわよね」

家に入った。ぼくはスーパーマーケットに連れてこられた幼い子どもみたいにオリヴァーの肘を引っ張っていた。こんなこととは思いもしなかったよ、と伝えるために。リビングルームへのドアのところで完璧なタキシード姿の男性が出迎えてくれた。「やあ」彼は言った。〈フェレロロシェ〉の丸いチョコレートを危なっかしくピラミッド状に積んだ銀製のトレイを差し出しながら。「気をつけて。本当に不安定だから」

もう一度、ぼくはオリヴァーに目配せして〝嫌だ〟と伝えようとした。だが、彼はそのサインを、山積みのチョコレートから難なく一つをそっとつまみあげることだと受け取ったらしい。「ムッシュー」オリヴァーのもっとも冷ややかで簡潔な口調だった。冗談抜きで、ものすごく冷ややかで簡潔に聞こえた。「こんなロシェを出された

ら、ぼくたちは大いに甘やかされてしまうよ」(一九九三年に放送された〈フェレロロシェ〉のコマーシャルの台詞)

トレイを持った男は興奮のあまり、積んだチョコレートをばらまいてしまいそうだった。「ありがとう。ブライアンはからっきし台詞がわからなかったんだ。これを積むのに何時間もかかったのに」

「ちょっといいか」深みのある声が部屋の中から聞こえた。「今ではピラミッド形に積んであるものが買えるんだ」

「黙れよ、ブライアン。これについて意見を言う資格はきみにはない」

「ピーター」オリヴァーが言った。ぼくたちは〈フェレロロシェ〉のあとからリビングルームに入っていくところだった。「教えてくれ。今夜は無意味に凝った九〇年代に関するものばかりが続くんじゃないだろうな」

「いいえ」ジェニファーは傷ついた表情でオリヴァーを見た。「いくつかは無意味に凝った八〇年代に関するものよ」

オリヴァーは声をあげて笑い、彼女をハグした。「誕生日おめでとう、ダーリン。ツイスターゲームとポケモンだけはないといいが」

「だったら」ジェニファーの目がきらりと光った。「ポグ(アメリカ版のめんこ)はどう?」

オリヴァーがぼくをちらっと見た。「すまないな、ルシアン。この人たちがぼくの友人だ。どうしてこんな状況になっているのかはよくわからない」

「ねえ、ちょっと」ジェニファーが抗議した。「今日はわたしの誕生日よ。もし、ばかみたいにドレスアップして、わたしが生まれてからの数十年を祝ってクルマエビのカクテルをあなたたちに食べさせたいと思ったら、それはわたしの選択だし、あなたたちは絶対に従ってくれなくちゃ」

「せめて前もって警告してくれればよかったのに。ぼくはクールな男だと、こちらの男性に納得させようとし続けているんだ」

ジェニファーはため息をついた。「まあ、オリヴァー。〝クール〟という言葉がクールだったときでも、クールな人たちはそんな言葉を使わなかったのよ」

まさにジェニファーの言うとおりだったが、フェイクのボーイフレンドを、間違いなくリアルの彼の友達から少なくとも守ろうとするべきだとなんとなく感じた。「いや、それは違うな。バート・シンプソン（テレビアニメ『ザ・シンプソンズ』の登場人物）は『クール』と言ったよ」

「バート・シンプソンは架空の十歳の子どもだ」ロシェのことをちゃんと理解しなかったとかいう男が指摘した。たしか、ブライアンだっけ？

「よくわからないが」オリヴァーが口を挟んだ。「ぼくはバート・シンプソンと比べられて満足だよ」

　もしかしたら、オリヴァーにふられてしまうかもしれない。だけど、ほかの返事があるはずもなかった。「そんなにカッカするな（ドント・ハヴ・ア・カウ）よ（『ザ・シンプソンズ』で有名になった表現）」ぼくが言うと、ちょうど同じタイミングでほかのみんなもそう言った。

「いいかな」オリヴァーはぼくのウエストに手を回した。「ルシアンはきみたちと共通点がないかもしれないと心配していたんだ。どうやら彼は、ぼくをからかうことがみんなの好きな娯楽だという事実を考えに入れなかったようだな」

　ジェニファーは好奇のまなざしでぼくをちらっと見た。「そうなの、ルーク？　わたしたちはみんな心配していたの。またオリヴァーのボーイフレンドをビビらせて追い払ってしまうんじゃないかって」

「ぼくたちがビビらせて追い払うわけじゃない」とブライアン。またしても、誰かのことを陽気すぎる口調で言うのが、自分で意図したよりも相手を侮辱しているように聞こえそうだった。「オリヴァー自身のせいだ」

「認めるよ」隣のオリヴァーが緊張したのを感じたので、今が会話に加わるいいチャンスだろうと思った。「イブニングドレスに面食らったことは。でも、ぼくがここにいるのは、あー……あー……何であれ、こういうことのためだ」

ジェニファーはしばらく考えていた。「そうね、実を言えば、これがどんなものか、わたしにもはっきりとはわからないわ。八歳だったときのわたしが、将来、三十歳になったときの自分が開きたがるだろうと思ったお祝いのパーティなの。ただ、そのときはこのパーティを月で開くだろうと想像していたわけだけれど」

「さてさて」ピーターはホストらしい感じで手を叩いた。「みんなに飲み物を持ってこようかな？　ランブリーニ（洋ナシから作られる酒）、バカルディ・ブリーザー（ラムベースのさまざまなフルーツフレーバーのカクテル）、コアントローとか、ほかにも本当においしいものがあるよ。それに、アマンダはキッチンで蜂蜜酒（ミード）を飲んでいる」

ぼくは目をぱちくりさせた。「ぼくは九〇年代のミードのブームを見逃したのかな？」

「ぼくたちは歴史再演者（リエナクター）なんだ。ミードを決して持ってこないはずはない。それにリエナクターなら、どの九〇年代でもかまわないだろう」

オリヴァーはソファの一つへゆっくりと移動し、ぼくを引っ張って隣に座らせた。

「ぼくはほかの本当においしいものという飲み物をもらうよ」

「きみは」ぼくは彼の膝をつついた。「酒を飲まないだろう。ブリーザーにはどんな味のものがあるんだ？」

ピーターは勢いづいた。「いい質問だね。たしか……ピンク色のものがあったかな？　それと、たぶんオレンジ色のもの？　そして、おそらくピーチ色みたいな、ちょっと違ったオレンジ色のものがあったんじゃなかったかな？」

「じゃ、ちょっと違ったオレンジ色のものをもらうよ」

「すぐに持ってこよう。それにアマンダがどうしてるか見てこないと」

「それから、ピーター」ジェニファーが大声で言った。「わたしにヴォロヴァンズ(vol-au-vents)を持ってきて。それとも、ヴォルオヴァン(vols-au-vent)だった？」

「わたしが思うに、厳密に言えば……」髭以外は驚くほどブライアンそっくりの――つまり、ブライアンに髭があるってことで、彼女にではない――女性がドアのところに現れた。「……それはヴォロヴァン(volent-au-vent)でしょう。フランス語でヴォロヴァン(vol-au-vent)は『風に舞う』という意味だから。だから、その複形は『それらは風に舞う』ということで、『イル・ヴォロヴァン(ils volent au vent)』になるのよ」

　いかにも長いつき合いの者たちらしく、会話はあちこちに飛んだ。そして「恥ずべき掘削機事件」とは何かとか、二十八歳の誕生日にアマンダに何があったかとかはわからなかったが、驚くくらい、ぼくは疎外感を覚えなかった。まあ、アレックスやミフィとのディナーの席で自分がどんなにびくついていたかを思い出して、つかの間、いつものようにつらい気持ちになり、二人きりのときのオリヴァーとの親密な感じに逃げ込みたくなったけれど。人前でのオリヴァーはきちんとした礼儀正しい態度を取りがちだからなおさらだ。でも、実際のところ、オリヴァーが幸せそうでリラックスし、彼を気遣う人々に囲まれているのを見てうれしかった。

やがて、ドアベルが鳴り、ピーターはまた〈フェレロロシェ〉を差し出す役目に就いた。たぶん、ぼくが会ったことのない人々が来たのだろう。なぜなら、五分間遅れるというメッセージをブリジットからもらっていたし、それはあと少なくとも一時間は遅れるという意味だったからだ。廊下からいくつもの声が聞こえてきた。

「いや、遅れてすまない」ぼくよりも二倍はお上品で、アレックスの三分の一ほどしかお上品でない誰かの大声が聞こえた。「双子がどうにも手に負えなくてね。ところで、適切な……ああ、ムッシュー、こんなロシェを出されたら、ぼくたちは大いに甘やかされてしまうよ」

「つべこべ言うなよ、ブライアン」これはたぶんピーターの声だろう。

「頼むからさ」さっきの上流階級っぽい男の声が言った。「どうかアルコールを持ってきてくれ。それと、ぼくのジャケットをかけるときは気をつけてくれよ。悪ガキの一人がそれに吐いたと思うんだ」

「あの子たちが生まれるときに、わたしが言ったはずよ」今度ははじめて聞く女性の声だった。「一晩、丘の上にあの二人を残してきて、どっちか生き残ったほうを育てるべきだって」

コートのはためく音や靴を引きずって歩くような音が聞こえて、ジェニファーとピーターが部屋に戻ってきた。そのあとから、プラム色のベストを身に着けた驚くほど粋な男性と、水玉柄のリンディ・ホップ（一九九〇年代のスイングダンス）用のドレスを着た小柄でふくよかな女性が入ってきた。

オリヴァー――リラックスしてはいても、マナーを忘れていなかった――は立ち上がって挨拶した。「ベン、ソフィー、こちらはルーク――ぼくのボーイフレンドだ。ルーク、こちらはベンだ。専業主夫だよ。そしてソフィー。彼女は魔王(サタン)だ」

「サタンじゃないわよ」彼女はむっとした様子で言った。「最悪の場合でも、魔王(ベルゼブブ)ね」

「ジェニファー？」オリヴァーはちょっと横柄な態度を取った。「きみの最近のクライアントは誰だったかな？」

ソフィーは天を仰いだ。これは明らかに彼らがよくしている一種のゲームらしい。

「ブルネイからの亡命者だったわ。本国に送還されたら拷問されたはずのね」ジェニファーは乾杯のしぐさで、手にしたランブリーニのグラスを掲げてみせた。「あなたのクライアントは、オリヴァー？」

「自分をだました雇い主から盗みを働いたバーテンダーだったよ。きみのクライアントは、ソフィー？」

ソフィーは口の中で何やらもごもごと言った。

「何だって？　聞こえなかったよ」

「いいわよ」ソフィーは降参とばかりに両手を上げた。「製薬会社だった。うんとはっきり言わせてもらうと、作っている薬が子どもをまったく殺さないとは証明できない会社。わたしに何が言える？　わたしはね、ちゃんと報酬を払ってくれるクライアントが好きなの」

「ちょっと確認したいんだけど」ぼくは言った。オリヴァーの友人はストレートという点だけでなく、ぼくの友人たちとはほかにも違いがあることがだんだんわかり始めてきた。「この部屋で、弁護士でもなければ、弁護士と結婚してもいない人間はぼくだけかな？」

ピーターは危なっかしい〈フェレロロシェ〉の載ったトレイを恭しく元のテーブルに置いた。「まあ、その点は解決できるだろう。今では合法だから」

「それって、つまり――」アマンダがほとんど夫の上に載っていたソファから顔を上げた。「あなたがオリヴァーと結婚することが合法ということよね。この部屋にいる弁護士を全員殺すことが合法ってわけではないでしょう。シェイクスピアがその点についてどう言ったかはともかくとして」

「何だって？」滑稽なほどの驚きを示してピーターが声をあげた。「どうしてそんな話になるんだ？　もちろん、結婚のことを言ったんだよ。殺人じゃなくてね」

「わたしにもう一回、そのことを言って。この三人が三時間、法律のことを話し続けていたらね」

オリヴァーが咳払いした――少し顔が赤くなっている。「ぼくにボーイフレンドができたことできみたちが大いに興奮しているのはわかってるよ。だが、交際のこの段階でそんな爆弾発言をされたら、間もなくぼくにはボーイフレンドがいなくなることが確実になりそうだ」

「すまない」ピーターはうつむいた。「本当にそんなことは……そんなつもりでは……ルーク、どうかオリヴァーと別れないでくれ……さあ、もう一個、〈フェレロロシェ〉を取って」

「それから念のために言っておくが」オリヴァーが続けた。「合法に何かをする権利があるからといって、実際にそれをしなければならないわけではない。とりわけ、つき合ってから二カ月にもならない相手とはね。悪く取らないでくれよ、ルーク」

劇的なしぐさでオリヴァーの腕から抜け出した。「冗談だろ？　ぼくはあのドレスをどうしたらいいんだ？」

このジョークにふさわしい笑いが起こり、ぼくはボーイフレンドとしてふさわしい態度を取ったのだと感じた。

「やめましょうよ」ジェニファーは厳しい視線をみんなに向けた。「結婚したらとほのめかして、気持ちを楽にさせようとするのは。あなたがいてくれることに、わたしたちはすごく興奮してるのよ、ルーク。それにいいニュースよ。この中で弁護士なのはほんの数人だけなの」

「そうだ」ベンは上質のワインを自分のグラスに注いでいた。「ぼくは妻に頼って暮らしているんだ。とても今風だし、ぼくが男女同権論者だってことだよ」

「ぼくは大学で法律を学んだ」ブライアンがつけ加えた。「モーカムとかスラントとかハニープレイス（英国のファンタジー小説『ディスクワールド』に出てくるヴァンパイアやゾンビの弁護士）と一緒にね。ありがたいことに、法律がとんでもなくひどいもので、ぼくにはつまらないものだとわかったから、IT業界へ進んだ」

「ぼくについて言うと――」ピーターが言い始めたが、ドアベルの音にさえぎられた。

「あれはブリジットだな」

ジェニファーがブリジットを迎えに出ていった。数秒後、ブリジットはコートを脱ぎながらリビングルームに駆け込んできた。

「ねえ、みんな」ブリジットは大声で言った。「とても信じられないようなことが起こったの」

部屋じゅうの人間が一斉に「気をつけて、ブリッジ」と言いかけたとき、彼女のコートの端はピーターが見事に積んだ〈フェレロロシェ〉の山に当たり、チョコレートは宙を飛んで、バラバラになって床に転がった。

ブリジットは振り返った。「うわあ、大変。何だったの?」

「何でもないよ」ピーターはため息をついた。「気にしないでいい」

ピーターとベン、そしてトムが――ブリジットのあとから部屋に入ってきたのだ――大使公邸でのパーティというコマーシャル風に積み上げてあった〈フェレロロシェ〉の山の残骸を集め始めた。

「何があったの？」ほぼ全員が尋ねた。

「あのね、あまり詳しくは話せないんだけど、最近、うちの社はハイ・コンセプトなSFが専門の、とても前途有望な新しい作家を獲得したのよ。作品は『パブリッシャーズ・ウィークリー』とかいろんなところの書評でもっとも優れた評価を受けたの。その書評の一文を抜き出したすばらしい宣伝文句を、社では特にほかのもっと有名なハイ・コンセプトのSF作家のファン向けに載せようと決めた。そんなわけで、その宣伝文句をあらゆるポスターに載せて、地下鉄じゅうで大がかりな宣伝を展開して、本の表紙にも載せたの。そのどれにしても、もう変更するには遅すぎるのよ」

当惑顔のオリヴァーを見て、ぼくはハグしてやりたくなった。「それは本当にすばらしいことに思えるけど、ブリジット」

「そうなるはずだったの」ブリジットは手近な椅子にドスンと座った。「ただね、そのもっと有名な作家というのが、フィリップ・K・ディック<ruby>だったのが</ruby>問題なのよ。で、宣伝文句というのは、『あなたがディックを好きなら、この作品も間違いなく好きになるだろう』ってものなの。誰もそのことに気づかなかったのよ。期待外れでがっかりしたというレビューが、アマゾンに大量に載り始めるまでね」

ピーターは大虐殺に遭った〈フェレロロシェ〉から顔を上げた。からかうようでもあり、考えにふけっているようでもある、どうとでも取れる表情だ。「好奇心から訊くが、売り上げはどうなんだ？」

「実は、驚くほど好調よ。さまざまな層を引きつけたんじゃないかと思う」ブリジットはぼくに気づいた。「まあ、ルーク。来てたのね」

にやりと笑ってやった。「ぼくは同伴者なんだ」

「ほんと、夢みたいよね」ジェニファーがぼくとブリジットに交互に視線を向けた。「オリヴァーがわたしのパーティに新しいボーイフレンドを連れてくるなんて。わたしはとうとう、交際関係のゴシップをいち早く聞きつけてあなたに勝ったと思ったのよ。そうしたら、あなたとルークはすでに会っていたとわかったわけ」

ブリジットは〝うぬぼれた〟としか呼びようがない表情をしていた。「もちろんよ。ルークはわたしの親友で、彼以外にわたしが知ってる唯一のゲイがオリヴァーなの。何年もの間、わたしはこの二人をつき合わせようとしてきたんだもの」

37

十分くらい時間を費やしたが、とうとうぼくたちはダイニングテーブルを囲んでぎゅうぎゅう詰めに座ることができた。それは厳密に言えば六人掛けのテーブルで、緊急時には八人座れたとしても、十人座るのは冗談みたいなものだった。

「認めるわ」どこからかデスク用の椅子を転がしてきたとき、ジェニファーは言った。「ギリギリ最後になって二人くらい欠席するかもって、ちょっと当てにしていたことをね」

ブライアンは入り乱れたフォークやナイフの間にミードのグラスを巧みに置いた。「少なくとも、今ごろまでにはオリヴァーがボーイフレンドを捨てていると、きみは考えたんだろう」

「ブライアン、きみのような友達がいれば」オリヴァーはため息をついた。おもしろがって腹を立てたふりをしているだけではなさそうなのが気になる。「相手側の弁護士などいなくてもひどい目に遭うよ」

そのとき、アマンダが夫のあばらを肘で鋭く突いた。「しっかりしなさいよ。今はおめでたい場にいるのよ。六日後から八日後には、彼をからかうことになるでしょうけど」

オリヴァーは狭いスペースでどうにか頭を抱えた。「助けてくれなくていいよ」

「とにかく」今度はジェニファーだった。「こんな状態は居心地が悪いだろうけど、『テーブルにちょうど収まる数よりもちょっと多い友人』というのが、持つべき友人の数だと感じたいの。だから、どうにか回避してここへ来てくれたみんなに感謝したいわ。仕事上の災難とか、育児の緊急事態を——」

和音の着信メロディが胸ポケットから鳴り響き、ぱっと立ち上がった弾みに、ベンはトムの顔を殴りそうになった。「まったく、ベビーシッターからだ。小さなクソッタレどもが家を燃やしたに違いない」

そう言うなり、ベンは部屋から走り出ていった。

「——ほとんどは育児の緊急事態を回避して来てくれたことに」ジェニファーはさっきの続きを言った。

ソフィーはワインのグラスを空にした。「ダーリン、あんなことは緊急事態じゃないのよ。うちの日常」

「じゃ、こうしましょう」ジェニファーは中指を立てるしぐさをしてみせた。「わたしがちゃんとスピーチをしたというふりをするの。みんなを愛しているわ。さあ、食事よ」

ピーターが勢いよくキッチンに入っていって、また出てきた。べたべたした感じのものとレタスでいっぱいのマティーニグラスをいくつも載せたトレイを支えながら。「前菜として」彼は料理コンテスト番組の『マスターシェフ』風にとっておきの声で告げた。「クルマエビのカクテルだ。それで、すまないな、オリヴァー。メイン料理についてはきみの都合を考えたんだが、野菜の前菜というわけにはいかなかったから、きみの分はクルマエビを抜くだけにしたんだ」

「つまり」オリヴァーが言った。「ぼくは今夜の食事をピンク色のマヨネーズがたっぷり入ったグラスで始めるわけだな」

「ワオ、そうだよ。そいつできみを丸め込むつもりだったんだが」

トムと小声で何かを話していたブリジットは当惑した様子で顔を上げた。「ねえ、ちょっと待って。どうしてクルマエビのカクテルを食べるの？　クルマエビのカクテルなんて、ここ二十年間、誰も食べてないわよ。それに実際のところ、どうしてわたしたちはバカルディ・ブリーザーを飲んでいるわけ？」

「どうやら」ソフィーはまた上等のワインをグラスに注いだ。「このパーティは無理やりレトロ調をテーマにしているってことね」

ジェニファーは恥ずかしそうに身をよじった。「実を言うと、みんなにコスプレしなくちゃとか、何かやらなくちゃといったプレッシャーを感じてほしくなかったの。だから、パーティのテーマはサプライズにしようと決めたのよ。で……サプライズだった？」

　ぼくたちは腰を落ち着けて、人々がクルマエビのカクテルを食べなくなった理由を思い出すことにした。結論：まずいから。幸い、その点についてはみんなの意見が一致したようで、とにかく礼儀正しく食べなくてはという気持ちに駆られた人はいないらしかった。

「心配しないでくれ」ピーターはクルマエビのカクテルを片づけ始めた。「メイン料理はちゃんと食べられるものだと思うよ。ビーフ・ウェリントンなんだ。オリヴァー以外はね。彼にはマッシュルーム・ウェリントンを用意したが、実を言うと、ぼくたちちが考案したものだよ」

　オリヴァーはピンクのマヨネーズを満たした、ほぼ手つかずのグラスをピーターに手渡した。「つまり、ぼく以外の全員にとって、メイン料理は食べられるものだということだろう」

「すまないな、オリヴァー」ピーターは形ばかりの悔恨の色を浮かべた目でオリヴァーを見つめた。「だが、きみはぼくたちの唯一のゲイの友人ということだけにこだわるべきだったたよ。唯一のベジタリアンの友人にもなろうとすることは率直に言って、やりすぎだ」

「ちょっと、いいかな」ぼくは言った。「そのマッシュルーム料理はおいしそうだね。充分にあるなら、ぼくもそれをもらいたい」

ブリジットは文字どおりキャーという声をあげた。「以前のあなたは不機嫌だったし、ロマンチックでもなかったのに」

「ぼくは不機嫌だったことも、ロマンチックでなかったこともないよ。ただ、ときき――」ふさわしい言い方がないかと考えた。「気が滅入ったり、皮肉屋だったりしただけだ」

「そして今は、オリヴァーのおかげで心の中がマシュマロみたいにふわふわなのね」

「ぼくはマッシュルームを食べようとしてるだけだ。『きみから目が離せない』（フランキー・ヴァリの『君の瞳に恋してる』という、一九六〇年代の歌の歌詞）と歌いながら観覧席から飛び下りるわけじゃない」

ジェニファーはカクテルのスミノファイスのグラスでぼくに向かって乾杯した。

「パーティのテーマによく合う言葉じゃないの」

どちらものすごい量のビーフ・ウェリントンやマッシュルーム・ウェリントンが皿に盛られたとき、ベンが戻ってきた。げっそりした顔をしている。

「飲み物をくれ（ドリンク・ミー）」ベンはソフィーの隣の椅子にぐったりと座り込んだ。「〝ぼくに飲み物をくれ〟という意味だよ。『不思議の国のアリス』に出てくるような〝わたしを飲んで（ドリンク・ミー）〟の意味じゃない」

ソフィーは夫に飲み物を渡した。「何も問題なかったの、ダーリン？」

「エヴァの給料をまた値上げしてやらなくちゃならないよ。双子Aが行方不明になって、エヴァは家じゅう探し回り、警察に連絡しようとしたとき、窓から外を見た。すると、隣の家のキッチンのオーブンとナイフラックの間に座っている、双子Aが見えたというわけさ」

「あの子は大丈夫だったの？」

「悲しいことに、無事だった。だが、隣人はちょっと精神的なショックを受けている」

ソフィーは目をくるりと回した。「お隣にギフトバスケットを持っていかなくちゃ。

ほら、過去三回のときみたいに」

しばらくの間、食事を続けた。警告されていたものの、マッシュルーム・ウェリントンは正直言って……おいしかった、ってところかな？　つまり、牛肉が加えられていたらもっと美味だっただろうけど、ほとんどのものは牛肉が加えられたら美味だろう。あいにく、こうして食べている間、ぼくが何よりも苦手な部分、〝ほかの人たちの社交サークルに参加する〟経験をすることになった。友人のため、その連れに関心を示さなければならないと彼らは判断したのだ。

「たしかきみは」ブライアンが口火を切った。「なんというか……ロックスターだったかな？　そうかい？」

ぼくは危うく口いっぱいのウェリントンを吐き出すところだった。「いや、全然違う。父はロックスターだ。母は元ロックスター。ぼくはロックスター（じゃんけんの「グーの星」の意味もある）とは正反対だ」

「じゃ、チョキの惑星とか」アマンダが長すぎるほどの時間、考えたあとで言い出した。

「あー、そうかな？　いや、たぶん……ノーかも？」

「それで納得がいくな」ブライアンは編んだ顎鬚をそっと移動させて肉汁をよけた。

「どうもよくわからなかったんだ。ロックスターがよくオリヴァーに耐えられるもんだな、とね」

「今夜のきみはいったいどうしたんだ?」これはオリヴァーの〝きみはぼくをからかっているけど、ひそかにそれが気に入ってるよ〟風の口調ではなかった。〝すっかり気分を害している〟という口調だ。「ぼくが気に入っている男の前で、できるだけぼくに魅力がないように見せるつもりか?」

「ブライアンのことは無視しておきなさいよ、オリヴァー」ジェニファーが言った。「十年間、あなたに決まった人がいなかったから、過剰反応しているのよ」

オリヴァーは依然として嫌に上品ぶった冷たい目でブライアンを見ていた。「だからといって、ブライアンの振る舞いが受け入れられるとは思えないが」

「すまない」テーブルが狭すぎて伸び伸び動くことはできなかったが、ブライアンは頭を下げようとした。「本当に悪かった。ただ、大勢の男とつき合っても、誰一人としてきみにふさわしくなかったから、この男がほかの男たちと違うのかどうか知りたいだけなんだ。またきみが傷つかないうちに」

「ぼくはきみの十代の娘じゃない」オリヴァーがピシャリと言った。「考えてみれば、たとえぼくがきみの娘でも、そんな行動はひどく支配的でおかしいだろう」

「オリヴァーの言うとおりよ」アマンダは失望をたたえた目つきで夫を見た。「嫌な奴になっているわよ」

「す……すまなかった」

しばらく沈黙が続いた。

とうとうオリヴァーがため息をついて言った。「もういいよ。きみが気にかけてくれることはうれしい。少しも役に立たないやり方だが」

突然、自分が最低の人間だという気持ちになった。ここにいるぼくはオリヴァーの友人たちの料理を食べてバカルディを飲んで、彼らがみんな興奮し、期待を込めた様子になっているのを見ている。友人――彼らが心から気にかけていて、ぼくが気づいたよりももっと不幸だったらしい――がとうとう幸せになったことを期待しているのだ。

なのに、やっぱり、すべてが終わることになるわけだ。

このところしばらく、自分が少しは打ちのめされるだろうという思いを静かに抱いて過ごしてきた。もし……この関係が終わったときは。オリヴァーも打ちのめされるかもしれないという考えは浮かばなかった。

「それじゃ」ソフィーは何も気にしないほど飲みすぎた人らしい落ち着きと威厳を込

めて、話題を変えた。「ロックスターでないなら、あなたは何をしてるの？」

「ある慈善団体で資金集めの担当者をしている」

「まあ、もちろんそうよね。オリヴァー、あなたのボーイフレンドたちって、どうしていつも退屈なほど倫理的なの？」

「心配いらないよ」ぼくはオリヴァーにこっそり笑ってみせた。「ぼくは少しも倫理的じゃないから。以前は広告会社にいたが、ぼくのことがニュースになって解雇されてしまった。今は雇ってくれる唯一の人たちのところで働いているんだ」

「そっちのほうがはるかにいいわね。この人を手放してはだめよ、ダーリン。彼はあなたのこれまでのボーイフレンドたちよりもはるかに興味深いもの」

「そのとおり」オリヴァーは片方の眉を上げた。「邪悪この上ない友人たちをなだめるのが、まさしくぼくがボーイフレンドに求める条件だ」

「冗談ばっかり。でも、そうあるべきね」ソフィーはまたぼくに注意を向けた。「あなたの慈善団体は何を救おうとか保護しようとしているの？」

「ああ、フンコロガシかな？」

彼女は目をぱちくりさせた。「普通ならわかって当然なんでしょうけれど、救っているの？　それとも保護しているの？」

「実は――」オリヴァーはテーブルの下でぼくの膝をぎゅっとつかんだ。「フンコロガシは非常に生態学的に重要だ。彼らは土壌を空気にさらしている」

「うちの子どもたちは十キロ離れたところにいるし、わたしはワインをさんざん飲んだし、オリヴァーはわたしに土壌を気にかけてもらいたがっているみたい。わたしは最善を尽くしているけど」ソフィーはグラスをしきりに振ってみせた。「誰か、借りることができるような思いやりの気持ちは持っていないの？　わたしにはもう品切れだから」

実を言うと、最近は仕事になると働き出すぼくの脳の一部が止める間もなく活動していた。「どうかな、ぼくなら思いやりの気持ちをかきたてるのに、大いに役に立てると思うけど。ただ、今は誰かの誕生日パーティに出ていて、寄付者を募るときじゃないのはちゃんとわかっているが」

「あら、ぜひソフィーから寄付金を引き出してよ」ジェニファーがテーブル越しにほほ笑みかけた。「彼女はうなるほどお金があるし、そんな大金を手にするのにふさわしくないのよ」

「失礼ね。わたしは道徳的に破綻しているクライアントたちのために猛烈に働いてるのよ。それはともかく、話を続けて。慈善団体のお兄さん」ソフィーは頬杖を突き、挑むようにぼくを見つめた。「わたしからお金を引き出してみなさいよ」

ぼくはソフィーをざっと観察した。しこたま酒を飲んだ割には驚くほどしっかりしている。ドレスの選択から考えると、彼女は過小評価されることが好きなようだし、話し方から判断すると、自分を過小評価したことを相手に思い知らせてやることが好きらしい。ここでうまくいきそうな戦略はあったが、冒険だった。

「オーケイ、あなたが慈善団体に寄付する理由は二つあると思う。税控除のためと、人道主義者の友人たちを不当に扱うためだ。フンコロガシがこの国の生態系にとってきわめて重要な役割を持っている理由を説明してもいいが、あなたは気にもかけないだろう。それはかまわない。だから、代わりに別のことを話したい。クレジットカードを持っているどんな間抜けも、癌にかかった子犬やかわいそうな子どもたちのためのおもちゃには寄付するくせに、こんなことは言わない。寄付する先をあなたたちよりもよく考えて、環境には不可欠だが、根本的に魅力がない虫に金を贈ることにしたとはね。『誰がもっとも慈善家か』というゲームでは、もっとも目立たない慈善行為をする人が勝者だ。いつもそうだよ。そして、ぼくたちの団体以上に目立たないところはないだろう」

場は静まり返った。ひどく落ち着かない沈黙が続き、ぼくはひどいへまをしてしまったかと考えた。

するとソフィーの唇は上機嫌という感じの微笑でゆがんだ。「納得よ。いくら必要なの？」

ベンが吹き出した。

ぼくはここからどうしたらいいかわからなかった。「あー、よかった。最高だ。でも、今のあなたは相当酔っているし、オリヴァーの友人だから、彼に怒られるようなことはしたくない――」

「ぼくは文句なく喜んでいるよ」オリヴァーが口を挟んだ。「ソフィーを骨の髄までしゃぶってやってくれ」

「たとえそうでも、ぼくにもそれなりのプロとしての倫理ってものがある。よかったら、明日ぼくに電話をかけてくれないか。あるいは、ぼくから電話をかけてもいいし、ランチの日程を決めてもいい。そうだ、来週、大がかりなパーティがある。そこに来てもらって、洗練された人たちと一緒に過ごして、全財産をうちの団体に投げてもらってもかまわない。あなたがそうしたいなら」

「『フンコロガシ・パーティ』というものがあるの？」

「そう。ビートル・ドライブと呼んでいるけど。なんかかわいいだろ？」

またしても間があった。

「どうしても指摘せずにはいられないんだけど」ようやくソフィーが言った。「わたしが酔っているから、あなたは今、寄付金を取ろうとしないのよね。でも、わたしをパーティに招待した。そこではたぶん、大勢の人を酔わせて、お金を出させようとすると思うけど」

「そうだよ。招待状を出すなら、倫理的でないとは言えない」

「だったら、そこで会いましょう」

みんなから少し皮肉な感じの拍手が起こった。

「とにかく」ジェニファーはピーターがテーブルを片づけるのを手伝い始めた。「わたしの誕生日に話を戻すと、デザートの前に休憩が欲しい？」

ブライアンが髭を撫でた。「どんなデザートかによるな」

「サプライズなのよ」

「それって、みんなが嫌いになるものか？」

「うわあ」アマンダはふいに何かを思い出したらしい。「まさかエンジェル・ディライトじゃないわよね？」

芝居がかった態度で身震いしたところからすると、ベンはほかの可能性を思いついたらしかった。「もし、ブラックフォレストケーキなら、ぼくは帰るよ」

しばらくの間、ぞっとするデザートについての冗談の言い合いが続きそうだった。

それを合図に何人かは足を伸ばしたり、トイレに行ったりと休憩を取った。ぼくはこのままいてもかまわなかったが、オリヴァーが身を乗り出して、ちょっと外へ出ようと小声で言った。

うわあ、まずい。オリヴァーの友人を新規の支援者にしようとすべきじゃなかった。いったい、なんてことをしてしまったんだ？

絶対に非難されると感じながら、オリヴァーに続いて玄関ホールに出た。

「いいかい」ぼくは切り出した。「悪かったよ、ぼくは――」

そのとき、オリヴァーはぼくを壁に押さえつけてキスした。

ボーイフレンドのふりをすることの行動リストにキスを入れてから、かなりキスしてきたことを言っておくのがフェアだろう。でも、『ガーディアン』のせいでぼくが動揺してからはこんなキスをしていなかった。オリヴァーをふったことがあったから、彼がぼくへの欲望を失ったのではないかと思い始めていた。ぼくの家のソファでのあの夜のようなこと――彼を甘くて激しい気持ちで求め、彼に求められた――がまた起これればいいと強く願ってはいたが、調子に乗りすぎてはいけないと自戒していた。今週はほとんど会う時間がなかったし、このところ会えた二回が、バスルームで泣いていたときとガラスの彫刻展のときでは、オリヴァーに情熱的なまなざしで、性的対象として見てもらうことはとても望めなかった。でも、パーティで適度にオリヴァーを支え、彼の友人の一人にフンコロガシに寄付させようとしたことが功を奏したらしい。とにかくぼくは彼とのキスのためにここにいた。まったくもってキスに夢中になっていた。

トイレへ行く途中の誰かが、どこかよそへ行っていちゃつけよ、と言ったように。だが、そんなことはクソ食らえだ。これは〝どうでもいい〟キスではなかった。〝嫌ならやめていい、きみが誘ったんだろう〟というキスではない。二度と経験することがないかもしれないと思ったすべてがこもったキスだった。そんなものは欲しくないふりをして、それが自分にはふさわしいんだと言い聞かせていたのに。オリヴァーがぼくのためにいてくれて、我慢してくれて、離れないでくれればいいと思った。

オリヴァー・ブラックウッドは今、ぼくが求めるものをすべて与えてくれている。そしてぼくも彼にすべてを与えていた。二人の両手が絡み合い、体がぴたりと密着し、オリヴァーの熱くて性急な口がぼくの口に押し当てられている。

唇が離れても、まだおしまいではなかった。オリヴァーは輝きをたたえた目でぼくを見つめたまま、両頬を親指で軽くなぞった。「ああ、ルシアン」

「じゃ、ぼくは、えーと、ソフィーのことできみを怒らせたんじゃないんだな？」

「怒るどころか、とても感心したよ。きみがひどい夜を過ごしているんじゃなければいいが」

「いや、とても……とても楽しいよ」

「みんなきみを気に入ったようだな？」オリヴァーはまたぼくにキスした。今度はさっきよりも優しい感じのキス。「彼らがとんでもない間抜けになってることから、それがわかるはずだ」

ぼくは声をあげて笑った。「ぼくのとんでもなく間抜けな友人たちにきみを紹介すべきだね」

「それはいいな。つまり、もしも思ってもらえるなら……ぼくがきみにとって恥ずかしくない人間だと」

「オリヴァー」あまりにも感傷的な気持ちになったので、彼をたじろがせるような目で見たくはなかったけれど、とにかくそうしてみた。「友人たちはぼくという人間をよく知ってる。もちろん、きみはぼくにとって誇りとなる人だ」

「すまない。ただ、ぼくは……今夜、一緒に来てくれてありがとう」

「こちらこそ感謝するよ。何年もバカルディ・ブリーザーを飲んでなかった」ぼくは一息つき、オリヴァーの反応を見て楽しんだ。「それに、こういう演出は最悪でもなかったし」

「まあな、少なくともぼくがクルマエビのカクテルよりも上だとわかってうれしいよ」

オリヴァーをまた引き寄せ、ふざけて顎を軽く噛んだ。がっしりしてたくましい顎だった。「もう戻らなくちゃね」

「実を言うと――」オリヴァーの頬はかすかに赤くなっていた。「きみを家に連れて帰りたいんだが」

「どうして。まさか気分が悪いんじゃ……え、うわ」

「つまり、きみが賛成してくれるなら」

こんなことを言うタイミングじゃなかったけど、言わずにはいられなかった。「それはきみのセックス動画のタイトルにはしないと言っていたよな」

「嘘をついたんだ」オリヴァーは小さく咳払いした。「さて、口実を作ってさりげなく帰れるか見てみよう」

オリヴァーの友人たちとは十秒も経たないうちに別れたから、セックスするために急いで帰るのだと当然見抜かれて、それゆえにあれこれ言われない確率は低いと思った。

そして、まさにぼくの思ったとおりだった。

38

オリヴァーが頼んだ倫理的に正しい個人タクシーで家に帰るまでの時間は、果てしなく長かった。そう感じた理由の一部はぼくが——専門的な言葉を使うなら——性的に興奮していたからだ。だけどもっと大きな理由は、そのことを考えれば考えるほど不安が高まっていたからだった。オリヴァーはセックスを軽々しく考えないことをとても明確にしていたし、ぼくのライフスタイルはセックスを軽く考えることだけで成り立っていた。心の奥底では、ぼくの裸体や動物的なカリスマ性にいずれはオリヴァーが屈服して自分を差し出してくれることを願っていた。でも、こうして実現しつつある今になると……予想したようなものには感じられなかった。そう、たしかに興奮させられるし、セクシーだし、オリヴァーはぼくに好意を持ってくれているし、しかもかなりの好意に違いないけど、しくじってしまったらどうする？　ぼくがあまり上手じゃなかったとしたら？　これまで不満を示されたことはなかったが、口での行為を才能だと見なしてくれる人もいなかったから、もしかすると——人生でのほかの面と同様に——ぼくは他人からの期待が低いことにあぐらをかいていただけかもしれない。

セックスに関すること、セックスに関してぼくが好きだったことは、誰が誰を楽しませるかがとても明快な点だった。〝誰が〟というのは〝自分〟で、各自が〝自分自身〟を楽しませるのだ。でも、大事に思う相手ができると、複雑でナンセンスなことを気にし始める。相手にとってはよかっただろうかとか、どんなふうに感じただろうかとか、どんな意味があっただろうかとか。もし、オリヴァーの完璧な家に戻って、完璧なシーツに横たわってセックスして、それが……よかった、という程度のものだとしたら？　前に彼に言ったことがあった。ぼくからオリヴァーが得られるのは、よいという程度のものにすぎないと。そうしたら彼は、よいというのでは自分にとって充分じゃないと言ったし、今ではぼくにとっても充分じゃない。でも、ぼくにできるのがそれで精いっぱいだとしたら？

オリヴァーは威厳がありすぎるから玄関のドアまで走っていったりしなかったけれど、間違いなく早足だった。そして玄関ホールに入ったとたん、ヴィーガン向けのブラウニーだとでもいうようにぼくをつかまえた。ぼくは彼をきつく引き寄せ、ふたたびキスが始まった。すばらしかっただけでなく――ぼくたちは間違いなくキスのコツをつかんでいる――タクシーの中で感じていた欲求不満がすべて解消された。ものすごくリアルで、性急なキスだった。

なんといっても、こういうのはぼくが得意とするものじゃないか。何年もの間、堕落した生活を続け、新聞に何度も載った。なのに、心底から夢中になっていて、本当に本当にぼくを求めてほしいと思うこの男とこうしていると、ジョン・ヒューズの映画に出てくるティーンエイジャーみたいに、洗練された性的行為なんてものはどこかへ飛んでいってしまった。自分で認めたい以上に、オリヴァーとこうなる状況を何度も想像したけれど、空想の中のぼくは創造的で思いやりのある恋人だった。性的な技巧を驚くほどあれこれと施してオリヴァーを圧倒するのだ。ところが、実際のぼくは彼にしがみつき、体をすりつけていいちゃついてるだけだった。正直言って、ちょっと恥ずかしくなるようなうめき声をあげながら。ああ、なんてことだ。助けてくれ。こんなに完璧な気分になるはずじゃなかったのに。

ふいにオリヴァーが体勢を変え、ぞっとした数秒間、彼がなぜか思いとどまることにしたのかと考えた。でも、オリヴァーに抱き締められ、安堵の気持ちと欲望で混乱した気持ちが奇妙にごちゃ混ぜになって――いったい何をしているんだと尋ねるのではなく——ポルノ映画に出てくるトゥインク（若くてスリムで体毛のない男）よろしく彼の体に両脚を絡ませた。健康的なライフスタイルを守っているから驚くことじゃないけど、オリヴァーは力強くぼくを抱いたまま寝室へ歩き始めた。まるで魔法のような夢見心地のひとときだった。オリヴァーが階段の下のところで前のめりに倒れ、ぼくを落とすまでは。

「うー」ぼくは言った。「痛い」

動揺している様子がかわいいオリヴァーは、袋小路に迷い込んだ個人タクシーみたいに、くるりとぼくのほうへ向きを変えた。「本当にすまなかった。いったいぼくは何を考えていたんだか」

「いや、いや、クールだったよ。つかの間だったけど、とてもセクシーでロマンチックだった」

「怪我（けが）はないだろうな？」

「大丈夫だ。ただ、運べないほど重いというのが、ちょっと情けないけど」

ジョークのつもりだったが、当然ながらオリヴァーはひどく真剣だった。たまたまぼくの体をどこかにぶつけただけでなく、たまたま体をけなすことになったのではないかと。

「少しもきみが反省するようなことではないよ。階段を上れるなんて、ぼくが自分の能力を過信していたんだ」

「それを聞いて安心したよ。さて、ぼくを元気づけようとするのはやめて、ファックしてくれないか？」

「きみをファックするよ、ルシアン」オリヴァーは容赦ない顔つきになり、今度ばかりはぼくもそんなことが気にならなかった。「ぼくが選んだやり方で」

ぼくはまじまじとオリヴァーを見つめ、あからさまに関心を示してしまった……そのやり方がどんなものかと。「ちょっと待ってくれ。『フィフティ・シェイズ・オブ・グレイ』みたいなセックスをする契約はしてないぞ」

「いや、きみはぼくと契約したじゃないか。さあ、二階へ行ってベッドに入れ」

ぼくに……二階へ行ってベッドに入れ、だって？

数秒後、オリヴァーが部屋の入り口に現れ、コートを脱いで床に落とした。驚きじゃないか。彼がハンガーに服をかけないところをはじめて見た。今からすることにオリヴァーは夢中になってるに違いない。ぼくに夢中ってことか？

「すまない」ちょっと顔を赤らめたオリヴァーは言った。「思ってもみなかったんだ……ぼくは……つまり……きみと……」

「謝るなよ。こういうのって、うん、おもしろいよ」

彼の顔がさらに赤くなる。

「実はかなり長い間、こうなることを願っていた」

「そう提案してくれるだけでよかったのに」しかめっつらをしてやった。「いつでも絶対に実現したよ」

「きみは待つべき価値のある相手だと思ったんだ」

ちくしょう。オリヴァーの言うとおりならいいんだけど。「ぼくは〈アフターエイト〉ミントチョコの最後の一枚じゃないよ」

「ああ、そうだ」オリヴァーもベッドへ来ると、ベッドカバーの上に横たわった。〈アバクロンビー&フィッチ〉の服を着た虎みたいに。「もしもきみがそんなチョコレートなら、みんなが遠慮して取らないだろう」

「機知に富んだ返事をしたいところだけど、今はちょっと気が散ってる」

「どうやら」オリヴァーは真顔で言った。「興奮しているときのきみはあまり扱いにくくないらしいな」

「ああ。ぼくの弱点は下腹部なんだ」

オリヴァーは笑い声をあげながら、ぼくのシャツのボタンを外し始めた。一方では、心地よいものだった。早く裸になれるし、そうすれば、セックスも早くできるから。その一方で、上半身がむき出しになる。今までオリヴァーに上半身を見られたことがないわけじゃないが、そういうのは状況次第だ。裸になることと、裸にさせられることには明確な、しかも恐ろしいほどの違いがある。普通なら、自分の体をセックス相手がどう思うかなんて特に心配しない。でも、それは普通の場合、セックス相手が見知らぬ人だからだった。

どうにか落ち着きを取り戻してお返ししようとしたが、とんでもない戦略上の失敗だと気づいた。ぼくは遺伝子や高い身長や徒歩通勤のおかげでどうにか体形を保ってきたが、オリヴァーは意図して自分の体を鍛えているからだ。よく考え抜かれた秘密のクリスマスプレゼントをくれようとしている相手に対して、自分が買ったのは入浴剤だと知っているのと変わらない、性的な意味での贈り物ってことになる。

「ジムへ行くべきかな?」そう尋ねた。「絶対に? さもないと、きみはめちゃくちゃ普通のぼくに慣れなければならないから」

「きみにはいろんな面がある、ルシアン。しかし、普通だなんてことはあり得ない」

「違うよ、これは体の問題で、冗談抜きでぼくは――」

「黙れ」オリヴァーはキスした。抗議を封じるほどの激しさで。ぼくのむき出しの上半身を彼のてのひらが滑り下りていき、触れられたところが熱くなる。「きみは美しい。美しすぎて、とうとう触れていることが信じられないくらいだ」

洗練された気の利いたことを何か言いたかった。ぼくが……とろけきって横たわるだけの人間ではなく、洗練されて気が利いていることを示そうと。でも、どうにか口から出たのはこれだけだった。「ち、ちくしょう、オリヴァー」

「ああ」彼の声が荒々しさを帯びた。「敏感に反応してくれることがうれしいよ。ほら……」

オリヴァーの指先が螺旋を描くようにぼくの腕を上り、肩を横切っていく。スタジアムでのウェーブのように、指が通ったあとから順番に肌が粟だっていく。声を出そうとした。〝ああ、こんなのは誰に対してもぼくが示す反応だ。きみにだけ、こうなるわけじゃない〟と示したかった。でも、彼の口も加わって、あとからあとから喜びを与えられて、ぼくは……なんてことだろう。うめき声をあげてしまったらしい。

「こういうことを」オリヴァーはささやいた。「きみにしたいと夢見ていたんだ」

ぼくは目をぱちくりさせた。もしかしたら、バラバラに壊れてしまう前にこれで助かるかもしれない。「なぜだ？　下品なものじゃないのか？」

「そんなものではない」オリヴァーはぼくを仰向けに寝かせ、ベルトのバックルを外してジーンズを脱がせると、いかにも彼らしい効率のよさでボクサーパンツも靴下もあっという間に取り去ってしまった。「ぼくはきみといたいだけだ。こんなふうに。いろんなことをきみに感じさせたい。すばらしいことを。ぼくのために」

オリヴァーはぼくの目を見つめていた。真剣な色をたたえた瞳はあらゆることを伝えている。うん、悪くない。こういうことには対処できるし、いろいろ感じてもかまわないし、大丈夫。ぼくが文字どおり生まれたままの姿だという事実に、奇妙なほど自由な感じを与えられることなど、気にしなくていい。オリヴァーに触れられるたび、その優しさで壊れていく感じがすることも気にしなくていい。そして、こういうひとときをあまりにも強く求めていたから、どうしたらいいかわからないことも気にしなくていいのだ。

オリヴァーは残りの服を脱ぎ捨てているところだった。シャツもズボンも何もかも、ベッドの横に乱雑に積まれていく。こんな瞬間をどう感じるものか、ぼくはしばらく忘れていた――恋人が服を脱ぐところをはじめて見たとき、謎が解明されるとともに、謎が失われてしまったことを。真実の姿、相手のあらゆる秘密や不完全なところは、自分が思い描いたものをはるかに上回っていた。何よりも不思議なのは、最初のうち、オリヴァーが現実のものとは思えなかったことだ。ぼくははじめからオリヴァーを求めていた——あのおぞましいパーティでの、あのおぞましい出会いから——けれども、それは宝石店のショーウィンドウに飾られた腕時計を欲しがるようなものだった。手が届かないところにある、完璧でちょっと人工的なものへの、満たされることのない称賛のようなものだ。

だが、実のところ、ぼくはオリヴァーという人間を全然見ていなかった。深く考えたこともない欲望を反映した存在として見ていただけだ。オリヴァーはそんな程度の相手ではない。優しくて理解しにくくて、スマートフォンのメッセージの調子から考えると、自分で認めている以上に心配性だ。ぼくはどうすれば彼を怒らせられるかも、どうすれば笑わせられるかも知っていた。そして彼を幸せにしたいと願っていた。

もしかしたら、そんなことはできないかもしれない。ぼくはめちゃくちゃすぎるかもしれない。でも、オリヴァーはぼくが父のたわごとに耐える間、ずっとそばにいてくれたし、母のカレーを食べてくれたし、記者たちの前で手を握っていてくれた。トイレのドア越しにぼくが彼を捨てることも、やり直したいと言うことも許してくれたのだ。オリヴァーはぼくの人生で最高の部分になっている。だから、どうしてもやってみようとした。

「あのさ」いつの間にか言っていた。「きみにもすばらしい思いをしてほしいんだ。

ただ、どうすればいいのか——」

オリヴァーはぼくに覆いかぶさった。ぬくもりと力が感じられる。肌が触れ合う完璧な感覚。

「きみがいればいい。こうしていれば」

「だけど、ぼくは——」

「しーっ。何もしなくていい。ここにいるだけで充分だ。きみは……」

オリヴァーを見つめた。次に何が起こるのかわからないまま。表情からすると、たぶんオリヴァーにもわからないのだろう。

「すべてだ」彼は締めくくった。

えーと、こういうのは……新しい。性的な感覚と感情的な感覚を同時に扱うなんて。その二つが組み合わさり、うずうずする思いと解放された気分と希望に満ちた感覚を味わう。

オリヴァーの口がぼくの口を覆った。キスするのと同時にうめき声があがる。ぼくは両脚を体に巻きつけて、さらに彼を引き寄せた。このしぐさに彼は安心したらしかったが、それでよかった。オリヴァーは本気だったから。すぐに彼はサンバを思わせる官能的な気分に二人の体を駆りたてていった。彼の口はぞくぞくするほどのキスをぼくの全身に与えていく。すばらしかった。〝ああ、やめてくれ、いや、やめないでくれ、ああ〟と言いたくなる絶妙な感じ――ただ、なぜか、ぼくは両手をどうしたらいいかわからなかった。急に腕の先に自分のものとは思えない巨大なミットみたいなものがついて、なんら明確な指示も受けずにふわふわと浮かんでいるように感じた。オリヴァーの下腹部をつかもうとすべきなのか？　それとも、そんなことはまだ早いのか？　髪を撫でられたら、オリヴァーは気にするだろうか――それとも、変な行動だと思うだけか？　髪をちょっと引っ張ったら、やりすぎか？　ワオ、なんて見事にくっきりした肩の筋肉なんだ。

とうとうぼくはいらいらして、広げた両のてのひらをオリヴァーの背中に当てた。彼は顔を上げて両手首をつかむと、ぼくの頭を挟むようにしてそれぞれを枕の上に押さえつけた。認めてもいいけど、セクシーそのものの行為だった。

「あー」ぼくは言った。

「すまない」彼の首筋から胸のあたりがさっと赤らんだ。「ぼくは……どうやら耐えられそうにない」

オリヴァーが自制心をなくしかけているのを目にして、奇妙なほど安心した。たとえ、かなり支配的なやり方を取られてはいても。少なくとも、ぼくはもう手をどうしようかと心配しなくていい。イケナイことをしていたかもしれない手だが。「それは……大丈夫だ。ぼくはその気になっていると思う。つまり――」震える声で笑った。「きみが革の鞭を取り出して、自分を〝パパ〟と呼べとか命令しないかぎりはね」

オリヴァーは非難するふりをして、ぼくの喉にちょっと歯を立てた。「オリヴァーと呼んでくれればいい」

彼は思いがけないほど優しく指を握り、ぼくの上に載って押さえつけると、身を乗り出してまたキスした。彼の体を押し上げてみた。逃げたかったからではなく、どんなものかを感じたかったから……身動きもできないほど抱き締められる感覚を。

怖いものではなかった。相手がオリヴァーだから。

ぼくはたちまち身もだえし始めた。いつしか低いうめき声をあげている。しかも、ああ、欲望に満ちた声を。驚くとともに恥ずかしくて奇妙だった。

「ぼくを信じてくれ、ルシアン」その瞬間、なんだか安堵した。オリヴァーの声に無防備な響きを聞き取って、怖いような気もする。「感じてくれていいんだ」

「で、きみは何を手に入れるんだ？」

「きみだよ」オリヴァーはほほ笑み、目が銀色の光を帯びた。「きみをぼくの言いなりにすることをかなり楽しんでいる」

そのとき、あることを思い出した――誰かと一緒にいることがどれほどすばらしいかを。自分のすべてを相手に見せること。余すところなくさらけ出すことが。「どうだろう」ぼくは身を起こしてオリヴァーにキスした。まあ、少しだけ、キスらしきものを。「容赦なく、もっとぼくを手に入れるのはどうかな？」

オリヴァーは文字どおりうなった。

しばらくの間、行為はわくわくするほど荒々しくなり、ぼくの意識はオリヴァーの自制心とともにどこかへ行ってしまった。何度か自由になろうともがいてはみたが、いつもオリヴァーにさえぎられた。ぼくの名前を呼びながら押し当ててくる唇に、またはそんなところが感じやすいとは知らなかった場所への愛撫によって。オリヴァーが押さえつけるのをやめたとき、ぼくはそれにも気づかないくらい意識が飛んでいた。彼とぼくしかいなかった。それと、しわくちゃになったシーツ、カーテン越しに入ってくる街灯の光。

ぼくは純粋な喜びに包まれて身動きもできずにいた――オリヴァーの荒い息遣いを聞き、絶え間ない愛撫に身を委ねて。濃密で激しいキスが、夏の空のように果てしなく繰り返される。ぼくたちは体を密着させた。汗で濡れた体が滑る。

オリヴァーがぼくを見つめるまなざし。優しさとともに激しさをたたえた瞳。なんだか……畏怖の念を覚えた。まるでぼくが違う人間に、もっといい人間になったかのような気がした。

もしかしたらそのとき、本当にぼくはそんな人間になっていたのかもしれない。

39

いったい、ぼくは何を考えていたんだ？　仕事が一年でいちばん忙しいときにジョン・フレミングと会うことを承諾しただけでなく、今や父のせいで、恋人同然のゴージャスな男から引き離されてしまった。こんなことをしていなければ、彼とめちゃくちゃセックスしているところなのに。たぶん、それだけでぼくは善人と言えるだろう。

意外にも、〈ザ・ハーフ・ムーン〉は地ビール専門店だと判明した。どこもかしこもむき出しの煉瓦造りの建物は、ちょっとやりすぎという感じ。父は待ち合わせに遅れていた――そうなるだろうと思わなかったわけじゃないが――だから、ぼくは五百ミリリットルの〈モンキーズ・バットホール〉を買った。明らかにマンゴーとパイナップルの風味があって、トーストのような苦味もあり、最後までその味がなんとなく残った。髭面の男や、チェック柄の厚手のシャツを着た男ばかりの間に空いたテーブルを見つけた。

しばらく座って、クラフトビールを飲むために一人で出かけてきたという感じを味わっていた。考えてみると、クラフトビールを飲むコミュニティで、これは申し分なく立派な娯楽だろう。奇妙なことに、こうしていてもあまり居心地はよくなかった。

この五年間、時間を守らなくても友人たちは待っていてくれるから大丈夫だと、自分に言い聞かせてきた。なのに、同じ仕打ちをする父にたちまち怒りを感じ、これほど長い間、人にいいかげんなことをしてきたのだと気づいて、自分にも腹が立った。そんな振る舞いをしてきた自分が偽善者ぶっていたことにも。

スマートフォンに通知音があった。オリヴァーがぼくのことを考えているとわかったのはうれしかったが、年老いて禿げた白人男性の写真を通じて思い出したらしいのはそんなにうれしくもなかった。

〈何なんだよ〉ぼくはメッセージを送った。〈これはディックの写真か？〉

〈そうだ〉

〈どんな種類のディックか、手がかりはないのかい？〉

〈政治家のディックだ〉

〈現実の一般的知識についてのクイズではなくて、セクシーなゲームのほうがいいんだけど〉

〈すまない〉どういうわけかオリヴァーの場合は、スマートフォンのメッセージでさえ心から悔いている印象が伝わってくる。〈これはディック・チェイニー（アメリカの政治家）だ〉

〈どうしてぼくがそんなことをわかるんだよ？〉

〈文脈上の手がかりからだ。政治家だと言っただろう。政治の世界に何人のディックがいると思う？〉

〈わかりやすいジョークを言うよ。たくさんだ〉

少し間があった。〈ぼくがきみのディックを恋しいという意味でもある〉

〈とても特別な味がするディックだよ〉

「いたんだな」ジョン・フレミングの声がした。ぼくを見下ろすように立っている。

「おまえが来てくれるかどうか自信がなかった」

〈あのさ〉ぼくは入力した。〈父が来た〉

しぶしぶスマートフォンをしまって気がついた——いつものように——父に話すことなどないと。「ああ、そうだよ。来たんだ」

「この店も変わったな」父は心から腹立たしげな口調で言った。「バーカウンターで何か買ってくるか？」

〈モンキーズ・バットホール〉がほとんど残っていたが、三歳のぼくを見捨てた父に「〈モンキーズ・バットホール〉（猿の肛門の意味がある）をくれ」と見知らぬ人相手に言わせることはささやかな復讐（ふくしゅう）になるかもしれない。父にビールのボトルを見せた。「これをもう一本頼む。ありがとう」

バーカウンターへ行った父は、癪に障るささやかな勝利の数々にさらに最新の一点を加えた。買いたい飲み物をただ指差すことによって。なぜかそのしぐさはひどくつまらないものではなく、威厳があって堂々としたものに見えた。父は二本目の〈バットホール〉と五百ミリリットルの〈アイアス・ナパーム〉をこれ見よがしに掲げながら戻ってきた。この店が父の思ったものとは明らかに違っていて、どの客よりも少なくとも三十歳は上のはずの彼がここでは最高齢だろうということを考えると、腹立たしくなるほど場に馴染んでいた。ほかの誰もが七〇年代のロックスターみたいな格好をしようとしていることと、自分が世の中に合わせるのではなく、世界を自分に合わせて変えてしまうすごいカリスマ性を父が備えているせいだろう。

クソッ、今夜は長い晩になりそうだ。

「きっと信じられないだろうが」父はぼくの向かい側に腰を落ち着けた。「マーク・ノップラーがすぐそこで演奏していたもんだ」

「ああ、信じるよ。ただ、どうでもいいけど。正直言って、ぼくは全然」オーケイ、これは嘘だったが、少しは父をムカつかせたかった。「知らないんだ、その人が誰なのか」

ぼくは完全に判断を間違えてしまった。父はぼくが嘘をついているのを知っていただけでなく、音楽業界の歴史に関する長くてご都合主義の話をわめきたてることをやめようとしなかった。「おれが七十六年にマークとはじめて会ったとき、奴と弟はどっちも失業手当を受けていて、バンドを始めようかと考えているところだった。だから、おれはこの〈ムーン〉で奴らをマックス・メリットや〈ザ・メテオス〉に会わせてやった。当時、そういうのはおれたちが〝トイレサーキット〟と呼んでいたものの一部だった」

父といて問題なのは――まあ、父についての多くの問題の一つってことだけど――こんなふうに話されると、聞きたくてたまらなくなることだ。「トイレが何だって？」

「この国のあちこちにある、めちゃくちゃ汚い会場のことだ。パブや倉庫、そういったところだな。ビールを飲んだり人前に出たりするために演奏する場で、好きでやってたんだ。当時はみんなそういうところからスタートした。とにかく、おれはマークをマックス・メリットと〈ザ・メテオス〉に会わせた。あいつらが二本のアコースティックギターと一台のキーボードだけで何ができたか……あれはマークにとって実にすばらしいひらめきだったと思う」

「当ててみせようか。あんたはマークにこうも言ったんだろ。『ワオ、あんたの音楽は窮地に陥っている（ダイアー・ストレイツ）（マーク・ノップラーのバンド名）』って」

父はにやりとした。「じゃ、マークが誰なのか、本当は知っていたんだな」

「ああ、まあな。ひらめいたんだ」

「もちろん、今ではすっかり変わってしまった」父は思いにふけるように口をつぐみ、〈アイアス・ナパーム〉をグイッと飲んだ。「実際のところ、ここも悪くはない。もっとも、おれの時代には、おまえたちが地ビールと呼んでるものはただのビールと呼ばれていたが」またしても、思いにふけるような間。「それからチェーン店が店を買収し、小さな醸造所はつぶれて、何もかも圧力をかけられて画一化された。そして今や我々は自分の故郷を忘れてしまった。だから、二十代の多くの若者たちは、そもそも手放すべきじゃなかったものを我々に売り込もうとしているんだ」三回目の間が空いた。父は話し方が実に巧みだ。「おかしなものだよ。世界という名の振り子は」

「それって」ぼくは尋ねたが、知りたい気持ちとどうでもいい気持ちが半々だった。「次のアルバムのタイトルにするつもり？」

父は肩をすくめた。「それはおまえの母さん次第だな。母さんと、癌次第だ」

「それで、あー、病気はどうなってるんだ？　大丈夫なのか？」

「検査の結果待ちだ」

ああ、ちくしょう。ほんの一瞬、ジョン・フレミングはおかしなボトルからインディア・ペール・エール（IPA）を飲んでいる、ただの禿げた老人にしか見えなかった。

「あのさ、ぼくは……気の毒だと思うよ……大変なことに違いない」

「そんなものさ。おかげで、長い間考えもしなかったことを考えるようになった」

一カ月ほど前なら、ぼくは言っただろう。〝つまり、あんたが捨てた息子のこととか？〟だけど、代わりに言った。「たとえば？」

「過去。未来。音楽」

ぼくは〝過去〟に自分が入っているというふりをしそうになったが、あまり慰めにはならなかった。

「なんというか、ビールのようなものだな。音楽を始めたとき、おれたちは聴いてくれる誰の前でも借り物のギターを演奏していた、大きな目標を持ったガキにすぎなかった。〈ライツ・オブ・マン〉のはじめてのアルバムはガレージで、壊れかけた8トラックで録音されたんだ。それから、バブルガム・ポップや、見かけ倒しのガキどものバンドが盛んになってスタジオを席巻（せっけん）するようになり、見た目のよくない奴らや根性があった奴らは商売をやめてしまったってことだ」

ジョン・フレミングのインタビュー記事は読んでいたし、歌も聴いたことがあったし、テレビで見たこともあったから、こういうのが彼の話し方だと知っていた。でも、父と二人だけでいて、あの強烈な青緑色の目でまっすぐに見つめられたら、違うものに聞こえる。これまで誰にも話していなかったことを、自分だけにジョン・フレミングが話してくれているように思えてしまうのだ。

「そして今」父は話し続けた。伝説的な物悲しげな口調で。「おれたちは納屋や寝室に戻り、人々は壊れかけたノートパソコンを使って、借り物のギターでアルバムを作っている。それをサウンドクラウドやスポティファイやユーチューブで、誰もが聴けるようにしてるんだ。ふいに、またリアルな世界に戻った。そここそ、おれが始めたところだし、決して戻れないところでもある」

今度ばかりは、ぼくも嫌な奴になろうとはしなかった。とにかく今のところ、もっといい判断に逆らって、ただ興味を引かれていた。「で、こういうことに『ホール・パッケージ』はどう当てはまるんだ？」

はじめて――今まではじめて――ジョン・フレミングから反応を得た。父はビールを見つめてから、長いこと目を閉じていた。「おれは、かつてのおれにはなれない」父は言った。「だから、ほかの者にならなければいけないんだ。ほかの選択肢は、何者でもないものだからな。おれが何者でもないなんてあり得ない。エージェントが『パッケージ』はおれにぴったりだろうと言ったんだ——昔の聴衆にはおれがまだいることを思い出させるし、今の聴衆にはおれがどんな人間かを伝えるものだからな。これはカムバックではなく、いわばカーテンコールだ。照明が暗くなっていく中でステージに立って、聴衆にちょっと待って最後の一曲を聴いてくれと頼むようなものだよ」

ぼくは何を言ったらいいかわからなかった。何も言う必要がないことを理解しているべきだった。父は二人分しゃべっていたのだ。

「若いときは永遠に生きられる気がするものだと、誰もが言う。誰も言ってくれないのは、年老いたときもやっぱり同じように思うものだということだ。ただ、それは真実ではないと、あらゆるものに思い出させられるようになっただけさ」

いったいどうして、ここへ来てしまったんだ？　今、ぼくは何をしたらいい？

「あんたが……あんたが何者でもないなんてことは絶対にないよ、父さん」

「おそらくな。ただ、振り返って見ると、何をしたと言える？」

「ほら、三十枚近くのスタジオ・アルバムとか、数えきれないほどたくさんのツアーとか、五十年にわたるキャリアとかがあるじゃないか。一度なんか、アリス・クーパーからグラミー賞を奪い取ったこともあったしさ」

「奪い取ってなどいない。公明正大に勝ち取ったんだ」父はちょっと元気になったようだ。「それに、そのあと駐車場でめちゃくちゃ殴り合った」

「ほらね、重要なことをたくさんしてきたじゃないか」

「だが、すべてがふたたび巡ってきたとき、誰が覚えているというんだ？」

「さあな。人々とかインターネットとか、ぼくとか、ウィキペディアとかが覚えているんじゃないかな」

「おまえの言うとおりなんだろう」ＩＰＡの残りを飲み干すと、父は大きな音をたててボトルを置いた。「とにかく、会えてよかった。今日はこの辺にしておこう」

「え、帰るのか？」

「ああ、エルトンのパーティに行くことになってるんだ。きっとおまえと……ボーイフレンドにもやることがいろいろとあるだろう」

どういうわけか、はじめは会うことを不快に思っていたのに、父がそれを終わらせようとすることが腹立たしかった。「オーケイ、そうだな。こうして会ったわけだし」

立ち上がったとき、父がコートすら脱いでいなかったことに気づいた。でも、そのとき、父は一呼吸置いて、あの考え込むような悲しげなまなざしでぼくを見た。ほんの一瞬、すべて問題なしという気がした。「またこういう機会を持ちたいんだが。時間があるうちに」

「これから二週間はすごく忙しいんだ。するべき仕事があるし、オリヴァーの両親の記念日もある」

「じゃ、そのあとだ。ディナーに行こう。メッセージを送るよ」

そして父は立ち去った。またしても。ぼくはどう感じていいのかわからなかった。自分が正しい行動をとったことは確信していた。でも、それ以外は何から逃れるはずだったのか、よくわからない。父と親密になることはあり得ない。父がぼくから離れて二十五年間も戻ってこなかったとき、親密になる機会は消えうせた。そして今、よく考えてみると、父はそのことに対して相変わらず何の自責の念も示していないし、これからも示すことはないだろう。おそらく、ぼくたちは父が中心の話しかしないはずだ。

ごく最近まで、父が申し出たろくでもないことを、クソ食らえとすべて突き返してやることがぼくの誇りだった。でも、もうそんなことはまったく必要ないし、そうしなくていいことをよかったと思う。それに、父は死にかけている。父が死に対処するのに役立つなら、話をいくらか聞いてやってもいい。ジョン・フレミングは決して変わらないというのが真実だし、かつてそうあるべきだと思っていたほど、父にとってぼくが重要なものになるはずはない。だが、ぼくは少し父を知ろうとし始めた。それに、少し父をわかり始めたようだ。それって、なかなかのことじゃないか。

だったら、そうすればいいだろう?

40

ビートル・ドライブの日、ぼくは十一時からオフィスにいて、ホテルには三時からいた。保険の手続きと、テーブルの装飾は済んでいた——保険についてはストレスのたまる電話でのやり取りをさんざんして、テーブルの装飾についてはプリヤとジェームズ・ロイス・ロイスと徹夜で取り組んだ——けれども、音楽のことはすっかり忘れていた。上流階級の人々は自分の声の響きにうっとりしていることが多いから、音楽がなくても誰も気にしないだろうと自分に言い聞かせ、必死でフォーマルウェアに着替えていたトイレの個室にリース・ジョーンズ・ボウエンがひょいと顔を出した。

「聞きましたよ」彼は言った。ぼくが下着姿だということなど、いっさい気に留めていない。「音楽に関してちょっとしたトラブルに巻き込まれているとか」

「いいんだ。音楽がなくてもなんとかなる。去年は弦楽四重奏団を頼んだが、誰も聴いていなかった」

「まあ、それでかまわないなら、結局、必要ないようだとアンクル・アランに伝えますよ」

「この会話の途中を聞き逃した気がするんだが。アンクル・アランって誰だ？　それになぜ、彼を必要だとか必要でないとかいうことになるんだ？」

「ああ、ほら、わたしがボランティアのベッキーに話して、ベッキーがボランティアのサイモンに話して、サイモンがアレックスに話して、アレックスがバーバラに話したんですよ。バーバラはあなたが希望していたバンドが来られなくなって、代わりを見つけられないと言っていた。だから、思ったんです。アンクル・アランに頼んでみようかと。そこで彼に電話をかけたら、どっちみち自分と少年たちはBBCの『ソングズ・オブ・プレイズ』の収録のためにロンドンにいるし、喜んで手伝うと言っているんですよ」

話が済むまで、観念してズボンを穿かずにいることにした。「オーケイ、リース。もう一度訊くが、アンクル・アランって誰だ？」

「アンクル・アランが誰かは知っているでしょう。前に、アンクル・アランについて話したことがありますよ。わたしはいつもアンクル・アランのことを話しているじゃありませんか」

「ああ、でも、ぼくは聞いていない」

リースは目をくるりと回した。「ああ、あなたがどんなにおバカさんか、忘れていましたよ。アンクル・アランは〈スケンフリス男声合唱団〉の指揮者です。彼らは男声合唱団の仲間内ではかなりの大物ですよ」

「で、きみは今になって、やっとそのことを話してくれたってわけか。なぜ……？」

「実現しなかった場合を考えて、無駄に期待させたくなかったからですよ」

リース・ジョーンズ・ボウエンの止めようのないパワーと、才能あるケルト人をいくらでも知っているらしいことには脱帽した。「わかったよ。彼らに持ち場についてもらって、必要なものは何でも提供してやってくれないか。それから……」ぼくは落ち込みながら、心からの感謝をリース・ジョーンズ・ボウエンに示さなければならないことを悟った。またしても、ってことだ。「ありがとう。おバカさんですまなかった。きみの助けを心からありがたいと思ってるよ」

「どういたしまして。ところで、すてきなボクサーパンツですね。〈マークス・アンド・スペンサー〉のものですか？」

ぼくはちらっと下を見た。「よくわからないな。パンツをそんなに詳しく調べてないから」

「だったら、かまいません」

そう言うと、リースはのんびりした足取りで出ていった。合唱団を説き伏せにいったのだろう。ぼくは着替えに注意を戻し、またしてもヨガみたいなポーズを取る羽目になった。座るか、倒れるか、便器に何かを落とすかせずにはズボンに片足を突っ込めないだろう。そこへアレックスがいきなり飛び込んできた。

「何なんだよ」ぼくは怒鳴った。「覗き見ショーをやってるんじゃないぞ」

アレックスは平静そのものだった。「えーと、ちょっと質問。ぼくが担当のあの仕事は知っているよね？」

「つまり、伯爵を見失わないようにする仕事のことか？」

「そう、その仕事」彼は間を置いた。「ざっと見積もって、ぼくの能力をすべて費やして百パーセントの責務を果たさなかったとしたら、どれほど不都合なことになるだろうね？」

「まさか、本当に伯爵を見失ったと言うつもりじゃないだろうな？」

「少しばかりってだけだけど。彼がどこにいるのか正確には知らないけれど、いないところならだんだんわかってきたんだ」

「頼むよ、アレックス」ぼくは落ち着こうとして何度か息を吸った。「とにかく見つけてくれ。今すぐに」

「わかった。悪かったね、あー、邪魔して。ところで、すてきなボクサーパンツだね。とても上品だよ」

「もう、出ていけよ」

アレックスは出ていった。ぼくは小さな円を描いて片足で跳ね始めた。不都合なほどぴったりしたズボンを、不都合なほどよく曲がる膝のついた、不都合なほど長い脚に引っ張り上げようとしていたとき、またしても背後でドアの開く音がした。

「アレックス」ピシャリと言った。「クソッ、頼むから五分だけ、あっちへ行ってろよ」

「おお、これは」アレックスよりもはるかに年上だが、彼ほど気取ってはいない声が言った。「実に申し訳ない。鍵が壊れているに違いないと思ってね。だが、きみが今言ったことからすると、わたしはアレックスという若者と間違われたようだ。彼がどこにいるか知っているかね？」

まだズボンを穿く途中のまま足を引きずって振り返り、ＣＲＡＰＰの後援者であり、いちばんの寄付者でもあるスピタルハムステッド伯爵と向かい合った。「本当に申し訳ありません、閣下。閣下をほかの人だと思ってしまいまして」

「ほかの名で呼ばれたときにそう思ったよ」

「はい、そうなんです。閣下は実に鋭くていらっしゃる」

「しかし、罵り言葉は楽しかった。少しばかり罵られるのも悪くない」

「我々は楽しんでいただけるよう努力しています。服を着るまで十秒間お待ちいただけたら、上の階へお連れしますので、一緒にアレックスを探しましょう」

「いや、その必要はない。わたしだけで見つけられるだろう」

「いえ、いえ」ぼくは言い張った。「すぐにご一緒します」

スピタルハムステッド伯爵はたしか九十歳で、いかにも貴族らしく、ちょっとまともではない。そしてアレックスが〝厄介な状況〟と表現する状況に巻き込まれてしまうという習性があった。前回、ビートル・ドライブでつき添いをつけずに伯爵を歩き回らせたときは間違ってホテルのバーに入ってしまい、〝ただの礼儀として〟非常識な量のシャンパンを注文し、結局、ウィーンへ飛んでしまうことになった。伯爵はきれいさっぱり忘れていたが、一緒に行った相手は売春婦だった。どうやら伯爵と彼女は楽しい時間を過ごしたようだったものの、資金集めパーティにはかなりの悪影響を及ぼしたのだ。

ちょっと大変だった十秒ほどが経ってから、ぼくはほとんど服を着て、なんとなくこの世襲貴族がいなければならない方向へ導いていった。その間、彼は象だの、レーシング単葉機だの、自分がマリリン・モンローと寝たときのことだのについて長い話を披露していた。

アレックスがとても慎重に鉢植えの内側を調べているところを見つけた。

「いったい」ぼくは切り出した。答えを聞きたくないかもしれない質問をしようとしていることはよくわかっていた。「何をしてるんだ？」

アレックスはぼくがとんでもなく愚かなことを言ったとばかりにこっちを見た。

「伯爵を探しているんだよ。見ればわかるだろう」

「鉢植えの内側に見つかるかもしれないと思ってるのか？」

「そうだな、たった今、きみはひどい愚か者になったと思うよ。だって、まさしく、そこでぼくは彼を見つけたんだから」アレックスはスピタルハムステッド伯爵を指差した。このやり取りの間、伯爵はぼくの隣からピクリとも動いていなかった。「ほらね？」

「やあ、トゥワドゥル」伯爵は陽気に言った。「調子はどうかね？」

「実を言えば、ひどく落ち着かないんです。この伯爵という奴を世話することになっていますからね。すっかり見失ってしまいましたが」

「それは不運だった。代わりにわたしで間に合わせなければならないようだな」つかの間、アレックスはこの言葉に悩まされたようだった。「そうですね、ぼくはこのちょっとした仕事をルークのためにしているんです。しかし……どうかな」――アレックスはどうすることもできないという表情でぼくを見た――「ヒラリーはかなり昔からの家族の友人だから、彼の世話をするほうがぼくには絶対にいいと思う。もし、きみがそれでかまわないならだけど？」

アレックスの肩を軽く叩いてやった。「そうだ、それがいちばんじゃないかと思う」

「万歳！ 常識の勝利だね」アレックスは伯爵の片腕を優しく取った。「さあさあ、閣下。男どもが大勢いますよ――それを言うなら、女どもも。性差別主義者はいけないですね。今は二十世紀ですから――みんなあなたとお話ししたくてうずうずしているんです」

「すばらしい」伯爵は答えた。「話のわかる聞き手にフンコロガシについて話せる機会はめったにないのだ。わかるだろうが、上院でまたわたしの提案が却下されたのだ。先見の明がない愚か者どもめが……」

アレックスたちがパーティ会場へ入っていったのを見て、ぼくはぐったりと柱にもたれた――会場からは男声合唱団がウォーミングアップのためにウェールズの国歌を歌っている、耳に心地よい声がすでに聞こえてきた。たぶん今夜は、こうして力を抜いて一息入れるチャンスはこれが最後だろうから、せいぜい利用することにした。けれども、とりあえずちゃんとして見えるように姿勢は正した。ロビーに相当近いところにいたので、すでに到着し始めている客たちに「始まりもしないうちに疲労困憊している」姿を見られたら、資金集めパーティに信頼を呼び起こすことにはならないだろうから。不運なことだった。「始まりもしないうちに疲労困憊している」というのが、かなり的確にぼくの気持ちを言い表していたからだ。

とはいえ、どちらかと言えば状況は悪くなかった。何もかもいい方向に進んでいる。いつもそんな感じだ。正直なところ、専門的に見れば重要だが、地味そのもののぼくたちの大義のために、奇妙なほどみんなが一丸となって支援してくれているのを見ると気分がよかった。リース・ジョーンズ・ボウエンのスーツ姿を見るという、毎年のお楽しみは言うまでもなく。〝お楽しみ〟とは、〝なんとなく頭を混乱させるもの〟という意味だ。リースはいつも、スパイ活動をしているマルクス主義者みたいに見えてしまうからだ。

だが、スーツのお楽しみと言えば、ちょうど姿を現して受付にＣＲＡＰＰの資金集めパーティの部屋を尋ねている、タキシードに包まれたイケメンを品定めしたい気持ちを抑えられなかった。そしてたちまち罪悪感を覚えた。今のぼくにはおそらく本物のボーイフレンドがいるのだから。それから、罪悪感とは正反対の気持ちに困惑した。タキシードに包まれたイケメンが、ぼくのおそらく本物のボーイフレンドだと気づいたからだ。

ぼくは〝きみがすごくセクシーでも圧倒されてなんかいないよ〟というふうに片手を上げて振った。まばゆいほどの黒と白の服に身を包んだ、ゴージャスなオリヴァーが大股でこちらへやってきた。

「ものすごくすてきだ」ぼくは言い、彼にじっと視線を向けた。「わかっているかい？」

オリヴァーはほほ笑んだ——顎の線と頬骨がくっきりと浮き出る。「いつもならぼくも同じことを言うところだが、今のきみはトイレの個室で着替えたみたいに見えるな」

「ああ、そう言われるのも無理はない」

「こっちへおいで」

そばに寄ると、オリヴァーはたしかな手つきですばやく服の乱れを直してくれた。完全に職場モードなのに、なんだかセクシーな気分になってしまう。彼は蝶ネクタイを結び直してさえくれた。前から見た姿だけじゃなく、あらゆる方向から直してくれたのだ。こんな能力がある男を称賛せずにはいられない。

「ほら」オリヴァーは身を乗り出して軽くキスしてくれた。どうやら体の触れ合い方を練習しなくてはならない二人から、職場にふさわしいキスに挑戦する二人へと変わったようだ。「ものすごくすてきだ」

たぶん、ぼくは哀れっぽい目つきで彼を見つめていたのだろう。「そうかな。ものすごくってことはないだろう。ちょっとばかげた感じかも。正しく評価すればね」

「まったくその逆だよ、ルシアン。きみはいつも魅力的だ」

「オーケイ。きみは危険を冒そうとしているよ。だって、こんな調子で続けられたら、手近なクローゼットにきみを連れ込んでヤラずにはいられなくなる。本来なら、仕事をしていなくちゃいけないのに」

「それから」またしても、メロメロになりそうな微笑。「ぼくはきみの仕事を助けるためにいるはずなんだ」

「正直な話、今のところ、仕事がうまくいく確率は半々だよ」

「そんなことはないとわかっているだろう。このためにずいぶん頑張ってきたじゃないか」

ぼくはため息をついた。「ああ、そうだな。でも、あとでこの埋め合わせをしてほしいよ」

「必ずそうするつもりだ」

それから彼はぼくのウエストに腕を回し、二人して会場に入っていった。

41

ドクター・フェアクローの歓迎スピーチが終わった。いつもと同じ、こんなものだ。「どうか気前のいい寄付をお願いします。いかなる客観的な尺度に照らしても、甲虫類は皆様のどなたよりも重要なものだからです」ほんと、いかにも彼女らしいスピーチだったし、ぼくはそれがＣＲＡＰＰでの経験の一部だと考えることが気に入っていた。なんてったって、面と向かって、あなたがたは虫よりも価値がないなんて言われる、金持ち相手の資金集めパーティはほかにないだろう？　パラパラといった感じの、わずかばかりの礼儀正しい拍手を受けてドクター・フェアクローがステージから下りた。すると、リース・ジョーンズ・ボウエン率いるアンクル・アランと〈スケンフリス男声合唱団〉がステージに上がり、情熱的にウェールズ語で歌い始めた。何についての歌かは、ウェールズ語だったからわからなかったけれど。

「それじゃ」ぼくはオリヴァーにかがみ込んだ。「ディナーの前に三十分から一時間くらい支援者と話して回ることになる。秘訣は金を取ろうとしていると見えないようにすることだ。そうすれば、最終的に我々が金を取るとき、彼らはいい気分になっているだろう」

オリヴァーは眉根を寄せた。「ぼくのスキルからかなり外れた手腕が必要らしいな。かまわなければ、きみの横に立って礼儀正しくしているよ」

「ああ。それに、ときどき中流階級の人らしく話してくれれば、助けになるよ」

「じゃ、『最近、おいしいキヌアを食べましたか』といったふうにかい？」

「完璧だ。ただ、もう少し皮肉がこもらない感じのほうがいい」

ぼくたちは人々の間を回った――おもに「こんにちは。来てくださって、とてもうれしいです。あなたのビジネス／お子さん／小説／馬はどんなふうですか？」といったことを言いながら。ときどき、ぼくを押しとどめてもっと話をしたがる人もいた。その場合、どう見てもまともだけれど、本当に魅力的な新しいボーイフレンドを紹介することになった。礼儀正しく表現すれば、もっとも〝伝統的な〟寄付者の二人ほどはこちらとは距離を置いていたが、自分たちがかなりうまくやれたのでほっとした。少なくとも、出席者の数に関しては悪くなかった。ベンとソフィーも含めて、新しい支援者も何人か来てくれた。見せかけだけの行動だとしても、〝貴団体の価値を気にかけていますよ〟という人々の大半は非難を撤回したらしかった――評判のいいボーイフレンドをぼくが作るというアレックスの計画がうまくいったせいか、彼らが始めからくだらない人間のせいかはさておき。とにかく、感謝するよ、愚か者たち。

「アダム」ぼくは気さくな口調で言った。「タマラ。来てくださって、とてもうれしいです。お二人ともすてきですよ」

アダムはぼくに気づいたしるしにうなずいてみせた。「ありがとう。このスーツは黒く染めた竹と麻でできているんだ」

「それに、これはね」タマラがうっとうしいほどゴージャスな金色のシルク製のカフタンドレスを指しながら言った。「お気に入りのデザイナーの一人が作ったものなの。最近出てきた人だから、まだ彼女の名前を聞いたことはないと思うけれど、アフリカ製の品物を扱う社会的企業を経営しているのよ。伝統的な技巧に通じている地元の職人たちと連携しているの」

とっておきの笑顔を彼女に向けた。「あなたらしいですね」

「とにかく」アダムは投資銀行家だったことなどなかったように見えた。「タマラとわたしがどれほど自分たちの主義に従って生きているかはわかるだろう」

「ああ、それで思い出しました」ぼくは言った。「ぼくのパートナーをまだ紹介していませんでしたね。オリヴァー、こちらはアダムとタマラのクラークご夫妻だ。アダムとタマラ、こちらはオリヴァー・ブラックウッドです」

　握手と音だけのキスが交わされ、クラーク夫妻だけはそのあと合掌してナマステの挨拶もした。

「お会いできてうれしいです」オリヴァーは〝社交の場が得意〟という感じの表情を浮かべていた。「お二人は〈ガイア〉を経営していらっしゃるんでしたね?」

　クラーク夫妻のどちらも、地元で調達されたクリスマスツリーに点火したみたいにぱっと顔が明るくなった。

「ええ」タマラの目は柔らかく輝いた。「この五年間、〈ガイア〉はわたしたちの全人生なのよ」

　アダムはまたしてもうなずいた。「我々の使命は、つねに食料部門の便利さに倫理的な価値観をもたらすことだ」

　ぼくはオリヴァーの手をきつく握り、〝大笑いしたくてたまらないよ〟という意味をわかってくれればいいけどと思った。わかっているということを示すように彼は握り返してくれた。

「それはとても感服すべきことです」オリヴァーは小声で言った。「食料部門に携わっている、どれだけ多くの事業が非倫理的な価値観を持っているかを考えると、なおさらですよ」

「そのとおりね」タマラが心からそう思うわとばかりに答えた。「ひどい話よ」

彼らのビジネスの話、さらには自分たちの話で、クラーク夫妻のお気に入りの話題であることを考えると、アダムは奇妙なほど何かに気を取られているらしかった。そのとき、アダムの視線がぼくの手にずっと向けられていることに気づいた。まだオリヴァーの手に握られたままの手に。それがわかって、ちょっとしたジレンマに陥った。ある観点から見ると、人々を心地よくさせておくのがぼくの仕事だからだ。だが、別の観点から見ると、アダムなんてクソ食らえってことになる。ここ二週間というもの、世の中のアダム・クラークのような人たちを満足させるためにぼくはさんざん苦労してきた。でも、ボーイフレンド――誰も非難などできるはずがない、とてもすばらしくてとても尊敬できるボーイフレンド――の手を握ってはいけないなんて、とうてい我慢できない。もし、アダムとタマラがあるパーティに行って、二人の男が互いへの愛情を控えめに示しているところを見たせいで小切手を切らずに帰ろうと決めたなら、最先端を行くリベラルな友人たちにそのことを説明してみればいい。

「それで」アダムはショックから立ち直った。「オリヴァー。きみは何の仕事をしているのかな？」

「ぼくは法廷弁護士です」

「何がご専門？」タマラが尋ねる。

「犯罪です」

そう聞いて、アダムは鷹揚（おうよう）にくつくつ笑った。「無実の人を刑務所に入れるとか、殺人犯を街中に戻すとかいった仕事をするのだろう？」

「まあ、その両方ですが、おもに殺人犯を街中に戻すほうですね」オリヴァーは穏やかに微笑した。「お金があれば夜はまともに眠れると言いたいところですが、そこまでの報酬はもらえません」

「平和を見つけるための助けが必要なら」タマラの熱心さは攻撃的なほどだった。「優れたヨガ行者たちに連絡を取れるようにしてあげられるわ」

それに対するうまい返事をオリヴァーが思いつく前に、アダムが口を挟んだ。「わたし自身、かつてはきみと同じような境遇だった。まあ、法曹界ではなく、経済界だったがね。しかし、わたしが自分の道を見つけるためにタマラが大いに手を貸してくれた」

「ありがとうございます」いかにも感じ入ったという調子でオリヴァーが言った。

「心の準備ができたと思ったら、あなたがたを訪ねますよ」

クラーク夫妻はやや横柄な態度で感謝の言葉を述べ、ウェールズの男声合唱団が本物だと褒めると、ようやく解放してくれた。ぼくはオリヴァーに〝すまなかった。あいつらは最悪だ〟という意味を込めた視線を送ったが、声に出して言う危険は冒せなかった。万が一、彼らが――あるいは公平に言うなら、誰もが――うちの団体に多額の金を寄付しようとする人をぼくが侮辱している言葉を耳にするといけないからだ。

「気にしないでくれ」オリヴァーは身をかがめ、いかがわしい行為に見えないようにどうにかぼくにささやいた。「もし、ぼくがメイヒュー判事を尊敬しているふりをできるなら、クラーク夫妻に好意を持っているふりもできる」

「そんなことはしなくてもいいのに」

「ぼくを必要としているのは、まさにそんなことをするためだろう」

うーん。何もかも込み入っていて、まぎらわしいじゃないか？　なにしろ、オリヴァーの言うとおりだからだ――ぼくやうちの寄付者にいかにも関心を持っているようなふりをしてくれる人と一緒にいるというのが、計画のすべてだった。けれども、それが実行されているのを目にすると、彼を本当に好きになった今はとりわけ、全部が……不快に感じられた。「きみはこんなことをするにはもったいない人だ」

「こんなことって何だい、ルシアン？」こちらに向けられたまなざしは優しく輝いていた。「パートナーの職場のイベントで、ぼくが特に気にもしていない人たちに礼儀正しくすることかな？」

「ああ、そうだろ？」

オリヴァーは笑みを隠しながら、ぼくの額に軽く唇を触れさせた。「きみに話したいニュースがある。八〇年代のロックの伝説的な人たちに育てられたわけではない者にとって、これはただの……人生だ。大丈夫だよ。ここにきみといられてうれしいし、あとで家に帰ったら、二人で何もかも笑い飛ばそう」

「家に帰ったら」ぼくはきっぱりと言った。「笑っている暇なんてないぞ。きみがどんなにすばらしく見えるか、わかってないだろう。そのズボンを穿いた——うわ、まずい」部屋の反対側に恐ろしいものが見えた。ドクター・フェアクローが客の一人と話をしていたのだ。絶対に、断じていい結果になるはずがない。ぼくはオリヴァーの肘をつかんだ。「悪い、緊急事態だ。行かなくちゃ」

邪魔するつもりでいることを悟られないようにしながら近づくにつれて、思ったよりもヤバい状況だとわかった。ドクター・フェアクローが話しているのは、というか、話を聞かせているのはキンバリー・ピックルスだったからだ。キンバリー・ピックルスの問題は――ぼくには充分わかっていた。なにしろ、この一年半以上、彼女とその妻に支援者になってもらおうと苦労してきたのだから――甲虫類などに彼女がこれっぽっちも興味を持っていないことだ。そして、彼女はほかのさまざまなことに大いに関心を向けていた。冗談みたいに裕福なパートナーが金を費やすべきだと、キンバリーが強く感じるあれこれに。

「……あなたがわざと知識を持たないことにしているのかどうか、わかりませんね」ドクター・フェアクローは話していた。「または、単に無知――」

「キンバリー」ぼくは割って入った。「お会いできてとてもうれしいですよ。たぶん、ぼくのパートナーのオリヴァー・ブラックウッドには会ったことがないですよね。オリヴァー、こちらはキンバリー・ピックルスだ。もしかしたら、聞いたことがあるかも――」

「ああ、もちろんですよ」オリヴァーはぼくの言葉をさえぎる形ではなく、苦もなく会話に入ってきた。「子どもに対する性的搾取に関する、最近のあなたの連続ドラマは見事でした」

キンバリーは顔を輝かせたが、悲しいことに〝完全に武装を解いた〟ふうではなく、こう言った。「あら、ありがと」十年前なら、間違いなくＢＢＣに立ち入り禁止になったはずの「河口域英語」（一九八〇年前後から、ロンドンとテムズ川の河口周辺で使われるようになった英語の一種）のアクセントで。

「そしてこちらが上司の――」ぼくは慎重にドクター・フェアクローを指し示した。

「ドクター・アメリア・フェアクロー」

「お会いできて大変うれしいです」オリヴァーは握手の手を差し伸べようとしなかった。彼らしくない無作法な態度ではないかと最初は思った。だが、オリヴァーは見抜いたに違いない。つまり、ドクター・フェアクローは（a）そんなことにはかまわない（b）無意味な社会的儀式への参加を求められることを時間の無駄と見なす、のどちらかだと。「ハネカクシに関するあなたの研究論文について、ルシアンからいろいろとうかがいました」

ドクター・フェアクローは目つきでオリヴァーを従わせた……もっとも強烈な視線を向けたと言いたいところだが、彼女の視線はほぼいつも強烈だった。「オドネルが？」

「そうです。蟻のコロニーとのハネカクシの行動的関係について、もっと詳細な点をいくつか明らかにしていただけないかと考えているのですが」

うわあっ。愛って、こんな感じのものなのか？

「喜んで教えるわ」ドクター・フェアクローはこれまで見た中で最高に幸せそうな表

情だった。そんなことはほとんどなかったが。「しかし、それは複雑な課題だし、ここでは邪魔が多すぎるわね」

オリヴァーはハネカクシと蟻のコロニーの相互関係について議論するため、もっといい場所を探そうとドクター・フェアクローを優しく脇へ引っ張っていった。ぼくはあふれるほどの感謝を覚えながら、これでキンバリー・ピックルスの印象を回復させるのがもっと楽になることを願った。

「あのドクター・フェアクローってのは」彼女は言い始めた。「ろくでもない淫売よ」

個人的にはぼくが使いそうにない表現だったが、キンバリーがそう言う理由はわかった。「学者という人たちは、自分の関心があるものしか頭にないようですね」

「まったく、なめてんじゃないよって感じ。あの女、本気で考えてんの。フンコロガシのほうが人間よりも重要だって」

ぼくは共謀者めいたほほ笑みを向けた。「彼女を知ってもらえば考えが変わりますよと言いたいところですが、違いますね。あの人は本当にそう信じてるんです」

キンバリーはほほ笑み返さなかった。「きみだって、本当は思ってるんでしょ？人々がきみたちに寄付してくれるようにって。ブラックヒースにある女性のための避難所（シェルター）とか、サハラ以南のアフリカの小児死亡率との戦いに寄付するよりもね」

実を言えば、彼女が完全に間違っているわけでもなかった。CRAPPはすばらしい慈善団体というわけじゃなかったし、まさしく一ドル当たりでどれくらいの命を救えるかを判断しているオタクっぽい数字頼りの慈善家の助けとなる、効果的な寄付のリストで上位に来るものでもない。でも、これはぼくの大義で、これのために戦っているのだ。キンバリー・ピックルスについて知ったところによれば、彼女は戦う人が好みだった。

「そうですね」ぼくは言った。「もしも、ぼくがブラックヒースにある女性のためのシェルターで働いているなら、マラリアの予防とか駆虫イニシアチブとかにではなく、そのシェルターに寄付すべき理由を教えてくれと人々から尋ねられるでしょう。そしてもしも、ぼくがサハラ以南のアフリカの小児死亡を防ぐための慈善団体で働いているとしたら、英国にもさまざまな問題が充分あるのに、海外へ金を送るべき理由を尋ねられるでしょうね」

キンバリーは少しリラックスしたようだが、まだ降参はしなかった。「でもね、これはくだらないフンコロガシへの寄付なのよ、きみ」

「そのとおりです」〝一本取られましたよ〟風に肩をすくめてみせた。「そしてフンコロガシは環境的に重要ではありますが、我々はこれで世界を救っているというふりはしません。ベッドフォードシャー州すら救っていないでしょう。ですが、あなたの奥様はお金がすぐに底をつくはずがないでしょうし、自分が楽しくなるような、少しばかりばかげたことへの散財を明らかに気に入っていると思います」

「たしかに、彼女はきみたちを笑いものにして楽しんでるわね」キンバリーは認めた。

「そうですよ。我々の寄付者の驚くほど多くの人々も同様です。我々が団体名のCRAPPという略称を変えない理由もそこにあります。まあ、それが理由の一つであり、ドクター・フェアクローが変えることを許さないというのも理由ですね。彼女はこの略称が我々の任務を表現するのにもっとも正確で簡潔だと感じているんです」

するとと彼女は歌手のアデルみたいに甲高い笑い声をあげた。「わかった。でも、きみの上司に寄付者の妻を侮辱しないように言ってよね」

「ねえ、ちょっと、あたしの妻を侮辱するってどういうことなの？」

なんとも間が悪いときにチャーリー・ルイスが現れた。ぼくはジェームズ・ロイス・ロイス夫妻を通じて彼女に会ったことがあった。チャーリーと、ジェームズ・ロイス・ロイスの片方が同じ恐ろしい投資銀行で短期間同僚だったことがあって、恐ろしく多額の金で恐ろしく複雑な数字に取り組んでいたからだ。チャーリーは冷蔵庫並みにがっちりした体格で、髪形はエルビス・プレスリーみたいで、ハリー・ポッターそっくりの眼鏡をかけていた。そして今は、ぼくに対しておもしろくなさそうな顔をしている。

「なあんでもないのよ、ベイブ」キンバリーは振り向いて妻の頬にキスした。「ただ、変な教授がいるって話」

チャーリーは重々しいため息をついた。「またなの。どうして彼女はわざわざ二足動物と話をしようなんて思うわけ？」

「ぼくが思うに、それが自分に期待されていることだと、彼女は感じているんじゃないかと。慰めになるかどうかわかりませんが、ドクター・フェアクローは自分が話す時間をことごとく嫌悪しているって、ぼくは知っていますよ」

「たぶん、わたしはきみほど嫌な目には遭ってないだろうけどね、ルーク、それを聞いても助けにならない」

「あたしには助けになるわね」チャーリーは薄笑いを浮かべた。「あたしの妻に意地悪する奴がみじめな気分だっていうのは悪くないもの」

キンバリーは愛情を込めてチャーリーの腕をピシャリと打った。「五〇年代の家長みたいな態度はやめてよね。わたしたちのうちのどっちが一日じゅうオフィスにでんと座って、オックスフォード大へ行った大勢の愚か者たちと、他人の金を動かしているわけ？　それに、この三カ月間、中央アメリカで密入国斡旋業者（コヨーテ）たちを取材していたのは誰だった？」

「そうね、で、帰ってきたあなたはパーティで腹の立つ女に無礼なことをされているってわけなのよね」

「そうよ、きみがわたしを連れてきたパーティでね。だって、きみはまだお金を使いたいと思ってるんでしょ。クソを食らう虫を救うことにね」

　これがパートナー同士の冗談の言い合いならいい、とぼくは願った。彼女たちの関係を危うくしかねない激しい口論の始まりとか、もっとぼくに関係のあることで言えば、うちへの寄付を台なしにするものでなければいいと。「クソを食らう虫のコミュニティを代表して言いますが、お二人が来てくださって、我々はとてもうれしいです」

　キンバリーは相手をなだめるようなしぐさをした。「ほんと、わたしは大丈夫。男声合唱団は気に入ったし。恵まれない家庭のティーンエイジャーたちと実にうまく提携している合唱団がバンガーにもあるの」

　オーケイ。これで寄付をどうにかする問題はうまくいったとぼくは確信した。それに、見聞きしたことからすると、キンバリーは腹立ちまぎれに慈善の寄付をやめるような人ではない。それどころか、キンバリーはそんな人とは正反対だ。そして個人としてのアイデンティティを保つことに関心を持っていて、彼女とチャーリーはさまざまな大義をあからさまに擁護する人たちなのだ。たとえそうでも、限界というものはある。〝心からの信念について面と向かって妻を侮辱すること〟は明らかにその一つだ。明らかというのは、つまり、ドクター・フェアクロー以外の誰にとってもってことだが。

「さて、今は失礼させてください」ぼくは言った。「ディナーのあとでまたお話ししましょう」

チャーリーはいかにも金融街のろくでなしがするような握手をした。「すばらしいわね。だめだったら、いつかランチをしましょう。それと、ジェームズによろしく。〈CBルイス〉ではいつでも彼を受け入れると言ってね」

「そうします」

人生でのさまざまな選択について楽しそうに口論している彼女たちを残し、ぼくはほかの重要な寄付者たちに挨拶しながら部屋の隅を目指した。ドクター・フェアクローがオリヴァーを追い込んだところだ。見たかぎり、彼女はまだハネカクシと蟻のコロニーとの行動の関係性について話しているようだ。ドクター・フェアクローをよく知っていれば、この十分間、一度も息継ぎしなかっただろうと推測できる。ぼく自身、今のオリヴァーのような立場に何度も立ったことがあった。ドクター・フェアクローは、ほかの人間が自分ほど甲虫類に魅せられていないかもしれないことがどうにも理解できないらしいからだ。そして、ぼくは今のオリヴァーが示している半分も、冷静で礼儀正しくて正真正銘の誠実な態度を取ることができなかっただろう。

ただもう、すごいとしか言いようがない……♡　ぼくはしばらく見とれるしかなかった。

それから気がついた。ぼくがぼうっと立っている時間が長ければ長いほど、オリヴァーが虫たちについて話さなければならない時間が長くなると。だから、彼を救いに行った。

42

「……フェロモン・トレイルを用いるのよ」ドクター・フェアクローが話していた。

オリヴァーはたじろぎもしなかった。「ああ、すばらしいですね」

「皮肉な言葉を用いようとしても、わたしは全然そんなものに影響されない」

オリヴァーはしばらくそのことを考えていた。「ぼくが皮肉な言葉を用いようとしているとは聞こえないようにして、それに答えるにはどうしたらいいかわかりません」

ドクター・フェアクローもつかの間考えているようだった。「難しいパラドックスを明らかにしたようね。助けになるかどうかはともかく、わたしが学生のとき、ルームメイトはこんなしぐさが役に立つことを発見した」彼女は人差し指を頬に当ててみせた。「真剣に受け取らないでくれと示すため」

「利用するようにしてみます。それはともかく、話を続けてください」

「または」ぼくは慌てて口を挟んだ。「食事をとることもできますよ。もう、料理を出しているんです」

ドクター・フェアクローがまた考えるように間を置いた。「いいえ、ここでオリヴァーと話しているほうがいい」

「あの……」

「ぼくの考えでは」またしてもオリヴァーは会話にするりと入ってきた。まるで……潤滑油でも塗ったみたいに。または白鳥が泳いできたように。つまり、優美で滑らかってことだ。「……ルシアンは、今ぼくたちが食事すべきだということを丁重に伝えようとしたのではないでしょうか」

「そう。だったらなぜ、そう言わなかったの？」

「意図をはっきりとは言わないことが彼の仕事だからですよ。さもなければ、彼は一晩じゅう人のところへ行って『我々に金をくれ』と声をかぎりに叫び続けなければならないでしょう」

「ボブ・ゲルドフなら効果的ね」（ゲルドフはチャリティコンサートの「ライブ・エイド」を呼びかけたミュージシャン）彼女は軽蔑するように鼻に小じわを寄せた。「どうして何もかもがこんなに複雑なのか謎だわ」

そう言うと、ドクター・フェアクローはスタッフ用のテーブルへと勢いよく歩き始め、ぼくとオリヴァーはあとに続いた。

食事はビートル・ドライブの特典の一つだった。寄付者たちは多額の金を払ってここへ来ているのだから、ケータリングの中身をケチってはいけない。少しの間だったが、バーバラ・クレンチはスタッフ用に客と違う料理を手配すべきだと主張しようとした。自分たちは高級な料理に浪費すべきではないと言ったのだが、蓋を開けてみると、客向けのものより高級だとわかった。ぼくは招待客のところへ戻るために大急ぎで食べなければならなかったけれど、ほぼいつもヌーベル・キュイジーヌとかいうくだらない料理だったから、コースのどの皿も三口も頬張ればおしまいになった。

全員がすでに腰を下ろしていて、ほとんどの人に同伴者がいた。言うまでもなく、アレックスはミフィを連れてきている。アンサンブルドレスを着たミフィは魅力的だったが、たぶん、そのドレスはぼくのどの服よりも値が張るだろうし、彼女が自分で支払いをしたものじゃないことはまず間違いない。

「またお会いできてうれしいですよ、クララ」腰を下ろしながらオリヴァーが言った。

「ディオールですか?」

彼女は目をぱちくりさせた。「何のことかしら? あら、ええ、そうよ。見る目があるのね」

「ちくしょう」ぼくはぐったりしてオリヴァーの隣に腰を下ろした。「また紹介して回らなきゃならないのか」

　バーバラ・クレンチがテーブルの向こうからぼくをにらんだ。「言葉に気をつけて」

「ちゃんと英語を使ってると思いますがね」正直なところ、もっとバーバラに感じのいい態度を示すべきなのだ。彼女がいなければ、おそらくＣＲＡＰＰは破産しているだろう。でも、互いを嫌っているというのがぼくたちのこれまでのやり方だったし、うまくいっているシステムはいじらないほうがいい。ぼくはバーバラのほうを指し示した。「オリヴァー、こちらがバーバラ・クレンチ、うちの事務長だ。で、こちらがご主人のガブリエル」

　たぶん、その晩のオリヴァーの行動でもっとも感心させられたのは、バーバラ・クレンチの夫を見たときに何の驚きも示さなかったことだろう。バーバラの夫は身長が百八十センチほどで、ギリシャ神話に出てくるアドニスのようなブロンドの美青年だし、彼女よりも十歳くらい若い。しかも、これは謎なのだが、心底からバーバラに夢中らしかった。ちっとも筋が通らない。バーバラは裕福じゃないし、会ってわかっているから言うけれど、彼女の性格に惹かれたはずもない。でも、ほら、なんて言うかな？　彼女に対してフェアであるべきだろう。

「アレックスとミフィのことはもう知っているね。こちらはリース・ジョーンズ・ボウエン。それと……」リースはいつも違う交際相手を連れてきていた。彼がどこから相手を見つけてくるのかわからない。「悪いけど、会うのははじめてだよね？」

「こちらはタムシン」リースはゲーム番組の司会者みたいな、とっておきのポーズを取った。「彼女とはズンバのクラスで一緒なんですよ」

ぼくは話を理解しようとした。「きみはズンバを習っているのか？」

「最高の有酸素運動です」

「あああ」アレックスは次第に話がのみ込めてきたという声をあげた。「きみたちは職場で出会ったんだね」

「アレックス」ぼくは言った。「ぼくたちはみんな、同じ建物で一緒に働いているじゃないか。これまで誰もこちらの女性とは会ったことがない」

「そうだな」アレックスはゆっくりとうなずいた。「少々妙な話だね。でも、ぼくは去年からいる人にも気づかなかったよ」

ぼくはアレックスの間抜けぶりが今にも耐えられなくなりそうに感じた。でも、なぜか、そんな気持ちは消えた。もしかしたら、オリヴァーの前で同僚たちに嫌な態度を取りたくなかっただけかもしれないが、実際、彼らは今夜ぼくのために力になってくれたのだ。彼らはいつも助けてくれた。ほかの人なら助けになるとは思わないようなやり方でかもしれないが、こうしてここにいてくれる。

「いいかな」ぼくは話し始めた。自分の口からどんな言葉が飛び出すのか、よくわからなかった。「ぼくは知っている。自分がときどき――」

「とんでもないおバカさんになることを?」タムシンだった。これまでタムシンには会ったこともないのに。どうして、ぼくがとんでもないおバカさんだって知ってるんだ?

リース・ジョーンズ・ボウエンをにらみつけてやった。「リース、ぼくのことを誰かに話す場合、まずはこのことを言うのか?」

「だいたいはそうですね」リースは顎鬚を撫でている。彼がそうするのは……実を言えば、そのしぐさが何を意味するのか、ぼくにはまだわからなかった。「つまり、公平に言えば、わたしはたいていこんなふうに言うんです。『その点を別にすれば、彼はなかなかまともな奴だよ』って。おバカさんと言ったすぐあとに。でも、人々の頭にはおバカさんという部分が残ってしまうようです。ともかく、あなたは自分の得にならないことをしていますよね」

「オーケイ、わかった。ぼくはこう言おうとしていたんだ。ぼくはとんでもないおバカさんにもかかわらず、我々がやり遂げたことをすべてとても誇りに思っているし、今夜のことはここにいる一人一人の力がなければできなかっただろう、と。だから、お礼を言うよ。それから――」本当にグラスを掲げてみせた。「みんなに乾杯」

ちょっとためらいがちだったが、全員が声を揃えて「わたしたちに乾杯」と言った。妙に魅力的な夫といちゃつくのに忙しかったバーバラ・クレンチを除いて。彼女はいちゃつき終わると顔を上げて言った。「悪いわね、ルーク、わたしに何か言いかけていた？」

芸術的に盛られた季節の野菜と泡のようなものを平らげて、ほかの人の分も食べられないかと考えていたとき、ベンとソフィーがゆっくりとこちらへやってきて、デザート前の歓談に加わった。

「さて」ソフィーは乾杯のしぐさでぼくに向かってワイングラスを上げた。「あなたには負けたわ」

オリヴァーは立ち上がって彼女の頬にキスした。「嘘をつくなよ。きみは子どもたちから逃れられる夜がもう一回、欲しかっただけだろう」

「それもあるわね。近ごろでは、〈子猫廃止協会〉の資金集めパーティにだって行きたいところよ。もし、そのおかげで五分間、家を離れられるならね」

「それって」ぼくは言った。「きみたちが楽しく過ごしているってことかな?」

ソフィーは陽気な笑い声をたてた。「ダーリンたち、わたしの全財産をあげてもいいってところよ。最高の夜を過ごしているわ。九十歳の伯爵がわたしをウィーンへ連れていこうとしたし、とっても奇妙な女の人が、昆虫学への投資を大幅に増やさなければ全員が死んでしまうと話してくれたし、それから――ルーク、あなたの予言はぴたりと当たった――わたしがフンコロガシの慈善団体を支援するつもりだと、最先端を行くリベラルな友人たちに話したら、うらやましさのあまり、ちびりそうになったのよ」

「それから」ぼくは勧めた。「入札式オークションで〈フォートナム・アンド・メイソン〉のピクニックバスケットに入札もできるよ」

「そんなのどうでもいいわ。わたしはハネカクシの本に入札するつもり」ソフィーは『不思議の国のアリス』に出てくるチェシャ猫みたいににやりと笑った。「それをクリスマスにブリッジにあげるのよ」

「ああ、ソフィー」オリヴァーは首を横に振った。「きみはひどい人だな」

「そんなこと、もう言えなくなるわよ。わたしはフンコロガシを支援するんだから」

ソフィーとベンが客と話して回っているのだから、ぼくもそうするべきだろう。しぶしぶながら立ち上がり、ソフィーにぼくの椅子を勧めた。「失礼して、ちょっと仕事を片づけてくるよ」

「ぼくも一緒に行こう」オリヴァーが言った。「この二人にはすでに充分に会っているからな」

ベンは怒ったように目を見開いた。「そうじゃないとわかっているだろう。ぼくたちはこの二週間で二回、外出したが、ジェニファーの誕生日のときは、ボクシングデイのためにちょっとしたものを買いに祖父母を連れ出して以来の外出できた夜だったんだ」

「もう結婚したというのに、ブライアンがしきりにやりたがっていた、〝反バレンタインパーティ〟はどうだったんだ？」

「ソフィーが行ったよ。ぼくは家にいた。双子Bが水疱瘡（みずぼうそう）になっていたし、双子Aは水疱瘡になりかかっていたからね」

ぼくはオリヴァーの肩を軽く叩いた。「きみはここにいろよ。今夜はもう充分にヒーローになってくれたんだから」

「そんなことは言っちゃだめよ」ソフィーがたじろいだ。「オリヴァーはヒーローを演じるのが大好きなの。彼に何よりも不要なのは励ましよ」

オリヴァーは彼女に鋭い視線を向けた。「それは本当ではない。ぼくは役に立つことが大事だと考えているだけだ」

「役に立つという表現はね、犬や自在スパナといったものに使うのよ。友人や恋人はあなたが誰のためにならないときでも、ちゃんと気にかけてくれるの」

「オーケイ」やり取りの応酬から離れるよとばかりに、ぼくは大げさな身振りをした。「さて、あとはきみたちに任せて、ぼくは行くことにする」

まあ、そこらへんにしておけよという感じの視線を妻に投げて、ベンはぼくが座っていた椅子に腰を下ろした。「心配いらないよ。こういうのがこの二人の関係だから。きみのデザート、食べていいかな?」

「何だって?」ぼくは早口で言った。「よくもまあ、そんなことが。きみたちに親切にすることがぼくの仕事だっていうのを利用しているな」

「ああ。まさにそのとおり。今夜ここへ来るために、ネクタイからウンチをこすり落とさなきゃならなかったんだ。もう一つ、パンナコッタを食べても罰は当たらないだろう」

「わかった、いいよ。ぼくよりもきみのほうがデザートが必要みたいだからな」

ベンはさあ食べるぞとばかりにさっさとぼくのスプーンを取った。「オリヴァーはいい選択をしているよ。ぼくたちは友達になれるだろう」

ぼくはオリヴァーに〝きみはずっとぼくのヒーローだよ〟という気持ちを込めたキスをして出かけた。つまり、仕事に。その晩の残りは滞りなく展開した——寄付金は増えて、入札式オークションが行われ、ひどすぎる侮辱を受けた人はいなかったし、伯爵がタクシーに乗ってヒースロー空港へ向かおうとしているところをどうにかつかまえた。一緒にいた連れがどんな素性の人だったのか、ぼくたちはあまり深く調べなかったが。片づけをして、荷物を詰め、お開きになったころには午前二時を少し回っていた。ぼくはオリヴァーにタクシーに押し込められるままになり、二人で家に向かった。

「今夜はありがとう」ぼくはぼそぼそと言い、彼の肩に頭を預けた。

「お礼は言わないでくれないか、ルシアン」

「だけど、きみは本当にすばらしかったよ。誰に対しても親切で、誰からも好意を持たれてた。しかもドクター・フェアクローとも話して、クラーク夫妻にパンチを食らわせなかった……」

「ソフィーの話には耳を傾けないでくれよ」オリヴァーは落ち着かない様子で少し身じろぎした。「ぼくはきみに対して振る舞ってみせなくてもいいんだ。まるで……まるで特別なことみたいに」

何かが頭に引っかかっていたけど、ぼうっとしすぎてなんだかわからない。「どうしてソフィーの話をしているんだろ？」

「ソフィーの話をしているわけではない。ただ、きみに思われたくないんだ。ぼくが考えていると……何でもないよ」

「今は何もまともに考えられない。でも、今夜は大成功だったし、その一部はきみのおかげだ」ほかに大事なことがあったのを思い出した。「それから、タキシード姿のきみは本当にセクシーだ。家に入ったらすぐに、ぼくはするつもりだよ……ぼくは……」

次に気づいたときはベッドにいて、悲劇的なことに、官能的とはほど遠い手つきでオリヴァーに服を脱がされているところだった。

「こっちへ来いよ」ぼくは哀れっぽく彼を誘うしぐさをした。「ありとあらゆるいやらしいことをしよう」

「そうだな、ルシアン。今まさしくそんなことをしているよ」

「よかった。だって、きみはあまりにもすてきだからさ……ぼくはすごく求めてる……ねえ、言ったっけ？　きみがすごくセクシーだって。あのタキシ……」

それから目を開けると、夜が明けていて、隣でオリヴァーがぐっすり眠っていた——いかにも平和そうで、無精髭が生えた姿は完璧だった。一方では、くたくたに疲れすぎて六通りのやり方で彼とセックスできなかった自分がいらだたしかった。でも、日曜になったらできるだろう。とにかく、ここにオリヴァーがいる。温かくて、ぼくの体に寄り添ってきつく抱いてくれている。奇妙なほど保護者然としていて、奇妙なほどもろい感じで。

ぼくは思った。これでいいんだと。

43

「トントン（ノック、ノック）」ぼくはアレックスに言った。

「ああ、そのジョークなら知っているよ」彼は間を置いた。「どなたですか？」

「言葉をさえぎる牛です」

「言葉をさえぎる――」

「モー」

「――牛って、誰ですか？」アレックスは期待するように、なおもぼくを見ていた。

「きみが言う番だろう」

「いや、ぼくの番は終わった」

「悪いけど、聞き逃したのかもしれないな？　もう一度、やってみないかい？」

「正直言って、そうしても役に立たないだろう。ほら、つまりさ――」ぼくは無力感を味わい始めていた。「こうして明確に話してみると、これはジョークとしてまずい選択だったとわかってきたんだ。言葉をさえぎる牛のジョークは〈ノック、ノックジョーク〉のお決まりの型を壊すようなものだからな」

「ああ、つまり『ユリシーズ』（アイルランドの作家、ジェイムズ・ジョイスの小説）みたいに実験的ってことだね？」

「たぶん、そうかな？　でも、もっと牛に関するもので、そんなには……危険を冒していなくて、悲しそうなアイルランドの人々とは関係ないと言ったらいいだろうか？」

アレックスはしばらく考えていた。「〈ノック、ノックジョーク〉の本来の構造的な特徴からぼくはこう思っている。ジョークの落ちは、ぼくに期待されたはずの『言葉をさえぎる牛って、誰ですか？』という返事のあとに来るものだと。でも、言葉をさえぎる牛は、言葉をさえぎる牛だから、ぼくが返事をしている間に落ちを言うんだね。だから、大笑いを誘う結果を期待していたぼくは当惑しているってことなんだ」

「ふうん、そうなのか？」

「悪くはないよ」アレックスは体を横に曲げた。「ほら、リースだ。どうぞ」

リース・ジョーンズ・ボウエンがドアから顔を出した。「何か手伝うことはありますか、みなさん？」

「ノック、ノック」

「どなたですか?」

アレックスは共謀者めいた視線をぼくに投げた。「言葉をさえぎる牛です」

「言葉をさえぎる牛って、誰?」リース・ジョーンズ・ボウエンが尋ねた。

「モー!」

沈黙があった。リースは顎鬚を撫でた。「ああ、いいジョークですね。かなりダダイスト的です。ほら、ぼくは最後まで言わないうちに言葉をさえぎられると思っていたんですよ。なにしろ、あなたは言葉をさえぎる牛ですからね。でも、そうしなかったので驚いたし、おもしろかったです。今日はずっと、これを思い出して笑いますよ」

こんなことを彼らはわざとやってるんじゃないだろうか? この二人は邪悪な天才で、何年もぼくをからかってきたのかもしれない。仕事と呼ばれる笑える業務にまだ誰も戻らないうちに、ドクター・フェアクローが上の階からやってきて、あきれたことに(驚きではなかったが)リース・ジョーンズ・ボウエンがドアのところで立ち止まって彼女のほうを向いた。

「あなたのためのジョークがあるんですよ、ドクター・F」彼は意気揚々と言った。

無言でうなずいただけのドクター・フェアクローには話す意欲を奪われそうなものだが、リースは意に介さなかった。

「ノック、ノック」

意外にも、彼女はたちまち返事をした。そっけなくて堅苦しい調子で。「どなたですか？」

「言葉をさえぎる牛です」

「それはどうも。でも、哺乳類はわたしが興味を持つ分野ではない。昨夜は見事な仕事ぶりだったわよ、オドネル」

「モー？」リースはやや力なく落ちを言った。

「ありがとうございます？」ぼくは言った。励ましみたいなことをわずかでもドクター・フェアクローから聞いたのははじめてだという驚きを声に出すまいとして、失敗しながら。

「結構。こうして褒められて、あなたがやる気を与えられることを願っている。だめなら、休憩室に砂糖水の壺を置いてあげる」

「あー、大丈夫だと思います」

ドクター・フェアクローはわざわざスマートフォンで時間を確認した。ぼくに関心を払う時間を彼女は何秒間、取っていたのだろうか。「さらに褒めたいのは、ミスター・ブラックウッドをあなたが選んだこと。彼は土曜の夜でずば抜けて耐えられる出来事の一部だった。彼との関係を維持して、来年連れてくるように」

「念のためにうかがいますが」この話の行きつきそうな先が気に入らなかった。「そうしなかったら、ぼくはクビですか？」

「いいえ。しかし、砂糖水の特権は棚上げにするかも」そのとき、彼女のスマートフォンのアラームが鳴った。「みなさんが従業員としての自分の価値を実感することを願っている。さて、あなたがたとの話は終わり」

　こうして従業員としての価値が保証されたから、ぼくはオフィスへ戻って、ビートル・ドライブ後のたくさんの雑用に取り組み始めた。収集や整理をしてリース・ジョーンズ・ボウエンに送らなければならない、パーティでの写真があった。彼がソーシャルメディアに載せることになっている写真の山に、また足せるように。寄付者に関する雑事があったし、もっと打算的に追求すべき寄付金の仕事もあった。状況に応じて謝罪やお礼のメールを送った。基本的にはｔの文字に点を打って、ｉの文字に横線を引けているかと（本当は「ｔの文字に横線を引き、ｉの文字に点を打つ」が正解）細かいところまで注意を払うものがどっさりあった——なぜかはわからないが、ドクター・フェアクローの改善された新しい経営方法にほぼ無関係な仕事なのはたしかだったので、意外なほど楽しく進んだ。

それから、オリヴァーの両親の記念パーティが終わったあとで行くために、レストランの〈クオ・ヴァディス〉をこっそり予約した。たしかに、気恥ずかしくなるくらい感傷的な行動だった。でも、ほかの選択肢だと、帰宅途中の車内でオリヴァーのほうを向いてこう言うことになる。「ねえ、ぼくのフェイクの恋人から本物の恋人になるのはどうかな？」それではあまり……充分でないって感じじゃないかな？　もちろん、〈クオ・ヴァディス〉へ行くのはやりすぎかもしれない。でも、オリヴァーがぼくにあまり大事にされていないと思うのと、キモいくらいの変人だとぼくのことを思うのと、どちらかを選べと言われたら――うーん、どっちも最悪だな。ちくしょう。

これだから大変なんだ。恋愛っていうのは大変だ。恋愛って、どうやったらいいんだろう？

もっと大事なことだけど、オリヴァーはどんな恋愛を望んでいるんだ？　ブリジットに尋ねようかと思ったが、彼女ならオリヴァーをセーヌ川に連れていって――婉曲な言い回しではなく――キャンドルの明かりに照らされた手漕ぎボートに乗せろとか、不名誉なことにならないように彼の姉を勇ましい放蕩者の手から救い出せといったことを言うだろう。ぼくはそのどちらもできる立場にない。それに、オリヴァーには女きょうだいなんていないだろう。

ちょっと待て。オリヴァーには義理の姉がいたんじゃなかったかな？　話してくれたはずだが、あのころはそんなことをぼくは気にもしていなかった。たしか、兄がいると言っていたはずでは？　そのとき、自分がオリヴァーについてあまりにも知らないことに気づいた。つまり、彼がセクシーですてきで法廷弁護士で、ああいうことが好きだっていうのは知っている。ほら、ぼくがああいう……まあいい。そんなのはまったく助けにならない。でも、オリヴァーはぼくの母と会ったし、父にも会ったし、ぼくが泣いているところを何度か見ている。これで親密な関係だと、よくも思えたものだな？

おまけに、オリヴァーの家族と過ごすことになるまで、あと一週間もない。家族にどういう人がいるのか全然知らなかったら、どんなにだめな恋人だと思われるだろうか。それにおそらく、バッテンバーグおじさんとかいうのがやってきて、こう言うだろう。「ああ、きみは水球のチームでオリヴァーと知り合ったに違いないな」で、ぼくは「水球って何ですか？」とか言ってしまうかも。

オーケイ、新しい計画を立てよう。

ぼくがどれほどオリヴァーのことを思っているかを示すのだ。彼の人生に関するごく些細な情報を学んで。あいにく、彼にはそういうことから気をそらされてしまう。そう、ぼくの気をそらせる方法がいくつもあるのだ。

そんなわけで、木曜日の真夜中を少し過ぎたころ、ぼくはオリヴァーの胸にぐったりともたれていた。そして――認めるけど――ちっともいいタイミングとは言えなかったが、こう言った。「それじゃ、きみの家族について話してよ」

「うーん」たぶん、彼はぼくの予想どおり困惑していたのだろう。「今かい?」

「今すぐってわけじゃない。だけど、日曜の前にはってことかな? ほら、その日はきみの家族に会うから」

彼は眉根を寄せた。「いつからそんなことを考えていたんだ? 少々気になるんだが」

「ここ二、三日ってところ。ときどきかな? それに」急いでつけ加えた。「このところ、一緒にいたりいなかったりだっただろう」

「なるほど」

「別に……ぼくは……」ワオ。ほんと、関心を示すのが下手だな。「それっていいんじゃないかと思ったんだけどな? もっときみについて知るってことだけどさ?」

いつもなら、オリヴァーは好きなだけ長く自分の上で寝そべらせてくれるのに、ベッドの隅にぼくを押しやるように移動させた。「きみがまだ知らないことはそれほどないよ」

「え？　つまり、きみが一点の曇りもないベジタリアンの弁護士で、ジムで毎日トレーニングしていて、フレンチトーストを作るのが上手だってことだけという意味？」

「何か悩みでもあるのか、ルシアン？　きみのイベントはもう終わったんだから、ぼくに束縛されていると思わないでくれるといいが」

ぼくは何かに刺されたかのように起き上がった。「いや、そんなことはいっさいないよ。きみのおかげで信じられないくらい幸せだし、一緒にいたい。だけど、たとえばさ、きみは何が怖いのかな？　この前泣いたのはいつだ？　好きな場所はどこ？　人生でもっとも後悔していることは何？　きみは水球チームに所属しているのか？」

オリヴァーは警戒のまなざしでぼくを見つめた。ぼんやりした明かりの中でモノクロ写真のように見える。「いや、水球チームには所属していない。いったい、どこからそんなことを思いついたんだ？」

正直に言えって？　かつて好きになった誰よりもはるかに、オリヴァーを好きになってるからだ。同じような気持ちでぼくを好きになってもらいたいからだ。言葉にできない、感情のほとばしりがあるからだ。「ぼくは神経質になってるだけだと思う。きみの両親の前で自分を間抜けに見せたくないからな」

「心配することは何もない」腕の中へと引き寄せられ、ぼくはうれしい思いですり寄った。「ただのガーデン・パーティだ。仕事の面接ではない」

「それでも同じことだよ。ここにはロジスティックスがある。何の準備もさせないで、ロジスティックスもなしで、ぼくを家に送り込むつもりじゃないだろう」

ロジスティックスとかを持ち出せば、うまくいくだろうと思った。だけど期待したほど、オリヴァーはロジスティックスという言葉に興奮したようには見えなかった。

「よくわかった。どんな情報が適切だと思うんだ？」

「さあ、わからない」質問でぼくを困らせる気だな、オリヴァー。「パーティには誰が来るんだ？」

「そうだな、言うまでもなく両親だ——名前はデイヴィッドとミリアム。父は会計士だ。母はかつてロンドン(L)・スクール(S)・オブ・エコノミクス(E)の特別研究員をしていたが、ぼくを身ごもったときに辞めた」

これでは助けにならない。「最初に会ったとき、そういうことは話してもらったよ」

「誰もが悪名高いロック界のレジェンドの息子というわけではない」

「そんなことはわかってる。だけど、どんな人たちなんだ？　何か関心を持っているものは？　というか、個人的な特徴は？」

「ルシアン」最高じゃないか。今やオリヴァーは不機嫌になるギリギリのところにいる。「彼らはぼくの親だ。父はゴルフに夢中だよ。母はさまざまな慈善活動を行っている」

心が沈んだ。ぼくはオリヴァーを困らせていて、すでに彼の口調は不愉快そうになっている――でも、彼の両親のイベントへの参加も、この会話もあとへは引けないところに来ていた。「お兄さんは？　お兄さんも来るんだろ？」

「ああ、クリストファーは来るはずだ」オリヴァーはため息をついた。「妻のミアも。モザンビークから飛行機で来るに違いない」

「きみは……」もっと事態を悪くすることにならなければいいが。「そのことをあまり喜んでいないみたいだな」

「兄はとても……優秀なんだ。だから、気おくれしてしまう」

「きみだって優秀じゃないか」指摘してやった。「すごい法廷弁護士だろう」

「ああ。だが、紛争地帯へ行って人の命を救ったりはしない」

「きみは人々が法廷で公正な申し立てができるようにしてあげてるじゃないか。そうできないような人々のために」

「ほら、わかるだろう？　きみだって、そういう仕事をあまり魅力的なものみたいに言えない」

「それはぼくがきみじゃないからだ。仕事について語るとき、きみは目を輝かせて、この世でいちばん重要なものみたいに扱っている。そんなとき、ぼくはすぐさまきみとヤりたくなるよ」

オリヴァーは顔を赤らめた。「頼むから、そういうことはパーティで言わないでくれ」

「冗談だろ？　まさにそういうことこそ、ぼくがパーティで言おうと計画していることだよ。開口いちばんの台詞はこうだ。『はじめまして、ミリアム。ぼくはルーク。あなたの息子さんとヤルのをとても楽しんでいます』」ぼくは目をくるりと回した。

「上品な社会でどう振る舞うべきかは心得ているからな、オリヴァー」

「すまないが、ぼくは疲れている。もう遅い時間だ、ルシアン。それに明日は法廷に出ることになっている」

「いや、悪かった。変なことを言ってきみを寝かせないで悪かったよ」

寝室での会話をぼくたちが――たぶん、ぼくが――めちゃくちゃにしたのに、オリヴァーはいつものように腕を回して抱いていてくれた。じゃ、ぼくたちは大丈夫ってことだろうか？　とはいえ、まだ落ち着かなかったし、どうしてこんなことになったのか、よくわからなかった。ましてや、どうすべきかなんて見当もつかない。もしかしたら問題は、問題というものがないことなのかもしれない。悩みがないことにあまりにも慣れていないせいで、脳はぼくのために一つこしらえようとしたんだろう。

いまいましい脳の奴め。

非の打ちどころがないベジタリアンの弁護士にさらにすり寄り、眠るんだと自分に言い聞かせた。

44

両親はミルトン・キーンズに住んでいるとオリヴァーが言ったとき、ぼくは彼らが、そう、ミルトン・キーンズの街の家にいるのだと推測した。なだらかに起伏する田園光景が見渡すかぎり広がっている郊外の、こぎれいな邸宅だとは思わなかった。

遅刻することをオリヴァーが異常に恐れるため、目的地には早く着きすぎて、最短のまともな訪問時間まで四十五分ほどは車の中で待たなければならなかった。ぼくは実に分別があるから、だから言っただろう、なんて言わなかったけれど。

とにかく、とうとうぼくたちは裏庭へ入っていった。そこは〝広大な敷地〟と形容できるほど広くはなかったが、ばかばかしいくらいに参加者が多いパーティを開くには充分なほど広かった。趣味のいいルビー色をテーマにした旗が飾られ、よくある高級そうな大テントが並び、言うまでもなくシャンパンやカナッペ（パイ生地のヴォロヴァンではなかった）の載ったトレイを持った給仕人たちがいた。酒類は見るからに値が張りそうだけど、注目に値するものと見栄を張ったものとの中間くらいに来る銘柄を完璧に選んであった。ぼくは早くもネクタイがきつすぎると感じていた。

ミリアムとデイヴィッドのブラックウッド夫妻は、ミリアムとデイヴィッドのブラックウッド夫妻という名から想像がつくとおりの外見だった。言ってみれば、スーパーの〈テスコ〉のプレミアムブランドである「ファイネスト」を人間に当てはめたようなものだろう。要するに、ほかのみんなと同じようだが、少しだけこっちのほうが優秀という雰囲気をたたえている。ぼくはオリヴァーの手を取ろうと手を伸ばしたものの、なぜか失敗した。彼の両親が五十代後半から六十代前半らしい人々の小グループと歓談しているところへ、ぼくたちは芝生を歩いていった。

「ルビー婚、おめでとう」オリヴァーは言い、母親の頰にキスして父親と握手した。

「オリヴァー」ミリアムは彼のネクタイをまっすぐに直した。「来てくれてとてもうれしいわ」ほかの客たちのほうを向く。「最近、オリヴァーは仕事でとても忙しかったから、間に合わないかしらと心配していたのよ」

オリヴァーは少しぼくのほうへ寄った。

「仕事はうまくいっているよ、母さん」

「まあ、ダーリン、あなたはちゃんと対処しているに違いないわ。わたくしは心配しているだけよ」またしても、ミリアムはほかの客に視線を向けた。「ほら、この子は長男と違うから。クリストファーはプレッシャーがあって成長するタイプだけれど」

「わかっているよ。しかし、本当に大丈夫だ」オリヴァーはぼくをまともに前へ押したわけじゃなかったが、そうしなかったわけでもなかった。「こちらはぼくのボーイフレンド、ルシアン・オドネルだ」

「オリヴァーはゲイなんだよ」オリヴァーの父親は気を利かせるかのように、みんなに説明した。

ぼくは驚いたふりをして、オリヴァーに視線をさっと向けた。「そうなのか？　そんなこと、ぼくに言わなかったじゃないか」

ジョークを言おうとした試みは完全に失敗したが、そのこと自体がジョークだっただろう。

「それで、あなたは何をなさっているの、ルシアン？」気まずいほど長い間があったあと、ミリアムが尋ねた。

「フンコロガシを救おうとしている慈善団体で働いています」

「ふうん」痛々しいほど陽気な口調から、こんな意見を言ったのはおじの一人に違いないとぼくは推測した。「少なくとも、きみもいまいましい弁護士ではないということだな」

ミリアムはその男性に冷ややかな視線をちらっと向けた。「まあまあ、ジム。オリヴァーはとても一生懸命働いているのだし、誰もが医師になれるわけではないわ」

「犯罪者を街中に戻すために、一生懸命働いているということだな」

デイヴィッドの微笑はこれがジョークだと伝えていた。でも、目はそうじゃないことを告げている。

抗議しようと口を開きかけたが、ぼくがここに来たのは感じよく振る舞うためだと思い出した。それに――前にオリヴァーがそうするのを見たことがあったから――彼のほうがぼくよりも自分の職業について弁護するのがうまいだろう。

「クリストファーはもう来ているかな？」オリヴァーは尋ねた。「挨拶してきたほうがいいだろう」

「彼は妻と着替えている」デイヴィッドは家のほうを親指でグイッと指した。「あの二人は一日じゅう旅してきたんだ」

「あの子たちは災害救援に携わっているのよ」ミリアムがつけ加えた。誰のためになることなのか、ぼくにはわからなかったけど。

デイヴィッドはうなずいた。「モザンビークでだ」

「ああ、知っているよ」オリヴァーの口調は奇妙なほどそっけなかった。「クリストファーからメールをもらった」

「とはいっても」デイヴィッドがうれしそうに続けた。「ミアはそういう活動をあまりしなくなるだろう。あの二人は子どもを作ることにしたからな」

ミリアムは少人数の聞き手にまた話しかけた。「本当のことを言うとね、クリストファーがミアと出会うまで、わたくしたちは孫を持てないものと絶望していたのよ」

ぼくは口を開けて、また閉じた。さっきのジョークがどれほど失敗したかを考えれば、ゲイも子どもが持てると指摘したところで、誰も快く受け入れてはくれないだろう。まったくありがたいことだよ。それに、オリヴァーがクラーク夫妻に耐えられたのだから、ぼくだってこれに耐えられるだろう。

いや、マジな話。これに耐えられる。

「ぼくは……ちょっと行ってクリストファーを探してこないと」そう言うなり、オリヴァーは向きを変えて家のほうへ歩き始めた。

ぼくはあとから追いかけなければならなかった。

「大丈夫か?」

オリヴァーはややいらだったような視線を向けた。「もちろんだ。大丈夫じゃないはずがあるか？」

「だってさ、さっきのは……ひどくなかったか？」

「ルシアン、頼むから、ことを面倒にしないでくれ。両親はぼくと違う世代に属している。母はぼくのことを大いに心配しているし、父は率直にものを言うたちなんだ」

気がつくと、彼の袖を引っ張っていた。「悪いけど、ぼくの母親も同じ世代だよ」

「そうだな。なんというか、きみのお母さんはかなり普通と違う人だ」

「ああ。だけど、母は……母は……」どうしてもオリヴァーに伝えなければならない何かがあった――どうしても理解してもらわなくちゃならないことが――だけど、それが何かははっきりしなかった。「母はあんな話し方を誰にもしないだろ？」

オリヴァーは出し抜けに立ち止まった。「両親はぼくを育ててくれた。父は四六時中働いていたし、母はぼくのためにキャリアをすっかりあきらめたんだ。きみと口論したくない。とりわけ、こんなところで、しかも今は。とにかく、両親の家で二人を侮辱しないでくれたらうれしい」

「すまなかった、オリヴァー」ぼくはうなだれた。「そんなつもりじゃなかった。きみの支えになるために来たのに」

「だったら……」彼は〝この話はもう終わりだ〟というしぐさをした。「この状態をそのまま受け入れてくれ。これはぼくの人生だ。きみの人生ではない。それに敬意を払ってほしい」

人生はきみに敬意を払っていないようだよと、言いたかった。

でも、なんとか自重した。

ちょうど中庭に着いたとき、年齢や状況からクリストファーとミアだろうと見当がついたカップルがフレンチドアから外に出てきた。クリストファーは間違いなくオリヴァーによく似ていたが、彼のほうが少し背が高く、目ももっと濃い青で、髪の色はもっと明るかった。やや乱れた服装と、明らかに三日は剃っていなさそうな髭が相まって、忙しすぎて髭剃りみたいな些細なことにかまっていられないと思われたがっている人間という印象を与えた。対照的に、妻のほうは割と小柄でちょっとかわいかったが、なめられるつもりはないと言わんばかりで、これ見よがしに、容赦なく実用的な短いピクシーカットにしていた。

オリヴァーは奇妙なほどそっけなくうなずいた。「やあ、クリストファー」

「ハイ、オリー」彼の兄はにやりと笑った。「法律のほうはどんな具合だ？」

「相変わらずだよ。医療のほうはどうだ？」

「今のところ、ひどく大変だ。疲労困憊しているし、正直言って――」クリストファーは芝生のほうへ腹立たしげな視線を向けた。「こんなことのために、父さんたちがぼくらをここへ連れ戻したなんて、考えられないよ」

オリヴァーの片方のまぶたがひくひくした。「いや、もちろん、父さんたちは兄さんに来てもらいたいだろう。兄さんをとても誇りに思っているからな」

「だが、必要とされているところにぼくを残して、彼らが誇りに思っていることをさせてくれるほどは、誇りに思っていないってことだな」

「ああ、そうだな。兄さんの仕事がどんなに特別で重要かということを、ぼくたちはみんな知っているよ。たまには家族のために時間を取ってくれることを期待しても、理不尽とは言えないだろう」

「ああ、いいかげんにしてくれよ、オリー。どうしておまえは――」

「はじめまして」ぼくは大声で言った。「ルークです。オリヴァーとつき合っています。甲虫類のための慈善団体で働いています。お会いできてうれしいです」

ミアは夫から離れて、ぼくの手を熱烈に握った。「わたしもお会いできてうれしいわ。本当にごめんなさいね。わたしたちが十三時間も飛行機に乗っていたと言うと、刺激的なジェット族って感じのライフスタイルを自慢しているみたいだけれど、本当の話、金属製の箱に閉じ込められて長時間過ごしたってことなの」

「なんてことだ」クリストファーは髪を片手で梳いた。「ぼくは嫌な奴だな。だろう？」

「ああ」オリヴァーが言った。「そのとおりだ」

クリストファーは鼻を鳴らした。「ただ、指摘させてもらえないか？　ぼくを非難するのに忙しすぎて、自分の恋人を紹介しなかったのはおまえじゃないか？」

「かまいません」ぼくは両手を振った。この場を鎮めるようなしぐさだといいが。「とにかく、オリヴァーからお二人のことは何もかも聞きました。自己紹介くらい、自分でできます」

「オリーがぼくたちのことをきみに話したって？」クリストファーの目は意地悪そうにきらりと光った。「じゃ、言ってみてほしいな。どんなことを話したんだ？」

しまった。「あー、医師だということとか？　あなたたちがずっと……ムンバイに暮らしていると言いたいところだけど、それは違っていますね。それと、お二人がとてもいい人たちで、オリヴァーがとても気にかけているとか」

「ああ、運がよければ、そのうちのどれかは弟も言ったと思うよ」

「すまないが、クリストファー」これ以上ないほど冷たいオリヴァーの声だった。「兄さんの話題はそんなにおもしろいわけではない」

「そんな反論をされたら、ぼくは打ちのめされるところだが、弟は誰のこともろくに話さないんだ。これまでつき合った六人の恋人のうちで、オリヴァーがいちばん話してくれたのはルークのことだ。話してくれたのは、名前だけだったが」

ぼくは片手を胸に置いて言った。「自分がとても特別だと感じていますよ」

「そう思うべきよ」ミアは兄弟の間の中立地帯からこっそり微笑を向けてきた。「オリヴァーは尋ねられもしないのに、あなたのことを話したんだもの」

クリストファーはちょっとばつが悪そうにぼくをじろじろ見ている。「彼はおまえのいつものタイプじゃないな、オリー。たぶん、それはいいことだろう」

「兄さんにはなかなか信じられないことだろうが」オリヴァーは嘲笑った。「ぼくは兄さんを喜ばせるために恋人を選ぶわけではない」

「たしかに」クリストファーも同じように嘲笑った。「母さんと父さんを喜ばせるために選んでいるんだろう」

なんとも不吉な沈黙が続いた。

「父さんから聞いたが」オリヴァーは穏やかに言った。「兄さんは子どもを作ろうとしているそうだな」

またしても沈黙が続いたが、さっきよりもさらに不吉な感じだった。

とうとうミアが沈黙を破って、義理の弟を激怒した目でにらみつけた。

「どうしようもない人ね、オリヴァー。わたしは飲み物を取りに行くわ」

彼女は飲み物を取りに、とっとと出ていった。

「いったい――」クリストファーは激怒してオリヴァーを攻撃した。「何を考えているんだ？　聖人ぶったろくでなしめ」

オリヴァーは腕組みした。「文句なく礼儀にかなった質問だった」

「いや、動揺させる質問だし、おまえは動揺させるとわかっていて言ったんだろう」

「動揺することなどないはずだ。両親の前で、孫ができる可能性を兄さんがちらつかせなければ」

「そんなことはして――」

「いや、絶対にやっている。親からさげすまれることに兄さんは耐えられないはずだからな」

まあ、おもしろい見ものだった。それにぼくはオリヴァーの助けになるという契約でここに来たようなものだ。だからといって、兄に対して嫌な奴になっているオリヴァーを見ていなくてもいい。公平に言えば、同じように嫌な態度を取っている兄だが。でも、これはあまりにも激しい口論になりつつあった。

「ちょっといいかな」ぼくは無理やり会話に割り込んだ。「ぼくも飲み物が欲しいので」

そして誰にも止められないうちに、大テントを目指して駆け出した。

45

大テントの隅で、両手にそれぞれシャンパンのグラスを持っているミアを見つけた。

「いい考えだな」ぼくは言い、すぐさまそれを真似した。

彼女は浮かない顔つきでぼくを見た。「乾杯」

ぼくたちは両方のグラスで乾杯した。そしてしばらく無言でごくごく飲んだ。

「わたしが思うに」ようやくミアが言った。「今回はいつもよりひどいかもね」

なんてことだ。「いつもなのか？」

「あの二人はお互いを怒らせるのよ」

「ぼくはオリヴァーがあんな振る舞いをするのを見たことがなかった」

「クリスはね、オリヴァーがいるときだけあんな振る舞いをするの」ミアは肩をすくめた。「彼らの取り決めみたいなものね」

ぼくはもう一つのシャンパンも一気飲みし、三杯目を飲んでも許されるだろうかと考えた。正直な話、心構えをさせてくれなかったオリヴァーに怒りを感じかけている。でも同時に、何も教えてくれなかった理由も理解できた――そのことだけでも、オリヴァーを気の毒だと思った。「たぶん」――慎重に話さなければならない――「オリヴァーにとって大変なことに違いない。クリストファーの人生の選択のほうが、デイヴィッドとミリアムにとってははるかに受け入れやすいものなのは明らかだからね」

「へえ」ミアもグラスを空にした。

「オーケイ、ぼくは何かを見落としている気がし始めてるんだけど」

「クリスの両親は間違いなく支えになってくれるわ」どうやらミアもぼくと同様に慎重になっているらしい。「それに自分たちがどれほど支えになっているかを、彼らはクリスに決して忘れさせない。とにかく、あなたの恋人に怒鳴ってしまったことは謝るわ。普段のわたしはあんなに……実を言えば、つねにかっとなるかもね。でも、そんなことはもういい。ブラックウッド家はわたしの最悪の部分を引き出すのよ」

「ああ、そういうパターンだと思い始めているよ。だけど」ぼくは急いでつけ足した。「念のために言うけど、デイヴィッドは子どもを作ることについて本当に話していたんだ」

ミアは完璧に手入れされた芝生に爪先を突っ込んだ。「もちろん、話したでしょうね。それでも、あんなことを言うなんてオリヴァーはお粗末だった」

「彼は……彼は……今日はあまりうまく対処できていないらしい」

「あなたがあの人をどんなに思っているかわかるわよ。だからって、まだ許そうって気にはなれないけれど」

「だろうね……ああ、これについてどう尋ねたらいいかもわからないよ」

「そんなに微妙な問題でもないわ。というか、少なくともわたしの観点からすればあきれるほど明確な問題だから、ほんのちょっとだけ微妙ってことかもしれない。わたしたちは子どもを望んでいないの。デイヴィッドとミリアムは子どもができることを期待している。わたしたちの意見と同じくらい自分たちの意見が重要だと、あの二人は思っているらしいわね」

「ばかばかしい。そんなの……ばかげている」

「今はこんな冷戦状態だから、なおさらばかげているのよね。クリスの両親は子どもができるのが時間の問題だという態度だし、クリスは両親を失望させることに罪悪感を抱いているし、わたしは夫が彼らにあきらめさせてくれないから腹を立てているっていう状態よ」

「公平に言えば、ご両親にあきらめさせるのは難しそうだが」

ミアは肩をすくめた。「ああ、いつもこんなふうだったのよ。はっきりしているのは、両親と妻のどちらかを選ばなければならないと、クリスに思わせたくないこと」

「うーん」ぼくはあえてにやりと笑ってみせた。「親よりもあなたのほうがはるかに夫のためになるのは明らかだから、状況はよくなるんじゃないかな」

ミアは声をあげて笑った。「いい考えね。でも、クリスは三十年近くも、両親に褒められることにこだわってきたのよ。そういうことからは簡単に逃れられない」

「ぼくにはわからないな。三歳のとき、父が家を出ていったからね」

「うちの両親が普通で、精神的に安定した人たちだってことをだんだんありがたく思うようになってきたわ」

「ちょっと待ってくれ。そんな人って実在するのか？」

ミアが答える前に、オリヴァーとクリストファーが大テントの入り口から顔を出した。うれしいことに、二人ともさすがにきまり悪そうな表情だ。

「オリーがきみに言いたいことがあるそうだ」クリストファーが言った。その言葉よりも、攻撃的な調子のほうが伝わってくる言い方だった。

オリヴァーはぎこちなく進み出た。「本当にすまなかった、ミア。腹を立てていて暴言を吐いてしまった。あんなことを言うべきではなかったのに」

「もういいわ」ミアは手を振った。「クリスがあなたに嫌な態度を取っていたって、わかっているし」

「おい」クリストファーが異議を唱えた。「きみはぼくの味方のはずだろう」

「いいかげんにして。どっちの味方だとかいう考えそのものが、とんでもない問題なのよ」

ぼくはいそいそとオリヴァーのそばへ戻って彼の手の中に手を滑り込ませた。「よかったら……家を案内してくれないか？」

「もちろんだ、ルシアン。ほったらかしにしてすまなかった」

「実を言うと、きみを置いて帰ろうかと思ってた。映画の『ＯＫ牧場の決闘』みたいなことになってて、ぼくは言葉の十字砲火にさらされそうだったからな」

「ぼくは……わ……わかっているよ。自分がひどい態度を取っていたと、よくわかっている」オリヴァーは義理の姉のほうをちらっと振り返った。「ミア、本当に申し訳なかった。二度とあんなことはしない」

大テントを出て、庭を歩き回った。こんな状況でなければ、楽しかっただろう。明るい夏の日で、ぼくはシャンパンを飲んでいたし、花が咲き乱れて蝶も飛んでいた。でも、オリヴァーはぼくの大人のおもちゃみたいに震えている。しかも、お楽しみを与える感じの震えではなかった。

「すまなかった」オリヴァーは言った。もう千回目にはなるだろう。「きみをここへ連れてくるべきではなかった」

「おいおい、そんなにひどいことにはなってないよ」

「いや、本気で言っているんだ。ぼくは最高の状態とは言えない。そんな自分をきみに見られたくないんだ」

「オリヴァー、きみはぼくのありとあらゆる異常な状態を見てきたじゃないか。ガーデン・パーティでちょっとばかり嫌な奴になったきみぐらい、面倒を見られるよ」

オリヴァーの震えがさらにひどくなった。「このシャツを着るべきじゃなかったんだ」

問題は、オリヴァーがどのシャツについてもそう言ったことだ。彼は十二枚のシャツを着てみた――ばかばかしいほど早い出発が遅れそうになるところだった。「同じことはもう言わないつもりだけど、そのシャツはすてきだ」立ち止まってオリヴァーを引っ張り、ぼくと向き合わせた。「あのさ、そうしたかったら、一緒に帰ってもいいんだよ？」

オリヴァーはぼくを見つめたが、無理心中でも持ちかけられたような顔つきだった。

「来たばかりじゃないか。そんなことをしたら、両親がどう思う？」

「今のぼくはあまり気にしてないけど。ぼくにわかっているのは、ここへ来たせいできみが不幸になっているということだけだ」

「ぼくは不幸じゃない。両親の結婚記念日なんだ。ぼくは……状況にあまりうまく対処できていないんだよ」

〝状況にうまく対処できていないのは、両親がきみにひどい仕打ちをしているせいだろう〟なんて言えそうになかった。自分がここにいてもいいのかどうかすら、確信が持てない。だから、代わりに言った。「それはきみのせいじゃないだろう。つまり、クリストファーだって栄光に包まれているとは言えないじゃないか」

「クリストファーはいつも栄光に包まれている。少なくとも、両親に関するかぎりは」

「つまり、子どもを持てと彼らがクリストファーにプレッシャーをかけ続けていること以外にっていう意味か？　彼が子どもを望んでいないのは明らかなのに」

「あれはぼくへのあてつけだ。クリストファーにではない。ぼくのセクシュアリティについて両親はとても理解がある。だが、このことには失望がつきまとっていると意識せずにはいられない」

「いいかな」ぼくは両手を上げた。「これは本当に仮定の話だよ。ぼくたちの関係にとって、こんな話をするのはまだ早すぎるからさ。とにかく、きみが子どもを望むなら、ぼくは持ってもかまわない」

「つまり、養子縁組ができるという意味だろう。それは同じものではない。少なくとも、ぼくの両親の観点からすれば別物だ」

オーケイ、これはまったく話が別の厄介な問題だ。今は触れないほうがいいだろう。

「あのさ、クィアの友人がいたほうがいいのはこういうことのためなんだ。ゲイの知り合いがもっといれば、いつでもレズビアンと契約を結べる」

「ルシアン、話をおもしろくしようとしているなら、これは悪趣味だ」

「悪い、軽薄だったな。ただ、きみが自分の生きたいように生きられると言おうとしていただけだ。両親の期待を考慮すべきじゃない。好きなだけ賭けてもかまわないけど、クリスとミアも今、これとそっくり同じ話をしているだろう」

オリヴァーは凍りついた。「それは大いに疑問だ」

「ああ、頼むから――」

グラスをフォークで打つ音がチリンチリンと聞こえ、ぼくたちはおとなしく中庭に戻っていった。デイヴィッドとミリアムが〝これからスピーチをします〟という顔で立っている。なんとも楽しみだよ。

「ありがとう」デイヴィッドが話し始めた。「ミリアムとわたしがルビー婚の記念日を祝うのに駆けつけてくださって感謝します。何十年も前のある夜のことを思い出します。ロンドン・スクール・オブ・エコノミクスの談話室に入っていったら、想像したこともないほど魅力的な女性が部屋の向こう側に腰を下ろしていたんです。そのとき、わたしは自分に言いました。『あのレディこそ、ぼくが結婚する女性だぞ』と」

彼は口をつぐんだ。このあとにジョークが来るんじゃないかな？　つまらないジョークが貨物列車みたいに轟音をたてながらこっちへ向かってくるはずだ。「そして、ミリアムはその女性から席を二つ、離れたところにいました」

　みんながお義理で笑い声をあげた。ジムおじさんだけは例外で、マジで大笑いしているようだ。

「もちろん、はじめのうち、わたしたちは気が合いませんでした。というのも、ミリアムを知る人は誰でもよくわかっていたからです。彼女が——言ってもいいかな——確固たる意見の持ち主だと。しかし、間もなくミリアムはわたしに好意を持ってくれるようになりました。わたしがどんなことでも彼女に賛成するふりをするようになってからは」

またしても礼儀正しい笑い声がひとしきりあがった。ジムおじさんは本当にちびってしまっているかもしれない。

「四十年間の結婚生活で、わたしたちは二人のすばらしい息子に恵まれました――」

「それはクリストファーとオリヴァーです」ぼくは小声で言った。

「――それはクリストファーとオリヴァーです。しかし、まじめな話、一人は医師、もう一人は弁護士である息子たちをわたしたちは心から誇りに思っていますが、どういうわけか、どちらもさほど稼いでいません」

またも笑い声があがった。ジムおじさんはピシャリと腿を叩いた。

「何年もかけて、うちの家族は成長し続けてきました。我が家に最近加わったのはクリストファーの妻、愛らしいミアです。さらに、わたしたちの最後にして最大の望みも彼女によってかなえられるでしょう。というのも、オリヴァーは純然たるホモだからです」

ぼくはため息が出るのをこらえた。こんなのは平気だ。デイヴィッドは皮肉なタイプの同性愛嫌悪者にすぎない。

「しかし、息子たちの話はもういいでしょう」デイヴィッドは続けた。「今日はミリアムとわたしのための日だからです。そしてわたしにとっては、これ以上美しい妻を望めなかったでしょう。つまり、望むことはできたでしょうが、たぶん、そんなことはしなかったというわけです」デイヴィッドはグラスを高く上げた。「ミリアムに乾杯」

ぼくたちは神妙に「ミリアムに乾杯」と言った。

「デイヴィッドに乾杯」とりあえずミリアムのスピーチには短いという長所があった。

「デイヴィッドに乾杯」ぼくたちは繰り返した。

その間、ぼくはオリヴァーの体に腕を回し、隠れられるところはないかと探していた。

46

その日の午後は這うようにのろのろと進んだ。オリヴァーがさまざまな友人や親戚と礼儀正しく雑談する間、ぼくは傍らにおとなしく立っていることでどうにか時間をやり過ごした。めちゃくちゃ退屈だったが、問題はなかっただろう。もしも、話をするごとにオリヴァーの口数が少なくなり、縮んでいくように見えたのでなかったなら。もしかしたら、ぼくはシャンパンの飲みすぎだったのかもしれないが、正直なところ、なんだかオリヴァーを失っていくような感じだった。望んでいたのはオリヴァーを家に連れて帰ることだけだった。そこなら彼は神経質で不機嫌でおもしろくて、ひそかに意地悪な奴になることができる。ぼくのオリヴァーにふたたび戻れるのだ。

ようやくお開きのためにまた中庭に集まった。ミリアムとデイヴィッドは高級なガーデン・ファニチャーに座った人々から注目を浴びていて、オリヴァーとクリストファーは共同で記念日のプレゼントを渡したところだった——ミリアムにはルビーのイヤリング、デイヴィッドにはルビーのカフスボタンを。それは義務だからといった感じでぎこちなく手渡され、取り澄ました感謝の態度で受け取られた。実に楽しい時間だった。

「オリヴァー、ダーリン」ベンチに座ったミリアムは自分の隣の空いたスペースを軽く叩いた。「近況を話せてとてもうれしいわ」彼女はジムおじさんをちらっと見やった。どういうわけか、彼はいつもそばにいた。「ほら、この子はあまりわたくしたちと話す機会がないでしょう。まあ、クリストファーはしかたないけれど。なにしろ、マラリアに悩まされる恐ろしい沼地で赤ん坊たちの命を救っているんですものね」

オリヴァーは母親の横に座った。もちろん、ぼくが座るスペースなどなかったから、ベンチの肘掛けに尻を載せた。するとたちまち、賛成しかねるといった視線を浴びた。つかの間、気を遣って立ち上がろうかと考えたが、午後じゅう〝最低〟って感じの気分だったから、もう限界だった。

「申し訳ないね、母さん」オリヴァーは言った。「ぼくは赤ん坊の命を救っていないが、かなりいろいろなことをしていたんだ」

ミリアムの視線は一瞬、ぼくのところで止まったが、すぐにそれてしまった。「わかっているわ。例の男の人とはどうなったの？」

「アンドルーとは別れたんだ」

「残念ね。なかなかすてきな若者のようだったのに」

「うまくいかなかったんだよ」

「わたくしが思うに」ミリアムはあからさまに無作法な態度で間を置いた。「あなたの状況はなかなか難しいでしょう。つまり、慎重に行動しなければならないということよ」

「ぼくは……すべてがうまくいかないとは思わない」

「あなたがいちばんよくわかっているんでしょうね、ダーリン」明らかに膝をポンポンと叩いてやる頃合いだと思ったらしかった。「わたくしは心配しているだけよ。母親だから。それに新聞ではいろいろとひどい話を目にするでしょう」

「ぼくは大丈夫だ。本当に。ルシアンはぼくにふさわしいと思う」

「あなた、とっても疲れているみたいね」

そうだろうな。昨夜、オリヴァーはほとんど眠れなかったのだから。さんざん寝返りを打ったあげく、午前三時に走りに行ったのだから疲れているはずだ。興奮させられる性的な行為にふけっていたからではない。

「さっきも言ったように――」オリヴァーの眉間にしわが一本、現れていた。「ぼくは大丈夫だ」

ミリアムは激しくまばたきしたが、こう言っているようだった。〝わたくしは泣くまいとしているけれど、大変だわ。だって、あなたがつらく当たるから〟「あなたには理解できないでしょうね。自分の子どもを持つことは決してないのだから。でも、息子たちが体を大切にしていないのを見ることがわたくしにはとてもつらいの」

「いいかげんにしろ、オリヴァー」デイヴィッドがピシャリと言った。「母さんを動揺させるんじゃない」

オリヴァーはうなだれた。「すまなかった、母さん」

「母さんはおまえたちのために多くのことをあきらめたんだ。少しは感謝の気持ちを示してやれ。ところで、母さんの言うとおりだ。おまえはいつ、髪を切りに行ったんだね？」

オリヴァーが答える前に——表情からわかりそうなものなのに、彼がみんなに〝うせろ〟と言ってやるのをぼくは期待していた——ジムおじさんが雰囲気をやわらげるタイミングだと判断した。彼は弟の背中を軽く叩き、ひどく癇に障る、けたたましい笑い声をあげた。「たぶん、新しい男と忙しすぎたんだろう？　な、そうだろ？」

オリヴァーはどうにかおじの顔にパンチを食らわせるのをこらえた。「ルシアンは重要な仕事上の催しがあったんです。だから、そうです。ぼくたちは忙しかった」

「まあ、気をつけたほうがいいぞ」ジムおじさんはオリヴァーにべたべた触った。たぶん、愛情を示したつもりだったのだろう。「もっと体重が増えたら、これまでの男どもみたいにこの男もおまえを捨てるだろう」

「ぼくはオリヴァーを捨てるつもりなどありません」ぼくは主張した。おそらく声がやや大きかっただろう。「彼はすばらしい。ぼくたちはとても幸せなんです」

オリヴァーの母親はそっとため息をつきながら、息子のネクタイをまた直すふりをした。「もしかしたら、このシャツのせいかもしれないわ。ブルーはあなたに似合わないのに、ダーリン」

「申し訳ない」これ以上、小さくなることなんてあり得ないと思ったのに、オリヴァーはさらに縮んだように見えた。「遅刻したくなくて、急いで着替えたものだから」

「着替えたかったら、二階にあなたの昔の服がまだあるわ」

オリヴァーは見るからにたじろいだ様子だった。「十七歳からここに住んでいないんだ。もう、体に合う服なんて一つもないだろう」

ジムおじさんはまたしても大笑いした。「ほら、わたしが言ったとおりだろ？　もう、おまえも三十近い。気づいたころにはでっぷり太ってるだろう」

「息子にかまわないでくれないか、ジェームズ」デイヴィッドが寛大な口調で言った。そしてたちまち、自分で言ったこととは逆のことを口にした。「とにかくだな、オリヴァー。いつになったら、人生で役に立つことを始めるつもりなんだ？」

　ぼくはオリヴァーの視線をとらえようとしたが、彼は握り拳を作った両手をじっと見つめていた。「そうだな、まずは法廷弁護士事務所で評判を築いてから、その先を考えるつもりだ」

「わたくしたちはあなたの幸せだけを願っているのよ、ダーリン」とミリアム。「でも、そういうのが本当にあなたのなりたいものなのかしら？」

　オリヴァーは警戒するように目を上げた。「ど、どういう意味かな？」

「母さんが言っている意味は」デイヴィッドが説明した。「もし、これが人生でおまえが本当にやりたいことなら、もう少しましなものにしたらどうかということだ。クラブでダグと話したんだが、今ごろはおまえが勅選弁護士になっているべきだと言っていたぞ」

「それはほぼ前例がない」

「ダグはそう言っていなかった。おまえくらいの年の者が先月、シルクの服（勅選弁護士が法廷で着る服はシルク製）を着たと言っていたよ」

「ちょっといいかな？」意外にもクリストファーからの質問だった。「そのダグっていうのは、エボラウイルスに感染するから、ぼくたちがソマリアでの仕事をするべきではないと父さんに言ったのと同じ人かな？　彼は今や法律関係の専門家なのか？　感染症の専門家というだけでなく？」

　ミリアムが憤慨した。「何を言いたいのかはわかるわ。あなたくらいの年齢の人たちは、わたくしたちくらいの年齢の人たちが何も知らないと思っているのよ」

「そういう意味で言ったわけじゃ……ああ、さっきのことは忘れてくれ」

「とにかく」オリヴァーが小声で言った。「ぼくはもっと上の地位の職を探しているが、そうなるとたぶんロンドンを離れることになるだろう」

　初耳の話だ。でも、今はそれを持ち出すときじゃないだろう。それに、オリヴァーがそう、今いるところ以外の場所に住んでいることを思うと、奇妙なほど不快だった。クラーケンウェルにある、ばかげているほどきれいなあの家、作っていないときでもいつもフレンチトーストの香りが漂っている気がするあの家にいないことを思うと。

　デイヴィッドは腕組みした。「おまえを腰抜けに育てた覚えはないぞ、オリヴァー」

　ほぼ同時に彼の妻が言った。「息子たちがどちらも遠くに行ってしまったら、わたくしたちはどうなるの？　あなたは北部へ行くつもりじゃないの？　いつも言っていたでしょう、北部へ行きたいって」

「どこへも行くつもりはないよ」オリヴァーは必死に言った。

もし、失望のため息がこれ以上大げさになれば、デイヴィッドは酸素不足で失神してしまうだろう。「そうとも、わたしたちはそのことに気づいているよ、おまえ。それこそが問題なのだ」

「いいかげんにしてくれよ。もうやめろ」ああ、しまった。言ったのはぼくだった。違うならいいと心から思ったが。でも、みんながまじまじとこっちを見ていたから、ぼくが言ってしまったのだ。「オリヴァーを動揺させているのがわかりませんか？」

　またしても、叫び声が恋しくなるほどの沈黙。

するとミリアムがぼくをにらみつけた。心底からの軽蔑の念がこもっていたことにぼくはショックを受けた。「息子にわたくしたちがどう話すべきかだなんて、よくもあなたが指図できるわね？」

「そんなつもりじゃありません。ただ、まぎれもなく（ファッキング）明らかなことを指摘しているだけです。つまり、あなたがたは理由もなく、オリヴァーの気持ちを傷つけていると」

「口を慎みたまえ、ルシアン」デイヴィッドは立ち上がったが、あまり効果はなかった。ぼくよりも三十センチは背が低かったからだ。「我々はきみよりもはるかに長くオリヴァーを知っているんだ」

もはや引き返しても無駄だろう。「そうだろうけど、あんたたちがムカつく人間だっていう事実は変わらない」

ミリアムはまたしても〝あなたのせいで泣きそう〟という顔つきをした。「オリヴァー、いったいどうして、この男性をわたくしたちの家に連れてきたの？」

オリヴァーからの返事はなかった。もっともなことだ。正直なところ、ぼくも同じ質問を自分にしていたからだ。

「オリヴァーにかまわないでくれ」ぼくは……なんてことだ……わめいているに等しかった。「あんたたちがぼくを気に入らなくても結構。それが何だ？　気にもしないよ。気にかけているのは、ぼくの恋人をガーデン・パーティに招いておいて、いじめることを大いに楽しんでいるように見えることだ。オリヴァーはどう見ても善人すぎるか、それともこんなたわごとに何年にもわたって打ちのめされてきたせいで、あんたたちにうせろ（ゴー・ファック・ユアセルブズ）と言えないかだろうけど、ぼくは違う。だから……あー、うせろ（ゴー・ファック・ユアセルブズ）！」

自分がどんな反応を予想していたのかはわからない。つまり、彼らがくるりと背を向けてこう言ったらよかったのはたしかだった。「おやおや、きみの言うとおりだよ。我々は帰って価値観をすっかり考え直そう」でも、そんな可能性はぼくが「うせろ（ゴー・ファック・ユアセルブズ）」と言った段階で消えてしまった。

「わたしの家から出ていくんだ」それがデイヴィッドのきっぱりとした返事だった。状況を考えれば、理不尽な答えではない。

　ぼくは彼を無視し、ベンチの肘掛けから滑り下りると、オリヴァーの真ん前に立った。彼はぼくを見ようとしない。「パーティをめちゃくちゃにして（ファック・アップ）すまない。それに何度も何度も〝ファック〟なんて言って悪かった。ぼくが必要としたときはいつでも、きみが超すばらしい態度を取ってくれたからなおさらだ。ただ――」震える息を吸った。「きみはぼくが出会った中で最高の人だ。それをきみが疑うような目に遭わせられているのを、黙って眺めていることなんかできない。たとえ、そうしているのがきみの両親であっても」

　ようやくオリヴァーは顔を上げた。夏の陽光の中で彼の目は青白く見え、無表情だった。「ルシアン……」

「大丈夫だ。ぼくは帰る。一緒に来なくてもいい。だけど、このことは知っておいてもらいたい……きみは最高だってことを。ほかの人がきみを、そう、最高だと考えないなんてわけがわからない。それに……えーと……」その先は言えなかった。たとえ、暗い部屋にオリヴァーと二人きりでも言えないだろう。なのに今は、六人もの人からじろじろ見られているのだ。「……きみの仕事は……すばらしいし、きみは本当に……その仕事が得意じゃないか。それから、ブルーのシャツを着たきみはすてきだ。それに……」もっとうまく言えたらいいんだけれど。「……ぼくはきみの家族じゃなくて、その辺の男にすぎないことはわかってるけど、信じてほしいんだ。きみをうんと大事に思っていることを……ぼくを信じてもいいんだと……今言ったことが嘘じゃないって。だってそれは……本当のことだから」

言いたいことを言って頭を上げ、残っていた威厳を見せつけながら歩み去るつもりだった。だけど、そんなことにはならなかった。

ぼくはパニックに駆られた。

そして死に物狂いで走り去った。

47

それほど遠くまで行かないうちに――どうやってミルトン・キーンズから帰ればいいんだと、心配する時点までも行かないうちに――足音が聞こえた。振り返ると、オリヴァーがどんどん追いついてくるのが見えた。まじめな話、彼はすごく体力があるのに、自分がそうじゃないことが恥ずかしかった。オリヴァーが何を考えているのかはわからない。走っている人は誰もが同じ顔つきだという理由もあったが、おもな理由は彼がこの状況をどうするつもりなのか知る方法がなかったからだ。ぼくを追ってきたってことは、いいサインじゃないかな？　もっとも、両親に無礼を働いたことで非難したいからというなら、話は別だけど。

「オリヴァー、ぼくは――」

「家に帰ろう」

それって、〝家に帰ろう。ぼくが両親から精神的虐待を受けているときみが気づかせてくれたし、耐える必要などないからだ〟ってことだろうか？　または、〝家に帰ろう。きみにあまりにも恥ずかしい思いをさせられたので、ここを離れなければならないからだ〟ってことか？　もう走るのをやめた彼の顔を見ても助けにはならなかった。

　ほかにどうすべきかもわからないまま、ぼくは車に乗り、シートベルトをきちんと締めもしないうちにオリヴァーが車を発進させた。いつものぼくじゃないけど、安全かどうかなど気にもかけずに。市街地での制限速度をはるかに上回るスピードで、ぼくでさえ不安になるほど、オリヴァーは車線変更のルールにいっさい注意を払わずに車を走らせた。

「あの」言ってみた。「もうちょっと――」

　オリヴァーが突然ハンドルを切って、車線に入ってきた自転車をよけた。ぼくは悲鳴をあげた。

「オーケイ、本当に怖くなってきたよ」

　オリヴァーはブレーキ音をキーッとたて、ギアチェンジをして縁石に乗り上げ、車を急停止させた。それから両腕を組んでハンドルに載せ、顔を伏せていきなり泣き出した。

ああ、どうしよう。ほんのわずかの間、ぼくは何もまずいことなど起こっていないという、いかにも英国人的な態度を取ろうとした。すばやく穏便かつ自然に問題が解決し、それについては二度と話さなくてもよくなることを願いながら。でも、オリヴァーは本当に泣いていいたし、泣きやまなかったから、彼を慰めるのは間違いなくボーイフレンドとしての仕事だった――ボーイフレンドになろうとしているのに、なかなかうまくいかないぼくの仕事だ。

車に乗って、二人ともちゃんとシートベルトを締めているのが具合が悪かった。不充分な形であっても、オリヴァーを抱き締めることができない。だから、やむなく肩をポンポンと叩いてやるしかなかった。小学校の袋跳び競争で三等になって泣いてる子をなだめるように。何か力づけることを言ってあげたくてたまらなかったが、「泣くなよ」じゃ、不愉快でくだらない言葉だし、「泣いてもいいんだよ」じゃ、上から目線で言ってるみたいだし、「よしよし」は誰かを気分よくさせるのに役立ったことがない。

やがてオリヴァーはぼくの手を振り払って、顔をこっちに向けた。さんざん泣いて赤く腫れぼったくなった顔を見て、すべてを彼のためにもっとよくしてあげたいと、ぼくはたまらなく願った。どうにもできないのに。「できれば」オリヴァーはいつもの自分らしい声を出そうと必死になって言った。「できれば、こんなところを見られたくなかった」

「あー、いや、大丈夫だよ。誰だって泣くさ」

「そのことではない。まあ、それも少しはあるが。つまり……なんというか……何もかもだ」オリヴァーは悲しそうにちょっと洟をすった。「今日のぼくは最低の態度だった」

「うせろとみんなに言ったのはきみじゃないよ」

「ああ……ぼくは……ぼくのためにきみがそう声に出してくれたことに感謝している。だが、そんなことを言わせるような目にきみを遭わせるべきじゃなかった」

ぼくは二人の間のスペース越しに手を伸ばし、涙に濡れた目から髪を払いのけた。

「取り決めは、ぼくの仕事のことに関してはきみが、きみの家族のことに関してはぼくが対処するってことだったよ」

「そして、もしもぼくが……もし、もっとうまくやれたら、家族のことはきっと……もっとうまくいっただろう」オリヴァーは口ごもった。「母さんがこのシャツを気に入らないとわかっていたんだ」

「シャツなんかクソ食らえだ。状況を考えると、こんなことを言ったら本当によくないってわかるけど、きみの母親もクソ食らえだよ」

「そんなことを言わないでくれ。今日のことが大変だったのはわかるが、両親はぼくにとって最善のことを心から願ってくれているんだ。なのに、ぼくは期待にそむいてばかりいる」

「オリヴァー、それは大間違いだ」穏やかで冷静な口調で話そうとして失敗した。「オーケイ、ぼくの推測にすぎないかもしれないけど、両親とどこかへ出かけたとき、きみの着ている服にお母さんが文句をつけなかったことはなかったんじゃないか？」

「母の理想はとても高いんだ」

「かもな。あるいは、もしかしたらお母さんは――ぼくが偏った判断をしないのは難しいけど――批判する癖がついてしまって、そのせいできみがどんなに打ちのめされているかには注意を払ったことがないんじゃないかな」

　オリヴァーの目は新たな涙でいっぱいになった。いいぞ。「母はぼくを動揺させようとしているのではない。助けようとしているんだ」

「ふうん、わかった。そのことは信じるよ。だけど、きみにはその手の助けなんか必要ないし、助けがいると思わせようとするのは……ほんと……卑劣だ。お父さんについてはこれから言うけど」

「父のどこが悪いというんだ？　つまり、たしかに父は少しばかり旧弊な人だが、暴力的だったことはないし、いつもそばにいてくれた。クリストファーが医大を出るまで、ぼくが法廷弁護士になるまで支援してくれたんだ」

「ああ、支援してくれたからって、お父さんが友人たちの前できみを純然たるホモと呼んでいいわけじゃない」

「あれはジョークだ。父はいつもぼくのセクシュアリティについて納得してくれている」

「お父さんはきみのセクシュアリティをジョークの落ちにしたじゃないか」

「ルシアン、このことについてはもう充分に嫌な思いをしているんだ」

「きみは嫌な思いなんてするべきじゃない」ぼくは言い張った。「いい人なんだから」

「しかし、あまりいい息子ではない」

「運悪く、きみが両親に持った愚か者たちの理想に照らした場合だけだろう」

オリヴァーが両手で顔を覆い、また泣き出すんじゃないかと、ぼくはぞっとした。

「この件についてはもう話したくない」

ワオ。慰めようとしてもうまくいかなかったな。ぼくを悪者にするのが戦略だというふりをしたいところだった。オリヴァーが自分以外に怒りを向けられるように。でも、第一に、ぼくはそうしなかった。ただ失敗しただけだ。そして第二に、どっちみちそんな戦略はうまくいかなかっただろう。ふたたびオリヴァーの肩をポンポンと叩いた。その日の午後、ぼくがやった中でいちばん成功したことだったから。

「悪かったよ」ぼくは軽く叩き続けた。「本当に悪かった。ぼくはこうしてそばにいるよ。ほら、気持ちはわかってる。きみがどれほど自分の気持ちを感じるべきかを」

オリヴァーは自分の気持ちを感じていた……かなり長い間。

やがて彼は顔を上げた。「できればベーコンサンドイッチが食べたい」

「それなら——」ここで熱意を示すのはちょっと不適切だっただろうが、自分がどうにか本当に役立てることがあるのが、ただもうれしかった。「なんとかできるよ」

「だが、ぼくはベジタリアンだ」

ぼくはちょっと考えてみた。「オーケイ、だけど〝工業化された農業はよくない、きみの二酸化炭素排出量を考えてみろ〟というベジタリアンなんだろ?」

「何か違いがあるのか?」

「そうだな」ぼくは続けた。うまくやり遂げられることを願いながら。オリヴァーがいかにも言いそうなことだから、気に入ってくれるだろう。「きみが肉を食べないのは、世の中で肉を食べることによるあらゆるマイナスの影響を減らそうとしているからだとしたら、本当に問題なのは、きみが何を食べるかではなく、食用にされる物が何かということだ。それどころか、何が食用にされるかさえ重要ではない。重要なのは、何が買われるかということだよ」

オリヴァーは座り直した。感情的な支えになってやるよりも、知的な演習をさせるほうが彼にははるかに効果的らしい。「とはいえ、人は自分の行動に責任を持つべきだとぼくは主張するだろう。とにかく、続けてくれ」

「そうだな、ぼくはすでにベーコンを買ってあって、冷蔵庫に入れてある。もう支払いが済んだものだから、このベーコンが何に貢献しているとしても――ぼくにはわからないけど、加工肉のコンビナートとかだろう――すでに終了しているわけだ。だから今は、それを誰が食べるかということは厳密には重要ではない」

「しかし、もしもぼくがきみのベーコンを食べたら、きみはまた買ってくるわけだろう」

「買わないと約束するよ。指切りしてもいい」

オリヴァーは賛成しかねるというまなざしでぼくを見た。「指切りだって？　急にアメリカ人になったのか？」

「オーケイ、じゃ、胸に十字を切るよ。嘘をついたら死んでもいい。目にソーセージを突き刺されるのでもかまわないよ。だけど、ここではぼくの勝ちだと認めてもらわなくちゃ。それに、あれはとてもおいしいベーコンだ。なんていうか、倫理にかなっていて、放し飼いにされてた豚のものとかってこと。〈ウェイトローズ〉で買ったんだ」

「きみの論拠のどこかに不備な点があるに違いない。だが、今のぼくはあまりはっきりとものを考えられないんだ。それに――」オリヴァーの唇がごくかすかに持ち上がった。「どうしてもベーコンを食べたい」

「念のために言っとくけど、ぼくはびっくりするほどおいしいベーコンサンドイッチを作る。ぼくにはライフハックがあるからね」

「たぶん、年がばれるかもしれないが、ライフハックは〝何かをするための方法〟と呼ばれていたと思うが」

　オリヴァーは間違いなく立ち直りつつある。「ああ、そしてぼくはベーコンを料理するすばらしい方法を身に着けてるんだ。だから、黙れよ」

「ぼくはそんなことをするべきじゃ……」

「いいかげんにしてくれ。ベーコンサンドイッチを食べたいんだろう。どうかベーコンサンドイッチを作らせてくれ」

オリヴァーは長いこと黙っていた。もしかしたら、わずかな間だったかもしれない。彼にとってこれがどれほど大きなことなのか、ぼくには見当がつかなかった。

「そうだな」とうとうオリヴァーは言った。「いいだろう。だが、今後二週間はベーコンを買わないと約束してほしい」

「そうすることが必要なら……いいよ」

オリヴァーは目を拭ってネクタイをまっすぐにし、ハンドルの二時の位置に右手を、十時の位置に左手を置いた。道路からそれて車をイボタノキの生け垣に突っ込ませたい欲求は克服したという態度で。ほっとしたことに、とてもとても分別のある運転で家まで帰った。

ぼくにしてみれば、今後ミルトン・キーンズには永久に近寄りたくない。世の中のどんなコンクリート製の牛を連れてきても、ぼくを戻らせるのは無理だろう。（カナダの美術家のリズ・レイが手がけたコンクリート製の牛はミルトン・キーンズのシンボルとされている）

48

驚くべきことだが、ぼくのフラットはまだかなりいい状態だった。〝何もかもピカピカ〟というレベルのきれいさではないが、〝いったいどうなってるんだ〟という汚水溜めのようでもない。オリヴァーが二回ほど泊まったことが助けになった。帰るとき、彼は人間型のルンバみたいにきれいに片づけていく。考えてみると、人間型のルンバとは掃除機を手にした人間ということにすぎないけど。

家に着いたとき、オリヴァーはこれまでと同じことをなおもしていた。くよくよ考えたり、詳細に検討したり、心の中で泣いたりしていたのだ。だから、ぼくはキッチンへ行って安いフライパンと高いベーコンを取り出した。フライパンは高いものにして、ベーコンは安いものにする人もいるだろう。だけど、そんな人たちは間違っている。

間もなくオリヴァーが――ジャケットとネクタイはなかったが、彼に似合うとぼくはまだ思っている、不運な目に遭ったブルーのシャツは着ていた——キッチンに入ってきた。キッチンには二人入るのがやっとだった。

「どうして」ぼくの後ろで押しつぶされそうになりながらオリヴァーは訊いた。「ベーコンを水に入れるんだ？」

「言っただろう。これがライフハックだって」

「ルシアン、ぼくはここ何年もベーコンを食べていないんだ。頼むから、ベーコンを台なしにしないでくれ」

オリヴァーがこんなにひどい一日を過ごしていなかったら、信用してくれないことをぼくは侮辱だと受け取っただろう。「台なしになんかしない。これで完璧にうまくいくんだ。つまり、きみはカリカリのおいしいベーコンがいいんだろう。ぶよぶよで焼け焦げたものじゃなくて」

「それは間違った二分法みたいだな」

冷静に〝二分法〟という言葉を使ったことは、少なくともオリヴァーの気分がややましになったという意味ならいいが。「ぼくが言いたいのは、これがベーコンを料理するためのいいやり方だってことだ。こうすれば完全にカラカラになることも、炭みたいになることもない」半分振り返って彼の目を見た。「信じてくれ。ぼくが真剣に取り組むものがあるとしたら、ベーコンだよ」

「そうするよ」首筋にキスされ、ぼくはぞくぞくした。「つまり、きみを信じるということだ。ベーコンに真剣に取り組むわけではない」

「まあ、ベーコンへのぼくの戦略を評価するためにここへ来たんだろう」

「きみのそばにいるためだ」

頭の中でさまざまな返事をざっと思い浮かべたけれど、今は気軽な冗談に逃げ込むときではないと判断した。

「きみがいてくれてうれしいよ」

つまり理屈で言えば、オリヴァーがいてくれてうれしいということだ。実際は、ちょっと落ち着かなかった——でも、ただのベーコンじゃないか。システィーナ礼拝堂みたいな畏れ多いものってわけじゃない。そんなに集中力を必要としなかったし、オリヴァーの腕を体に回されていてもうまく調理できただろう。そんなことにはならなかったけど。やがて沸騰した湯がなくなり、ベーコンは見事にカリカリになった。いつものようにうまくいったのは、ベーコン・ハックが絶対に成功するやり方だからだ。

オリヴァーはパンケースから、ありがたいことにまだカビが生えていなかった

〈ホーヴィス・ソフト・ホワイト・ミディアム〉を取り出した。ぼくが普通の人間らしくパンをそのままキッチンに置いているのを見て、固くなるまで放置せず、買って入れるようにとオリヴァーが主張した特製のケースから。ベーコンをヘルシーに食べようとしても無意味だから、パンにバターをやたらと塗り、味付けは自分でするようオリヴァーに渡した。まあ、ケチャップを塗るにせよ塗らないにせよ、好きにすればいい。感情的な支えになるほどのサンドイッチを作る用意はできていなかったからだ。

ようやく二人でソファに座って膝の上に皿を置いた。オリヴァーは自分のベーコンサンドイッチを、デザートの誘惑に打ち勝ったときにときどきする、困惑と憧れの混じったような表情で見つめている。それと正直に言うと、ぼくを見つめるときみたいな顔で。

「大丈夫だよ、ベーコンサンドイッチを食べても」

「ぼくはベジタリアンだ」

「ああ。だが、人間でもある。つねに完璧な人間でなんかいられない」

「食べるべきではないんだ」

ぼくはため息をついた。「だったらやめろよ。ぼくが食べる。だけど、きみがそうしたいのに我慢しなければならない何かをしろと、ぼくが説得することは期待しないでくれよ。そんなのは嫌だからな」

かなり長い沈黙があった。とうとうオリヴァーはサンドイッチを一口かじった。まばたきして目を閉じる。「ああ、おいしい」

「こんなことを言うのは間違っているとわかってるけど」指先で彼の口の端についたケチャップを拭ってやった。「でも、ちくしょう、自分の主義に妥協したときのきみはセクシーだ」

オリヴァーは赤くなった。「ちっともおもしろくないな、ルシアン」

「笑ってなんかいないよ」

しばらく無言でベーコンサンドイッチを食べた。

「あのさ」ついにぼくは言った。「今日の午後はうまくいかなくて本当にすまなかった。いいやり方があったはずなのに。それから、車の中では早とちりをして悪かった。ぼくはただ……あんなきみを一度も見たことがなかったから」

オリヴァーは長すぎるほど長くサンドイッチを見つめていた。「あんなぼくを二度ときみが見ないようにする」

「そのことを非難したんじゃない」ぼくは漠然とした罪悪感で心が揺れていた。

「パーティがきみにとっていいものになることを願ってたんだ。でも、だめだった……ぼくはどんなことになるのかわかってなかった」

「ふん」オリヴァーは不快そうに眉を上げた。「じゃ、きみが両親を罵ることにしたのはぼくのせいなのか」

口を開けかけたけど、また閉じた。どうにかして事態を収拾しなければならない。「ぼくがきみの両親を批判する立場にないことはわかっている。だけど、彼らの長所をきみが信じられる唯一の方法は、自分の短所を信じることみたいになってる気がするんだ。ぼくはそんなの……そんなこと、きみにとっていいはずがない」

「ルシアン、ぼくが申し分なく普通の子ども時代を過ごしたことを理解してくれ。きみは母や父をモンスターに仕立て上げようとしている」

おぼつかない手を伸ばしてオリヴァーの腕を撫でた。車の中では完璧だった行為なのに、ちっとも役に立たなかった。「きみの親がモンスターだなんて言ってない。ただの人間だ。だけど、人間は最低のものになることもある。両親はきみのためになることをたくさんしてくれたに違いないが、ためにならないことをしたときもあったはずだ。それに……そんなことの重荷をきみが背負う必要はない」

「ぼくは両親が完璧な人間だと主張したことはない」彼はいらいらとサンドイッチのパンをむしり取った。「しかし、頑張るようにといつもぼくを励ましてくれたし、努力し続けろと勧めることは二人が理不尽だからではない」

「オーケイ、だけど、もし両親がきみに頑張らせようとしているなら、どうしてベーコンサンドイッチなんか食べながらぼくのソファに座ってるんだ？　気合いが入ってやる気になってるのではなく、悲しみに暮れているのはなぜだ？」

オリヴァーはこちらを向き、長い間、どんよりしたまなざしでぼくの目を見つめていた。「きみが思うほどぼくは強い人間じゃないからだ」

「強さの問題じゃない」ぼくは言った。「きみが誰を幸せにしたいかの問題だ」

沈黙が延々と続いた。その間、ぼくはぼんやりとサンドイッチを少しずつかじっていた。ベーコンでも改善できない状況というものはたしかにあるようだ。

「ずっと考えているんだ」オリヴァーは言った。「どうして今日、きみを連れていったのかと」

「ワオ。ぼくがへまをしたのはわかっているけど、それは手厳しいな」

オリヴァーは考え深い顔つきで眉根を寄せた。なにしろオリヴァーだから。「いや――へまをしたわけではない。というよりはむしろ、ぼくが心のどこかで予期していたとおりにきみは行動したんだろう。もっとも、おじのジムや教区牧師の前で両親にうせろと言うとまでは思っていなかったが。しかし、思うに……」

「何だ？」ぼくは訊いた。

「思うに、ぼくは両親のためにではなく、自分のためにああいうことをしたいと望んでいたんだろう。どんな気分になるのかを知るために」

「で、どんな気分だった？」

「ぼくは……まだよくわからない」

「かまわないよ」そばに寄って彼に……そう……鼻を押しつけた。そんなことをするのは照れくさいと思うべきだったけど。「ぼくはきみの味方だから」

オリヴァーは静かにベーコンサンドイッチを食べ終えた。それからぼくが残していた分も食べた。でも、彼が経験したあれこれを考えると、それくらい食べたって許されるだろう。大人としての新たなライフスタイルを続けていたから、ぼくはキッチンに皿を持っていき、完全ではないとしても洗った。水を流してひどい汚れを落とし、あとはシンクに置いておいた。ぼくがいない間、オリヴァーが〝炒めたベーコンのせいで地獄に落ちる〟絶望と自己批判の負のスパイラルに陥っていなければいいが。

オリヴァーはソファに座ったままだった。相変わらず少しうつろな表情だ。

「大丈夫か？」ぼくは訊いた。

「わからない」

ぼくはオリヴァーの前の床に座り、組んだ両腕を彼の膝に載せた。「それでいい。わからなくても……かまわないんだ。本当に何も」

「もっと罪悪感を覚えると思っていた。しかし、感じるのは……ベーコンでお腹がいっぱいということだけだ」

「自分を責めなくていいよ。それは悪くない感情だ」

オリヴァーがぼくの髪に指をそっと差し入れる。「ぼくのために作ってくれてありがとう」

「きみと同じくらい満足したと言いたいところだけど、ぼくのサンドイッチは食べられちゃったからな」

「本当に悪かった」

「からかっているだけだよ、オリヴァー」彼の手に頭突きを食らわせた。「二週間後、ぼくは好きなだけベーコンを買える。映画の『アメリカン・ビューティー』に出てきたみたいにベーコンまみれになるつもりだよ」

「想像するだけでぞっとする。それに、そもそもこのサンドイッチをぼくが食べてもいい理由についての、きみの結果主義者的な根拠の価値がなくなるじゃないか」

「そうだな。じゃ、ベーコンまみれになるのはやめるよ。きみは本当に理不尽な奴だ」

オリヴァーはかすかにあやふやな笑い声をあげた。「ああ、ルシアン。今日はきみがいなかったらどうなっていたかわからないよ」

「そうだな、たぶん、両親の記念日のパーティから帰る必要はなくなっていたんじゃないかな」

「きみが言ったことから判断すると、それはいいことじゃなかったかもしれない」

「ほら、進歩しているじゃないか」

少し間が空いた。「まだ物事をきちんと考えられる自信がない。きみみたいに怖いもの知らずじゃないんだ」

「ぼくがビビりだって、知ってるだろう」

「だからって、きみは尻込みなどしない」

ぼくはオリヴァーの手首をつかみ、てのひらにキスした。「褒めすぎだよ。きみに会う前のぼくは、まったくめちゃくちゃだった」

「まったくめちゃくちゃだったのはきみのフラットだ。きみではない」

「あのさ」オリヴァーにほほ笑みかけた。「ぼくが最低な奴かどうか、ここできみと議論するつもりはないよ。最低な奴じゃないと思ってくれるだけでいい」

「きみがすばらしいとしか思わないだろう」

うわあ、ヤバい。こういうことには慣れていないんだ。「ぼくもだよ。つまり、きみをすばらしいと思うって意味だ。自分をすばらしいと思うって意味じゃない。ていうか、自己評価が低いわけじゃなくて。自分をすばらしいなんて思うのはひどく傲慢だからな。さて、セックスしないか？」

「実にロマンチックだな、ルシアン」

「これがぼくの自己表現だよ。ユニークな魅力の一部ってことだ」

オリヴァーは鼻を鳴らしたけど、どっちみち寝室へ誘われるままになった。ぼくはゆっくりと彼の服を脱がせ、どういうわけか、キスするのをやめられなくなってしまった。オリヴァーはだんだんとぼくに屈し、ぼくは彼の体が刻むリズムに我を忘れ、愛撫を貪欲に求めた。これまで誰とも経験したことがないほど激しく、彼の中で達した。安心感と大事にされている感じ、特別な人だという感じをオリヴァーに与えたくてたまらず、自分を抑えられなかった。彼もぼくが特別だという気持ちにさせてくれた。オリヴァーを抱き締めると、彼はぼくにしがみついた。一緒に動きながら、オリヴァーの目を見つめる。ささやきかけ、伝えた……いろんなことを。どんなに彼を思っているか、ぼくにとってどんなに彼がすばらしいかといった、恥ずかしくなるようなことを。そして、ぼくは……ぼくたちは……それから。

いや。

誰かに話せるようなことじゃないんだ、わかるかな? ぼくたちのためのもの。それがすべてだった。


目が覚めたけど、実のところ、日曜にしては早すぎる時間だった。完全に身支度したオリヴァーが額に軽くキスした感触で目が覚めたのだ。こういうことは前にもなかったわけではない。オリヴァーは責任能力のある大人だから、ぼくが打ち込んでいる朝寝坊というアートに参加しないこともあったのだ。でも、何かがおかしい。

「さよなら、ルシアン」

突然、朝のこの時間には不快なほど意識がはっきりした。「ちょっと待って。何? どこへ行くつもりだ?」

「家だ」

「どうして? やる仕事があるなら、ここでもできるだろう。でなきゃ、十分だけ待ってくれれば」いや、かなり楽観的な時間の読みだけど、いったいどういうことだ。

「ぼくも行く」

「きみは誤解している。ぼくは一緒の時間を楽しんだし、きみの努力には感謝しているが、互いにやろうと決めたことはもう完了した。どちらも前に進む頃合いだ」

いったい今、何が起こっているんだ？

「ちょっと待ってくれ。なんで……ぼくは……〝この気持ちはお互いに本物だ〟と話したじゃないか。〝この気持ちはお互いに本物だ〟という言葉を取り消すなんてなしだ」

「それに」オリヴァーは冷ややかで空虚な響きの声で言った。「互いに同意したはずだ。つき合うことをきちんと約束するのは、ぼくたちの取り決めが終了するまで待とうと」

「オーケイ。だったら、ぼくは……きちんと約束するよ」

「それはいい考えだと思えない」

またしても思った。いったい今、何が起こっているんだ？　一つだけはっきりしているのは、裸のままこんな会話をしたくないことだ。ぼくに選択肢はなさそうだったが。「なぜ、だめなんだ？」

「ぼくたちは間違っていたからだ。この関係は本物ではない」

「どうして本物じゃないんだ？」羽毛の上掛けを引っ張って体に巻きつけながら、どうにかひざまずく姿勢になった。「レストランに行ったし、自分たちの気持ちについて話したし、お互いのとんでもない親たちに会った。どうして、これがちゃんとしたつき合いじゃないんだ?」

「ぼくはきみよりもはるかに多くの交際を経験してきた。これがそういうもののように感じられないことはたしかだ。ぼくたちのつき合いはファンタジーだった。ただそれだけだ」

ぼくはオリヴァーをにらみつけた。腹が立って、裏切られた気持ちで、傷ついていたし、困惑していた。「きみがぼくよりも交際経験があるのは——自分でも認めているように——その多くをめちゃくちゃにしてきたからだ。みじめになったり、お互いに飽き飽きしたりしていないから、ぼくたちはカップルじゃないと本気で主張するつもりか?」

「幸せになるのは簡単だ」オリヴァーは言った。「交際するふりをしている場合は」

「ふりなんてしてないだろ?　つき合うふりをしているなら、ぼくがこんなふうになると思っているのか?」

オリヴァーはベッドの端に腰を下ろし、悩むときにいつもしていたようにこめかみをさすっている。ただ、今はぼくのふざけた態度を大目に見ているという、いらだち以上の感情を示していた。「頼むから、ぼくたちのことを必要以上に難しくしないでくれ」

「もちろん、途方もなく難しくしてやるよ。きみが単にこの関係を手放すのを、ぼくが黙って見ていると思うのか？　理由もないのに。もっとも……うわっ、きみにベーコンサンドイッチを作ってやったせいか？」ぼくは頭を抱えた。「信じられないよ。ベーコンサンドイッチのせいで捨てられかけているなんて」

「サンドイッチとは関係ない。これは――」彼はため息をついた。「きみとぼくの問題だ。ぼくたちはまるっきり違う人間だ」

「だけど、うまくいってる」思ったよりも哀れっぽい声が出てしまった。でも、この先にはいくつか選択肢があるだろう。それが威厳を保つことＶＳオリヴァーを手放さないことになるなら、威厳に勝ち目はなさそうだ。「それに、ぼくの行動の何が悪かったのか、理解できない。つまり、きみの家族全員にうせろと言ったことは別としてだけど。オーケイ、あれはたぶんとても大きなことだっただろうが、ぼくたちの関係を壊すものになるなら、もっと早く教えてほしかった。ゆうべ、ぼくがきみにすっかりイカれてしまう前に」

「そのことも関係ない」

「だったら」ぼくはわめいた。「いったい何が理由だ？　見るかぎり、何カ月もぼくに言っていたじゃないか。きみはすばらしいだの、美しいだの、驚異的だの、価値があるだのと。どれもこれも今、〝オーケイ、ありがと、バイバイ〟と言うためだったのか？」

「きみが問題ではないんだよ、ルシアン」

「ぼくが問題じゃないのに、どうしてぼくを捨てるんだ？」よし、これはいい。これならうまくいく。腹を立てていれば、泣くことはない。「というか、こんな関係が始まってから、一言でも本気で何かを言ったことがあったのか？」

「すべて本気だった。だが、きみといることは、ぼくにとって正しくない。そしてぼくといることは、きみにとって正しくないんだ」

「昨日はめちゃくちゃ正しいと感じられたよ。もうずっと、めちゃくちゃ正しかった」

　オリヴァーはぼくを見ようともしない。

「すでにぼくは言ったはずだ。この関係は本物ではないと。長続きはしない。なぜなら、きみが指摘したように、ぼくの交際は長続きしないからだ。それに、いつもそうなるように二人の関係が冷え切って終わってしまうのを眺めるよりは、ここまでのことを覚えておくほうがいい」

「ああ、いいかげんにしてくれ。誰かと別れるのに、こんなにひどい理由は聞いたことがない」オリヴァーの手を乱暴につかんだ。「永遠に一緒にいるなんて約束はできない。だって、それは……そんなふうにはいかないからだ。だけど、きみといるのが嫌になるなんて想像もできない。この関係が嫌になるなんて。どんな呼び方をする関係であっても」

「それはきみがぼくをよく知らないからだ」陰鬱な最後通牒を突きつけ、オリヴァーはぼくの手から手を振りほどいて立ち上がった。「きみはぼくがどんなに完璧かと言い続けてきた。今はもう、そんな奴じゃないとわかったに違いない。このままつき合ったところで、二カ月も経てばぼくが特別な人間でないとわかるだろうし、さらに一カ月後にはそれほど興味深い人間でないことに気づくだろう。一緒にいる時間は少なくなり、そのことを気にもしなくなる。そしてある日、当然の結果である別れを、きみが切り出すんだ。きみはどこかへ行ってしまい、ぼくはそれまでと同じところにい続ける。そんな状態は誰も求めない」オリヴァーは顔をそむけた。「きみとそんな経験をするのを耐えられるほど、ぼくは強くない」

沈黙が広がった。

そして天使がたっぷりと合唱できるほどの間、または少なくとも〈スケンフリス男声合唱団〉が歌えるほどの間にひらめきが訪れ、ぼくはことの次第をのみ込めた。「ちょっと待ってくれ」オリヴァーに向かって人差し指を振りたてた。「どういうことかはわかる。ぼくがいつもやってることだからな。きみはぼくに好意を持っていて、怖さを感じていて、何か感じるものがあって、そのせいで動揺して、とにかく本能的に逃げようと思ってるんだ。だけど、こういうことをぼくが乗り切れるなら、きみにだってできる。ぼくなんかよりもはるかに賢くて、はるかにまともだからな」

またしても沈黙。

「こういうのはどうかな」希望と絶望の間で揺れ動きながら提案した。「ちょっとの間、きみがバスルームへ行くというのは」

三度目の沈黙。そして間違いなく、これまでで最悪の沈黙だった。

クソ、クソッ、最悪のクソ状態だ。こんなことがマジで起こっていいはずがない。ぼくはこの関係にすべてを懸けていた。とても情熱的なことをいくつも言って、感情をさらけ出した。それでも結局、うまくいかないなら、どうしたらいいのだろう。

「ぼくはきみが求めているような人にはなれない」オリヴァーは言った。「さよなら、ルシアン」

ぼくが「待ってくれ、行くな、お願いだから行くなよ」と言えるようになったとき、すでに彼の姿はなかった。

こうしてぼくの日曜日はぶち壊しになった。

そして月曜日も。火曜日も。たぶん、これからの人生もそうだろう。

49

　映画の『ブレイクダンス2／ブガールビートでT.K.O!』ならぬ「父親との顔合わせ2」の約束をしたときは、会うはずの三日前にオリヴァーと別れるとは思っていなかったし、使い物にならないほどの傷心状態で、〈チルターン・ファイヤハウス〉に重い足を引きずっていくとも予想していなかった。このとき、ぼくはかなりまともじゃなくなっていた――なにしろ、そこはぼくが選ぶような場所ではなかったし、正直言って、父が選ぶようなところでもなかった。でも、自分がセレブだとか、セレブを探しているなら、行くような店だった。だからぼくをそこに連れていけば、ジョン・フレミングは世間でのぼくの評判を「父親と疎遠な怠け者の息子」から「まともな家族の一員」へとグレードアップできるだろう。これが完全にぼくの利益になるという父の考えを鵜呑(うの)みにするわけではなかったが――ジョン・フレミングの復活物語の一章としてウケがいいことは明らかだった――ぼくにもプラスになるだろう。ほんの少しは。ある程度は。ぼくが父との関係を受け入れるようになったという、重要な意味では。

もちろん、いつも求めていた何かを手に入れることと、求めているとも思わなかった何かを失うことを同じ週に経験するなんて、不愉快な皮肉だと感じた。安定した感情で賢明に振る舞わなければならない世界では、何よりも助けにならない。とにかく、ぼくはそこに、ヴィクトリア朝時代の消防署を改造した店の隅にあるテーブルにいた。三つ離れた席にいるのは、ボーイ・バンドの〈ワン・ダイレクション〉のメンバーに違いない。だけど、ハリー・スタイルズでもゼイン・マリクでもない誰かだ。三十分後、ぼくはまだそこに座っていて、ウエイターたちは非常に礼儀正しいサメみたいにまわりをうろついていた。

一時間後、三通送ったメッセージの返事はまだ来なかったし、留守番電話には伝言を一件残しておいた。とても感じのいい若い女性スタッフから、十分以内に料理を注文するか、さもなければテーブルを空けてほしいとやんわりと告げられた。だからぼくは、ミシュランの星をもらったレストランから夜の八時にこそこそ逃げ出すのと、一人きりで座ってこれが最初から自分の計画だったと言わんばかりに高価な三品のコース料理に取り組むのでは、どっちが恥ずかしいかを判断する羽目になった。

そんなわけで店を出た。途中で熱心なパパラッチに写真を撮られたが、その二人のことなど気にもしなかった。少なくとも、パパラッチの一人に、オリヴァーに飽きられてしまったのかと尋ねられるまでは。その瞬間、急に彼らが嫌でたまらなくなった。数カ月前なら、そんな恥ずかしい奴らの一人をお持ち帰りしただろう。パパラッチは自分たちとヤッているぼくの写真を撮れるように、絶えずこちらを挑発しているからだ。でも、大人になった新たなぼくはそんなことは悲しいだけだった。

大人になるということは最悪だ。

下を向いて歩いていった。今度はぼくにコートをかけてくれて、フラッシュや浴びせられる質問から守ってくれる人はいなかった。たいていの場合、ぼくは……実を言うと、たいていの場合の自分がどうだったかもわからなくなっていた。とりわけ今は、オリヴァーに捨てられたことと父親に捨てられたことが頭の中でごちゃごちゃになり、拒絶反応を起こさせるスムージーみたいになっていたから。ジョン・フレミングに関するかぎり、失望感とちっとも驚きではない気持ちが混じったいらだちを感じていた。でも、苦い後味もあった。待ちぼうけを食わせたジョン・フレミングに腹を立てたとしても、その日の午後、彼が癌のせいで悲劇的にも亡くなっていたとしたら、ぼくは生涯ずっとひどい気分を味わうかもしれないと思い出したからだ。だが、インターネットで死亡記事を検索する以外、父に本当は何が起こっているかを知る方法はなかったから、彼がろくでなしかもしれないし、遺体になっているかもしれないという、どっちつかずの奇妙な状態にはまり込んだままだった。そしてオリヴァーについては……去ってしまったのだし、彼のことはもう考えないようにしなければならない。

だから母に電話をかけた。母はフランス語で心配そうな言葉を発し、こっちに来ないかと提案した。つまり、悪い知らせがあるという意味だ。問題は、どんな悪いニュースかということだろう？　一時間ほど経ったとき、ぼくは「旧郵便局通り」でタクシーを降りた。母は玄関先で気遣わしげにうろうろしていた。

「父さんが死んでないといいんだけど」リビングルームへ大股で入っていきながら母に言った。「死んでいたら、とても不愉快だからな」

「そうね、だったら、いいニュースがあるわ、モン・カヌトン。お父さんは死んでいないからよ。それどころか、しばらく死にそうもないわね」

珍しく犬がいないけれど、相変わらずかすかに犬のにおいがするソファにどさっと腰を下ろした。この話が行きつく先は一つしかない。この話が行きつく先はそもそも一つしかなかった。「父さんは癌になんかかかっていなかったんだな？」

「お医者さんたちが何か気になるようなことを言ったらしいのよ。年老いた男たちがどんなふうだか、わかるでしょう。自分の前立腺に関してひどく神経質なのよ」

ぼくは両手に顔をうずめた。泣きたい気分だったが、すでに泣き尽くしていた。

「ごめんなさいね、ルーク」母はぼくの隣に体を押し込んで、鎖骨の間をポンポンと叩いた。一ペニー銅貨をのみ込んだ人にするみたいに。「お父さんが嘘をついていたとは言えないと思うわ。有名人になるっていうのは、こういうことじゃないかと思うのよ。どんなことでも賛成することでお金をもらう人々に囲まれているから、何かを思いつくと、それが必ずしも真実じゃないことを忘れてしまうのね。それからね、誤解しないでほしいんだけど。あの人は最低のろくでなしよ」

「じゃ……どういうことかな？　死にかけているわけじゃないから、父さんはもうぼくを知りたいと思っていないってこと？」

「つまり」母はため息をついた。「そういうことかしら？」

わかったことがある。最悪の事態を想定すれば失望しない、という古いことわざが実に役立たずだということだ。ジョン・フレミングの、いかにもジョン・フレミングらしい行動を考えれば、そんなに傷つく必要はない。「隠さないで話してくれてありがとう」

「ほら、明るい面を見ましょうよ。あの人が最低の最悪野郎だとはっきり言えるから、あなたも人生にもう彼をまったく必要としないでしょう」

「ああ」ぼくは顔を上げた。目はちょっと涙で濡れていたし、自分がどんな表情をしているか、わからなかったけど。「ぼくはそういうことだとわかっていたと思う」

「いいえ、あなたはそれを感じていたのよ。違いがあるわ。さて、もうそんなことで悩まなくてもいいの。お父さんは二度とこんなたわごとをあなたに言ってこないでしょう」

「母さん、そういうのが母さんの人生の教訓なら、最悪だ」

「ふん（ボブ）、人生はときとして最悪なものよ」母は口ごもった。「あのね、あの人はまだ一緒にアルバムを作りたがっているの」

まじまじと母を見た。「冗談だろ?」

「名声やお金が関わるところでは、あの人は驚くほど頼りになるのよ」

言うまでもなく、何よりも望まないことだった。父がぼくたちのもとを去っただけでも充分にひどい。それが今や、明らかに父はぼくからだけ去っていくのだとわかった。ばかげていたし、身勝手でもあったけど、母をジョン・フレミングと分かち合いたくなかった。あいつにそんな資格はない。「それは……それは母さんにとって、すばらしいチャンスになるんじゃないかな」

「そうかもしれないけど、たぶん、消えうせろと言ってやると思うわ」

「それはいい考えかな？」

　母はまたフランス語で何かつぶやいた。「こう言おうと思っていたのよ。『いい考えじゃないけれど、とんでもなくすっきりするでしょうね』と。でも、本当のところ、答えはイエスね。いい考えよ。わたしはお金はいらないし、あなたもそうでしょう。今だって、わたしから何ももらってないわ。だから、あなたはお金を必要としないと確信しているの。もし、お札の全面にお父さんのペニスが印刷されていたら――」

「想像をかきたててくれてありがたいよ」

「それに、音楽を作りたければ自分で作るわ。誰かの許可なんていらない。とりわけジョン・フレミングの許可なんてね」

「ぼくが口を出すべきことじゃないと知ってるし、だから一度も話を持ち出さなかったんだけど、どうして母さんは新しいアルバムを作らなかったんだ？」

　母はもっともたっぷりと感情がこもったしぐさで肩をすくめた。「いろんな理由からね。わたしにはまだたくさんお金があるし、言うべきことは言ってきた。それにあなたがいたし、ジュディもいるもの」

「あー」ぼくは口をパクパクさせた。「ジュディ？　母さん、今、ぼくにカミングアウトするつもり？　これまでずっと、母さんは同性愛者だったってこと？」

「まあ、ルーク」母は失望した様子でぼくを見つめた。「ずいぶん心が狭いのね。ジュディは親友よ。わたしのような暮らしを送ってきたら、分別のある性的な恋愛なんてあまり重要な問題じゃないってわかるでしょう。それに、わたしは有名なフランス人の初老のレディよ。もし、誰かと寝たかったら、簡単に寝られるのよ」

「頼むからやめてくれ。言わないで」

「知りたがったのはあなたよ。秘密のレズビアンのセックスの館で育ったのかどうかと」

「わかったよ。もう二度とそんな言葉は使わないでくれ」

「肝心なのはね、わたしは音楽を作るのを愛していたってことよ。あなたのお父さんのことも愛していた。今はジュディを愛している。あなたのことも愛しているわ。みんなそれぞれ違う意味でね。自分のギターとセックスしたくはなかったし、『ドラァグ・レース』をジョン・フレミングと見たくもなかったわ」母は共謀者めいた態度で身を乗り出した。「正直な話、男性としてのあの人の気持ちは傷つけられると思うわ。あの人、かつてこんなことを言ったのよ。デヴィッド・ボウイを双眼鏡でよく見て、おかしなところはないか探してやるって。わたしはとても恥ずかしかった。で、言ってやったの。デヴィッドはゲイじゃない、彼は美しいだけよ、とね」

ぼくは口を両手で覆い、すすり泣きのような笑い声をあげた。「ああ、母さん、愛してるよ。それと、ぼくのことがあるからじゃないのはわかっているけど、アルバムについて気が変わったら、ぼくは……ぼくは、つまり……それでいいよ」

「たとえ、またあなたのお父さんと仕事をしたいと思ったとしても――ほとんどあり得ないだろうけれど――息子に信じがたいほどひどい仕打ちをしたことについて、わたしはうんと腹を立てているのよ。それにジュディとわたしは『テラスハウス』に夢中になっているから、ものすごく忙しいの」

沈黙が落ちた。たいていの場合、母は特別なときしかこんなふうに口をつぐむことはないから、認めている以上にぼくを心配しているのだろう。問題は、自分が何を言うべきかさっぱりわからないことだった。または、どう感じたらいいかを。

やがて、母は肩で軽くぼくの肩を突いた。「あなたはどうなの、モン・カヌトン？ 今度のことでは苦労をかけて悪かったわ」

「大丈夫だよ」

「本当に？ 大丈夫じゃないときは、そう言わなくていいのよ」

こんな日でなければ、自分が考えていたような行動を何かとっただろう。「わからない……大丈夫だと思う。もしかしたら、心のどこかでこんなことになるとわかっていたからかもしれない――つまり、〝ああ、まったく問題ないよ、クソッタレ〟って感じじゃないけど――期待を裏切られるだろうと思っていたんだ。すごく傷ついてるけど、予想したようなものではなかった。そのせいで何かが変わるといったものじゃない」

「よかったわ。陳腐な言い方だけれど、あの人はそんな値打ちのある人じゃないのよ。たまにテレビに出る、漏れやすい前立腺を持った、ただの年老いた禿げ男にすぎないわ」

ぼくはにやりと笑った。「父さんの番組のイントロにその言葉を使うべきだね」

「どういうわけか、わたしはまだ取材も受けていないのよ。もっとも、わたしたちが出ている映像を使われるたびに今でも映像使用料が入ってくるけれど」

ふたたび沈黙がしばらく続いた。

「思うんだけど」とうとうぼくは口を開いた。「ぼくが変な気分になっているのは、どうしてジョン・フレミングに求められなかったのかと考えて、これまでずっと生きてきたからだ。今は、どこから見てもろくでなしのあんな奴を理解しようとして、ずいぶん長い時間を費やしてきたことが腹立たしい。ぼくのまわりには大勢いるのに……全然ろくでなしなんかじゃない人たちが」

「そうね、ろくでなしたちにあなたがひどい目に遭わされるのはおかしな話よ」

「どうやってやめさせたらいいかな？」

「やめさせなくていいの。ただなんとかやっていけば、そのうち……大丈夫になるわ。あなたは大丈夫。だめだったときがかなり長かったから、少しの間はつらいでしょうね。でも、そのうち大丈夫になるわよ」

「ぼくは……今、つらい段階にいるに違いない」

「まあ。それはいいことよ。〝うわあ、なんてこと。どんなまずいことをしたのかしら。わたしって最悪〟という段階よりはましでしょう。次のステップにはほとんど気づかないでしょうね。だって、大丈夫になっていて、すばらしい息子が一人に親友が一人いて、彼女の犬たちと『ドラァグ・レース』を見ているってことになるのだから。つまりね、これはわたしのこと。あなたのことじゃないのはたしかね。でも、あなたなりにこれと同じようなことができるのよ」

ぼくはソファの背に乱暴にもたれかかった。「だろうな。だけど、あれやこれやの理由で、〝あなたなりに〟というのがどんなものか、わかるチャンスはありそうにないよ」

「もしかしたら、それはあなたが今していることかもしれないわ」

理屈から言えば悪くない。だけど残念ながら、ぼくが今していることは、心から思っていた相手を失ったことだ。父親という名の見下げ果てた奴を失っただけでなく。

「オリヴァーに捨てられたんだ」

「まあ、ルーク」母は心底から同情するような表情だった。「かわいそうに。何があったの？」

「わからない。親密になりすぎたせいで、彼は怖くなったんだと思う」

「本当に？　それはむしろ、あなたがどうしたらいいかという話に聞こえるわね」

「さっきそう言ったじゃないか」ぼくは文句を言った。「とにかくオリヴァーは去ってしまった」

「そう、それなら」母はまた肩をすくめた。「くたばれ、ってところね」

アドバイスとして考えれば、驚くほどほかの人にも使える言葉で、父にぴったりだ。父に関しては〝くたばれ〟ってところだから。でも……でも、これは事情が違う。

「普通なら賛成するけど、オリヴァーはぼくに合うと思うし、この関係を捨てたくないんだ」

「じゃ、捨てなきゃいいわ」

腹立たしいことにまだしつこく湧いてくる涙をまばたきしてこらえた。「オーケイ、母さんは冷たい人から、今度は何の助けにもならない人になったね」

「そういうつもりじゃないのよ。でも、あなたには恋人がいて、彼はしばらくの間あなたを幸せにしてくれたけれど、その関係はもう終わってしまった。もし、関係が終わったときに幸せな思い出のせいで不幸になるなら、それを持ち続けている意味はないの」

「今のぼくにはとてもなれそうにない、悟りに達した状態だね」母に腹を立ててもしょうがなかったが、そのほうが元カレのことで悲しむよりも楽だった。「オリヴァーは人生で最高の相手だったのに、ぼくは関係をだめにしてしまった。それについてはできることが何もないし、おかげでひどい気分だ」

母はぼくの肩をポンポンと叩くという役にも立たないことをした。なぜか、母がそうすると、効果的でないわけではなかった。「ひどい気分なのは気の毒ね、モン・カヌトン。このことであなたが傷つかないだろうとか、楽になるだろうと言うつもりはないわ。でも、あなたのせいでだめになったんじゃないのよ。今どきの若者が言うように、オリヴァーには問題があるに違いないわ」

「ああ、だからそのことで彼を助けたかったんだ。彼がぼくを助けてくれたように」

「でも、別れたのはオリヴァーが選んだことでしょう。助けを受けたくない人もいるのよ」

抗議しかけたけれど、そのとき思い出した。自分が五年もの間、誰の助けも求めずに過ごしたことを。そのせいで仕事を失いかけ、デートしようと考えたこともなかった男とデートし、二日かけてフラットを片づけるパーティに友達みんなを誘い込み、ナイトクラブで知り合ったバカ男に、思っていたほど自分が安定していないことを『ガーディアン』で気づかされてみじめな気持ちにさせられた。「それじゃ、ぼくはどうなるんだ？　オリヴァーは今でも……ぼくが求めているすべてなのに、手に入れられない」

「〈ローリング・ストーンズ〉のミックが歌っていたように〝欲しいものが手に入らないこともある〟ってことよ。あのね、ルーク、オリヴァーはすてきな男性だし、彼はあなたをとても好きだったに違いないわ。オリヴァーが公爵と婚約しているというのはわたしの間違いだったし。でも、もしかしたら、彼はちょうどいい時期に現れたというだけじゃないかしら。言ってみればオリヴァーは――」母は世界でいちばん混乱したフェアリー・ゴッドマザーみたいに片手を振った。「あの象の映画に出てくる羽みたいなものよ」（映画『ダンボ』で、ダンボが空を飛ぶきっかけになるのが鳥の羽）

「全然だめでもないものが、はじめからぼくの中にあったと言おうとしているのか?」

「ほら、わたしはかつてプロのソングライターだったから、そんなありふれた言い方はしたくないけれど……そういうことじゃない? オリヴァーがあなたの人生を変えたとは思わないわ、モン・シェリ。人生を違う視点から見る手助けをしてくれたのだと思うの。彼はもう去ってしまったけれど、まだあなたには嫌いなふりをしている仕事があるし、でたらめをやっている間ずっとそばにいてくれた友人たちがいる。それに、わたしもジュディもいるわ。わたしたちはあなたをとても愛しているし、いつでもこうしてここで待っている。二人とも死んでしまうまではね」

ぎゅっと抱き締めると、母はぼくに腕を回してくれた。「ありがとう、母さん。すてきな言葉だったよ。ぼくたちが死すべき運命だと痛烈に思い出させてくれるまではね」

「お父さんがもう死にかけているわけではないから、わたしに感謝するべきだと思い出させるのにいいタイミングだと思ったの。あなたがそうできる間にね」

「愛してるよ、母さん」気恥ずかしかったけれど、そう、こんなことを言わなければならないときもある。「今夜、泊まってもいいかな?」

「もちろんよ」

三十分後、ぼくは子ども時代のベッドに寝て、あらゆるひび割れをすでに記憶している天井を見つめていた。妙な気分だった。たった一カ月のうちに、ジョン・フレミングはぼくが思い描きながら育った人から本物の人になり、ふたたび頭の中だけの人に戻ったのだから——そのことに傷ついてはいたが、父に関するぼくの人生はすでに癒やされつつあった。傷口がかさぶたで覆われるように。だけど、オリヴァーのことはまったく別のみじめな問題だった。でも、母さんの言うことが正しいんじゃないかな？　オリヴァーが示してくれて、与えてくれて、ぼくと分かち合ってくれた何もかもを手に入れることなんてできなかったし、それを失って……今はどん底にいる。ぼくの人生が思ったよりもましなものに見えるように、彼は手を貸してくれた——思ったよりも、ぼくという人間がましに見えるように。そんな見方にしがみつくことはできる。たとえ、オリヴァーにしがみつくことはできなくても。

50

「この前ジョークを言ってから、かなり経つよ」

彼はうれしそうに顔を上げた。「ああ、ジョークを言うんだね。楽しいな。この前

「そうだな。アルファベットの中で、海賊が好きな文字はなーんだ？」

「うーん、十八世紀の平均的な船乗りは読み書きができなかっただろうから、ほとんどの海賊には好きな文字がなかったんじゃないかな」

「もっともな指摘だ。だけど、それは脇へ置いて、映画に出てくる一般的な海賊を思い浮かべたとしたら、彼または彼女がアルファベットの中で好きな文字は何かな？」

アレックスは鼻にしわを寄せた。「正直に言わせてもらえば、よくわからない」

このジョークでは答えを推測できることもあるし、推測できない場合もある。「海賊がよく〝アーーーーー（arrrrr）〟と叫ぶから、答えはRだと思うかもしれない」ぼくは最

高に海賊っぽい声で説明した。「だけど、『おれの初恋はいつも海（シー）なのだ』」（映画『ザ・パイレーツ！ バンド・オブ・ミスフィッツ』の登場人物の台詞。海（sea）と同じ音のCをかけている）

長い沈黙があった。

「どうして、それがRだと思うのかな？」アレックスが訊いた。「つまり、海賊（pirate）という言葉はPで始まるじゃないか。略奪品（plunder）、戦利品（pillage）、盗む（purloin）、私掠船（しりやく）（privateer）、それにポルトープランス（Port au Prince）と同じように」

「アーーーーーーーーーー。海賊みたいだろう」

「いや、海賊はPで始まる言葉だよ」

ぼくのスマートフォンが鳴った。ありがたい。自分のオフィスへと戻りながら電話に出た。

「ルーク！」ブリジットが叫んだ。「危機的事態よ」

今度は何なんだ？　ブリジットの出版社は五粒の魔法の豆と引き換えに、映画上映権をうっかり売ってしまったとか？　「どうしたんだ？」

「オリヴァーよ！」

たちまち注意を引かれた。「彼は無事なのか？　何があったんだ？」

「オリヴァーはダラムへ引っ越そうとしているのよ。今、ダラムにいるわ。明日の朝、仕事の面接があるの」

ぼくたちは別れた。それに、ぼくは別れたことを受け入れようとしている――いいだろう、どっちかと言えば嘘だ。だけど、受け入れる方向へ動いていることは間違いない。たとえそうでも、胸が締めつけられて吐きそうになった。「何だって？　なぜだ？」

「新しいスタートを切りたいからと言ってたわ。どこか遠いところで、って」

ぼくはパニックに駆られかけた。でも、そんな行動はオリヴァーらしくない。「ブリッジ、本当にたしかなのか？　オリヴァーは自分の仕事を愛している。彼を表現するための言葉を一つ選ぶとしたら、〝衝動的な〟というのはあり得ない」

「このところずっとオリヴァーはおかしかったのよ。お互いにあなたのことは話さないことになってるのはわかるけど、これは緊急事態だから」

「絶対におかしい」ぼくは同意した。「だけど、何をすればいいのかわからない」

「彼を止めなきゃだめよ。当たり前じゃない。だって、そもそもあなたが彼を手放すから悪いのよ」

〝まいったな。それはないよ、ブリッジ〟「ぼくは彼を手放そうとしなかった。別れないでくれと懇願したんだ。自分の気持ちを打ち明けたけど、どっちみち捨てられてしまった」

ブリジットは重々しくため息をついた。「ああ、あなたたちって、どちらも救いようがないときがあるのよね」

「それはフェアじゃない。ぼくは必死で引き止めたんだ」

「じゃ、またやってみて」

「また？　ぼくを求めてもいない男に何度身を投げ出せば、きみは満足するんだ？」

「一度じゃ足りないわね。それに、オリヴァーがあなたを求めてるってわかってるでしょう。いつもあなたを求めていたのよ、ルーク」

へたへたとくずおれた弾みでデスク前の椅子が傾き、危うく滑り落ちるところだった。「かもしれない。だけど、この関係がうまくいかないと彼は自分に言い聞かせていたし、どうやって説得したらいいのかぼくにはわからない」

「まあ、わたしにもわからないわ。だけど、オリヴァーが北部に逃げる間、ただそこに座ってるのはいいスタートじゃないでしょ」

「だったら、ぼくにどうしてほしいんだ？　ダラム行きの列車に飛び乗って、あっちの街の真ん中で突っ立って叫ぶのか？　彼に聞こえるかもしれないと期待して、『オリヴァー、オリヴァー、きみを愛してるよ』と?」

「または」ブリジットは提案した。「あなたがダラムへ行って、オリヴァーが泊まっているホテル——彼から聞いたから知ってるのよ——で会うってことでもいいわ。そうしたら、オリヴァーに面と向かって言えるでしょ。『オリヴァー、オリヴァー、きみを愛してるよ』って。それに……うわっ、大変。あなた、本当に彼を愛してるのね。だから、わたしが言ったでしょ。これは最高の思いつきになるって」

「いや、最低の思いつきだ。それに、オリヴァーはぼくをものすごく不気味な奴だと思うだろう」

ブリジットはしばらく考えていた。「わたしも一緒に行くのはどう?」

「なおさら不気味に見えそうだ」

「一緒に行くわ」

スマートフォンから不吉な電子音が聞こえた。そしてワッツアップのグループ——今は「ブリッジ・オーヴァー・トラブルド・ウォーター(『明日に架ける橋』の橋(ブリッジ)をブリジットの愛称とかけている)」となっている——をフリックして、問題のブリジットからのメッセージを出した。

〈みんなでルークをダイラムに連れていかなくちゃ〉

〈間違った、ダラムへ〉

〈真実の愛のために！！！〉

〈これって、あたしにトラックを出せってこと？〉

〈違う〉ぼくは急いで入力した。

〈イエスよ。トラックが必要なキンキュー事態。ワオ〉

ジェームズ・ロイスが加わった。〈お願い、誰かブリジットに新しいインターネットミームを教えてやって〉

これは手に負えなくなってきた。まだたった七つしかメッセージがないのに。**〈すべて問題なし。誰もどこへも車を出さなくていい。どうか自分たちの生活を送ってくれ。ありがとう、バイバイ〉**

そして言うまでもなく、一時間後――誰かが気にするか、反対しないかと心から願いながら有給休暇を取って――ぼくはプリヤのトラックの後部座席に乗っていた。ブリジットとトム、そしてジェームズ・ロイス夫妻とともに。

「どういうつもりなんだ？」ぼくは訊いた。「きみたちは働いてるし、すごく重要な仕事をしている者もいるだろう。本気でダラムまで五時間ものドライブに行きたいわけじゃないよな。ぼくが法廷弁護士に撃ち殺されるのを見るだけのために」

「行きたいの」プリヤはバックミラー越しにぼくをちらっと見た。「みんな大乗り気。

あたしたちはあんたのことが大好きで、大嫌いだからよ」

「こんなにロマンチックなことをしたのははじめてじゃないの、ルーク、ダーリン」ジェームズ・ロイス・ロイスが言った、「何が何でも見逃せないわよ」

ぼくはぼう然とみんなを見つめた。「じゃ、きみたちが行くのは……ぼうっと突っ立って眺めるためか。ぼくが……ぼくが……」

「オリヴァーにあーーーーいしてるーーーって言う間ね」ブリジットが口を出した。「すでに交際を断られた男に、交際を申し込む間ってことだ」

「ルークの言うとおりだよ」ありがたいことにトムはぼくの味方らしい。「ただぼうっと突っ立って眺めるなんて少々ばかげている。サービスエリアへ立ち寄って、まずはポップコーンをいくつか買っていこう」

プリヤがにやりと笑った。「今、あんたとハイタッチしたいところだけど、あたしはこのトラックが大好きだから、手放し運転ができないのよ」

「彼になんて言ったらいいのかすらわからない」ぼくは小声で言った。「それからな、ブリッジ、オリヴァーにあーーーーいしてるーーーなんて告げろともう一回言ったら、この車から突き落としてやるからな」

すると彼女は〝ブリジットのレベル七のふくれっつら〟をしてみせた。「意地悪しないでよ。わたしはあなたに協力しているの。それに『愛してる』って言葉はあなたが言わなくちゃならないすべてなのよ」

「そんなふうにことは運ばないはずだ」

「それはトムがわたしに言わなくちゃならないすべてだったの」

「念のために言っておくが」トムが言った。「ほかにもいろいろなことを言ったんだ。きみの親友とできてしまったことを、ぼくがどんなにすまないと思っているかとか——気を悪くしないでくれよ、ルーク」

ぼくは天を仰いだ。「大丈夫だ、面と向かって言えばいい。ぼくとのことがひどい間違いだったと」

「要するに」ブリジットが割って入った。「そんな言葉はどうでもいいの。だって、『愛してる』って言われたあとは何も耳に入らなかったもの」

トムは笑い声をたててブリジットを引き寄せた。「本当に愛してるよ」

「ちょっと」プリヤがハンドルをバンと叩いた。「あたしのトラックでファックしてもいいのはあたしだけよ。つまり、あたしと、あたしがファックする相手だけってこと」

「ええ、そうだろうと察したわよ、ダーリン」ジェームズ・ロイス・ロイスが言った。

「じゃなきゃ、あなたはただ後部座席に寝転がって、さんざんっぱらマスターベーションするだけってことになるもの」

プリヤはバックミラーに向かって顔をしかめた。「あたしのマスターベーションの習慣がどれくらいのものか察してくれて、ありがとね」

「ちょっとはマスターベーションするって、言ったほうがよかった？　ほんのちょっとだけマスターベーションするとか？　それとも、マスターベーション大好き女と言ったほうがよかった？」

ぼくは両手で顔を覆った。「気が変わった。ダラムまで歩いていくよ」

「まあまあ」ブリジットは元気づけるようにぼくを軽く叩いた。「うまくいくわよ。オリヴァーはほんとにあなたが好きなんだから。あなたもほんとに彼が好きなわけだし。お互いにそのことを信じさせるのがとっても下手なだけよ」

「実を言うと、オリヴァーはそのことをぼくに信じさせるのがとてもうまかったよ。もう終わったと言って、フラットから立ち去るまでの話だが」

「彼は怖がっていたのよ、ルーク」

「ああ、そんなことはわかってるよ。ぼくにだって感情的知性ってものはあるんだ」

「でも、オリヴァーが生涯ずっと完璧な息子で、完璧なボーイフレンドであるようにと努力してきたことも理解してあげなくちゃ。うまくいかなかったようだけど」

ぼくは腹を立ててうなった。「ああ、そのことだってわかってるよ。つき合ってた間、ぼくだって気を配っていた。うまくいかなかったのは、彼の両親が愚か者だからだ。たぶん、オリヴァーの元カレたちも愚か者だったんだろう」

「中にはとてもすてきな人もいたわ。つまり、ボーイフレンドたちの中にはってこと。オリヴァーの両親は手に負えないし、わたしを嫌っているの」

「まあ、あなたを嫌う人なんているの、ブリジット？」ジェームズ・ロイス・ロイスが人間離れしたほど皮肉な響きがない口調で言った。

ブリジットはしばらく考えた。「オリヴァーの両親は誰かが遅刻すると、とても腹を立てるようね。わたしはわざと遅刻するわけじゃないわ。いろんなことが起こるの。それから一度ね、パーティでマリブコークをお願いしたことがあるんだけど、赤ん坊の血をグラスに一杯くれと言われたかのような目で、オリヴァーの両親に見られたわ」

「だろうな」ぼくはうなずいた。「いかにも彼らしい」

「だから、あなたにもわかるでしょ」ブリジットはプレッシャーをかけた。「オリヴァーが人間関係をうまく結べない理由が」

ここにオリヴァーはいないし、今のはまさしく無理もない批判だったけれど、ぼくは彼を弁護したいという妙な衝動に駆られた。「ぼくといたとき、オリヴァーは驚くほどうまく人間関係を結んでいたよ。彼はぼくにとって最高のボーイフレンドだった」

「それって」プリヤが言った。「あんたが信じられないほど理想が低い、とてつもなくロマンチックで最悪の人だからよ」

ぼくはプリヤを見やった。「ぼくたちがきみとつき合うのは、トラックだけが目的だと知ってるよね」

「からかい合うのはやめて」ブリジットはいちばん近くにある固いものを拳で打った。不運にもそれはぼくの体だったが。「これは重要なことよ。わたしたちはルークの恋愛のことを解決しようとしているし、彼の低い理想は問題じゃないわ」

理想は低くないと、ぼくは抗議しかけた。でも、こんなめちゃくちゃな状況に陥っているのは友人たちに自分が話したせいなのだ。つき合ってくれる相手なら誰でもいいと。「それじゃ、問題は何だ?」

「あなたが誰にも親近感を覚えられないことよ」ブリジットは続けた。「四六時中、相手が望んでいると自分で思い込んだ人間になろうと努力している間はね」

「だけど、オリヴァーはぼくの望みどおりの男だ」だが、そのとき思い出した。自分はぼくが思っているような人間でないと、オリヴァーが言ったことを。「うわ、なんてことだ。彼はそうじゃないってことか？」

プリヤが挑戦的に高く眉を上げた。「ダラムまでの道のりの三分の一まで来たところよ。オリヴァーがいるといいわね」

ぼくはひどく混乱していた。いや、もしかしたら、そうではなかったかも。もしかしたら、何かを期待されたり、何かのふりをしたりするといったすべてでも、本当はどんな人なのかといったことも、ひどいまやかしやたわごとだったのだろう。そしておそらく、自分を幸せにしてくれたものはオリヴァーのVカット腹筋とかフレンチトーストとか社会的に受け入れられるキャリアとかではないことを、ぼくはちゃんと彼に気づかせられなかったのだ。ぼくを幸せにしてくれたのは……彼だった。たぶん、こんなにシンプルなことだったのだ。

「ああ」ぼくは言った。「いるといいな」

51

おそらくそれは、オリヴァーのユーモアのセンスをいくらか物語っていただろう——存在の危機の真っただ中にあるらしいときでさえも——滞在先として〈正直な弁護士（オネスト・ローヤー）ホテル〉なんてところを選んでいたのだから。歴史的な知識も関心もまるで持ち合わせないぼくが見たかぎり、そこは馬車置き場を改装したホテルのようだった。どの窓も上げ下げ窓で、瓦屋根に煙突が並んでいる。玄関の前には花が満開の木があり、少なくとも理屈の上では、誰かに戻ってきてくれと懇願したり愛を語ったりするには絶好の場所だった。ついでに言えば、上流ぶった感じでもあった。

ぼくたちは駐車場にトラックを停め、玄関のドアからどやどやと入っていった。なんとも怪しげな集団に見えただろう。

「あの、こんにちは」ぼくはフロントデスクの向こうにいるスーツ姿の男に言った——率直に、しかも公平に言えば、彼はすでにぼくみたいな奴にはうんざりって感じだった。

「いらっしゃいませ」間があった。「ご用があるのはお一人様ですか？　それとも、皆様ですか？」

「オリヴァー・ブラックウッドを探しています。たぶんここに泊まっているはずです」

フロント係は、サービス業の人が絶対に自分の担当ではない仕事を頼まれたときに見せるような疲れた表情を浮かべた。「恐れ入りますが、お客様に関する情報はお答えできません」

「だけど」ぼくは食い下がった。「彼は本当にここに泊まっているんですが」

「ここにお泊まりの方であろうとなかろうと、情報はお答えできません」

「映画スターとかじゃないんです。単にぼくの元カレというだけで」

「それでも違いはございません。当ホテルにどなたがお泊まりかお話しすることは法律上、認められていないのです」

「ああ。とにかく、お願いできませんか？」

「できかねます」

「すごく遠いところからはるばる来たんですが」

「それから」公平な見方をすれば、フロント係はぼくには無理なほど忍耐強かった。

「こちらの方々も全員、ご一緒ですか？」

「わたしたちは精神的な支援をしているの」ブリジットが説明した。

「もし、その男性をご存知なら」フロント係はゆっくりと言った。「その方の電話番号をおわかりなのでは？」

「たぶん彼は電話に出ないと思います」

「しかし、何の警告もせずに取り巻きを従えて、その方のホテルに現れるのはかまわないと思ったわけですね？」

ぼくはフロントデスクから振り返った。「ブリッジ、どうしてこの計画がうまくいくと思ったんだ？」

「そうすれば、あなたが予想を上回る人ってことになるからよ」ブリジットはこっちにやってきてぼくの横に並んだ。「あなたがどんなに彼を思っているかを表しているわ」

「そうね」これはプリヤだった。「あんたがこのことをよく考えていなかったのがいちばんよくわかるって結論に、あたしは達しているけど」

「わたくしもそれに同意いたします」とフロント係。

ぼくはきまり悪さを感じながらスマートフォンを取り出し、オリヴァーに電話をかけた。留守番電話に切り替わったが、考えられるかぎり何も伝言などなかったから、急いで切った。「彼はぼくの電話を着信拒否にしているのかもしれない」

フロント係の男はそれ見たことかとばかりに、気取った感じで腕組みした。「そうでしょう、ですからわたくしどもはお客様の情報をお教えしないのですよ」

「だけど、これはなんというか愛とか、そういったたわごとの問題なんです」ぼくはなおも食い下がった。

「これはなんというか――」フロント係は相変わらず意に介さない様子だ。「わたくしの仕事とか、そういったたわごとの問題なんです」

「心配しないで」ブリジットが声をあげた。「わたしが彼に電話をかけるわ。誰もわたしを着信拒否になんかしないもの」

ジェームズ・ロイス・ロイスが絶望したようなポーズを急に取った。「わたしは着信拒否にしようとしてるのよ、パンプキン。でも、あなたったら、出てもらえないことが答えだとは絶対に思わないのよね」

「以前、ブリジットはぼくに続けて三十七回、留守番電話に伝言を残したことがあったよ」ジェームズ・ロイス・ロイスが同意した。「カエル形のチョコレートの〈フレッド〉を、いまだに十五ペンスで買える店を見つけたことについてだった」

「本当ですか？　どこです？」フロント係が尋ねた。

ブリジットは彼に横柄な一瞥をくれた。「ごめんなさいね。わたしにはその情報を話す権限がないの」

「頼むからさ」ぼくは必死になって、穏やかで自制の効いた口調で話そうとした。「ぼくの代わりにオリヴァーに電話をかけてくれないか」

「心配いらないわ」ブリジットはすでにバッグの中をかき回していた。「わたしに任せて。嘘みたいにさりげなくやるから」

「うーん」プリヤが言った。「あたしたち、もうだめね」

ブリジットがスマートフォンをロック解除する、わずかな間があった。そして彼女の言うとおりだった――オリヴァーはブリジットを着信拒否に設定していなかったのだ。この状況からすれば、それはいいことだったが、ぼくは最低な気分になった。

「ハイ」ブリジットはさえずるような声で言った。正直な話、説得力のある口調とは言えなかった。「ちょっと思ったの、特に理由はないけど、あなたに連絡しようかなって……いえ、すべて順調よ……ううん、何の災難もないわ……ダラムはどう……ダラムにいないって、どういう意味なの……ああ、それはいいわね……話せてよかったわ。バイバイ」

「オーケイ」ぼくはブリジットをにらんだ。彼女は親友だし、下水溝に落ちて死んでほしいなんて親友に対して思うはずがないと自分に言い聞かせながら。「オリヴァーがダラムにいないって、どういうことだ？」

「どうやら――」ブリジットはもじもじした。「彼は気が変わったらしいの。仕事についてってことよ。だから、ホテルの予約もキャンセルしたに違いないわね」

「わたくしはそれを肯定も否定もしません」フロント係が口を挟んだ。「とにかく、お引き取りください」

プリヤは両手を振り上げた。「クソッタレ(ファック)なあんたたち、あたしに夕食くらいおごりなさいよ。さもなきゃ、マジで(ファック)一人で帰っちゃうからね」

「せめてロビーでは〝ファック〟と言うのをやめてもらえませんか？」フロント係は頼んだ。もうこの段階では、被害を最小限に抑えるだけだという哀れな口調で。

「ここのレストランなら文句なさそうよ」ジェームズ・ロイス・ロイスが甲高い声で言った。「使っている材料はホテルから三十キロ以内で取れたものらしいし、地元のビーフって大好きなの」

「ちょっと訊いていいかな」ぼくはフロント係を振り返った。「こちらのホテルのレストランでぼくたちが夕食をとったほうが、あなたにはご迷惑ですか？　それとも、そのほうがご迷惑じゃありませんか？」

フロント係は肩をすくめた。「今のいちばんの願いは、あなたがたにフロントから立ち去ってもらうことです」

「イェーイ」ブリジットは本当に踊ってみせた。「食の冒険に出発」

結局、ブリジットとぼくとで支払いを折半することにした。これは何もかも彼女が思いついたことだったし、理屈の上ではぼくのために行われたことだったからだ。

前菜とメイン料理とデザートを食べて、プリヤが頼むと主張したコーヒーを飲んでから、ぼくたちはトラックに乗り込み、帰路に就いた——どんな長距離ドライブでも帰り道は最悪だが、途方もなく期待外れに終わった旅はとりわけひどかった。

「ほんとのことを言うと、これはいいサインなのよ」どこから見てもみじめな沈黙を破ったのは、いつものようにブリジットだった。

ジェームズ・ロイス・ロイスはパートナーのジェームズ・ロイス・ロイスの肩から顔を上げた。「話を続けて、ダーリン。わたしたちのために詳しく話してよ」

「うーん、わからない？　オリヴァーはルークと別れてとても悲しかったから、国の反対側まで逃げ出さなくちゃならなかった。でも、あなたから離れるという現実について考えてみると、耐えられなかったたってわけよ」

「またはこうも言える」ぼくは言った。「彼はフェイクとは言えないおかしな交際から逃れたばかりで、両親からひどい仕打ちをされたから、何か劇的な行動を起こしたくなった。それから、そんなことはばかばかしいと気づいた。自分の家も仕事もロンドンにあるし、友人全員もロンドンにいるんだからな。ぼくがいなくたって、彼はロンドンで申し分なく幸せでいられるんだ」

トムは車の隅でうつらうつらしていたようだったが、ここで座り直した。「そういう考えの中間を取るってことはできないだろうか？　もしかしたら、オリヴァーがルークとよりを戻したいと思うか否かは、彼がダラムへ引っ越したいと思うか否かと、まったく関係ないという考えはどうかな？」

「じゃ、きみが言ってるのは――」ぼくはブリジットの肩越しにトムをちらっと見た。「ぼくがいなくても、オリヴァーは幸せでもないし不幸せでもない。というのも、ぼくが彼にとってちっとも重要じゃないからってことか？」

「違うよ。誰かの特定の意思決定にとって、きみは重要じゃないかもしれないと言っているんだ」

「そうじゃないわ」ブリジットが忠実にも異議を唱えてくれた。「ルークと別れなければ、オリヴァーは国の反対側で仕事を探そうなんてしなかったに違いないわよ」

知るか、というしぐさをしてやった。「とにかく、そんなことはどうでもいい。ぼくは彼を驚かせるような行動に出ようとした。なのに、やったことと言えば、みんなの時間を十時間近くも無駄にしたことだけだった」

「友達と過ごす時間はね」ジェームズ・ロイス・ロイスが意見を述べた。「無駄じゃないのよ。それにビーフはおいしかったし。トライフルはわたしの好みじゃなかったけれどね」

バックミラー越しにこちらを見たプリヤの目が光った。「あたしの時間は無駄になった。ガソリン代はあとで返すよ」

「ガソリンもね」

「今この時間、あたしがしているはずのセックスについてはどうしてくれるのよ？」

「そうだな……」ぼくは目をしばたたいた。「それもあとで返すと言いたいが、ぼくじゃその資格はないからな。今回のことはきみのアイデアだろう、ブリッジ。これはきみが返す番だよ」

ブリジットは叫んだ。「わたしにもその資格はないわ」

「ああー」プリヤが言った。「あたしのセクシュアリティについて話すのはやめてくれない？　会計事務所の〈デロイト〉の下級職について話すみたいに言わないでよ」

ぼくたちは謝った。そのあと、ブリジットは何事もなかったかのように、またぼくの恋愛に関する話に戻った。「あきらめないほうがいいわ、ルーク」

「オリヴァーは電話にさえ出てくれないんだよ」

「そうね。それもまたいいサインよ。もし、気にもしてないなら、彼はあなたと話しても大丈夫なはずでしょ」

「そのことなら、もう検討したじゃないか。ダラムのホテルで何を話したらいいか、ぼくにはわからなかった。もし、オリヴァーが電話に出たら、何を話したらいいかわからない。それに、何を話したらいいかわからないという目には遭いたくない。もしも突然、夜の十時に彼の家の玄関先にぼくが現れるとしたらね」

「わあ」ブリジットが息をのんだ。「それ、すばらしいアイデアよ。プリヤ、オリヴァーの家へ行って」

プリヤはしかめっつらをした。「わかった。あたしはナビに〝オリヴァーの家〟って入力するだけでいいってわけ？」

「大丈夫。わたしが彼の住所を知ってるから」

「これはあたしのトラックよ。クソッタレなウーバーじゃないの」

「オリヴァーはウーバーの利用を嫌っていたんだ」ぼくは口走っていた。「彼らのビジネスのやり方が倫理的じゃないと思っていた」

「ほかにも倫理的じゃないことがあるでしょ？」プリヤが言い返した。「唯一の南アジア人の友人に、車であんたたちをあちこち連れていかせることよ」

「ああー」ジェームズ・ロイスがはっとして言った。「そういう観点では考えていなかった。よかったら、運転を交替するわよ」

プリヤは首を横に振った。「あたしのトラックでは、あたし以外にセックスしちゃだめなの。あたし以外に、あたしのトラックを運転させない」

「だったら、ぼくたちがあちこちきみに運転させてるなんて文句を言うなよ」ぼくは文句を言った。

「たとえばだけど、あんたたちだって自分の車を持てばいいのよ」

「渋滞税を払って？」ジェームズ・ロイスは心底から驚いたようだった。

「それに、駐車するのはまさに悪夢だわ。しかもね、金属のスクラップを運んで回る仕事を選んだのはあなたなのよ」

「あたしは彫刻家なの。ゴミ収集作業員じゃない」

ぼくは目を閉じた。彼らはこんなやり取りをいつまででもやれるに違いない。それに、ぼくは控えめに言っても長い一日を過ごした——無駄そのものに終わったせいで、さらに長く感じた。つまり、オリヴァーがすべての人生を行き当たりばったりに引っくり返さなかったのは、かえってよかったのだろう。彼に何かがあったからって……それが何であれ。実を言えば、ぼく自身、そういうときを経験していたし、それはいいサインではなかった。でも交際に関しては、フェイクであろうとなかろうと、または交際そのものがなかったのであろうと、もうぼくを置き去りにしてどこかへ消えていた。せめてダラムでオリヴァーに会ったなら、こう言えただろう。「だめだ、行かないでくれ。ぼくと一緒に帰ろう」けれども今、彼に話そうとしたら、ただ「ハイ」と挨拶するだけになるだろう。歴史に残るような愛の物語になるはずがない。

ワオ、最悪だ。

ぼくは窓に頭を預け、エンジンのブンブンいう音と友人たちが口論する心地よい雑音を聞きながら、いつの間にかうとうとしていた。

52

「着いたわよ」ブリジットが興奮した口調で言い、ぼくをつついた。

ぼくは目をこすり、家に帰ってきたことがとてもうれしかった。「マジでありがたいよ。もうくたくただ」

「それはとおーーーってもお気の毒」プリヤが間延びした話し方で言った。「後ろで眠っていたくせに。その間、あたしは無駄骨を折るために、あんたを乗せてダラムまで往復したのよ」

「すまない、悪かったよ。この次、何か重いものを運ぶときは、そんなに言い訳しないで手伝うからさ」ぼくは鍵を求めてポケットを手探りしながら、トラックからさっと降りた。とたんに、ここがクラーケンウェルだと気づいた。「おい、ちょっと待ってくれ。ここはぼくの家じゃない」

ブリジットはグイッとドアを引っ張って閉めてロックし、どうにかぼくに声が聞こえる程度だけ窓を開けた。「そう、ここはオリヴァーの家よ。覚えていないの？　あなたをここへ連れてくるって、話したでしょ」

そうだ。ああ、そう言っていた。「こんなことに同意した覚えはない」

「残念ね。これはあなたのためよ。八十歳になって、うじゃうじゃと孫を持ったとき、わたしたちに感謝するでしょうね」

ぼくは車の横腹をドンと叩いた。「乗せてくれよ、卑劣な愚か者どもめ。こんなの、ちっともおもしろくないぞ」

プリヤがフロントガラスをピシャッと打った。「そのとおり、おもしろくないわよ。車から手を離して」

「頼むからさ」プリヤの怒りを煽る危険は冒さないようにして両手を振り回した。

「これは法的には誘拐に違いない」

「あら、まあ」ブリジットが叫んだ。「オリヴァーは弁護士よ。ドアをノックして、尋ねてみたら」

「真夜中に彼を起こすつもりはないよ。友人がぼくに重罪を働いたかどうかなんて、嘘の質問をするためにそんなことはしない」

「もっともらしい作り話を教えてあげようとしていただけよ。もう一度つき合いたいと、あなたがオリヴァーに話すきっかけとなるようにね」

　ぼくは相変わらず身振り手振りを交えて話していた。「ああ、きっかけならたくさん……たくさんある。第一に、これはもっともらしい作り話なんかじゃない。第二に、そんなことをしたって、ぼくが実際に住んでる場所からロンドンを半分も横断したところの通りに見捨てていくことの埋め合わせにはならない。第三に、いちばん重要なことだけど、オリヴァーはぼくとの交際なんか望んでないんだ」

「ダラムでは彼と話す気になっていたじゃないの。どうして、ここでは話したくないの？」

「理由はだな」ぼくは怒鳴った。「こんな思いつきが最悪だと気づくだけの時間があったからだ。さあ、このいまいましいバンにまた乗せてくれ。オリヴァーの隣人たちが警察を呼ばないうちに」

　プリヤは彼女の側の窓を上げ始めた。「よくもあたしのトラックをバン呼ばわりしたわね」

「すまない、謝るよ。今はその区別がもっとも大事だって、はっきりわかるからさ」

「ルシアン」背後からオリヴァーの声が聞こえた。「何をしているんだ？」

　ヤバいぞ。ヤバい。ヤバい。ヤバい。ヤバい。

何も変わったことはないという、さりげない様子に見えるように振り返った。

「ちょっと通りかかったってところかな？　ほら、帰る途中でさ……遠出からってことだけど」

「通りかかっただけなら、なぜ、ぼくの家の玄関の前に立って大声でわめいているんだ？　それになぜ、きみを観察している人たちでいっぱいのトラックが停まっているんだ？」

なすすべもなくオリヴァーを見つめたが、その時間がひどく長く感じられた。彼はストライプ柄のパジャマのズボンを穿き、シンプルで興奮させられるほど体にぴったりしたTシャツを着ていた。そしてはじめて会ったときのような、やや整いすぎている顔立ちに見えた。そのせいでなんだか見知らぬ人のような気がした。

「いい言い訳を思いつこうとしているんだ」ぼくは言った。「でも、思いつけない」

「だったら――」オリヴァーは腕組みした。「本当のことを話したらどうだ？」

まあ、〝きみに法律上の質問をするため、友人みんなとたまたま立ち寄ったんだ〟と言うより悪くはならないだろう。「きみがダラムへ引っ越すつもりだとブリッジから聞いたんだ。だからダラムへ行った。ダラムへ行かないでくれと、きみに告げるために。だけど、きみがダラムにいないことがわかった。きみは家にいたんだ」

オリヴァーはこの話をなかなかのみ込めないようだった。ぼくもそれは同じだったけど。「さっき電話をかけてきたのはそれが理由だったのか?」

「うーん、そうだな」

長い沈黙があった。

「ぼくは……ダラムへ行くつもりはない」

「そうか。きみがダラムにいないとわかったとき、そうだと思った」

さらに長い沈黙。

「どうして」彼はゆっくりと尋ねた。「きみが気にするんだ?」

「さあ、わからない。ただ……きみがダラムにいるのは嫌だった。つまり、きみが本当にそこにいたいなら話は別だけど。だけど、ぼくが思うに……ぼくはどうこう言う立場にないけど……きみは本当は……望んでないんじゃないかなってこと。ダラムで暮らすことをね」

オリヴァーは〝それがきみにとってどうだというんだ〟といった表情をした。「そうだな、ルシアン。だからぼくは行かなかった」

「ああ。だけど、仕事には本当に応募したんだろう。実際にホテルを予約して。ということはしばらくの間、かなり真剣にダラムに住もうと考えていたに違いない」

「そのとおりだ。というよりはむしろ――」彼は少し顔を赤らめた。「しばらくは、どこかほかのところへ行きたいと思った。ぼくが期待を裏切った誰からも遠く離れたところへ」

「いいかげんにしてくれ」ぼくは抗議した。「きみは誰の期待も裏切ってない」

「この前に話したとき、きみはそんなふうに感じていなかったようだが」

憤慨して両腕を振り回した。「信じられないよ。ぼくを捨てる権利を、ぼくに擁護させるなんて。だけど、きみは期待を裏切ったわけじゃない。ただ、ぼくには気に入らない決断をしただけだ。その二つは同じじゃないよ。間違った決断を下したとは思うけど、ぼくや両親や、あるいはほかの誰のことでも幸せにするのはきみの仕事じゃない」

トラックから「キスしろ、キスしろ、キスしろ」という声が一斉にあがった。音頭を取ったのはブリジットに違いない。

ぼくは振り返り、最高に険しい目つきでにらんでやった。「今はタイミングが悪い。絶対にそんなときじゃない」

「ごめんなさいね、ルーク」ジェームズ・ロイス・ロイスがいちばん遠い助手席側から身を乗り出し、窓から顔を突き出した。「ここからだとよく聞こえないのよ。わたしたち、あなたのボディ・ランゲージを読み違えたみたい」

「間違いない、そうだな」

「あまり差し出がましい質問はしたくないが」オリヴァーは言った。「どうして、ぼくの家の玄関先へ友人みんなを連れてきたんだ？」

「ぼくがあいつらを連れてきたんじゃなくて、ぼくが連れてこられたんだ。こんなことを思いついたのはあいつらだ。もしも、ぼくがいきなり現れてどんなにきみを思っているかと告げれば、きみはぼくの腕の中に倒れ込んで、それから二人はずっと幸せに暮らしましたとさ、ってことになると。だけど率直に言って、彼らはうんと低く見積もっていたんだな。きみがめちゃくちゃになってる度合いを」

オリヴァーの顔はルーレット盤みたいに、傷ついた表情から安堵の表情、怒りの形相へと変わっていき、最後はあきらめの表情に落ち着いた。「そうか、ようやくきみがはっきりとわかってくれてよかったよ。ぼくがいないほうがきみのためだということに、同意してくれたと受け取ってもいいかな？」

「ばかなことを言うなよ、オリヴァー。そんなはずがないだろう。ぼくがいつもきみを理解していたわけじゃないことはわかってるし、そうするつもりじゃなくても、自分がさんざん嫌な態度を取ったとわかってる……それに、ただもうぼくが愚か者だったときも山ほどあると……だけど、そういうふうになるべきだときみが思った男に、夢中になったわけじゃない。ありのままのきみという男に夢中なんだ」

「今なら、いいタイミング？」トラックからブリジットが訊いた。

「違う」言い返した。「絶対に違う」

「オーケイ、ごめんなさい。いいタイミングを教えてくれない？」

「そんなのはわからない。実は、またしてもふられそうだ」

「きみをふるつもりはないよ」オリヴァーがさえぎった。ぼくがたまたま観客を連れてきてしまった事実を無視しようと、果敢に努力しながら。「しかし、ぼくは誰かとつき合える人間じゃないことを理解してくれ。いい人間になろう、よいパートナーになろうと、懸命に努力しているが、充分ではないんだ。きみにとっても充分な人間にはなれないだろう」

「言ってやりなさいよ。あんたは信じられないくらい、理想が低いんだって」プリヤがけしかけた。

「ぼくは信じられないくらい理想が低いわけじゃない。まあ、そうかもしれないが。とにかくそんなことは今は関係ない」断固としてトラックに背を向け、オリヴァーに向き合った。「いいか、きみはとんでもない誤解をしている。過去の人間関係についいてはわからないけど、でも……きみが人を遠ざけていると考えるものこそ、彼らを招き入れているものなんだ。それに、なんだかインスタグラムの感動的なキャプションみたいな言い方だけど、人を招き入れないことは彼らを遠ざけることになる」

「人を遠ざけるのは」オリヴァーはあの厳しいしかめっつらをしていた。「ぼくが何かを失敗するからだ。両親にはそれがわかっている。きみも目にしたはずだ。きみと一緒にいると、ぼくは自己管理を怠ってしまう。食べすぎるし、エクササイズもあまりやらない。必要以上にきみに頼りすぎてしまう。それに、きみに見せてしまった、家族とのことやそのあとの出来事ときたら。あんなふうになったぼくと一緒にいてもらいたくはなかった」

「ああ、オリヴァー。ぼくが言ったことを聞いてなかったのか？　ぼくがきみといたのはVカット腹筋をしているとか、何も問題がないからとかが理由じゃない」自分の口から出たのを耳にしても、あまりうまい言い方に聞こえなかった。「まあ、はじめはそんなことが理由だった。だけど、一緒にいたのはきみが……クソッ、完璧だからだって言いそうになってしまった。だが、きみは完璧じゃないし、完璧な人なんていないし、きみだって完璧でなくていいんだ」

「もちろん、完璧な人間はいないが、ぼくはもっとうまくやれるはずだ」

「もっとうまくなんてやらなくていいんだよ。きみは今のぼくが求めるすべてなんだ」

「ちょっと思い出させてもいいかな？　この会話は、ぼくがどれほどめちゃくちゃかと、きみが言ったことから始まったんじゃなかったか？　今のぼくはきみが求めるものではあり得ない」

「絶対にあり得る」

「きみはぼくがひどい一日を過ごしたところを見ただけだよ、ルシアン。それでぼくを知っていることにはならない」

声をあげて笑ってやった。「ああ、ちっともわかってないんだな。最初に会ったときはぼくも自分のひどい状況でいっぱいいっぱいで、きみの状況には注意を払っていられなかった。だけど、きみは自分で思っているほどうまく欠点を隠せていないよ」

「この話の行きつく先は愉快なことじゃなさそうだ」

「気の毒だな。こんなことを求めたのはそっちだよ。きみは神経質で不安で堅苦しくて、もったいぶった言い回しをする。失敗しやしないかと恐れているからだ。きみはコントロール魔でバナナを一本一本フックにかけて、とても不愉快な人たちを喜ばせている。自滅寸前の行動をとっているんだ。おかしな話だよ。だって、きみは誰にとっても最高のことを知っていると自分に言い聞かせてるんだからな――実際に、相手に尋ねてみようとは思いもしない。きみは独りよがりで、上から目線で、頑なにいくつかの倫理にこだわっている。そう見せているほどは、よく考えてないんじゃないかっていう倫理にね。それに正直言って、ちょっと摂食障害かもしれない。ところで、そのことについては誰かの意見を求めるべきじゃないかな。ぼくとつき合おうと、つき合うまいと」

「きみがここへ来たのは、よりを戻そうとしてのことかと思ったが。何よりも必要じゃないのはぼくだという理由を、きみにもぼくにもはっきり説明するためじゃないだろう」

「ルーク、やり方が全然違ってるわよ」ブリジットが叫んだ。「オリヴァーにすばらしいって言ってあげるつもりだったんでしょ。最低だなんて言うんじゃなくて」

ぼくはオリヴァーから視線をそらさなかった。「たしかに、きみはすばらしいよ。だけど、そういったもの……そういう長所があるから、ぼくがきみを好きなんじゃないと信じてもらわないと。きみが、きみという存在だから好きなんだ。すべての長所はきみの一部にすぎない」ああ、もう乗りかかった船だ。「それから、とにかくきみが嫌いだよ――つまり、きみを本当に好きってことだけど、たぶん知っておいてもら視界の隅で、ブリジットが宙に拳を突き上げるのをとらえた。

「そうよ、さっきよりいいわ」

でも、オリヴァーは無言だった。いいサインには思えない。

だから、ぼくは話し続けた。それも悪いサインだろう。「それから、今のきみが奇妙な感じを味わってることもわかる。きみとの関係が始まったとき、ぼくは奇妙な感じだった。だけど、ある意味でぼくは今、前よりもいい状況にある。そうなった理由の一部はきみで、別の一部はあの愚か者たちだ」友人たちを指差した。ペットショップの売り出し中の子犬みたいに鼻を窓に押しつけている。「大事なのは、あのころでさえ、ぼくがめちゃくちゃばかりしてたころでさえ――認めるけど、さんざんばかなことをやったよ――心のどこかでわかっていたってことだ。ぼくたちは大丈夫だと。ぼくはきみとの関係をやり直そうとし続け、きみは受け入れ続けてくれた。ぼくたちがうまくいくと、きみにもわかっていたからだ。こんなことは言いたくないけど、今、めちゃくちゃなのはきみだよ。でも、ぼくはきみとの関係をやり直そうとし続ける。ぼくたちはうまくいくとまだ思っているから。だから、ほら、今度はきみが自分の役割を果たす頃合いだ」

オーケイ、友人たちすら今は静かになっている。胃が地球のど真ん中に落っこちそうだ。

そんな状態が途方もなく長く続いた気がした。

さあ、いよいよだ。ぼくが言っている意味をオリヴァーが理解し、ぼくの体に両腕を回して、告げるだろう……。

「すまない、ルシアン」オリヴァーは言った。「ぼくはきみと同じ気持ちではない」

それから彼は背を向けて家に入り、ドアを閉めた。

53

「あのね」シェパーズ・ブッシュへとプリヤが車を走らせていたとき、ブリジットが言った。「きっとうまくいくって、本当に思ってたのよ」

ぼくはため息をつき、目を拭った。「きみがそう思っていたことはわかってるよ、ブリッジ。だから、みんながきみを愛してるんだ」

「理解できないわ。あなたたちはお互いにとって完璧なのに」

「ああ。ぼくたちはどちらも完璧にめちゃくちゃだよ」

「お互いに補い合っているってことよ」

「もし、そんな関係なら、オリヴァーはぼくを捨てなかっただろうし、ぼくが捨てないでくれと懇願したとき、玄関先で別れを告げたりはしなかっただろう」

このとき、ジェームズ・ロイス・ロイスが口を挟んだ。「こんなことを持ち出したくはないんだけど。でも、あなたができるかぎりうまく状況に対処したとは思えない。

つまり、『こういうのがすべてきみの性格の欠点だ。ところで、きみは摂食障害だと思うよ』というのは、ロマンチックな感じを与えないわ」

「そうね」ヘッドセットの間に押しつけたブリジットの顔はゆがんでいた。「あのときはわたしもそう思ったけど、正しい行動だったのよ。オリヴァーはどんなことがあっても自分が愛されていると知らなくちゃならないの」

「あなたが言っていることはわかるわよ」ジェームズ・ロイス・ロイスは分別くさくうなずいた。「でも、どんなことがあっても彼が愛されていると伝えたかったら、こう始めるべきだった。『オリヴァー、どんなことがあっても、きみは愛されているよ』って」

ぼくはさらに隅に寄って体を縮めた。「ロマンチックな感じにするのに完全に失敗したあとでは、全然ありがたい意見じゃないな」

「いいかげんなことは言わないで、ジェームズ」当然、プリヤはぼくの言葉など無視した。だが、おおむねぼくの味方みたいだった。「人ってね、真っ向から言われたからって、そのまま信じるわけじゃないのよ。もし、信じるとしたら、視覚芸術は価値がゼロになってしまう。でなきゃ、あたしは〝資本主義には大きな問題がある〟とか〝あたしは女が好き〟とかって壁に書いて回ることになっちゃうわね」

「話を脱線させないで」ブリジットが言った。意外でもない。「要点は、新しい計画が必要ってことよ」

ぼくは目を閉じた。「もういらないよ、計画は」

「でもね、ルーク、オリヴァーとつき合ってからのあなたはずいぶんまともになったのよ。また悲しんでばかりいて、タブロイド紙にバンバン載るようなことになってほしくない」

ブリジットのために弁解するなら、それは筋の通らない心配ではない。なんといっても、ぼくが大切に思っていた相手とこの前に別れたとき、まさにそういうことが起きたのだから。つまり、侮辱的なほどのはした金のためにぼくを三流ゴシップ紙に売るなんてことをオリヴァーはしなかったという、些細な違いを別にしてだが。「心配してくれてありがとう、ブリッジ。だけど、九〇年代の女性向け小説(チック・リット)のヒロインっぽく聞こえそうだが、ぼくを完全なものにするために男は必要ないよ」

「あなたはわたしを完全にしてくれるわ、ダーリン」ジェームズ・ロイス・ロイスがパートナーのジェームズ・ロイス・ロイスに言った。

彼らの後頭部をにらみつけてやった。「ぼくの要点の価値を落とすなよ、きみたち」

「ごめんなさい、今はこの人のことで夢中なの」

「ぼくの交際がだめになりかけている今？」

ジェームズ・ロイス・ロイスはたじろいだように肩をすぼめた。「まあ、そんな。なんだかわたしが利己的って感じに聞こえるじゃない？」

「いいかな」ぼくは言った。「オリヴァーとのつき合いは、ぼくにとってすばらしいことだった。いろんなことを整理する助けとなった。それに将来は、誰かすてきな人と健全でまともな交際ができると確信している。だけど今は、まだひどく動揺してるんだ。だから頼むよ、ぼくの前で幸せそうにしないでくれ」

言いたいことは伝わったらしく、ぼくのフラットへ戻るまでみんな同情のこもった陰気な態度のままだった。家の前でぼくは宣言した。これから二時間は酒を飲んで、自己憐憫に浸るつもりだと。「うちに泊まりたかったら、そうしてもいいけど、今日はずっときみたちといただろう。正直言って、帰ってくれてもかまわない」

プリヤは肩をすくめた。「あたしはあんたの家に行く。古きよき時代みたいにね」

「ごめんなさいね、ダーリン」ジェームズ・ロイスは早くもウーバーを呼んでいた。「夫とわたしは帰って、どこかで幸せにならなくちゃいけないの」

「ぼくは明日の朝早く、飛行機に乗ることになっている」トムも言った。「行き先は言えない場所で、何をするか言えないことをするために」

「わたしは泊まるわ。明日は遅刻ってことになるけど、時間の融通は利くし、わたしがいなくてもみんな生き残れるでしょ。だって――」ブリジットはスマートフォンをちらっと見た。「うわ、大変。クビになっちゃった」

一瞬、自分の悩みが頭から完全に抜けた。「ヤバいぞ。ブリッジ、本当にすまない。それって――」

「人騒がせね。火事があったんだって。『ただいま、オフィスを留守にしています。翻訳作品はわたしの個人メールアドレスへ転送してください』の初版の半分がだめになっちゃった。すぐに行って、対処しなくちゃ」

みんなそれぞれのところへ行ってしまったが、プリヤだけはぼくに続いてフラットに上がってきた。まだ家がきれいなままなんて驚いたと、彼女らしい失礼な意見を言い、たちまち酒を求めてキッチンを漁り始めた。ぼくは楽しい仲間じゃなかっただろうが、プリヤがいてくれてよかった――彼女は気まずそうでもなければ、慰めようとすることもなく、泣かせておいてくれた。まさにそのとき、ぼくが必要としていた行動だった。

午前三時にぼくたちはベッドにもぐり込んだ。プリヤは運転できる状態じゃなかったし、ぼくは一人でいられる状態じゃなかったから。というわけで、二時間ほどあとでブザーが鳴ったとき、二人とも目を覚ますことになった。

「いったい、誰なのよ?」プリヤはうめいた。

ブザーは鳴り続けている。

「うーん」ぼんやりしたまま寝返りを打った。「普通なら、きみが来たというところだけど、今はここにいるからな。ブリッジってこともあるけど、たぶんまだ、燃えている本でいっぱいの倉庫の処理に取り組んでいるだろう」

ブザーは鳴り続けている。

プリヤはぼくから枕を奪って頭に押しつけた。「いまいましいオリヴァーじゃないの?」

ほかに可能性がある人はいない。だが、そのことをどう思ったらいいのかわからなかった。ぼくが喜ぶはずのことじゃないか、そうだろう? だけど、恐ろしく不安も感じて、頭痛までしてきた。

ブザーは鳴り続けている。

「あんたがどうにかするまで八秒待ってあげる」プリヤが言った。「だめなら、いまいましいドリルでブザーに穴を開けてやるから」

「うちにはドリルなんてない」

「じゃ、何か重くて尖ったものを見つけて、力いっぱい穴を開けてやる」

「ああ、そんなことをされたら、うちの保証金が返ってこなくなるって」

「だったら」プリヤはうなった。「いまいましい客に応えたほうがいいわよ」

ぼくはよろめきながらベッドから出てリビングルームへ行った。「どちら様？」今にも嚙みつかれるんじゃないかと思いながらインターホンの受話器を取って言った。

「ぼくだ」オリヴァーの声は少しかすれていたが、ぼくの声ほどはしゃがれていなかっただろう。

「それで？」

「それで、ぼくは……きみに会いに来たんだ。上がってもいいかい？」

「あー、ぼくのベッドには腹を立てた小柄なレズビアンが一人いるんだけど。だから、あまりいいタイミングじゃないな」

間があった。「インターホン越しにこんな会話をしたいとは思えない」

「オリヴァー」涙と酒と往復十時間の旅と慢性的な睡眠不足のせいで、ぼくの脳はカリフラワー・チーズ並みにフニャフニャになっていた。「そもそも会話をしたいとは思えないんだけど。ほら、いろいろ考えるとさ」

「それは理解できる。しかし――」不安そうで切羽詰まった間があった。「お願いだ」

ああ、ちくしょう。「わかった、ぼくがそっちへ行く」

ぼくは下へ行った。オリヴァーは仕事用の服装で戸口に立っていた。目の下にはくまができている。

「オーケイ」ぼくは言った。「用は何？」

オリヴァーはしばらくぼくを見つめていた。「気づいているのか？　自分がハリネズミ柄のボクサーパンツしか身に着けていないことに？」

いや、今気づいた。「ひどい夜を過ごしたんだ」

「それは二人とも同じだな」オリヴァーは大きなカシミヤ製の、いかにも弁護士らしいコートを脱いでぼくの体にかけてくれた。

明らかに、そんなことをオリヴァーにさせるなとプライドは要求していた。だけど――ぼくはようやく評判を取り戻したところだったから――パンツ一丁の姿を写真に撮られることや、公然わいせつ容疑で起訴されることは何よりも避けたかった。自分の運のなさはわかっていたから、メイヒュー判事の担当になることからは逃れられないだろう。

オリヴァーは震える息を吸った。「起こしてしまってすまなかった。しかし、ぼくは……ぼくが間違っていたときみに言いたかったんだ」

何か励ますようなことや寛大なことを言うには絶好のタイミングだが、二時間しか寝ていないのに、ブザーでベッドから引っ張り出されたところだ。「何について?」

「すべてについてだ。とりわけ、ぼくはきみと同じ気持ちではないと言ったことだよ。なぜなら、同じ気持ちだからだ」オリヴァーは舗道を見つめていた。もしかしたらぼくの素足を見ていたのかもしれない。「ぼくはショックを受けて動揺し、きみから離れた。そのあと、恥ずかしすぎて自分の言ったことを撤回できなかった」

ぼくにはあまりにもお馴染みの感情だったから、非難はできなかった。たまらなく責めてやりたかったのはたしかだけど。「わかるよ。ぼくは傷ついているし、すごく頭にきているけど、理解はできる」

「きみを傷つけたくはなかった」

「ぼくもだ。だけど——」肩をすくめた。「こんなふうになってる」

長い沈黙があった。オリヴァーは不安そうでひどく苦しんでいるみたいだが、ぼくはことさら助けてあげようという気にはまだなれなかった。

「あれは本気だったのか?」ようやくオリヴァーは言った。

「本気って、何が?」

「きみが言ったことのすべてだ」

オリヴァーがそんなことをさんざんやったのだとわかり始めた——ちゃんと聞いたかどうか確信が持てなかったかのように、愛情のこもった言葉を何度も繰り返し思い起こしていたのだと。「そうだよ、オリヴァー。本気だった。本気だから言ったんだ」

「ぼくが摂食障害だと思っているんだな?」

まさか、オリヴァーがはるばるここまで来たのは、ぼくを起こして、彼の精神的健康についての見解を話そうとしたぼくがプリヤから部屋の中に入れてもらえないようにするためだったとは。「さあ、わからない。もしかしたら、そうかもな。ぼくは医者じゃないし。だけど、きみは健康であろうとすることにあまりにものめり込んでいるから、それが不健康に見えるときもある」

「それに、ぼくがコントロール魔だとも言ったな。おそらく、たいていの場合、ぼくが堅苦しいせいだろう」

「本当にそういったことを今話したいのか?」

「いや」オリヴァーは眉根を寄せながら言った。「またしてもぼくは臆病になっている。本当に尋ねたいのは……ああ言ったとき、きみは本気だったのかということだ……ほら、あのことだ」

「ぼくが言ったときとは」感情とかそういったたわごとについて話すのは嫌いだった

のに、今度ばかりは簡単に言葉が出てきた。「きみを愛してると言ったときのことか？」

オリヴァーはうなずいた。なんだか恥ずかしそうに。

「もちろん、ぼくはものすごくきみを愛してるよ。だからきみの家の玄関に行って、とんでもなくばかな真似をしたんじゃないか。またしても、ってことだけど」

「えーと」オリヴァーはもぞもぞと身動きした。「わかりきったことだとは思うが、気づいてもらえないといけないから言うけれど……今はぼくがきみの家の玄関にいる。そしてぼくも自分をばかみたいに感じているよ」

「下着姿でいるわけじゃないじゃないか」オリヴァーはめちゃくちゃ戸惑った様子だった。そしてぼくは……どうしようもないほど間抜けで、こんな状況には耐えられそうになかった。「オリヴァー、何かぼくに言いたいことがあるんじゃないか？」

「あまりにもありすぎて、どこから始めたらいいかわからないほどだ」

「ぼくがぜひ聞かなくちゃならないことから、言ってみたらどうだ？」

「それじゃ――」オリヴァーはすばらしい表情でぼくを見た。威厳と傷つきやすさが混ぜこぜになった顔で。「ぼくはきみを愛しているよ、ルシアン。だが、それはあまり適切でないと思われるが」

　ぼくはいつも考えてきた。つまり、〝愛してる〟というのは大事な言葉だと。ただ、どんな嫌な奴だってそんなことは言えるし、たくさんの愚か者がすでにそんなことを言ってきた。〝愛している〟のあとに「だが、それはあまり適切でないと思われるが」なんてつけ加えるのはオリヴァーだけだろう。思わず笑ってしまった。「信じられないほどぼくの理想が低いことを忘れてしまったのかな」

「その点については今でもいろいろと考えているよ」オリヴァーは小声で言った。「だが、きみはたびたびぼくの理解を助けてくれたじゃないか。理想なんてものはクソ食らえだと」

　オーケイ。その言葉のほうが「だが、それはあまり適切でないと思われるが」よりはいい。

　ぼくはオリヴァーにキスした。それとも、彼がぼくにキスしたのかも。どっちが始めたのかはわからなかった。でも、そんなことはどうでもいい。大事なのは、ぼくたちがキスしていることだ。〝きみが恋しかったよ〟のキス。〝きみが欲しい〟のキス。そして〝一緒にいるほうがいい〟のキス。それから〝ごめん〟のキス。そしてそして、約束を込めたものだと感じられるキス。そしてまた、明日も明後日も、それからあともずっと一緒だよという気持ちを込めたキス。

そのあと、空が輝いて新しい陽光が差してきた。まっさらで青い空はどこまでも続いている。ぼくたちは玄関の階段に腰を下ろし、膝と肩を触れ合わせていた。まわりではシェパーズ・ブッシュの街が眠そうに目覚め始めている。

「たぶん、きみに話すべきことがある」オリヴァーが言った。「きみが言ったことを、ぼくがさんざん考えたということだ。自分自身や両親について。それから……自分の人生をどう生きるかについて」

ちょっと不安な気持ちで彼を見やった。「無理しないでくれ。そういったことののどれにも、ぼくはちゃんと対処してきた自信がないよ」

「取り組むのにいい方法があるという確信はない。だが、ぼくはきみを信じているし、そのおかげで手がかりが得られる。もちろん、その手がかりから何をするつもりかは、まだはっきりしていない。しかし、それは役に立ってくれるだろう」

「そうだな、そうするのに二十八年間もかからないなら、きみはぼくよりもうまくやっているってことだな」

「別に競争じゃない。それに実を言うと——」さオリヴァーは柔らかで、少し苦さの混じった笑い声をあげた。「二十八年間かかったというのはほぼ正しいようだな」

「家族って奴は楽じゃない。だけど、ほら、きみにはぼくがいるから。だろ？　あー、家族の代わりにはならないけどさ。でも、言ってみれば、思いがけないプレゼントってところかな」

「きみは思いがけないプレゼントよりもはるかにすばらしいよ、ルシアン。なくてはならない存在だ」

ああ、鎮まってくれよ、ドキドキしている心臓。ぼくは皮肉なことすら言えなかった。

オリヴァーは隣で不安そうに身じろぎした。「こんなことを聞くと負担だろうと、気にはしているんだが、きみはぼくが何よりも自分のために選んだ人だ。とにかくぼくだけのために。もっとも深い喜びを与えてくれる人だ」

「うわあ……」かつてのぼくなら、一キロも先へ逃げ出していただろう。「自分が負担に思っているかどうかはわからない。感じているのは……ぼくがきみにとってそんな存在になれるという驚きかな。だけど、喜んでそうなるよ」

「ずっと前から、ぼくはきみに惹かれていた。あの恐るべきパーティで出会ったときから。きみはあり得ないほど自由に見えた。とはいえ、フェイクのボーイフレンドになることを承知したことは、なんだか情けなかったとぼくは思っている」

「ちょっと待て」ぼくは指摘した。「フェイクのボーイフレンドになってくれと頼んだのはぼくだ。そっちのほうがはるかに情けないじゃないか」

「とにかく、本当にきみとつき合う心の準備はできていなかった」

なんだかうれしくて落ち着かなかったが、信じられないくらい気恥ずかしくもあった。こういった感情にはまだ不慣れだし、明らかにオリヴァーはそんな感情にあふれていたから。たぶん、ぼくも同じだと思う。「その言葉をそっくり返すよ、坊や」

「茶化すなよ、ルシアン。きみはこれまで誰もしなかったことをぼくのためにしてくれたんだ」

「それって、もしかして――何の理由もなしにダラムへ行ったこと？」

「きみはぼくをしっかりと見てくれた。ぼくのために立ち上がってくれた。ぼくを守ろうと戦ってくれたんだ」

オリヴァーの目を通じて見ると、ぼくはかなりカッコいい男のように思え始めた。

「クソッ。きみはどんなことも中途半端にはやらないんだな。そうだろ？」

彼の唇の両端が持ち上がった。「気づいていないといけないから言うが、きみだってそうだ」

オリヴァーの肩に頭を預けた。腕が体に回される。「あのさ、ぼくたちが本当に恋人同士になる方法がよくわからないんだけど」

「フェイクの恋人同士としてつき合っていたときのように振る舞うのがいいと思う。そのやり方がぼくたちには合っているようだ」

「オーケイ」思っていたよりも、それは簡単だった。「じゃ、そうしよう」

「いつも思っていたんだ」オリヴァーはぼくをさらに引き寄せた。「これまでの交際が失敗したのは、ぼくの努力が足りなかったせいじゃないかと。だが、きみの言うとおりだと思う。ぼくは頑張りすぎていたんだ。きみに対してはガードを下げても安心だと感じた。これは本物の交際ではないと、自分に言い聞かせられたからだ。だが、今は本物の交際だし……そうだな……自分がものすごく怯えているかもしれないという結論に達している」

「ぼくも同じだ。だけど、一緒に怯えよう」

ぼくはオリヴァーの手の中に手を滑り込ませ、しばらく二人とも黙って座っていた。愛とはこんな感じのものに違いない。あやふやで怖くて混乱させられて、吹けば飛ばされそうなほど心が軽くなるもの。風に飛んでいく、〈テスコ〉のレジ袋のように。

訳者あとがき

アレクシス・ホールの『ボーイフレンド演じます』（原題は*Boyfriend Material*）をお楽しみいただけたでしょうか。ロンドンを舞台にした、このＬＧＢＴＱ＋ロマンスはＮＹ市立図書館が選ぶ二〇二〇年のベストブックに選定され、同年のgoodreadsベスト・ロマンス賞五位になった作品です。

今、ここを読んでいるみなさまの中には文字通りの「あとがき」としてではなく、これから本書を読む参考にしようとしている方もいらっしゃるかもしれません。そこで少しだけ内容をご紹介します。

ルーク・オドネルは二十八歳、ともに有名なロックスターだった両親のもとに生まれたのですが、彼が三歳のときに父親が家族を捨てたため、引退して片田舎に引っ込んだ母親の手で育てられました。ルークはロックとも父親とも無縁なのに、世間では有名スターの息子として扱われています。最近のルークは、ドラッグ絡みで「忘れ去られたスター」になっていたはずの父がリアリティ番組で奇跡的なカムバックを果たしたせいでパパラッチに追い回されているのです。かつて苦い思いを味わってからは特定の恋人を作らず、トランスジェンダー向けのクラブなどで相手を見つけては一夜の情事を繰り返すルークはパパラッチにとって絶好の獲物でした。今回、パパラッチに撮られた写真――クラブの外の側溝にウサちゃん耳をつけた姿で倒れているところ――のせいで、ルークは困った羽目に追い込まれます。勤務先の慈善団体（フンコロガシを救うことを目的としています）の理事長から、「行いを改めて世間からいい評価をもらえなければクビにする」と言われたのです。この慈善団体の支援者たちが、ルークの評判を聞いて次々に寄付をやめたからでした。そして、支援者を納得させるような評判を築くため、ルークは理想的なボーイフレンドを作るべきだということになってしまいます。さあ、大変。近いうちに行なわれる、慈善団体の寄付金集めのパーティで披露できるようなボーイフレンドを急いで獲得しなければなりません。パーティが終わるまでボーイフレンドのふりをしてくれる相手はいないかと、ルークが仲間に相談すると、オリヴァーがぴったりだという話に。法廷弁護士をしているオリヴァーなら、堅い職業に就いているし、道徳的だし、おまけに美形だから申し分ない相手というわけです。ルークはある理由からオリヴァーだけは避けたかったのですが、二人は会うことになります。どうやらオリヴァーのほうもボーイフレンドを必要としているらしいのです。果たして、二人はどうなるのでしょうか……。

趣味も家庭環境も考え方もまったく違うルークとオリヴァーがそれぞれの利害のために一定期間だけ恋人同士のふりをしているうち、次第に惹かれ合っていく様子が丁寧にじっくりと描かれた作品です。心の傷が原因で自堕落な生活を送っていたルークも、人知れずつらい思いを抱えていたオリヴァーも、自分とまるで異なる相手とのつき合いを通じて新しい考え方に触れ、少しずつ成長していきます。本書はＬＧＢＴＱ＋に関わる問題、社会的階級の問題、家族の形の問題、報道のあり方についての問題など、現代社会が抱えるさまざまな問題についてもさりげない筆致で触れています。

とはいえ、この作品のいちばんの魅力は笑えるラブコメであること。ルークとオリヴァーのやり取りは言うまでもなく、笑わせられる場面には事欠きません。また、笑いを愛する英国の作品らしく、ジョークがふんだんに出てきます。言葉遊びのようなジョークはその言語や背景となる文化を理解していないと、さっぱりおもしろくないということもあります。ジョークを解説するのは野暮の骨頂なのですが、一つだけ説明を。「ノック、ノックジョーク」というものが出てきますが、これは英語圏でよく知られた定型的なジョークです。外にいる人がドアを「トントン（ノック、ノック）」と叩くところから始まり、中にいる人が「どなたですか」と尋ねると、ドアを叩いた人が「〇〇です」と一般的な名前や単語を言います。それに対して中にいる人が「〇〇って、誰？」と尋ね、外の人は〇〇をもじった文章を言うというスタイルです。ルークがこのスタイルを変形させたため、アレックスは戸惑ってしまったのでしょう。

そのアレックスをはじめとして、本書には個性的な面々が数多く登場します。ルークの勤務先では、甲虫の研究一筋のドクター・フェアクロー、どこか浮世離れした上流階級のアレックス、一見抜けているようなのに実は豊富な人脈を持つリース。ルークの仲間では、遅刻魔だけれども友達思いのストレートのブリジット、ルークの元カレのトム、レズビアンのプリヤ、同姓同名のゲイのカップルであるジェームズ・ロイス・ロイス夫妻など、一筋縄ではいかない人物ばかりです。ロックスターだったルークの母親も相当な変わり者ですが、魅力たっぷりの愛すべきキャラクターでしょう。ほかにも印象的な人物がたくさん顔を出しています。

著者のアレクシス・ホールは英国在住の作家で、これまでにもロマンスだけでなくファンタジーやSFなど幅広い作品を執筆しています。アレクシス・ホールはペンネームで、作家以外の仕事もしていることを自分のホームページで述べていますが、本名やどんな仕事をしているかについては語っていないようです。この『ボーイフレンド演じます』の続編にあたる『*Husband Material*』を執筆中らしく、二〇二二年八月に刊行予定との話です。ルークとオリヴァーのその後が描かれているようですので、これから二人がどうなっていくのか、とても楽しみですね。

この本で描かれているのは男性同士の恋愛ですが、M／Mロマンスに馴染みがないという方でもあまり違和感がなく読めるのではないでしょうか。つらい現実をしばし忘れ、物語の世界にどっぷりと浸って泣き笑いし、読み終わったときには少し元気になれた気がする……そんな力を与えてくれる作品であることを心から願っています。

二〇二一年六月

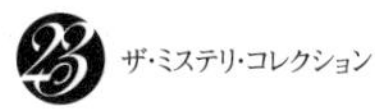

ボーイフレンド演（えん）じます

2021年 8月20日　初版発行

著者　アレクシス・ホール
訳者　金井真弓（かないまゆみ）

発行所　株式会社 二見書房
東京都千代田区神田三崎町2-18-11
電話 03(3515)2311［営業］
03(3515)2313［編集］
振替 00170-4-2639

印刷　株式会社 堀内印刷所
製本　株式会社 村上製本所

ISBN978-4-576-21114-5
https://www.futami.co.jp/

＊の作品は電子書籍もあります。

赤と白とロイヤルブルー ＊
ケイシー・マクイストン
林 啓恵［訳］

アメリカ大統領の息子と英国の王子が恋に落ちるLGBTロマンス。誰にも知られてはならない二人の恋は切なく燃え上がるが…。全米ベストセラー！

冷酷なプリンス
ホリー・ブラック
久我美緒［訳］

妖精国で育てられた人間の娘ジュードは、自分の居場所を見つけるため騎士になる決心をする。陰謀に満ちた世界で闘うジュードの成長とロマンスを描く壮大なファンタジー

誠実な嘘
マイケル・ロボサム
田辺千幸［訳］

恋人との子を妊娠中のアガサと、高収入の夫との三人目を妊娠中のメグは出産時期が近いことから仲よくなるが…。二人の女性の数奇な運命を描く戦慄のスリラー！

完璧すぎる結婚
グリア・ヘンドリックス＆サラ・ペッカネン
風早柊佐［訳］

裕福で優しいリチャードとの結婚を前にネリーには悩みがあった。一方、リチャードの前妻ヴァネッサは元夫の婚約を知り…。騙されること請け合いの驚愕サスペンス！

そして彼女は消えた ＊
リサ・ジュエル
氷川由子［訳］

15歳の娘エリーが図書館に向ったまま失踪した。10年後、エリーの骨が見つかり…。平凡で幸せな人生の裏でじわじわ起きていた恐怖を描く戦慄のサイコスリラー！

危険すぎる男
シャノン・マッケナ
寺下朋子［訳］

レストランを開く夢のためカフェで働く有力者の娘デミ。そこへ足繁く通う元海兵隊員エリック。ふたりは求めあう関係になるが……過激ながらも切ない新シリーズ始動！

夜明けまで離さない
シャノン・マッケナ
寺下朋子［訳］

7年ぶりに故郷へ戻ったエリックは思いがけずデミと再会。かつて二人を引き裂いた誤解をとき、カルト集団の謎に挑む！『危険すぎる男』に続くシリーズ第2弾

蠱惑の堕天使

J・R・ウォード
氷川由子［訳］

ジムはある日事故で感電死し、天使からの命を受けて堕天使となって人間世界に戻り、罪を犯しそうになっている7人の人間を救うことに。愛と悲しみを知る新シリーズ開幕

灼熱の瞬間 ＊

J・R・ウォード
久賀美緒［訳］

仕事中の事故で片腕を失った女性消防士アン。その判断をした同僚ダニーとは事故の前に一度だけ関係を持っていて…。数奇な運命に翻弄されるこの恋の行方は？

黒き戦士の恋人

J・R・ウォード
安原和見［訳］
〔ブラック・ダガー シリーズ〕

NY郊外の地方新聞社に勤める女性記者ベスは、謎の男ラスに出生の秘密を告げられ、運命が一変する！ 読み出したら止まらない全米ナンバーワンのパラノーマル・ロマンス

永遠なる時の恋人

J・R・ウォード
安原和見［訳］
〔ブラック・ダガー シリーズ〕

レイジは人間の女性メアリをひと目見て恋の虜に。戦士としての忠誠か愛しき者への献身か、心は引き裂かれる。困難を乗り越えてふたりは結ばれるのか？ 好評第二弾

運命を告げる恋人

J・R・ウォード
安原和見［訳］
〔ブラック・ダガー シリーズ〕

貴族の娘ベラが宿敵〝レッサー〟に誘拐されて六週間。だれもが彼女の生存を絶望視するなか、ザディストだけは彼女を捜しつづけていた…。怒濤の展開の第三弾！

闇を照らす恋人

J・R・ウォード
安原和見［訳］
〔ブラック・ダガー シリーズ〕

元刑事のブッチがヴァンパイア世界に足を踏み入れて九カ月。美しきマリッサに想いを寄せるも梨の礫。贅沢だが無為な日々に焦りを感じていたところ…待望の第四弾

情熱の炎に抱かれて

J・R・ウォード
安原和見［訳］
〔ブラック・ダガー シリーズ〕

深夜のパトロール中に心臓を撃たれ、重傷を負ったヴィシャス。命を救った外科医ジェインに一目惚れすると、彼女を強引に館に連れ帰ってしまうが…急展開の第五弾

＊の作品は電子書籍もあります。

漆黒に包まれる恋人
J・R・ウォード
安原和見［訳］　〔ブラック・ダガー シリーズ〕

自己嫌悪から薬物に溺れ、〈兄弟団〉からも外されてしまったフュアリー。"巫女"であるコーミアが手を差し伸べるが…。シリーズ第六弾にして最大の問題作登場!!

略奪
キャサリン・コールター&J・T・エリソン
水川玲［訳］　〔新FBI シリーズ〕

元スパイのロンドン警視庁警部とFBIの女性捜査官。謎の殺人事件と"呪われた宝石"がふたりの運命を結びつけて――夫婦捜査官S&Sも活躍する新シリーズ第一弾！

激情
キャサリン・コールター&J・T・エリソン
水川玲［訳］　〔新FBI シリーズ〕

平凡な古書店店主が殺害され、彼がある秘密結社のメンバーだと発覚する。その陰にうごめく世にも恐ろしい企みに英国貴族の捜査官が挑む新FBIシリーズ第二弾！

迷走
キャサリン・コールター&J・T・エリソン
水川玲［訳］　〔新FBI シリーズ〕

テロ組織による爆破事件が起こり、大統領も命を狙われる。人を殺さないのがモットーの組織に何が？ 英国貴族のFBI捜査官が伝説の暗殺者に挑む！ 第三弾！

鼓動
キャサリン・コールター&J・T・エリソン
水川玲［訳］　〔新FBI シリーズ〕

「聖櫃」に執着する一族の双子と、強力な破壊装置を操るその祖父――邪悪な一族の陰謀に対抗するため、FBIと天才的泥棒がタッグを組んで立ち向かう！

秘めた情事が終わるとき ＊
コリーン・フーヴァー
相山夏奏［訳］

無名作家ローウェンのもとに、ベストセラー作家ヴェリティの共著者として執筆してほしいとの依頼が舞い込むが…。愛と憎しみが交錯するジェットコースター・ロマンス！

世界の終わり、愛のはじまり
コリーン・フーヴァー
相山夏奏［訳］

リリーはセックスから始まる情熱的な恋に落ち結婚するが彼は実は心に闇を抱えていて…。NYタイムズベストセラー作家が贈る、ホットでドラマチックな愛と再生の物語

時のかなたの恋人 ＊
ジュード・デヴロー
久賀美緒［訳］

イギリス旅行中、十六世紀から来た騎士ニコラスと恋に落ちたダグラス。時を超えて愛し合う恋人たちを描く、タイムトラベル・ロマンス永遠の名作、待望の新訳！

過去からの口づけ ＊
トリシャ・ウルフ
林亜弥［訳］

殺人未遂事件の被害者で作家のレイキンは、事件前後の記憶も失っていた。しかし新たな事件をFBI捜査官のリースと調べるうち、自分の事件との類似に気づき…

霧の町から来た恋人
ジェイン・アン・クレンツ
久賀美緒［訳］

ともに探偵事務所を経営する友人のオリヴィアが何者かに連れ去られ、カタリーナはちょうどある殺人事件で彼女の力を借りにきたスレーターとともに行方を捜すが…

口づけは復讐の香り
L・J・シェン
藤堂知春［訳］

シカゴ・マフィアの一人娘フランチェスカは社交界デビューの仮面舞踏会で初めて会った男ウルフにキスを奪われ、婚約することになる。彼にはある企みがあり…

愛は闇のかなたに ＊
L・J・シェン
水野涼子［訳］

父の恩人の遺言で政略結婚をしたスパロウ。十も年上で裏社会にさえ顔がきくという男との結婚など青天の霹靂だったが、いつしか夫を愛してしまい…。全米ベストセラー！

悲しみにさよならを ＊
シャロン・サラ
氷川由子［訳］

10年前に兄を殺した犯人を探そうと決心したとたんローガンは命を狙われる。彼女に恋するウエイドと捜索を進めると、驚く事実が明らかになり…。本格サスペンス！

あなたとめぐり逢う予感 ＊
ジュリー・ジェームズ
村岡栞［訳］

殺人事件の容疑者を目撃したことから、FBI捜査官のジャックと再会したキャメロン。因縁ある相手だが、ボディガードとして彼がキャメロンの自宅に寝泊まりすることに…

＊の作品は電子書籍もあります。

ミッシング・ガール ＊
ミーガン・ミランダ
出雲さち［訳］

10年前、親友の失踪をきっかけに故郷を離れたニック。久々に家に戻るとまた失踪事件が起き……。〃時間が巻き戻る〃斬新なミステリー、全米ベストセラー！

許されざる情事 ＊
ロレス・アン・ホワイト
向宝丸緒［訳］

連続性犯罪を追う刑事のアンジー。男性との情事中、呼ばれて現場に駆けつけると、新任担当刑事はその情事の相手だったが……。ベストセラー作家の官能サスペンス！

危険な夜と煌めく朝 ＊
テス・ダイヤモンド
出雲さち［訳］

元FBIの交渉人マギーは、元上司の要請である事件を担当する。ジェイクという男性と知り合い、緊迫した状況のなか惹かれあうが、トラウマのある彼女は……

ダイヤモンドは復讐の涙 ＊
テス・ダイヤモンド
向宝丸緒［訳］

FBIプロファイラー、グレイスの新たな担当事件は彼女自身への挑戦と思われた。かつて夜をともにしたギャビンとともに捜査を始めるがやがて恐ろしい事実が……

危険な愛に煽られて
テッサ・ベイリー
高里ひろ［訳］

兄の仇をとるためマフィアの首領のクラブに潜入したNY市警のセラ。彼女を守る役目を押しつけられたのは最凶のアルファ・メール＝マフィアの二代目だった！

なにかが起こる夜に ＊
テッサ・ベイリー
高里ひろ［訳］

『危険な愛に煽られて』に登場した市警警部補デレクと一見奔放で実は奥手のジンジャーの熱いロマンス！ダーティトーカー・ヒーローの女王の新シリーズ第一弾！

かつて愛した人 ＊
ロビン・ペリーニ
水野涼子［訳］

故郷へ戻ったセインの姉が何者かに誘拐された。彼はかつての恋人でFBIのプロファイラー、ライリーに捜査を依頼する。捜査を進めるなか、二人の恋は再燃し……